平安時代文学美術語彙集成◉【本文編】

平安時代文学美術研究会編

COMPENDIUM OF ART HISTORICAL TERMS
IN HEIAN-PERIOD LITERATURE

笠間書院

【装画】平松礼二「路・ドーバーを望む」より

緒言

本書は、平安時代の文学作品に残された「美術」に関するさまざまな情報を、抜き出して集成したものである。平安時代の貴族社会において美的につくられた「モノ」は、今日私たちが「美術」として扱っている絵画・書跡・工芸・彫刻・建築といった分類には必ずしもおさまらず、日常生活、あるいは儀礼・儀式の場を構成し、使用されていたものである。美的なものとしてつくられ、当時の貴族社会においてその価値が共有されていたさまざまな「モノ」を、ここでは「美術」と呼ぶことにする。

平安時代の文学と美術が密接な関係にあったことはよく知られているが、その具体的な様相は、これまで充分に明らかにされてはいない。その理由は、文学以上に美術は失われやすく、遺品の数が限られているためだと思われる。しかし、文学作品の中に残された美術に関する情報はきわめて豊かである。それらの情報を分析することによって、失われた美術の実態のみならず、それが用いられた場や空間を復原的に明らかにし、美術の機能を具体的に知ることができる。また、文学作品ごとに異なる美術に対する関心の様相や、美術にかかわる記述の方法の多様性が明らかになることによって、文学の新たな分析の可能性が生まれる。すなわち、平安時代における美術と文学の密接な関係についての、総合的な資料解釈が期待されると言えよう。

以上のような観点から、本書「本文編」では、平安時代に書かれた文学作品（物語・日記・説話）を対象として、美術に関する語句を含む記述を収集し、作品ごとにまとまりで読むことができるようにした。こうした試みは、すでに家

永三郎氏によってなされているが、氏の『上代倭絵全史』と『上代倭絵年表』は、おもに絵画を中心としている。そこで、今回は、複数の文学研究者と美術史研究者との協力により、三十の文学作品からいっそう広汎な資料収集につとめた。さらに、さまざまな用途に応じてつくられ、用いられた美術の実態をよりとらえやすくするために、絵、物語、屏風、調度、工芸品、衣装、装身具、乗り物、建築、庭、仏像、書など十九にわたる項目をたて、収集した語句を分類・整理した。別冊「索引編」では、語句索引と語句一覧とを収めている。

この共同研究の成果を本書にまとめ、出版する目的は、本来切り離して論じられるべきではなかった平安時代の文学と美術を、今後、総合的に研究・考察していくための、確実な基盤を研究者に提供することにある。

目次

凡例

一、本書は平安時代の文学作品（物語・日記・説話）を対象とし、美術に関する記述箇所を収集した。作品は、ジャンルを問わず、五十音順に配列している。
二、本書は、美術に関する具体的な記述箇所を、作品ごとに出現順に列挙し、通し番号を付した。
三、本書に言う「美術」とは、今日通常用いられる建築・絵画・彫刻・工芸といった分類を超えて、平安時代の貴族社会において、日常生活、あるいは儀礼・儀式の場で使用されたものを幅広く含む。その実態をより明らかにするために、以下の一九にのぼる分類項目をたてた。

1　絵（屏風絵・仏画は別項）
　絵に関する箇所。

2　物語・日記・歌集・漢籍・経典
　物語・日記・歌集・漢籍の名称、およびそこに登場する人物。
　経典は、装丁・巻数に言及している箇所。

3　屏風絵・屏風歌
　屏風絵・屏風歌に関する箇所。

4　屏風（屏風絵・屏風歌は別項）
　屏風に関する箇所。

5　障子

6　障屏具（屏風・障子は別項）
几帳・御簾・御帳・平張・天幕などについて、色・装飾・素材に言及している箇所。
障子・障子絵に関する箇所。

7　扇・団扇
扇・団扇に関する箇所。

8　工芸品（仏具は別項）
調度・器物・染色品、紙・折枝・文房具・楽器・武具などは、色・装飾・素材・技法に、特に言及している箇所。

意匠を用いて作られたモノ・宝物に関する箇所。

9　装丁
装丁（表紙・軸など）に言及している箇所。

10　装身具
石帯・魚袋・飾太刀・笄・簪・かざしなどに関する箇所。

11　衣装
衣装について、色・装飾・素材に言及している箇所。
出衣に関する箇所。

12　乗物・出車・馬具など
乗物・出車・馬具について、装飾・素材に関する箇所。

13　建築
建物の意匠や美しさについて言及している箇所。

14　庭
　庭の意匠や美しさについて言及している箇所。

15　仏像・仏画・仏具
　仏像は、尊像名・大きさ（等身・丈六等）・装飾・素材などについて言及している箇所。

　仏画は、尊像名・画題に関する箇所。

　仏具は、大きさ・かたち・装飾・素材などについて言及している箇所。

16　書・文
　書・筆跡に関する箇所。

　文は、形態・料紙などに言及している箇所。

17　画家・能書・職人
　絵師・絵仏師・仏師・経師・大工・能書などの人名、これらの人々がかかわる役所名・役職名に関する箇所。

18　美を評価する言葉
　「飾り」「風流」「荘厳」などの語。

19　舶来であることを示す言葉
　「唐の」「高麗の」「天竺の」「唐めきたる」などの語。

四、語句索引について
　上記の一九の項目にあてはまる語句については、語句索引を作成した。索引は、五十音順に配置し、分類番号・作品名・通し番号を付し、所在を示した。

（＊ただし、意匠や技法に関する具体的な様相が示されている場合に限って収集した語句があるため、総索引とは異なる。）

語句の読みについては、底本で相違がある場合、これを仮に統一した場合がある。

（＊例、障子・さうじ→しやうじ、装束・しやうぞく→さうぞく、など。）

また、引用文中に当該語句はないが、話題にしていることが明らかな場合は、（　）に入れて当該語句に続いて掲出した。

五、語句一覧について

上記の一九の項目にあてはまる語句の一覧を作成した。各項目内の配列は、五十音順とした。

六、語句索引・語句一覧のM記号について

1絵、3屏風絵、5障子、7扇、8工芸、10装身具、11衣装の分類項目に該当する箇所で、主題・題材（モチーフ）にかかわる語句には、M記号を付した。（＊M記号を付したものには、たとえば、屏風絵の主題としての「子の日」や、衣装に刺繡された題材（モチーフ）としての「唐草」などがある。）

七、収集箇所の語句について、複数の項目に該当する場合は、重複して分類番号を付した。

八、収集箇所の引用は、底本とした本文による。引用箇所には、各底本の頁を示した。各底本および担当者は、以下の通りである。

伊勢物語	日本古典文学全集（小学館）	千野香織・成原有貴
和泉式部日記	日本古典文学全集（小学館）	伊東祐子
今鏡	日本古典全書（朝日新聞社）	池田　忍
宇治拾遺物語	新日本古典文学大系（岩波書店）	池田　忍
打聞集	打聞集　研究と本文（笠間書院）	稲本万里子
宇津保物語	うつほ物語（おうふう）	池田　忍

栄花物語	日本古典文学大系（岩波書店）	堀内祐子
落窪物語	新潮日本古典集成（新潮社）	伊東祐子
大鏡	日本古典文学全集（小学館）	池田　忍
蜻蛉日記	新編日本古典文学全集（小学館）	池田　忍
源氏物語	新編日本古典文学全集（小学館）	吉岡曠・伊東祐子
古今著聞集	新潮日本古典集成（新潮社）	成原有貴
古本説話集	日本古典全書（朝日新聞社）	稲本万里子
今昔物語集	新日本古典文学大系（岩波書店）	中尾真樹（天竺・震旦）
		堀内祐子（本朝）
狭衣物語	新潮日本古典集成（新潮社）	伊東祐子
讃岐典侍日記	日本古典文学全集（小学館）	伊東祐子
更級日記	日本古典文学全集（小学館）	伊東祐子
三宝絵詞	古典文庫（現代思潮社）	成原有貴
篁物語	日本古典文学大系（岩波書店）	成原有貴
竹取物語	日本古典文学全集（小学館）	千野香織・成原有貴
堤中納言物語	新日本古典文学大系（岩波書店）	伊東祐子
土佐日記	新編日本古典文学全集（小学館）	池田　忍
とりかへばや物語	新日本古典文学大系（岩波書店）	伊東祐子
浜松中納言物語	日本古典文学大系（岩波書店）	成原有貴

平中物語　日本古典文学大系（岩波書店）　成原有貴
本朝神仙伝　日本古典全書（朝日新聞社）　稲本万里子　［本朝神仙伝は「日本古典全書」古本説話集に併載］
枕草子　新日本古典文学大系（岩波書店）　伊東祐子
紫式部日記　日本古典文学全集（小学館）　伊東祐子
大和物語　日本古典文学全集（小学館）　千野香織・成原有貴
夜の寝覚　日本古典文学全集（小学館）　池田　忍

九、本書への引用に際しては、底本本文に次のような修正を加えた。
1　作品ごとに、引用文に通し番号を付した。ただし、源氏物語、宇津保物語は巻ごとに、堤中納言物語は各作品ごとに付した。この番号が、語句索引で検索する際の各語句の所在を示している。
2　漢字の字体、仮名遣いは底本に従ったが、一部、異体字などを改めた場合がある。
3　「　」、『　』、ルビは付さなかった。話者などを示す傍注もすべて割愛した。
4　和歌部分も含め、原則として、改行しなかった。ただし、宇津保物語の絵詞部分は通し番号の上に★を付して明示し、底本に従って改行した。
5　引用文を中略する場合は　……　で示した。
6　引用文中で、収集の対象となる語句を含むひとつづきの記述は、ゴシックにして強調した。
7　引用文の末尾の（　）内の数字は、各底本の頁を示す。
8　引用は簡略を旨としたため、わかりにくい場合があることと思う。各底本について見られたい。

平安時代文学美術語彙集成［本文編］

伊勢物語

1　男の、**着たりける狩衣**の裾をきりて、歌を書きてやる。その男、**信夫摺の狩衣**をなむ着たりける。　（一三三）

2　やうやう夜も明けゆくに、見れば率て来し女もなし。足ずりをして泣けどもかひなし。**白玉か何ぞと人の問ひし時つゆとこたへて消えなましものを**　（一三八）

3　人の返りごとに、思ほえず袖にみなとのさわぐかな**もろこし船のよりしばかりに**　（一六〇）

4　**いと清らなる緑衫のうへのきぬ**を見いでてやるとて、　（一六九）

5　人なまめきてありけるを、われのみと思ひけるを、**また人聞きつけて文やる。ほととぎすの形をかきて、**ほととぎす汝が鳴く里のあまたあればなほうとまれぬ思ふものから、といへり。　（一七〇〜一七一）

6　あるじの男、**歌よみて裳の腰にゆひつけさす。**いでてゆく君がためにとぬぎつればわれさへもなくなりぬべきかな　（一七一）

7　**人のもとよりかざりちまきおこせたりける**返りごとに、　（一七七）

8　それうせたまひて、安祥寺にてみわざしけり。**人々ささげ物奉りけり。**奉り集めたる物、千ささげばかりあり。**そこばくのささげ物を木の枝につけて、**堂の前に立てたれば、　（一九八）

9　山科の禅師の親王おはします、その山科の宮に、**滝落し、水走らせなどして、おもしろく造られたるに**まうでたまうて、　（一九九）

10　三条の大御幸せし時、**紀の国の千里の浜にありける、いとおもしろき石**奉れりき。大御幸ののち奉れりしかば、ある人の御曹司の前のみぞにすゑたりしを、**島このみたまふ君なり、この石を奉らむ、**とのたまひて、御随身、舎人して取りにつかはす。いくばくもなくてもて来ぬ。この石、聞きしよりは見るはまされり。これをただに奉らばすずろなるべしとて、人々に歌よませたまふ。右の馬の頭なりける人のをなむ、**青き苔をきざみて、蒔絵のかたにこの歌をつけて**奉りけ

る。あかねども岩にぞかふる色見えぬ心を見せむよしのなければ　（一九九〜二〇〇）

11　賀茂河のほとりに、六条わたりに、**家をいとおもしろく造りて、**すみたまひけり。十月のつごもりがた、**菊の花うつろひさかりなるに、もみぢのちぐさに見ゆるをり、**　（二〇一）

12　そこにありけるかたゐおきな、板敷のしたにはひ歩きて、人にみなよませはててよめる。**塩竈にいつか来にけむ**朝なぎに釣する船はここによらなむ、となむよみけるは。陸奥の国にいきたりけるに、あやしくおもしろき所々多かりけり。**わがみかど六十余国のなかに、塩竈といふ所に似たる所なかりけり。**さればなむ、かのおきな、さらにここをめでて、**塩竈にいつか来にけむとよめりける。**　（二〇二）

13　いま狩する**交野の渚の家、その院の桜、ことにおもしろし。**その木のもとにおりゐて、**枝を折りて、かざしにさして、**かみ、なか、しも、みな歌よみけり。　（二〇三）

14　女がたに、**絵かく人**なりければ、かきにやれりけるを、　（二一四）

15　九月ばかりに、**梅の造り枝に雉をつけて奉る**とて、わが頼む君がためにと折る**花はときしもわかぬもの**にぞありける　（二一八）

16　なさけある人にて、**かめに花をさせり。**その花のなかに、**あやしき藤の花**ありけり。**花のしなひ、三尺六寸ばかり**なむありける。　（二二〇）

17　**すり狩衣**のたもとに書きつけける。　（二二八）

18　筑紫のつと、人のこひたりけるに、**色革**やるとて、筑紫よりここまで来れどつともなし**たちのをかは**のはしのみぞある　（二四三〜二四四）

和泉式部日記

1　夢よりもはかなき世の中を、歎きわびつつ明かし暮らすほどに、四月十余日にもなりぬれば、**木の下くらがりもてゆく。築土の上の草あをやかなるも、**人はことに目もとどめぬを、あはれとながむるほどに、（八五）

2　忍びてものへ行かむ、とのたまはすれば、さなめりと思ひてさぶらふ。**あやしき御車**にておはしまいて、かくなむ、と言はせたまへれば、女いとびなきここちすれど、なし、と聞こえさすべきにもあらず。（八八）

3　あけざりし**まきの戸口**に立ちながらつらき心のためしとぞ見し（九四）

4　いかでかは**まきの戸口**をさしながらつらき心のありなしを見む（九四）

5　あはれなる折しもと思ひて、慕ぶらむものとも知らでおのがただ身を知る雨と思ひけるかな、と書きて、**紙のひとへをひき返して、**ふれば世のいとど憂さのみ知らるるに今日のながめに水まさらなむ、待ちとる岸や、と聞こえたるを、（九五～九六）

6　例のたびごとに目馴れてもあらぬ御姿にて、**御直衣などのいたうなへたるしも、をかしう見ゆ。**（一〇三～一〇四）

7　ものものたまはで、ただ**御扇に文を置きて、**御使の取らで参りにければ、とて、さし出でさせたまへり。女、もの聞こえむにもほど遠くてびんなければ、**扇をさし出でて取りつ。**（一〇四）

8　いみじう霧りたる空をながめつつ、明かくなりぬれば、このあかつき起きのほどのことどもを、ものに書きつくるほどにぞ**例の御文ある。**……をかしうて、**この手習のやうに書きゐたるを、やがて引き結びてたてまつる。**（一一四）

9　二日ばかりありて、**女車のさまにて**やをらおはしましぬ。昼などはまだ御覧ぜねば、はづかしけれど、さまあしうはぢ隠るべきにもあらず。（一二六）

10　前近き透垣のもとに、**をかしげなる檀の紅葉のすこしもみぢたるを、**折らせたまひて、高欄におしかからせたまひて、言の葉ふかくなりにけるかな、とのたまはすれば、白露のは

かなくおくと見しほどに、と聞こえさするさま、なさけなからずをかしとおぼす。（一二七）

11　宮の御さまいとめでたし。**御直衣に、えならぬ御衣出だし袿にしたまへる、**あらまほしう見ゆ。目さへあだあだしきにやとまでおぼゆ。（一二七～一二八）

12　**色々に見えし木の葉も残りなく、**空も明かう晴れたるに、やうやう入りはつる日かげの心細く見ゆれば、例の聞こゆ。（一三七～一三八）

13　**雪いみじく降りて、ものの枝に降りかかりたるにつけて、**雪降れば木々の木の葉も春ならでおしなべ梅の花ぞ咲きける、とのたまはせたるに、梅ははや咲きにけりとて折れば散る花とぞ雪の降れば見えける。（一四四）

今鏡

1　口にまかせて申しける物語留まりて侍るめり。（五六）

2　源氏といふめでたき物語作り出だして、（五七）

3　かたがた承る事多かりしかども、物語どもにみな侍らむ、といへば、（五八）

4　古き物語に侍るめれば、細かにも申し侍らず。（六一）

5　御有様ども古き物語に細かに侍れば、（六二）

6　その御有様昔の物語に侍れば、（六三）

7　常の所よりも御すまひ有様いとはえばえしく、唐絵などのやうに、山の色、水の緑、木立、立石などいとおもしろきに、位に随へる色々の衣の袖、近衛司の平胡簶、平緒など、目もあやなるに、きぬの色交はれるうちより、唐の舞、高麗の舞人、左右かたがた袖振る程など、所にはえて、おもしろしなども、言葉も及ばずなむ侍りける。（六五）

8　かの御賀の屏風に、臨時客の所を赤染の衛門が詠める、紫の袖を列ねて来たるかな春立つことはこれぞ嬉しき、また子の日かきたる所詠める歌も優にきこえ侍りき、万代のはじめに君が引かるれば子の日の松もうらやみやせむ。（六六）

9　菩提樹院にこの帝の御影おはしましけるを、出羽の弁が詠めりける、いかにしてうつし留めけむ雲井にてあかずかくれし月の光を、かの菩提樹院は二条の院章子の御堂なれば、御志のあまりに、父の帝の御姿をかき留めて置き奉らせ給ひけるなるべし。（六七）

10　楊貴妃の契りも思ひ出でられて、星合の空、いかにながめ明かさせ給ひけむといと哀れに、（七三）

11　御注孝経といふ書教へ奉りて、（七四）

12　仏の御顔も光添へられ給へり。（七七）

13　殿上人紫苑色の指貫、この御念仏よりこそ着始め給ひしか。（七七）

14　高陽院にて、黄金の文字の御経、帝の御手づから書かせ給ひて、御八講行はせ給ひき。村上の御代の水茎の跡を流れ汲ませ給へるなるべし。（八〇〜八一）

15　五巻の日は、宮々・上達部・殿上人みな棒物奉りて、龍鳥の唐船池に浮かめて、水の上に声々調べあひて、仏の御国う

つし給へり。紅葉の錦水の綾、所も折もかなへる御法の庭なるべし。（八一）

16 **宇治橋の遥かなるに、船より楽人参り向かひて、宇治川に船浮かべて漕ぎ上り侍りける程、唐国もかくやとぞ見えける**と人は語り侍りし。**御堂平等院の有様**、川の上に**錦の仮屋**を造りて、池の上にも、**唐船**に笛の音さまざま調べて、**御前のものなどは、金銀色々の玉どもをなむ貫き飾られたりける。**（八一）

17 内には**孔雀明王の法**行はせ給ひて、大御室とておはしまし し仁和寺の宮（八二）

18 **蒔絵したる硯**の函の蓋に、止観の一巻を置きて、（九二）

19 白河の御寺法勝寺も、すぐれておほきに、八面九層の御塔など建てさせ給ふ。**百体の御仏**ども、など、常の供養をせさせ給ふ。**百体の御灯を一度に程なく供ふる風流**思し召しよりて、（九七）

20 鳥羽どをも広くこめて、**さまざま池山などこちたくせさせ給へり。**（九七）

21 **後拾遺集めさせ給ふ。**院の後も、**金葉集選ばせ給へり。**いづれにも御製ども多く侍るめり。金葉集といふ名こそ選者の選べるにや、（九八）

22 **朗詠集に入りたる詩**の残りの句を、（九八～九九）

23 また**本朝秀句と申すなる書**の後し継がせ給ふとて、法性寺の入道大臣忠通に選ばせ奉らせ給ふとて聞こえ侍りき。**その書の名は続本朝秀句**といひて、三巻、情多く選らばせ給へる文も侍るなり。（九九）

24 **西院の仏**拝ませ給ふついでとてぞ御幸ありける。御法の為も、人の為も、面目ありけりとなむ聞え侍りし。**金泥の一切経**書かせ給へるも、唐土にも類少くやと聞えし。（一〇二）

25 氷なき折ありけるには、**涼しき御扇なり**、とて給はせなどせさせ給ひけり。（一〇五）

26 **さまざまの薄様**に書きて遣り給ひけり。……**堀河院の艶書合とて**、末の世まで留まりて、善き歌は多く選集などに入れるなるべし。（一〇五～一〇六）

27 **金葉集**にぞいとしもなき多く集められ侍るめる。（一〇七）

28 **家の集**には、聞きと聞き給へりける事と覚ゆる事詠み集められ侍り。（一〇七）

29 内侍の典侍讃岐とか聞えし、細かに書かれたる書侍りとかや。（一〇八）

30 御随身錦縫ひものを色々に裁ち重ねたるに、上達部殿上人、狩衣さまざまに色をつくして、われもわれもと詞も及ばず。（一一二）

31 女房のいだし車のうちいで、白金黄金にしかへされたり。女院の御車のしりには、皆くれなゐの十ばかり重なりたるを出だされて、紅のうちぎぬ、桜萌黄のうはぎ、赤色の唐衣に白金黄金をのべて、窠の紋置かれて、地摺りの裳にも、かねをのべて、洲浜鶴亀をしたるに、裳の腰も白金をのべて、うはざしは、玉を貫きてぞ飾られ侍りける。（一一二）

32 またいだし車十輌なれば、四十人の女房、思ひ思ひに装ども心を尽くされて、今日ばかりは制も破れてぞ侍りける。あるは五つにほひにて、紫、紅、萌黄、山吹、蘇枋、二十五重ねたるに、うちぎぬ、うはぎ、裳、唐衣、皆かねをのべて、文に置かれ侍りけり。あるは柳桜をまぜ重ねて、上は織物、裏は打物にして、裳の腰は、錦に玉を貫きて、玉にもぬける春の柳か、といふ歌、柳桜をこきまぜて、といふ歌の心なり。裳は葡萄染を地にて、かいぶを結びて、月の宿りたるやうに鏡を下に透かして、花のかがみとなる水は、とせられたり。唐衣に、うちぎぬは日を出だして、ただ春の日をまかせたらなむ、といふ歌の心なり。あるは唐衣に錦をして、桜の花を着けて、薄き綿を、あさぎに染めて上にひきて、野べの霞はつつめども、といふ歌の心なり。袴も打袴にて、花をつけたり。このこぼれてにほふは、七の宮覚快など申す御母美濃の装とぞ聞え侍りし。御車ぞひの、狩衣袴なども、いろいろの紋押しなどして、輝きあへるに、やり縄などいふものも、あしづをなむどにや縫り合せたる、色々交はれるに、御簾の掛け緒などのやうに、金物の房なむどゆらゆらと飾りて、何事も常なく輝き合へり。（一一二～一一三）

33 都の内は一つ御車に奉りて、新院御直衣に紅のうち御衣出ださせ給ひて、御馬に奉りけるこそ、いとめづらしく、絵にも書かまほしく侍りけれ。二条の大宮の女房、出車に、菊紅葉の色色なる衣どもいだしたるに、上下に白き衣を重ね、縫ひ合はせたれば、ほころびは多く、縫ひめは少くて、厚衣の綿なむどのやうにて、こぼれ出でたるが、菊紅葉の上に、雪

の降り置けるやうにて、五つ車たて続けて侍りけるこそ、いと見所多く侍りけれ。 （一一四）

34 **紙屋紙に書きたる文の、**日毎に参らするばかりを、御厨子に取り置かせ給ひて、 （一一八）

35 法皇の五十の御賀せさせ給ひき。**等身の御仏、寿命経百巻、玉の形を磨き、黄金の文字になむありける。**僧は六十の数、引き列なりて、仏を讃め奉り、舞人は近衛の官、雲の上人、**青色のわきあけに、柳桜の下襲、平胡簶の水精の筈、**日の光に輝き合へり。 （一一八）

36 北の廊の立蔀取り除けて、御簾懸けて、后の宮の女房、**うちいでの衣さまざま出だされたり。** （一二二）

37 また**撰集**などせさせ給ふと聞え侍りき。 （一二二）

38 **神璽宝剣**など、東宮の御所昭陽舎へ、上達部引き附けて渡り給ひける。 （一二三）

39 **黄金の一切経**など書かせ給ひて、 （一二五）

40 大内造り出だして渡らせ給ふ。**殿や門などの額は関白殿忠通書かせ給ふ。** （一四〇）

41 **青色の衣、**春の大御遊びにあひて、めづらかなる色なるべし。 （一四一）

42 **千体の千手観音の御堂造らせ給ひて、天龍八部衆**など、生きてはたらくと申すばかりにぞ侍る。**鳥羽院の千体の観音を**だにありがたく聞え侍りしに、 （一四三）

43 后の御方の人に、物など申しける間に、**桧扇の片端引き折りて**書き附けて、 （一五三）

44 **扇たまはす**とて、すずしさはいきの松原まさるともそふる扇の風な忘れそ。 （一五八）

45 **人の扇に、**一文字を男俊房の書き給へりけるを、女絹子の書き添へさせ給へりければ、男また見て、一文字添へ給ふに、互に添へ給ひけるほどに、歌一つに書き果て給ひにけるより、 （一五九）

46 **後拾遺に入りて**侍り。 （一六二～一六三）

47 有佐といふ名も、**帝後三条の御手にて扇に書かせ給ひて、**母の侍従内侍に賜へりけり。 （一六四）

48 **いろいろの狩装束**したる伏見侍十人、**いろいろの袙に、いひしらぬ染めまぜしたる帷子、くくり、かけとぢなどしたる雑仕、**十人ひき連れて、……かへさには、御台、**高坏、白銀**

の銚子など、一つづつささげて、（一六六）

49 大御遊に冬の束帯に半臂を着させ給へりけるを、肩ぬがせ給へりけるとき、宇治殿よりはじめて、下襲のみ白く見えけるに、この大臣ひとり、半臂を着給へりければ、御日記に侍るなるは、予ひとり半臂の衣を着たり。衆人恥ぢたる色あり、とぞ侍るなる。（一七二～一七三）

50 その御座と申すは御椅子とて、殿上の奥の座のかみに立てられ侍るなるべし。紫檀にて作られて侍るなるを、（一七四）

51 うちいで十具ばかりありけるを、中より切りて、袖二十いださむ用意ありけるを、（一七七）

52 汗衫着たるわらは二人、一人は白銀の銚子に、御酒入れてもて参り、いま一人は白銀の折敷に、黄金の御坏据ゑて大柑子御さかなにて、出だし給へりければ、（一七八）

53 うちいでなどこそ用意して、あまた持たせ給へりけれ、とて、（一七八）

54 薄色の指貫はりたる、香の染め布など、納殿よりとり出ださせ給ひて、俄かに縫はせて、（一八一）

55 玄上といふ琵琶を弾き給ひければ、……手なむどもよく書かせ給ひけり。孫の殿忠通などばかりはおはしまさずやあらむ手書きにおはしましき、（一八三）

56 うるはしき行啓のやうには侍らで、皆狩衣に風流などして、女房の車いろいろに、もみぢの匂ひいだしなどして、……透笠ただの笠など着て、（一八七）

57 天台の止観とかいふ書を、（一八七）

58 手書かせ給ふことは、昔の上手にも恥ぢずおはしましけり。真字も仮名も、このもしく今めかしき方さへ添ひて、優れておはしましき。内裏の額ども、古きをばうつし、失せたるをば更に書かせ給ふとぞ承りし。院・宮の御堂・御所などの色紙形、いかばかりかは多く書かせ給ひし。御願よりはじめて、寺々の額など、数知らず書かせ給ひき。横川の花台院などいふ古き所の額も、迎へ講勧めける聖の申したるとて、書かせ給へりとぞ、山の僧は申しし。また人の仁和寺とかより、額申し給はりたりければ、書かせ給へりけるほどに、奥のえびすの基衡とかいふが寺なりけりと聞かせ給ひて、（一九七）

59 いづれの御願とかの絵に、飯室の僧正慈恩たふとくおはす

ることかくとて、（一九八）

60 **御手双びなく書かせ給へども、**（一九八）

61 **金玉集**などに選び載せられたる歌の列になむ聞え侍る。（一九九）

62 また製らせ給へる唐の言の葉ども、**御集とて、唐の白氏の文集などの如くに、**（一九九）

63 **手なども昔の跡つぎ**申させ給へりけり。……**昔の物語**に承るやうに覚えて、（二〇三）

64 **扇紙を冊子の形に作り、**歌書きつけられたりける。……**拾遺抄**に侍る。（二〇七）

65 **短き御屏風**の上より御覧じければ、后皇嘉門院**十五重なりたる白き御衣**奉りたる**御袖口の、白浪立ちたるやうに匂ひたりけるを、**（二〇九）

66 **前書とか聞ゆる書**受け伝へさせ給へりけり。（二一一）

67 **因明などいふ書、**（二一一）

68 **御手書かせ給ふことをぞ、わざと書きやつさせ給ひけるにや、**（二一一）

69 **飾太刀**もたせ奉らせ給ひけるに、代々を経て伝へて持たる**飾太刀**のいしづきもせずあや思し召せ。（二一三）

70 **行成の大納言の御日記**には、……**御集**などには見え侍らむ。（二一九）

71 **手書きにもおはす**とぞ。**ところどころの額**なども書き給ふなり。また**御堂の色紙形**なども書き給ふとぞ聞ゆる。**佐理の兵部卿の真**のやうをぞ、好みて書き給ふとぞ聞ゆる。（二二六）

72 **行成の大納言の消息、**ゆゆしくうつしにせられたるとぞ聞え侍める。その消息持たぬ人なく、世に多く侍なり。**教長の御手**もさまざま京・田舎に伝はり侍なり。**宮内の大輔定信も、**聖の勧むる文、なにかとすぐさず書き弘め侍りけり。いかに手本多く侍らむ。**道風のぬし**のいますがりける世にこそ、一行持たぬ人は恥に思ひ侍りけれ。**宮内の大輔定信は、大納言行成の末なれば、**よく似らるべきにて侍れど、**一つの様を伝へられたるにや、**常に見ゆるやうには変りてぞ侍なる。**祖父の朱雀の治部卿伊房の御手にぞ、**よく似て侍なる。その定信の君は、一切経を一筆に書き給へる、ただ人とも覚え給はず、（二二六～二二七）

73 **法金剛院の石立て**などに召され参り給ひけるとかや。**梵字なども能く書き給ふ**とぞ聞え給ひし。（二二八）

74 林の中に忍びて建てられたる**丈六の明王の御堂にて、**（二二八）

75 **御扇の上に五鈷置きて、**わが御代りにとどめ給へりけるなどをも、（二二九）

76 **御集**にも優れたる歌多く聞え、**選集**にもあまた入り給へり。（二三一）

77 **絵合し給ひしに、**（二三二）

78 **唐なる紙**などに蜜塗りて捧げ歩き給へば、（二三六）

79 **御指貫、**何の文といふことも納殿の蔵人おぼつかなく思へるに、**霰地に窠の文ぞかし、**などぞ、（二三七）

80 殿上人に武者の装束せさせて御覧じけるに、**滋目結ひの水干**着て、胡籙負ひ給へりけるこそ、（二三九）

81 **手も能く書き給ひけり。**（二四二）

82 人のいたく**烏帽子の尻の高くあげたるに、**うなじのくぼに結ひてむとも思ふなり、など、世に似ぬやうに宣ひけり。（二四二）

---

83 **檳榔毛の車**破りて、（二四三）

84 **褐に紺の水干**とかに、**紅の衣とか着て、**馬にて川尻へ、かねとかいふ遊女の許おはしける道に、（二四三）

85 次に**柿の水干の袖**のはしをさし出だされければ、……**いと清らかなる直衣に、織物の指貫着て**歩み出で給ひければ、（二四八）

86 賀茂詣でに、**檳榔に青簾懸けなどし給ひし、**はじめたることにはあらねど、さやうに好み給ひけるなるべし。（二四九）

87 雪降りの御幸に、**引綿の狩衣着給へり**とて、……近衛のすけなどは、**縑の薄物など、花の色、紅葉のかたなど、染めつけらる**べかりけるを、引綿あらあらしく思ほし召しけるにや。（二四九～二五〇）

88 **昔の物語**どもに細かに侍れば、（二五五）

89 **選集には、**あやしや何の暮を待つらむ。（二五六）

90 **紅梅の陸奥紙に巻きたる笛、**腰にさして、（二五八）

91 左右の御手のうらに、香になるまでたき物に染めて、**月出だしたる扇に、なつかしき程に染めたる狩衣など着給**ひて、先はなやかに追はせて、（二六三）

92　厚額の冠になし給ひければ、われも今は額あてせむとて、同じやうにして内裏に参り給へるに、成通の宰相の、中将にはじめてなりて、しばしは透額の冠にてとや思しけむ、内裏に参り給ひて、頭の中将の冠を見給ひて、額に扇さし隠して、罷で給ひて、やがて厚額になりておはしける。（二六四）

93　上の御衣など、なえよかに着なし給へるに、細太刀平緒など、したたかにて交じり給へる、（二七一）

94　日記の唐櫃に、日ごとに日記書き入れなどせさせて、（二七二）

95　御手なども、美しく書かせ給ふ。絵をさへなべての筆だちにもあらずなむおはしますなる。（二七四）

96　白き御ぞ十にあまりて重なりたるに、菊のうつろひたる小袿、白き二重織物のうはぎ奉りて、三尺の御几帳のうちにゐさせ給へりけるに、宮はうへ赤色にて、したざまに黄なる櫨紅葉の、十ばかり重なりたるに、うはぎは同じ色に、やがて濃き葡萄染の小袿の、いろいろなる紅葉うち散りたる、二重織物奉りたりけるを、（二七五）

97　朝綱の宰相の日本紀の歌に、（二七八）

98　御手も書かせ給ひ、……金泥の一切経書き出だして、高野にて供養し給ひけるも、（二八〇）

99　文もなき御冠、縄纓など聞えて、年中行事の障子のもとにてぞ奉りける。（二八一）

100　土御門の御日記とて世の中の鑑となむ承る。（二八四）

101　おほかた物の上手にて、鳥羽殿の御堂の池掘り、山造りなど、とりもちて沙汰し給ふとぞ聞え侍りし。（二八九）

102　業平の中将も、夢か現か、の事にて止みにけり。……これは業平の中将には変りて、（二九二）

103　瑠璃の御国の仏の、人の丈におはします、書き奉り、恒河の岸の御法、黄金の文字に七巻、ただの文字の御経七十、写し奉りて、（二九三）

104　金葉集には、聞き誤りたるにや、（二九五）

105　うちに源氏読みて、（二九七）

106　武蔵の大徳隆頼が造りたる小弓のゆづかの、しもひとひねりしたるを思ひ出でて、漆のきらめきたる砥して、すりさはして、錦のゆづか取り捨てて、陸奥紙してひき巻きて、錦の袋にも入れず、ただ陸奥紙に包みて奉られたりければ、いと

珍らしきものなり、と、（三〇二）

107 まじり丸といふ笛をも、伝へ給へり。まじり丸とは、唐の竹、大和の竹の中に、優れたる音なるを選びて作りたるとなむ。まじり丸といふ笙の笛は二つぞ侍るなる。（三〇三〜三〇四）

108 京極に九体の丈六造り給へり。（三〇七）

109 その大納言の御車の紋こそ、きららかにおもしろく侍りけれ。大かたばみの古き絵に、弘高か金岡かの画きたりけるにや、それを見てせられ給ひけるとぞ。（三一〇）

110 行尊僧正のもとに遣り給へりける文の上書に、きむきむ上、はうどうゐむのそう正の御ばうに、とぞありける。仮名ならば、謹上なくてありつべけれども、書き給はぬ余りにやありけむ。（三一〇）

111 金葉集選びて奉りたりける始めに、（三一三）

112 三代集に漏れきて、あまり古びたる。（三一三）

113 やむごとなき水茎のあとも、今や思し合はすらむ、（三一五）

114 手書きにもおはして、仮名の手本など世に留まり侍るなり。（三一八）

115 木工の頭俊頼の選びて奉れる集に、輔仁の親王と書きたりければ、（三二〇）

116 光源氏などもかかる人をこそ申さまほしく覚え給ひしか。（三二〇〜三二一）

117 庭の桜盛りなりける頃、濃き紫の御指貫に、直衣姿いとをかしげにて、（三二一）

118 御手も能く書き給ひて、色紙形、寺々の額など書き給ひき。（三二二）

119 大将殿有仁は事の外に衣紋をぞ好み給ひて、上の衣などの長さ短さの程など、細かに認めさせ給ひて、その道に優れ給へりける。大方、昔はかやうの事も知らで、指貫も長うて、烏帽子も強く塗る事もなかりけるなるべし。この頃こそ、さび烏帽子、きらめき烏帽子なども、折々変りて侍るめれ。（三二三〜三二四）

120 細かに沙汰せさせ給ひて、世のさがになりて、肩あて、腰あて、烏帽子とどめ、冠とどめなどせぬ人なし。またさせでも叶ふべきやうもなし。冠、烏帽子の尻は雲を穿ちたれば、

ささずば落ちぬべきなるべし。時に従へばにや、この世に見
るには、**袖のかかり、袴のきはなど繕ひ立てたるはつきづき**
しく、打ち解けたるはかひなくなむ見ゆる。（三二四）

121 これかれ袖より**色々の薄様書きたる文の引き結びたるが**、
なつかしき香したる、二つ三つばかりづつ取り出だして、常
に奉りなどすれば、これかれ見給ひて、あるは歌詠み、色好
む君だちなどに見せ合はせ給ひて、**この手は勝りたり**、（三二六）

122 大将殿有仁の菊を掘りに遣りて、奉り給ひけるに、**薄様に**
書きたる文の、結びつけて見えければ、（三二七）

123 上の**御衣の色なども**、尋ねえ侍らぬ折々も侍るとかや。位
おはしまさぬ程は、あさぎと日記に侍なるをば、**青き色か、**
黄なる色か、などおぼつかなくて、……**無位の人は黄袍なる**
べければ、……神の社の**黄狩衣なども**、位なき上の衣の心な
るべし。かやうのついでに、ある人の申されけるは、**橡の衣**
は王の四位の色にて、ただ人の四位と王の五位とは**深緋**を
着、ただ人の五位、**緋の衣**にて麗しくあるべきを、今の人心
およづけて、四位は**王の衣**になり、五位は四位の色を着るな
るべし。検非違使・上官などは、麗しくて、なほ緋をあらた
めざるべしとぞ侍りける。（三三三〜三三四）

124 **手書きにもおはしけり**。**御堂の色紙形など書き給ふ**と聞え
き。**高野の大師の手書きにおはしければにや**、御室たちも、
打ち続き**手書きにぞおはすなる**。（三三五）

125 夕暮に難波わたりを来て見ればただ**薄墨の葦手なりけり**、
となむ聞えし。異所の夕べの望みよりも、**難波の葦手と見え**
む、げにと聞え侍り。帰る雁の薄墨、**夕暮の葦手になりたる**
も、優しく聞え侍り。（三三六）

126 **俊頼の選集**に、鹿の歌など入れて侍る。（三三七）

127 **梵字なども能く書かせ給ふ**と聞えさせ給ふ。……**御手など**
書かせ給ふと聞えさせ給ふ。（三四二）

128 御法書き給へりける**色紙の色の、夕の空の薄雲などのやう**
に、墨染めなりければ、人々怪しく思へりけるに、**昔賜はり**
給へりける御文どもを色紙に漉きて、御法の料紙となされた
りけるなりけり。それよりぞ多く**色紙の経は世に伝はれりけ**
るとなむ。（三四四〜三四五）

129 五檀の御修法に、……**大僧正不動尊の形、本尊と同じやう**

になりて、芥子焼きしてゐ給ひたりけるに、広沢の僧正寛朝もまた**降三世になり給ひたりけるが**、（三四八）

130 **法蔵の破れて侍る、修理して給はらむ**、と侍りければ、……下家司などいふもの、継紙具して、僧正の房にまうでて、殿より法蔵修理仕うまつらむとて、破れたる所々誌るしになむ参りたる、（三四九）

131 **武士の赤の革して、緋縅とかしたる着て**、（三五三）

132 斉信の藤民部卿、鷹司殿倫子の**屏風の詩選び奉り給ひける**に、（三五四）

133 主の使にて、**石の帯を人に借りて**、持て罷る路に、（三五六）

134 **池亭の記とて書かれたる書**侍なるにも、（三五六）

135 **公経と聞えし手書き、……書きたる文字の様なども、似たる手になむありける。**（三六〇～三六一）

136 **障子の外に据ゑたりける**に、（三六三）

137 琳賢といひて、心たくみにて、**石立て、飾り車の風流などするもの侍りき。**（三七六）

138 **匡房の中納言の物語書ける書に、**（三七九）

---

139 **万葉集**はいづれの御時作られ侍りけるぞ、と問ひしかば、**古今**に、神無月しぐれ降り置けるならの葉の名に負ふ宮のふることぞこれ、といふ歌侍り、といひしに、**古今の序に**かのおほむ時、おほき三つの位柿本の人丸なむ歌の聖なりける、とあるに、かの人丸はかの御時より昔の歌詠みと見ゆるを、**万葉集作れる時より古今選ばれたる時まで**（三八〇）

140 **万葉集**に人丸が歌どもの入りたりし、（三八一）

141 そのかみ**人丸が集**、所々聞き侍りしに、（三八二）

142 **古今の序**に（三八二）

143 **万葉集**と名付けられたりける、（三八二）

144 **古今の詞につきて**、なぞらへ試みるに、（三八三）

145 **万葉集の時には**人丸が世のあはねば、（三八三）

146 **古今の序**に（三八三）

147 **古今の春の下**に入れ奉れり。（三八四）

148 **万葉集**は憶良が選べるといふ人あるは、（三八四）

149 しかは侍れど、**憶良が類聚歌林に曰く**、など、遙かなる人の事と見えてこそ、**万葉集**には引き載せ侍るなれ。（三八四～三八五）

150 昔の人紫式部の作り給へる源氏の物語に、（三八五）

151 唐土に白楽天と申しける人は、七十の巻物作りて、詞をいらへ譬をとりて、（三八六）

宇治拾遺物語

1　世に、**宇治大納言物語**といふ物あり。……もとどりを結びわげて、をかしげなる姿にて、莚を板にしきて、すゞみゐはべりて、**大なる打輪をもて**、あふがせなどして、往来の者、上中下をいはず、よびあつめ、昔物語をせさせて、我は内にそひ臥して、語るにしたがひて、**おほきなる双紙**に書かれけり。……世の人、**これを興じ見る。十四帖なり。**　（五）

2　後に、さかしき人々、書き入たるあひだ、**物語、多くなれり。**　（六）

3　今の世に、**又、物語書き入れたる**、出来れり。**大納言の物語に、もれたるを拾ひあつめ**、又、厥后の事など、書きあつめたるなるべし。**名を宇治拾遺の物語と云。**　（六）

4　ことのほかに色くろき墨染の衣の短きに、不動袈裟といふ袈裟かけて、**木練子の念珠の大なる、繰りさげたる聖法師、**入来て立てり。　（一五～一六）

5　治部卿通俊卿、**後拾遺をえらばれける時、**　（二二）

6　此婿の君、**屛風を立まはして、**寝たりける。　（二六）

7　うすわたのきぬ二ばかりに、**青鈍の指貫の裾破れたるに、同じ色の狩衣の肩すこし落たるに、**下の袴も着ず、　（三三）

8　香呂の烟、空へあがりて、**扇ばかりの黒雲になる。**（四三）

9　**七条に薄打あり。**御嶽詣しけり。参りて、かなくずれをゆいて見れば、誠の金のやうにてありけり。　（四五）

10　検非違使なる人の、**東寺の仏、**造らんとて、薄をおほく買んといふ　（四五）

11　月の朧なるに、衣、あまた着たるなるぬしの、**指貫のそばはさみて、絹の狩衣めきたる着て、**ただひとり、笛吹て、ゆきもやらず、ねり行ば、　（六一）

12　**指貫のくくり、ながやかにて、**ふと見えければ、それにきと思やう、我妻のもとには、**かやうに指貫きたる人は**よも来じ物を、　（六四）

13　**希有に御指貫のくくりを見付て、**　（六五）

14　**思がけぬ指貫のくくりの徳に、**　（六五）

15　**日の装束うるはしくして、檳榔の車に乗て、**御後前おほく具して、　（七二）

16 是も今は昔、**絵仏師良秀**と云ありける。家の隣より、火出きて、風をしおほひてせめければ、逃出て、大路へ出にけり。**人の書かする仏**もおはしけり。（八二）

17 年比、**不動尊の火焔をあしく書ける也**。今見れば、かうこそ燃えけれと、心得つるなり。これこそ、せうとくよ。この道をたてて、世にあらんには、仏だによく書たてまつらば、百千の家も、出来なん。（八三）

18 其後にや、**良秀がよぢり不動とて**、今に人々めであへり。（八三）

19 なべてならずうつくしき人の、**紅のひとへがさね着たる**を見るより、この人を妻にせばやと、いりもみ思ければ、（八六）

20 きと見やりたれば、**内に地蔵たち給へり**。左の手をもちて弓をとり、右の手して笠をぬぎて、いささか帰依の心をいたして、馳せ過にけり。……我は、汝、鹿を追て、寺の前を過しに、寺の中にありて、汝に見えし**地蔵菩薩**也。……殺生をながく断ちて、**地蔵菩薩**につかうまつりけり。（九〇）

21 因幡国、高草の郡さかの里に伽藍あり。国隆寺と名づく。……そこに、年老たるもの、語り伝へていはく、此寺に別当ありき。**家に仏師をよびて、地蔵をつくらするほどに**、別当が妻、異男にかたらはれて、跡をくらうして失ぬ。別当、心をまどはして、仏の事をも、仏師をも知らで、里村に手をわかちて、尋もとむるあひだ、七八日をへぬ。**仏師ども**、檀那をうしなひて、空をあふぎて、手をいたづらにしてゐたり。その寺の専当法師、これを見て、善心をおこして、食い物を求て、仏師に食はせて、わづかに、**地蔵の木作ばかりをし奉りて、彩色、瓔珞をばえせず**。（九一）

22 此**地蔵菩薩を妻子ども彩色し**、供養し奉りて、ながく帰依し奉りける。（九二）

23 豊蔭見て、ほほえまれけんかしと、**御集にあり**。（一〇七）

24 **丈六の仏を作れる人**、子孫において、さらに悪道へおちず。それがし、おほくの丈六を作たてまつれり、御菩提にをいて、うたがひおぼしめすべからず、と。これによりて、明快座主に仰合られて、**丈六の仏をつくらる**。伴の仏、山の護仏院に安置したてまつらる。（一二六）

25 鳳輦の中に**金泥の経、一巻たたせおはしましたり**。その外

題に、一称南無仏、皆已成仏道、と書かれたり。（一二六）

26 義家朝臣にめされければ、**まゆみの黒塗なるを**、一張、参らせたりけるを、御枕にたてられてのち、（一二七〜一二八）

27 **地蔵菩薩を一体つくりたてまつりたりけるを**、**開眼もせで**、**櫃にうち入て**、奥の部屋などおぼしき所におさめ置きて、……おくのかたをよくよく見れば、此地蔵をおさめて置きたてまつりたりけるを思出でて、（一三一）

28 肴物とりあへず、**沈地の机に**、時の物ども色々、ただをしはかるべし。盃、たびたびになりて、をのをのたはぶれいでけるに、厩に、黒馬の額すこし白きを、二十疋たてたりけり。**移の鞍二十具**、**鞍掛にかけたりけり**。（一三二）

29 **往生伝**に入たりとか。（一三五）

30 御出居のさま、故殿のおはしまししつらひに、露かはらず、**御障子などはすこし古りたる程にや**と見るほどに、**中の障子を引きあくれば**、（一四一）

31 まみの程など、そらごとすべうもなきが、**打ちたるしろき狩衣に**、**練色のきぬのさるほどなる**、**着たり**。これは給はりたる衣とおぼゆ。召しいだされて、**事うるはしく扇を笏にとりて**、うずくまりゐたり。（一四二〜一四三）

32 我、**障子を引あけて**出たりし折、うち見あげて、……御障子を引あけさせ給候しを、（一四三）

33 広庇一間有。妻戸に**あかり障子たてたる**、すすけとほりたる事、いつの世に張りたりとも見えず。……**すすけたる障子を引あけたるに**、香の煙、くゆり出たり。（一四五）

34 装束ぬがせて、**障子のうちへ具して入られにけり**。

35 そこら集まりたる大衆、異口同音にあめきて、**扇をひらきつかひたりけり**。（一四七）

36 塔のもとに、**ふるき地蔵の物の中に捨置きたるを**、きと見奉りて、（一四九）

37 **地蔵**、**まことに見え給はず**。さは、此僧にまことに具しておはしたるにや、とおぼす程に、其後、又、僧都の夢に見給やう、塔のもとにおはして見給へば、此地蔵立給たり。……うつつにも**地蔵立給へり**。御足を見れば、誠に焼け給へり。これを見給に、あはれにかなしき事、かぎりなし。さて、泣く泣く**此地蔵をいだき出し奉り給てけり**。（一五一〜一五二）

38 **日本法花験記**に見えたるとなん。（一五四）

39 塚を掘りくづすに、中に**石の唐櫃**あり。……**いみじううつくしき衣の、色々なる**をなん着たりける。……**金の杯**、うるはしくてすへたりけり。（一五五）

40 **白き長櫃をになひて**、縁に置きて帰ぬ。……これをあけて見れば、白き米と、よき紙とを、一長櫃入たり。（一六四）

41 とし三十ばかりの男の、ひげ黒きが、あやい笠きて、ふし黒なるやなぐひ、皮まきたる弓持て、**紺の襖きたるが、夏毛のむかばきはきて**、葦毛の馬に乗てなん来べき、それを観音と知りたてまつるべし、といふと見て、夢さめぬ。（一六四〜一六五）

42 もし五色の鹿、尋て奉らん物には、**金銀、珠玉等の宝**、并に一国等をたぶべし、（一七五）

43 **陸奥国紙の文を**、そのほころびのもとに結びつけて、投げ返したるなりけり。（一七八）

44 **大なる銀の提に銀のかいを立てて**、重たげにもて参りたり。（一八一）

45 **観音たすけ給へ、とて長谷にまいりて**、御前にうつぶし伏て申けるやう、（一八三）

46 **いとかうばしき陸奥国紙に**包てとらせたりければ、（一八五）

47 九条殿の御贈物にし給たりける女の装束にそへられたりける**紅の打たるほそながを**、（一九一）

48 この大饗の日は睦月の事なれども、**藤の花いみじくおかしくつくりて、松の木末よりひまなうかけられたるが**、時ならぬ物はすさまじきに、これは空のくもりて雨のそほ降るに、いみじくめでたう、おかしう見ゆ。（一九二）

49 武正、**赤香のかみしもに蓑笠を着て**、蓑の上に縄を帯にして、檜笠の上を、又おとがひに、縄にてからげつけて、鹿杖をつきて、走回りておこなふ也けり。大かた、その姿、おびたたしく、似るべき物なし。（一九五）

50 すずろに、**ちいさやかなる厨子仏を**、行ひ出したり。**毘沙門にてぞ**おはしましける。（一九六）

51 **剣の護法を参らせん**。おのづから、御夢にも、まぼろしにも御覧ぜば、さとは知らせ給へ。剣を編みつつ、衣に着たる護法也。（一九九）

52 **東大寺の大仏の御前にて、**此まうれんが所、教へさせ給へ、と夜一夜申て、（二〇〇）

53 その木の端を露斗得たる人は、まもりにし、**毘沙門を作奉りて持たる人は、**かならず徳つかぬはなかりけり。（二〇一）

54 **此毘沙門**は、まうれん聖のおこなひ出し奉りけるとか。（二〇二）

55 **敏行といふ歌よみは、手をよく書ければ、**これかれがいふにしたがひて、**法花経を二百部**斗書奉りたりけり。（二〇二）

56 四巻経書奉るべき紙、**経師に打継がせ、かけさせて**書奉んと思けるが、（二〇七）

57 売る所の鯖を経机に置く。変じて**八十華厳経**となる。……鯖を売る翁、杖を持て、鯖をになふ。その**絣**の数八十、則、変じて**八十花厳経**となる。（二〇九）

58 **屏風を立てまはして、**畳など清げに敷き、火ともして、よろづ目安きやうにしつらひたり。（二一六）

59 唐に宝志和尚と云聖あり。いみじくたうとくおはしければ、御門、かの**聖の姿を影に書とどめんとて、絵師三人をつかはして、**もし一人しては、書たがゆる事もありとて、三人して、面々にうつすべき由、仰ふくめられて、つかはさせ給に、三人の絵師、聖のもとへ参りて、かく宣旨を蒙て、まうでたる由申ければ、しばし、といひて、法服の装束して出合給へるを、**三人の絵師、各書くべき絹をひろげて、**三人ならびて、筆を下さんとするに、聖、しばらく、我まことの形あり、それを見て書うつすべし、と有ければ、絵師、左右なく書かずして、聖の御顔を見れば、大指の爪にて、額の皮をさし切りて、皮を左右へ引のけてあるより、金色の菩薩の顔をさし出たり。一人の絵師は十一面観音と見る。一人の絵師は聖観音と拝奉る。各見るままにうつし奉りて、持て参たりければ、（二二一～二二二）

60 居たる家の後に堂をたてて、此女、助け給へ、とて、**観音をすへ奉りける。**（二二二）

61 その法師の、仏を作り、供養し奉らばや、といひわたりければ、うち聞く人、**仏師に物取らせて作奉らんずるにこそ**と思て、仏師を家に呼びたれば、**三尺の仏、造奉らんとする也。**……人に物を借て、**漆塗らせ奉り、薄買いなどして、**えもいはず作奉らんとす。……かくて造はて奉りて、**仏の御眼**

など入奉りて、物得て帰らん、といひければ、
(二三〇〜二三一)

62 つねまさが郎等に、まさゆきとてありし男の、**仏つくり奉りて供養し奉んとす**と聞きわたりて、……さては、いかでか、何仏とは知り奉らぬぞ、といへば、**仏師こそは知りて候らめ**、といふ。……はやう、ただ、**仏つくり奉れ、といへば、ただまろがしらにて斎の神の冠もなきやうなる物を、五頭きざみたてて**、供養し奉らん講師して、その仏、かの仏と名を付奉る也けり。
(二三四〜二三七)

63 **大なる銀の土器に**、銅の湯を一土器入て、
(二三九)

64 堀川中将、直衣姿にて、かたちは光やうなる人の、香はえもいはずかうばしくて、愛敬こぼれにこぼれて参り給へり。**直衣のながやかにめでたき裾より、青き打たる出袙して、指貫も青色の指貫を着たり**。随身三人に**青き狩衣、袴着せて、**一人には**青く色どりたる折敷に、青磁の皿に**こくわを盛りてささげたり。今一人は、竹の枝に山鳩を四五斗つけて持たせたり。また一人には、**青磁の瓶に酒を入て、青き薄様にて、**口を包みたり。
(二六七)

65 衛府共をば胡籙負ひにして、御覧あるべしとて、をのをの、**錦、唐綾を着て**、劣らじとしけるに、……藤左衛門殿は**錦を着給つ**、源兵衛殿は**縫物をして、金の文をつけて、**
(二七四〜二七五)

66 年四十余斗なる男の、かづらひげなるが、**無文の袴に、紺のあらひさらしの襖着、山吹のきぬの衫**、よくさらされたる着たるが、**猪のさやつかの尻鞘したる太刀はきて**、牛の皮たびに、沓きりはきなして、
(二八二)

67 この僧は**紙の衣**、袈裟など着て、乗りたり。
(二八四)

68 男は仏の御前にて、額二三度斗つきて、**木欒子の念珠の大きに長き**、をしもみて候へば、
(二九〇)

69 聖宝、大衆みな催あつめて、**大仏の御前にて**、金打て、仏に申して去りぬ。
(三〇一)

70 **河原の院**は融の左大臣の家也。**陸奥の塩釜の形をつくりて**、潮を汲み寄せて、塩を焼かせなど、様々のおかしき事をつくして住給ける。
(三〇六)

71 **唐鞍**はさらなる、鐙の、かくうべくもあらず。
(三二三)

72 九月斗の事なれば、**薄色の衣一重に紅の袴を着て**、口おほ

ひしてゐたり。（三二九）

73 失せにしむすめ、**青き衣を着て、白きさいでして、**頭をつつみて、**髪に、玉のかんざし一よそひをさして来たり。**（三三一）

74 不動を念給ける程に、使求けるに、**新らしき不動尊**、仏の御中におはしけり。（三三七）

75 清滝川の奥に、柴の庵つくりて行ふ僧ありけり、……**三間斗なる庵あり。持仏堂、別にいみじく造たり。**実にいみじう貴とし。物きよく住ゐたり。庵に橘の木あり。木の下に行道したる跡あり。閼伽棚の下に、花がら多く積れり。**砌**に苔むしたり。神さびたる事限なし。（三四三）

76 **手をめでたく書けり。**……名をば**魚養**とぞ付たりける。**七大寺の額共**は、これが書たる也けり。（三五五）

77 後に后、持給へる宝どもを、多く使をさして、長谷寺に奉り給。その中に大なる鈴、鏡、**かねの簾**、今にありとぞ。**かの観音**念じ奉れば、他国の人もしるし蒙らずといふ事なしとなん。（三五六）

78 袴の腰より、**あこやの玉の、大なる豆斗ありけるを取出して、**取らせたりければ、（三五七）

79 **木賊の狩衣に、襖袴着たるが、いとことうるはしく、さやさやとなりて、扇を笏にとりて、**すこしうつぶして、うずくまり居たり。（三六二〜三六三）

80 皮子より、賭弓の時、**着たりける装束取りいでて、うるはしく装束きて、**冠、老懸など、あるべき定にしければ、（三七九）

81 海賊が宗との物、黒ばみたる物着て、**赤き扇を開き使ひて、**……海賊、や、といひて、**扇を投げすてて、**のけざまに倒れぬ。（三八〇）

82 歌をよみ、**源氏、狭衣**などをうかべ、花の下、月の前とすきありきけり。（三八一）

83 本尊の御前にて経を誦し給てのち、本意を遂給けりとなん。**其不動尊は、いまに無動寺におはします等身の像にてぞ**ましましける。（三八六）

84 長高き僧の、鬼のごとくなるが、信濃布を衣に着、椙の平足駄をはきて、**大木槵子の念珠を持り。**（三八七）

85 **尺迦仏、丈六の御姿にて、**紫磨黄金の光を放ちて、空より

飛来り給て、この獄門を踏破りて、此僧を取りて去り給ぬ。
（三九一）

打聞集

1 昔唐ノ王大堂ヲ造テ**仏ヲ種々ニ造顕タマフテ** （二三七）

2 此御寺ニ召テ所々見せ**仏**ヲ礼給テ （二三七）

3 実ノ功徳ハ我心ノ内ノ本躰ノ**清クイサ清ヨキ仏**ニテイマス
カルヲ思ヒ顕ナム実ノ功徳ニハシ侍 （二三七）

4 **【二　尺迦如来験事】** （二三八）

5 **尺迦牟尼仏**ノ御弟子也仏法伝ムカ為ニ遠カナル天竺ヨリ来
也ト申ケレハ （二三八〜二三九）

6 **仏**ノ弟子トナノル**仏**ト云物不知 （二三九）

7 我本師**尺迦如来**ハ失給テ後久成ヌレトモ （二三九）

8 **尺迦仏丈六ノ躰**紫广黄金之光ヲ放テヲホソラヨリ飛来給テ
此獄門ヲフミ破給入リテ取テ去ヒヌ其次ニカタヘノ盗人共皆
免シ給テケレハ （二三九）

9 獄ノツカサ虚空ニ物ノノナリケレハ出見ハ**金色僧光ヲ放ル**
力長丈六ナル僧空ヨリ飛来テ獄門ヲフミハナチテ此居ラレタ
ル天竺ノ僧ヲ取テイクヲトナリケリ （二三九）

---

10 是ハ何人ソト問給**尺迦仏**之御弟子也其**尺迦仏**ハ御坐ヤト問
給ヘハ早昔失給ヒニケリト申 （二四〇）

11 昔**尺迦如来**舎利ヲ残シテ衆生ヲ引導ヘリ （二四〇）

12 三蔵**紺璃琉ツホ**ヲ札ノ上ニ持テ花香奉テ祈ニ七日過ヌ （二四〇）

13 **琉璃ツホ**ノ内ニ大舎利一ツ現せリ**ツホ**ノ内ヨリ光ヲ放ツ （二四〇）

14 **琉璃ツホ**ノ内ニ丸**白玉**アリツホノ内ヨリ白光ヲ放ツ （二四〇）

15 今堂ニハ瓦フキノ二蓋ニ造タリ内ハ**丈六ノ弥勒**ナム御坐 （二四一）

16 **唐車**ニ乗タル人ノ止无キ来リ此寺ノ仏法守ト誓タルナリ （二四二）

17 此老僧ヲハ教待尚和トナム申ツル人ノ夢ニソ**弥勒**ニテ見給
ケル （二四二）

18 御髪ハ一尺許生テ御坐ケレハ水沐**浄衣**ヲ着ナム （二四四）

19 **水精念珠**ノクチテ絶ニケレハ御前ニ散タリケルヲ取リ聚テ
緒ウルワシウスケテ御手ニ繋奉給ヘリケリ （二四四）

20 【八 鳩广羅**仏**盗事】 昔天竺ニ**仏**ノ忉利天ニ昇給ル程優顚王ノ恋奉リテ**栴檀ノ木ヲ以テ造奉リ給ル仏**オハシマスシカルヲ**仏**般卌ニ入給テ後ニ此**栴亶之仏**ヲ世コソリテ貴テ仕ツル程ニ鳩广羅ト云聖此ヲ盗テヰテタテマツル程ニ （二四八）

21 天竺ニハ**仏**出給ヘル国ナレハ此**仏**オハセストモ止事ナキ物共アリ唐ニハカカル止事无**仏**モオハせス止事无**仏**ヲ渡奉テ遍ヨロツノ人ヲ導カムト思ハ （二四八～二四九）

22 心ノ内ヲ**仏**アハレト思食テ昼ハ鳩广羅**仏**ヲ負タテマツリ夜ハ鳩广羅ヲ**仏**負給テ往 （二四九）

23 本意ノ如ク此**仏**ヲ唐ニ渡タテマツラムコトカタシ （二五〇）

24 如法唐ニ此**仏**ヲ渡付給テオホクノ衆生ヲ利益シ法花経ヲ渡 （二五〇）

25 サテ此**仏**ヲハ唐ニ渡タテマツレルヲ又ウツシ造タテマツリテ此国ニニ渡シタテマツルナリ**清岸寺ニイマニヲハスル仏**也 （二五〇）

26 驚テアヤシヒテ見ハ此病人エモイハス貴キ**観世菩薩**成ヌ （二五三）

---

27 此**菩薩**起居給テノタマハク （二五三）

28 木草モミチタリト見ハ金色ノ光ニ成テ**菩薩**カイケツ様ニ失給ヌ （二五三）

29 昔宝志和尚ト云聖オハシケリイミシク貴テオハシケレハ王ト**形ヲ世ニ書伝止トテ画師三人ヲ遣ケル**一人テカカハ書モヤタカフトテ三人シテ書中ニニタラムヲ守ニせムトテ遣スナリケリ**三人ノ画師**聖ノ房ニマウテテカウカウノ事ニヨリテナム参タルト申ケレハ （二五四）

30 **三人ノ画師書ヘキ絹ヲ並テ三人並テ筆下サムトスル程ニ**シハシヲノレカ形アリ其ヲ見テカクヘシトイヒケレハ**画師**シハシ書始メスシテ聖ノカホヲ見ハ大指ノ爪ヲ以テ額ノ皮ヲ指切テ面ノクヒヲ左右手シテヒキノケテ**金色菩薩**ノ顔ヲ指出タリ**一人ノ画師ハ千手観音見ル一人ノ画師ハ正観音ト見ル**各々見ママニ王ケニ奉タリケレハ （二五四～二五五）

31 俗三人ヲ談アハせテ**陰形ノ薬ヲ造ル**其薬ヲ造ナル様ハヤトリ木ヲ五寸ニ切テ影ホシニ百日ホシテ其レヲ以テ造ル薬也ム有ル其法ヲ学テ造也其ヤトリキヲモトトリニサシツレハ**隠蓑**ノ様ニ形ヲ隠ス薬也ケリ此三人ノ俗心ヲ合テカノ**陰形ノ薬**ヲ

首ニ指テ王宮ニ参ヌ　（二五六）

32　【一五　玉盗成国王事】　昔天竺ノ王**夜光ル玉**ノメテタキヲ以リケル　（二五九）

33　**高楼ノ有ニ目出タキ七宝ヲ以テ荘リ玉幡ヲ懸**ニシキヲ地ニ敷目出絹ヲ着荘共ヲシテ笒笓笆ヒカせナトシ持此**玉**盗人ヲ召テ　（二五九～二六〇）

34　**玉幡**懸マハシタリエモイハヌ二色上ニハリイタ敷ニタリ　（二六〇）

35　其ノ国ノ王ノ**宝ニせシ玉**ノ盗ミテヤ有シト問ム　（二六〇～二六一）

36　先年ニ我イミシウ**宝ニせシ玉**ヲナム盗レニシ　（二六一）

37　我カ**玉**盗シ事ハ身断ニ盗タルナリ　（二六二）

38　ヲノレコソソノ**玉**ハ盗テ以テ候ヘ国賜ヘクハ是ヲ奉テム　（二六二）

39　ソノヲリニ**玉**取出奉ル帝王ノノ給様此**玉**得ツルイトウレシ　（二六二）

40　盗人**玉**ヲ盗ハ大臣位ニ登ヤハ是以知リヌ　（二六三）

41　大師シ**仏**中ニ居テ**不動尊**念奉給使アマタアサルニ大師不見給ス只**新不動尊一丈ノ仏達チ**ノ中イマスカリ　（二六四）

42　此ハ**講結城**也此ニ来人ハ先物ノ云又薬ヲ服テ次肥薬ヲ服ス其後高所ニツリ懸テ処々ヲ指切テ血ヲタラシテ缶ニタム其ノ血ヲ以テ**講結ヲ染テ**ウリツツ世ヲ経ケル所也　（二六五）

43　丑寅方ニ向テ本山**三宝薬師仏**助給ト手摩テ礼拝ス其時ニ大犬出来テ大師御衣ノソテヲクヒテ飛テ出ヘクモアラヌ水門ヨリ引入テ外ニ出ヌレハ犬ハ失ケリ　（二六五）

44　其所ハ**講結城**也衆人血ヲシホル所也　（二六六）

45　ヲホロケノ**仏**助ナラスハ出ヘキ様ナシイミシウ貴カリケル**仏**カナト悦テ去　（二六六）

46　弘法大師為　神泉行請雨経法給壇上ニ五尺許虵ノ頚**玉**マキタル五寸許ノ虵ノ金色戴之出蹔アテ壇ヨリ当リテ池ニ入　（二六六）

47　**玄奘三蔵ノ天竺ニ渡トキノ記**此由ヲシルせリ　（二六七）

48　祖云**黒衣**着人各銭千巻ツツ取テナム以来ツル　（二六八）

49　東ノ方ニハ**二色ノアク**ヲ長ク立テ其下ニ止事无キ唐人共二千人許ナミ居タリ　（二七〇）

50　サテハ帝王御心ヨソ思食ケル**玉箱**共ニ立ル所ノ文共ヲ入テ

荘リ台ニスヘナミタリ广等方ニハ**琉璃肙ニ仏舎利ヲ入奉レリ**
荘ル箱共ニ渡奉ル**経共ヲ入タリワツカニ二百巻也**其モ**二色ノ**
アクヲ打テ麽等一人大臣一人居　（二七一）

51　广等方ノ仏舎利放光ヲ空ニ上**経論**モ同ク仏舎利ニ具シテ空
登　（二七一）

52　其公野聖ハ東市門ニ**八尺石率都波**ヲ立盗人カナキハク所ナ
レハ其罪失ハムトテ立也ケリ又**金泥大般若知識ヲ引テエモ云**
ス目出タク書給チスナト目出タク云ム方ナシ軸ニ成テエ求不
得テ寤夢僧来告汝前生ニ此**経**ヲ書奉リシニ書サシテ死也**其軸**
ノ水精ハ奈羅坂ニウツミタリシカシカノ所也　（二七五）

53　五六尺許窟**一尺許ナル銅ノ箱**ヲ掘入ツ銅ホソキヲ以テカラ
ケタリ打放テ開見ハ**八角ナル軸料水精**ツユキス无カ**スキ通タ**
ル一箱入タリウツシテ見ハ千二百也実ニ此**軸**也ケリト見ユ悲
貴ヲホエテ啼ヲ流取帰テ**経軸シテ六波羅ニテ供養奉**件**経**清水
寺御云々　（二七五〜二七六）

54　相応和尚伝云　延喜十五年枇杷大納言藤原仲平卿奉造**等身**
不動明王像造立三間仏堂付属和尚无動寺今大堂是也云々　（二七七〜二七八）

55　**大和物語**云　ミカトオリヰ給テマタノトシ秋御クシヲロシ
給テトコロトコロニ山フミせサせ給ヘリ　（二八二）

宇津保物語

俊蔭

1　龍に乗れる童、**黄金の札**を阿修羅に取らせて上りぬ。（一三）

2　阿修羅、木を取り出でて、割り木作る響きに、天稚御子下りましまして、**琴三十作りて**上り給ひぬ。かくて、すなはち、音声楽して、天女下りまして**漆塗り、織女、緒縒り**、すげさせて、上りぬ。（一三）

3　この屋の乾の隅の方に、深く一丈掘れる穴あり。それが上・下・ほとりには沈を積みて、**この弾く琴の同じ様なる琴、錦の袋に入れたる一つと、褐の袋に入れたる一つ**、錦のは南風、褐のをば波斯風といふ。（二二）

4　父ぬし、物の器用あり、心憎き所ありし人なれば、家の様をかしう面白かりし所なれば、**池広く、植木面白く、草の様・気色などなべてならず面白き所**にて、夏になるままに、出で入り繕ふ人なき所なれば、**蓬・葎さへ生ひ凝りて**、人目まれにて、ただ明け暮れ眺むるに、秋にもなりぬれば、木草の色殊になりゆくを見るままに、言ふ方なく悲しくて、かく言ふ。（二四）

5　心ありし人の、急ぐことなくて、心に入れて作りし所なれば、**木立ちより始めて、水の流れたる様、草木の姿など、をかしく見所あり。蓬・葎の中より秋の花はつかに咲き出でて、池広きに、月面白く映れり。**恐ろしきことおぼえず、面白き所を分け入りて見給ふ。秋風・河原風交じりて早く、**叢に虫の声乱れて聞こゆ。**月、隈なうあはれなり。（二五）

6　**白き髪の筋も、白銀・黄金となりなむ。**（三三）

7　**いとうつくしげに調じたる唐鞍**を取り出だして、（三三）

8　**いとうつくしげに艶やかになめらかなる絎針に、縹の糸をぞ、左糸・右糸に縒りて、一尋片脇ばかり挿げたる**を、鶉ぞ君の御前に落としつる。（三四～三五）

9　君の**御下交ひの衽に、つぶつぶと長く縫ひつけて**立ちぬる。（三五）

10　**いと使ひよき手作りの針**の、耳いと明らかなるに、**信濃のはつり**をいとよきほどに挿げて、嫗の衣に縫ひつく、（三五）

11　**綾・錦を着て、玉の台にかしづかるる国王**（四二）

12　**青葛を大きなる籠に組みて、**厳しき栗・橡を入れて、（四二）

13　**衣、はた、はかなき単衣の萎えたるを着たるに、**（四五）

14　子の料に、**絹の指貫・摺り狩衣・袿・袴**など、（四九）

15　子も、**はかなき水干装束**なれど、（五三）

★16　この殿は、檜皮のおとど五つ、廊・渡殿、さるべきあてあての板屋どもなど、あるべき限りにて、蔵町に御蔵いと多かり。（五三）

17　中将には、女の装束一領づつ、少将には、**白き袿一襲・袴**をなむものするを、この度は、中将に、なほ、細長を添へて、少将には、**綾の袿・三重襲の袴**などを設け給へ、（五七）

★18　三条殿に、殿・北の方並びておはします。御台参れり。侍従、内裏よりまかで給へり。国々の荘より、こう絹・布など持て参れり。御急ぎの料に、とて、綾・薄物・練絹など多く奉れたれば、御匣殿する人、御前にて、計らひ定む。染め草、何くれのこと。荘々の物どもは、一条殿にも分かち奉り給ふ。おはすることは絶えてなければ、御方々に、思し嘆き、さまざまに聞こえ驚かし給ふもあれど、すべて、ただ今は、異人に物聞こえむ、とも思したらず。（五七）

19　**御前に砂子蒔かせ、前栽植ゑさせ、幄新しく打ちて、**寝殿の南の廂に御座装はす。（五七）

20　**めでたき四尺の屏風・几帳**ども、方々に立てられたり。内に、御達・うなゐども、**重ねの裳・唐衣、汗衫**ども着て、居並みたり。うなゐは、**青色に二藍襲着たり。**（五七〜五八）

21　**琴どもの装束しすぐりて、**（五八）

22　上達部・親王たちの御前には、**紫檀の机に綾の表**参れり。中、少将には、**蘇枋の机、**官人には、皆ほどにつけてし給ふ。（五八）

23　**装束き置かれたる琴ども**を取う出させて、（五八）

24　例は、舎人・相撲人などには、**信濃の布**を賜ひけれど、今年は、心殊に、**陸奥国の絹**を賜はす。**蘇枋の脚つけたる中取り三つに、東絹積みて、**（五九）

25　被け物、垣下の親王たちに、**赤朽葉に花文綾の小袿・菊の摺り裳・綾掻練一襲・袷の袴、**宰相より始めて中将までは、**綾の摺り裳・黄朽葉の唐衣一襲・袷の袴、**少将より始め、垣

下の次官たちには、**薄色の裳・黄朽葉の唐衣一襲・袴、色劣れり**、大夫たち・府の将監までは、**白き綾の一重襲・袷の袴**、人々の御供なる、官ある人には、**白張の袴一具**、府生には、**白き一重襲**賜ふ。　（五九）

藤原の君

1　朝廷、**修理職**に仰せ給ひて、左大弁を督して、四町の所を四つに分かちて、町一つに、**檜皮のおとど・廊・渡殿・蔵・板屋**など、いと多く建てたる、　（六八）

2　おとど町なれば、**板屋なく、ある限り檜皮**なり。　（六八）

3　めづらしく出で来たる**雁の子**に書きつく、　（七一）

4　**白銀の薫炉に、白銀の籠作り覆ひて、沈を搗き篩ひて**、灰に入れて、下の思ひに、すべて黒方をまろがして、　（七四）

5　**をかしげなる蒔絵の箱**に、絹・綾などし入れて、　（七四）

6　**川島のいとをかしき洲浜に、千鳥の行き違ひたる**などして、それに、かく書きつく。　（七五～七六）

★7　ここは、大将殿の宮住み給ふおとど町。池広く、前栽・植木面白く、おとどども・廊ども多かり。曹司町・下屋どども、皆檜皮なり。寝殿には、あて宮、小君たち、女御の君腹の皇女たち、合はせて七所、歳十三歳より下なり。御達・大人三十人ばかり、童六人、下仕へ六人、乳母どもなんどあり。皆、童、あて宮の御人なり。西のおとど、女御住み給ふ。下仕へ・童・大人、同じ数なり。内裏より御文あり、見給ふ。東の対には、女御の御腹の男皇子たち、いとあまたおはすなり。皆、碁打ちなどす。北のおとどは、宮・父おとど住み給ふ。おとど、内裏へ参り給ふとて急ぐ。

　これは、御子どもの住み給ふ町。おとど六つ、板屋十まりに、蔵どもあり。寝殿、式部卿の宮の。同じ腹の六の君、歳十八、子二人、また生み給はむとする、と、いと多く勢ひたり。右のおとど、民部卿の殿の御方、同じ御腹の七の君、御夫、左の大殿の太郎君、歳十六、子生み給はむとす。東のおとど、左衛門督の殿の御方。歳十五。北の対、いたづらなり。今生ひ出で給ふが料なり。池広し。植木あり。反橋・釣殿あり。

　これは、大殿の君住み給ふおとど町。屋ども、同じ数なり。寝殿、北の方住み給ふ。御達、いと多かり。西の対、中

務の宮の北の方、こなたの御腹の中の君なり、歳二十三、男君達は、君の御腹の四人。東のおとど、藤宰相殿の御方、三の君、歳二十二、御大、右大臣殿の三郎君、子一人。南のおとど、同じ御腹の四の君、子なし、歳二十、源中将の北の方。（七八〜七九）

★8　ここは、上野の宮。おとど四つ、板屋十、蔵あり。池広し。山高し。

これ、寝殿。宮おはし、男ども十人ばかり。松原・植木・前栽あり。

ここは、童部・博打、集まりをりて、物食らふ。一御蔵開けて、家司ども、あるかぎりの物どもを運び出だして、この人どもに呉る。（八二）

9　**黄金造りの車**一つ・**檳榔毛の車**二つ、**黄金造り**には、下臈の娘・大人・童を乗せ、**檳榔毛**には、殿の御達乗せて、（八三）

★10　ここは、大将殿。物見に、人出だし立て給ふ。下臈の娘は、歳十四、かたちいと清げなり。大人・童、下衆なれど、かたちよし。（八三）

★11　ここは、寺。濫僧・牛飼、集まりてをり。

博打・京童部、車奪ひたり。

親王の君、片足切して、車に走り乗り給へり。（八四）

★12　ここは、上野の宮。女率て帰り給へり。御浜床立てて、北の方据ゑ奉り、また、供の大人居たり。朱の台立てて、金の杯して物参れり。親王、御手づから賄ひし給ふ。

博打・童部・濫僧、集まりて、机立てて物食ふ。京童部に物被けたり。濫僧に、物被けたり。

ここは仏造る。

ここは、河原に、一つ車にて出で給へり。空車にかくしの積みて、陰陽師、前馬にて出でたり。瓮置きて、祝詞申す。（八五）

13　**板屋形の車の輪欠けたるに**、迫りたる牝牛を懸けて、小さき女の童をつけて、**縄鞦、はつれたる伊予簾**を懸けて、**布の太きを上御衣に染めて、太き手作りを下襲・上の袴に履きて**、衛府かけたれば、随身・舎人には、小さき童部に**木太刀を佩けて、古藁沓に篠葉さし集めて**、木の枝に細縄をすげて、弓とては持たせて、参りまかですれば、京の内にそしり

笑ふこと限りなし。（八五～八六）

14　住み給ふ屋は、**三間の茅屋、片しはつれ、編み垂れ蔀。巡りは、檜垣**。（八七）

15　この御蔵一つ開きて、**清らなる殿買い造らせ給へ**。（八七）

★16　ここは七条殿。四面に、蔵立てり。

寝殿は、端はつれたる小さき茅屋、編み垂れ蔀一間上げて、葦簾懸けたり。御座所、九幅なる筵敷きたり。衝立障子とて、太き縄引きて、布の御衣懸けたり。御枕、榑の頭。おとど、物まうのぼれり。三脚の台、裏黒の杯、精米に麦の御膳混ぜたり。蜜物なき鰯。御厨子所、寝殿の北の方。頭白き嫗一人、水汲む。女の童一人、御膳盛り仕うまつる。

これは、てう店に女をりて、物売る。かういたして、女しはらひ。

これは、侍の人ども、畑作る。おとど、括り上げて、榑の足駄履きて、鋳つきて、布の直垂着て、立ち給へり。

空車に、魚・塩積みて、持て来たり。預かりども、読み取りて、店に据ゑて売る。（八九）

17　綾襲着せ使ひ、みづからも、綾織りならぬ物着ず、**朱の台・金の杯**ならぬ物食はず。（九〇）

18　大きなる衣箱二つに、**麗しき絹・畳綿**など入れて、これは賜はれる国の物なり。（九〇）

★19　ここは、致仕の大臣殿の四条殿。寝殿、対四つ、渡殿あり。

寝殿に、帳立てたり。蒔絵の厨子、覆ひして立てたり。綾の屏風、褥・上筵敷きたり。新しく、大人・童、装束したり。物参る。台四つして、裳・唐衣着たる人、賄ひす。上の袴・衵着たる童、参れり。

宮内の君に、折敷して物参れり。箱に物入れて据ゑたり。（九〇～九一）

★20　ここは、大将殿。あて宮・今宮、物参る。簀子に、侍従の君、殿籠れり。御達、簾の内に居て、物言ふ。

侍従、松の枝折りて、持ち給へり。

やとせて、あて宮に文奉りて、足擦りをして泣く。

君たち二所、兵衛の君など居て、人の御返り聞こえたり。

三の皇子、琵琶弾き給ひて、居給ひて、あて宮に物聞こえ給へり。（九五）

★21　ここは、帥殿。檜皮屋・御蔵どもあり。

ぬしの御子ども、右近少将・木工助・蔵人とかけたる式部丞・坊の帯刀、並び居たり。娘三人、御達二十人ばかりあり。ぬし、物参る。台二具・秘色の杯ども。娘ども、朱の台・金の杯取りて、まうのぼる。男ども、朱の台・金椀して、物食ふ。

厨子ども、透箱・餌袋置きて、男ども居並みて、色なる娘ども居並みて、綾・薄物・縑選る。ぬし、大将殿、物要りげなる殿なめり。白き米二百石が券作らせよ、とのたまふ。

ここは、ぬしの御子ども、男・女、集ひて物語す。筑紫船の仕へ人も、来たり。三百石の米は来にたり、今片方は来むぞ、と言ふ。（九六～九七）

22　**清らなる香の色紙**に書きて、（九七）

23　かの御返り、と思ひて見るに、**嫗の手**なり。（九八）

24　**綾掻練の袿一襲・小袿・袷の袴**賜ふとて、（一〇〇）

★25　ここは、大将殿。あて宮、おはす。侍従の君と、御琴遊ばす。

三の宮、御琴遊ばす。御達いと多く、うなゐなんど候ふ。

ここは、北のおとど。宮、御台立てて、物参る。人の奉れる物、いと多かり。帥の奉れるとて、透箱・唐櫃に、絹・綾など入れて、陸奥国守の奉れる陸奥国紙あり。宮、透箱開けて、綾など見給ふ。

おとど、内裏へ参り給ふとて急ぐ。御車に装束して、立てたり。御厩より、移し馬ども引きたり。御送りに、君達うち連れて参り給へり。

ここは、政所。四位・五位、七、八人ばかり、おろしを食ふ。

ここは、たてま所。厨人・雑仕、合はせて五人ばかり、別当・預かりども着きたり。鷹飼鷹据ゑて、鵜飼どももあり。御とりのなやみとみすとこさいども多かり。俎ども立てて、魚作る。（一〇二）

★26　ここは、河原に、御髪洗ましたり。

あて宮琴の御琴、今宮箏の御琴、御息所琵琶、大宮大和琴調べ給へり。春宮の御使に、物被けたり。

ここに、人々、あて宮の御琴遊ばすと聞くとて、河ほとりに居給へり。君達の御前に、遊女二十人ばかり、琴弾き、歌歌

ひて、御衣賜はれり。（一〇六）

忠こそ

1 掌の内に**黄金の大殿**を造らむ、（一一一）

2 **長き葎**を折らせて、（一一三）

3 **身にも触れ給はぬ御衣を、綾襲を、御衣架に色々に縫ひ懸け**、興ありと思されむとて、（一一四）

★4 ここは、千蔭の大殿。（一一五）

★5 ここは、千蔭の大殿。（一一七）

6 **小さき菖蒲**に、かく書きて置きたり。**箸の台**に、（一一八）

7 祖の御時より、次々伝はれる**名高き帯**、内宴にさし給へりけるままに、（一一八）

8 手を擦りて、**いつつ絹**五十疋取らせてのたまふ、（一一九）

9 北の方、**朝服などいと清らに調じて、妻の料などもいと清らにて**取らせつ。（一二三）

★10 これは、千蔭の大殿。（一二四）

11 **この琴**を一声掻き鳴らし給ひて、龍角のもとに、かく書きつけ給ふ。（一二七）

12 その御文どもを、**沈の箱**一具に、取り集めて入れて、（一三〇）

13 **白銀の透箱**二つに、この北の方の御文ども、浅茅つけたりしより始めて、返し奉れ給ふ。（一三一）

★14 これ、一条殿の滅び給ひつる所。（一三三）

15 **物書きつけし琴**取り出でて見給ふに、（一三三）

16 **仏**造らせ給はむ、とて、よろづの武具して、力人集まりて割るに、いささかなる疵つかず。金の上に、露かからむばかりなり。（一三三）

春日詣

1 装束は、大人は**青色の唐衣**、童は**赤色に綾の上の袴**、下仕へは**青丹に柳襲**着たり。（一三七）

2 御車、**糸毛十・檳榔毛十**なり。**糸毛十**には、宮より始め奉りて、女御子たち、あまたの北の方、あなたこなた、合はせて九所。（一三七）

3 御装束、**赤色の唐の御衣**に**羅の摺り裳**、**萌黄の色の織物の小袿**設けたり。**檳榔毛**十には、一つに、四人づつ乗りて、

4 樋洗まし六人、**青丹の上の衣**着て歩み、御車の御前駆、四位十八人・五位三十人・六位五十人。**馬の毛・下襲の色整へたり。**（一三七）

5 御社に詣で着き給ひて、**色々の幄**打ち渡して、御車下り給ふ。（一三八）

6 陪従には、**桜色の綾の細長一襲・袷の袴一具**づつ賜ふ。垣下におはしたる人々に、**綾襲の女の装束一具**づつ、五位より下は、**白き打ち袴**をなむ賜ひける。（一三八）

7 **面白き梅の花**を折らせ給ひて、**沈の男**作らせ給ひて、花の雫に濡れたるに、かく書きつけて、（一三八）

8 **蓑虫つける花折らせ給ひて、それが下に、笠着せたる者ども立てて、**かく書きつけ給ふ。（一三八）

9 遠くて見れば、**色々の幄**を鱗のごと打ち渡して、（一四四）

10 **綾掻練の袿一襲・萌黄色の小袿一襲・赤色の袴一具**、御前より持て出でて、（一四五）

11 おとど、**桜色の綾の細長一襲**を持て出で給ひて、（一四八）

12 **散り落つる花びらに、爪もとより血をさしあやして、**かく書きつく。（一四八）

---

13 舞人に、被け物、**白き綾の袷の袙一具**、陪従に、**ただの細長・袴**、童陪従などにも賜ふ。（一四九）

14 **をかしき松に、面白き藤の懸かれるを、松の枝ながら折りて持ていまして、花びらに、**かく書きつく。（一五〇）

★15 よき台どもをあまた立て、難き物どもをあまた盛り据ゑ、清く清らなる御衣どもを懸け渡して、出居・簀子には、大人二十人ばかり、濃き袿一襲・摺り裳着たり。よき童四人、襖子、袷の袴・濃き袙など着て、出で入り、花の陰に遊びて、いみじき昔語りをし、あはれなる行く末を契りして居給へり。（一五四）

16 **面白き花の枝に御文つけて、**（一五五）

17 **紫檀の折敷、沈の台**に据ゑて八つ、机、いと厳しうはあらぬに、（一五五）

18 **綾掻練の袿一襲、袴具したる女の装束一領**被け給ふ。（一五六）

嵯峨の院

1　**面白き萩を折りて、葉に、**かく書きつく。（一六〇）

2　**面白き紅葉の露に濡れたる**を折りて、かくなむ。（一六一）

★3　あて宮の御前に、人いと多かり。ここかしこより、取りつつ参らす。（一六一）

4　風涼しくなり、**虫の声、御前の草木**も整ひて、**木の葉は色づき、叢の花咲き、五葉の松はのどけき色をまし、色々の紅葉、薄き濃き、村濃に交じり、**月面白き夕暮れに、**御前の池に月影映りて、**よろづ面白き夕暮れに、（一六四～一六五）

5　**御前の一本菊、いと高く厳しく、移ろひて、朝ぼらけに、めでたく厳しう見ゆるに、露に濡れたるを押し折りて、**かく書きつけ給ふ。（一六五）

★6　君達、集まりて遊び給ふ。

皇子、菊を押し折りて。

ここに、御達四十人ばかり、君たち、皆、御前に物参る。東の御方より、君たち、起きおはしますなり、とて、御菓物奉り給ふ。（一六六）

★7　おとど、中納言に対面し給へり。

侍にて、中将の君対面し給へる所にて、男ども、いと多く候ふ。（一六八）

8　**御前の花薄の中に、今、もとより生ひ出づる葉、秋も穂に出でぬを引き抜きて、その葉に、**かく、（一六八）

9　**尾花を添へて**奉り給ふ。（一六九）

★10　中のおとど。九の君おはします。御達、いと多く候ふ。（一六九）

11　**白き御衣の袖に、**涙かかりて、**掻練なんど映りて濡れたる**を、取り放ちて、それに書きつけ給ふ、（一七〇）

★12　左大将殿。曹司にて、源侍従、物語し給ふ。物など参れり。男ども、いと多かり。（一七二）

★13　春宮。左のおとど・平中納言・源宰相・春宮大夫、殿上人、童など、いと多かり。（一七三）

★14　春宮・左大将のおとど、御物語し給ふ。（一七五）

★15　ここに、おとど・宮の御物語。

中のおとどに、君達おはします。御達、物など参る。（一七五）

★16　中のおとどに、君達・宮渡り給へり。内裏の御方の御前

に、物参りたり。おとどにも、参る。御台、いと多かり。
（一七六）

★17 君達、物聞こし召す。宮、東のおとどに渡り給ふ。御達、いと多かり。うなゐ四人、御几帳さしたり。方々より、皆、物参りたり。
（一七八）

18 **布は、甲斐・武蔵より持てまうで来たりし**を、還饗の禄・相撲人の禄に、皆賜びてき。ただ、**信濃の御牧より持て来ためる二百反・上野の布三百反**なむ、政所に候ふ。（一七九）

★19 ここは、政所。弁の君、廻文作りて、才ども召し集む。米、いと多く持ちて参れり。
（一七九）

20 **白絹**三十疋奉れり。
（一七九）

★21 弁の君。

御達、物裁つ。染物せらるる。おとど・宮、おはします。伊勢より、絹持て参れる。政所に、葉椀などさす。山より、榊持て参れり。御神楽の日、騒がしかるべし、とて、十一日よき日なれば、御神祭る、とて、政所ののしる。
（一七九〜一八〇）

22 **黄金造りの御車**一つ、副車の御車五つして出で給ふ。

★23 御神の子、四人下りたり。池・山も、いと面白し。
（一八〇）

上達部・親王たち、右のおとど・右大将・民部卿・左衛門督・平中納言・源宰相、御子たちは、例の、兵部卿・中務の親王など、多くおはします。例の、仲頼・行正・仲忠、例よりもいとめでたく装束きて、心遣ひして出で来たり。
（一八〇）

★24 寝殿に、君達おはしまして、物見給ふ。親王たち・上達部、御酒いみじう進みて、人々、いと多かり。

才の男君たちに、御衣脱ぎて、皆々被け給ふ。

才の人々に、皆、衣脱ぎて、被く。遊び女ども二十人ばかり、いとになく装束きて、琴弾き、遊ぶ。
（一八三）

★25 中のおとどに、君達。

東のおとどに、皇子たち。

侍従の曹司に、侍従物語す。
（一八四）

26 御**屏風**のことなどし給ひて、御歳の足り給ふに、明けむ年六十になり給ふ年なるを、仕うまつらむ、と思す。（一八四）

★27 君達の御衣ども・人々の装束どもなど、中のおとど・東

のおとどにて、物配り給ふ。御達、いと多く居て、縫ふ。染物す。大弐のもとより、綾三十疋持て来たり。

　おとどの御子どもの君達にも、物聞こえ給ふ。美濃より絹六十疋、丹後よりこうち絹百疋。　（一八六）

★28　ここには、民部卿の殿の御北の方、御達騒ぐ。君達も、物参る。舞の師ども、物食ふ。君達の御装束せさせ給ふ。

　ここには、右のおとどの御方、御折敷のこと、白銀の折敷二十。中の台据ゑ並むべきことなど、かねてより設けられたる物、籠・菓物など据ゑ並むべきこと、かねてより設けられたる物なれば、いと厳しくけうらなり。右のおとど、人々、多く候ふ。ここにて、御台調ずること定め給ふ。白銀の鍛冶召して、御杯ども、かう、と、物仰せ給ふ。折敷どものことなど。　（一八六〜一八七）

★29　ここには、政所、中務小輔義則居て、御読経の僧供のこと行ふ。家司ども、居たり。納殿より、細布・さと布・紫海苔など出だす。

　僧坊ども、弟子・童子など、いと多かり。ここには、台盤立ててし据ゑたり。

　中のおとど。御読経の所は、花机に経ども積みたり。大徳たち、経配る。経読む禅師たちあり。

　ここに、人々、仲頼・行正・仲忠、右近少将二人、受領どもなど、数知らず多かり。堂童子ら。初めの夜の非時、美濃守、次の夜の物は、摂津守。　（一八七）

30　大徳たちの御布施に、**白絹**十疋ども行ふ。　（一八七）

★31　これは、東の中開けて、君達、物見給ふ。夜さりの料に、花作らる。いと多かり。香ぐはし。君たちは、帯ものし給ふとて、急ぎ給ふ。殿も、になく急ぎ給ふ。

　ここは、中のおとど。宮、導師の被け物被け給ふ。御達、いと多かり。

　導師の前の物、政所、急ぐ。人々、多かり。

大徳たちの非時、近江守いと厳しうしたり。皆配る。導師の前の物ども、いと多かり。

仏名の所。大徳たち、次第して、率ゐて、七、八人参る。

導師請じて、こと始む。次第師ども。

　例の、仲忠・行正・仲頼、おとどの御婿の君たち、御子ども、いと多くおはします。

侍。人、いと多かり。（一八八）

★32 これは、中のおとどに、君達おはしまして、雪の、梅の木に降り懸かりたるを御覧じて、居給へり。御達、いと多く候ふ。

ここは、政所。節料配り、御魂の急ぎす。松木・炭・餅などあり。

宮、ついたちの急ぎし給ふ。（一八九）

★33 君達に、物参りたり。

中のおとどより、東のおとどに移り給ふ。うなゐ二人、御几帳さしたり。御達二十人ばかり。

これ、おとどの御婿の君達などに、節供参り、御酒参り、いみじくす。（一八九）

★34 宮、被け物、裁ちて、張らせ給ふ。人、縫ふ。

饗の設け、政所にす。

おとど・宮の物語し給ふ。（一九〇）

35 異人の、**めでたき装束し、沈・麝香に染めて、しつらひめでたくてあるをば**、鬼・獣のくふ山に交じりたる心地して、（一九一）

★36 宮内卿の殿。娘・少将、御達二人。

父ぬし・母の物語。人どももあり。（一九一）

★37 寝殿の南の廂に、四尺の御屏風北に立てて、それに添ひて、中将着く。柱に並びて、上達部・親王たち着き給ふ。（一九二）

38 **屏風**二つが狭間より、御簾の内を見入るれば、（一九二）

★39 大将殿、親王たち・上達部・あるじのおとど。人々、皆立ち給ひぬ。

これは、御達。親王出で給へば、少将立ちぬ。（一九三）

★40 ここには、娘、物言ひたり。（一九六）

★41 母・子居て、物参らむ、とて、調じ急ぐ。父ぬし、手づから雉作る。

ここには、少将に物参る。娘。雉などあり。（一九七）

42 **いとめづらしく清らなる様にし整へ給ひて**、子・孫引き続きて、**糸毛六つ**、**檳榔毛十四**、うなゐ車五つ、下仕へ車五つしてなむ参り給ひける。（一九七）

43 大人二十人は、**赤色に蘇枋襲**、今二十人は、**赤色に葡萄染め襲・綾の摺り裳**、うなゐは、おしなべて、**青色に蘇枋襲・**

綾の上の袴・綾掻練、色はさらにも言はず、下仕へは、例の、村摺り・檜皮色・桜襲、おしなべて賜ふ。（一九七〜一九八）

祭の使

1 金の枝に小さき壺をつけて、それに桂川の水を入れて、（二〇三）

★2 大将殿の南のおとどに、使三所着き給へり。垣下に、親王四所・上達部五所、四位・五位、合はせて六十人ばかりあり。御馬ども引き立て、手振りども立ち並みたり。一条の大路に、物見車ども数知らず。殿の御車ども、ものしたる榻ども立てつつ、四位・五位、撒き散らしたるごと立てり。（二〇三〜二〇四）

3 空蟬の身に、かく書きつけて奉る。（二〇五）

4 長持の御唐櫃一具に、女の装ひ一具、白張袴添へて、大袿十襲入れて、（二〇九）

5 隙なく、褐の衣着たる男ども燈したり。（二一〇）

6 君達、母屋の御簾に壁代懸け、御簾の内に、四尺の御屏風ども立て渡したる内に、ある限り、立て並めて、見給ふ。（二一一）

7 上達部・親王たちには、女の装ひ一領、馬頭、左、右の中将まで、それより下は、白張袴、品に添へて賜はりぬ。（二一二）

8 五月のつごもりの日、朽ちたる橘の実に、かく書きつけて、（二一三）

9 大将殿は、池広く深く、色々の植木、岸に添ひて生ひたり。水の上に枝さし入りなどしたる中島に、片端は水に臨き、片端は島にかけて、厳しき釣殿造られて、をかしき船ども下ろし、浮橋渡し、暑き日盛りには、人々涼みなどし給ふに、（二一三）

10 御扇に、かく書きつけて、（二一四）

11 白き綾の御衣脱ぎて、侍従に賜ふとて、（二一五）

12 二十の人は青朽葉、それよりこなたは二藍の御小袿ども。御供の人は、大人・童、赤色に二藍襲、御神の子、青色に二藍、下仕へ、檜皮色と着たり。（二一七）

13 君達、御簾上げて、糸木綿の御几帳ども立て渡して、御前

の前に、**なだらかなる石、角ある岩など拾ひ立てたる中より、川の湧きたる、滝落ちたる**など見給ふとて、（二一八〜二一九）

14 上達部・親王たちには、女の装ひ、召人らには、**白張袴**、左大将ぬしに、よき馬・鷹など奉り給ふ。（二二〇）

★15 ここは、河原。御神の子、妹山と舞ひて入る。才の男取る。人長、長、左、右に立てり。採物ども奉る。遊女どもふさなり。（二二〇）

16 **常夏の花**を折りて、かく聞こえ給へり。（二二〇）

17 **海に臨きたる海人立てる洲浜**に、かく書きつく。（二二一）

18 **漁りしたる洲浜**に、かく書きつく。（二二一）

19 **しこぶちに古めきたる箱二つに、東絹一箱・遠江綾一箱入れて、肌荒く強きちうし**に、かく書きて奉れ給ふ。（二二五）

20 **夏の衣の破れたる、朽葉色の下襲の困じたる**を取りに遣りて、かく言ひやる。（二二七）

★21 ここは、勧学院の西、藤英が曹司。藤英、文机に向かひて、書ども、巡りに、山のごと積みて、虫、袋に入れて、書の上に置きて、太き布の帷子一つを着て居たり。厨女、黒き強飯笥に入れて、黄菜の汁して、持て来たり。

これ、東曹司。自由の学衆ども、着き並みて、酒・肴召し、院司・雑色、集ひてののしる。政所の別当ども、着き並みたり。米、数知らず積み置きたり。

大炊殿。男、御膳す。長女・厨女あり。藤英が膳夫、庭のみたさう、と言ひて、はいかへり。

これ、座に着きたる進士・秀才らの学生、合はせて八十人ばかり、台盤に向かひて、物食ふ。旅籠の御饗したり。紙ども配る。厨女、しはりかけてうつ。（二二七〜二二八）

22 **青色に蘇枋襲、綾の上の袴、三重襲の袴、一重襲の綾掻練の袙**着たる童、髪・丈等しき八人、中のおとより、**赤色に二藍襲の、袙・袴**同じき八人、北のおとより、**薄物に綾・練重ねたる女郎花色の汗衫、袙・袴**同じやうにて八人、方々より歩み出でて、**御前の前栽、松の下に、反橋・浮橋を渡しつつ、色々の糸どもを、一つづつ七夕に奉る**。次ぎて、簀子に、**蒔絵の棚厨子七つ立てて、廂に、御簾懸け並べ立てて、よき削り棹渡して、色々の御衣ども、色を尽くし**、解きほど

き、御衣架を並べ、**御調度**、**色を尽くし**、品を整へ、御鬘ども、丈を整へ、数を尽くして、方々栄されたり。（二二八）

23 **穀の衣のわわけ**、**下襲の半臂もなき**、**太帷子**の上に着て、上の袴・下の袴もなし。**冠の**、**破れひしげて**、**巾子の限りある**、**尻切れの尻の破れたる**履きて、気もなく青み痩せて、（二二九）

24 **学生の名こうの衣装**にて参り給はば、氏の院の長き名になりなむ。（二二九）

25 **冠畳なはり**、**橡の衣破れ崩れ**、**下沓破れて**、憔悴したる人の、身の才あるをなむ、（二二九）

26 **あざやかに麗しき装ひ**し、**すぐれたる帯**さして出で来たるを御覧じてのたまふ、この学生、**石え衣装**なり、（二三三）

27 博士・四位には、女の装ひ、五位には、白張一襲づつ、**袷の袴一襲**づつ賜ふ。（二三三）

28 中のおとどの東面なる**竹の葉**に、かく書きつく。（二三三）

29 まことや、**槇の板戸**は鎖さでのみなむ、（二三四）

30 **龍胆の花押し折りて**、**白き蓮の花に**、**笄の先して**、かく書きつけて、奉る。（二三六）

31 黒方に、**白銀の鯉**くはせて、その鯉に、かく書きつけて奉れたり。（二三七）

32 **白銀の川**に、**沈の松**燈して、**沈の男**に持たせ、書きつけて遣はす。（二三七）

33 かたち清らに、心ある童部・人の子どもに、**装束を清らにせさせて**、時々に、**めづらしき花・紅葉**、**面白き枝に**、**ありがたき紙**に書きて、（二三七〜二三八）

吹上・上

1 吹上の浜のわたりに、広く面白き所を選び求めて、**金銀・瑠璃の大殿**を造り磨き、四面八町の内に、三重の垣をし、三つの陣を据ゑたり。宮の内、**瑠璃を敷き**、おとど十、廊・楼なんどして、**紫檀・蘇枋・黒柿・唐桃などいふ木どもを材木として**、**金銀・瑠璃・車渠・瑪瑙の大殿**を造り重ねて、**四面巡りて**、**東の陣の外には春の山**、**南の陣の外には夏の陰**、**西の陣の外には秋の林**、**北には松の林**、面を巡りて植ゑたる草・木、ただの姿せず、咲き出づる花の色・木の葉、この世の香に似ず。栴檀・優曇、交じらぬばかりなり。孔雀・鸚鵡

の鳥、遊ばぬばかりなり。（二四三）

2 **鋳物師・絵師、作物所の人・金銀の鍛冶**などを、所々に、多く据ゑて、**世にありとある物の色を、ありがたく清らかに調じ設くる**こと限りなし。（二四四）

3 宮より東は、海なり。その海面に、岸に添ひて、**大いなる松に、藤懸かりて、二十町ばかり並み立ちたり。**それに次ぎて、**樺桜、一並、並み立ちたり。**それに添ひて、**紅梅、並み立ちたり。**それに添ひて、**躑躅の木ども、北に並み立ちて、春の色を尽くして立ち並みたり。秋の紅葉、西面、**大いなる河面に、からのごと波を染め、色を尽くし、町を定めて植ゑ渡し、北・南、時を分けつつ、同じやうにしたり。（二四五）

★4 大将殿。出で立つ人に饗し給ふ。三所の君たちに、蘇枋の机四つづつ立てて、随身などにも、さまざまにつけて賜ふ。（二四八～二四九）

5 あるじの君・客人三所の御前に、**白銀の折敷・金の台**据ゑて、**花文綾に薄物重ねて、表、織・綾・縑に薄物重ねて、打敷にし、蓮の白銀の鐺飯、**ふさに据ゑて参り、**唐菓物の花、いと殊なり。梅・紅梅・柳・桜、一折敷、藤・躑躅・山吹、一折敷、**さては、**緑の松・五葉・すみひろ、一折敷、**その花の色、春の枝に咲きたるに劣らず。乾物・菓物・餅など調じたる様、めづらかなり。山・海・川、天の下にある物のなきなし。**沈の台盤**二つ、**糸木綿に薄物重ねて、表、沈を、一尺二寸ばかりのからわに、轆轤に挽きて、さまざまに彩りて、**威儀の御膳参る。納め、**紫檀の御折敷**四つづつして参る。御酒参る。机二つ、いしき盃など、いとめづらしく殊なり。（二五〇～二五一）

6 人々の御前の折敷どもを見給ひて、仲忠の侍従、**花園の胡蝶**に書きて、……少将、**林の鶯**に書きつく。……あるじの君、**水の下の魚**に、……良佐、**山の鳥ども**に、（二五一）

★7 吹上の宮。南面、大きなる野辺のほとり、松の林二十町ばかり、丈等しく、姿同じやうなる。野、清く広し。鹿・雉子、数知らずあり。

東面、浜のほとり、花の林二十町ばかりなり。花の、御垣のもとまで並み立ち、満つ潮は、御垣のもとまで満ち、干る潮は、花の林の東を限れり。潮満てば、花の木は、海に立てるごと見ゆ。砂子、麗し。木の根しるからず。色々の小貝ど

も、敷けるごとあり。

宮より西、大きなる川のほとり、二十町ばかり、紅葉の林の、丈等しう、数同じ。

宮より北面、大きなる山のほとり、山より下まで、常磐の木、色を尽くしたり。町のほど・木の数、南と等し。

宮の内、四面巡りて、三重の垣、三つの陣の面ごとに、檜皮葺きの御門、三つ立てたり。馬場殿。大きなる池、大きなる山の中に、厳しき反橋あり。池の巡りに、花の木、巡りて立てり。埒結ひたり。傍らに、西・東の御厩、別当・預かりことごとしう、御馬十づつ。鷹屋に、鷹十づつ据ゑたり。

おとど町。檜皮葺きの、金銀・瑠璃して造り磨きたるおとど・渡殿、さらにも言はず照り輝けり。住み給ふおとど、内造り・御座所、心殊なり。

客人三所。あるじの君に琴奉り給へり。あるじの君、舞踏して賜はり給ふ。少将、箏の琴、良佐、琵琶奉り給ふ。

（二五三〜二五四）

8 **沈の折敷**二十、**沈の轆轤挽きの御杯**ども、敷物・打敷、心ばへめづらかなり。**青い白橡の唐衣**、**綾の摺り裳**、**綾の掻練の袿**、**袷の袴着たる大人**、髪丈にあまり、色白くて、年二十歳より内の人、十人。**同じ青色に**、**蘇枋**、**綾の袴**、**綾の掻練の衵一襲**、**袷の袴着たる童**、髪丈と等しくて、年十五歳より内なる、丈等しく、姿同じき、十人。

（二五五）

9 **合はせ薫物を山の形に作りて**、**黄金の枝に白銀の桜**咲かせて立て並べ、**花に蝶どもあまた据ゑて**、その一つに、かく書きつく。……君たち、見給ひて、**蝶**ごとに書きつけ給ふ。

（二五六）

★10 院に、広く面白き浜に、花の、色を尽くして並み立てる中に、高く清らなるおとど立てり。そこに、君たち並み居給へり。袍装束の人八十人、立ち続きつつ、人賜へに塞がりつつ参る。

君たち、御詩作り給へり。あるじの君。御博士の大学助、講師して読み上ぐ。君たち、琴に合はせて誦じ給へり。侍従、さらにも言はぬ才なり。

被け物三箱持て出でたり。あるじの君、取り給ひて、侍従より始めて被け給へり。

（二五七）

11 その日の折敷、**白銀の折敷**二十、**打敷**、**唐の薄物**、**綾・縑**

の重ねしたり。**金の御杯**どもして、御前ごとに参りたり。将監どもに、**蘇枋の机**ども二つづつ賜へり。　（二五七〜二五八）

★12　渚の院。大きに高きおとど、潮の干満つ方に立てり。巡りは、をかしき島ども、あまたあり。

頭包みたる女ども、藻掻き集めて、潮汲み懸けたり。塩釜に潮汲み入れ、遙かなる海人の、魚どもあまた懸けて干す。泊木築きて、藻干したり。　（二五九）

13　御装束は、**闕腋の青き白橡の綾のうへの衣**、**蘇枋の下襲**、**綾の上の袴**、**螺鈿の太刀**、**唐組の緒**つけ給へり。御馬副二十人、**紫の衣**、**白絹の打ち袴**着つつ、四所に二十人づつ仕うまつる。客人の御前、三所には、衛府の将監どもは、**青色に**、**柳襲着**、あるじの君の御供には、宮の侍の人十人、**青色の松葉の上の衣**に、**柳襲**着、童四人、**青色の上の衣**、**柳襲**着たり。　（二五九）

14　**紫檀の折敷**二十、**紫檀の轆轤挽きの杯**ども、敷物・打敷、御供の人の前ごとに立て渡し、　（二五九）

15　国の守と権の守まで、**青き白橡の唐衣重ねたる女の装ひ**一具づつ、衛府の将監どもより始めて、国の介には、**濃き紫の袷の細長一襲・袷の袴**一具、それより下は、一重なる物など、賜はらぬ人なし。　（二六一〜二六二）

16　**居丈三尺ばかりの白銀の狛犬**、口仰げて、八つ据ゑて、**沈を、唐の細組して**、続松に長く結ひて、夜一夜燈したり。　（二六二）

★17　藤井の宮、大いなる巌のほとりに、五葉百樹ばかり、あるは川に臨き立てるに、面白き藤、木ごとに懸かりて、ただ今盛りなり。木の下の砂子を敷きたるごと麗し。木の根、しるく見えず。池の広きこと、とをうみに劣らで、水の清きこと、鏡の面に劣らず。巌の立てる姿、植ゑたる物のごとくして、苔生ひたること、繁く青し。その池の上に、麗しう高き檜皮のおとど、三つ立てり。巡りに、藤懸かれる五葉、巡りて立てり。

そのおとどに、藤の花の絵描きたる御屏風ども立て渡し、言ひ知らず清らなる、面白き褥・上筵敷き並べて、君たち着き並み給へり。おとどの柱の隅、藤の花挿頭し渡したり。御前ごとに、折敷ども参り渡したり。藤の花、松の枝、沈の枝

に咲かせて、**金銀・瑠璃の鶯**に食はせて、歌の題書きて、種松参らす。君たち、御覧じて、かはらけ取りて、大和歌詠み給へり。　（二六二）

18　**白銀の旅籠一掛、山の心ばへ組み据ゑて、**それに唐綾・薄物など入れて、**白銀の馬に沈の結鞍**置きて、**白銀の男**に引かせたり。**沈の檜破子**一掛、**合はせ薫物・沈**を、同じやうに、**沈の男に引かせ、**丁子の薫衣香・麝香などを、破子の籠ごとには入れ、**薬・香などを、飯などの様にて入れて、沈の男**に担はせたり。**蘇枋の籠**一掛、**色々の唐の組を籠目にしたり。よき絹ども**を三十疋づつ入れて縛り、**蘇枋の馬に**負ほせて、**同じ男**に引かせたり。**海の形を、白う、白銀散らして鋳て、合はせ薫物を島の形にし、沈の枝に作り花をつけて、島に植ゑ集めて、**さやうの物を、**鹿・鳥に作り据ゑ、**いとをかしげに、**大きやかなる黄金の船**据ゑ、それに**色々の糸**を結び、袋に面白き物を結び据ゑて、薬・香を包みて、**組して上を包みて船になし、沈の折櫃に白銀の鯉・鮒を作り入れ、白銀・黄金・瑠璃などの壺**どもに、さやうの物を入れて、**麻結**などして担ひ持たるにて、**船子・揖取立てて、**三所に同じごとしたり。　（二六三）

19　さまざまの駿馬の、丈八寸ばかり、歳六つばかりなる走り四つ、**蒔絵の鞍橋・豹の皮の下鞍・白銀の鐙懸けたる鞍**置き、黒斑の牛四つ、**生絹の絹を、白ながら繋ぎつけたり。**鷹四つ据ゑたり。**白き組の大緒・青き白橡の結び立ての総・鈴つけ**などあり。鵜四つ、籠・杭、いとめづらかなり。　（二六三）

★20　種松が牟婁の家。四面巡りて、町殿一館、田八町ばかり作り巡りてあり。牛どもに犂懸けつつ、男ども、緒持ちて鋤く。笥に飯盛りつつ、食へり。離れて、厳しき川、海のごとして流れたり。

家の内、四面八町、築地築き入れたり。垣に添ひて、一面に、大いなる檜皮葺きの蔵、四十づつ建て巡り、百六十の蔵あり。これは、北の方の御私物、綾・錦・絹・綿・糸・練など、棟と等しう積みて、取り納めぬる蔵なり。

これ、政所。家司ども、三十人ばかりあり。家どもの預かり、百人ばかり集まりて、今年の生業・蚕飼ひすべきこと定む。炭焼・樵夫などいふ者ども集まりて、奉れり。せうじば

かり、男ども五十人ばかり並み居て、台盤立てて、物食ふ。

たてま所。鵜飼・鷹飼・網結など、日次に贄奉れり。男ども、集まりて、俎立てて、魚・鳥作る。金の皿に、北の方の御料とて盛る。

御厩。よき馬二十づつ、西・東に立てたり。預かりども居て、秣飼はす。傍らに、鷹十ばかり据ゑたり。

牛屋。よき牛ども十五ばかり、衣着せつつ、並べて飼ふ。

これは、大炊殿。二十石入る鼎ども立てて、それがほどの甑ども立てて、飯炊く。檂の木に黒金の脚つけたる槽四つ立て並めて、皆、品々なる飯炊き入れたり。所々の雑仕ども、使ひ人・男に櫃持たせて、飯量り受けたり。間一つに、臼四つ立てたり。臼一つに、女ども八人立てり。米精げたり。

これは、御炊き。白銀の脚鼎・同じ甑して、北の方・ぬしの御膳炊く。御厨子所の雑仕女の襷着てあり。衣着たる男に、油単覆ひたる台に据ゑたる行器持たせて、御膳受く。上の御料のに、ますかへしの御膳三斗、ぬしの御料八合、対の御膳一斗五升とて受く。

これは酒殿。十石入るばかりの瓮二十ばかり据ゑて、酒造りたり。酢・醤・漬物、皆同じごとしたり。贄どもなどもあり。

これ、作物所。細工三十人ばかり居て、沈・蘇枋・紫檀らして、破子・折敷・机どもなど、色々に作る。轆轤師ども居て、御器ども、同じ物して挽く。机立てて、物食ふ。盤据ゑて、酒飲みなどす。

これは、鋳物師の所。男ども集まり、蹈鞴踏み、物のこかた鋳などす。白銀・黄金・白鑞などを沸かして、旅籠・透箱・破子・餌袋、海・山・亀・月、色を尽くしてし出だす。ここにも、皆物食へり。

ここは、鍛冶屋。白銀・黄金の鍛冶二十人ばかり居て、よろづの物、馬・人・折櫃など作る。

ここは、織物の所。機物ども多く立てて、織り手二十人ばかり居たり。色々の織物どもをす。

これは、染殿。御達十人ばかり、女の子ども二十人ばかり、大きなる鼎立てて、染め草、色々に煮る。台どもふさに据ゑて、手ごとに物ども据ゑたり。槽どもに、女の子ども下り立ちて、染め草洗へり。

これは、打ち物の所。御達五十人ばかり、女の子ども三十人ばかりあり。巻き、前ごとに置きて、手ごとに物巻きたり。厳しき碓に、男・女、立ちて踏めり。

これは、張り物の所。巡りなき大きなる檜皮屋。袙・袴着たる女ども二十人ばかりありて、色々の物張りたり。

これは、縫物の所。若き御達三十人ばかり居て、色々の物縫へり。

これは糸の所。御達二十ばかり居て、糸繰り合はせなど、手ごとにす。織物の糸・組の糸など、竿ごとに練り懸けたり。唐組・新羅組・ただの組など、色々にしたり。

これは、寝殿。北の方、居給へり。朱の台四つして、金の杯どもして、物参る。御達十人・童四人・下仕へ四人あり。ここに、所々の別当の御達並み居て、預かりのことども申したり。

ここ、西の対、掾のぬしいまそがり。御前に男ども二百人ばかり居て、物言ひなどす。（二六四〜二六六）

21 君たち四所は、**赤き白橡の地摺りの、摺り草の色に糸を染めて、形木の文を織りつけたる狩の御衣、折鶴の文の指貫、綾掻練の袿、袷の袴、豹の皮の尻鞘ある御佩刀**奉りて、丈よきほど、十寸ばかりある赤き馬に、**赤き鞦**懸けて乗り給ふ。鷂据ゑて、御供の人は、**青き白橡**、葦毛馬に乗りて、御鷹据ゑたり。御設けは、あるじの君、**檜破子**ども、清げにて持たせ給へり。（二六六〜二六七）

22 **桜色の直衣、躑躅色の下襲**など着給へり。その日の御饗、例のごとしたり。折敷など、先々のにあらず。かはらけ始まりて、遊び暮らす。**水の上に、花散りて浮きたる洲浜**に、春を惜しむ、といふ題を書きて奉り給ふ。（二六八）

23 今日の被け物は、**黄色の小袿重ねたる女の装ひ**一具、御供の人に、**同じ色の綾の小袿、袴**一具添へて、遊び明かす。（二六九）

24 君たち、**唐の花文綾の綾の直衣、綾の練の下襲、薄物の青色の指貫、白襲の綾の細長**一襲づつ奉る。（二六九）

25 **白銀の透箱**四つづつ、**黒方の炭一透箱、金の砂子に、白銀・黄金を幣に鋳たる一透箱**の上に、歌一つ、やがて、結び目に結ひつけさせたり。……侍従の**幣**入りたる箱に、……良佐には、**黄金の砂子**入りたるに、……被け物は、**赤色に、二**

藍襲の唐衣、細長、袷の袴添へつつ奉り給ふ。将監どもに、**白張袴**。（二七一）

★26 ここは、吹上の宮。衣替へして並み居給へり。馬ども引き出で、駒遊びして出で来たり。鷹ども据ゑて、鳥の舞して出で来たり。白銀の旅籠馬ども、腹に人入れて、歩ませて引き出でたり。遣水に、黄金の船ども漕ぎ連ねて、船遊びして、御衣櫃・蘇枋の簏など、御前に取り出でたり。透箱も。

これは、君たち、直衣姿にて、乗り連ねて出で立ち給へり。

ここは、関のもと。国の守のぬし、設けし給へり。君たちに、沈の折敷二十、御供の人に、蘇枋の机ども立て並べて、物参りたり。被け物、女の装ひ一襲づつ被けて奉り、清らなる衣櫃一つに、衣入れつつ奉り給ふ。（二七一～二七二）

27 君たちには、**黒柿の机**二つ、薄物の表、将監どもには、**朴の木の机**賜ひて、よろしき饗し給ふ。（二七三）

28 少将、宮内卿のぬしに、**沈の破子**・牛など奉り給ふ。（二七三）

29 少将は内裏に、**白銀の旅籠馬**は右大将殿に、**破子**は宮内卿に、北の方には、透箱より始めて、**そこばくの細けの物**、皆取らせ給ふ。侍従、**白銀の馬**は父おとどに、**破子**は嵯峨の院に、透箱より始めて、細けの物は北の方に、**船**と被け物の中に清らなる物は、思ふ心ありて、まだ持たり。良佐は、妻も子も親もなければ、**船**は春宮に、**旅籠馬**は嵯峨の院に、**破子**は后の宮に、透箱より始め、細けの物、まだ持たり。（二七三）

30 とまりて見給へしに、いはゆる西方浄土に生まれたるやうになむ。四面八町の所を、**金銀・瑠璃・車渠・瑪瑙して造り磨き**、巡りには、栴檀・優曇咲かず、孔雀・鸚鵡鳴かぬばかりにてなむ住み侍り給ぶ。（二七四）

31 **御馬二つ・鷹二つ、白銀の馬、旅籠負ほせながら、中に人入れて**、歩ませて御覧ぜさす。おとど、**旅籠馬**を、いと興あり、と御覧じて、方々の御婿の君たち請じ出で奉りて、御子どもの君達並め据ゑ奉りて、見せ給ふ。少将、それは、かれより賜はれる物の千分が一つなり、**かやうの船・破子・透箱などして**、この三人の人になむ賜へりし、（二七五）

32 **置口の衣箱**一つに、あるが中に**清らなる女の装ひ**一具畳み

入れ、一つには**麗しき絹・綾**など入れて、孫王の君に心ざし、**黄金の船**に物入れながら、かく聞こえて、あて宮に奉る。（二七六）

33　馬引き、鷹据ゑたる人に、**白張袴**賜ひ、（二七七）

★34　北のおとど。透箱持て参れる行正が使に、摺り裳一襲賜ひなどす。（二七七）

吹上・下

★1　大将殿。装束・馬・鞍より始めて、出だし立て給ふ。（二八二）

2　道のほどのこと【欠字】種松、**金銀・瑠璃して造れる**なり。（二八二）

3　威儀の御膳は、さらにも言はず。上達部・親王たち、**沈・紫檀の衝重**して、海山の物を尽くして参り、（二八二）

4　**御前を磨き飾れること限りなし。籬の縦木には紫檀、横木には沈、結ひ緒には綟の組**して結ひて、**黄金の砂子**敷きて、**黒方を土に**したり。**白銀して、菊を飾れり**。移ろへる【欠字】などの圧したる中に、**紺青・緑青の玉**を、**花の露**に置かせたり。……**菊**につけたりける歌、朝露に盛りの**菊を折りて見る挿頭**よりこそ御世もまさらめ。（二八三）

5　御前には、**錦の幄**打ちて、（二八四）

6　御前に、**沈の棚厨子**九具に、棚一つに同じ**轆轤挽きの御器**、一尺五寸の一尺五寸、よそへは、十六の生物・乾物より始めて、貝・甲を尽くして、御菓物、数を整へ、**飾り盛りたり**。御膳、台九具、**黄金の御器**、よき参り物、同じ数なり。親王たち・上達部に、**紫檀の衝重**、同じ**轆轤挽きの御器**、ほどほどに従ひて、調へて参る。（二八四）

7　帝の御前に、**銀の透箱**、同じ台に据ゑて九つ、包みの中に、綾・錦より始めて、ありがたき薬、世に出で来がたき香、帝いまだ御覧ぜぬ物ども、白銀・黄金にて、細かにし入れて参らす。（二八五）

8　御前に、**黄金の燈籠・燈械、沈の御松明**、前ごとに燈したり。**高麗の幄**十一間を、鱗のごとく打ちたり。**沈の舞台**、**金の糸**して結ひ渡し、**よろづの楽器ども**、**金銀・瑠璃を磨き整へて**、笙四十人・笛四十人、弾き物・舞人、数を尽くして参る。（二八五）

9　**木の皮・苔の衣を着て**、言ふばかりなきものから、ただの人に見えず。　（二八六）

10　**木の皮・苔を衣として**、年ごろになり侍りぬ、と奏す。　（二八七）

★11　種松、すなはち上許さる。宣旨下りて、参上りぬ。　（二九四）

★12　ここは、神泉。上達部・親王たち、着き並み給へり。探韻賜はる。
藤英、船に乗りて、放たれたり。
仲忠、琴賜はりて弾く。雪、降れり。天人、下り来て舞ふ。【欠字】　（二九四）

13　財を貯へ納めて、**よろづの調度を**、**金銀・瑠璃に磨き立てたる**所に、種松が妻君、率ゐて上りたり。種松、**緋の衣**に**白き笏**持ちて、妻君拝む。　（二九四〜二九五）

14　顔は墨よりも黒く、足・手は針よりも細くて、**継ぎの布のわわけたる**、鶴脛にて、　（二九五）

菊の宴

★1　春宮おはします。御前に、上達部・親王たち、兵部卿の親王・左のおとど・右大将・中納言二所・源宰相。大床子立てて、涼・仲忠・仲頼・行正、大将殿の君たちを始めにて、四位・五位、古き進士・ただ今の秀才藤英など。召したるは、引出物賜へる。
殿上人ら・博士、一群にて、韻字賜へる、作りて、詩奉る。楽所、遊びす。文台立てたり。皆、物被きたり。上達部・親王たち、博士たちまで、白き袿・袴被く。人々、呉服賜はる。　（三〇三）

★2　中のおとど。大宮・女御の君、御物語し給へり。
あて宮、御子たち五所、御方々、おはします。皆、物参れり。男君たち七所ばかり居給ひて、物参る。御達多かり。右大臣殿より、御菓物・破子などを奉り給へり。　（三〇五）

3　なほ、廻文して、奥に**草仮名**書きつけて遣はさば、すまはじ。　（三〇五）

4　源中将の朝臣、何の才か侍る。**鍛冶仕うまつる才**なむ。いで、仕うまつれ。うちよげのきんだちや。**古屛風**のあるを押し倒して、入りぬ。　（三〇七）

5　行正の朝臣、何の才か侍る。**筆結の才**なむ侍る、渡りがたき物は、冬げなりや、など言ひ立てたるに、（三〇八）

6　母后の御六十の賀仕まつり給はむ、と、**御倚子・御屏風より始めて、麗しき御調度どもを、綾・錦にし返して、**（三〇九）

7　**黄金の薬師仏、五尺にて、**七所、**経など、きらにせらるな**り。（三〇九）

★8　大将殿。式部卿の宮の御方。太郎君太平楽、二郎君皇麞。舞の師二人、楽人十人ばかり。殿上人など、多かり。物食ひ、酒飲み、舞の師、立ちて舞ふ。君たち、習ひ給へり。

中務の宮の御子、太郎君、万歳・五常楽。舞の師・楽人、垣下、多かり。

左大弁殿の御方。太郎君、すずしの君おはせず。舞の垣下、多かり。

兵衛の督の殿の御方。太郎君、すらう。

中将殿の太郎の君、鳥の舞と思ひ。（三一一）

9　内宴に召されて、**青色の衣**に**緋衣**替ふとて思ふ、（三一三）

10　后の宮の御賀、正月二十七日に出で来る乙子になむ仕まつり給ひける。設けられたる物、御厨子六具、沈・麝香・白檀・蘇枋・こうのつかひてこと、覆い、織物・錦、御箱、薫物・薬・硯の具より始めて、御衣は女、御衾、御装ひ、夏・冬・春・秋、夜の御衣、**唐の御衣**、御裳、**御箱の折立、ちらしろかね置きて、千鳥の蒔絵**して、内の物、色に従へて、ありがたく清らにて、なずらへ据ゑたり。御手水の調度、**白銀の手つきの御盥・沈を丸に削りたる貫簀・白銀の半挿、沈の脇息、白銀の透箱、唐綾の御屏風**、御几帳の骨、蘇枋・紫檀、夏・冬、ありがたし、御几帳の帷子、冬、香ぐはしき御褥、御座、言ふばかりなし。御台六具、**金の御器に、黄金の毛打てり**。（三一四）

11　車二十、**糸毛十、黄金造りの檳榔毛十**、うなゐ車二つ、下仕への車二つ、（三一四）

12　御装ひ、大宮、女一の宮、今宮までは、**赤色に葡萄染めの重ねの織物、唐の御衣、綾の裳**。若宮は、十一、同じ**赤色の織物の五重襲の上の御衣、白き綾の上の袴**。御供の人、**青丹に柳襲の平絹・青海摺りの裳**、上下分かず着たり。童、同じごと。下仕へ、**平絹の三重襲**着たり。（三一四）

13　夜の御座所しつらひ、御調度ども、あるべきやうに賄はれたる、**玉**光り輝く。**御屏風の歌**、正月。**子の日したる所**に、**岩**に、**松**生ひたり。てうに、**鶴**遊べり。右大将、岩の上に鶴の落とせる松の実は生ひにけらしな今日に会ふとて。二月。**人の家に、花園あり**。今、**植木**す。民部卿、植ゑ並むる人ぞ知るべき花の色はいく代見るにか匂ひ飽くとは。三月。**祓へしたる所**に、**松原**あり。源中将、禊する春の山辺になみ立てる松の代々をば誰に寄すらむ。四月。**神祭る所**に、**山人**帰れり。藤中将仲忠、神祭る榊折りつつ夏山に行き帰りぬる数も知られず。五月。**人の家**に、**橘**に、**時鳥**をり。中将祐澄、わが宿の花橘を時鳥千代ふるさとに思ふべきかな。六月。**人の家に池**あり。**蓮**生ひたり。少将仲頼、池水も緑も深き蓮葉にのどかに物の思ほゆるかな。七月。**七夕祭りたる所**に。彦星の帰るにいく代会ひぬれば今朝来る雁の文になるらむ。八月。**十五夜したる所**あり。かり、と言へり。侍従仲澄、秋ごとに今宵の**月**を惜しむとて**初雁**の音を聞き馴らしつる。九月。**紅葉見る人**の山辺にあり、**田刈り**積めり。中将実頼、織り敷ける秋の錦に円居して刈り積む**稲**をよそにこそ見れ。十月。**網代ある川**に、**船**ども漕ぎ浮けたる。左大弁、漕ぎ連ねひを運ぶとて網代には多くの冬をみ馴れぬるかな。十一月。**雪**降れるに、**人**濡れたり。兵衛督の君、ふりにける齢もいさやしら雪の頭に積もる時にこそ知れ。十二月。**仏名したる所**。中将仲忠、かけて祈る**仏**の数し多かれば年に光や千代もさすらむ。（三一五～三一六）

14　舞の君たち、**青色に蘇枋襲・綾の上の袴**、楽所の君たち、**闕腋・柳襲**など着つつ参る。（三一六）

15　**沈の火桶・白銀の瓫**、**沈を火箸にして**、**黒方を鶴の形に**て、**白銀の嘴**などして、帝・后の御前に参る。
（三一六～三一七）

16　左大将、折敷六十・同じ**黄金の脇息**、よろづの物、数を尽くして参る。上達部・殿上人、取り次ぎて参る。女御の君の賄ひ、民部卿、御前に、**沈の折敷**同じごとして、打敷・参る物同じごと。左衛門督殿より、大宮より始め奉りて、姫君たちの御前へ、蘇枋の二十づつ。（三一七）

17　**白銀・黄金の若菜の籠**、**おなじ壺**ども、**色々の作り枝**どもに、**よろづの宝物**ども清らにし入れて、持て連ねて参り給

ふ。**御挿頭**、尚侍の殿、**松の下に、鶴据ゑて**、（三一七）

18　后の宮、**白銀の櫛の箱**六具、**黄金の箱・壺**ども、中に、よろづのありがたき物ども入れて、世の中に**ありがたき御仮髻・蔽髪・へり櫛・釵子・元結**、御宮仕への初めの御調度奉り給ふ。（三一九）

19　内裏にも、かねてよりさる御心ありて、**黄金の山・威儀物**などありて、かく聞こえ給ふ。（三二一）

20　宮人、男には**白き袿・袴**、女には装束一具づつ。（三二一）

21　我を言ひまさぐる公卿たち、**緋の衣・白き笏**に娘会はせよかし。（三二五）

22　殿の内豊かに、家を造れること、**金銀・瑠璃の大殿**に、上下の人植ゑたるごとして経給ふに、（三二七）

23　**鶯、巣に卵を生み置きて、雨に濡れたる**を取らせて、かく書きて奉らせ給ふ。（三二七）

24　真砂子君の七日のわざを、母君、**仏描き、経書き**、法服して、比叡にてし給ふほどに、（三二九）

25　百五十石ばかりの船六つ、**檜皮葺きの船**具して、**金銀・瑠璃に装束かれ、大きなる高欄を打ちつけ**、帆手に上げて、**白き糸を太き縄に絢ひ**、大いなるはくえにて、船の調度に使ひ、すべて、**御簾どもなども縫物**などして、（三三〇）

26　**御祓への物**取り具して奉る、**黄金の車に黄金の黄牛懸けて、乗せたる人・つけたる人**、**皆金銀に調じて**、（三三三）

27　御設けしたる国々の官どもに、女の装ひ、さては、**桜色の細長・袴**など賜はせて、（三三五）

28　思ふことなし給へらば、**黄金の堂**建てむ。**金色の御像**現し奉らむ。（三三六）

29　**蒔絵の置口の箱**一具に、綾・絹畳み入れ、夏の装束、**綾襲**にて入れて、（三四三）

30　**をかしげなる沈の箱**一具に、黄金一箱づつ入れて取らせ給ふとて、（三四三）

31　**白銀の箱**に黄金千両を入れて、兵衛の君に、かく言ひて遣り給ふ。（三四四）

32　千両の黄金を、三十両づつ、**白銀の鶴の壺**に入れて、（三四四）

33　比叡に上りて、あるが中に験かしこき所に、四十九所に、よき阿闍梨四十九人を選りて、阿闍梨一人に伴僧六人具し

て、**四十九壇に**、**聖天供を**、布施・供養豊かに、麗しき絹を袈裟に着せつつ行はせ、（三四五）

34 人の、心に入れて造りたりける所の、山近く、水近く、花・紅葉どもの色々の草木植ゑ渡したる所に、住み給ひし殿を替へて、忍びて渡りて住み給ふ。（三四五）

35 御座など出だすとて、**円座**に、かく書きつく。（三四八）

36 透箱四つに、平杯据ゑて、紅葉折り敷きて、松の子・菓物盛りて、菌などして、尾花色の強飯など参るほどに、雁鳴きて渡る。北の方、**かはらけ**に、かく書きて出だし給ふ。（三四八）

あて宮

1 御調度・御装ひを、麗しく清らに調ぜられ、御供人、大人四十人、皆、四位・宰相の娘、髪丈にあまり、丈よきほどに、**手書き**、歌詠み、琴・琴弾き、人のいらへすること、皆上手、歳二十余の内、**唐綾**、ただの絹一つ混ぜず、皆赤色、童六人、五位の娘、十五歳の内、かたち・するわざ、大人のごとく、装束、**唐綾の赤色の五重襲の上の衣**、**綾の上の袴**、**袷の袴**、**綾の袙**着たり、下仕へ八人、**手織りの絹**は混ぜず、**檜皮色に紅葉襲**、侍の娘、樋洗まし二人、皆、かくのごとし。（三五四）

2 仲忠の中将の御もとより、**蒔絵の置口の箱**四つに、**沈の挿櫛**より始めて、よろづに、**梳髪の具**、**御髪上げの御調度**、**よき御仮髻・蔽髪**・釵子・元結・えり櫛より始めて、ありがたくて、御鏡・畳紙・歯黒めより始めて一具、薫物の箱、**白銀の御箱**に、**唐の合はせ薫物**入れて、**沈の御膳**に、**白銀の箸・薫炉・匙**、沈の灰入れて、黒方を、薫物の炭のやうにして、**白銀の炭取り**の小さきに入れなどして、細やかにうつしげに入れて奉るとて、**御櫛の箱**に、かく書きて奉れたり。（三五四）

3 源中将、夏冬の御装束ども、装ひなど麗しうして、**沈の置口の箱**四つに畳み入れて、包みなど清らにて、かく聞こえ給へり。（三五五）

4 御髪の麗しくをかしげに、**清らなる黒紫の絹を瑩せるごと**、生ひたる限り、（三五六）

5 御車二十、**糸毛**六つに、**黄金造り**十に、うなゐ車一つ、下

仕へ車二つ、御前、四位三十人、五位三十人、六位数知らず。　（三五八）

★6　これは、あて宮の、内裏に参り給へる。これは、御車ども引き立てたり。下り給へる。大人・童、群れて歩める。

これは、御局。上に参上り給へる。靫負の乳母、御使に来たり。

源少将、木工の君と物語したり。　（三五九）

★7　ここは、大将殿の御局。ここに、あて宮、中納言の君歳十九、孫王の君二十一、帥の君十七、宰相のおもと十八、兵衛の君二十、中将・少弁・小大輔の御・木工の君・少将の御・少納言・左近・右近・衛門などいふ人、いと多かり。うなゐなど、御前に候ふ。

左大弁の君、参り給へり。そこに宮おはしまして、箏の御琴遊ばす。あて宮と、御碁遊ばす。

大将のおとど、御局に参り給へり。宮、なほ、ここに、などのたまはすれば、御前に候ひ給ふ。物など聞こえ給ひて、仲澄は、などか久しく参らぬ。大将、日ごろ、あさましく、病に沈み侍りて、交じらはずてなむ侍る。よろづの神仏に願を立て侍れど、今は頼むべくも侍らず。宮、らうたきことかな、朝廷にも仕うまつりぬべく見えつるものを、実忠の朝臣も、さぞ言ふなる、あやしう、人の愛子ども、などかかるらむ、とのたまふ。　（三六〇）

8　宮の御台には、**金の御器に黄金の毛打ち、白銀の折敷**三十、**黄金の御器、御台の打敷は、花文綾に薄物**重ねたり。**檜破子五十荷・ただの破子五十荷。檜破子**は、御方々にし給ふ。ただのは、殿に仕うまつる受領どもに仰せ給ひつれば、仕うまつれり。据物は、政所より、飯四石ばかり入る**樏の木の櫃**十、**朴の木に黒柿の脚つけたる中取**十に据ゑ、**一尺三寸ばかりのわたきの盃**に、生物・乾物・鮨物・貝物、丈高く、麗しく盛りて、**はまひとはきの脚つけたる麗しき皿**どもに据ゑて、一石入る樽十に酒入れ、碁手に、銭三十貫、紙・筆、机に積みて、**色々の色紙**積みて十高杯、**蘇枋の机**に、**檀の紙・青紙・松紙**・筆など積みて、碁手にしたり。被け物、女の装束・**白張袴**など設けられたり。　（三六〇～三六一）

9　源中将のもとより、**沈の破子**十荷、入れたる物、飯には白粉振るひて入れ、敷物・袋などめでたうして奉れ給へり。藤

中将、**白銀の透箱**十、合はせ薫物、**沈の鶴したる透箱**、筆・**黄金の硯瓶**など据ゑ、**唐の錦のいと清らなる**、**沈の箱に**、**白銀・黄金の筋遣りて**、**白銀の碁石笥**に、**白き瑠璃・紺瑠璃の石**作り盛りて、双六の盤・調度、かくのごとくにて、様変へて、**碁手の銭**、**白銀にて**、同じ箱にて奉れたり。（三六一）

10 小宮の御方に、殿に設けられたりし箱、**檜破子**添へて奉れ給ふ。（三六一）

11 上の御使の蔵人に、**白張袴**被け、……中将たちの使にも、**白張袴**被けて、（三六二）

12 源中将の**沈の破子**、片面は、仁寿殿の女御の御もとへ奉り給ふ。（三六三）

★13 ここに、あて宮。御達、いと多かり。檜破子・すみ物・透箱、いと多かり。

左大臣殿の御局。いと近し。殿上人ののしるを聞きて、例の、夏犬なれば、集まりて咬まふ夜にはあらずや、物被きたるを見て、狸の、衣を多く持て、富めるかな、など言ひて居給へり。庚申し給はず。御達、白き衣の煠けたる、薄色の裳など着て、四、五人ばかり居たり。君、歳三十ばかり、かたち、醜し。厳しく太り給へり。ここに、おとど・殿上人三十人ばかり。物被け給へり。

これ、右大将殿の御局。君は、今宮の御腹、歳十八、かたち清らなり。御達二十人ばかり、裳・唐衣着て候ふ。庚申し給へり。殿上に、破子二十箇、碁手に銭二十貫出だし給へり。なまめきてし給へり。青き透箱に、陸奥国紙・青紙など積みて出だし給へり。

これは、小宮の御局。おはします。御歳二十。御達、いと多かり。大人十五人、童四人。庚申し給へり。

これは、中納言殿の御局。君、歳十六歳、かたち、いとをかし。御はらからの蔵人の式部丞、居たり。めでたくも、大将の君おはするかな。式部、かれは、心殊なる人ぞや、誰も、え並び給はじ、と言ふ。（三六三〜三六四）

★14 水尾。木高き山の頂に、樋懸け、庵などあり。中に、をかしげなる道あり。

ここに、殿上人いましたり。少将、麻の装ひあざやかにて、対面し給へり。山の上より、大いなる滝、前に落ちたり。弟子一人は、若うより、上に使ひつけ給へる者。童子一

人、それも、小舎人に使ひ給へる。色々の花の木、繁く生ひたり。小鳥は、目に近くすだけり。

少将、堂を飾りて、念誦したり。

いちひ・橡、鉢に入れて、時せさせたり。（三六五～三六六）

★15　ここは、源宰相、小野におはす。はらからの中将は、いましたり。おとど、御文あり。（三六七）

16　**冠を後方ざまにし**、上の袴を返さまに着、片足に足二つをさし入れて、**夏の上の衣に冬の下襲を着**、**靫負ひて**、**飯匙を笏に取り**、**沓片足**、**草鞋片足**、踵をば端に履きて、（三六八）

★17　ここは、治部卿、腹立ちて、太刀を抜きて、子ども追ひ棄てたる所。娘ども、立ち踊りて、こたひをちて泣ける。男六人、女四人、手を擦りて、ぬしに物言ふ。
これは、流されたる。馬・車に乗りて行く。子ども、結鞍に乗りて行く。非違の尉・佐などして追ひやれり。（三六九）

18　御使に、**紫苑色の綾の細長**・袴一具被け給ふ。（三七〇）

19　あて宮の御座屋の設け、候ふ大人・童、皆**白き装束**をし、（三七〇）

20　三日の夜、内裏の后の宮より、御産養、**白銀の透箱**十に、御衣十襲、御襁褓十襲、**沈の衝重**二十に、**白銀の箸**、**匙・杯**ども、皆同じ物、すみ物、いと厳し。碁手、銭百貫、**大いなる紫檀の櫃**に扱き入れて、（三七〇～三七一）

21　**黄金の壺の大きなる**に、かの御飲きの米一壺入れて奉れ給ふ。（三七一）

22　后の宮、**瑠璃の壺**、小さき四つに入れて、（三七一）

23　右大将より、御前に、**紫檀の衝重**二十、**沈の飯笥・御杯ども**、**轆轤に挽きて**、御衣・襁褓などは、例のごと。大殿も、劣らずし給へり。藤中将、**白銀の厳しき瓮**に七種の御粥入れて、**蘇枋の長櫃**に据ゑて奉れ給へり。（三七二）

★24　中のおとど。帳立て、あて宮、白き御衾着て、臥し給へり。乳母も、白き綾の袿一襲、白き綾の裳・唐衣着つつ、歳二十の人、かたちよし。
ここに、人々の奉れ給ひつる物ども、いと多かり。人々、物食ふ。

大宮・女御の君おはす。物参り、打撤したり。式部大輔、書読めり。弁殿の北の方、御乳付けに参り給へり。左衛門

尉、弓引き給へり。

ここは、湯殿の所。助のおとど、生絹の袿・湯巻して、湯殿に参る。白銀の瓫据ゑて、御湯殿参る。御迎湯、典侍のおとど、参り給ふ。

これかれ、上達部・親王たち、殿上人、こなたにおはす。白銀の笥に碁手の銭入れつつ、上達部の御前には五笥、殿上人・五位には三笥、六位には一笥づつ。

これ、宮の御使に物被けたり。人々立ち給へるに、品々、物被け給へる。（三七二〜三七三）

内侍のかみ

1 **吉祥天女**にも、いかがせまし、と思はせつべき大将なり。（三七八）

2 **文走り書きたるが心ある様**なりしかば、あはれ、など思ひし、（三七八）

★3 御台四つ立てて、昼の御膳聞こし召す。（三八〇）

★4 ここに、御息所・上などおはします。

大将の君、御子引き連れて、三条の院へ帰り給ふ。(三八三)

---

5 こともなく走り書いたる**手**の、薄様に書きたる、（三八四）

★6 物聞こし召しつつおはします。君達、皆。

中のおとどには、十四の君より始め、あなたの御腹の若君たち、皆渡りて涼み給ふ。（三八六）

7 千々に、**白銀のかはらけ**、菓物・乾物、いと清らかにして参らせ給ふ。（三八六〜三八七）

8 **白銀の透箱**のいと清らなるに、敷物などいとめでたし、それにつれて、この殿のを、**錫の虫食みなどしたるに**、**文削り出だしなどしたるに**、**唐草・鳥など彫り透かしてある**に入れて、御覧じ比ぶるに、さらに劣りまさらず、いと等しき、**手**・**詞**、劣りまさらず、（三九〇）

9 それに殊に劣らぬ**手**など走り書きけり、など、正頼がもとに遣する文、これにおぼえたる筋の思ほえぬ、とのたまふ。右大将、かへりて、この御文は、**今めきたる筋**などまさりたりけり、（三九〇）

★10 伊予の最手、贄奉る。蘇枋・沈など奉れり。相撲どもなどにも持たす。

左大将殿には、仁寿殿・藤壺の御装束のことし給ふ。

これは、右大将殿に奉り給ふ。ここに、相撲人らあり。
（三九四）

★11　ここに、大将殿・宮などおはします。国々より、絹、いと多く持て参れり。
（三九五）

12　**御裳などは摺らせたり。唐の御衣**どもぞ、まだせぬ、
（三九五）

★13　御達二十人ばかり、薄色の裳着てあり。うなゐども、ふさなり。唐の御衣など染めさせ給ふ。御紅染めは、打ち物などせし所の別当、大弐のおもと、蔵人より下仕へなどあり、いみじく物染め騒ぐ。

政所に、家司たち、いと多く着きたり。いかにぞ、御盆どもは、例の数候ふや。義則言ふ、御盆は、早稲の米を仰せに遣はせ。御監、今年は、早稲の米、いと遅き年なり、と言ふ。
（三九五）

14　色許され給へる限り、色を尽くして奉れり。更衣たち、皆、**日の装ひし、天の下のめづらしき綾の文を奉り尽くし**、御息所たち、賄ひ仕うまつり給はぬは、
（三九六）

15　皆、相撲の装束し、**瓠花挿頭し**など、いとめづらかなることどもしつつ、左、右近の幄打ちつつ候ふ。限りなく清らなる御かたちども、まして、御装束奉りて、皆、その日、男・女、二藍をなむ奉りける。
（三九六）

16　**花文綾に唐綾重ねたる摺り裳、掻練の袿、赤色に二藍襲の唐の御衣**奉りて候ひ給ふ。
（三九六）

17　**浅香の折敷**どもに、肴、いと景迹にし出だされたり。

★18　ここは、藤壺。仲忠・涼・姫君。御達、数知らず多かり。大将、仲忠召す。
（四〇八）

大将・中将の君。春宮の君たち、左大臣の大君・嵯峨の院の小宮。四の皇子・五の宮、おはします。女御、賄ひのもただのも、ふさに候ひ給ふ。左大将殿の大君。すべて、この御族、君達・女君たち、さしながら、御かたちいと清らなり。
（四一〇）

19　かの父おとどの**檳榔毛の御車**に、副車三つして参り給はむ、
（四一八）

20　**花文綾の地摺りの御裳**に**呉綾**重ねて、涼しきほどなれば、**綾の掻練**一襲、**赤色に二藍襲の唐衣**いとめでたき奉りて、

（四一九）

★21　御供に、前に手火燈して、御前駆数知らず多かり。

（四二〇）

22　**花文綾の帷子懸けたる三尺の几帳**二具賜はりて、（四二一）

23　仁寿殿の南の廂の御座装へつる西の方に、**御屏風・御几帳**など立てさせ給ひて、

（四二一）

24　七の后の中に、願ひ申さむを、と仰せられて、**七人の后を絵に描かせ給ひて**、胡の国の人に選ばせ給ひける中に、すぐれたるかたちありける、その内に、天皇思すこと盛りなりければ、その身の愛を頼みて、こくばくの国母・夫人の中に、我一人こそは、すぐれたる徳あれ。さりとも、我を武士に賜ばむやは、の頼みに、かたち描き並ぶる**絵師**に、六人の国母は千両の黄金を贈る、すぐれたる国母は、おのが徳のあるを頼みて贈らざりければ、劣れる六人は、いとよく描き落として、すぐれたる一人をば、いよいよ描きまして、（四二八）

25　御前なる**日給の簡**に、尚侍になすよし書かせ給ひて、それが上に、かくなむ。

（四三〇）

26　**楊貴妃**が、七月七日、長生殿にて聞こえ契りければ、

（四三三）

27　**浅香の折敷**四十、それに、折敷の台・敷物、いとになく清らにて、御器どもなどさらにも言はず。

（四三四）

28　内侍ら四十人、皆**装束し連ねて、四十の折敷取りて参りける**。かく尚侍になり給ひぬるすなはち、女官、皆驚きて、にはかに、内教坊よりも、いづくよりもいづくよりも、**髪上げ、装束してふさに出で来て、この御折敷取りて参る**。

（四三四）

29　十五夜に、必ず御迎へをせむ、この調べを、かかる言の違はぬほどに、必ず、十五夜に、と思ほしたれ。尚侍、それは、**かぐや姫**こそ候ふべかなれ。上、ここには、玉の枝贈りて候はむかし。尚侍、子安貝は、近く候はむかし。（四三七）

30　この螢をさし寄せて、包みながらうそぶき給へば、さる**薄物の御直衣**にそこら包まれたれば、残る所なく見ゆる時に、

（四三七）

31　**蒔絵の御衣櫃**二十に、台・覆ひ・朸など、はた、さらにも言はず、**作物所**の預かり仕うまつりけるを、なほ、**仕まつりける上手して仕まつらせ給へりける御唐櫃**どもに、よろづの

労ある物、**綾の文つきめでたき**は、これがたばかりになむ、錦などの面白きは、これが覆ひに、と、年を経て選り整へて調じ給へる物も、ただこの御料になむ。それに、蔵人所にも、すべて、**唐土の人の来るごとに唐物の交易し給ひて**、上り来るごとには、綾・錦、になくめづらしき物は、この唐櫃に選り入れ、香も、すぐれたるは、これに選り入れつつ、（四三九）

32 今十掛の御衣櫃に、内蔵寮の絹の限り、になき選り出だして、五掛の唐櫃の内に、五百疋、いみじき限り、今五掛には、**畳綿の雪の降りかけたるやうなるが五尺ばかり**の広さ、五百枚選り入れて、かの蔵人所の十掛には、綾・錦・**花文綾**、色々の香は色を尽くして、麝香・沈・丁子、麝香も沈も、唐人の度ごとに選り置かせ給へる、（四四〇）

33 同じき志津川仲経が仕うまつれる**蒔絵の御衣箱**五具に、御装束、夏のは夏、秋のは秋、冬のは冬の御装ひ、さまざまに、言ふ限りなく清らなり。（四四〇）

34 **綾を入帷子にして、綺の緑の繪の海賦の文**を、また、包みにしたり。（四四〇）

---

35 **白銀を透箱に組まれたる**、組み目いと面白く、一具には、**秋山を組み据ゑ、野には、草・花・蝶・鳥、山には、木の葉の色々・鳥ども据ゑなどしたる様**、いと面白し。同じき山の心ばへいと労ある組み据ゑ、一具には、**夏の野山を、山には、緑の木、野には、鳥どもの凝り遊べる、山川の心・水鳥の居たる様・木の枝に虫どもの住みたる**など、いとめでたく、なまめき、めづらかに、**その山里の人の住みたる心ばへ**など組み据ゑたる、あらはにめでたし。今一具には、**春の桜など生ひたる、島どもなどの心ばへ・舟どもなど、その海いと労ありて**、いとめづらしくをかしきことども組み据ゑたる透箱一具、**白銀の高杯、金の塗物**して、**その高杯の脚にも面にも、かく労ある物の形・をかしき物の様など描いつけて**、いと世の常ならず。それに、御装ひ、さらにも言はず、いといみじくめでたくて、夏冬の装ひを透箱に入れて、その敷物・上の覆ひ・上の組み子せられける様、いとらうらうじく、心深し。今二つには、**御櫛の調度、仮髻・蔽髪**より始め、釵子・元結・御櫛どもなど、その具、さらにも言はずめでたくて、六高杯なむ設け給へりける。（四四一）

沖つ白波

★1　仁寿殿の女御、おはします。御歳二十五。御子たち八所生み給へり。御達、多かり。帝、おはします。御碁遊ばす。大将、候ひ給ふ。（四四六）

2　弥行が**唐土より持て渡りたる南風やうの琴、**（四四八）

★3　右大将殿。おとど・尚侍の君、物語し給ふ。大人、三十人ばかり候ふ。（四五一）

4　源中納言は、異町面に、**金銀・瑠璃、綾・錦して作り磨きて、七つの宝を山と積み、**上中下、花のごと飾りて、あるが中に勢ひて住み給ふ。（四五一）

5　長櫃の唐櫃一具に、内蔵寮の**呉服・唐の朝服、**綾・錦、**平綾・花文綾の薄物、よき宝ども**入れて、御文に、かう聞こえ給へり。この度の**唐物、**ようもあらずなむありける、（四五三）

★6　これは、右の大殿の中のおとどに、組みれて、内に帳立てたり。

ここに、大臣二所、居給へり。中納言三所・宰相・左大弁、七所連ねて渡りて、大宮拝み奉り給ふ。中納言に白き大袿一襲、宰相に掻練一襲、殿上人もうちかづきて居給へり。

宮あこ君、御文奉り給へり。中納言、手を擦りて請ひ取りたり。大人三十人ばかり、裳・唐衣着て、うなゐ八人、汗衫・上の袴着たり。御台四具、金の御器して、物参る。御賄ひ、宰相の君。

すみは、大饗の所。南のおとどしつらはれて、幄打ち渡したり。

これは、祐澄の宰相の中将、被け物は、大いなる箱に入れて持て出で給へり。

これは、一の宮の御方。中納言、ものし給へり。言ふばかりなく、誰も誰も清らなり。宮の御はらからの皇子、四所ながら、直衣奉りておはしましたり。宰相に、左大弁対面し給へり。右近の君などして、御帳に入れ奉る。一の宮を、女御・大宮などして出だし奉り給へり。中納言、喜びておはす。

上達部、皆おはします。左、右のおとど、見比べて、御階上り給ふ。大納言・中納言・宰相まで、参り給ふ。弁・少納言・外記、着き並みたり。御前ごとに、厳しう物参りたり。

しもついの幄の前に、中取に、東絹・よき絹など積みてしも着き給へり。

三の皇子、四、五、六の皇子、若宮に、中納言、御装束して対面し給へり。皇子と中納言と、碁打ち給へり。四の皇子箏の琴調べて、一の宮に奉り給へば、宮、箏の琴忘れにたりや、などのたまふ。御前ごとに、御琴どもあり。（四五四〜四五五）

7　**綾掻練の袿・赤色の唐衣**具したる女の装束一具被く、（四五七）

★8　これは、源宰相。小野殿。やもめにて、男の童使ひて居給へり。音羽川、前より流れて、前広く、前栽面白く、山近く、木の葉、時雨に色づきて、草の花盛りにて、面白きを眺めて見る。

左衛門佐、花の枝に文つけて、宰相に奉り給へり。広げて見て、思ひ入りて居給へり。物語して、物被く。（四五七）

9　**史記**のことおもそへ、など仰せらるるに。この**史記**の講書も、今まで仕うまつり侍らず、など仰せらるなりつれば、（四五九）

10　**綾掻練の袿**一襲、袷の袴添へて、被けて帰す。（四六〇）

11　法服・綾襲二つ調じて、宮あこ君に装束めでたくて、**衣の裳**に書いて結ひつく。（四六〇）

★12　かくて、東の町、大宮三条面。中のおとど、一の宮の御方。宮御歳十七、中納言歳二十六。並び給へる男・女、玉光り輝くやうなり。御台立てて、物参る。宮、琴弾き給ふ。中納言、うち笑ひて、つれなくも遊ばすかな。宮、文屋ほとり、とか言ふなる、とのたまへり。妊じ給へり。東のおとど、春宮の御方。皇子たち二所。男皇子一所は、立ちて歩き給ふ。乳母三人。今一所は、這ひ給ふ。御歳二つ。乳母、同じ数なり。這ひ給ふ。大人・童、多かり。南のおとど、もとのごと、女御の君の御方なり。北のおとど、宮・おとど住み給ふ。

東南の町。東のおとど、式部卿の宮の御方なり。西のおとど、兵部卿の宮の御方。宮二十七、女君十六。物のたまへり。御達二十人、童・下仕へあまた。北東のおとど、左大臣殿の御方。西南、藤大納言の御方。西北の対、源中納言殿の御方。さま宮十四、中納言二十六。二所、物語し給へり。御

達、いと多かり。紀伊守、参りて、廊の簀子に居たり。中納言の君、会ひ給へり。絹・綿、唐櫃に積みて奉りたり。

あなたの君たち住み給ふ西南の町。西の対、中務の宮の御方。西の隅、平中納言殿の御方。東の対、藤宰相の御方。中西の隅、源中将の御方。西北の隅、良中将の方。東の中の隅、君たちも、おはす。御達二十余人、童・下仕へ、いと多かり。これは、左大弁の殿の御方。君たちも、この町に集ひて住み給ふ。

西北の町。右大弁の殿の御方。御帳立てて、几帳・屏風、新し。よろづの調度、清らなり。御衣架に、色々の御衣懸けたり。台一具して、ぬしに物参れり。北の方、黄金の御器にて参りたり。歳十五。御達、いと多かり。厨子立てて、書読む。殿ばら、宮ばらの君たち集ひて読み給ふ。弁のぬし、宮よりまかでたり。装束清らなり。車清げに、男ども四十人ばかり、御供なり。大学助も、下りて、膝まづきをり。弁のぬし、人々に、片端より書読ませ給ふ。破子・すみ物、いと多かり。衆どもふさにありて、書読む。秀才菅原脇足、大学に色々の書取らす。ここに、弁のぬし入り給ひて、北の方と物

聞こえ給へり。今日、宮に参りたりつれば、兵衛の君して御消息賜はせたりつるがなむ、命あれば、かかる折にも会ふものになむ、とて、大学に参り給ふ。これは、女御の君の御腹の四の皇子の御方。北の方には、左大臣殿の大夫、異御腹の、御歳十六。子一人、男子。また、六の宮の御方。北の方には、民部卿殿の大君、歳十四。妊じ給へり。三の宮、御妻なし。八の宮、いまだ童。これは、権中納言。北の方は、一世の源氏、歳二十八。君たち四所、一所は女、三所は男。太郎君歳十四、次郎君十三。御賀の舞し給ひし。左大弁。北の方には、平中納言殿の中の君、歳二十六。男子の限り、五人。宰相の中将の御方。北の方、その御妻、源氏、歳二十三。子二人。兵衛佐の御方。近江守の娘、たちはなの娘、歳十五。子なし。右衛門の大夫の御方。兵部卿の宮の娘、歳十五。孕み給へり。式部大輔の御方。宮の学士の娘、歳二十二。子二人。宮あこ君。まだ童。家あこ君、同じ童。皆、狭けれど、方々しつつ住み給ふ。

町ごとに、御門、面ごとに立てて、馬・車の立つこと、御門に百ばかり立つ。そこばく広き殿の中、隙なし。

（四六一〜四六三）

蔵開・上

1 **香ばしく麗しき綾掻練の御衣**どもを得て、怖ぢ惑ふこと限りなし。（四六九）

2 **書ども、麗しき帙簀どもに包みて、唐組の紐して結ひつつ**、ふさに積みつつあり。その中に、**沈の長櫃の唐櫃**十ばかり重ね置きたり。（四七〇）

3 この書の目録を見給へば、いといみじく**ありがたき宝物多かり。**（四七〇）

4 **薬師書・陰陽師書・人相する書**・孕み子生む人のこと言ひたる、（四七〇）

★5 ここは、京極殿。蔵開けたる所。（四七一）

6 かの蔵なる**産経などいふ書**ども取り出でて、（四七一）

7 御髪は、瑩しかけたるごとして、隙なく揺り懸かりて、玉光るやうに見え給ふ。**御衣は、赤らかなる唐綾の袿の御衣一襲**奉りて、御脇息に押しかかりておはす。（四七二〜四七三）

---

8 **産屋の設け、白き綾、御調度ども、白銀にし返して**、殿に設け給ふ。（四七三）

9 **白き綾の御衣**を奉りて、耳挟みをして、惑ひおはす。（四七四）

10 おとど、**老鶴の文の織物の直衣を被け給へば**、（四七四）

11 **白き袷の袴一襲**を脱ぎて奉りて、（四七四）

12 かの龍角は、賜はりて、……**唐の縫物の袋**に入れたり。（四七五）

13 **白銀・白き綾を使はれたり。**御湯殿、春宮の若宮の御迎湯に参り給ひし典侍、**白き綾の生絹に、一重襲の袿上に着て、綾の湯巻**、御槽の底にも敷き、迎湯は、尚侍のおとど、**白き綾の袿一襲、同じき裳一襲**、結ひ込め給へり。中納言、**白き綾の袿一襲、白き綾の襖、指貫着て**、弓引き給ふ。（四七八）

14 **御髪**、御裳に少し足らぬほどにて、**瑩しかけたるごとして、白き御衣に、隙なく揺り懸けられたり。**縒れたる御裳にうち畳なはれたる、いとめでたし。（四七九）

15 **白銀の衝重**十二、同じ物、**打敷、物ふの花文綾に薄物重ねたる。白銀の透箱**六つに、御衣・御襁褓、うち敷き入れた

り。（四八〇）

16 **練り絹を、綿入れて、袋に縫はせ**給ひつつ、一袋づつ入れて、間ごとに、御簾に添へて懸けさせ給ひて、**大いなる白銀の狛犬四つに、腹に、同じ薫炉据ゑて、**香の合はせの薫物絶えず薫きて、**御帳の隅々に据ゑたり。**廂のわたりには、大いなる薫炉に、よきほどに埋みて、よき沈・合はせ薫物、多く焼べて、籠覆ひつつ、あまた据ゑわたしたり。**御帳の帷子・壁代**などは、よき移しどもに入れ染めたれば、（四八〇〜四八一）

17 **白き御衣の張りたるに、赤きが打ちたる**奉りて、（四八一）

18 物二斗入るばかりの瓶二つ、**衝重の沈の折櫃**十二、物入れて、**蘇枋の高杯**に据ゑて、**白銀の雉二つ、腹に龍脳込めて、雉の皮をはぎて、大いなる松の作り枝につけて、**端に、かくつけて押したり。（四八二）

19 **浅緑の色紙一重に包みて、五葉につけたり。**（四八二）

20 **赤き薄様一重**に、……同じ一重に包みて、**面白き紅葉につく。**（四八三）

21 瓶に、練りたる打ち綾、一つには、練り絹、いとよき、口もとまで畳み入れ、折櫃どもには、一つには、**白銀の鯉・同じ鯛一折櫃、沈の鰹作りて入れ、**一つには、沈・蘇枋を、よくよく切りて一折櫃、合はせ薫物三種・龍脳香、**黄金の壺の大きやかなる**に入れて一折櫃、味噌、と書きつけて、赤むたひ少し、白き絹を、縫ひ目はなくて、続飯などして、みるのやうにして一折櫃、白粉を入れたり。今二つには、裛衣・丁子を、鰹つきの削り物のやうにて入れたり。（四八三〜四八四）

22 **白銀の衝重**十二、同じ御器据ゑて、敷物・打敷、いと清らなり。衝重どもの内には、皆、物あり。二つには、綾を練りて、一つには、花文綾・薄物、一つには、色々の織物、一つには、白き綾、一つには、練り貫、一つには、練り繰りたる糸・生糸、物麗しく入れたり。嵩高く入れて、重き物を据ゑたれば、押されて、かたにあり。女御の君の御前には、**沈の折敷、同じき高杯に据ゑて**九つ。打敷・敷物、殊に、いと清らなり。**沈の御衣箱、黄金の置口したる**六つに、賭物、女の装ひ一具、**白き袿十襲・袴十具、蒔絵の御衣櫃に入れて、**物五斗ばかり入るばかりの**紫壇の櫃**五つに、碁手、扱きて、嵩

高く入れたる、すみ物とてうち具し給へり。（四八四）

23 **黒らかなる掻練一襲**、**縹の綺の指貫**、**同じ直衣**、**蘇枋襲の下襲**奉りて、（四八八）

24 **赤らかなる綾掻練一襲**、**青鈍の指貫**、**同じ直衣**、**唐綾の柳襲**奉りて、（四八八）

25 **紅の掻練のいと濃き一襲**、**桜色の綺の同じ直衣・指貫**、**葡萄染めの下襲**奉りて、（四八九）

26 **浅黄の直衣・指貫**、**今様色の御衣**、**桜襲**奉りて、（四八九）

27 御衣は**濃き綾の袿**、袷の袴襷懸けにて、**葡萄染めの綺の直衣**着て、（四八九〜四九〇）

28 三位・中将・宰相には、**白き袿一襲・袷の袴一具**、さらぬ四位・五位には、**白き袿一襲**、六位には、**一重襲・白張**、下仕へには、腰絹、（四九一）

29 内より、**黄金を柑子ばかりまろがして**、**小さき白銀の魚二**つを出だし給へれば、式部卿の宮取り給ひて、黄金を食ひ、鶴どもは魚ども食ひて舞ふこと限りなし。**孔雀に綾の御衣・袿**、**鶴には白き綾の稚児の御一重襲**一具被け給ふ。（四九二）

30 **沈の衡重**十二、**白銀の杯**どもあるは、（四九三）

31 **白き薄様**一重に、いとめでたく書き給へり。（四九三）

32 **掻練の御衣・御小袿**など奉りて、（四九五）

33 宮の御前には、**白瑠璃の衡重**六つ、下には**金の杯**、上には**瑠璃の杯**など据ゑて参りたり。内の物ども、透きて見ゆめり。女御の君・尚侍のおとどには、**沈の折敷**六つづつ、男宮たちには、**浅香の折敷**四つづつ参れり。簀子に、中納言ものし給ふ。その御前には、**蘇枋の机**に、上達部には二つ、ただ人には一つ参れり。（四九六）

34 **白銀の衡重**十二、同じ**御杯**にして、上に**唐綾の覆ひ**、六折櫃、碁手・すみ物多くて、中納言の御もとに、御消息して奉り給へり。また、春宮に候ひ給ふ中納言の妹のもとよりも、一斗ばかりの**金の瓶**二つに、一つには蜜、一つには甘葛入れて、**黄ばみたる色紙覆ひて**、担ひて、**二尺ばかりの白銀の鯉二つ、生きたるやうに作りなしたり**。**紅葉の作り枝**につけたり。**紺瑠璃の大きやかなる餌袋**二つに、**白銀の銭一餌袋**に、黒方を日乾しのやうにしなして一餌袋、**沈を小鳥のやうに作りなして一餌袋**、鳥の毛を剝ぎ集めて、**青き薄様一重づつ覆ひて結ひたり**。**御文は、唐の紫の薄様一重に包みて、紫苑の**

作り枝につけて。 （四九六～四九七）

35 物二斗入るばかりの**白銀の桶**二つ、同じ杓して、白き御粥一桶・赤き御粥一桶、白銀のたたいゑ八つに、御粥の合はせ、魚の四種・精進の四種、大きなる**沈の折櫃**にさし入れて、**黄金のかはらけ**の大きなる、小さき、**白銀の箸**、あまた添へて奉り給へり。 （四九七）

36 **唐綾の指貫**、**直衣**、**赤らかなる綾の袿**一襲、宮たちも異人も着給へり。 （四九七）

37 大人は、**赤色の唐衣**、**綾の摺り裳**、**綾掻練の袿**着たり。かたち清げにらうらうじき人、五位ばかりの娘どもなり。童も、**赤色の五重襲の上の衣**、**綾の上の袴**、**綾掻練の衵・三重襲の袴**着たり。 （四九八）

38 紙もがな、とのたまへば、**黄ばみたる色紙一巻・白き色紙一巻**、硯箱の蓋に入れて出だされたり。かの梨壺の御餌袋ども召し寄せて、開けて見給ふ。あるじのおとど、いと**めづらしき州浜物**どもかな、とのたまふ。 （四九八）

39 **黄ばみたる一重に黄金の銭**一つづつ十包、**白き色紙に白銀の銭**一つづつ三包、**白き色紙**をば、外に、麗しく出ださせ給ふ。 （四九八）

★40 この鯉は、生きたるやうなる物かな。ほとほと、包丁望まむ、とぞ思へる、とのたまふ。御産養の物あり。粥桶の蓋には、生絹の糸の赤みたる、尻蓋といふ物のやうにしなして覆ひたり。 （五〇二）

41 **蒔絵の御衣櫃**五掛、**蘇枋の台**、朸二つして、衣二掛、唐綾の類二掛、裛衣一つ・丁子一つ入れて、 （五〇三）

42 后の宮よりありし衝重の内の物入れながら、**蒔絵の置口の衣箱**に、夏冬の御装束二装づつ、夜の二襲、同じ御櫛の箱四つ、一つには**沈**、一つには**黄金**、一つには**瑠璃の壺**四つに合はせ薫物入れて、今一つには、黄金の壺に薬ども入れて、麝香一つに一つづつ入る黄金の壺十据ゑて、清らなる包みどもに包みて、宮の御消息にて、**陸奥国紙**に、女御書き給ふ、

43 女御の御文見給ふ、中納言も、まだこそ見給へね、とて見給ふ。これも、**いとよき御手**にこそ。父おとど、昔より名取り給へる上手にて、 （五〇三）（五〇四）

★44 大将殿。 （五〇五）

45　梨壺より奉れ給ひし**黄金の瓶**に供御を入れ替へて、それに**添へたりし鯉**、**小鳥・日乾し**、餌袋に入れながら、藤壺より奉れ給へりし**雉**添へて、（五〇五）

46　**沈の高杯**を五つ、**白銀の壺**の小さき黒方入れ、**蜜入れたる黄金の蒜**五つばかり、**沈の寄せ切りたりし**、紙に一包、**青き色紙どもに包みて**、**五葉につけて**奉り給へれば、（五〇五）

47　この、**鰹を押し寄せて切りて侍りつる物**なんどぞ、これかれに賜ひつる、と申す。いとさまざまにをかしくしたりける物どもかな、とのたまひて、餌袋は、后の宮に、女一の宮の残り物、とてものし給へるなり、とて奉れ給ひつ。**鯉・雉**などは、（五〇六）

48　**御座所も奥なる所も、照り輝きて見ゆる。御調度など、さらなり。**御産屋どもは、皆人下ろす。（五〇七）

49　御髪を繰り出でて、御座のままにうち滑させ給へりしを見奉りしかば、**瑩しかけたるごとして、**筋も見えず、隙もなく、……**金の漆のやうに**こそあれ。（五〇八〜五〇九）

★50　藤壺。（五一五）

★51　北のおとど。（五一七）

52　太政大臣の曹司にて、**白銀の唐物師**など召して、急ぎせさせ給ふ。（五一七）

53　いぬ宮の御前には、**白銀の折敷**、同じ高杯に据ゑて十二、御器ども、檜破子三十荷、むくにの窪の杯ども、餅四折敷、乾物四折敷、菓物四折敷、敷物・心葉、いと清らなり。また、御前どもの料に、**浅香の折敷**十二づつしたり。檜破子五十荷、皆々、**沈・蘇枋・紫檀**などなり。台・杉なども、同じ物。**袋・敷物の括りなども、いと清らなり。**入り物は、皆、参り物。片方は、重破子一懸籠、御前に参るばかりしたり。ただの破子五十荷添へて参れり。（五一七〜五一八）

54　**綾の御衣一襲**着せ奉りて、大輔の乳母といふ、率て参りたり。女御の君、掻き抱き奉りて、見せ奉り給ふ。大宮見給へば、いと大きにて、頸もすくよかなり。**白き絹に柑子を包めるやうに見えて、いと白くうつくしげなり。**（五一八）

55　**御折敷見給へば、州浜に、高き松の下に鶴二つ立てり。一つは箸、一つは匙食ひたり。**松の下に、**黄金の杙して、帝の御手**して書かせ給へり。緑子は松の餅を食ひ初めてちよちよとのみ今は言はなむ、とあるを、大宮見給ひて、**白き薄様に**

書きて、押しつけ給ふ。（五一九）

56　御使は**白き袿・袴被きたり。**（五二〇）

57　内裏より、**御唐櫃一具に、唐綾・大和綾・織物、一つには絹入れて**、これ、かの日の設けの物にし給へ、とて、宮の御もとに奉り給へり。また、源中納言の北の方の御もとより、**赤色の織物の唐衣、唐裳、摺り裳、綾の細長**、三重襲の袴添へたる女の装ひ五具、**置口の御衣箱**に畳み入れて奉れ給へり。（五二四〜五二五）

58　**御装束・蘇枋襲・綾の上の袴**など、ありがたき移しに入れ染めて、装束きて出で給ふままに、（五二五）

59　**青色の簾に綺の端さして懸け渡したり。**高欄に押しかかりて、簀子に、童八人ばかり、**青色に蘇枋襲、綾の上の袴、濃き袙**着て並み居たり。御簾の内に、四、五間に、**赤色の唐衣、それも濃き袿**どもうち出でつつ着たる人、居並みたり。（五二五）

60　俊蔭の朝臣の、**手書き侍りける人**なりける盛りに、（五二七）

61　**家の記・集のやうなる物**に侍る。俊蔭の朝臣、唐に渡りける日より、父の日記せし一つ、母が和歌ども一つ、世を去り侍りける日まで、日づけなどして書きて侍りけると、（五二七〜五二八）

62　その**家集**ども・**道の抄物**ども持たせてものせられよ、（五二八）

★63　藤壺は。（五三一）

蔵開・中

1　**沈の文箱一具、浅香の小唐櫃一具、蘇枋の大いなる一具**持て参れり。開けさせて、文箱を御覧ずれば、文箱には、唐錦を二つに切りて、えふしそそめて、厚さ二、三寸ばかりに作れる、一箱づつあり。**俊蔭のぬしの集、その手にて、古文に書けり。**今一つには、**俊蔭のぬしの父式部大輔の集、草に書けり。**手づから点し、読みて聞かせよ、とのたまへば、**古文**、文机の上にて読む。例の花の宴などの講師の声よりは、少しみそかに読ませ給ふ。七、八枚の書なり。果てに、一度は訓、一度は音に読ませ給ひて、（五三五）

★2　上達部・殿上人あり。大将の、仰せにて、御書講ぜさせ

給ふに、参り集ひ給へり。されど、人に聞かせじ、とて、高くも読まず、御前には人も参らせ給はず。誦ぜさせ給ふばかりをぞ、わづかに聞きける。（五三五）

3 **赤色の織物の直垂、綾のにも綿入れて、白き綾の袿重ねて、六尺ばかりの黒貂の裘、綾の裏つけて、綿入れたる、**御包みに包ませ給ふ。**置口の御衣箱一具に、いと赤らかなる綾掻練の袿一襲、同じ綾の袿重ねて、三重襲の夜の御袴、織物の直衣・指貫・掻練襲の下襲入れて、**包みに包みたり。**色・香・打ち目、よになくめでたし。**放ちの箱、泔坏の具など奉れ給ふ。（五三六）

4 **白き色紙に書きて、咲きたる梅の花につけて、**（五三八）

5 宮はた、**青き色紙に書きて、呉竹につけたる文**を捧げて来て、（五三八）

6 **女御の君の御手の、貴に若くは見ゆれど、**大人しくも後見おこするかな、と思して、押し巻きて、投げ遣はしつ。（五三九）

7 御装束は、**蘇枋襲・綾の上の袴**などにて、いと清らに香ばしくて奉れ給へり。（五四〇）

8 君、**白き紙に、**（五四一）

9 **石の唐櫃**に入るるぞかし。（五四五）

10 大きやかなる酒台のほどなる**瑠璃の甕**に、御膳一盛、同じ皿杯に、生物・乾物、窪杯に、菓物盛りて、同じ瓶の大きなるに、御酒入れて、**白銀の結び袋**に、信濃梨・干し棗など入れて、**白銀の銚子**に、麝香煎一銚子入れて奉り給へり。（五四五）

11 大いなる**白銀の提子**に、若菜の羹一鍋、蓋には、黒方を、大いなるかはらけのやうに作り窪めて、覆ひたり。**取り所には、女の一人若菜摘みたる形を作りたり。**それに、**孫王の君の手して、**かく書きたる、君がため春日の野辺の雪間分け今日の若菜を一人摘みつる、羹をば、かくなむ仕うまつりなりにたる、聞こし召しつべしや、と書きつけて、**小さき黄金の生瓢を奉り、雉の足、折り物に高く盛りて**添へ奉り給へり。（五四五〜五四六）

12 **陸奥国紙のいと清らなるに、雪降りかかりたる枝に文をつけたる**持て来て、（五四六）

13 鍋の蓋の返り言は、**物取り食ふ翁の形を、御膳まろがして**

作り据ゑて、（五四七）

14 **青鈍の綾の袴、柳襲などいと清らにて、**（五四七）

15 小唐櫃開けさせて御覧ずれば、**唐の色紙を、中より押し折りて、大の冊子に作りて、厚さ三寸ばかりにて、**一つには、**例の女の手、**二行に一歌書き、一つには、**草、行同じごと、**一つには、**片仮名、**一つは、**葦手。**まづ、**例の手を読ませ給ふ。歌・手、限りなし。**（五四七〜五四八）

16 この母皇女は、昔名高かりける姫、**手書き、**歌詠みなりけり。（五四八）

17 上、**世の中に名高くて伝はり来る御帯**あまたある中に、よし、と思すを取り出ださせ給ひて、（五五〇）

★18 梨壺。（五五二）

19 御髪洗ます。御湯帷子して、おもと人立ち居て参る。洗まし果てて、**高き御厨子の上に御褥敷きて干し給ふ。**女御の君の御前にあたりて、廂に横ざまに立てたる御厨子なり。母屋の御簾を上げて、御帳立てたり。宮の御前には、御火桶据ゑて、火起こして、薫物ども焼べて薫き匂はし、御髪あぶり、拭ひ、集まりて仕うまつる。（五五三〜五五四）

---

20 宮あらはなれば、**御屛風取り出でて立つれば、**（五五四）

21 **螺鈿の帯の箱に、袋に入れて、**御包みに包みて持て参れり。おとど、引き出で、見給へば、**貞信公の石の、いとかしこきなり。**驚き給ひて、これは、また世になき物なり。これを賜はり給ふばかりに、仕まつり、感ぜしめ給へるこそ、いと恐ろしけれ。これは、**小野の右大臣の御帯なり。**（五五五）

22 大将、**御屛風押し開けて**見給へば、宮、**濃き袿の御衣に、赤らかなる、また、黄気つきたる織物の細長引き重ねて奉りて、白き御衣引き懸けて、**御髪は少し湿りて、**四尺の御厨子**より多くうちはへて、瑩しかけたると見ゆ。（五五六〜五五七）

23 **洲浜、涌き水の傍らに、鶴立てり。**その**鶴のもとに、葦手にて、黄金の毛にて打ちたる、**（五五八）

24 **故治部卿のぬしの御集**どもなどの侍りけるを、（五五九）

25 さて、かかる物をなむ賜ひて侍る、とて、**帯を見せ奉り給ふ。**これは、**さ聞く御帯**なり。……大将、**右大臣の御帯、**となむ、これは、御前に候ひ侍りなむ、**よき御帯侍らざめる**を、仲忠は、**故治部卿のぬしの、唐より持て渡り給へりけ**

る、まだ革もつけで石にて侍り、（五五九）

26 一条殿は、二町なり。門は、二つ立てり。おとど宮、それに従ひて、西、東の対、渡殿、皆あり。寝殿は、東の対かけて、宮住み給ふ。異対どもに、すこしはひとつはらう、召人めきたりし人、対一つを二人にて住む。池面白く、木立ち興あり。やうやう毀れもてゆく。（五六二〜五六三）

27 折りて挿されたりし紅葉の枯れ困じたるにつけて出だされたり。（五六五）

★28 これは、一条殿。（五六六）

29 かれは、財の王ぞや。御祖母が一人子にて、その御財をさながら領じたり。よき荘、いと多く持給へる人ぞ。よき調度・細かなる宝物は、かしこにこそあらめ、（五六六）

30 栗を見給へば、中を割りて、実を取りて、檜皮色の色紙に、かく書きて入れたり。……物ものたまはで、橘を見給へば、それも、実を取りて、黄ばみたる色紙に書きて入れたり。……柑子を見給へば、赤ばみたる色紙に書きて入れたり。（五六六）

31 納殿にあらむ大柑子の中に、大きに疵なからむ、三つ取りて持て来、とて、臍のもとを壺に彫りおはす。何を入れむ、とのたまへば、ささやかなる桂の箱を取り出でて、北の方奉り給へり。開けて見給へば、金あり。それを移しつつ入れ給ふ。端まで一壺入れて、蓋合はせて、黄ばみたる薄様一重に包みたり。（五六七〜五六八）

32 御車どもなど設けさせて候はむ。糸毛なむ、かの宮に、内裏より、造らせて奉り給へり。まだ乗り給はざめるを。民部卿の御方になむ、新しき糸毛の車、造りてあめるを、（五七〇）

★33 三条殿の。（五七一）

34 御簾には、浅黄にして、緑の綺を端には挿したり。南の廂に、巡りて懸けたり。壁代には、白き綾を打ち螢したり。畳には、こんわたを薦に、紫の裏つけて、唐の錦の端挿し、白き綾を筵にしたり。褥・上筵は、例のごと。簀子にも、かくしたり。浅香の机・白銀の様器・黄金のかはらけ、火桶には、沈を檜皮色に彩りて、内には黄金の塗物をしたり。鉢、白銀を内黒に彩れり。（五七一）

蔵開・下

1 **扇を叩きて**、夕さり来、と言ひしは。（五七六）

2 先つ頃、**綿の衣ども縫はせて**、かいさうもちなど調じて贈り給へりき。（五七七～五七八）

3 これらは、**黄金の銭**なり。（五七八）

4 **赤色、青色の唐衣、綾の摺り裳**、さまざま重ね着て、並み居て、今宵の歌、詠み、書き、あるは、とあり、かかり、と言ひ合へり。童十余人ばかり、**青色の五重襲、綾の上の袴、綾掻練の衵、三重襲の袴着て**、前ごとに、**白き銭を置きて**たうべつ。簀子には、間ごとに、燈籠懸けたり。**蘇枋の大いなる櫃に、白銀の鉢据ゑて**、火起こしつつ、所々に据ゑたり。（五七九）

5 **白銀のすふたつ**二つ、蜜と甘葛と入れたり。東の渡殿に持て連ねて、並み立てり。また、紀伊守の北の方の御もとより、**衝重三つ、腰高杯、糾へ結ひたる壺四つ**奉り給へり。（五七九）

6 衝重なる菓物を見給へば、**白銀の皿の四寸ばかりなる**に、それより高く盛りつつあり。（五八〇）

---

7 **かの扇拍子は**、とて、少し掻い弾きて立ち給へば、（五八〇～五八一）

8 **綾掻練のいと黒らかなる一襲、薄色の織物の細長一襲、三重襲の袴一具、えも言はず清らにて**さし出で給へれば、（五八一）

9 **舎人の閨の法師**のやうにては逃げ給ふぞ、とて、……昔語りも行く先の契りもせむとする所に、**調伏丸**がやうにて。（五八一）

10 **織物の赤色の唐衣・綾掻練の袿・綾の摺り裳・三重襲の袴**・稚児の衣、襁褓添へたり。上人には、**織物の細長・袷の袴**など、さまざまなり。かかる程に、西の方、中納言の祖母君の御もとより、**織物の袿一襲・唐綾の掻練・袷の袴**など、上達部・殿上人などにも出だし給へり。（五八二～五八三）

11 この文を、いとうれし、と思ふ。**かくののしる御手持ちた**る人もなきものを、内裏わたりの人、いかでか見むとこそすれ。これ、一行にても、持ちたる人は、心憎くせしものを、と思ひて、隠しつ。**織物の細長を引き剝ぎて**、兵衛の君に袷、中将の君に単衣取らせて、（五八三～五八四）

12 典侍に、**御衣櫃に、女の装束一具・夜の装束一具・絹三十疋・綿**など入れて取らせ給ふ。 （五八四〜五八五）

★13 源中納言殿。

14 糸を藁にて、**白き組をあららかにて、絹一匹を腹赤にて、そを五葉の作り枝につけつつ十枝、鯉・鯛は、生きて働くやうにて、同じ作り枝につけたり。雉の嘴には黒方、皆白銀どもなり。鳩は黄金、その嘴には黄金入れたり。小鳥には、黒方をまろがしたり。折櫃は白銀、沈の鰹、黒方の火焼きの鮑、海松・青海苔は糸、甘海苔に綿を染めて、下には綾、衝重二十六、蘇枋の物入れたり。**洲浜を見給へば、**中納言殿の御手**にて、行く水の澄む影君に添ふるまで**汀の鶴**は生ひも立たなむ、とあり。 （五八五）

15 殿ばらより、**御車ども**奉れ給へり。源中納言殿より、**新しき黄金造りの**、男ども二十四人、装束一色にて、選り立てて奉り給へり。**糸毛には、**侍の下臈の男どもに上の衣など着せて、 （五八七）

16 **うち破れたる屏風一具**ばかり、**夏の帷子の煤けたる几帳一つ**二つ立てて、君は、**綾掻練の所々破れたる一襲、煤けたる白衣着て、火桶の煤けたるに、**火わづかに起こしたるに、台一つ立てて、**白き陶鋺**に、御膳、糲糅めきて、少し盛りて食きをり。薑・漬けたる蕪・堅塩ばかりして、夜さりの御膳にもあらず、朝の膳にもあらぬほどに参りたり。御前には、**古びたる革蒔絵の御櫛の箱、**さやうなる硯箱据ゑて、櫛の箱、蓋を取り退けて、 （五八七）

17 御達二十余人ばかり、装束清らにし、**童四人、青色に襖子重ねて着たり。**おはする所、有様、昔に劣らず。御褥敷きて、御簾の前に居給へり。宮は、昔の御かたちに、殊に劣り給はず。**綾掻練の濃き薄き織物の細長**など奉りて、（五八八）

18 簾のもとに几帳立て、褥さし出でて、**赤色の火桶、絵をかしく描きたるに、**火起こして出だしたり。 （五八九）

19 同じやうなる**金の杯**にして、湯づけして、 （五九一）

20 **由ある檳榔毛の車の簾をいと高く上げて、**落ちぬばかりこぼれ出でて見るあり。 （五九二）

21 その車にことなど加へて、**糸毛三つ・黄金造り**十まり、うなゐ車・下仕へ車合はせて二十人ばかり、 （五九二）

22 **物蒔きたる車**ども、ふさに立てりつ。 （五九三）

23　**御屏風・御几帳**も、こほこほと倒れぬ。（五九三）

★24　喜びの人、いと多かり。殿上にも候ふなり。宮。（五九六）

25　ちうしのすくよかなるに包みて、山より、と、**少将の手にいとよく書き似せて**、近く使ひ給ふ上童添へて、栗出だしし所に教へ入れて、帰りまうで来ね、とて遣はしければ、至りて、水尾より、とて入れたれば、見るに、**炭、旅籠をいと細かに組みて、とのこすを貫き立てて、銭二十貫一籠に入れて、物覆ひて結ひたり。米は、絓糸、俵に編みて、絹五十疋、俵に入れて三俵**、今一つには、いみじくうるはしき綿二十入れたり。（五九六〜五九七）

26　**大いなる童には白き袿**一つ、小さきには単衣一つづつ賜ひて、（五九七）

★27　少将の妹の御方。御達四人、童・下仕へ一人づつ、女房二人ばかりあり。君、三十余ばかりにて、愛敬づき、匂ひやかなり。前に琴ども置きて、住まひよげなり。（五九七）

28　**この炭・米**を奉り給へれば、おとど、気色ある物かな、持て来、と、御前に召して、開けさせて見給へば、少将の妹のなりし同じやうなり。絹などは、まつへしや、と、くはしく御覧ずるに、いとうつくしげなる白絹どもなり。（五九八）

29　**車の箔したる、やれたる下簾など懸けて**入れさせ給ふ。（五九八）

★30　ここは、絵ありて、三条殿。（六〇一）

★31　殿には、人々の奉りたる物、いと多かり。種松の奉りたる、米五石・炭五荷、女御の君の御方と、一の宮の御方に奉り給うて。（六〇二）

32　宮たち四所、**いと清らに装束き給ひて**、女御の御前に参り給ふ。右大将、うち次ぎて参りて、拝み奉り給ふ。宮たち、大将殿に参り給ひぬ。**青色に蘇枋襲着たる童部**、御褥参り、物参りなどす。（六〇二）

33　皆、**蘇枋襲の綾の上の袴**着給へり。（六〇三）

★34　ここは、梨壺。（六〇四）

35　春宮の若宮に、**をかしき弄び物・参り物調ぜさせ給ひ、雛の、糸毛、黄金造りの車、色々に調じて、人乗せ、黄金の黄牛懸けて、破子ども、白銀・黄金調じて、入れ物いとをかしくて、駒に人乗せなどして**設け給へり。（六〇四）

36 **沈の折敷**十二、**金の杯**ども、御前どもに、さまざまにしたり。**檜破子**、百。（六〇四）

37 男宮たちの御前にも、**例の**、**御衝重**・**破子**。大宮にも、御前の物して参れり。檜破子に据ゑて奉れ給へり。女御の君の御方の人々同じ数、春宮の若宮たちの人々のも、**檜破子**五つに、さての御方々にも、皆奉れ給ふ。藤壺に、**檜破子**十、ただの十奉り給ふとて、（六〇五）

38 **青き色紙に書きて**、**小松につけて**奉り給ふ。（六〇五）

39 女御の君**折敷の洲浜**を見給へば、**例の**、**鶴二羽**、しかよろひてあり。**松**、**生ひたり**。**左大将の手**にて書き給へり。（六〇五）

40 宮たちの御前に、**沈の折敷**・**瑠璃の御杯の小さき**して、物参り給ふ。**小車二つづつ**、**白銀**・**黄金の馬**、さまざま色々取り立てて、（六〇六）

41 **綾掻練一襲**、**袷の袴**、**織物の直衣**着給へり。（六〇六）

42 **車どもを**、**雛に**、**子の日せさせ給へ**、**とて率て参りつる**、とて奉り給へば、宮たちも、喜びて弄び給ふ。かくて、常に、**をかしき弄び物**は奉り給ひけり。（六〇七）

★43 ここ、東のおとど。（六〇七）

44 例の装束、蔵人の少将・大夫の君には、**織物の細長**・**袷の袴**など被け給ふ。（六〇七）

★45 尚侍のおとど、南面に御座装ひて、御供の人々など、そこに候ふ。御みづからは、宮・女御の君に御物語聞こえ給へり。

百日の所。尚侍のおとど、暁に渡り給ふ。いぬ宮は、首いとよく居て、起き返りし給ふ。人見ては、ただ笑ひに笑ひて、うつくし。（六〇七～六〇八）

46 やがて内の具具して奉り侍るめり。目録、とて、その書奉り給ふ。見給へば、**厨子**・**唐櫃**・**几帳**・**屏風より始めて**、**人の家の具**あり。（六〇八）

47 君も、**白き衣**などあまた着給ひて、（六〇八～六〇九）

48 かの殿に入りて見給へば、御座所新しく、**清げなる屏風**・**几帳など立てたり**。取り使ひ給ふべき調度、なきなし。（六〇九）

49 **しらたて覆ひしたる唐櫃**二具、鎖さして鍵結ひつけたり。さし開け見給へば、**香の唐櫃**どもなり。あるには、御衣ども

さまざまにし入れ、あるには、よき絹・綿・をのをの紙などあり。御衣架に、覆ひして、御衾など懸けたり。さらぬ物ども、つき・唐櫃など多かり。外には、**四尺の御厨子**三具、三尺の一具、覆ひしたり。さて、それにも、鎖・鍵あり。開けて見給へば、**男・女の御調度、二階**一具、覆ひして、硯の具などあり。大いなる厨子一具、一つには、**唐物**、いとようし置きたり。調度・燈台の具などあり。**壁代は、白くて新し**。寝殿の北に、新しき長屋あり。へたてことのうちあまたして、贄殿、酢・酒造り、漬物・炭・木・油など置きたり。蔵一つ、それには、銭・米・よからぬ布どもなど置きて、鎖さして、鍵は厨子にあり。御厨子所、おほとのの具いとよくし掟てたり。（六〇九～六一〇）

50　君、昨夜、おとどの包ませておはしたる**綾掻練・織物の細長**など着給ひて、（六一〇）

51　今日は、**御台・金の御杯**して。（六一〇）

★52　ここは中の君の御殿。（六一〇）

53　寝殿の南遠く去りて、**池・山近き所、月見給ふべく、とて、高く厳しく、今造られたる、西の対・廊**あり。

（六一一～六一二）

★54　ここは、三条殿の宮の御方。（六一三）

55　居給ひし所に、**かの君の御手にて、**……一の対に入りて見給へば、居給ひし柱寄せに、来つつ見し宿にぞ影も頼まれし我だに知らぬ方へ行くかな、と、**草に書きたり**。（六一四）

★56　一条殿。（六一五）

57　**薄き紫の色紙に書きて、梅の花につけて**奉れ給へるを、おとど、寄りて見給ひて、今ぞ、心地落ち居ぬる、**この御文は、櫛の箱の底に、よく納め置き給へれ**、とて、（六一八）

★58　絵あり。（六一八）

国譲・上

1　**広き殿、面白く清らに造りて、よろづの調度・宝**置きつつ、（六二三）

★2　ここは、藤壺。（六二四）

3　おとどおはします**御屏の後方に**、忍びて候ひ給ふ。（六二六）

4　源中納言殿は、**沈の小唐櫃のをかしげなるに**、鎖・鍵、取

り具して奉り給ふ。（六三四）

5 紫の色紙に書きて、桜の花につけたる文、宮より。（六三五）

6 かしこけれど、この御手こそ、右の大将の御手におぼえ給へれ。藤壺の、ただ、その書きて奉られたる本をこそは、男手も女手も習ひ給ふめれ。（六三五）

7 手なども、まだ習ひ給はざめるを、本をこそ、まづものせさせ給はめ。（六四一〜六四二）

8 鍵の小唐櫃を開けて見給へば、白銀に塗物したる鍵ども、ふさにつけつつ、いと多かりける中に、見給へば、源中納言の御手にてあり。（六四二）

9 香の唐櫃ども、いみじう清らに十ばかりあり、開けて見給へば、よろづの宝物、絹・綾など、さまざまにあり。また、さまざまなる物に入れつつ、さらぬ物もいと多かり。外には、三尺の沈の御厨子、浅香の四尺の御厨子二具、よろづの、男・女の使ひ給ふべき調度ども、ありがたき、清らにて、数を尽くしてあり。すべて、よろづの調度・厨子などあり。六尺ばかりの金銅の蒔絵の厨子四つ、それに、白銀の御器調じ、よろづの調度、白銀にし据ゑたり。今片方には、さまざまの物ども、いと多かり。このおとどの西に、七間の、檜皮葺きにてあり。左、右の渡殿あり。御厨子所には、その西の屋をしたり。そこには、白銀の秤二十ばかり、小さきなど、同じ。釜には甑具しつつ、そこの具ども、いとめでたうてあり。殿のうちともに、いけらくに使ふべき物ども、いと多かり。そのくしの前に、十一間の檜皮屋あり。それは納殿にて、米・よろづの物を納めたり。（六四二〜六四三）

10 りやうの鈍色の薄らかなる一重に書き給ふ。（六四四）

11 いと濃き鈍色紙に書きて、いと面白き八重山吹につけたり。この御使に、何わざをせむ、と思し巡らして、兵衛の君の返したりし箱の、ほかにありける、金入りながら、取りに遣はして、鈍色の紙に包みて、（六四六）

★12 ここは、絵。太政大臣殿。（六四九）

13 春宮は、白銀・黄金の結び物ども毀たせ給ひて、ほかなるなる竹原にして、下には、白銀のほと皮結び、餌袋のやうにして、黒方を土にて、沈の笋、間もなく植ゑさせ給ひて、節ごとに、水銀の露据ゑさせて、藤壺に奉らせ給ふ。（六四九）

14　この子の日、御前の物調じて、**弄び物、七宝を尽くしてし**設けてこそ、装束いと麗しく、（六五二）

15　藤壺のおはする町は、いと面白し。**遣水のほどに、八重山吹の高く面白き咲き出たり。池のほとりに、大きなる松、藤の懸かりて、あまたあり。**すべて、**春の花・秋の紅葉、面白く、時々の前栽・草木も、いとをかし。遣水に滝落とし、岩立てたる様なども、異所には似ず。**かかること好み給ふ人なれば、しばしなれど、面白うし置きたり。この西の対は、暗き闇にも照り輝きてぞ見ゆる、世の常の調度を使はねば。**寝殿は、清涼殿の様を造れれど、**例の調度なれば、例の所のやうなり。（六五四）

16　かかるほどに、右大将殿より、とて、**手本四巻、色々の色紙に書きて、花の枝につけて、**孫王の君のもとに、御文してあり。……見給へば、**黄ばみたる色紙に書きて、山吹につけたるは、真にて、春の詩。青き色紙に書きて、松につけたるは、草にて、夏の詩。赤き色紙に書きて、卯の花につけたるは、仮名。初めには、男にてもあらず、女にてもあらず、あめつちぞ。**その次に、**男手、放ち書きに書きて、同じ文字を、さまざまに変へてて書けり。……女手にて、……**さし継ぎに、……次に、**片仮名、……葦手、**底清く澄むとも見えで行く水の袖にも目にも絶えずもあるかな、と、**いと大きに書きて、一巻にしたり。**見給ひて、いとほしく、よろづのことに手惜しみ給ふ人の、さまざまに書き給へるかな。（六五四〜六五五）

17　**白き色紙の、いと厚らかなる一重**に、賜はせためれど、人を訪ふとも、と言ふなればなむ。**この本どもを、かくさまざまに書かせて**賜へるなるなむ、（六五六）

18　御装束、例のごと。藤壺は、**平絹の掻練の御衣一襲、薄鈍の張り袷の御衣**奉りて、（六五九）

19　南と西との隅に、**御贈り物にしたる三尺の屏風、唐錦の端さしたる御座**など、中納言殿のし置き給へる物どもあり。（六六四）

20　いとよく、**宮の御手**に似たりかし、とて、（六六七）

21　藤壺、**南の廂に御屏風立て、**御座敷かせ給ひて、（六六八）

★22　西の対に。（六七〇）

★23　ここは、梨壺の御産屋。（六七〇）

24　左の大殿の御産養、例の、**白銀の衡重**・すみ物・碁手など し奉れり。（六七〇）

★25　ここは、仁寿殿の御局。へゑ。（六七二）

★26　ここには、西の対に、喜びの人々、ふさに参り集ひ給へり。

中納言・藤壺、物語し給へり。（六八二）

国譲・中

★1　ここは。（六八七）

2　重き御服をこそ着せ侍るべかりけれ、心ときめきのやうなれども、とて、**濃き鈍色の御衣一襲**、**黒橡の御小袿**うち出でて見せ奉り給へり。（六八八〜六八九）

3　**鈍色の御几帳立てて**、親も子も居給へり。姫君、**薄鈍の一襲**、**御小袿・掻練の袿一襲**着給へり。御歳十七歳ばかりにて、御髪いとめでたし。（六八九）

★4　志賀の山もと。（六九〇）

5　よきほどなる、**白銀・黄金の橘一餌袋**、**黄ばみたる色紙一重覆ひて**、**龍胆の組して結ひて**、**八重山吹の作り花につけてあり**。**御文**には、……御袋開けて見給へば、大いなる**橘の皮を横さまに切りて**、**黄金を実に似せて**包みつつ、一袋あり。（六九〇〜六九一）

6　側離れて**黒き水桶の大きやかなる**、**四つつい重ねて**、女どもさし入れて往ぬ。局の人々、あやしき物かな、御前に、かかる物をさし入れて往ぬる、とて見れば、**大きなる葉椀を白き組して結ひて**、五つさし入れたり。取り入れたれば、ほどは桶の大きさなり。開けて見れば、一つには、**練りたる絹を**、**飯盛りたるやうに入れたり**。今一つには、綾を、同じやうに入れたり。今一つには、**鰹・鮭などのやうにて**、**沈入りたり**。葉椀の蓋に、**なま嫗の手**にて、今日なむ、からうして、一つ祈り出づる枚手、数には、などか。（六九一）

7　宮より、七日のは、**御屛風・御座より始め給ひて**、長持の脚つきたる三つ、**唐櫃五具**に、綾・錦より始めて、よろづの物入れさせ給へり。御文あり。（六九二）

8　子持ちの御前のおとどの御膳、稚児の御衣・襁褓、いと清う調じて奉れり。**白き折櫃に**、**黄ばみたる絵描きて**、**白き**、**黄ばみたる銭積みたり**。**御石の台に**、**例の**、**鶴あり**。**洲浜**

に、……**大将の君の手**にて書き給へり。（六九三）

9　右大将殿、**大いなる海形をして、蓬莱の山の下の亀の腹には、香ぐはしき裛衣を入れたり。山には、黒方・侍従・香衣香・合はせ薫物どもを土にて、小鳥・玉の枝並み立ちたり。海の面に、色黒き鶴四つ**、皆、しとどに濡れて連なり、色は、いと黒し。白きも六つ、大きさ、例の鶴のほどにて、**白銀を腹ふくらに鋳させたり。**それには、麝香・よろづのありがたき薬、一腹づつ入れたり。その**鶴**に、（六九四～六九五）

10　**この御産屋。七の宝降り、面白く、心肝栄えしことは**、いぬ宮の御産屋。この度のは、いとあらまほしう清らにて侍るめる。兵衛督殿は、面白きことはなくて、厳しくにぎはほしきことは、いみじく侍りき。被け物清らに、よろづの物は、**七つの宝**にし返して、いと清らなりきや、（六九五）

11　二夜取り置かせし物どもして参れり。**蓬莱の山**を御覧じて、いとわづらはしくしたる物かな、いづくのならむ、とのたまふ。孫王の君に語らひて、参らせ給へれば、をかし、と思ひつれども、**岩の上に立てたる二つの鶴**どもを取り放ちつつ見給へば、**沈の鶴**は、いと重くて、取る手しとどに濡る、あな、いみじの物どもや、と言ひののしる。白銀のは、金なれど、殊に重くもあらず、腹に物の下に入れたり。書きつけたる歌は、**黄金の泥して葦手なり。**これは、誰が手ぞ、と、集まりて見給へど、え知り給はず。御方、御覧じて、**大将の御手**にこそあめれ。若君に、とて、手本あめりし、同じ手なめり、と聞こえ給へば、おとど、げに、さなめり、異人のすべきわざにはあらず、これを見知らぬやうなるは、いと心なきわざかな、いかにせむ、とのたまひて、御薫炉召して、山の土所々試みさせ給へば、さらに類なき香す。鶴の香も、似る物なし。白き鶴は、と見給へば、麝香の臍、半らほどばかり入れたり。取う出で、香を試み給へば、いとなつかしく香ばしきものの、例に似ず。あやしく、この物どもの心地ある香、異物に似ざらむ。宰相の中将、ある人の、忍びて申ししは、いとありがたき所より、治部卿の**御唐物**得られたり、とこそ申ししか。（六九六～六九七）

12　**鈍色の衣**のけにや侍らむ、いとむつかしう侍れば、（七〇〇）

13　三条殿にものし給ひて、損はれたる所繕はせ、池払はせ、

御調度どもは、皆あれば、置き所あるべきやうにしつらはせ、御簾懸けさせ給ふ。**屏風・御帳**より始めて、新しく清げなり。この殿は、一町に、**檜皮のおとど五つ、廊・渡殿、板屋どももあまた、蔵などあり。池近く、をかしげなり。** （七〇一）

★14 三条殿に。 （七〇二）

15 **綾の掻練の一重襲・二藍の織物の衣**脱ぎ懸けておはするを、 （七〇二）

★16 ここは、絵。西。 （七〇六）

★17 三条殿に。 （七〇八）

18 御供の者ども、装束清らにかたちよき、十人ばかり、若法師十人、大童子三十人ばかり、**檳榔毛の車**の新しきに乗りて参り給へり。 （七〇八～七〇九）

19 南の廂に、**よき御屏風**立てたり。 （七〇九）

20 **親の宝とする帯**を取り隠して、これを売らす、と言ひ、……僧の具に、**玉の帯**差し侍らばこそあらめ。持て侍らましかば、とかくのこと、殿ばらにこそ奉らましか。大将、ただ、それか、と見給へ、とて見せ奉り給へば、律師、見給ひて、いみじく泣き給ふ。この帯は、故父の、内宴にまかり出で給ふ、とて、装束し給ひしになむ見給へし、と聞こゆ。 （七一一）

★21 律師、加持参り給ふ。 （七一二）

22 律師には、**菩提樹の数珠具したる衲**など一具奉り給ふ。 （七一四）

23 御車十二、**糸毛**には、宮たち、 （七一四）

★24 祖父おとど。持たせ給へるをかしき物ども、ふさに持たり。 （七一六）

25 魚いと多く、**川のほとりに、厳しき木の陰、花・紅葉などさし離れて、玉虫多く住む榎二樹あり。**さる木の陰に、時蔭・松方・近正ら、今、冠得て、物の次官、時の官人にてある、参りて、**幄打ちて居たり。**魚・苞苴、人の奉りたらむ、多くあり。おとどの、かかる折の料とて、鮎かがりいとをかしげに作り置かせ給へり。 （七一六）

26 **赤き色紙に書きて、常夏につけたる御文**持て参りたり。 （七一八）

27 **一重襲の細長**・小袿、**袷の袴**具して奉れ給ふ。持て出で給

ひて、被けさせ給ひて、奉れ給うつ。（七一九）

28 あなわびしや、いと暑し、とのたまへば、**団扇**も参らせむ、とのたまひて、かしらの所は、川のほとり、おとどより西に寄りて屋あるをしたり、そこに**氷召せば、小さく割りて、蓮の葉に包みて**、様器に据ゑて、（七二〇）

29 夜に入りぬれば、燈籠懸けつつ、大殿油参り渡したり。亥の時に、御祓へ、時なりぬ、と申す。おとどの**壇の上より水出だして、石畳のもとまで水せき入れて、滝落として、大堰川のごと行く**。簀子に、御簾懸け、御床立てて、**御屛風**ども立てたり。（七二一）

30 馬ども、木綿つけて引きたり。御衣脱ぎ給ふ。一、二の宮**唐綾の搔練一襲**、姫宮御小袿、尚侍のおとど**白き綾の一重襲**。（七二一）

★31 宮たち。（七二一）

32 **扇に書きて**、一の宮に奉れば、（七二一）

33 **白銀の篝四つ、脚つけさせて、鋳物師ども召して作らせ給ひて**、取り上ぐる魚ども取らせつ。鮎一籠・鮠一籠、石斑魚・小鮒入れさせ、苞苴など添へさせて、藤壺の若宮の御もとに、**手づから、往来、月日書きて**、籤立てて、御名し給へり。……**蘇枋文籤にして、赤き色紙に書きて、撫子の花につけたり**。（七二二）

34 **青き色紙に書きて、桔梗につけたり**。見給ひて、いとかしこうも書き給ひつるかな、ただ先つ頃こそ、手本召ししかば、奉れしか、いとよう似させ給へり、とのたまへば、右のおとど、取りて見給ひて、なほ、かしこき君なり。弾正の宮、先つ頃見給へしかば、**手**をこそ習ひ居給ひしか。（七二三）

35 女の装ひ一領・**白張の一重襲**包みて、御文あり。（七二三）

36 賜はせたる物は、あなかたじけなや。かく**御匣殿**をせさせ給ふをなむ。（七二四）

37 暁になり、御格子も下ろさず、二の宮の御方とこなたとは、**高き御屛風立てたり**。おはする所近くては、御几帳立てたり。大将、この折、宮たち見奉らでは、いかでか、と思ひて、一の宮いとよく大殿籠りたるに、脇息を踏み立てて、**御屛風の上より覗けば**、明けぬ、と思して、男宮たちは、皆大殿籠りたり。二の宮は、御几帳の帷子は、御達うち懸けてま

だ下ろさず、起き給ひて、いささかなることとせむ、と思して入り給ひつるを、いとよく見奉り給ふ。**白き綾一襲**奉りて、御髪なども大殿籠りふくだめたれど、いと気近く、うつくしげなり、と見る。（七二五）

38　女宮たちには、**黄金のやつこの箱**に、よろづのありがたき物ども入れて、（七二五）

★39　三条殿。（七二六）

40　**黒き御台一具**、精進の物いと清らにして、物参る。（七三〇）

41　昔もて使ひ給ひし調度、いささかに**手習ひし給ひし反古**など、取り散らし給ふ物なく、し給ひなどして居給ひしままに、異御調度の清らなるあまた添はりたれど、なき物なくしつらひ置かれたり。（七三〇）

42　御衣取り懸け、**御団扇**など参れば、（七三〇）

43　**薄鈍の一重襲**、**黒橡の小袿**奉りて、まうで給ふ。（七三二）

44　**扇**に書きつけて奉り給ふ。（七三二）

45　北の方、**かはらけに**、**かく書きて**、瓶子持たせて奉り給ふ。（七三五）

46　**白銀の瓮**どもに、練りたる絹・唐綾など入れて、糸を輪に曲げて組みて、**沈の杦**につけたり。（七三九）

47　**濃き御衣・小袿**など着給へる、御かたちいと清らなり。（七四〇）

国譲・下

★1　ここは、后の宮。（七五〇）

2　**王昭君を胡の国へ遣り給へる、楊貴妃を殺させ給へる帝**、なくやはありける。（七五〇）

★3　国譲りの所。（七五四）

4　懐より、**陸奥国紙にてある文**を、蔵人の少将の君して奉らす。（七六〇）

5　おとど、なほ、簀子におはす。夜の更けゆくままに、八月十七日ばかりの月の、やうやう高くなり、**御前の遣水・前栽**、**さまざまに面白く**、虫の音もあはれに、風も涼しきままに、（七六一）

★6　ここは、仁寿殿の女御の御方。（七六五）

★7　ここは、右大臣殿。宮の御方。右近の小君といふ人、御

前にて聞こゆるやう、宮の亮・大進に、思ふやうにておはしまさば、まかりならむ、と申す人侍る。宮、あな聞きにくや、所違へなり、とのたまふ。人々、多く参り集へり。人の奉りたる物、いと多かり。

ここにて、宮、乳母たちなどして遊び給へり。殿の内、引き変へたるやうに、人多く参り集ひて、市のごとののしる。（七六七）

8 装束、**白き綾の指貫**、**襖**、**露草して蠟摺りに摺りて**、**白き綾の袿**、青馬。御供の人より始めて、さまざまの白・青、ほどほどに着たり。中納言は、**赤色の織物の襖**、**鈍の指貫**、**綾搔練の袿**、赤馬。御前二人は、劣れり。山守といふ琴持たせ給へり。右大弁は、**青鈍の襖**、そのたい、皆、**同じ色の襖**。御馬副四人、制ありて、学生ども。御前四人、秀才二人・進士二人。御供の人、皆、大学の衆の下臈なる。頭の中将は、**青色の襖**、**白の指貫**、**薄色の綾の袿**。供の人、かくのごとし。琵琶持たせたり。雅楽の権の頭、琴持たせたり。右馬助近正は和琴、左衛門の非違の尉時正、笛持たせたり。これかれ、装束は心に任せたり。律師、童四人・法師四人・童子六人、これも、皆、よう、装束、皆整へたり。（七七〇）

★9 水尾の道。（七七〇）

10 山籠りは、年ごろ、**堂などもいと広く厳しう**、**滝いと面白う落としたる所**に住みて、里なりし女子迎へて、物習はす、山犬・里犬といふ男子どもに、笙・よき横笛吹かせて、箏の琴、娘に習はして居たる夕暮れに、うち群れておはしたれば、山籠り、喜びかしこまり聞こえ給ふこと限りなし。**前の紅葉の林に**、**御座・こかた敷きて**、皆居給ひぬ。まづ、疲れ給ひぬらむ、とて、山の法師ばら・童部出だして、をかしき枯木拾はせて、**御前に白銀の銚など取り出でて**、御膳炊がせ、御前の朽木に生ひたる菌ども羹にせさせ、苦菌など調じて、**白銀の金椀に入れつつ**参れば、（七七一）

11 その日は、題出だして用意しつつ詩作り給ふ。……かかるほどに、源中納言殿より、**檜破子・ただの破子**・屯食など、いと多うあり。御前どもに参る。（七七三）

12 **布の襖**、**綿厚く入れて**、いと多う持たせ、……**唐櫃には**、**浅香に沈の脚つけて**、**蘇枋を杌にして**、**白銀の鉢・金椀・箸・匙・茶匙・銚子・水瓶など**、**よろづの調度尽くし入れた**

り。御衣櫃には、御法服一つ、限りなく清らにて、夜の装束、**綾の指貫に、織物の襖、綾の袿どもなどして**、その襖に書きて、結びつけたる、……中納言は、絹・綾を、糸のくぐつに入れて、供養のやうにて、三袋ばかり奉り、右大弁も、いとをかしき物奉り給ふ。律師は、よろづの行ひの具、**菩提樹の数珠**より始めて、用ある物を奉り給ふ。中将は、**墨染の装束、袿・指貫・黒橡の上の衣、五条の袈裟具したる法服三具**、衆に装束四具、上童の料に袈裟の料二、下衆の装束二十二ばかり、　（七七四〜七七五）

13　御装束どもは、**白き襖、綿入れて、白銀の泥して絵描きたり、綾掻練の袿、薄色の香の指貫**。御供の人は、**薄色の襖、露草して遠山に摺れり**、綿、皆入れたり。下人は、**朽葉色の襖**など、心に任せて着たり。　（七七七）

★14　ここは、絵。　（七七八）

★15　ここは、院。女御へ。　（七七八）

★16　ここは、本家、宮内卿殿。　（七七九）

★17　ここは、右大弁殿。　（七八一）

18　おとど、御衾を引き被きてうつ伏し臥して、御文を、左衛門督の殿に、読め、とのたまへば、**女手**して、春宮には、若宮居給ひにけり、　（七八三）

19　君達、殿人率ゐて、しつらひ仕うまつり給へば、片時に玉のごとしつらはれぬ。所々、皆あるべきやうにしつらはれぬ。**御前には、いと雪の降れる庭のごと砂子敷かれたれば**、かねてしたらむやうなり。　（七八三〜七八四）

★20　ここは、春宮の初めの所。　（七八六）

★21　朱雀院。　（七八七）

★22　大殿の北の方、御物語し給ふ所。君達、遊び歩き給ふ。女君、御髪、かいしきばかり、いとをかしげにて、雛遊びし給ふ。御達三十人ばかり、童あまた。御前に、人の奉りたる物、いと多かり。

簀子に、大納言・宰相いますがり。宰相の中将・蔵人の少将など、物語し給ふ。　（七八八）

23　**織物の細長・袷の袴一具**賜ふ。　（七九〇）

24　童・下仕へ整へ、大人三十人、童八人、**唐綾の青色の五重襲・綾の上の袴**、下仕へ八人、**檜皮の唐衣・袿**ども着たり。　（七九二）

25　ここは、三条の西の方。民部卿・中納言、物参る。御前に、火炉して、銚などして物調ず。破子・陶物あり。
　これは、東の方。御簾の内に、北の方臥し給へり。姫君、物参る。大人・童多かり。姫君の御乳母の言ふ、上の、うちはへ悩み給ふを、おとどの気近う見給へば、いかなるぞ、とも聞こえつべけれど、もて離れ給へればこそ。真砂子君の乳母、葦の根延ふらむ、とも知らずや。姫君、あな聞きにく、何ごとぞや、などのたまふ。（七九四～七九五）

26　御車、宮の御方に十、女御の御方に二十、**糸毛六つ、檳榔毛二十**、うなゐ・下仕へ車二つづつ。副車どもは、これかれ出だし給ふ。車の口付ども、装束整へ、かたちも選びて、十人づつつけたり。宮の副車は、**褐の衣**、冠したり。あるは、**白襲・白袴**、あるは、**薄色の下襲・裾濃の袴**、**心々にせられたり**。女御の御方の副車は、狩装束、車ごとに心々なり。（七九五）

27　宮の御車は、**赤糸毛**にて、輦車の大きなるやうなり。黄なる御車牛懸けたり。御車副は、嵯峨の院の厨の人の子なるを、丈等しく、かたちあるを選びて十二人、**掻練襲の下襲、深い沓履きて**、後には、宮の蔵人所の衆ぞ仕うまつる。女御の御車は、南の御門、三条の大路に引き立てたり。御車牛黒うて懸けたり。御車副、御方の侍の人十二人、**葡萄染めの下襲**着たり。（七九五）

28　**糸毛の車**には御前六人、**檳榔毛**には四人、火燈せり。車の簾高く上げて、後口よりこぼれ出でつつ乗りたる人は、装束・かたち、あらはにめでたし。（七九六）

29　かたち・心めでたかりしはや。**手を書き**、歌をよく詠みしぞや、と、（七九六）

★30　春宮、参り給ふ所。（七九七）

31　二の宮、赤らかなる**綾掻練の一重襲・織物の直衣・襷懸けの御袴**、今宮、**小紋の白き綾の御衣一襲**奉りて、襷懸けて、いとをかしく肥えて、這ひ歩き給ふを、（七九八）

32　御髪は、**瑩しかけたるやうに**めでたし。（七九八）

★33　ここは、嵯峨の院。妃の宮の御方。（八〇二）

34　出でて歩かむとするに、歳老い、牛車・装束もなし。**直衣装束は、娘着せたれど、上の衣はなし**。娘、形見にせむ、とて、少将の装束一具持たりける取う出たれど、上の衣は、え

着るまじ。（八〇二）

★35　ここは、右大臣殿の御方。修理大夫、歳六十ばかりなり。

宮、おとどに、梨壺の御文見せ奉り給ふ。この頃は、なまで給ひそ、藤壺、隔てもこそ思せ。今衣替へのほどにものせむ、とて、生まれ給ひし宮の、脇息を押さへて立ち給へるを、抱きて歩き給ふ。（八〇三）

★36　ここは、右大臣殿。（八〇四）

37　やむごとなくむつましう仕うまつり給ふ四人、**狩衣に蘗沓履きて**、隠れ立ちたり。（八〇六）

38　直衣姿にて、**壁代と御障子との狭間**に立てり。（八〇六）

39　二の宮は添ひおはするに、**小さき几帳**隔てたり。（八一二）

40　**大きなる瑠璃の壺に、黄金一壺入れて、沈の衣箱に絹・綾入れて**こそ賜はりにけれ。（八一五）

★41　ここは、御産屋の所。（八一五）

42　三月上の十日ばかり、花盛りなり。嵯峨の院、花の宴聞こし召さむ、とて、造りしつらはせ給ふ。**よろづの財物を尽くして、御前の物ども設け給ふ**。多くの設け物せさせ給へば、源中納言は、院の源氏なれば、多くの賭物調じ給ひて奉り給ふ。（八一五〜八一六）

43　立ち寄れば老いをのみます**桜花折りつつ挿頭す**君はいく代ぞ（八二一）

44　后の宮より、源中納言奉り給へりし女の装ひ二十領ばかり、**桜の色の細長・袷の袴**など、上達部・殿上人に賜ふ。（八二五）

★45　ここは、嵯峨の院の花の宴の所。（八二五）

楼の上・上

1　**石作寺の薬師仏**現じ給ふとて、多くの人詣で給ふ。（八三〇）

2　八つ九つばかりなる男子、髪もよほろばかりにて、**掻練の濃き袿一襲、桜の直衣のいたう萎れ綻びたるを着て**、白ううつくしげに、貴にうつくしげなる、化粧もなく、（八三〇）

3　いとうつくしげに見給へば、見合はせ給ひて、**扇して招き給へば**、（八三〇）

4　大将の**御手**なめり、いといみじう恥づかしう、いかに見給

ふらむ、とおぼえ給へど、仏の御しるしもあらむ、と、うれしう思す。**白き色紙**に、いとおぼつかなう思ひ給へらるれど。……かの見給ひし**手**よりは、いとなまめかしう貴に書きたれど、（八三一）

5 日暮れて、**屏風**のもとにて対面し給へり。（八三二）

6 尾張より奉りし**唐櫃**あらば、入り物ながらやよからむ、とて召し出でたり。片つ方に、絹二十疋・綾十疋、今一つ方には、尚侍、ここに、物入れむ、とぞのたまひて、**掻練の綾の衣一襲・薄色の織物の細長・袴一具**、**山吹の綾の三重襲**、にそき給はむ、とて、斑絹と入れ給ふ。（八三四）

7 これ見給へ。**手**をこそ、この気近く見し人々よりは、よく書きたれ。見所ある様に、をかしくぞ書きたるや。（八三五）

8 東の一の対、大将の、御物忌みなどに、時々渡り給ふ所なり、さるべき様にしつらはせ給ひ、**屏風**どもなど立てさせ給ふ。（八三五）

9 未申の外より見入れ給へば、**中の障子**も毀れたり。南の簀より上りて覗き給へば、東の妻戸の簾上げて、人もなしめし居たり。母屋の方の柱に、**いと濃く黒き袿の艶やかなる一襲、薄き縹の綾の張綿重ねて着て居たる人の**、髪、糸を縒りかけたるやうに艶やかに長げなり。額に懸かれるほど、いとうつくしげなり。聳やかになまめかしきかたち、尚侍の御様体・かたちにおぼえたり。ありし君、**掻練の小袿**ばかりうち着給ひて、鶴脛にて、いと小さくをかしげなる琵琶を掻き抱きて、前に居給へば、いとうつくし、と思ひ給うて、髪掻きやり給ふ手つき、いとうつくしげなり。（八三六）

10 母屋の**障子**のもとにて対面し給へり。（八三六）

11 夕づけて、衣箱一具に、**唐綾の撫子の袿・濃き縹の袿・濃紫の織物の細長・三重襲の袴**、今一つには、若君の御料に、**いと濃き袿一襲・薄き蘇枋の綾の袿・桜の織物の直衣・躑躅の織物の指貫**など入れ給ふ。**女の袴の腰に、赤き薄様に**、人知れぬ結ぶの神をしるべにていかがすべきと嘆く下紐、とて、御文もなし。（八三七〜八三八）

12 童に、**躑躅の小袿**、若君の**御今様色の袿一襲添へて被け給へるに**、御返りの限り、とて、取られねば、歩み去りて、御前に群薄の上にうち懸けて、走り出でぬ。（八三八）

13 母屋に、**いとなよよかなる袿に、柳の織物の薄き織物重ね**

て着て居給へり。若君は、いと清げに装束かして、直衣の限り着給へり。御髪は、よほろ過ぎ給へり。（八三九）

14 梅壺の更衣と聞こえし、恨み聞こえ給ひて、**山菅を一包にて、香の扇、薄様の中に入れ給ひて、**（八四三）

15 **白銀・黄金の童の相撲取りたる形**を得給ひて、まかで給ひぬ。（八四七）

16 大弐上り来て、殿に、**白銀の透箱二十、唐綾・沈の峰に螺鈿磨りたる櫛**など奉りたる、尚侍、宮の御方に七つ、わが御方にもの、御方々にも二つ三つづつ配り奉らせ給ふ。殿は、人の御次第にのたまへど、さべきことなれど、人は心こそ恥づかしけれ、とて賜ひつ。かれらの透箱、一つには、唐綾五疋、今一つには、**沈・紫檀の櫛**あるを、対の御方に奉らせ給ふとて、（八四七）

17 おとど、小君、一日、**千字文**習はし奉り給ひしかば、（八五〇）

18 御乳母五人、宮の君、源氏の君ども、御乳主・乳母子六人、同じほどにて、**丈五尺なる裳を、結ひ込めに着せ給ひて、**御遊びの具にて候はせ給ふ。（八五三）

---

19 京極におはして、静かに、巡る巡る見歩き給ふに、**世の中にありとある木・花・紅葉、数を尽くしてあり。唐土にもありける物の、実をかしく、花・紅葉めづらかにする木・草どもの種**をさへ植ゑ置き給へりけるも、山中、所々に、いと面白く、何とも人知らぬ、生ひたり。一年は、いたくおほよそにこそ、面白し、と見給ひしか。のどかに今見給ふに、かかる所なし。**年経たる岩の、色々の苔生ひやうも**いとをかしうめづらかなるを立て置かれたりける、（八五三〜八五四）

20 北の対、西、東の対、いと麗しくよかりけり。**四面に垣巡り、白き壁塗らすべかんめり。**この西の対の南の端に、未申の方かけて、昔墓ありける跡のままに、**念誦堂**建てたり。南の山の花の木どもの中に、**二つの楼**、丈よきほどに、こちたからぬほどに、たちまちに造るべし。西、東に並べて、楼の二つが中に、いと**高き反橋**をして、北、南には、**格子**構くべし。それに、我は居給はむとす。これ造らむには、**なべての工匠には寄せじ、修理職の中にすぐれたらむ者**二十人を選りて、方分きて、心殊に造らすべきなり、とて、**絵師召して**造るべきやうあらせ給ふ。東の対の南の端には、**広き池**流れ入

りたり。その上に、**釣殿**建てられたり。**その水の様、洲浜のやうにて、**御前の南には**中島**あり。それに、楼は建つべきなり。こせんのこけの高きを、そよりは南なる岸繁ければ、透きてはつかに見ゆべし。西、東のそばよりは見えたらむは、柳の木どもの中より、木高く面白からむこと限りなからむ、なと、人々興じ申す。**楼の高欄**など、あらはなる**内造りなどには、**かの開け給ひし御蔵に置かれたりける**蘇枋・紫檀をもちて造らせ給ふ。黒鉄には、白銀・黄金に塗り返しをす。連子すべき所には、白く、青く、黄なる木の沈をもちて、色々に造らせ給ふを、**さるべき所々には、**白銀・黄金、筋遣りたり。**まづ門鎖して、大将、おはし給ひて、御覧じて造らせ給ふ。中に**すぐれたる上手、**挑み交はして、ありがたうめでたう造る。 （八五四〜八五五）

21　楼に上り給ふべきほどの**呉橋**は、色々の木を混ぜ混ぜに造りて、下より流るる水は透かして見ゆべく造る。**楼の天井には、鏡形・雲の形を織りたる高麗錦を張りたり。**板敷にも、錦を配せさせ給ふ。わが御座所には、ただ、唐綾の薄香なるを、天井にも張りたる板にも敷かせ給ふ。西の楼には、尚侍のおとどのおはし所、東の楼には、いぬ宮のおはし所なり。**浜床**をのみぞ、いぬ宮の御料は、ささやかにせさせ給へる。その**浜床には、紫檀・浅香・白檀・蘇枋をさして、螺鈿磨り、玉入れたり。三尺の屏風四帖、唐綾に唐土の人の絵描き**たりけるを、ここにて、大将の張らせ給ひて、一具づつ、二つの楼の浜床の後ろに立てたり。**楼の天井に、三尺の唐紙**を、尚侍のおとどの御にもこれにも懸け給へり。いといみじう、香の匂ひはよに香ばしきよりも、このしつらひ、細かなる有様に造り果てたる、照り輝き、めづらかなるを、**工匠・作物所の者ども、**また、かかることあらじ、と言ひ思ふ。……一、二町を経て行く人々、この楼の錦・綾の、こくばくの年月、さまざまの香どもの香に染みたる、風吹く度ごとに香ばしき、めであやしむ。 （八五六〜八五七）

22　いぬ宮の御方には、同じ母屋の西に、げに**小さき几帳**立ててしつらひ給へり。小さき人々、ささやかなる碁盤に、碁打ち居たり。御手の、**綾の単衣の黒き**よりさし出で給へる、いとうつくしげにおはす。 （八六〇）

23　いぬ宮、**白い薄物の細長に、二藍の小袿**を着給ひて、丈

は、三尺の几帳に足らぬほどなり。御髪は、糸を縒りかけたるやうにて、細脛にはづれたり。**扇**の小さき捧げ給ひて、 （八六三〜八六四）

24 髪の様など、まだいと幼げなる顔の、気高くうつくしげなるに、髪の、艶々と、縒りかけたるやうにて懸かりたり。ただ、稚児に鬘をうち懸けたるやうにて。何心もなくて、蝶にやありつらむ、物の飛びつるを、**扇捧げて、うちあふぎ給へるこそ**。それに、恥づかしうなまめかしき顔・姿にぞものし給へる。傍らより見るだにあり、向かひてあらむは。 （八六六）

25 尚侍の殿に、絹百疋・綾二十疋、織物・薄物、**染め草**などは、殊に奉り給ふ。 （八六八）

26 尚侍の殿のは、**濃紫の糸毛に唐鳥鏈らせ縫はせ給へり**。宮の御は、**二藍に、雲形**つき、**秋の野の形を、騒ぐ薄・虫・鳥の形を、色々に縫はせ給へり**。いとなまめかしう、さまざまにをかしう、**鞦にも唐草の形を縫はせ給へり。下簾も香の地に薄物重ねて、小鳥・蝶などを縫ひたり**。 （八六九）

27 大将、尚侍の殿の御前どもは、若やかなる**女郎花色の下襲**を着よ、とのたまふ。宮の御方のは、**薄き二藍**を着よ、とのたまふ。女房車ども、尚侍の殿の上臈三車は、**紅の打ち袷に黄櫨の織物**、次々のは、**朽葉・香襲、色摺りの大海の裳**なり。宮の御方のは、上臈四車、あるには、**紫苑色の袿**に、**赤色に二藍の唐衣**、次々のは、**薄二藍・女郎花色などのを着て、青摺り、墨摺りのせみつの裳**なり。童も、同じく着せたり。夏の料の上の袴着たり。 （八七〇）

★28 ここは、大将殿の御方。中のおとど。人々、参り集まれり。 （八七〇）

29 その御前は、宮の御方に、院より、四位の殿上人十人、五位二十人、かたち・心清げなる六位二十人、殿上童二人、**日の装束どもいと麗しく**しつつ参れり。……**黄金造り、ただの檳榔毛**、こなたのも二十あるを、 （八七〇〜八七一）

30 殿に渡り給ひて、一の宮下り給ひて、**四尺の裾濃の龍胆の御几帳**さして下り給ひぬ。いぬ宮の下り給ふには、**同じ色の三尺の几帳**さして出で給ふ。大将、乳母、抱きて下り給へ、とのたまふに、否、宮の御やうに下りむ、とのたまひて、**小さき御扇さし隠し給ひて**、静かにゐざりおはする様、いとう

つくしくゆゆしくおぼえ給ふ。（八七二〜八七三）

31 浅香の折敷ども十二、紫檀の高杯、薄物の打敷なり。上達部の御前の盃、度々になりぬ。尚侍の殿の御方より、心殊に設け給へる被け物、南の庭より取り続き歩みたる、色々にし重ねたる、いと清らに麗しく、薫物の香など匂ひめでたし。六位の蔵人には、織物の三重襲の小袿・三重襲の袴、帯刀には、薄物の小袿・一重襲の袴なり。（八七三）

32 南の庭の、遥かなる水の洲浜のあなた、山際に立てる二つの楼の中三間ばかりを、いと高き反橋の高きにして、北、南には、沈の格子構きたり。白き所には、白物には夜具貝を搗き混ぜて塗りたれば、きらきらとす。楼の上に、檜皮をば葺かで、青瓷の濃き薄き、黄ばみたるを、瓦の形に焼かせて、葺かせ給へり。楼の西より、西の対の南の端なる念誦堂に継ぐほどは、十五間なり。池の尻、遣水の上なるに、反橋を、左、右には、高欄にして瓦葺きしたり。東の釣殿に継ぐまでのほどは、同じ十五間なり。楼のそばにも、かかる反橋をしたり。丈は、ただ、人の歩くばかりにて、長々と造られたたり。水は、長々と、下より流れ舞ひて、楼を巡りたり。立て石どもは、さまざまにて、反橋のこなたかなたにあり。巡る巡る、人々見給ひて、言はむ方なく面白きこと、と愛で給ふこと限りなし。（八七三〜八七四）

33 いにしへ、かく見出だし給ふに、年々の草は、八重葎の、板敷よりも高う生ひ凝り、軒の端の草は、高う生ひ戯れて、下ざまに生ひ凝りて、人影もせずありしを思ひ出で給ふに、（八七四）

34 院より、白銀の鬚籠二十、白銀・黄金して、若栗・松の実・榧・棗など作り入れさせ給ひて、……この鬚籠は、白髪になりにけるほども、あはれになむ、とのたまはせたり。（八七五）

35 宮の御方よりは、紫苑色の綾の細長一襲・袴なり。また、女の方に、御使の蔵人、こなたに、とて、戸口に朽葉の裾濃の几帳の縫物したる立てて、いと大人しう宿徳なる声にて、なほ、ここにこそ、とて、褥さし出でて、赤色に、蘇枋襲の織物の唐衣、黒むまで濃く清らなるに、紅の張り袷一襲着て、色摺りの裳、いとあざやかに見ゆ。（八七五〜八七六）

36 唐綾の撫子襲の細長・二藍の織物の唐衣・薄物の地摺りの

裳・袴一具、大将の御返し取りて出で給へり。**唐の紫の色紙に、立て文にて**、よきほどにつけ給へり。（八七六）

37　昔、屋どもなく倒れ、所々に、**柱などの、高き草の中に朽ち倒れて、念誦堂の柱のみ、所々立て渡し**、寝殿の高欄は、ある間なき間交じりて、いといみじかりし、丈よりも高かりし草も、**蓬が中を分けて**入りおはして見えたりしに、屋の空、所々朽ち空きたりしから、月の光に染みて居給へりしほどを見つけ給へりしこと、わりなく出で給うし折の心地の思ひ出でられ給ふに、（八七八）

楼の上・下

1　楼へ、二所渡し奉り給へり。尚侍の殿のも、いぬ宮の御方のも、大人十二人、几帳さし続きたり。**白銀の透き餌袋**に、御菓物入れたり。まづ、尚侍の殿上り給ふ。階は、御手を取りて上せ奉り給ふ。着給へる、**唐綾の御衣一襲、紫苑色の夏の織物の袿、紅の三重襲の御袴**。大将、**白き綾の単衣、紅の打ち袷**脱ぎ垂れ給へり。几帳のさしはづれたるより、はつかに、几帳より、御様体、七尺余の御髪の瑩しかけたるやうなる、いみじうめでたう見ゆ。中納言の君といふをば、しばし候ひ給へ、とて、東の楼に、いぬ宮抱き奉りて、几帳を、高う、女房させ、とのたまひて、これも、同じごと、長々と、人歩み続きたり。**御衣、縹色の小さき裳、綾の打ち袷一襲、尾花色の細長**、御袴いと長し。（八八三）

2　釣殿の南の端なる**帽額の簾の中に**、長押の下に居て、童は高欄に居りて叩けば、（八八四〜八八五）

3　御台、下仕へ四人、取り続きて、裳・唐衣着て参る。上臈二人、**前に、三尺の几帳さして、楼に上りて、参らす**。……次に、大将の居給へる所に、かたちよく、髪長くて、髪一本に結ひたる男童の、よきほどなる四人、かけそにして、南の方の山の木の根に造りかけたる反橋の方より参らす。少し下りたる高欄に出でて、参る。**絵に描きたるごと、面白し**。

4　かの梨壺の宮は、いとなつかしううつくしげに、**手も書き**給ひ、書も読み給ふなれば、（八八六）

5　大将・源中納言にこそ、書も読み、何ごとも習はめ、顔醜き人には向かはじ、憎し、とあめる。なでふことぞ。**手ばか**

りは、大将の本あめりし。（八八八）

6　さる財の王の伝へにてこそは、よにありがたき**笛の御遊びの具**など、めでたきを持給びては、（八八八）

★7　ここは、尚侍の御方に、右の大殿より、白き色紙に、言多く恨み聞こえ給へり。大人・童、居並みたり。あざやかなる装束ども、色々縫ひたり。

いぬ宮の御方には、御匣殿より、縫ひ重ねて、九日の御節供に持て来たり。大人・童、几帳側めつつ、物語読み、遊びしためり。

仏の御日、尚侍、御堂に詣で給ひて、念誦し給ふ。御前にて、歳老いたる人、名香取り散らして、つき居たり。（八八九）

8　**檀**の、色々、いとをかしくなりゆくを見給うて、（八九一）

9　**前栽も山の木どもも紅葉ぢ、黄櫨の紅葉、今色づく。**さまざまに面白く、風、やうやう荒々し。**山の中より落つる滝**も、静かなる所にて聞き給へば、よろづ、物の音に合ひて、あはれなり。（八九二）

★10　ここは、新嘗の日。大将殿も内裏へ参り給ふとて、世におぼえあり、見目きらきらしき四位・五位、数を尽くして参り集ひたり。寝殿と西の対と、渡殿・北の廊かけて居並みたり。（八九五）

11　**雪**、夜より、いと高う降りて、**御前の池・遣水・植木ども、いと面白し。**二尺ばかり、いと高う降り積みたり。（八九五）

12　**いと黒う艶やかなる御衣に、薄蘇枋の唐綾の御細長に映えて**、清らに、いよいようつくしげになりまさり給ふ。雪山作らせ給ひて、**雛遊び**など、もろともにして見せ奉り給ふ。（八九六）

13　まづ、御衣脱がせ給へ、とて取りつつ、**屏風に懸けさせ給へば**、……**御衣架に懸けたる袿ども五つ引き重ねて**、これは汚れず、とて着せ給へれば、（八九六）

14　**色・打ち目ども、えならぬ、めでたき、装束きて**、帥の君、**三尺の几帳引き添へて**いざり出でたり。よき童部の、**袴いと艶やかにて**、火よきほどに取りなさせて、御台参らせ給ふ。（八九六）

15　子持ち臭からぬ衾持て来、とて、**香の唐櫃**より、染み返り

たる持て参りたれば、二所うち着給ひて、（八九七）

16 母君と、**絵描き給ふめりつるを、**とのたまへば、大将、それこそ、よかなれ、忍びて率ておはして、覗かせ給へ。……**絵**描くとて居給へるを、傍らより、ふと掻き抱きて、火のほど、間中ばかり離りてつい据ゑ奉り給へる様体・頭つき、げに、いみじう貴に細やかなり。……艶々として、**縹のいと薄き唐綾の袿に懸かりたる御髪**、尾花の末のやうなり。いとなまめかしきかたちなり。火の明かき方に、**絵**描くとて、人居給へりける、こともなげなり。急ぎて入り給ひぬ。（八九八〜八九九）

17 御使の人々召して、**縹の綾の細長**被け給へり。（九〇〇）

18 女御、大将の君に、御菓物、**沈の折敷**三枚して参らせ給ふめれど、（九〇一）

19 被け物し給ふ。大将、清げなる四位・五位して、尚侍の殿の御簾につけさせ給ふ。**青き薄様**に懸けて奉り給ふ。（九〇二〜九〇三）

20 いぬ宮、**白き薄物の一重襲**着給へり。（九〇三）

21 いぬ宮、尚侍の殿の御傍らに、**三尺の几帳**立てて居給へるに、さし覗き給へる、（九〇四）

22 楼の南なる山井の尻引きたるに、**浜床、水の上に立てて、**尚侍もろともにおはす。それも、洗ましためり。人も見えぬ方なれど、**歩障引かせ給へり。**（九〇四〜九〇五）

23 いとをかしげなる童の、丈四尺に足らぬほど、髪よほろばかりにて、いと等しう整ひたる、いと清げに装束かせて、四人、後に立てて参りたり。これもいと清げに装束きて、**扇さし隠して具したる様、**いとゆゑゆゑし。（九〇八）

24 尚侍の殿の、**搔練の綾の一重襲、織物の袿・袴**一具賜はす。（九一一）

25 大将殿より、**紅の袿一襲・織物の御指貫、**これは、かかる御歩きに要るべきものなめり、とのたまはす。（九一二）

26 童・下仕へ、例の、**扇・裳・唐衣、心殊にせさせ給ふ。**（九一三）

27 **治部卿の集の中にある、唐土よりあなた、天竺よりはこなた、国々の詩**を、その年ごろの有様を、かの大将書かせ給へる**屏風、**例に似ず、清らに麗し、**皆ながら唐綾に描きて、**縁の錦、裏より始めて、清らなり、寝殿に、二所おはしますべ

くして、**御簾の帽額には、大紋の錦をせさせ給ふ。**高く巻き上げて、**御浜床に蒔絵して、倚子にも紫檀のを作らせ給ひて、黄金の筋遣り、螺鈿磨りたる、玉入れたる、**おほかたの所の面白きよりも、御しつらひ、いとめでたし。（九一四）

28 十一人の御はらから、**黄金造り**に、**檳榔毛**、合はせて十一、ひたしろにて、楼の西、東の階殿に向かへて立つ。大后の宮、**糸毛**の御車続けて、十四して渡り給ふ。西の御門より、西の対に、人々、**檳榔毛**に乗りたるをば、まづ下ろして、御車、中門より入れて、寝殿の未申の方の高欄を放ちて下り給ふ。儀式、いと厳めし。（九一八）

29 **糸毛**のになき御車・**檳榔毛**十二、ただの二つあり。（九一九）

30 明けゆくままに、御方々、南の方、**池・中島・釣殿**、未申の**堂**の方、**左右の反橋・楼**の様など見給ふに、限りなく面白くめでたし、と見給ふ。北の方を見やり給へば、**遣水、枝ざしをかしう、めづらかなる木ども・小松ども、遣水のこなたかなたに多かり。**対などは、こなたには見えず。遥々と、庭の様にて、白く面白きに、**苔生ひ、紅葉の木ども見ゆ。**藤壺見給ふに、大殿は、厳しう上臈しう造りたることこそあれ、見所、え、かうはあべきならず、（九一九）

31 かの東の放ち出での母屋二つほ、**屏風立てて、**いぬ宮・尚侍は、ここにものせらるべきなり、とのたまはすれば、喜びながら、**屏風立て**しつらひ給ひつ。（九二二）

32 **蘇枋の裾濃の裳、泥して絵描き、縫物したる、**几帳ども、三十人の大人取り続きて、童四人、**綾の上の袴**着たり。また、いぬ宮の御方の人に、**紫の裾濃に縫物して、唐組を紐にしたる**三十人、童の丈、これは少し劣りなる、長々とある反橋の上にさし続きたる、いとをかし。（九二二）

33 こなたにも、褥・薫炉・薫物に、**白銀・黄金の壺**二つ据ゑたる物、脇息と取りて歩みたり。丈整ひ、髪丈に一尺あまりたるが、かたちうつくしげなり。隙なくさし続きたる几帳、**色々の袿**・裳の裾どものはづれたる、いとなまめかし。（九二二）

34 几帳、夕日の透き影より、尚侍、**紅の黒むまで濃き唐綾の打ち袷一襲、三重の袴、龍肝の織物の袿、唐の縠・薄物重ねたる地摺りの裳、村濃の腰さして、**唐の糸木綿・赤色の二藍

重ねて、唐衣着給へり。いぬ宮、**唐撫子の唐綾の袿一襲、桔梗色の織物の細長、三重襲の御袴。**尚侍、ゐざり寄りて、下ろし奉り給ひて、御衣引き繕ひなどし給ひて、ゐざり入り給ふ透き影、いぬ宮、玉虫の簾より透きたるやうに、あなめでた、と見えたり。**小さき扇**さし隠し給ひて、ゐざり入り給ふを、一院、几帳のほころびより御覧じて、いとうつくし、と思す。（九二三）

35 いみじく清らなる**高麗の錦の袋**にてある、取り渡すに、匂ひたる香、えならず。（九二七）

36 尚侍、**扇**を打ち鳴らし給へば、立ちて、楼に上りて、取りて参りたり。（九三二）

37 四人の童部、細くやはらかなる声の面白きを出だして、秋の野の虫の鳴かむよりもあはれなる言を言ふを、同じ声に合はせて舞ふに、いよいよあはれがらせ給ひて、御**扇**して拍子打たせ給ふ。（九三四）

38 御方々より、童部の舞ひつるに被けさせ給ふ物、**色々、濃く薄く、さまざまなる織物、掻練のめでたく打ちたる、**朝ぼらけに、いといとをかし。（九三九）

39 琴の音を聞くと、ここの有様を見るとこそ、天女の花園も、かくやあらむ、とおぼゆれ、とのたまふ。朱雀院、細かに御覧ずるに、飽かずめでたければ、げに、ここにかたちよろしからざらむ人の居るべき所の様にはあらざりけり、とのたまはす。やむごとなき限り、隙もなく、**楼の巡りの高欄**に候ひ給ふ。**山の高きより落つる滝**の、**唐傘の柄さしたるやうにて、**岩の上に落ち懸かりて湧き返る下に、をかしげなる**五葉の小松、紅葉の木、薄**ども、濡れたるに従ひて動く。（九四〇）

40 尚侍、大将に、いとかたじけなき御幸を、いかが仕うまつるべからむ。**唐土の集の中に、小冊子**に、**所々、絵描き給ひて、歌詠みて、三巻ありしを、**一巻を朱雀院に奉らむ。嵯峨の院には、いかが、とのたまへば、**高麗笛**を好ませ給ふめるに、**唐土の帝の御返り賜ひけるに賜はせたる高麗笛**を奉らむ。上達部は、例の作法の御装ひあり。若くおはします宮たちには、なべての様にはあらず、いかで、をかしき様ならむ物こそよからめ、と聞こえ給へば、しか用意して侍り、とて、皆、さまざまに参らせ給ふ。**唐色紙の絵は、一巻と言へ**

ども、四十枚ばかりなり。紫檀の箱の黄金の口置きたるに入れたり。御覧じて、ここにこそ、今宵の物には、不死薬をもがな、と思へ、さても、これは、いと見まほしく思ふものになむ、とのたまはす。嵯峨の院の**御笛の袋は、色より始めて、いと清らに麗しき錦の袋にて、瑠璃の細き箱に入れたる、**透きて見えたる、人々興じ給ふ。上も好ませ給ふ物にて、いとよし。式部卿の宮・三所の大臣には、女の装ひ、衣箱に入れたり。さてのほかは、例のごとなり。皇子たちには、**白銀の小鷹**を作りて、**黄金の透き餌袋に入れて、皆ながら鈴つけて**奉り給ふ。

（九四一～九四二）

41 嵯峨の院、尚侍には、**蒔絵の小唐櫃**一掛に、女の装ひ、また、女の装束三十具、皆、裳・唐衣具したり、女房の中に遣はす。朱雀院、衣箱一具に、**唐綾・織物の夏冬の装束**、また、女房の中に、女の装束二十具、童四人、下仕へ四人、織物の汗衫・綾の上の袴具したり。

（九四二～九四三）

栄花物語

1 昔高野の女帝の御代、天平勝宝五年には、左大臣橘卿諸卿大夫集まりて、萬葉集を撰ばせ給。醍醐の先帝の御時は、古今二十巻選りととのへさせ給ひて、よにめでたくせさせ給。（上・三五）

2 此御時には、その古今に入らぬ歌を、昔のも今のも撰ぜさせ給て、後に撰ずとて後撰集といふ名をつけさせ給ひて、又二十巻撰ぜさせ給へるぞかし。（上・三五～三六）

3 ただし古今には、貫之序いとおかしう作りて仕うまつれり。後撰集にもさやうにやとおぼしめしけれど、（上・三六）

4 又造物所にさるべき御調度共まで心ざしせさせ給ける事を、自ら度々になりて、（上・三八）

5 内々に奉りつる糸毛の御車にぞ奉る。（上・四四）

6 香の輿・火の輿など、皆あるわざのなりけり。（上・四四）

7 これは殿上人なども薄鈍をぞ着たる。（上・四五）

8 御衣の色ども、ひたみちに墨染なり。（上・四六）

9 内よりは内蔵寮に仰せられて、さるべきさまのこまかなる事どももあるべし。（上・四七）

10 かの兒君も、屏風の絵の男を見ては、父とてぞ恋ひきこえ給ひける。これは物語に作りて、世にあるやうにぞ聞ゆめる。（上・五〇）

11 康保三年八月十五夜、月の宴せさせ給はんとて、清涼殿の御前に、皆方分ちて前栽植へさせ給ふ。左の頭には、絵所別当蔵人少将済時とあるは、（上・五〇）

12 右の頭には、造物所の別当右近少将為光、（上・五〇）

13 劣らじまけじと挑みかはして、絵所の方には洲浜を絵に書きて、くさぐさの花生ひたるに勝りて書きたり。遣水・巌みな書きて、銀をませのかたにして、よろづの虫どもを住ませ、大井に逍遥したるかたを書きて、鵜船に篝火ともしたるかたを書きて、虫のかたはらに歌は書きたり。造物所の方には、おもしろき洲浜を彫りて、潮みちたるかたをつくりて、色々の造花を植へ、松竹などを彫り付けて、いとおもしろし。かかれども、歌は女郎花にぞつけたる。左方、君がため花植へそむと告げねども千代まつ虫の音にぞなきぬる、右

方、心して今年は匂へ女郎花咲かぬ花ぞと人は見るとも。（上・五一）

14 宮々御方々の**墨染ども**あはれにかなし。（上・五三）

15 后の宮の女房、**車三つ四つに乗りこぼれて、大海の摺裳うち出したるに、**（上・五六）

16 **御前の池・遣水**も、水草居咽びて、心もゆかぬさまなり。**さまざまにさばかり植へ集め、つくろはせ給し前栽植木ども**も、心にまかせて生ひあがり、庭も浅茅が原になりて、あはれに心ぼそし。（上・五九）

17 **つごもりの追儺に殿上人振鼓などして**参らせたれば、（上・六〇）

18 **御手をえもいはず書き給ふ。道風などいひける手をこそは、世にめでたき物にいふめれど、**これはいとなまめかしうをかしげにかかせ給へり。（上・六一）

19 集りて、**扇をさし隠しつつ、**押しこりて皆居並みて、（上・六六）

20 **内蔵寮に御帳よりはじめ、白き御具ども仕まつる。**（上・八〇）

---

21 **白き綾の御衣四つばかりに紅梅の御衣ばかり奉りて、**御髪長くうつくしうてかひ添へて臥させ給へり。（上・八四）

22 **内には造物所に御具どもせさせ給、**その御事どもおぼしまうけさせ給べし。（上・八六）

23 **手かきのすけまさの兵部卿**の御妹の君の御腹なりけり。（上・九四）

24 **内蔵寮よりよろづの物をもて運ばせ給。**（上・九五）

25 **御輦車ひき出でてまかでさせ給**まで出で居させ給へり。（上・九六）

26 歩ませ給ひつらん**御足の裏には千輻輪の文おはしまして、**御足の跡にはいろいろの蓮開け、（上・一〇〇）

27 女なれど、**真字などいとよく書きければ、**（上・一〇五）

28 四宮いろいろの**御衣どもに、濃き御衣などの上に、織物の御直衣を奉りて、**御簾の片そばよりさし出でさせ給ひて、（上・一〇七）

29 大殿の御女におはしませば、やがて**御手ぐるまにて、**女御や、など、あべき限いとものものしうおぼしかしづき奉り給も、（上・一〇八）

30 東三条の院にて御賀あり。御屏風の歌ども、いとさまざまにあれど、物騒しうて書きとどめずなりにけり。（上・一一四）

31 御仏名とて、地獄絵の御屏風などとうでてしつらふも、（上・一一六）

32 振鼓などして参らするに、（上・一一六）

33 御障子の絵には名ある所々をかかせ給ひて、さべき人々に歌よませ給。世中の絵物語は書き集めさせ給。（上・一二〇）

34 墨染のころもうき世の花盛りおり忘れても折りてけるかな。（上・一二九）

35 よろづの物の具をし奉らせ給へりし御具ども、御櫛の筥よりはじめ、屏風などまで、いとめでたくて持たせ給へれば、（上・一三一）

36 院は唐の御車に奉れり。（上・一三七）

37 御衣の重りたる裾つき・袖口などぞ、いみじうめでたく御覧ぜられける。（上・一三八）

38 故三条の大殿の権中将せちに聞え給ふ。はかなき御文がきも人よりはおかしうおぼされければ、（上・一四二）

---

39 池・遣水・山などありて、いとおかしう造りたてて、との御方違所といひ思ひたりける家なりけり。（上・一四七）

40 さてその家に渡らせ給て住ませ給に、さうじどもに手づから絵かきなどして、をかしき様になんしたりければ、（上・一四七）

41 歌を語りて、硯の下なる白き色紙に書付けて得させたり。（上・一五一）

42 所々に御衣の色かはり、あるは薄鈍などにておはするも、あはれなり。（上・一五七）

43 薄鈍の御直衣・指貫着給て、あさましくてゐ給へれば、（上・一六六）

44 此検非違使共の具の赤衣など着たる物共、ただ寄りに寄りて、（上・一六七）

45 かの光源氏もかくや有けむと見奉る。薄鈍の御衣の綿うすらかなる三ばかり、同じ色の御一重の御衣・御直衣・指貫同様也。（上・一六七〜一六八）

46 昔の長恨歌の物語も、かやうなることにや、（上・一六九）

47 女御も御手車にて、女房かちより歩みつれて仕うまつる。

(上・一八七)

48 **内蔵寮より例のさまざまの御具などもてはこび、**
(上・一八八)

49 女房の有様共、**彼初雪の物語の女御殿に参こみし人々**よりも、是は目出し。**屏風より始、なべてならぬ様にし具せさせ給て、**さるべき人々、やむごと無所々に歌は読せ給。(上・一九九)

50 又四条の公任宰相など読給へる、**藤の咲きたる所**に、紫の雲とぞ見ゆる藤の花いかなる宿のしるしなるらむ。又、**人の家に小さき鶴共多く書たる所**に、花山院、ひな鶴を養ひたてて松ヶ枝の影に住ませむことをしぞ思、とぞ有。(上・一九九)

51 **御几帳・御屏風の襲まで、皆蒔絵・螺鈿をせさせ給へり。**女房の同き**大海の摺裳・織物の唐衣など、**昔より今に同様なれども、是はいかにしたるぞとまで見えける。(上・二〇一)

52 御乳母達さへ、**絹・綾織物装束共数多く重させ給て、**衣箱に包ませ給て、様々の物共添へさせ給へり。(上・二〇一)

53 **弘高が歌絵書たる冊子に行成君の歌書たるなど、**いみじうをかしう御覧ぜらる。(上・二〇二)

54 此比藤壺の御方、**八重紅梅を織たり。表着は皆唐綾也。**(上・二〇四)

55 御輿などもことごとしければ、一宮参らせ給御迎にとて、大殿の**唐の御車**をぞ率いて参れる、(上・二〇四)

56 此度は、**藤壺の御しつらひ、大床子立て、御帳の前の狛犬など**も、常の事ながら目とまりたり。(上・二〇七)

57 火焼屋、土御門殿の御前に在し、**絵に書たるやうなりし**を、(上・二〇七)

58 押並べてありし折は、目とどまりても見えざりし**織物唐衣どもの、今見れば、文けざやかに浮きたるも目出度見え、**さしもあらず人がらなどは悪からぬも、**又心の限したる無文など**は、いと口惜南。(上・二〇八)

59 はかなく五月五日に成ぬれば、人々**菖蒲・楝などの唐衣・表着など**も、をかしう折知りたるやうに見ゆるに、**菖蒲の三重の御木丁共薄物にて立て渡されたるに、**上を見れば**御簾の縁もいと青やかなるに、軒の菖蒲も隙なく葺かれて、**心ことに目出度をかしきに、**御薬玉・菖蒲の御輿などもて参りたる**

も、珍しうて、若人々見興ず。（上・二〇八）

60 **内蔵寮よりさまざま物奉らせ給。**（上・二一三）

61 **又さべき白き御調度など、**帥殿に急がせ給にも、（上・二一四）

62 その夜になりぬれば、**黄金作りの御いとげの御車**にて、おはしまさせ給。（上・二一八）

63 今宵のこと**絵にかかせて人にも見せまほしう**あはれなり。（上・二一八）

64 **綾織ものの御帳の帷・銀の鉢ども、**僧どもに、別当よりはじめて、数を尽くして法服ども配らせ給。（上・二二四）

65 **御屏風の歌ども、**上手ども仕うまつれり。多かれど同じ筋の事はかかず。**八月十五夜に男女物語して妻戸のもとに居たるに、**弁資忠、天の原宿し近くは見えねどもすみ通はせる秋の夜の月。**神楽したる所**に、兼澄、神山にとる榊葉のもと末に群れ居て祈る君がよろづ代、などありし。（上・二二四〜二二五）

66 殿の有様目も遙におもしろし。**山の紅葉数を尽し、中島の松に懸れる蔦の色を見れば、紅・蘇芳の濃き薄き、青う黄なるなど、さまざまの色のつやめきたる裂帛などを作りたるやうに見ゆるぞ、**よにめでたき。**池の上に同じ色々さまざまのもみぢの錦うつりて、**水のけざやかに見えていみじうめでたきに、**色々の錦の中より立ち出でたる船の楽聞くに、**そぞろ寒くおもしろし。（上・二二五）

67 院の女房寝殿の西南の渡殿に候ふ。**御簾の際などいみじうめでたし。**（上・二二五）

68 内にはやがて**御手づから御経かかせ給。**（上・二三三）

69 **内の手づからかかせ給へる御経など**添へて供養せさせ給。（上・二三三）

70 **御衣の重り・袖口など**は、人見るごとに思ひ出でらるる物を、（上・二三五）

71 殿は、**一条の御桟敷の屋長々と造らせ給て、檜皮葺・高欄などいみじうおかしうせさせ給て、**（上・二四三）

72 花山院の**御車はきんの漆などいふやうに塗らせ給へり。網代の御車をすべてえもいはず造らせ給へり。**（上・二四四）

73 **御車の後に**殿上人引き連れて、色々様々にて、**赤き扇をひろめかし使ひて、**御桟敷の前あまた度渡り歩かせ給程、

74 今の世のこととしては、物狂しう**幾重とも知らぬまで着せたる**、十二十人、二三十人押し凝りて渡れば、（上・二四四）

75 御贈物などあるうちにも、**よに珍しき月毛の御馬にえもいはぬ御鞍など置かせて**も、**又いみじき御車牛添へて**引き出で奉らせ給。（上・二四四〜二四五）

76 **色々の御衣ども**をぞ奉りて居させ給へる。**御髪の紅梅の織ものの御衣の裾にかからせ給へる程**、隙なうやうじかけたるやうにて、（上・二四六）

77 又こひめぎみは九つ十ばかりにて、**いみじう美しう雛のやうにて**、こなたかなた紛れ歩かせ給、うつくし。**御衣どもに萌黄の小袿を奉りて、御色合などの雁の子の羽立のやうにて見えさせ給**ものから、（上・二五〇）

78 **白き御衣どもを数分かぬ程に奉りて**、御脇息に押し懸りておはします程、いとめでたう見えさせ給。（上・二五〇）

79 **したんの御数珠のささやかなるを**、わざとならぬ御念誦に、（上・二五一）

80 **なべてならぬ紅の御衣どもの上に、白き浮文の御衣をぞ奉りたる**、御手習に添ひ臥させ給へり。（上・二五一）

81 色聴されたるはさる物にて、**平唐衣・無文など**、さまざまおかしう見えたり。（上・二五二）

82 小くはあらぬが、髪長う様体おかしげにて、汗衫ばかりをぞ着せさせ給へる。表袴は着ず。**その姿有様絵にかきたるやうにて**、なまめかしうおかしげなり。（上・二五二）

83 五月五日にぞ五巻の日に当りたりければ、ことさらめきおかしうて、**捧物の用意**かねてより心ことなるべし。（上・二五二）

84 続きたる廊まで、**御簾いと青やかに懸け渡したるに、御き丁の裾ども**、河風に涼しさ勝りて、**波の文もけざやかに見えたるに**、（上・二五六）

85 **今日の御捧物**はおかしうおぼえたれば、事好ましき人々は自ら故々しうしたり。（上・二五六）

86 **御簾際の柱もと、そばそばなどより、わざとならず出でたる袖口、こぼれ出でたる衣の端など、菖蒲《さうぶ》・楝の花・撫子・藤などぞ見えたる**。上には**隙なく葺かれたる菖蒲《あやめ》**もこと折に

似ずおかしうけ高し。かねてより聞えし枝のけしきもまことにおかしう見えたるに、権中納言銀の菖蒲《さうぶ》に薬玉付け給へり。若き人々は目とどめたり。大方世の常のわけさ羅などいふもの、由ある枝どもに付けたるもおかし。（上・二五七）

87 かくて宮の御捧物は、殿上人どもぞ取りたる、皆わけさらなるべし。（上・二五七）

88 時の花をかざす心ばへにや、色々の薄様に押し包みたる心ばへの物をも持て消たず、捧げいらかしつつ、御簾の内を用意したるこそおかしけれ。（上・二五七）

89 禄は菖蒲襲の織物に濃き袴なるべし。（上・二五七）

90 秋のけしきにいり立つままに、土御門殿の有様いはん方なくいとおかし。池の辺りの梢・遣水のほとりの草むら各色づき渡り、大方の空のけしきのおかしきに、不断の御読経の声々あはれ勝り、やうやう涼しき風のけはひに、例の絶えせぬ水の音なひ、夜もすがらききかはさる。（上・二五九）

91 心誉阿闍梨は、軍陀利の法なるべし。赤衣着たり。清禅阿闍梨は大威徳を敬ひて腰を屈めたり。仁和寺の僧正は孔雀経の御修法を行ひ給ひ、（上・二六〇）

92 十日ほのぼのとするに、白御丁に移らせ給ひ、その御しつらひかはる。（上・二六一）

93 御もののけ、各屏風をつぼねつつ、験者ども預々に加持しののしり叫び合ひたり。（上・二六一）

94 女房の白装束どもと見えたり、（上・二六三）

95 宮の下部ども、緑の衣の上に白き当色どもにて御湯参る。（上・二六三）

96 女房皆白き装束どもなり。御湯どのの湯巻など皆同じ事なり。（上・二六三）

97 御剣小宰相君、虎の頭は宮の内侍とりて御先に参る。（上・二六三）

98 御文博士には蔵人弁広業、高欄のもとに立ちて史記の第一の巻をぞ読む。（上・二六三）

99 白装束どものさまざまなるは、ただ墨絵の心地していとなまめかし。日頃我も我もとののしりつる白装束どもを見れば、色聴されたるも、織物の裳・唐衣、同じう白きなれば何とも見えず。聴されぬ人も少し大人びたるは、五重の袿に織ものの無文など白う着たるも、さる方に見えたり。扇なども

わざとめきて耀かさねど、よしばみかへして心ばへある本文など書きたる、中々いとめやすし。若き人々は**縫物・螺鈿など、袖口に置口をし、銀の左右の糸して伏組し、**よろづにし騒ぎ合へり。（上・二六三～二六四）

100 左衛門督は御前のもの、**沈の懸盤・銀の御皿どもなど、**詳しくは見ず。源中納言、藤宰相、**御衣・御襁褓・衣筥の折立・入帷子・包・覆したる机など、おなじ白さなれど、**しざま人の心々見えてしつくしたり。（上・二六四）

101 **白き綾の御屏風**を母屋の御簾に添へて立て渡したり。（上・二六四）

102 同じ心に髪上げて、**皆白き元結したり。白き御盤ども取り続きて参る。**（上・二六五）

103 御乳付の三位には、**女の装束に織ものの、細長添へて、銀の衣筥にて、包などもやがて白きに、**又包ませ給へる物など添へさせ給。八日、人々色々に装束きかへたり。（上・二六六）

104 **白き御厨子一双**に参り据ゑたり。儀式いと様ことに今めかし。**銀の御衣筥、海賦をうちて、蓬莱など**も例の事なれど、こまやかにおかしきを、（上・二六七）

105 人々**濃きうちぎをぞ着たる。**珍しくなまめきて、**透きたる唐衣ども、つやつやと押しわたして**見えたり。（上・二六七）

106 かくて**こたみの料とて造らせ給へる船ども寄せて**御覧ず。**竜頭鷁首の生ける形思ひ遣られて、**あざやかにうるはし。（上・二六七～二六八）

107 髪あげ、うるはしき姿ども、ただ**唐絵か、もしは天人の天降りたるか**と見えたり。（上・二六八）

108 御簾の内を見渡せば、例の色聴されたるは、**青色赤色の唐衣に地摺の裳、表着は、押しわたして蘇芳の織物なり。打物ども、濃き薄き紅葉をこきまぜたるやうなり。**又例の**青う黄なるなど交じりたり。**色聴されぬは、無文、平絹などさまざまなり。**下着皆同じさまなり。大海の摺裳、水の色あざやかになどして、**これもいとおかしう見ゆ。（上・二六八）

109 御まかない藤三位、**赤色の唐衣に黄なる唐の綾の衣、菊の袿表着なり。**（上・二六九）

110 例の女房**様々心々にしたて参り集ひたる様、さべき物合の方分にこそ似ためれ。**（上・二七〇）

111 大宮の御饌、例の**沈の折敷**に、何くれどもならんかし。若

宮の御前の小き御台六、御皿よりはじめ、よろづうつくしき**御箸の台の洲浜**など、いとおかし。（上・二七一）

112 女房、皆**髪上げて釵子挿したり**。（上・二七一）

113 **赤色の唐の御衣に地摺の御裳うるはしく装束きておはしま**すも、あはれにかたじけなし。大宮は**葡萄染の五重の御衣、蘇芳の御小袿などをぞ奉りたる**。（上・二七一）

114 **扇をとり**、戯れ事のはしたなき多かり。（上・二七二）

115 その次の間の東の柱のもとに右大将実資寄りて、**衣の褄・袖口数へ給へる**けしきなど、人よりことなり。（上・二七二）

116 **糸毛の御車**には、殿の上、少将の乳母、若宮抱き奉りて乗る。（上・二七三）

117 御手筥一双、片つ方には**白き色紙、つくりたる冊子ども、古今・後撰・拾遺など五まきに作りつつ、侍従中納言と延幹と、各冊子一つに四巻を当てつつかかせ給へり**。懸子の下には、**元輔・能宣やうの古の歌よみの家々の集ども**を、書きて入れさせ給へり。（上・二七三）

118 **五節の御鬘**申されたるついでに、筥一双に薫物入れて遣す。**心葉梅の枝なり**。（上・二七四）

---

119 業遠朝臣のかしづきに、**錦の唐衣着せたり**、とののしるも、（上・二七四）

120 **又廂の御簾おろして、こぼれ出でたる衣の端ども**、したて顔に思へる様どもよりは見所まさりて、（上・二七四）

121 **大きやかなる銀の筥**にかたう入れさせ給へり。（上・二七四）

122 業遠の童に、**青き白橡の汗衫を着せたり**。おかしと思たるに、藤宰相の童には、**赤色の汗衫を着せ、下仕の唐衣に、青色を着せたる**程、押しくたしねたげなり。宰相の中将のも**五重の汗衫**、尾張は**葡萄染を三重にてぞ着せたる**。**衵皆濃き薄き心々なり**。（上・二七五）

123 御前に**扇多く**候中に、**蓬萊作りたるを、筥の蓋にひろげて、日かげをめぐりてまろめ置きて、その中に螺鈿したる櫛どもを入れて、白い物などさべいさまに入れなして、**（上・二七五）

124 多かりし豊の宮人さし分けてしるき**日蔭**をあはれとぞ見し。（上・二七六）

125 小忌の夜は、宰相の五節に**童の汗衫、大人のかしづきに皆**

青摺をして、赤紐をなんしたりけるといふ事を、（上・二七六）

126 青き紙の端にて袂に結びつけて返させ給へり、神よより摺れる衣といひながらまた重ねても珍しきかな。（上・二七六）

127 ありし筥の蓋に銀の鏡入れて、沈の櫛・銀の笄を入れて、使の君の鬢かき給べきぐとおぼしくてしたり。この筥の内にでいにて芦手を書きたるは、かの返しなるべし、日かげ草かがやく程やまがひけんますみの鏡曇らぬものを。（上・二七六）

128 古今・後撰・拾遺などをぞ、皆まうけ給へりける。（上・二八四）

129 女房の白衣など、この度は冬にて、浮文・固文・織物・唐綾など、すべていはんかたなし。この度は袴をさへ白うしたれば、かくもありぬべかりけりと、（上・二八四）

130 御櫛の筥の内のしつらひ、小筥どものいり物どもは更なり、（上・二八六）

131 蒔絵の御櫛の筥一双は伝わりて、（上・二八七）

132 我御口・筆に仰せ給て、造物所のものども御覧じては、直しせさせ給へるを、（上・二八七）

133 その御具どもの、屛風どもは、為氏・常則などが書きて、道風こそは色紙形は書きたれ。いみじうめでたしかし。（上・二八七）

134 これはひろたかが書きたる屛風どもに、侍従中納言の書き給へるにこそはあめれ。（上・二八七）

135 そこらの女房えもいはぬなり装束にて、えならぬ織ものの唐衣を着、おどろおどろしき大海の摺裳どもを引き掛け渡して、扇どもを挿し隠し、うち群れ群れ居ては、（上・二八七〜二八八）

136 督の殿も、他御方々よりも、はかなう奉りたる御衣の袖口・重りなどの、いみじうめでたうおはしませば、（上・二八八）

137 白き御衣どもの上に紅梅の固文の織物を着給うて、濃き袴を着給へる、あはれにいみじう美しげなり。（上・二九一）

138 色々の御衣のなよよかに皆重りたる、ついたちの御装束どものなえたるほどと見えたり。（上・二九一）

139 蔵人少将いと色合美しう、顔つき清げに、あべき限り、絵

に書きたる男の様して、香にうすものの青き襲ねたる襖に、濃紫の固文の指貫着て、紅の打衣などぞ着給へる。（上・二九一）

140 若やかなる女房四五人ばかり、薄色のしびらども、かごとばかり引き結ひ付けたり。（上・二九二）

141 斎院の御輿の帷より、御扇をさし出でさせ給へるは、見奉らせ給なるべし。（上・二九四）

142 水茎に思ふ心を何事もえも書きあへぬ涙なりけり、内大臣殿の女御殿の御返し、水茎の跡を見るにもいとどしく流るるものは涙なりけり。（上・三一五）

143 ひかげのかづら（上・三一九）

144 うせさせ給ぬる院の御かざりもいみじ、当代の御ためにもいとさまざまあはれに見えさせ給。（上・三二一）

145 殿上人の橡の袍の有様なども、烏などのやうに見えてあはれなり。（上・三二一）

146 うちうちなづましげなりつる人も、こと限ありければ、織物の唐衣を着、年頃めでたうしたり顔なりつる人も、俄に平絹などにて、いと心やましげに思ひたるもおかしきに、（上・三二四）

147 いとけざやかにえもいはぬ葡萄染の織ものの唐衣などを着て候ふに、（上・三二四）

148 宮の御前白き御装にて、大床子に御髪あげておはしまし、御丁の側の獅子・狛犬の顔付も恐しげなり。（上・三二五）

149 女御代の御車のしざまよりはじめ、あさましきまでせさせ給へり。その車の有様言へばおろかなり。あるは家形を造りて、檜皮を葺き、あるは唐土の船の形を造りて、乗人の袖なりよりはじめて、それにやがて合せたり。袖には置口にて蒔絵をしたり。山を畳み、海を湛へ、筋をやり、すべておほかた引き渡して行く程、目も耀きてえも見分かずなりにしか。車一つが衣の数、すべて十五ぞ着たる。あるは唐錦などをぞ着せさせ給へる。（上・三二九）

150 この同じ折の御屏風の歌などあれど、同じ筋の事なればかかず。（上・三三二）

151 姫宮は糸毛の御車にぞ奉りける。（上・三三七）

152 村上の御時の日記を、大きなる冊子四つに絵にかかせ給て、ことばは佐理の兵部卿のむすめの君と、延幹君とにかか

せ給て、麗しき筥一双に入れさせ給て、さべき御手本など具して奉り給ひければ、（上・三四四）

153 白い御調度など、大宮の御例なり。（上・三四六）

154 女房の白き衣ども、さばかり暑き程なれど、薫をしつくし、（上・三四六）

155 中島の松の蔦の紅葉など、常の年はいとかうしもあらねど、世のけしきにしたがふにや、いみじく盛りに、色々めでたく見ゆるに、笑ましうそぞろ寒し。（上・三四八）

156 船の楽どもの舞ひ出でたるなど、おほかたここのこととはおぼしめされず、いみじく御覧ぜらる。（上・三四八）

157 御簾際の女房のなり、言へばえならぬ匂どもなり。（上・三四八）

158 宮の御前も見奉らせ給へば、唐の綾を白菊にて押し重ねて奉りたる。されば白き御よそひと見えてめでたきに、（上・三四九）

159 中島のものの音など、もの遙に聞ゆるに、波の声・松風などもさまざまにいみじや。（上・三五〇）

160 宮の御前は萌黄の御木丁に半隠れておはします。紅梅の御衣をぞ、八重にも過ぎて幾つともなく奉りたる上に、浮文の色濃やかなるを奉りたるに、同じ色の御扇のかたそばの方に、大きなる山書きたるを、わざとならずさし隠させ給へる御有様、なべてならず恥しげにけ高くおはします。（上・三五三）

161 若き人々押し凝りたる御几帳の際など、絵にかかまほし。（上・三五四）

162 上より松に雪の氷りたるを、（上・三五四）

163 その折の修理の大夫には、皇后宮の御兄の通任の君、南殿造るべく仰せらる。木工頭には、この宮の御乳母の夫中務大輔ちかよりとありし君を、この司召になさせ給へりしかば、清涼殿をばそれ造る。（上・三五五）

164 又道風が本など、いみじき物どもの銀・黄金の筥に入りたるなどをぞ奉らせ給へる。（上・三五七）

165 年頃のさべき物どもの中に、昔の手本どもなどを御贈物にせさせ給ふ。（上・三六二）

166 今より造物所などに、小き御具どもいみじうせさせ給ふ。（上・三六三）

167 **さべき御装束せさせ給て、御扇**に、涼しさは生の松原まさるとも添ふる**扇の風**な忘れそ。（上・三六五）

168 御衣の裾に御髪の溜りたる、御き丁の側より見ゆる程、**ただ絵に書きたるやうなり。**（上・三六六）

169 内には人知れぬ御用意などもありて、**造物所の御調度の事**、心殊に召し仰せらる。（上・三六七）

170 はかなく五月五日になりにければ、大宮より、姫宮に、とて、**薬玉奉らせ給へり。**（上・三七七）

171 **はかなき壺胡簶の餝や、のり馬の数までの事**をおぼし急ぎけるもをかしくて、（上・三七七）

172 このとのの**山・中島などの大木ども、松の蔦懸りていみじかりつるなど、**おほかた一木残らずなりぬ。（上・三八〇）

173 **銀・黄金の御宝物**はおのづから出で来、設けさせ給てん。（上・三八〇）

174 御はてまでは、山の僧どもの山籠したるして、**そむせうの護摩・阿弥陀の護摩など**仕まつらせ給ふ。（上・三八一）

175 院の様わざと池・遣水なければ、**大木ども多くて、木立をかしうけ高く、なべてならぬ様したり。**こたみはいと心殊に造らせ給へり。（上・三八三）

176 殿ばら・君達の**馬・鞍・弓・胡簶の餝まで**いといみじ。（上・三八三）

177 その**車の袖口数知らず多く重り耀けり。**（上・三八三）

178 我は**唐の御車**に奉りておはします程、（上・三八四）

179 **御屏風を、**為政、**はや野といふ所を、**秋風に**靡くはやのの花薄穂**に出でて見ゆる君が万代、**御屏風を、**資忠、**玉の村菊といふ所を、**うちはへて庭おもしろき**初霜に同じ色なる玉の村菊、新田の池、**為政、**底清き新田の池の水の面**は曇りなき世の鏡とぞ見る。（上・三八五）

180 やむごとなくて**年中行事の御障子にも書き添へられたる事ども、**いと多くなむあなる。（上・三八五）

181 又あはれに**昔の物語に似たる御ことども**なり。（上・三九一）

182 ひめみやのあはて歩かせ給に、綾・薄物なんども奉らで、**ただ絹を御衵、薄色などにて**歩かせ給。（上・三九六）

183 姫宮、**蚯蚓書にせさせ給へる、**（上・三九六）

184 東宮よりも**はかなき御遊物ども**奉らせ給。（上・三九六）

185　乗るべき**馬鞍まできよらをせさせ給ひ、**　（上・三九九）

186　**御衣の色も、冬になるままに、いとどさし重り、色濃きさまに様々おはしますを、この御様を絵にかかばや、**と、あはれに見えさせ給ふ。　（上・四〇一）

187　**桟敷を造り色めかせ給はばこそ**は人の誹もあらめ、　（上・四〇二）

188　女房のかはらけさし出づる**袖口などこそ目もあやなれ。**御返賜はりて、女の装束に**葡萄染の織ものの袿添へて**賜はりて参りぬ。　（上・四〇五）

189　**こほりふたがりたる扇どもをさし隠して**並み候程、　（上・四〇六）

190　院は、**御衣ども直衣などの色**をいとつつましうかたはらいたくおぼせど、　（上・四〇六）

191　いかにぞややつれたる様を恥しうはおぼしめせど、中々それしも、**夜目には御色のあはひもてはやされて、けざやかにおかしう見えさせ給ふも、**　（上・四〇六）

192　今宵の御有様**必ず絵にかくべし。**　（上・四〇六）

193　一宮、例よりも動かぬ馬悲し、とて、**扇してしとしとと打ち奉らせ給**を、　（上・四〇七）

194　**白き御衣ども五六ばかり奉りて、**御腰のほどに御衾を引きかけてぞ大殿籠りたる。　（上・四〇八）

195　装束一領、**織物の袿ども添へ、**又ただの衣など添へさせ給へるに、　（上・四一〇）

196　院の**御衣の色異なれば、**えものの栄なきことどもなり。　（上・四一〇）

197　摂政殿の大饗あべければ、その**御屏風どもせさせ給へる**に、さべき人々に皆歌くばり賜はするに、　（上・四一〇）

198　やまとのかみすけただの朝臣、**うづえ**を、常盤山生ひ連れる玉椿君がさかゆく杖にとぞきる、**大饗したる所**に、とのの御前、君がりとやりつる使来にけらし野辺の雉子はとりやしつらん、**春日の使たつ所**に、和泉、**春日野**に年も経ぬべし神のます**三笠の山**に来たりと思へば、**山里に水ある所にまら人来たり**、祭主輔親、この宿に我をとめなん**沢水**に深き心のすみわたるべく、**五月節**、輔尹、競ぶべき草も菖蒲の駒もみな**美豆の御牧**にひけるなりけり、**九月九日**、とのの御前、かくのみもきくをぞ人はしのびける籬に籠めて千代を匂へば。四

条の大納言別に二首奉らせ給へり。**桜の花見る女車ある所**、春の花秋の紅葉もいろいろに**桜**のみこそひと時は見れ、また**紅葉ある山里に男来たり**、**山里の紅葉**見るとや思ふらん散り果ててこそ訪ふべかりけれ。（上・四一一）

199 **何れの物語**にかは、人の御むすめ・女御・后を、世にわろしとは聞えさせたる。（上・四一八）

200 **絵に書きたる**も頑しきも交りたり、（上・四一八）

201 故殿の**歌物語を書き設けて**、御調度をし設けて待ち奉り給しかど、（上・四二〇）

202 **銀の御櫛の筥**さへあるこそ、（上・四二一）

203 **よろづ物語めき**、いとあはれなることどもなり。（上・四二一）

204 女房の装束に、**桜の織物の袿添へ給**。（上・四二四）

205 いとど**中納言の御手を若う書きなし給へる**と見えて、（上・四二四）

206 五月五日院より姫宮の御方にとて、**薬玉奉らせ給へり**、（上・四二五）

207 御丁・**御屏風のしざま**、唐櫃のしざま、**蒔絵・置口まで珍かに仕うまつれり**。（上・四二六）

208 **殿の造り様**、はじめは**古体の昔造なりしかば**、**屋の丈いと短くうちあはぬ事多かりしを**、この度は**殿の御心のうち合ふ限造らせ給へば**、**世にいみじき見物なり**。**山の大きなど**失せにしこそ口惜しき事なれど、今ひき植へさせ給へる**小木など**は、**末遙に生先ありて**、**頼しき若枝覚えて**、**見所勝りてなむありける**。（上・四二六～四二七）

209 よろづこの度は**我宝ふるひてむ**。（上・四二九～四三〇）

210 我も**七宝を尽くさせ給**。御**捧物**、宮々・殿ばらいといみじうかねてよりせさせ給。（上・四三〇）

211 **御経は手づからかかせ給へれば**にや、（上・四三〇）

212 **瑠璃の経巻**は霊鷲山の暁の空よりも緑なり。**黄金の文字**は上茅城の春の林よりも黄なり。（上・四三〇）

213 方四丁を廻りて**大垣して**、**瓦葺きたり**。（上・四四六）

214 よもすがらは、**山を畳むべきやう**、**池を掘るべきさま**、**植木を植ゑ並めさせ**、さるべき**御堂御堂様々方々造り続け**、**仏はなべての様にやはおはします**、**丈六金色の仏を数も知らず造り並め**、そなたをば**北南と馬道をあけ**、**道を調へ造らせ給**

ひて、廊・渡殿数多く造らせ給ふに、（上・四四六）

215 御仏仕うまつるとて、功匠多く仏師百人ばかり率ゐて仕うまつる。（上・四四六）

216 御堂の内を見れば、仏の御座造り耀かす。板敷を見れば、木賊・椋葉・桃の核などして、四五十人が手ごとに居並みて磨き拭ふ。檜皮葺・壁塗・瓦作なども数を尽くしたり。又年老たる法師・翁などの、三尺ばかりの石を心にまかせて切り調ふるもあり。池を掘るとて、四五百人下りたち、又山を畳むとて五六百人登りたち、又大路の方を見れば、力車にえもいはぬ大木どもを綱つけて叫びののしり引きもて上る。（上・四四七）

217 天王寺の正徳太子の御日記に、（上・四四八）

218 殿上の君達様々の襖ども、指貫、心の限したり。（上・四四八）

219 法花経百部が中に、我御手づから書きて、一部読ませ給へり。（上・四五二）

220 よく願文のことばども、仮名の心得ぬ事ども交りてあれば、（上・四五三）

---

221 いもこの大臣のゐて奉り給ひける御経は、夢殿に、閼伽机の上に置かせ給へり。（上・四五五）

222 ある時は六観音を造らせ給ひ、ある折は七仏薬師を造らせ給、ある時は八相成道をかかせ給。ある時は九体の阿弥陀仏を造らせ給ふ。又は十斎の仏を等身に造らせ給、ある時には百体の釈迦を造り、ある時は千手観音を造り、ある時は一万体の不動を造り、ある時は金泥の一切経を書き、供養ぜさせ給ふ。ある時は同じく大威徳を書き、供養ぜさせ給ふ。（上・四五五〜四五六）

223 御堂の西によりて阿弥陀堂建てさせ給て、九体の阿弥陀仏造りたてさせ給て、（下・二九〜三〇）

224 柳・桜・藤・山吹などいふ綾織物どもをし騒がせ給ふ。（下・三〇）

225 いみじき唐の綾錦を多く入道殿に奉り給て、御堂の飾にせさせ給ふ。（下・三〇）

226 御手を書き給へる様、（下・三九）

227 さべき人々三十人ばかり結縁すべし。まづ法花経の序品は五の御かた、と定めさせ給て、方便品は土御門のみくしげ

殿、（下・四二）

228　その料には、綾薄ものの宿直装束一領、さては絹百ばかりぞありける。（下・四二）

229　綾薄ものの夜の装束一領、絹百ばかりなん候ふめる、（下・四三）

230　阿弥陀堂にだうさうごんし、（下・四三）

231　阿弥陀だうにさうごんいみじうせさせ給へり。（下・四三）

232　経各今ぞ率て奉りあへる。経の御有様えもいはずめでたし。あるは紺青をぢにて、黄金の泥して書きたれば、紺泥の経なり。あるは綾の文に下絵をし、経の上下に絵を書き、又経のうちのことどもを書き現し、涌出品の恒沙の菩薩の湧出し、寿量品の常在霊鷲山の有様、すべて言ふべきにあらず。提婆品はかの竜王の家のかたを書き現し、あるは銀・黄金の枝をつけ、言ひ続けやるべき方もなし。経とは見え給はで、さるべきものの集などを書きたるやうに見えて、好ましくめでたくしたり。玉の軸をし、おほかた七宝をもて飾り、またかくめでたき事見えず。経函は紫檀の函に色々の玉を綾の文に入れて、黄金の筋を置口にせさせ給へり。唐の紺地の錦の小文なるを折立にせさせ給へり。（下・四三〜四四）

233　この頃の菊を色々いみじうしたりつるなりどもなれば、（下・四四）

234　上達部は東の簀子に、高欄にうしろをあてて並みゐさせ給へり。（下・四四）

235　赤色の装束いとうるはしうして、（下・四五）

236　難解難入の法花経を書写供養じ七宝をもて飾り奉れり。（下・四五）

237　金銀・瑠璃・真珠等をもて書写供養じ給へり。（下・四五）

238　御顔は色々に彩色たまて、鏡に写れる影を見たまては、（下・四五）

239　綾羅・錦繍・黄金・珠玉の飾り給へる衣の裏に、一乗の珠を懸け給つ。（下・四六）

240　後漢書の御屛風や、文選・文集などの屛風をし立て、御帳・御き丁より始めて、よろづの御具ども耀くばかりし集め給ければ、（下・四九）

241　手いとよく書き給ひ、絵などもいとをかしう書き給ふ。（下・四九）

242 うゑのみだうたてさせ給へり。皆ついひぢをし籠めて、三間四面の檜皮葺の御堂、ひはたふきのささやかにをかしげに造らせ給て、北・南・西の方と、廊・渡殿とを造り続けさせ給て、十二月の十余日の程に御堂供養あり。御堂の有様、仏いとをかしげにて、三尺ばかりにて阿弥陀仏・観音・勢至おはします。仏具どもえもいはず美しうせさせ給へり。御堂の造りざま、廂の方に廻りて、寺房のながどこのやうに、畳一敷しくばかりの程、長押の高さ四寸ばかりあげて造りて、それに錦の端さしたる長畳どもを、西・東・北・南と廻りて敷かせ給へり。仏の御前、高座左右に立て礼盤立てさせ給へり。その廂の長押の下の方の板敷影見ゆばかりみがかせ給へり。西・東・北の方には、母屋の廂の際に御障子を、いと美しう絵書きて立てさせ給へり。（下・五〇）

243 なりどもは、あるは紫の織ものの指貫どもを、濃紫に薄紫にて、丈に二尺ばかり踏みしだき、あるは浮文・固文、あるは唐綾などを着せたり。薄鈍の袿、糊張などの綾、無文、あるは固文の織物、また今様のつやつやなどいふをぞ六つばかりづつ、綿薄らかにて着せたる。薄ものの衣ども、あるは薄鈍、紫香などしても染めたり。（下・五一）

244 頭には花を塗り、顔には紅・白い物をつけたらんやうなり。（下・五二）

245 又あまがつなどの物言ひて動くとも見ゆ。（下・五二）

246 姫宮の御前唐の御車に奉りたり。（下・五四）

247 綾に薄物重ねたる紫の末濃の御木丁ども、御丁の帷子も同じやうにて、村濃の紐をして、紺上・緑上・泥などして絵書きたり。（下・五五）

248 世中の綾織・絵師なども、かたかたとり込められていさかひをしののしる。（下・五六）

249 御堂の結び旗・錦の旗・きり旗などに、世人心の暇なし。（下・五六）

250 多くの綾織物を、この宮・かの宮、同じ綾織には織らせさせ給はず、さまざまの文交りたるは、いみじく口固め、語らせじの御心をして、（下・五七）

251 皆唐の御車にてぞ渡らせ給。（下・六三）

252 三位中将殿の御車、三四引き続けて、えもいはず乱れ乗りこぼれて女房車などの候ふも、見るに今めかし。（下・六四）

253 御方々の女房達の御簾際ども見渡せば、御簾の有様よりはじめ、廻まで世の常ならず珍かなるまで見ゆるに、朽葉・女郎花・ききやう・萩などの織物、いとゆふなどの末濃の御き丁、村濃の紐どもして、さまざま心ばへある絵を泥してかかせ給へり。えもいはずめでたき袖口ども、衣の褄などのうち出し渡したる見るに、目耀きて何とも見別き難く、そが中にも、紅・撫子などの引倍木どもの耀き渡れるに、桔梗・女郎花・萩・朽葉・草の香などの織物・薄物に、あるはいとゆふ結び、唐衣・裳などの言ひ尽すべくもあらぬに、紅の三重の袴ども皆綾なり。枇杷どのの宮の御方には、又この色々の織物・薄物どもを同じ数にて、袴の上に重ねさせ給へり。

（下・六四）

254 天人などの飾もかやうにこそは、（下・六五）

255 赤き衣着たる者出で来て、弓杖をしてただ打ちに打てば、（下・六五）

256 経蔵・鐘楼、南の廊などの朝日に照り耀きたる、御覧じやられたるは、いとあさましく御目も及ばずおはしましまして、大門入らせ給程の、左右の船楽竜頭・鷁首舞ひ出でたり。

257 公より始め、宮々の禄の唐櫃ども、色赤くおどろおどろしくて、皆この御堂のそばの方に舁き据ゑためり。（下・六五〜六六）

258 仏の御前の西には、講師・読師の高座左右に立てて、上にはえもいはぬめでたき宝蓋覆ひたり。中に礼盤立てたり。（下・六七）

259 のどかに院の内の有様を御覧ずれば、庭の砂は水精のやうにきらめきて、池の水清く澄みて、色々の蓮の花並み生ひたり。その上に皆仏顕れ給へり。仏の御影は池に写り映じ給へり。東西南北の御堂御堂・経蔵・鐘楼まで影写りて、一仏世界と見えたり。池の廻に植木あり。枝ごとに皆羅網かかれり。はなびら柔かにして、風なけれども動く。緑真珠の葉は瑠璃の色にして、頗梨珠の撓やかなる枝は、池の底に見えたり。柔かなる花ぶさ傾きて落ちぬべし。緑真珠の葉は、盛なるに夏の緑の松の如し。真金葉は、深き秋の紅葉の如し。虎魄葉は、仲秋黄葉の如し。白瑠璃の葉は、冬の庭の雪を帯びたるが如し。かやうにして様々色々なり。風植木を吹けば、池の波、金玉の岸を洗ふ。七宝の橋は、金玉の池に横たはれ

り。雑宝の船、植木の蔭に遊び、孔雀・鸚鵡、中の洲に遊ぶ。この御堂を御覧ずれば、七宝所成の宮殿なり。宝楼の真珠の瓦青く葺き、瑠璃の壁白く塗り、瓦光りて空の影見え、大象のつめいし、紫金銀の棟、金色の扉、水精の基、種々の雑宝をもて荘厳し厳飾せり。色々交り耀けり。扉押し開きたるを御覧ずれば、八相成道をかかせ給へり、釈迦仏の摩耶の右脇より生れさせ給て、難陀・跋難陀、二つの竜の空にて湯あむし奉りたるより始めて、悉達太子と申て、浄飯王宮にかしづかれ給ひしに、御出家の本意深くおはしますを、父の王これをいといみじき事におぼして、隣の国々の王の女を五百人添へ奉り給へれど、些それに御心もとどまらねば、四方の園・林を見せ奉らん、とおぼして、百官ひきて出し奉らせ給に、浄居天変じて、生老病死を現じて見え奉り、御年十九壬申の歳、二月八日夜中に出で給ひて、出家せさせ給て、御厩の馬を徒に車匿が率て帰り参りたれば、王・夫人、そこらの采女、宮の内ゆすりて泣き、又降魔、成道・転法輪、忉利天に昇り給て、摩耶を孝じ奉り給ふ、沙羅ー双樹の涅槃の夕までのかたを書き現させ給へり。柱には菩薩の願成就のかたを書き、上を見れば、諸天雲に乗りて遊戯し、下を見れば、紺瑠璃を地に敷けり。やうやう仏を見奉らせ給へば、中台尊高く厳しくましまして、大日如来おはします。光の中の化仏無数億にして、無量荘厳具足し、宝鐸・宝鈴・諸々の瓔珞、上下四方種々光明照し耀けり。中央最上地の上に、太宝蓮華の座あり。毘楞伽婆底迦宝台なし、百宝色相葉に具せり。八万四千葉ありて、無量妙法具へたり。葉葉《えふえふ》ごとに百億の大法摩尼を飾れり。大千界の日月輪を集めたるが如くして、無漏の万徳荘厳せり。如来この座の上にして、法・報・応具し足し給へり。無見頂の頭より、千輻輪の足まで具へ給へる相好、申尽すべからず。左右の宝座には、弥勒・文殊おはします。

(下・六八～七〇)

260 梵王・帝釈おはします。梵王は鵝といふ鳥に乗らせ給へり。

(下・七〇)

261 四天王いかめしくしてたたせ給へり。

(下・七〇)

262 毘首羯磨もいとかくはえや作り奉らざりけんと見えさせ給。仏の御前に螺鈿の花机、同じ螺鈿の高杯ども、黄金の仏器どもを据ゑつつ奉らせ給へり。七宝をもて花を作り、仏供

同じく七宝をもて飾り奉らせ給へり。火舎どもに色々の宝の香どもをたかせ給へれば、香薫じたり。所々に宝幢・幡蓋懸け連ねたり。皆これ七宝をもて合成せり。金の鈴柔かに鳴り、（下・七〇）

263 色々の蝙蝠どもをひらめかし使ひたるけはひ有様、（下・七一）

264 又衣・袈裟も、あるは赤く、あるは青くなどして、いみじくつきみやさしき法師ばら五六人ばかり出で来て、（下・七一）

265 衲衆などは、衲の袈裟唐土よりこの度の御堂の会にと心ざし持て参れるを、皆色々なれば、あざやかに常に似ず。玉を貫きかけたれば、尊さは更にもいはず、（下・七二）

266 銀・黄金の香炉に様々の香を焚きたれば、院内栴檀・沈水の香満ち薫り、色々の花空より四方に飛び紛ふ。（下・七二）

267 孔雀・鸚鵡・鴛鴦・迦陵頻伽など見えたり。（下・七二）

268 花筺はこの持たる僧どもの装束の色に整へさせ給へり。その色の村濃の紐、丈と等しく結び下げたり。（下・七三〜七四）

269 御仏仕うまつれる仏師は、法橋になし給ひつ。御堂造れる飛驒の工匠ども、爵給はせ、様々の喜びどもしたり。（下・七四）

270 御堂の飾ども収めず、同じ様ながらあり。（下・七四〜七五）

271 皆御屏風の後の方に候ふ。（下・七五）

272 御堂御堂の御灯明ども参らせ渡したるに、仏の御光も御堂の飾ももてはやされ、めでたく御覧ぜらるるに、（下・七五）

273 御堂御堂の御灯明に仏の照され給へる程など、近く見奉らせ給。又西東の御堂など、見奉らせ給程、いみじくめでたくおぼさる。（下・七五）

274 所々の御はしらどもの金物、きらめきたるさへめでたく御覧ぜらるるに、（下・七五）

275 昔物語にもかくこそは見えさせ給ふ。（下・七六）

276 唐の御車は例より少し小き心地すれば、五所奉りたるに、をのづから御衣のわざとならずはつかにはづれて出でたる程の匂・有様ども、昨日の御簾際の珍かに見えしに、これは聞えさせん方なくめでたし。（下・七七）

277 御声ども様々なるに、文集の楽府の文を覚え給。

278 廣裁衫袖長製裾、金斗熨波刀剪雲、（下・七九）

279 かくて乱れよろぼひ給程、絵にかかまほしくおかしうなん。（下・七九）

280 御堂あまたにならせ給ままに、浄土はかくこそはと見えたり。（下・八三）

281 西によりて北南ざまに東向に十余間の瓦葺の御堂あり。榱の端々は黄金の色なり。よろづの金物皆かねなり。御前の方の犬防は皆金の漆のやうに塗りて、違目ごとに、螺鈿の花の形を据へて、色々の玉をいれて、上には村濃の組して、網を結ばせ給へり。北南のそばの方、東の端々の扉毎に、絵をかかせ給へり。上に色紙形をして、詞をかかせ給へり。遙に仰がれて見え難し。九品蓮台の有様なり。或は年頃の念仏により、或は最後の十念により、或は終の時の善智識にあひ、或は乗急の人、或は戒急の者、行の品々に従ひて極楽の迎を得たり。これは聖衆来迎楽と見ゆ。弥陀如来雲に乗りて、光を放ちて行者のもとにおはします。観音・勢至蓮台を捧げて共に来り給。諸々の菩薩・聖衆、音声伎楽をして喜び迎へとり給。行者の知恵のけしきをよそよそにして、忍辱の衣を身に着つれば、戒香匂にしみ薫りて、弘誓瓔珞身に懸けつれば、五智の光耀けり。金銀のこまやかなる光透りて、紫磨金の柔かなる膚透きたり。紫金台に安座して、須臾刹那も経ぬ程に、極楽界にいき着きぬ。草菴に目を塞ぐ間は、即ち蓮台に蹠を結ぶ程なりけり。或は八功徳水澄みて、色々の花生いたり。その上に仏現れ給へり。さばこれや蓮華の始めて開くる楽ならんと見えたり。或は三十二相あらたに見え、六通三明具へたり。仏を見奉り、法を聞く事、れうれう分明なり。これこそは見仏聞法の楽なめれと見ゆ。よろづめでたし。（下・八三〜八四）

282 後の御堂の板敷を見入るれば、鏡のやうにて、外なる人の影さへ写りて見ゆれば、（下・八四）

283 三尺ばかりの御障子を一重に張らせ給て、北南東の方に立てさせ給て、上にも同じ様にて覆はせ給へり。（下・八四〜八五）

284 蒔絵の花机二三造り続けさせ給ひて、上に一尺ばかりの観音たたせ給へり。銀の多宝の塔おはします。それは仏舎利に

おはしますべし。黄金の仏器並め据へさせ給うて、瑠璃の壺に唐撫子・桔梗などをささせ給へり。（下・八五）

285 少し引入りて母屋に仏おはします。中の間の左右に高座あり。中に礼盤立てたり。仏の御前に螺鈿の花机に、高杯一つに仏器一つを据へて、廻りて奉らせ給へり。各々仏の御前に一鉢奉らせ給へり。さまざまの名香を奉らせ給へれば、いみじう香し。色々の花の枝長う折りて奉らせ給へり。仏を見奉れば、丈六の弥陀如来、光明最勝にして第一無比なり。うすつの御頭緑の色深く、眉間の百毫は右に廻りて、宛転せること五の須弥の如し。青蓮の御眼は四大海を湛へ、御唇は頻頻果の如し。体相威儀いつくしく、紫磨金の尊容は、秋の月の曇なく無数の光明あらたにて、国界遍く明けし。微妙浄法の身にいろいろの相好を具足し給へり。光の中の化仏無数億にして、光明互に照し交せり。これ即ち無漏の万徳の成就し給へるなり。（下・八五～八六）

286 左右には観音・勢至、同じく金色にして、玉の瓔珞を垂れたり。各宝蓮華を捧げてたたせ給へり。四天王立ち給へり。（下・八六）

287 又蓮の糸を村濃の組にして、九体の御手より通して、中台の御手に綴めて、この念誦の処に、東ざまに引かせ給へり。（下・八七）

288 九体はこれ九品往生にあてて造らせ給へるなるべし。北の廂の渡殿かけて、御障子どもに功徳の心ばへある絵どもかかせ給て、（下・八七）

289 この御堂の御前の池の方には、高欄高くして、その下に薔薇・牡丹・唐撫子・紅蓮華の花を植へさせ給へり。（下・八七）

290 御堂御堂の金物、所々の御はしの金物どもきらめきて、池の面に写れるもめでたし。（下・八八）

291 東宮の大夫どのの奉りたる香染の御衣を被けさせ給。（下・八八）

292 暗くなりぬれば、承仕御灯持て参りて、御前の灯籠に奉り渡す。仏の御光いとど耀きまさりて見奉る心地もまばゆし。（下・八九）

293 池のめぐり・中島・御堂御堂の御前の前栽に、露の玉のやうにきらめきて見ゆる、仏の御瓔珞に思よそへられてめでた

し。虫の声々より合せて鳴くも、ただならず聞ゆ。（下・九〇）

294 普賢いとささやかにて、象に乗りてたたせ給へるも、（下・九〇）

295 御階に上りて仏を見奉れば、無数の光明耀きて、十方界に遍じ給へらんと見え給。かの往生要集の文を思出づ。（下・九一）

296 廊を渡りて大御堂に参れれば、中台高くいかめしうおはします。摩訶毘盧遮那とこれをなん申、とて、（下・九三）

297 仏を見奉れば、降三世・軍陀利は立ち給へり。大威徳・金剛夜叉・不動尊は、奥の方に居させ給へり。金剛夜叉は尺迦仏ときき奉るに、第十六尺我迦牟尼仏、と宣はせたる御有様にはあらで、いと恐しげに見えさせ給にやと見えさせ給。不動尊はされど少しみづかせ給へる心地す。それも金剛夜叉智恵の剣を持たせ給へれば、（下・九三）

298 南の方には唐撫子をさながら植へさせ給て、籬結はせ給へり。濃く薄く綺へたる程めでたし。東の方には。様々色々の草前栽数を尽させ給へり。北南の廊・渡殿などをば、さるべきやむごとなき僧ども据ゑ、仏いとおかしげにておはします。（下・九四）

299 又仏師・工匠などに給はせなどせさせ給。（下・九五）

300 阿闍梨・伴僧十二人ばかりして、白き浄衣を着て行ふ。（下・九五）

301 五大力菩薩懸け奉りて、仁王経を講じ奉る。ある所を見れば、曼荼羅を懸け奉りて、阿弥陀の護摩・尊勝の護摩など行ふ。（下・九五）

302 うつくしげなる男ども、千字文を習ひ、孝経を読む。（下・九六）

303 仏師四五人居て御仏作り奉り、御堂とてあまたの工匠どものゝしり造る。（下・九六）

304 御乳母などは、まめやかにおとなしくすべけれど、唐衣・裳の腰など、山を立て、水を流し、置口をし、螺鈿・蒔絵をし、筋をやり、玉を入れ、すべてえもいはぬ事どもをしたり。（下・一〇一）

305 出車ども皆率て参り、（下・一〇二）

306 式部卿宮・中務宮より様々いみじき扇どもぞあめる。

（下・一〇二）

307 大宮は御輿にておはしますべけれど、一品の宮の巽に奉らんが便なかるべければ、**唐の御車**にておはします。（下・一〇三）

308 今日は枇杷殿の女房**色々着たり。**大宮の女房、**寝殿の南より西まで打出したり。**それに**摺裳の様など、皆様々なり。藤十人、卯の花十人、躑躅十人、山吹十人ぞある。**いみじうおどろおどろしうめでたし。枇杷殿の宮の女房は、**西の対の東面南かけて打出したり。**（下・一〇三～一〇四）

309 御有様ども**絵にかかまほし。**（下・一〇四）

310 **御しつらひ**を御覧ずれば、**藤の末濃の織物の御几帳に、折枝を繍ひたり。紐は村濃の唐組なり。御几帳同じ様なり。御屏風などいみじうめでたし。**我御有様をこそ限なしとおぼしめしつれ、**この度の御調度ども**珍かにいみじう御覧ぜらる。**御几帳・御屏風なとの骨などにも、皆螺鈿・蒔絵をせさせ給へり。五尺は本文をかかせ給へり。色紙形に侍従の大納言、その詞ども草仮名に麗しう書き給へり。四尺は唐の綾を張らせ給て、色紙形に薄緂にて、同じ人草に書き給へり。下絵に栄えたる御手、**すべていはん方なくおかしげなり。**唐錦を縁にしたり。御具どもに、蒔絵・螺鈿に、ひまびまに玉を入れさせ給へり。**おほかたえまねび尽さず。**御簾の縁には青き大文の織物をぞせさせ給へる。**（下・一〇四～一〇五）

311 **雛などを作りたてたる**はおかしげなれど、たをやかならず見ゆれば口惜し。**絵はめでたく書きたれど、**物いはず、動かねばかひなし。これは**雛とも絵とも見えさせ給**ものから、（下・一〇五）

312 **皆御几帳・御屏風などの後に候。**今は**白き御衣ども奉りかへて、**御髪上には、弁宰相の典侍参り給ふ。（下・一〇五）

313 御贈物にえもいはずめでたき御よそひどもの中にも、**色々の織物・綾薄物など、五重襲・三重襲などにし重ねさせ給て、ただおしまきつつ、衣の丈なる櫃どもをえもいはずし飾らせ給て、少々の置口・蒔絵どもの筥**にまさりたる、十ばかりに入れさせ給へる程、百巻ばかりはあるべし。**今の世の色紙はてふにしためる。これは古の色紙のやうに見えて、色々様々に**えもいはずをかし。御前の物など、すべて**沈・蘇芳・紫檀の懸盤に、銀の御皿ども**を例のやうにはあらで、**かの懸**

盤の面を海の心地にして、山や洲浜のかたに造りつつ、様々の物ども盛りたり。ただ銀・黄金してせさせ給へり。大宮の御前には、手も触れで、見物にて、御厨子の上に並め据へさせ給へり。（下・一〇六）

314 局には屏風・几帳・二階・硯の筥・櫛の筥・火取・半挿・盥・畳まで、残なく給はる。（下・一〇七）

315 大宮の御方の女房、唐撫子を匂はしたる、いといみじうめでたし。客人の御方の女房は八重山吹を折りたれば、ひとつにおかしう見えたり。（下・一〇七）

316 一品の宮の御贈物に、銀・黄金の筥どもに、貫之が手づから書きたる古今二十巻、御子左の書き給へる後撰二十巻、道風が書きたる萬葉集なんどを添へて奉らせ給へる、世になくめでたき物なり。（下・一〇七）

317 いみじう払ひみがかせ給へる池の廻には、宝樹どもを廻りて立て並めさせ給へり。七宝をもて皆造りたり。それに皆銀・黄金の網をかけて、火をともしたり。車輪灯には車の形を造り、水車の形を造り、羅網灯とては、或は村濃の組色々にして結び渡し、孔雀・鸚鵡・伽陵頻などの形を造りてともしたり。池には色々の蓮を造りてそれが上に灯し、又各仏現れ給、その光にともしなし、又鴛鴦や鴨や水鳥やなどの事どもをしたり。又宝幢の形・衣笠・華鬘などの形にともしたり。（下・一〇八～一〇九）

318 昔賀陽親王といひし人こそ、細工はいみじかりけれ。（下・一〇九）

319 御堂御堂の仏の照され給へるは、東方の万八千の世界までも照さるらんと見え給へり。（下・一一〇）

320 若うきたなげもなき女ども五六十人ばかりに、裳袴といふ物いと白くて着せて、白き笠ども着せて、歯ぐろめ黒らかに、紅赤う厳粧ぜさせて続けたてたり。田主といふ翁、いと怪しききは衣着せて、破れたる大傘ささせて、紐解きて、足駄穿かせたり。あやしの女に黒掻練着せて、はうにといふ物むらはけ厳粧じて、それも傘ささせて足駄穿かせたり。（下・一一一）

321 仏は極楽の曼荼羅、日々に法花経一部、阿弥陀経四十九巻をぞ供養ぜさせ給ける。（下・一一三）

322 法花経・四巻経などかかせ給て、阿弥陀の曼荼羅など書き

奉らせ給て、（下・一一三～一一四）

323 土御門殿を日頃いみじう造りみがかせ給へれば、常よりも見所あり、おもしろき事限なし。春秋の花の匂ぞ盛ならねど、所々の草前栽の霜枯れ、山の紅葉色を尽しても殊更めき、わざと作りたてさせ給へらんやうに見えたり。庭の砂子などもほかのには似ず見ゆ。（下・一一二）

324 御輿とあれど、一品の宮奉らせ給はぬがあしければ、唐の御車にて渡らせ給。（下・一一二）

325 女房の車多からず、十五ばかりぞある。袖口・衣の重りたるほど、浦の浜木綿にやあらん、幾重と知りがたし。（下・一一二）

326 太宮の女房は、寝殿の北面、西の渡殿かけて打出でたり。皇太后宮のは西の対の東面なり。殿の上の御方は寝殿の東面、中宮の御方は東の対の西面、督のとのの御方の女房、東の対西南かけて打出したり。御方々の女房こぼれ出でたるなりども、千年の籬の菊を匂はし、四方の山の紅葉の錦を立ち重ね、すべてまねぶべきにあらず。色々の織物・錦・唐綾など、すべて色をかへ手を尽したり。袖口には銀・黄金の置口、繡物・螺鈿をしたり。御き丁ども色々様々なり。（下・一一二）

327 とのの有様、中島などの大木みな焼けにし後はいととこよなけれども、今生いいでたる小木ども・前栽などは、今少し生い行末頼しげに見えたり。この頃はなつかしう今めかしうおかしきこと、四尺の屏風めきたり。それだに、為氏・つねよりなどが書きたらん、古体なるべし。弘高・頼祐などが書きたらん、猶飽かぬ所あるべし。これはいみじうこそなまめかしうおかしけれ。所々の草前栽のうち霜枯れていかにぞやあるに、ひと本菊・村菊などの、あるは盛に、又あるはうつろひたるかなと、又花のなき程なればにや、今日はいとど愛まさりぬべし。木々の紅葉も、折りしもめでたき緑の松に、蔦の紅葉のめでたくてかかりたるに、檀のえもいはず照りておしはり出でたるも、今少し近くて見まほしげなり。にはは遙々として、橋立の砂子などのやうにきらめき見えたり。所々の幄舎・屏幔などの色のけざやかに、綱の色のいとおどろおどろしきまで赤く見えたる程など、け高うめでたし。人のいそがしきけはひの風に、木々の紅葉の少し散りて、御前

の池に浮び流れたるも、かの昆明の池の水の春秋の色の流れかはるらんもかくやと見えたり。（下・一二二〜一二三）

328 御前近き遣水は清くささしく澄みて、黄河の水の澄み始めけるにや、と、行末遙に見えたり。（下・一二三）

329 御屏風の歌新しく詠ませ給はず。古き賀の歌どもをかかせ給ふに、侍従大納言いみじう書き給へらんも、すずろに笑ましう思ひやらる。（下・一二三〜一二四）

330 船楽、竜頭鷁首漕ぎ出でたり。この世の事とも見えず、いみじうめでたし。（下・一二四）

331 挿頭の花ども、黄金・銀の菊の花を造りて、この君達かざしたり。あるがなかにも、良頼・資通などは蔵人なれば、村菊織りたる二重織ものの表袴どもを、こころばへ同じ様なれど、色・織ざま変りて耀きめでたく見えたり。（下・一二四）

332 薄鈍の袙の御衣一襲を脱がせ給ひて、この君に被け奉らせ給へば、（下・一二五）

333 殿ばら興じの給はせて、そこらの殿ばら御衣ぬがせ給へば、皆はえ被き敢えねば、ただこの君の舞ひ給ふ所の庭にぬぎ集めさせ給へれば、木の下に色々の紅葉の散り積りたると見えて、いみじうおかし。（下・一二五）

334 とのの御夢に、ありしながらの御様にて白き御衣数多着させ給て、（下・一三八）

335 後撰集にあるやうに（下・一四〇）

336 御堂の東に、北南ざまにて、西向に十余間の瓦葺の御堂建てさせ給て、年頃造りみがかせ給つる御仏、南殿より渡し奉らせ給。（下・一四七）

337 丈六の七仏薬師皆金色におはします。日光・月光、皆立ち給へる御姿どもなり。六観音同じく丈六にておはします。仏を見奉れば、師子の御座より御衣のこぼれいで給へる程、いみじくなまめかしく見えさせ給。（下・一四七）

338 今日はその車の上に、大きなる蓮花の座造らせ給ておはしまさせ給。仰げば法蓋空にあり。この蓮花座一々の色に従ひて、千の光明耀けり。仏この座の上におはしまして、三十二相・八十種好あらたにて、大定智悲の相現じ、威光朝の日の如し。普賢色身無辺にし、六道自在無量にして、体相神徳魏々たり。烏瑟緑こまやかに、慈悲の御眼蓮の如く開けたり。薬の壺銀にて皆持たせ給へり。又六観音、金色の相好円

満し、三昧月輪相現じ、無数の光明耀きて、十方界に遍満す。所有の色には、普く一切衆生を利益せんとおぼしたり。同じく色々の蓮花を座にせさせ給へり。大悲をはじめとして、大梵深遠に至るまで続き居させ給へり。御車につき仕うまつる物とも、頭に蓮花の冠し、赤ききぬを着たり。仏の前後左右には、諸僧威儀具足して、囲繞じ奉れり。諸々の宝の香炉には、無価の香を焚きて、諸々の世尊に供養じ奉る。楽の声、せう・ちやく・きむ・くご・びは・鐃・銅鈸を調べ合せたり。菩薩の姿にて舞続きて、仏の安祥とよそほしく歩ませ給に従ひて、諸僧、梵音・錫杖の声を唱へて、讃を誦じて渡る。空より色々の宝の花降りて、声々天の楽を供養じ、仏の功徳歌詠す。 (下・一四七～一四八)

339 池に色々の蓮花並みよりて、風涼しう吹けば、池の浪苦空無我の声を唱へ、諸波羅蜜を説くと聞ゆ。 (下・一四九)

340 麗しく装束きておはしまし並めば、十六の大国の王などの様に見えさせ給。 (下・一四九)

341 日の光、仏の御光照り合せ給へれば、見仏聞法のそこらの人々も金色に見ゆ。 (下・一四九)

342 東は経蔵、宮の女房、西は鐘楼わたりまで、所々の女房車ども三つ四つづつ、乗りこぼれ乱れ出でたり。柳・桜・藤・山吹こきまぜ、おかし。 (下・一四九～一五〇)

343 御階の左右のそばより、童部の鳥の舞したるほど、まことの孔雀・鸚鵡・鳧雁・鴛鴦の遊びなれたると見えたり。 (下・一五〇)

344 御階の有様、かの持地菩薩の構へ給へりけん金・銀・水精の三つの階に劣らず見えたり。仏の南のはしより、西向に、北ざまにならばせ給へり。 (下・一五〇)

345 御輿につきたる物ども、頭には兜といふものをして、いろいろのおどろおどろしういみじき唐錦どもを着て、持ち奉れり。楽人・舞人、えもいはぬ菩薩の顔すがたにて、左右にわかれたる僧達に続きたり。御輿のおはします法興院より祇陀林までの道の程、いみじき宝の植木どもをおほし並めたるに、空より色々の花降り紛ひたるに、銀・黄金の香炉に、さまざまの香をたきて薫じ合せたる程、えもいはずめでたし。祇陀林におはしまして、御前の庭を、ただかの極楽浄土の如くにみがき、玉を敷けりと見ゆるに、ここらの菩薩舞人ども

に、例の童べのえもいはずさまざま装束たる、舞ひたり。この楽の菩薩達の金・銀・瑠璃の笙や、琵琶や、簫の笛、篳篥など吹き合せたるは、この世の事とゆめに覚えず、ただ浄土と思なされて、えもいはずあはれに尊くかなし。

(下・一五一)

346 五月五日、童べの薬玉付けたるを御覧じて、(下・一五二)

347 薬師仏の御前の方の母屋の柱には、十二大願の心を絵にかかせ給へり。六観音の御前の方の柱には、観音品の偈の心を皆かかせ給へり。飯室の阿闍梨の手を尽し給へる程、思やるべし。南より北ざまに、七仏薬師ならばせ給へり。はしばしに日光・月光立ち給へり。ひまひまに十二神将丈七尺ばかりにて、色々の衣を着、様々のかほ、心々のけしきにて、持たるもの皆ことごとなり。見るに且は笑ましう、且は恐しげなり。 (下・一五二〜一五三)

348 如意輪の御思惟のけしきもあはれに見え給。(下・一五三)

349 堂荘厳・仏供など、さきざきの如し。 (下・一五三)

350 仏の御うしろには、御格子を短やかにしわたして、紫の末濃の御帳にて、泥して絵書きて、村濃の紐したり。

(下・一五四)

351 この高陽院殿の有様、この世のことと見えず。海竜王の家などこそ、四季は四方に見ゆれ。この殿はそれに劣らぬ様なり。例の人の家造などにも違ひたり。寝殿の北・南・西・東などには皆池あり。中島に釣殿たてさせ給へり。東の対をやがて馬場のおとどにせさせ給て、その前に北南ざまに、馬場せさせ給へり。 (下・一五七)

352 絵などよりは、これは見所ありおもしろし。(下・一五七)

353 女房のなり・袖口、夜目にもしるく、いへばおろかにめでたうおはしましぬ。 (下・一五八)

354 宮の女房の有様、寝殿の西南面より西の渡殿まで、すべていとおどろおどろしう紅葉襲色を尽したり。(下・一五八)

355 やうやう船楽ども漕ぎ出でたり。そはひ・こまがたなどさまざま舞ひ出で、 (下・一五九)

356 いづれの殿原も皆御装束めでたき中に、関白殿の御下襲の菊の引倍木耀きて、目留りたる。 (下・一五九)

357 古より勝れたる所に、新しき花の甍を造り続け、玉の台を磨きなして、あやしき草木を掘り植へ、かどある巌石を立て

並べて、山を畳み、池を湛へしめ給へるを御覧ぜさせたまはむとて、（下・一六〇）

358 御方より五重三重の織物の袿・小袿などをぞ奉らせ給。（下・一六三）

359 御門など例の門にはあらず、楼を造らせ給へるかし。（下・一六三～一六四）

360 年頃多宝の御塔を一尺よばかりに造り磨きたてさせ給て、やがて御持仏にとおぼし掟てさせ給へりける、出で来給へりければ、この供養せさせ給はんとて、（下・一六四）

361 僧どもの法服例の麗しき様にあらず、夜の装束どもをぞせさせ給へる。薄鈍の綾の袿五つに、単はよき衣をせさせ給へり。上のきぬ・裳・袈裟などには、僧綱のは薄物をせさせ給へり。帯・扇までも御心ばへあり。包ませ給へる衣筥には、黄金して洲流をまきためり。包ませ給へる包、香染の薄物の包どもなり。何事もすべて御心に入れ、めでたうせさせ給へりと見ゆ。（下・一六四）

362 女房のなりども、日々にかはれり。色々皆紅・菊などなり。御几帳朽葉の末濃に秋の絵を書きて、櫨緂の紐をせさせ給へり。（下・一六五）

363 御塔の有様を見れば、かの見宝塔品の涌出現の塔もかくこそはと、めでたう耀き見えたり。高さこそ四天王宮まで至らねど、飾り磨き透き通り耀けるほど、その時に会へる心地す。そのうちに釈迦・多宝、座をわけて並ばせ給へる程など、二つの如来の光に、御前より始め奉り、見仏聞法の人、皆照され奉りたりと見ゆ。色紙の御経、下絵かかせ給へり。表紙の絵に、経の内の心ばえを皆かかせ給へり。大進よりつねはいみじき細工の、心に入れ手を尽して仕まつらん程、いみじうめでたし。（下・一六五）

364 この十二人の僧達に又宿直装束賜はす。それはこの今様のつやつやといふ衣をあるかなきかに染めさせ給て、綿をいと厚く入れさせ給て、三つづつに、裳・袈裟・上のきぬ・奴袴など、皆縑をせさせ給へり。扇、塗骨に紫張りて、さるべき法文を侍従大納言書き給へり。帯には紫の糸をばかりのをぐみにて添へさせ給へり。（下・一六六）

365 御几帳皆朽木形のいみじう青やかにめでたきも、（下・一七一）

366 台盤所にて、**はかなく屏風・几帳ばかりをひきつぼねて、**隙もなく居たり。 （下・一七四）

367 **扇など**も、賜はせたらんは、そさうにぞあらむかし、など思て、**さるべき人々にいひつけ、我絵師にかかせなどしたる人**は、その心もとながりをし、 （下・一七四）

368 **うちものの艶定め、織物の文**をもて騒ぐに、（下・一七四）

369 **唐衣とすれどもかくすれども無文にてあるは、固文も猶、ものけざやかに浮ばぬ**歎きをしたり。 （下・一七四）

370 **扇をつらぬき、薫物を焚く**もあり。 （下・一七五）

371 衣の裾などとらせて参るを見れば、**扇もえさし隠さず**衣のこちたく厚ければ、 （下・一七五）

372 **村濃の糸**してぞかけためる。 （下・一七五）

373 寝殿の御階の間に、御几帳麗しく立てさせ給て、その**西の間より渡殿より、又西の対東南面まで、一間に二人づつ居たり。御階の東の方より東ざまに折れて、水の上の渡殿まで居たり。**数は知らず、おしはかるべし。**御簾は村濃の糸して編みたり。縁など例の様ならず、**心ことに目とまりてせさせ給へり。 （下・一七五〜一七六）

374 大方の空は晴れたれど、雪うち散りていみじうおかしう見えたるに、**御前のすなごえもいはずおもしろきに、遣水などの音もおかしき程に流れたるに、**殿ばらなどの参り給。さるべき御随身などの、いみじうつきづきしき様して、中門の程に弓杖つきて居たる程など、**ただ絵に書きたると見ゆ。** （下・一七六）

375 御前の方に西対まで見渡し給に、更にもいはず、**衣の褄重りて打出したるは、色々の錦を枕冊子に作りてうち置きたらんやうなり。重りたる程一尺余ばかり見えたり。あさましうおどろおどろしう、袖口は丸み出でたる程、火桶ささやかならんを据ゑたらんと見えたり。** （下・一七六〜一七七）

376 **御下襲の尻どもは、高欄にうちかけつつ居させ給へり。掻練襲、柳・桜・葡萄染、若うおはする殿ばらは紅梅などにても着給へり。色々に見え耀き照り渡りたる程、**いみじうおかし。おはしまし居て、**この御簾際を誰も御覧じ渡せば、この女房のなりどもは、柳・桜・山吹・紅梅・萌黄の五色をとりかはしつつ、一人に三色づつを着させ給へるなりけり。一人は一色を五つ、三色着たるは十五づつ、あるは六づつ七づ**

つ、多く着たるは十八二十にてぞありける。この色々を着かはしつつ並み居たるなりけり。あるは唐綾を着たるもあり。あるは織物・固文・浮文など、色々に従ひつつぞ着ためる。表着は五重などにしたり。あるは柳などの一重は皆打ちたるもあめり。唐衣どもの色、皆又この同じ色どもをとりかはしつつ着たり。裳は皆おほうみなり。御几帳ども、紅梅・萌黄・桜などの末濃にて、皆絵書きたり。紐ども青くて耀けり。この単は皆青葉なりけり。（下・一七七〜一七八）

377 なでう人の衣か、二十着たるやう候ふ。（下・一八〇）

378 大宮・中宮は、女房のなり六つに過させ給はねばいとよし。（下・一八一）

379 衣は七つ八つをだに安からぬ事と思へば、中宮・大宮などには皆申知らせて、いみじき折節にもただ六と定め申たるを誤たせ給はぬに、この宮こそ事破におはしませ。（下・一八二）

380 御法事の御経は、院の御手づから書かせ給。御仏は式部卿宮、それは自らおぼし掟てさせ給事もあるべし。
（下・一九一）

381 年頃この寺に、大きなる御堂建てて、弥勒を造り据ゑ奉りける。（下・一九二）

382 この聖は御影像を書かむとて急ぎけり。（下・一九三）

383 日頃、この御かた書かせて、六月二日ぞ御眼入れんとしける程に、（下・一九三）

384 御かたに眼入れける折ぞ果て給にける。（下・一九三）

385 後にこの書きし御かたを、内にも宮にも拝ませ給ける。（下・一九三）

386 今はこの寺の弥勒供養ぜられ給。（下・一九三）

387 御供に仕うまつれる殿上人、こなたかなた御簾際えもいはず恥しうて、（下・一九四）

388 二藍の御衣に透かせ給へる御胸の程・御乳のあたりなど、（下・一九五）

389 白き御具ども近く取り寄せ、女房達、白き装束ども、里なるは取り寄せなどして、（下・二〇三）

390 つつましうおぼされて、少し御屏風へだてある程にて、
（下・二一〇）

391 女房の白き装束ども、白き衣一襲に、織物・薄物などを表

着にて、裳・唐衣えもいはぬさまざまのものして、（下・二一一）

392 督の殿は更なりや、大宮の御方の女房さへ、**曇なうし渡されたるぞ、いみじき見物なりける。**（下・二一一）

393 世をつつましげにおぼしめして、**御屛風の上よりさしのぞかせ給へれば、**（下・二一一）

394 いとあさましうおぼしめしながら、**御几帳・御屛風など様ことに立てさせ給などして、**（下・二一五）

395 **白き御衣の薄らかなる一襲奉りて、**まだ御帯もせさせ給へり。（下・二一五）

396 日頃**御几帳・御屛風の隔りだになく、**よろづに扱ひきこえさせ給つれど、（下・二一九）

397 **二藍の御衣に紅の御袴奉りたりし、**（下・二二〇～二二一）

398 さるべき四位・五位・六位などの御供に仕うまつるは、**さすがに緋の装束をしたるものから、上にうたてげなるものを着たり。**（下・二二三～二二四）

399 また**仏師どもを二三十人召し集めて、**絹ども取り出させ給て、**等身の仏達を数知らず現させ給。**（下・二四〇）

400 **ここら現し奉りつる仏、**我を今宵のうちに、かのおはすらん方に率ておはせ、（下・二四三）

401 **御屛風などのたてざま、例に変りて、**あはれにあさましく悲しうゆゆし。（下・二四三）

402 **文集の文をおぼしあはせらる。李夫人の有様もかやうにこそは**とおぼされて、灯火を背き、壁を隔てて語らふ事を得ず、いづこぞ暫く来りて、早くあひ見る事を目せん、心をいたす事、**一人武皇帝のみにあらず、**古より今に至るまで、また多くかくの如し、（下・二四三～二四四）

403 顔かたちよりはじめ、心ざま、**手うちかき、絵などの心に入り、さいつ頃まで御心に入りて、うつ伏しうつ伏して書き給しものを。この夏の絵を、**枇杷殿にもて参りたりしかば、（下・二四六）

404 **年頃書き集めさせ給ける絵物語など、**皆焼けにし後、去年今年の程にし集めさせ給へるもいみじう多かりし、（下・二四六）

405 御堂には、督のとのの御法事、九月二十一日に阿弥陀堂にてせさせ給。**きこしめしける御器を仏につくり奉らせ給へる**

なりけり。（下・二四六）

406 **御匣殿の御手習**を申て見給へば、あはれにうつくしうかかせ給へり。（下・二五三～二五四）

407 かくて御調度ども出で来ぬれば、大宮この月のうちにおぼしたたせ給。**御屏風どもには、黄なる唐綾を張らせ給へり。下絵して、さるべき心ばへある事どもを、権大納言さまざまに書き給へり。縁には唐の錦の地青きをせさせ給へり。襲には皆蒔絵したり。裏には香染の固文の織物也。御几帳をも薄香染なり。御帳なども青香にて、紫檀地なるにせさせ給へり。大方御簾・御座の縁まで、皆ことさらなり。御厨子どもの蒔絵に、皆法文をまかせ給へり。**いはん方なく見所あり、尊し。（下・二六二）

408 宮の御有様を見奉れば、**紅梅の御衣を八ばかり奉りたる上に、浮文を奉りて、**えもいはずうつくしげにて、（下・二六三）

409 弁の内侍、昼いみじう装束きて、**挿櫛に物忌をさへつけて**思事なげなりつる程は、（下・二六四）

410 **皇太后宮の御消息に、沈の数珠に黄金の装束して、銀の御筥に入れさせ給て、梅の造枝に付けさせ給へり、**（下・二六五）

411 この姫君、**黒き御衣のほころびたる**を見て、（下・二六七）

412 宮は**薄色・紅**をぞ奉りたりける。（下・二六七）

413 皇太后宮には、故三条院の御ために御八講せさせ給はんとて、**仏皆造り奉らせ給へる**に、五月十九日よりといそがせ給。（下・二六八）

414 女房、はじめの日、**撫子を五つ着て、上に同じ色の薄物織物を着て、菖蒲の唐衣、摺裳なり。寝殿の西南面より渡殿の西の対の東面、南とに皆ゐたり。御簾よりはじめ、御几帳菖蒲の末濃にて、皆絵どもかかせ給へり。**上達部は寝殿の南の廂におはします。**殿上人は上達部のうしろに高欄にゐたり。**

415 かくて五巻の日になりて、**皆紅の打ちたるを着て、上に二藍の織物、薄物どもに、菖蒲の裳、撫子の唐衣どもなれば、**朝日にあたりて耀き渡れり。（下・二六九）

416 未の時ばかりにぞ始りて、**捧物**めぐる。中務の宮参らせ給へり。**蓮の実を長く貫きたる様にて**持たせ給へり。その御次

に関白殿、**香嚢**持たせ給へり。内大臣殿、**銀の水瓶に孔雀の尾をささせ給て**、持たせ給へり。女院より**瑠璃の壺に黄金五十両入れさせ給へり。**（下・二六九〜二七〇）

417 小一条院**銀の琴**をせさせ給へり。右馬頭兼房の君持たり。この宮のは**薄物の綾の袿**を、僧の数にせさせ給て、やむ事なき四位ども持たり。一品宮の**御捧物**、**わけさら・わけがいども、皆結び袋にて造枝に付けて**、蔵人二人持たり。殿の上の**捧物**、**衲の袈裟**、民部大輔さねもとの君持たり。とのの**御捧物は**、**絹二十疋をむらごの絹に包ませ給へり**。僧の数なり。内大臣殿の宮の**御捧物**は、**銀の蓋の上に**、**籬結ひて**、**撫子を植えさせ給へり**。春宮大夫殿、**銀の法華経一部**をせさせ給へり。中宮権大夫ひさげ持たせ給へり。いとおひらかなり。中納言殿は**団扇**。これよりほかはさまざまのもの。（下・二七〇）

418 果の日は**垣根の卯花を**、**女房折れり**。**裳は薄色**、**表着は菖蒲をぞ着たる**。（下・二七〇）

419 **人の申文・愁文などありけるをとり集めて**、**紙にすかせて法華経かかんとおぼしける紙に経書き**、又**阿弥陀仏ほとけ造り奉りて**、**その経に具して供養じ奉らん**とおぼし掟てたりけるを、（下・二七一）

420 **御調度どもの銀して多宝の塔三尺ばかりに造り磨きて**、それをぞ申あげさせ給。（下・二七二）

421 八日、人々**色々の袖も改めたる。**（下・二七九）

422 東の対の御しつらひあざやかにめでたきに、**寝殿のを見れば御簾いと青やかなるに**、**朽木形の青紫に匂へるより**、**女房の衣の褄**、**袖口重なり**、**猶外よりは匂まさりて見ゆる**は、大方この宮の女房は、**衣の数をいと多う着させ給へばなるべし**。（下・二八〇）

423 この殿ばらの座につかせ給へる程など、きたなげなき四位・五位・六位などの、様々とり続きもて参る有様、**奥つ方の御屏風**などまで、見るにも**まことに絵に書きたる有様はいづこかたがひたる**とぞ見ゆるに、若ぎみの御簾の内より出で給を見れば、**紅梅の御衣の数多重りたるに**、**同じ色の浮文の御直衣着給て**、御前の高欄におしかかりておはすれば、（下・二八〇）

424 御髪のいとふさやかにて、肩辺り過ぎておはす。**雛などにぞ似させ給へる。**（下・二八〇）

425 因幡の乳母、いともの恥しう、うゐうゐしき心地してまばゆく、扇はなたぬに、（下・二八〇）

426 人々の唐衣・表着の織物どもは、綾織召して仰侍ぬ。（下・二八三）

427 御文、柳襲の紙にて、柳に付けさせ給へり。（下・二八六）

428 御簾際目とどまるまで見えたり。（下・二八六）

429 女院よりの御装束は、八重桜をえもいはず匂はせ給へり。御扇・薫物などこまかなり。御衣筥などわざと本文をかかせ給へり。中宮よりは、藤をぞ紫に濃く薄く織り重ねさせ給へる。小一条院・式部卿・中務宮よりも、御扇数も知らずめでたうせさせ給へり。関白殿より、童しもつかへの装束めでたくせさせ給へり。紅の衵・萌黄の織物の衵・山吹、桜の汗衫・みつがさねの袴・扇まで、いみじくせさせ給へり。下仕四人。内大臣殿さまざまの衣どもに、青色に柳襲の唐衣。裳の有様、例のむら摺よりも心ことなり。（下・二八七）

430 御手車や何やとある程に、やや夜ふくる程に、女房のおるる程いとよそほし。（下・二八八）

431 御几帳ども、ふぢの織物三えにて立て並めたり。御帳も同じ色なりけり。（下・二八九）

432 弘徽殿の東面なれば、御簾際の女房のうちいでども、まねびやるべきかたなし。御乳母達・上臈達など、表着は皆二重織物、いろいろさまざまなり。（下・二八九）

433 御更衣の御几帳、皆卯の花の織物三襲にてせさせ給へり。女房の局、細殿や、局々の有様どもも、好みことさらめきたり。女房達、撫子をぞ織り重ねたる。（下・二九一）

434 うつくしうささやかにおはしまして、さし並ばせ給へる、絵にかかまほしく見えさせ給ふ。（下・二九五）

435 五月四日には、御堂に、阿弥陀堂よりは東、大御堂よりは西、ささやかなる御堂、十斎の仏月ごろ磨きたてて渡したてまいらせ給ふ。（下・二九七）

436 月頃百体の釈迦造り奉らせ給へる、出で来給へり、とて、この二十一日にぞ渡し奉らせ給。薬師堂よりは北の端、大御堂よりは東に、檜皮葺の御堂造らせ給へり。中三間は高く上げ、南東三間は廊造にぞ造らせ給へる。（下・三〇〇）

437 中尊は皆金色にて丈六にておはします。今九十九体は等身の仏にて、皆金色にぞおはします。（下・三〇〇）

438 **丈六は力車といふに、さるべき構へをしておはします。**請僧皆威儀いつくしうして参りたる。**九十九体は手輿といふ物に乗せ奉りて、青く裏瑩じたる絹袴着て、四人づつ持ち奉りたり。**（下・三〇一）

439 **皆薄鈍の御直衣・指貫**にておはします。（下・三〇一）

440 **仏中の間の高きに中尊おはします。その御そばに十弟子並んだり。二王など立ち給へり。そばの短き廊どもには、九十九体皆かさなり並ばせ給へり。皆百体の御前に仏具据ゑて、花奉り、**十弟子のさまざまの心地どもも、その折思ひやられて笑ましくも尊くもあり。**迦葉の口の中に笑みを含める程**こそおかしけれ。**舎利弗は、猶名に違はず瘠せ給へり。富楼那こそ若くさまよげに見え給めれ。堂荘厳、**例のいとめでたし。（下・三〇一）

441 女房鮮かにしたてて参り集れり。一品宮、**紫苑色に朽葉の御衣など奉れり。**御前には、**白き御衣二つ三つ奉りたるに、**（下・三〇四）

442 **柱どもには法華経の心を皆絵にかかせ給へれど、**（下・三〇五）

---

443 御位も去らせ給にしかば、**御輿**あるべきにあらず。故女院・四条宮などの御例にて、**糸毛の御車にて**とおぼしめしたり。（下・三一〇）

444 女房の、**日頃衣ども菊や紅葉やとし重ねたる上に、藤の衣の重る程**ぞ凶々しきや。（下・三一一）

445 この程の御願ありつれば、**枇杷殿の西廊にて五大尊造り奉らせ給。**（下・三一二〜三一三）

446 一品宮の御服やつれもいとあはれに心苦しう、**絵にもかかまほしう**おはします。女房・宮司など、**皆いと黒ましたり。**侍の人々は、さすがに**濃き狩衣・袴にて冠をぞしたる。**（下・三一三）

447 この**春の御しつらひ・女房の袖口**思出づるも、**いと黒き御簾御几帳などの程、**同じ御あたりの事と見えぬにも、（下・三一三）

448 **日頃造らせ給へる五大尊、万の不動尊供養じ奉らせ給。**（下・三一三）

449 それには**銀の御具どもして、阿弥陀の三尊をぞ造り奉らせ給ける。**（下・三一四）

450 この度の御仏造らせ給御飾の御料には、大和守保昌の朝臣のがり、玉を召しに遣したれば、（下・三一四）
451 同じ御料の玉を、権大夫為政が請ひたりければ、（下・三一五）
452 阿弥陀堂に堂荘厳・御しつらひなどせさせ給。（下・三一五）
453 御前よりはじめ、皆墨染におはしましあふに、いといと悲し。（下・三一五）
454 仏はこの造らせ給へる阿弥陀の三尊、御経の程推し量るべし。（下・三一六）
455 黒橡の御小袿に、けざやかなる御色の程・有様など、いとささやかにうつくしげにおはします。（下・三二一）
456 年頃御手づからかかせ給ける御冊子二三帖ばかり候ひけるを女院に奉らせ給とて、（下・三二二）
457 高き屏風をひき廻して立てさせ給、人参るまじく構へさせ給へり。（下・三二二）
458 この立てたる御屏風の西面をあけさせ給て、九体の阿弥陀仏をまもらへさせ奉らせ給へり。（下・三二六）

459 御目には弥陀如来の相好を見奉らせ給、御耳にはかう尊き念仏をきこしめし、御心には極楽をおぼしめしやりて、御手には弥陀如来の御手の糸をひかへさせ給て、北枕に西向に臥させ給へり。（下・三二七）
460 浄飯王入滅度の朝、悉達太子銀の棺を荷ひ、（下・三二九）
461 十二月の二十八日、女院極楽浄土かかせ給て、色紙の御経などして申上げさせ給。（下・三三五）
462 殿の御前には、百体の釈迦お造り奉らせ給ふ。（下・三三六）
463 千部の法華経おぼしはじめたりしも、いみじういそぎせさせ給。（下・三三六）
464 御仏は極楽浄土に繍仏にせさせ給。御経は金泥。（下・三三六）
465 御堂の百体の観音、阿弥陀堂にぞ宿りゐさせ給める。（下・三三八）
466 若き人挑み交し、扇をさし隠しつつ並み候ふ。（下・三四一）
467 皆紅に葡萄染の表着、柳の唐衣、色聴されたるは二重織

物、ただの人々は絵書き、繡物し、えもいはず挑み尽したり。（下・三四二～三四三）

468 今日は女房白き衣どもに、濃き打ちたる、紅梅の唐衣打出で渡したり。はえわたりおかしう見ゆ。又の日は紅梅に萌黄の唐衣など、三日の程いみじく装束き尽したり。内の御乳母達、大貳の三位・美作の三位・上野など皆参りて、打出で候ひ給。（下・三四三～三四四）

469 御手めでたくかかせ給。（下・三四五）

470 内大臣殿の御匣殿も、手書き、歌よみ、真字をさへかかせ給。（下・三四五）

471 あるは直衣・袍衣、数多は狩衣装束いひやる方なきに、織物・打物・錦・繡物など、心々にめでたくおかしく見ゆる程に、讃岐守頼国朝臣の仕うまつりたる御車に奉りておはします。左右のそばに鏡の月を出して、絵書き、いみじき事を尽したり。蘇芳の狩衣袴、同じ色の袙着たる召次といふ者十人付きたり。車副、青色の狩衣袴に、山吹の袙を着て候ふ。出車三つ、東宮の大夫、権大納言、左衛門督奉り給へり。思ひ思ひなる半蔀車の透きとほりたるなり。（下・三四九～三五〇）

472 人々の姿ども思ひ思ひにかへて、水の面も所なく浮きたる程に、船にことごとなる棚といふ物おかしく造りて、八幡の別当元命といふ物御果物据ゑて参らせたり。（下・三五一）

473 江口といふ所になりて、遊女ども、傘に月を出し、螺鈿・蒔絵、さまざまに劣らじ負けじとして参りたり。（下・三五一）

474 紅葉襲の薄様に書きて（下・三五四）

475 女房、菊・紅葉を織り尽したり。（下・三五六）

476 宮の御香の御衣をぞ賜はせて、色聴させ給て乗せさせ給。（下・三五六）

477 蘇芳の濃く薄き匂などに、草の香の御衣など奉る。（下・三五七）

478 内には絵所・造物所にて、女房の裳・唐衣に絵書き、つくり絵などいみじくせさせ給。宮には宮司うけ給て、染殿・打殿につかはしおぼし営ませ給。御禊には八重山吹を捻り重ねて、八重八重の隔には、青き単を重ねつつ、幾重ともしらず重ねて押し出されたり。まことの花の咲きたる夕映と見えて、いみじくおかし。祭の日はうらうへの色なり。濃き二

人・薄き二人、やがて同じ色の表着・唐衣なり。紅の濃き薄き、紫・山吹・青き・蘇芳など、皆二人づつなり。かへさには村濃にて、袴・表着も、裳・唐衣も薄物にて、文にはかねをし繍物どもをし、心々に絵など書きたれば、涼しげになまめかしうおかし。　（下・三五八〜三五九）

479 撫子の織物の単襲、菖蒲の小袿奉りたる、　（下・三五九）

480 宮は、桜萌黄の五重の御衣を皆織物にて五ばかり奉りて、赤色の唐の御衣、地摺の御裳奉りて、めでたき御有様にて、　（下・三六五）

481 女房は二つ色の濃き薄き、葡萄染の織物の表着、紅梅の竜文の唐衣、萌黄の裳の腰なり。　（下・三六六）

482 院の女房は、皆薄色に紫の唐衣ぞ着せさせ給へる。　（下・三六六）

483 今日は紅どもに葡萄染の織物奉りたる、いとめでたし。一品宮は紅梅の匂に、濃き打ちたる、梅の織物の表着、萌黄の小袿など奉りたる、華々とけ高くうつくしう、いはん方なき御有様なり。　（下・三六七）

484 まことや、御賀の歌は、輔親・赤染・出羽、経任の頭弁の母にてものし給佐理の大貳の女ぞ書き給ける。赤染、正月朔日臨時客したる所、紫の袖を連ねてきたるかな春くる事はこれぞ嬉しき、七月七日、天の河はやく渡りね彦星の夜さへふけなば寝る程もあらじ、輔親、新しき春のはじめに来る人は三年の友と思ふなるべし、子の日、年ごとの春のはじめに引く松のつもれる数は君ぞ数へむ。　（下・三六七〜三六八）

485 今日も打出などはせず。こなたかないみじく装束きて候ふ。蔵人は、院のは、唐綾を泥・紺青して文をとめて四つ。錦の表着なり。中宮のは、色々の二重文に、単は打ちて、それも赤地の唐菱なる錦の表着なり。扇・裙帯・領巾など、いみじく心を尽して、当り給へる人挑み給へり。院のは権大納言、中宮のは左衛門督ぞし給へる。上達部など、今日は皆青いろ着給へり。　（下・三六八〜三六九）

486 唐の紙に、いと今めかしくおかしくかかせ給へりければ、　（下・三七〇）

487 三月つごもり方に、藤壺の藤の花、えもいはずおもしろく堺に咲きかかりて、御溝水を遣水に掘りわけて流させ給へるに咲きかかりたる、いとをかし。　（下・三七〇）

488 院の下部の知りたりける下衆の、出車につきたりけるを、（下・三七一）

489 泉の上の渡殿に、四条中納言参り給へるに、出羽弁対面したるに、殿、内より御火取持ちておはしまして、空薫物せさせ給て、添ひおはします。なかなかいとつつましく、物聞え給も、うち出でにくく覚えけり。絵に書きたる心地す。（下・三七二）

490 女郎花の小き枝を、扇のつまをひき破りて挿したるに書き付け侍る、（下・三七二）

491 女院は、無量寿院の傍に御堂建てさせ給へり。築地つきわたし籠めて、いみじくめでたく造らせ給へり。沈・紫檀を高欄にし、蒔絵・螺鈿、櫛の筥などの様にせさせ給へり。柱絵なども世の常ならず、釘打つ所には瑠璃を釘のかたに伏せなど、よろづを尽したり。年ごとの九月には御念仏せさせ給。女房えもいはず装束きて打出でたり。（下・三七三〜三七四）

492 申の時ばかりに、左の方の人々、色々のうす物を屋形にはりて、金の常夏の花押したる船二つに乗りて、笛けしきばかり吹きすさびて、伊勢の海うたひて、池の心にまかせて棹さして参るを見れば、二藍の直衣・指貫に、紅の打ちたる、白き単をぞ着たる。池の上の反橋に船を寄する程に、上達部二人立ちておかし。蔵人は織物の指貫、青色の水に写りたる影向ひあひて、さるべき人々少しばかりを具して参りゐたる後に、蔵人俊経二藍のうつくしき取りてひろげ敷くを見れば、紫の浮線綾に青き象眼を付けて、伊勢海といふ催馬楽を芦手に繡ひたり。鏡の水、かねの砂子したる洲浜を、季通・貞章等取りて打敷の上に伏す。かねのすにはこを彫物にしたる、かねの机に据ゑたり。員指の物は、かねの洲浜に、沈の石立てて、鏡の水などしたる上に、尾上の松を植へうつすを数にしたり。（下・三七五）

493 俊家の中将、常夏の出袿、二藍の直衣、青色の織物の指貫、通基の四位侍従、二藍の直衣、青色の織物の指貫、濃き打衣、資綱の少将、二藍の直衣・指貫に青き織物の単、蔵人二人、織物の指貫青色にて、かねの洲浜に沈の籬結ひたる、かねの常夏の叢を書きたり。歌はなにに書きたるぞなど心にくき程に、はやう花に蝶のいみじうおかしきが十ばかり居たるなりけり。員指の物は、内の御前とおぼしくて、竹の台よ

り抜き出でたるを数にはしたり。鏡の水、沈の石立てて、さまざまの草を下草にて、色々の裂帛して造りたるも、ことさらと見なせばおかし。（下・三七六）

494 神さびて居たる面持けしき、絵に書きたる心地して、（下・三七六）

495 透筥をあけて、彫り物の骨に象眼の紙をはりて、題の心をさまざまに書きたる扇を一つづつ取りて、講師経長の弁にとらす。歌は内の御乳母、宰相の内侍のすけ書きたり。右には兼房の右衛門佐、蝶居たる常夏の枝を折りて資通に取らす。（下・三七六～三七七）

496 殿の女房の装束は、うす物を撫子にて、色々にて捻り重ねたり。（下・三七七）

497 左方勝わざとおぼしくて、沈・紫檀の貝摺り、鏡の水遣りなどしたる破籠二十参らせたり。（下・三八一）

498 御屏風の絵、ここの、唐の、絵所に絵師召して、いみじくせさせ給。（下・三八二）

499 柳の作りたるを内に参らせさせ給へりければ、枝はまことにてありければ、清涼殿の壺に植へさせ給へりけるが、（下・三八九）

500 五月雨は、いとど晴間なく、軒の菖蒲も知らず顔にて過ぎぬ。（下・三九一～三九二）

501 黒き御単がさねに、黒き御小袿奉りて、二所ながらおはします。（下・三九二）

502 御色は雪恥しうて、黒き単の御衣に御髪は御衣よりは色にて、（下・三九二）

503 母屋の御簾に御屏風添へておはしますを、少し畳みのけておはしますを、（下・三九二）

504 御年の程よりも御髪は長う美しうて、黒き御衣奉りつつおはします、（下・三九三）

505 御帳の前にいとことごとしくて向ひ候ひし師子狛犬の、人離れたる壁のもとに捨て置かれたるを見るも、いとあはれにて、（下・三九七）

506 糸毛にて、女御代は殿の上一つ御車にて渡らせ給。又奉りたるを放ちて、糸毛・黄金造り・梹榔十、女房四十人・童八人、例の作法なり。色々二つづつに、葡萄染の表着などにやありけん、十二三ばかり重りたり。下仕のかざしたりしな

ど、なべての事には似ずおもしろくめでたし。（下・三九七）

507 **大嘗会、例の月日の山引き、あやしの物まで青摺に赤紐なまめかしうて、**急ぎ歩み、倒れぬべく悪しき道を続きたちて行くもおかし。（下・三九八）

508 **手かきの大納言**の御子、今の権大納言民部卿になり給へる、（下・四〇三）

509 いとうつくしげにて、**鈍色の御衣透き透きなるに、いと黒き御衣重ねて奉りて**渡らせ給へる、いとあはれなり。（下・四〇四）

510 **色々の菊の御衣の上に白き唐綾奉りて、**一品宮のおはします。いとけ高く華々とめでたくおかしげにおはします。御髪のかかりなど**絵に書くとも筆も及ぶまじ。**（下・四〇六）

511 **氷を扇の形にて御硯の蓋に置きて、**春宮の御方よりこの御方に奉らせ給へれば、**敷きたる紙に芦手にて、**（下・四〇七）

512 **御帳などは、**殿より奉らせ給へり。**葡萄染の二重織物、単は打ちたる、白き文を据ゑたり。紐は紅梅、青きに梅の折枝を繍物にもし、織りにも織りたり。**いとおどろおどろしうめでたし。**御調度は、故院の、造物所にて心ことにせさせ給へりしかば、**いとめでたくなべてならず。**御櫛の筥、片つ方はただの金の筥、今片つ方には透筥なるを、二つづつ殿上人に給はせて、内の物は作らせさせ給ふ。**心々に挑みしたり。**女房の装束は、色々に紅の打ちたる、葡萄染の表着。**又の日は、**紅梅どもに桜萌黄の唐衣。**昼渡らせ給日は、**四人づつ色々皆打ちたり。**（下・四〇七）

513 **衣の数は五つなり。柳着たる人は、浪の形を白き糸して結びて氷せさせて、柳気力なくして、といふ詩の心なるべし。池に浪の文あり。**（下・四〇七〜四〇八）

514 **御手などいと若く、あてにかかせ給へり。**（下・四一〇）

515 **御子左殿とて、大宮なる所をいと面白く造りて**ぞものせさせ給ける。**水の流・神さびたる松のけしきなど、**なべての所に似ず。（下・四一一）

516 **手など書き給へる様よ、**（下・四一三）

517 **梨子壺の北の屋**を上の御局にせさせ給へり。**細殿など、いとをかし。反橋の妻戸、唐廂など、いとをかしう今めかし。**（下・四一四）

518 十一月、**殿上に雪山造らせ給て、**人々詠め、と仰せられて

給、天地のうけたる年のしるしには降る淡雪も山となるらん（下・四一六）

519 東の対はこの度はなくて、山河流れ、滝の水競ひ落ちたる程など、いみじうおかし。（下・四一七）

520 この御時は、制ありて、衣の数は五、紅の織物などは制あり。（下・四一七〜四一八）

521 菖蒲を皆打ちて、やがて菖蒲の唐衣、薬玉など付けて、長き根をやがて御前の御簾の前の遣水に浸して出で居たるもおかし。（下・四一八）

522 御法事の日、男女参り集ひたる、皆同じ様なる、濃き薄きばかりを変るしるしにてあるを御覧じて、見渡せば皆墨染の衣手はたちゐにつけてものぞ悲しき。（下・四二四）

523 うへの持たせ給へりける扇に手習などせさせ給へりけるを、御硯の下にあるを御覧じつけて、（下・四二四）

524 萩の薄物の御几帳ども絵おかしう書きたるは、若き人々様々なる袖口ども押し出でたるいとをかし。荻の上風萩の下露をしたる人もあり、萩の風に浪寄りかかり、ことだに惜しき、取れど消えせぬ程もおかし。ただ枝ながらといふべくもあらず。三位のわれもかうの衣どもに、紅の打ちたる、赤色の唐衣着給へる、猶いときよげに、髪のかかり・肩付など、人にすぐれ給へり。色々にうつろひたる菊の中を押しわけて、置き惑せる白菊の袖の見えたるもおかし。暮れ行くままに月の限なきに、打ちたる衣どもに、薄物の唐衣の透きたるに、玉を貫き露置かせなどしたるがいとをかしきに、（下・四二五〜四二六）

525 糸毛にて参らせ給。（下・四三一）

526 薄色の御衣ども奉りたりけるが、（下・四三三）

527 玉の冠してあぐらどもの上に居並みたる、唐絵の心地して、女房などは吉につきて候ふ。（下・四三四）

528 命婦・蔵人十人は、礼服とて赤色の唐衣の袖広きをぞ着たる。今十人は摺唐衣着つつ、髪上げて並び候。（下・四三四）

529 上達部・殿上人なども、さながら橡を着給へり。一品宮の女房などは、鈍色・香染などをぞ着たりける、（下・四三六）

530 雪の降りたるつとめて、一品宮の女房、南殿などを出でて見れば、雪はまことに花と紛ひ、池の氷は鏡と見ゆ。巌にも花咲き、いみじうおかし。御堂の方を見れば、唐絵の心地し

て見渡さる。庭の雪は消え方になりにけり。梢ぞ盛と見ゆる。（下・四三八）

531 色は紛ひぬべきども・紅梅の匂・鈍色など乱れ着て、見る様どもおかし。（下・四三八）

532 いたづらなる屋なくかけ渡し、水の流れも心ゆき、池の面澄み渡り、松の緑もけざやかに見え、いみじうおもしろくめでたし。源氏の三条の宮おはせで後、大将昔に劣らず、内の大い殿の姫君と、住みみちておはすることといひたる心地ぞせさせ給ける。光りあひておぼつかなからぬに、女房どもの髪上げて皆打出でたるに、（下・四四〇）

533 昼の御座に御倚子立てて、御髪上げさせ給ておはします。この世の事とも見えさせ給はず。紅の御単がさね、白き織物の御衣・裳、白きを奉りて、額ばかり上げておはします御有様、いみじうめでたし。（下・四四〇〜四四一）

534 池の篝火隙なきに、白き鳥どもの足高にて立てまつるも、芦手の心地しておかし。（下・四四一）

535 女房は、その夜は朽葉の単がさね、桔梗の表着、女郎花の唐衣、萩の裳、又の日は紅の単がさね、女郎花の表着、萩の唐衣、紫苑の裳、又の日は桔梗・朽葉・女郎花・紫苑などを、六人づつ織り単がさね、やがて同じ色の織ものの表着、裳、唐衣は栄へぬべき色どもを更へつつ着たり。様々の浮線綾、二重文など、心々に挑みたり。色聴されぬはかねして羅鈿し、絵書き、繡物など、いみじう物狂をしきまでし尽したり。筋遣り、口置き、袴の剛きにかねして、繡物にも打袴をしたる人もあり。その心ばへある歌を繡物にもしたり。（下・四四一）

536 菊の色々に、濃き打ちたる、蘇芳の唐衣など着つつ候。（下・四四二）

537 絵などいとめでたくかかせ給。男絵など、絵師恥しうかかせ給。（下・四四三）

538 殿上人左右に分たせ給。舞台はかねの洲浜に、かねの五葉に、かねの蔦色々に彩りたるかかりたる、いとおかし。師基の兵衛佐書きたり。右はかねの透筥に、硯の筥と覚しきに、冊子とほを入れたり。歌の心ばへを題に従ひつつ下絵に書きたり。手は右の大い殿の因幡の乳母、錦の表紙、次のは、かねの表紙を磨きたる、白妙に遙々と見えて、山のたたずま

ひ、水の流れはほのかなり。かねを結びて、玉を文にしなど、さまざまなる表紙、あてにおかし。かねの硯・瑠璃の硯の瓶・筆墨まで、いみじう尽したり。員指の洲濱どもなど、心々にいとをかし。中宮の女房まで、紅葉を織り尽したり。打物・織物・村濃など、心々にいとをかし。薄物に打ちたるを透かしたる、裳・繡物し、かねの水遣り、紅葉の散り交ひたるなど、いとおかしくなまめかし。菊の織物の御几帳ども押し出で渡して、おはします程こそ出さね、少しさしのきて、よき程に押し出でたる衣の裾・袖口、いと目も驚きて見ゆ。菊の折枝・葛の紅葉・鏡の水など押したるが、薄物より透きたる、打目に耀き合ひたる火影、いみじうおかし。紅の打ちたるを中陪にて、葛の形に彫りて、青きを下に重ねて、香染の薄物に紅葉を透かし、裳の腰などいみじうおかし。唐衣にも、紅葉を分けて出づる月おどろおどろしうおかし。大井河・戸無瀬の滝などしたる人もあり。

(下・四四三〜四四四)

539 又鶏合とて洲浜を作りて、鶏を作り合せたるかたいとをかし。

(下・四四四)

540 樺桜、皆織物なるが裏打ちたる六つばかり、御裳・唐衣奉りておはします御有様、えもいはずめでたく見えさせ給。御輿の後にはやがて三位候ひ給。皆紅の打ちたる、桜の織物の表着に、その折枝織りたる藤の織物、桜萌黄の唐衣、皆二重文にて、折枝けざやかに織りたり。女房は桜どもに、萌黄の打ちたる、山吹の二重織物の表着、藤の唐衣、萌黄の裳に絵書き、繡物し、羅鈿し、口置など、目もあやに、心のゆきて、などいふ歌を、かねの具の小きを造りて、歌絵にて桜の咲きこぼれたるかたを書きたり。玉と貫ける青柳など、いとをかし。又しつらひのかたをして、帳台・唐櫛笥、昼の御座のかたをしたる人もあり。花の鏡となる水は、とて、いとをかしげなる鏡を池に押したる人もあり。更に更にえいひ尽すべくもあらずなん。袴は皆打ち、口置きたり。殿の宮には、女房色々三つづつ匂はして十五に、紅の打ちたる、萌黄の織物の表着也。いみじう綿薄くて、目もあやにけうらなり。

(下・四四四〜四四五)

541 殿の上は白き御衣どもに、紅の唐綾を上に奉れり。姫宮の御前には、桜の匂を皆織物にて、紅の打ちたる、藤の織物の

御衣、萌黄の小袿奉りたる有様、あてにめでたく、いふ方なく見えさせ給。（下・四四五）

542 中宮女房の装束は、ただいと麗しく、ことさらに昌蒲の衣を皆打ちて、撫子の織物の表着、よもぎの唐衣、楝の裳なり。皇后宮のは、昌蒲・楝・瞿麦・杜若など、かねして花鳥を造り、口置き、いみじき事どもを尽させ給へり。（下・四四九）

543 高陽院殿の有様、いとおもしろくをかし。西対を例の清涼殿にて、寝殿を南殿などにて、小寝殿とて又いとをかしくてさし並び、山はまことの奥山と見え、滝木暗き中より落ち、池の面遙に澄み渡り、左右の釣殿などなべてならずおかし。秋深くなるままに、紅葉の薄き濃きも錦を引けるやうなり。（下・四五二）

544 五節に、女房、梅どもに、濃き打ちたる、青摺の裳・唐衣など着せさせ給へり。（下・四五五）

545 中宮より童の装束奉らせ給へり。紅の打ちたるに、菊の二重文の、その折枝織りたる衵、蘇芳の汗衫、竜胆の上の袴、皆二重文なり。打ちたる袴など、例の事なり。瑠璃を文に押しなど、いみじう尽されたり。（下・四五六）

546 濃き薄き二つづつうらうへの色なる十二、紅の打ちたる、萌黄の織物の表着、蘇芳の唐衣などなり。日ごとに替えて、三日の程いとめでたし。四月十日のあらはれさせ給ふ。撫子に、濃き打ちたる、蘇芳の織物の表着、青朽葉の唐衣などあれど、心々に、昌蒲・楝など、折に合せたる色々を尽して、二重織物・打物・織物など、さまざまに尽したり。（下・四五八）

547 一日は紅梅に、竜胆の打たる、竜胆に、紅梅の打ちたるなどなり。（下・四五八）

548 女房、色々に、萌黄の二重文の表着、葡萄染の二重文の唐衣など打出でたり。さらぬ女房も三十人ばかり、心々に装束きて参り集れり。（下・四五九）

549 五節に、中宮の女房、梅鶏舌を含むで、といふ詩を装束きたり。梅の織物、香染、紅梅の紅に匂ひたるなどなり。緑の文を帯びたり、とてしたる緑の衣着たり。殿上人誦じなどしていとをかし。唐衣の紐などにやがてこの詩を結びたり。八重紅梅の唐衣など色々にをかし。（下・四六〇）

550

左の人々、春の色々を織り尽したり。しなの、紅梅どもに、紅の打ちたる、萌黄の二重文の紅梅の象眼の唐衣、薄色の二重文。ははき、松の葉がさね、青き打ちたる、同じ色の二重文に松の枝織りたる、唐衣は地は白くて文は青き象眼の二重文の唐衣。あはぢ、梅の三重織物の表着、皆打ちたり。紅の打ちたる、梅の二重文の唐衣。但馬、桜の織物ども、紅の打ちたる、桜の表着、樺桜の二重文の唐衣、梅の二重文の裳。内侍の女、裏山吹ども三つにて、単ども皆打ちたり。萌黄の打ちたる、山吹の二重文の表着、同じ色の無文の唐衣。今五人南の廂に居わかれたり。式部の命婦、つつじどもに、萌黄の浮線綾の唐衣。源式部、藤どもに、紅の打ちたる、二藍の二重文の表着、糸遊の裳・唐衣。新少納言、同じ藤の匂に、紅の打ちたる、藤の二重文の表着、同じ色の無文の唐衣。池の藤浪唐衣には咲きかかりけるを、歌絵にいとおかしく書きたり。女、山吹を打ちて、山吹の織物の表着、糸遊の裳・唐衣。内大臣殿の御乳母、柳どもに、紅の打ちたる、柳の二重文の表着、裳・唐衣も同じ事なり。近江の三位、紅梅の薄きを皆打ちて、表着・裳・唐衣皆二重文、御帳のそばの方に参りて候ひ給。内侍、ことごとしからぬ薄紅梅どもに、赤色の唐衣。小式部、梅の匂に、濃き打ちたる、紅梅の表着、萌黄の唐衣、薄色の裳なり。右十人は、東面に南の戸口に。いなば、色々を皆打ちて、青き織物に色々の紅葉を皆織り尽したり。蘇芳の二重文、浮線綾の唐衣。出雲、下着同じ紅葉を打ちて、表着は赤き錦、薄青の二重文の唐衣、袴も同じ紅葉の打ちたる、うはぎも白き。土左、これも同じ紅葉の打ちたる、香染の二重文の表着、秋の花の色々を尽したり。紅葉の薄き濃き、二重文の裳・唐衣、うはぎ大井河の水の流れに、洲浜を鏡にて、花の色々の影見ゆ。袴は戸無瀬の滝の水上しも、紅葉の散り交ひたる、いとをかし。三日月のかたに鏡をして、緑のうす物のうはぎ、浪のかたを結びかけたり。美濃、色々の錦の衣は、裏皆打ちたり。象眼の緑の裳、紺瑠璃の唐衣、これも大井河をうつしたり。皆置口して、袴同じ五重の打ちたる、上に二重文の表着。筑前、同じ紅葉の打ちたる、上に黄なる二重文の織物の表着、無文の朽葉の唐衣、秋の野を織り尽したり。袴同じさまなり。今五人は、菊の色々なり。遠江、皆上は白き裏を色々うつろはして、紅の

打ちたるに、白き織物の表着、女郎花の唐衣、薄の裳。侍従、上は薄き蘇芳、裏は色々うつろはしたり。紅の打ちたるに、蘇芳の織物の表着、女郎花の唐衣、萩の裳、袴、いづれも同じ事打ちたり。下野、菊の織物どもに紅の打ちたる、蘇芳の唐衣、紫の末濃の裳、鏡に芦手に玉を貫きかけ、絵書きなどしたり。袴、二藍の表着。平少納言、菊のうつろひたるに、二藍の表着、冊子のかたにて、村濃の糸して玉を総角に結びて、後撰・古今と織れり。黒き糸して、左も右もその色の花どもを造りて、上に押したり。右は綿入れず。紅葉の人たち、瑠璃をのべたる扇どもをさし隠したり。挿櫛に物忌、糸して紅葉・菊にて付けたり。美濃の君、唐衣に金を延べて、あられふるらし、といふ歌をも摺りたり。左の人々檜扇どもなり。衣には皆綿入れたれど、表着・裳・唐衣は冬のにてなんありける。右には桜人といふ事を銀の洲浜にて、歌書くものは冊子十帖、銀・金・浮線綾・象眼を尽して、二づつ銀・黄金の糸を文に結びて玉を文に据ゑたり。歌書くべき冊子どもに、この題の心ばえを、男絵・女絵と書きたるに、兼行ぞ歌は書きたるを、歌をむねとしたる事に、など悪きものにかかすべき、絵書きいみじきものに書くべき也、と、左の人々もどきけり。員指は鶴を松に住ませたり。歌は巻物二にて、黄金の表紙、玉を貫きて紐にしたり。絵はこれも題に従ひて書きたり。経任の中納言権大夫の母北方書き給へり。九十余の人の、さばかり塗りかため書きたる絵に、露も墨がれせず書きかため給へる、あさましうめでたし。員指は七月七日の七夕祭のかた、こまかにいみじう造りたり。

(下・四六一～四六四)

551 織物の裳・唐衣・細長・ただの御衣どもなど被き給。

(下・四六七)

552 七月七日、中宮の御前に前栽に村濃の糸を引きて、色々の玉を貫きたり。

(下・四七一)

553 同じ二月二十三日の夜、御堂焼けぬ。さばかりめでたくおはします。百体の釈迦・百体の観音・阿弥陀七仏薬師など丈六の御仏達、火の中にきらめきてたたせ給へる、あさましく悲し。女院の御仏なども、めでたくいみじかりつるも、夜の程の煙にて上らせ給ぬる、猶々いみじく悲し。(下・四七二)

554 中納言、物語の男君の心地し給て、いとあてやかになまめ

かしき御様なり。（下・四七四）

555 内より御使の霧をわけて参るも、物語の心地しておかし。（下・四七五）

556 薄物の御几帳の裏うちかけて、わざと見えさせ給はねど、透きておはします程など、絵に書きたらん心地しておかし。（下・四七五）

557 女房の装束例の心々に挑みたり。筋置き、鶴亀松竹など、心々にし尽したり。まづは菊の七日に、菊の中なる、など、折に合ひたる事どもさえ見えて、九月七日よりなり。浮線綾の裳・唐衣、象眼薄物など金して造りたるに、菊の折枝・松など繡ひたるいとをかし。織物の表着なれど、唐衣・裳などは多くはしやうがん薄物などをしたり。織物は厚く、繡物は絵書くも中々わろければなるべし。（下・四七六）

558 中宮・皇后宮上らせ給装束など、例のおろかならんやは。皇后宮には蘇芳の匂二襲、例のかねして菊紅葉を生し、目も及ばずめでたし。中宮には紅を皆打ちて、竜胆の二重文の表着、白き文を織りたり。常の事なれど麗しくきよげなり。蘇芳の唐衣・菊の裳。又の日は紫の薄様・赤き薄様二襲に、青き打ちたる、浮線綾の表着、冊子などおぼしきなり。唐衣は竜胆、裳は黄なり。袴は赤き薄様、下ざまに白く重りたるいとおかし。袴表着は心々の色なり。村濃にて象眼の裳なるもあり。麗しくてあれど、薄様の下絵のついでには又せぬ事なくぞしなしける。（下・四七八〜四七九）

559 女房、今日は白き衣どもを幾つともなく重ねて押し出でたり。（下・四七九）

560 女院の御捧物、優曇花を造りたり。三条院の中将持ちて廻る。皇太后宮の、花籠に菊さまざまの花入れて、玉を貫きて緒にしたり。重ねたるをやがてその宮の亮きんもと取りて続きたり。次には中宮の、菊の花を籬を結ひたり。黄金・銀・黄菊・白菊にて二つなり。新大納言の御子の四位少将もとなが取りたり。皇后宮のは、女意宝珠、金の糸して結び、玉を貫きたりなど三つありければ、源中将たかつな、宮の亮もろもとの弁、民部卿の中将とぞ持給へる。春宮のは、金の水瓶・盥、やがてすけなかの弁。女御殿のは京台の鏡、あつひゐの少将持たり。殿の一宮のは、香合の筥に壺四つ据ゑて、金の菊を挿したり。忠俊の前少将。前斎院のは、盥に水瓶、

皆金なり。（下・四七九）

561 左大殿・右の大殿・内大殿など、さまざまに**団扇、蝶の大きなるなど**ぞ持たせ給へりし。ただの上達部は**香炉を五葉の枝に付け給へり。**殿上人は**わけさらなり。**源大納言殿は、今は内大殿と聞えさす。その御子の中納言こそ、**桜の枝に鞠付けて持たせ給へりしか。**（下・四八〇）

562 おはします程ばかりに、御帳よりは狭く、ことに長押小やかなる、畳二枚ばかり敷く程にて、**御簾廻りてかけて、唐綾の小文の壁代、絵など書きて懸け廻らかさせ給へり。御簾の縁も唐綾なり。**（下・四八〇〜四八一）

563 **御前の泉の水涼しげなるに、**御簾かけたり。**撫子・花橘など植へさせ給へり。**（下・四八一）

564 **中宮の造らせ給ける御仏、**出でおはしましたれば、二条殿に出でさせ給て供養ぜさせ給。**白檀の御仏三尺ばかりにて、**いとうつくしうおはします。**阿弥陀の三尊**なり。これも御八講にせさせ給。女房、**竜胆・菊・紅葉なり。日ごとに替へつつ、例の若き人は劣らじと挑み装束きたれど、**同じ事のやうなればとどめつ。（下・四八一〜四八二）

565 出でさせ給夜は、暁までおはしまし、御供の人などのたちやすらふも、**昔物語の心地す。**（下・四八五）

566 母北方も良頼の中納言の女にものし給へば、仲らひいとあてやかに、**昔物語の心地す。**（下・四八六）

567 女房ども**扇さし隠して**えならで居並みたり。（下・四九一〜四九二）

568 一品宮、女御殿の女房、**うち出でし渡したり。**（下・四九三）

569 女房、**撫子に濃き打ちたるを押し出で渡したり。**この御時、**衣の数少く、紅を着せさせ給はず。**（下・四九三）

570 弘徽殿・登華殿の細殿には、**萩・女郎花の几帳、色々に押し出されたるが、上の御局より長々と見渡されたる、絵に書きたる心地して**いとをかし。（下・四九四）

571 あひも思はぬ、など、**弘徽殿の壁に伊勢が書き付けけんなど思ひ出でられて、**（下・四九六）

572 女房車二つづつ。女院のは**桜どもに蘇芳の打ちたる。**一院のは**桜に山吹。**一品宮のは**山吹の匂。一の車は濃き、二の車は薄く匂ひたり。**（下・四九七）

573 **御船の有様は、来し方行末有難げにし尽したり。挑みつつ人々当り当りに仕まつれる様、年頃何事にも制ありつるを、この度ぞ残る事なくし尽したりける。女房の衣は猶五つなり。**（下・四九八）

574 この程に、摂津守、**様々の折櫃、絵など書きたるに、**果物参らせたり。（下・四九九）

575 御車ども方々の御船に寄せて、**色々様々に装束きたるものどもたちやすらふ。**まづ住吉に参らせ給。関白殿**紅の出袿に柳の直衣奉りたりし**こそ、いとをかしく、この度の思出なれ、（下・四九九）

576 女院の女房、**白きどもに、濃き打ちたる、**麗しきもののいと清げに見ゆ。一品宮のには、**萌黄どもに蘇芳の打たる、**院のは**色々に濃き打ちたる。**（下・四九九）

577 **色々様々に装束きたる中に、赤き袍衣にことごとしくて**参りたる、いと珍しく見ゆ。（下・四九九〜五〇〇）

578 **土器造りなどいふ者**さへ、（下・五一〇）

579 おはしましし所、御調度など、**はかなく取り使はせ給し御扇、**畳紙まで落ち散りたるを御覧ずるも、（下・五一〇）

580 大饗の日の有様、**師子・狛犬**持て参り、**火焚屋・陣屋**などの居る程をいとめでたく、拝礼など思やるべし。（下・五一一）

581 **紅の打衣は、猶制ありとて、山吹の打ちたる、黄なる表着、竜胆の唐衣なり。**（下・五一三）

582 **白き袖口・裾の重り、こちたくて押し出で渡したり。**（下・五一六）

583 禄の辛櫃御前に舁き立て、禄賜はる程など、**絵に書きたる様に**おかしうめでたし。（下・五一六）

584 **紅梅の匂を着たり。**（下・五一六）

585 女房**二人づつ色を変へたる匂を着たり。**（下・五一六）

586 若宮に**駒競のかた**御覧ぜさせんとて、**かねの埒結ひ、馬に人の乗りたるかたなど作らせ給。物見車など造らせて**御覧ぜさせ給けり。（下・五一九〜五二〇）

587 女房**紅梅の匂に、萌黄の打ちたる着たり。制あれば数五つなり。**されど、**綿いと厚くて、少しとも見えず。数多あることそ厚きもあまりなれ、うち出でたるは、薄きはものげなき**に、いと清げに見ゆ。（下・五二一）

588 御才おはしまし、**御手めでたくかかせ給。**（下・五二二）

589 **白河殿**とて宇治殿の年頃領ぜさせ給し所に、故女院もおはしまししが、天狗ありなどいひし所を、**御堂建てさせ給。**この二年ばかり受領ども当りて、**金堂は播磨守為家ぞ造りける。御堂も仏もなべてならず大きにおはします。**（下・五二七）

590 曇なき庭に、**紅葉、菊の色々、**黄なる光も赤き光も添ひたらんと見えて、所がら匂を増し、**御堂のけ高うものものしきが、新しう赤く塗り立てられたるに、青やかに見え渡されたる御堂の飾など、**極楽にたがふ所なげなり。瑠璃の地に黄金の砂子などを敷かぬばかりなり。**池の水澄み渡り、船楽、**打たぬに鳴る事ぞなかりけれと、大鼓かけたる様ことごとしう、**獅子・狛犬の舞ひ出でたる程**もいみじう見ゆ。**三百人の僧の麗しく装束きて行道し、**衆僧など押し加へて千人の僧も拝みつべし。**わらはべ花を折りて装束きたる**もおかしう見ゆ。（下・五二八）

591 **えもいはぬ洲浜など、**例の事なり。（下・五二九）

592 **集など人々に召して撰らせ給。**過ぎにし事を失はじ、今よりの事をも散らさじ、とある**古今の序**思出でられける。（下・五二九）

593 女房、**紅葉、帰さは菊を折りてしたり。御車の内思やられてめでたく**いみじ。（下・五二九）

594 女房の車、殿の御方に三つ、宮の御方に三つ、**様々の花紅葉、色々を織尽して、日ごとに替へさせ給。すずしの衣に綿を入れたる日もあり。**中に、**薄様・もみぢ葉・櫨、又紅にて、裏は色々なるも着、菊は蘇芳菊、**ただおしはかるべし。**日ごとに装束替へ、**えもいはずめでたし。（下・五三七）

595 月ごとに**丈六の仏を造らせ給ひ、御堂を造らせ給。**（下・五三八）

596 九条のあなたに、**鳥羽といふ所に、池・山広うおもしろう造らせ給**は、（下・五三九）

597 十二月十六日御即位なり。**御輿に、みづら結ひて奉れる、**（下・五四〇）

598 **装束は、色々、萌黄の織物、葡萄染の唐衣。**今となりては、故中宮も皇太后宮も、**皆色一つにせさせ給しかば、**ただささきざきのさまにてと、おぼしめすなるべし。（下・五四一）

599 御びづら結ひて下りさせ給へるは、（下・五四一）

600 咲きそむる挿頭の花の千代を経て木高くならん影をこそまて。（下・五四二）

601 帰さにかの鳥羽院におはしまさせ給。十余丁を籠めて造らせ給。十丁ばかりは池にて、遙々と四方の海のけしきにて、御船浮べなどしたる、いとめでたし。（下・五四二）

602 斎宮の童べ小き大きなる、いといみじくうつくしきに、女房我も我もと挑みて、えもいはずし尽したり。浮線綾の表着に、絵書き繍物し、錦の袴を着、いひ尽すべくもあらず。（下・五四三）

603 院と斎宮と一つ御車におはします。斎宮をば口に乗せ奉らせ給て、後におはします。いとかたじけなくあはれなり。御直衣の袖のほのかに見えさせ給へる、いみじうあはれにかたじけなし。女房花の色なる山吹どもに、唐衣いと華やかに今めかしう見ゆ。（下・五四三）

604 彼源氏の耀く日の宮の尼になり給願文読み上げけん心地して、やむ事なくめでたし。御堂には故院の御影を書き奉りたり。似させ給はねど、御直衣姿にて御脇足におしかかりておはします、いとあはれなり。御女とて、女御殿の人の腹なりける中納言殿の、いかにして写しとめけん雲居にて飽かず隠れし月の光を、うば君、雲居にてすみけん世をば知らねどもあはれとまれる月の影かな。御前渡らせ給て見奉らせ給。稚くおはしましし程にて、確かにも覚え奉らせ給はぬに、年頃ありて御かたにても見奉らせ給、いみじうあはれにおぼしめさる。（下・五四四）

605 若き人々、うす物・綾・縑の単がさねの色々なるに、裳・唐衣などめでたくおかしう、花の色々を織り尽して十人、さらぬ大人などは織りたる五重なる三重なる、浮線綾など着たるもあり。（下・五四五～五四六）

606 狩装束おかしう、心々思ひ思ひ心を尽し、色を尽さぬなし。宇治殿に四条宮おはします頃にて、宇治橋見やらるる程に御桟敷いみじうめでたくて、女房の衣のこぼれ出でたる程、絵にかかまほし。（下・五四六）

落窪物語

1　また、時々通ひたまひけるわかうどほり腹の君とて、母もなき御むすめおはす。北の方、心やいかがおはしけむ、仕うまつる御達の数にだに思さず、**寝殿の放出の、また一間なる落窪なる所の、二間なる**になむ住ませたまひける。（九）

2　つくづくと暇のあるままに、**物縫ふこと習ひければ、いとをかしげにひねり縫ひたまひければ**、いとよかめり、ことなるかほかたちなき人は、ものまめやかに習ひたるぞよき、とて、二人の婿の装束、いささかなる隙なく、かきあひ、縫はせたまへば、しばしこそ物いそがしかりしか、夜も寝もねず縫はす。（一一）

3　この御方のつづきなる廂二間、曹司には得たりければ、同じやうなる所はかたじけなしとて、**落窪一間**をしつらひてなむ臥しける。（一四）

4　あこき、**御文**を紙燭さして見れば、ただかくのみあり。君ありと聞くに心を筑波ねのみねど恋しきなげきをぞする、**をかしの御手や**、と、ひとりごちゐたれど、かひなげなる御けしきなれば、おし巻きて御櫛の箱に入れて立ちぬ。（一六〜一七）

5　帰りたまひて、北の方に、落窪をさしのぞきたりつれば、いと頼み少なげなる、**白き袷一つをこそ着てゐたりつれ、子どもの古衣やある**、着せたまへ、夜いかに寒からむ、と宣へば、（一七〜一八）

6　婿の少将の君の表の袴、縫はせにおこせたまふとて、これは、いつよりもよく縫はれよ、禄に衣着せたてまつらむ、と宣へるを聞くに、いみじきこと限りなし。いと疾く清げに縫ひ出でたまへれば、北の方、よしと思ひて、**おのが着たる綾の張綿の萎えたる**を着せさせたまへば、風はただはやになるままに、いかにせましと思ふに、すこしうれしと思ふぞ、心ちの屈し過ぎたるにや。（一八）

7　御方のなやましげにおはして、とどまらせたまひぬれば、何しにかは、いとつれづれなるをなむ慰めつべくておはせ、**ありと宣ひし絵、かならず持ておはせ**、と言ひたるは、女御殿の御方こそ、いみじく多くさぶらへ、君おはし通はば見た

まひてむかし、と言へるなりけり。（二二〜二三）

8　帯刀、この**文**をやがて少将の君に見せたてまつれば、**これや惟成が妻の手、いたうこそ書きたれ**、よき折こそはありけれ、行きてたばかれ、と宣ふ。（二三）

9　**絵一巻**おろしたまはらむ、と申せば、君の、かの言ひけむやうならむ折こそ見せめ、と宣へば、さも侍りぬべき折こそは侍るめれ、と申す。うち笑ひたまひて、御方におはして、**白き色紙に、小指さして口すくめたるかた**を書きたまひて、召しはべれば、つれなきを憂しと思へる人はよにゑみせじとこそ思ひ顔なれ、をさな、と書いたまへれば、（二三）

10　あこき呼び出でたれば、いづこ、**絵**は、と言へば、くは、この御文見せたてまつりたまへ、いで、そらごとにこそあらめ、と言へど、取りて往ぬ。君いとつれづれなる折にて、見たまうて、**絵**や聞えつる、と宣へば、帯刀がもとに、しかじか言ひてはべりつるを、御覧じつけけるにこそはべるめれ、と言へば、（二四）

11　人少なる折なれば、心やすしとて、まづ、かいまみをせさせよ、と宣へば、しばし、心おとりもぞせさせたまふ、**物忌の姫君のやうならば**、と聞ゆれば、笠も取りあへで、袖をかづきて帰るばかり、と笑ひたまふ。（二六）

12　几帳、**屏風**ことになければ、よく見ゆ。向ひゐたるは、あこきなめりと見ゆる、容体、かしらつき、をかしげにて、**白き衣、上につややかなる掻練の袙着たり**。添ひ臥したる人あり。君なるべし。**白き衣の萎えたると見ゆる着て、掻練の張綿なるべし、腰よりしもに引きかけて**、側みてあれば、顔は見えず。かしらつき、髪のかかりば、いとをかしげなりと見るほどに、火消えぬ。（二七）

13　さて、あこき、ただひとりして、言ひ合はすべき人もなければ、心一つを千々になして、立ち居つる。おまし所の塵払ひ、そそくりて、**屏風、几帳なければ、しつらひなさむ方もなし**。（三八）

14　この君は、いささか、**よき御調度**持たまへりける。母君の御物なりけり。**鏡などもなむ、まめやかに美しげなりける**。これをだにも持たまへらざらましかば、と言ひて、かきのごひて、枕がみに置く。（三八）

15　**三尺の御几帳**一つはいるべかめる、いかがせむ、誰に借ら

まし、御宿直物もいと薄きを、思ひまはして、叔母の殿ばら、宮仕へしけるが、今は和泉の守の妻にてゐたりけるがり、文やる。（三九）

16 いとあやしけれど、おのが着むとて、したりつるなり、さはしも、ものしたまふらむ。几帳奉る、とて、**紫苑色の張綿など、おこせたり。**いとうれしきこと限りなし。（四〇）

17 あこき、いと清げに装束きて、いと清げにさうぞくして、**帯ゆるるかにかけて参る後姿、髪丈に三尺ばかり余りて、いとをかしげなりと、**帯刀も見送る。（四一～四二）

18 今日なむ御返り、身をさらぬ影と見えてはます鏡はかなくうつることぞ悲しき、**いとをかしげに書きたれば、**いとをかしげに見たまへるけしきも、志あり顔なる。（四三～四四）

19 日やうやう暮るるほどに、少しやみたる雨、降ること限りなし。餅や得ざらむと思ふほどに、男、大傘ささせて、**朴の櫃二つおこせたり。**うれしきこと、物に似ず。見れば、いつのまにしたるにかあらむ、草餅ふたくさ、例の餅ふたくさ、ちひさやかにをかしうて、さまざまなり。（四五）

20 男君は**ただ白き御衣一かさねを着たまひて、**いともの憂げに引き連れて、帯刀とただ二人出でたまひて、大傘を二人さして、門をみそかにあけさせたまひて、いと忍びて出でたまひぬ。（四八）

21 遅き、とて、北の方、あこき、と呼びののしりたまへば、**隔ての障子**をあけて出づれば、閉すべき心ちもおぼえず、格子のはざまたてに参りたれば、（五四）

22 かうて昼まで二所臥いたまへるほどに、例はさしものぞきたまはぬ北の方、**中隔ての障子**をあけたまふに、固ければ、これあけよ、と宣ふに、（五五）

23 几帳のほころびより、臥しながら見たまへば、**白き綾、搔練など、よからねど、かさね着て、**面ひららかにて、北の方と見えたり。口つき愛敬づきて、少しにほひたる気つきたり。清げなりけり。ただ眉のほどにぞ、およずけ、あしげさも少し出でゐたると見る。（五六）

24 参りたるやうは、今日ここに買ひたる鏡のをかしげなるに、この**御箱**入りぬべく見えし、しばし賜へと聞えむとてなむ、……げに入りたれば、かしこき物をも買ひてけるかな、**この箱のやうに、今の世の蒔絵こそ、さらに、かくせね、**と

て、かき撫でたまへば、（五七）

25 持たせたまへる御調度を、かくのみ取らせたまへるよ、さきざきの婿取りには、しかへて、ただしばし、と**屏風**よりはじめて、取りたまひて、ただわが物の具のやうにて立て散らしておはします。（五七〜五八）

26 鏡の箱の代り、このあこ君といふ童女しておこせたり。**黒塗の箱の九寸ばかりなるが深さは三寸ばかりにて、古めきまどひて、所々はげたるを、**これ黒けれど、**漆つきていと清げなり、**と宣へれば、をかし、と笑ひて、御鏡入れてみるに、こよなければ、……いかでかかる**古代の物**を見出でたまひつらむ、置いたまふめるものは、さる姿にて、世になきものも、かしこしかし、と笑ひたまふ。（五八〜五九）

27 懐なる**文**の落ちぬるも、え知らず。少将見つけたまひて、ふと取りたまひつ。御鬢掻き果てて、入りたまふに、いとをかしければ、三の君に、これ見たまへ、惟成が落したりつるぞ、とて奉りたまふ。**手こそ、いとをかしけれ、**と宣ふ。**落窪の君の手にこそ、**と宣ふ。（六一）

28 まこと、この世の中に恥づかしきものとおぼえたまへる弁の少将の君、**世人は交野の少将を申すめるを、**その殿に、かの男君の御方に少将と申すは、少納言がいとこにはべり。（七三）

29 をかしく物聞きよく言ひつる人かな。かたちも清げなりと見つるほどに、**交野の少将**を、かたちよしと誉め聞かせたてまつるにこそ、見ま憂くなりぬれ。……かれは、いとあやしき人の癖にて、文一くだりやりつるが、はづるるやうなければ、人の妻、帝の御妻も、持たるぞかし、さて身いたづらになりたるやうなるぞかし。（七五）

30 京のうちに女といふ限りは、**交野の少将**めでまどはぬなきこそ、いとうらやましけれ、と宣へば、女君、その数ならねばにやあらむ、と忍びやかに宣へば、（七六）

31 **下襲は縫ひ出でて、袍折らむ**とて、いかで、あこき起さむ、と宣へば、少将、控へむ、と宣ふ。……なほ控へさせたまへ、**いみじきもの師ぞ、まろは、**とて、向ひて折らせたまふ。（七六）

32 四の君のことはまことにこそありけれ、と宣へば、おほん許されあるを知らず顔なりや、と宣ひ、物ぐるほし、**交野の**

少将のわたくしもの設けむ時は、もしおほやけしくて取られむ、と笑ふ。　（七六〜七七）

33　向ひてひかへたる男あり。なまねぶたかりつる目も覚め、驚きて見れば、**白き袿のいと清げなる、搔練のいとつややかなる一襲、山吹なる、また衣のあるは、女の裳着たるやうに、腰よりしもに引きかけたり。**燈のいと明き火影に、いと、見まほしう清げに、あいぎやうづき、をかしげなり。　（七七）

34　**紫苑色の綾のなよよかなる、白き、またかの少将のぬぎ置きし綾の単着て、**髪は、このごろしもつくろひければ、いと美しげにて丈に五寸ばかり余りてゆらめき行く後姿、いといみじくをかしげなる、　（八三）

35　**枢戸の廂二間ある部屋の、酢、酒、魚などまさなくしたる部屋の、ただ畳一枚、口のもとにうち敷きて、**わが心を心とする君は、かかる目見るぞよ、とて、いと荒らかに押し入れて、手づからついさして、鎖しつ。　（八四）

36　かの語らひし少納言、**文野の少将**の文持て来たるに、かく篭りたれば、あさましく、くちをしう、あはれにて、あこきと、いかに思すらむ、などかかる世ならむ、とうち語らひて、忍びて泣く。　（九七）

37　内なる君は、いかにせむと思ひて、**大きなる杉唐櫃**のありけるを、あとをかきて、遣戸口に置きて、とかうして押さへ、わななき居て、これあけさせたまふな、と願をたつ。　（一一〇）

38　少将、心ちたがひて、**例乗りたまふ車にはあらぬに、朽葉の下簾かけて、**をのこども多くて、おはしぬ。帯刀、馬にて先立ちて、おこせたまへり。　（一一三）

39　かの典薬が近々しくやありけむと、北の方思ひたまはむ、ねたういみじうて、**かのおこせたりし文、おし巻きて、**ふと見つくべく置きて、　（一一四）

40　あこきを尋ね求むれど、いづくにかあらむ。落窪をあけて見たまへば、ありと見し几帳、**屛風**、一つもなし。北の方、あこきといふ盗人の、かく人もなき折りを見つけて、したるなり。　（一一六）

41　さらに知りはべらず。ただ**いと清げなる網代車の、下簾かけたりし、**出でさせたまひてすなはち入りまうで来て、ふと

出でまかりにし、と申す。（一一六）

42　をかしき物奉りたまひて、聞えかはしたまふ。この人、よげに物したまふめり、**御文書き、手つき、いとをかしかめり**。誰がむすめぞ、これにて定まりたまひね、（一二四）

43　かの殿には、**御文**待つほどに、持て来たれば、いつしか取り入れて奉りつる、見たまふに、……北の方、**御手**はいかがある、とて見たまふに、死ぬる心ちすること、かの落窪といふ名聞かれて思ひしよりもまさる心ちすべし。（一三一）

44　おとど、おし放ち、引き寄せて見たまへど、え見たまはで、**色好みの、いと薄く書きたまひけるかな**、これ読みたまへ、と宣へば、ふと取りて、（一三二）

45　蔵人の少将ははなばなと物笑ひする心にて、笑ひたまふこと限りなし。面白の駒なりけり、と扇をたたきて笑ひて立ちぬ。（一三四）

46　かくて、つごもりになりぬ。大将殿よりは、**少将の君の御装束、今は疾くしたまへ**、ここには、内裏の御事に暇なくなむ、とて、**よき絹、糸、綾、茜、蘇枋、紅など多く奉りたまへれば**、もとよりよくしたまへりけることなれば、いそがせたまふ。さて、少将の君に付きたてまつりて右馬の允になりたる田舎の人の徳ある、絹五十参らせたれば、人々にさまざま賜はす。（一三九～一四〇）

47　かくて年返りて、**一日の御装束、色よりはじめて、いと清らにし出でたまへれば**、いとよしと思して、着て歩きたまふ。御母北の方、見たまひて、あな美し、いとよくしたまふ人にこそ物したまひけれ、内裏の御方などの御大事あらむには、聞えつべかめり、**針目などの、いと思ふやうにあり**、と、誉めたまふ。（一四〇～一四一）

48　**よしと誉めし装束も、すぢかひ、あやしげにし出づれば**、いとどかこつけて腹を立ちて、しかけたる衣どもも着で、こは何わざしたるぞ、いとよく縫ひし人は、いづち往にしぞ、と腹たてば、（一四一～一四二）

49　かくうはの空に御局あるまじかめるものを、いといとほしきわざかな、**仁王堂の行ひをせさせたまへ**、それに、**所は広かなる**、と、そら知らずして、帯刀は、われと知られむは、いとほしく、若うはやれる者をはやして、言はせて、（一四七）

50　二条殿には、思ひかしづきたまひしものを、いかに思すらむ、と思ひやりて、いとほしがる。三日の夜、**御装束をば、物よくしたまふとて、この殿になむ奉りたまひければ、**女君、**急ぎ染めさせ、裁ち縫ひしたまふにも、**昔思ひ出でられて、あはれなれば、着る人のかはらぬ身には唐衣たちはなれにしをりぞ忘れぬ、とぞ言はれたまひける。**いと清げに縫ひ**重ねて奉らせたまへれば、大殿の北の方、限りなく喜びたまふ。　（一五一）

51　少納言あさましくなりて、**扇**さし隠したりつるも、うち置きて、ゐざり出づる心ちもたがひて、いかなることぞ、誰が宣ふぞ、と言へば、　（一五三）

52　**そよそよとさうぞき、汗衫着たる人、いと若う清げなる、**十余人ばかり物語して、いとなまめかしげなり。　（一五三）

53　文仕うまつりて、**御衣かづきはべり、**とて、持ておはしたり。**聴色の、いみじく香ばしきを、**女にうちかづけたてまつる、とて、女君にうち掛けたまへば、何の禄ならむ、とて笑ひたまふ。　（一五五）

54　少納言を見つけて、これは、かのわたりに見えし人にはあらずや、さなめり、いかで参りつるぞ、**交野の少将**の、艶になまめかしかりしこと、残りいかで聞きはべらむ、と宣へば、少納言、言ひしこと忘れて、何事ならむ、あやし、と思ひてかしこまり居たり。　（一五五）

55　この殿には、よしと思して、急ぎてと言はば、四月にも取らむ、と思して、**御調度、あるよりもいかめしうし変へて、**若き人求め、けいめいしたまふ。　（一五七）

56　中将、殿に参りて見れば、**春の庭**を見出しておはす。**いとおもしろき梅のありけるを**折りて、これ見たまへ、**世の常になむ似ぬ、**花の色あひを御覧じて、これに慰みたまへ、と宣へば、女君、ただかく聞えたまふ。　（一五九）

57　一条の大路に**桧皮の桟敷いといかめしうて、御前に皆砂子敷かせ、前栽植ゑさせ、**久しう住みたまふべきやうに、しつらひたまふ。暁に渡りたまひぬ。衛門、少納言、一仏浄土に生れたるにやあらむと、おぼゆ。　（一六六）

58　見たまふに、わがむすめ、姫君にも劣らずをかしげにて見ゆ。**紅の綾の打袿一襲、二藍の織物の袿、薄物の濃き二藍の小袿着たまひて、**恥づかしと思ひたまへる、いとをかしうに

ほへり。（一六七）

59 御産養、われもわれもとしたまへれど、くはしく書かず。思ひやるべし。**ただ銀をのみ、よろづにしたりける。**（一六九）

60 二十あまり引き続きて、皆次第どもに立ちにけりと見おはするに、わが杭したる所の向ひに、**古めかしき檳榔毛一つ、網代一つ立てり。**御車立つるに、**男車**の交らひも、疎き人にはあらで、親しう立て合わせて、見渡しの北南に立てよ、と宣へば、（一七二）

61 **長扇**をさしやりて、冠を、はたと打ち落しつ。髻は塵ばかりにて、額ははげ入りて、つやつやと見ゆれば、物見る人にゆすりて笑はる。（一七四〜一七五）

62 右のおとど聞きたまひて、まことにや、しかじかはせし、**女車**を情なくしたりと言ふなる、……衛門の督、情なしと人の言ふばかりのこともしはべらず、……車のとこしばりをなむ、切りてはべりける、（一七七）

63 人の、いとよき所得させたるを、この十九日に渡らむ、**人々の装束したまへ**、ここも修理せさせむ、疾く渡りなむ、いそぎたまへ、とて、**紅絹、茜、染草ども出だしたまへれば**、ひとへに、かく構へたまふことも知りたまはで、いそがせたまふ。（一八二〜一八三）

64 聞きしもしるく、清げなる若き人二十人ばかり、**白張の単襲、二藍の裳、濃き袴着て**、五六人、**赤らかなる袴にて綾の単襲引き掛けたる、薄色の袙の、裳、綾など同じやうにさうぞきつつ**、かい群れかい群れて出で来つつ、人々の見るに、わびぬべし。（一八四）

65 男君、われ見む、とて出でおはす。いとつつましうて、うつぶしつつ見あひたり。**いと濃き紅の御袴、白き生絹の御単、薄物の直衣を着て**、出で居たまへるさま、いみじうなまめかしう清げにおはす。（一八四）

66 皆、承りて、いきて、げに見れば、**造りざま、いとあらまほしう、砂子敷かせ**、簾掛けさせなどす。（一八六）

67 今見せはべらむ、とて、二条おはして、明日の御前の人々召し、また、**出車**は人々に当てさせたまふ。（一九〇）

68 などかは券をば尋ね取りたまはずなりにし、今宵渡りたまはむとて、**出車**のこと、御供の人々のことなど、整へ騒ぎつ

る、と言えば、（一九四）

69　戌の時ばかり渡りたまふ。車十して、儀式めでたし。おりて見たまへば、げに寝殿は皆しつらひたり。**屏風、几帳立て、みな畳敷きたり。**（一九五）

70　皆目録して返したまふ。男君、**かの昔の古蓋の鏡の箱はありや、**これに添へて返したまへかし、北の方、**宝と思ひためりき、**と宣へば、（一九六）

71　鏡の敷をおし返して書きたまふ。あけくれは憂きこと見えします鏡さすがに影ぞ恋しかりける、と書きたまへり。**色紙一重に包みて、物の枝につけて、**越前の守呼びて取らせよ、とて、（一九七）

72　引きあけて見るに、おのが箱なり。落窪の君に取らせしにこそあめれと見るに、いかなることならむと思ひ、肝心も騒ぐに、まして底に書けりける物を見るに、むげに**落窪の君の手なれば、**目も口も、はだかりぬ。（一九九～二〇〇）

73　かの所をこそ、さも領ぜられめ、この年ごろ**造りつる草木**を、物入れて、それ運び取りたまへ、家買ひたまふ価にこそは渡したまはめ、と言へば、（二〇〇）

74　おとど見たまへば、いみじく清げに、ものものしくねびまさりて、**いと白く清げなる綾の単襲、二藍の織物の袿着たまひて、**居たまへり。見るに、これよりはよしと思ひかしづきしむすめどもにまさりたれば、（二〇八）

75　衛門、**台盤所**の方に呼び入るるにつけても、いと恥づかしけれども、わがしたることか、と思ひ入りぬ。**三間ばかりあるに、畳清げに敷きて、**整へたるやうに、劣らず見ゆる御達二十人ばかり居並みたり。（二一〇～二一一）

76　暮れぬれば、帰りたまふままに、おとどには、衣箱一よろひに、片つ方には、ただ直衣装束、今片つ方には、日の装束一領入れて、**世に名高き帯**なむ添へたりける。越前の守には、女の装束一具に**綾の単襲**添ひて、被けたまふ。中納言、酔ひて出でたまふとて、世に今まで侍りつるが心憂かりつるに、うれしき契りに、など宣ふ。御供人多くもあらねば、五位に一襲、六位に袴一具、雑色に腰差、せさせたまふ。（二一二）

77　つとめて、贈物見たまひて、色よりはじめて、翁の身には余りたり。**この御帯はいと名高き帯を、**何しに賜はらむ、返

したてまつらむ、と宣ふほどに、（二一四～二一五）

78 **御帯も**、さらに、かかる翁の身には**闇の夜にはべるべければ**、返し参らせむと思ひたまふれど、御志のほど、過ぐしてとなむ思ひさぶらふ、とあり。（二一六）

79 八講なむ、この世もいと尊く、後のためにも、めでたくあるべければ、して聞かせたてまつらほしきこと、と宣へば、……明くる日より、いそぎたまふ。八月のほどにせむとて、**経書かせ、仏師よそはせて、仏、経、あるべくと**、男君、女君、心に入れたまへり。**国々の絹、糸、銀、金など求めて**、御心に、心もとなしと思すことなし。（二一八～二一九）

80 中納言殿を、いみじう修理せさせ、**砂子敷かせたまふ**。新しう御簾、畳など用意せさせたまふ。（二二〇）

81 このたびぞ、北の方、君達などにも対面ありける。**濃き綾の袿、をみなへし色の細長着たまへり**。色よりはじめて、めでたければ、かの縫ひ物の禄に得たまひし衣のをりを思ひ出づる人あるべし。（二二〇）

82 事始まりぬ。阿闍梨、律師など、いとやむごとなき人多くて、あはれに尊き経どもをときて、**経一部を一日に当てて九部なむ始めたりける。無量寿経、阿弥陀経など添ひたる**、一日当てたるなりけり。**一日に仏一体を供養せむ**と始めたまへりければ、あはせて**仏九体、経九部**なむ書かせたまひける。清げなること限りなし。四部には、**色々の色紙に金、銀まぜて書かせたまへば、軸には黒うかうばしき沈をして、置口の経箱に一部づつ入れたり**。今五部は、**紺の紙に金の泥して書きて、軸に水晶して、蒔絵の箱、蒔絵には経文のさるべき所々の心ばへをして、一部づつ入れたり**。ただ、この経、仏見るおぼろけの者はいちじと見えたり。朝座、夕座の講師、**鈍色の袷の衣ども**被けたまふ。すべて心もとなきことなく、し尽さむと思ひたまへり。（二二三）

83 **五の巻の捧物の日は**、よろしき人よりはじめ、消息を聞えたまへりければ、所、いとせばげなり。**捧物のことも当てたまひければ、袈裟や数珠やうの物は多く持て集まりたるに**、取りて奉らむとするほどに、右の大殿の御文、大納言殿にあり。見たまへば、今日だにとぶらひに物せむと思ひつれども、脚の気起こりて、装束することの苦しければなむ、これは、しるしばかり、捧げさせたまへとてなむ、とあり。**青き**

瑠璃の壺に金の橘入れて、青き袋に入れて、五葉の枝につけたり。（二二四）

84　これは、女はかくまめなる物を引き出でけると、塵を結ぶと聞きえてはべる、とあり。**唐の羅の朽葉村濃なる一襲に、いとけうらなる緋の糸五両ばかりづつ、女郎花につけたまへり。数珠の緒**と思したるなるべし。（二二四）

85　中納言殿より、とて、中の君の御文あり。見たまへば、いと尊きこと思し立ちけるを、かくなむとも宣はざりけるは、喜ぶ功徳に入れさせたまはじとにやと、心憂くなむ、とて、**金して開けたる蓮の花を一枝作りて、少し青く色どりなして、銀を大きやかなる露になしたり。**（二二四〜二二五）

86　御文には、今日騒がしきやうに聞けば、何事もおしとどめつ、これは結縁のために、とあり。**金の数珠箱に菩提樹のをなむ入れさせたまひたりける。**（二二五）

87　よろづは、この事果てて、みづからなむ参りはべりて、またまたかしこまりごと啓すべき、と聞えたまふ。御使には、**綾の単襲、袴、朽葉の唐衣、羅の襲の裳、被けたまひつ。**（二二五〜二二六）

88　皆事始まりて、上達部、君達、捧げてめぐりたまふ。**銀、金の蓮の開けたる**をなむ、人々多くしたりける。中納言のみなむ、**銀を筆の形に作りて、へいぢくに色どりなして、薄物に透かしたまへりける。**袈裟などやうの物は、数も知らで取りて積みてなむ置きたる。**薪には蘇枋を割りて、少し色黒めて、組して、結ひたりける。**日ごろのなかに、今日なむ、いと猛に物入りたらむと見えける。（二二六）

89　おとど、いと尊くあはれにはべりつることをば、さるものにて、中宮、右大臣殿よりはじめたてまつりて、かしこき御心ばへ見たてまつりつるに、命のびて、老の面目とは、おろかなり、翁のためには、**経、仏一巻を供養したまはむなむ、いみじきことにはべるべき**、かく猛なることをせさせたまへること、と、泣く泣く喜びたまへば、（二二八）

90　これ、翁のいとかしこき物と思ひたまへて、誰に伝へ置かむと、年ごろ隠し置きて、……若君に奉らむ。**いとをかしげなりし、錦の袋に入れて奉りたまへば**、若君、知り顔にうち笑みて、取りたまひつ。笛いと美しと思す。音もかしこし。（二二八〜二二九）

91 衛門の尉は、叙爵得て、三河の守になりにければ、衛門は、ただ七日がほど暇申して、率てくだりけるに、女君、旅の具、**銀のかなまり一具**、装束よりはじめて、くはしくなむして、くだしたまひける。 (二三〇)

92 そがもとにも、かうかうのいそぎをなむする、**絹少し**、と召しに、走らせ遣はしたりければ、すなわち**守は男君の御もとに百足奉り、妻は北の方の御もとに茜に染めたる絹二十足奉れり**。舞すべき人の子どものことなど、召仰せなどしたまふ。御調度尽したまふ。金のみなむ多く入りたる。 (二三〇〜二三一)

93 **屏風の絵**、ことども、いと多かれど書かず。しるしばかり、ただ端の枚一枚、朝ぼらけ霞みて見ゆる吉野山春や夜のまに越えて来つらむ、二月、**桜の散るを仰ぎて立てり**。桜花散るてふことは今年より忘れてにほへ千代のためしに。三月三日、**桃の花咲きたるを、人折れり**。三千年になるてふ桃の花盛り折りてかざさむ君がたぐひに。四月。ほととぎす待ちつる宵の忍びねはまどろまねどもおどろかりけり。五月、**菖蒲葺く家に、ほととぎす鳴けり**。声立てて今日しも鳴くはほととぎすあやめ知るべきつまやなるらむ。**六月、祓したり**。みそぎする川瀬の底の清ければ千とせのかげを映してぞ見る。七月七日、**七夕祭れる家あり**。雲もなく空澄みわたる天の川今やひこぼし舟わたすらむ。八月、**嵯峨野に所の衆ども前栽掘りに**、うちむれて掘るに嵯峨野のをみなへし露も心をおかでひかれよ。九月、**白菊多く咲きたる家を見る**。時ならぬ雪とや人の思ふらむまがきに咲ける白菊の花。十月、**もみぢいとおもしろきなかをゆくに、散りかかれば、仰ぎて立てり**。旅人のここに手向くるぬさなれや秋すぎて散る山のもみぢば。十一月、□□□□□□□□□□□□□□□□□よろづよを経て君につかへむ。十二月、**山に雪いと高く降れる家に、女ながめて居たり**。雪ふかく積りてのちは山里にふりはへてくる人のなきかな。御杖の、八十坂を越えよと伐れる杖なればつきてをのぼれ位山にも、などなむありけり。 (二三一〜二三四)

94 **広くおもしろき池の、鏡のやうなるに、龍頭、楽人ども船に乗りて遊びゐたるは**、いみじうおもしろし。上達部、殿上人は、居あまるまで多かり。 (二三四)

95 頼もしげなくなり果てたまひて、生ける時、処分してむ、子どもの心見るに、はらから思ひせず、女たちのなかにも疎々しくあめれば、論なう怨みごとども出で来なむとて、越前の守を御前に呼び据ゑて、所々の荘の券、**帯**など取り出でて、選らせたまふに、（二四三）

96 **よき帯**など、たまさかにありけるなども皆大将殿に奉りたまふ。（二四五）

97 **御忌のほどは**、誰も誰も、君達、**例ならぬ屋の短きに、移りたまひて**、寝殿には大徳達、いと多く篭れり。（二四七）

98 あやしうはべれども、昔人の言ひ置きたまひしかばなむ、とて奉りたまへば、大将殿、見たまひければ、**帯三つ**、一つはわが取らせしなり、今一つは、さすがにわろし、荘の券、**ここの図**となむありける。（二四九）

99 この**帯二つ**は、衛門の佐と、そこにと、一つづつ、美濃なる所の券と**帯一つ**、とどめつる、むげに、さ、し置きたまひけむ御心ばへの、かひなきやうなれば、となむ宣へば、（二五〇）

100 **帯**は、なほ、かくて、人に賜はせ、つかはせたまはむ、と申したまへば、今用ならむをりは物せむ、うとき人達にしあらねば、とて、しひて取らせたまふ。（二五一）

101 おとど、**その文**しばし、と、せめて宣へば、何のゆかしう思すならむ、とて、さし出だしたまへれば、**いたう書きそいためる**は、とて、御返りたまへ、とて、またさし入れたまふ。（二七〇）

102 あな見苦し、はやはや、と宣へば、物もおぼえで書く。われならぬこひの藻おほみありそうみの浜のまさごは取りつきにけむ、とて、**引き結びて**、出だしたまへれば、（二七〇～二七一）

103 帥、被け物どもしたまへば、**人々の装束にとて、絹二百疋、染草ども、皆あづけたまひたれば**、四の君、そうそうと並びて、取り触れむ方なし。（二七四）

104 まろが上をなむ、なかなか親たちにまさりて、殿の御ごきをなむ一具賜へる、人々の装束、几帳、**屏風**よりはじめて、ただ思しやれ、これ、かくしたまはざらましかば、ここの御達も、いかが見ましとなむ、うれしき、と言へば、（二八〇）

105 誰も誰も、御供にくだる人々に、北の方、**いとよくしたる**

扇二十、貝すりたる櫛、蒔絵の箱に白粉入れて、ここの人の語らひけるして、形見に見たまへ、とて取らす。（二八三）

106 まことに、道のほど見たまへ、とて、蒔絵の御衣櫃一よろひに、片つ方には被け物一襲に袴具しつつ、今片つ方には、正身の御装束三領、色々の織物うち重なりたり。上には唐櫃の大きさに満ちたる幣袋、中に扇百入れて、うち覆ひたまへり。また、小さき衣箱一よろひあり。この御むすめにおこせたまへるなるべし。片つ方には、御装束一具、片つ方には、黄金の箱に白粉入れて据ゑ、小さき御櫛の箱入れたり。（二八三～二八四）

107 黄金して透箱を衣箱の大きさにむすべるに、朽葉の薄物の包みに包みて、入れたり。（二八八）

108 あやしくて見れば、薄物、海の色に染めて、敷には敷きたり。黄金の州浜、中にあり。沈の舟ども浮けて、島に木ども多く植ゑて、州崎、いとをかし。物や書きたると見れば、白き色紙に、いと小さくて、舟の浮きたる所に、押しつけたり。放ちて見れば、かく書けり。今はとて島漕ぎはなれゆく舟の領巾振る袖を見るぞ悲しき、聞こゆるからに、人わろし、よしよし、聞えじ、と書きたり。面白の駒の手なれば、覚えなく、あさまし。（二八八）

109 大殿の北の方、御さいはひを、めでたしとは古めかしや、落窪に単の御袴のほどは、かく太政大臣の御北の方、后の母と見えたまはざりき、とぞ、なほ昔の人々は、言ひけるに、みそかごとも言ひける。（二九二～二九三）

大鏡

1 黒柿の骨九つあるに、黄なる紙張りたる扇をさしかくして、けしきだち笑ふほども、さすがにをかし。（三九）

2 伊勢物語に、業平の中将の、よひよひごとにうちも寝ななむ、とよみたまひけるは、この宮の御ことなり。春や昔の、なども。（四三）

3 在中将しのびて率てかくしたてまつりたりけるを、（四七）

4 この頃、古今・伊勢物語など覚えさせたまはぬはあらむずる。（四八）

5 この御時に、藤壺の上の御局の黒戸はあきたると聞きはべるは、まことにや。（五〇）

6 御集など見たまふるこそ、いとなまめかしう、かくやうのかたさへおはしましける。（五五）

7 村上の御日記御覧じたる人もおはしますらむ。（六一）

8 神璽・宝剣わたりたまひぬるには、（六二）

9 太秦にも籠らせたまへりき。さて仏の御前より東の庇に、組入はせられたるなり。（六九～七〇）

10 斎宮下らせたまふ別れの御櫛ささせたまては、（七〇）

11 今様の葵八花がたの鏡、螺鈿の筥に入れたるに向ひたる心地したまふや。いでや、それは、さきらめけど、曇りやすくぞあるや。いかにいにしへの古体の鏡は、かね白くて、人手ふれねど、かくぞあかき、など、したり顔に笑ふ顔つき、絵にかかまほしく見ゆ。（七四～七五）

12 翁らが説くことをば、日本紀聞くと思すばかりぞかし、といへば、（七五）

13 和歌もあそばしけるにこそ。古今にも、あまた侍るめるは。（八二）

14 古今に侍ることどもぞかしな。（八八）

15 堀河院は地形のいといみじきなり。大饗の折、殿ばらの御車の立ちやうなどよ。尊者の御車をば東に立て、牛は御橋の平葱柱につなぎ、こと上達部の車をば、河よりは西に立てたるがめでたきをは。尊者の御車の別に見ゆることは、こと所は見はべらぬものをや、と見たまふるに、この高陽院殿にこそおされにて侍れ。方四町にて四面に大路ある京中の家は冷

泉院のみとこそ思ひさぶらひつれ、世の末になるままに、まさることのみ出でまうで来るなり。（八八～八九）

16 **扇うちつかふ**顔もち、ことにをかし。（八九）

17 これは**文集**の、白居易の遺愛寺鐘……かの筑紫にて作り集めさせ給へりけるを、書きて一巻とせしめたまひて、**後集**と名づけられたり。（九五～九六）

18 **工ども**、裏板どもを、いと**うるはしく鉋かきて**（九八）

19 延喜の、世間の作法したためさせたまひしかど、**過差をばえしづめさせたまはざりしに**、この殿、制を破りたる御装束の、ことのほかにめでたきをして、内にまゐりたまひて、（一〇四）

20 **世間の過差の制きびしき頃**、左のおとどの、一の人といひながら、**美麗ことのほかにてまゐれる**、便なきことなり。（一〇四～一〇五）

21 **世の過差**はたひらぎたりしか。（一〇五）

22 **伊勢集**に、花すすきわれこそしたに思ひしかほに出でて人にむすばれにけり、などよみたまへるは、この人におはす。（一〇八）

23 おそくとくつひに咲きぬる梅の花……やがて**その花をかざして**、御対面の日、よろこびたまへる。（一〇八）

24 和歌の道にもすぐれおはしまして、**後撰**にもあまた入りたまへり。（一一三～一一四）

25 **佐理の大弐、世の手書の上手。**（一一五）

26 よろづの社に**額のかかりたるに**、おのれがもとにしもなきがあしければ、かけむと思ふに、**なべての手して書かせむがわろくはべれば**、われに書かせたてまつらむと思ふにより、（一一五～一一六）

27 また、おほよそこれにぞ、**いとど日本第一の御手**の覚えはとりたまへりし。**六波羅密寺の額**も、この**大弐の書きたまへるなり**。されば、かの**三島の社の額と、この寺のとは同じ御手にはべり。**（一一七）

28 故中関白殿、東三条つくらせたまひて、**御障子に歌絵ども書かせたまひし色紙形を、この大弐に書かせ**ましたまひけるを、（一一七）

29 その**大弐の御女**、いとこの懐平の右衛門督の北の方にておはせし、経任の君の母よ。**大弐におとらず、女手かき**にてお

はすめり。（一一一八）

30　**殿づくりせられたるさま、いとめでたしや。対・寝殿・渡殿は例のこと**なり、辰巳の方に**三間四面の御堂たてられて、廻廊は皆、供僧の房**にせられたり。**湯屋に大きなるかなへ二つ塗り据ゑられて、**煙立たぬ日なし。**御堂には、金色の仏多くおはします。**供米三十石を、定図におかれて絶ゆることなし。**御堂へまゐる道は、御前の池よりあなたをはるばると野につくられたまひて、時々の花・紅葉を植ゑ**たまへり。また舟に乗りて池より漕ぎてもまゐる。これよりほかに道なし、（一一二一～一一二二）

31　この**小野宮をあけくれつくらせたまふこと、日に工の七八人絶ゆることなし。**世の中に手斧の音する所は、東大寺とこの宮とこそははべるなれ。（一一二二）

32　**御紐おしのけて、**雑色二三十人ばかりに、先いと高くおはせて、うち見いれつつ、馬の手綱ひかへて、**扇高くつかひて**通りたまふを、あさましく思せど、（一一二四）

33　この頼忠の大臣、一の人におはしましかど、**御直衣にて**内にまゐりたまふこと侍らざりき。奏せさせたまふべきことある折は、**布袴にて**ぞまゐりたまふ。（一一二五）

34　**年中行事の御障子のもとにて、**さるべき職事蔵人などしてぞ、奏せさせたまひ、（一一二五）

35　毎年の季の御読経なども、常のことども思し召したらず、四日がほど、二十人の僧を、**房のかぎりめでたくて、**かしづきすゑさせたまひ、（一一二六）

36　この宮には、**うるはしくかねの御器ども**うたせたまへりしかば、かくてあまり見ぐるし、とて、僧都は乞食とどめたまひてき。（一一二六～一一二七）

37　**出車より扇をさし出して、**やや、もの申さむ、と、女房の聞えければ、（一一二八）

38　**古今**うかべたまへりと聞かせたまひて、帝、こころみに本をかくして、（一一三二）

39　**御障子口**までもておはしまして、女房にたまはせ、（一一五五）

40　殿の御前は、**阿弥陀堂の仏の御前**に念誦しておはしますに、（一一五七）

41　藤壺の上の御局に、**つぶとえもいはぬ打出ども、**わざとな

くこぼれ出でて、（一七〇～一七一）

42　大路にも宮の**出車十ばかり**引きつづけて立てられたりしは。……きらめきあへりし気色どもなど、よそ人、まことにいみじうこそ、見はべりしか、とて、**車の衣の色など**をさへ語りゐたるぞあさましきや。（一七一）

43　現世の御栄華をととのへさせたまはぬか。御禊よりはじめ三箇日の作法、**出車などのめでたさ**、おほかた御さまのいと優に、らうらうじくおはしましたるぞ。（一七三）

44　御輿の帷より**赤色の御扇のつまをさし出で**たまへりけり。（一七四）

45　正月一日つけさせたまふべき**魚袋**のそこなはれたりければ、つくろはせたまふほど、（一八三）

46　**過差ことのほかに好ませたまひて**、大饗せさせたまふに、**寝殿の裏板の壁の少し黒かりければ**、にはかに御覧じつけて、**陸奥紙をつぶと押させたまへりける**がなかなか白く清げに侍りける。（一八八）

47　この宮に御覧ぜさせむとて、**三宝絵**はつくれるなり。（一八九）

48　**御直衣のいと白き**に、**濃き指貫に、よいほどに御くくりあげて、何色にか、色ある御衣どもの、ゆたちより多くこぼれ出でて**侍りし御様体などよ。御顔の色、月影に映えて、いと白く見えさせたまひしに、鬢茎の掲焉にめでたくこそ、まことにおはしましか。（一九三～一九四）

49　こと人はみな、こころごころに狩装束めでたうせられたりけるに、この殿はいたう待たれたまひて、**白き御衣どもに、香染の御狩衣、薄色の御指貫**、いとはなやかならぬあはひにて、さし出でたまへりけるこそ、なかなかに心を尽くしたる人よりはいみじうおはしましけれ。常の御ことなれば、法華経、御口につぶやきて、**紫檀の数珠の、水精の装束したる**、ひき隠して持ちたまひける御用意などの、優にこそおはしましけれ。（一九四～一九五）

50　御前の梅の木に雪のいたう積りたるを折りて、うち振らせたまへりしかば、御上に、はらはらとかかりたりしが、**御直衣の裏の花なりければ**、かへりていと斑になりて侍りしに、もてはやされさせたまへりし御かたちこそ、いとめでたくおはしまししか。（一九五）

51　今の侍従大納言行成卿、世の手書きとののしりたまふは。（一九六）

52　帝幼くおはしまして、人々に、遊び物どもまゐらせよ、と仰せられければ、さまざま、金・銀など心を尽くして、いかなることをがなと、風流をし出でて、持てまゐりあひたるに、この殿は、こまつぶりにむらごの緒つけて奉りたまへりければ、（二〇三）

53　また、殿上人、扇どもしてまゐらするに、こと人々は、骨に蒔絵をし、あるは、金・銀・沈・紫檀の骨になむ筋を入れ、彫物をし、えもいはぬ紙どもに、人のなべて知らぬ歌や詩や、また六十余国の歌枕に名あがりたる所々などを書きつつ、人人まゐらするに、例のこの殿は、骨の漆ばかりをかしげに塗りて、黄なる唐紙の下絵ほのかにをかしきほどなるに、表の方には楽府をうるはしく真に書き、裏には御筆とどめて草にめでたく書きて奉りたまへりければ、うち返しうち返し御覧じて、御手箱に入れさせたまひて、いみじき御宝と思し召したりければ、こと扇どもは、ただ御覧じ興ずるばかりにてやみにけり。（二〇三～二〇四）

54　絵阿闍梨の君、（二〇九）

55　おはします御屏風のつらに引きつけられて、（二一〇）

56　この院は御馬にて、頂に鏡いれたる笠、頭光にたてまつりて、（二一一）

57　なによりも御数珠のいと興ありしなり。小さき柑子をおほかたの玉には貫かせたまひて、達磨には大柑子をしたる御数珠、いと長く御指貫に具して出させたまへりしは、さる見物やはさぶらひしな。（二一二）

58　御集に侍るこそ（二一四）

59　この花山院は、風流者にさへおはしましけるこそ。御所つくらせたまへりしさまなどよ。寝殿・対・渡殿などは、つくりあひ、檜皮葺きあはすることも、この院のし出でさせたまへるなり。昔は別々にて、あはひに樋かけてぞ侍りし。内裏は今にさてこそは侍るめれ。御車やどりには、板敷を奥には高く、端はさがりて、大きなる妻戸をせさせたまへる、（二一四～二一五）

60　御調度どもなどの清らさこそ、えもいはず侍りけれ。六の宮の絶えいりたまへりし御誦経にせられたりし御硯の箱見た

まへき。海賦に蓬萊山・手長・足長、金して蒔かせたまへりし、かばかりの箱の漆つき、蒔絵のさま、くちをかれたりしやうなどのいとめでたかりしなり。また、木立つくらせたまへりし折は、桜の花は優なるに枝ざしのこはごはしく、幹のやうなどもにくし。梢ばかりを見るなむをかしき、とて中門より外に植ゑさせたまへる、なによりもいみじく思し寄りたりと、人は感じまうしき。また、撫子の種を築地の上にまかせたまへりければ、思ひがけぬ四方に、色々の唐錦をひきかけたるやうに咲きたりしなどを見たまへしは、いかにめでたく侍りしかは。（二一五～二一六）

61 わたりおはします日の御装は、さらなり、おろかなるべきにもあらねど、それにつけても、まことに、御車のさまこそ、世にたぐひなくさぶらひしか。御沓にいたるまで、ただ、人の見物になるばかりこそ、（二一六）

62 あて、御絵あそばしたりし、興あり。さは、走り車の輪には、薄墨に塗らせたまひて、大きさのほど、輻などのしるしには墨をにほはさせたまへりし、げにかくこそ書くべかりけれ。あまりに走る車は、いつかは黒さのほどやは見えはべる。また、笋の皮を、男の指ごとに入れて、目かかうして、児をおどせば、顔を赤めてゆゆしう怖ぢたるかた、また、徳人・たよりなしの家のうちの作法などかかせたまへりしが、いづれもいづれも、さぞありけむとのみ、あさましうこそさぶらひしか。（二一六～二一七）

63 紅梅盛りに咲きたるを……一枝をおし折りて、御插頭にさして、（二二二）

64 胡籙の水精の筈も、この殿の思ひ寄りし出でたまへるなり。何事の行幸にぞや仕まつりたまへりしに、この胡籙負ひたまへりしは、朝日の光に輝きあひて、さるめでたきことやは侍りし。今は目馴れにたれば、めづらしからず人も思ひて侍るぞ。何事につけても、はなやかにもて出でさせたまへりし殿の、（二二六～二二七）

……昆明池の障子のもとにさし出でさせたまへるに（二三五～二三六）

65 高名の弘高が書きたる楽府の屏風にかかりて、そこなはれたなる。（二三九～二四〇）

66 御裳着の屏風に、公忠の弁、ゆきやらで山路くらしつほと

とぎすいま一声の聞かまほしきに　（二四二）

67　**小さき御唐櫃一具**に、片つ方は御烏帽子、いま片つ方には襪を、**一唐櫃づつ**、御手づからつぶと縫ひ入れさせたまへりけるを、　（二四四）

68　**東三条殿の西の対を清涼殿づくりに、御しつらひ**よりはじめて、住ませたまふなどをぞ、あまりなることに人申すめりし。　（二四九）

69　**雲形といふ高名の御帯**は、三条院にこそは奉らせたまへれ。かこの裏に、春宮に奉る、と、刀のさきにて、**自筆に書かせたまへるなり**。この頃は、一品の宮にとこそうけたまはれ。　（二五七）

70　**御車の口の簾を中より切らせたまひて**、わが御方をば高う上げさせたまひ、式部が乗りたる方をばおろして、衣ながう出させて、**紅の袴に赤き色紙の物忌いとひろきつけて**、地とひとしうさげられたりしかば、いかにぞ、物見よりは、それをこそ人見るめりしか。　（二五七〜二五八）

71　この殿の通はせたまひけるほどのこと、歌など書き集めて、**かげろふの日記**、と名づけて、　（二五九）

72　**烏のつい居たるかたを瓶につくらせたまひて**、興あるものに思して、ともすれば御酒入れて召す。　（二六二）

73　やや、と**御扇を鳴らし**などせさせたまへど、　（二六三）

74　**御櫛・笄具したまへりける**取り出でて、つくろひなどして、　（二六三〜二六四）

75　金を二三十両ばかり、**屏風**の上より投げ出して、人々うちたまひければ、　（二六八）

76　**いみじき御賭物ども**こそ侍りけれ。帥殿はふるきものどもえもいはぬ、入道殿はあたらしきが興ある、をかしきさまにしなしつつぞ、かたみにとりかはさせたまひぬれど、　（二七五）

77　帥殿は、この内に生れさせたまへりし七夜に、**和歌の序代**書かせたまへりしぞ、　（二八〇）

78　節会・行幸には、**掻練襲たてまつらぬことなるを、単衣を青くてつけさせたまへれば、紅葉襲にてぞ見えける。表の御袴、龍胆の二重織物にて**、いとめでたく清らにこそ、きらめかせたまへりしか。　（二八四〜二八五）

79　**御烏帽子・直衣いとあざやかにさうぞかせたまひて、葡萄**

染の織物の御指貫少しゐ出でさせたまひて、祭のかへさに紫野走らせたまふ君達のやうに、踏板にいと長やかに踏みしだかせたまひて、くくりは地にひかれて、簾いと高やかに巻き上げて、（二八九）

80 桧網代といふものを張りて、的のかたに彩られたりし車の、横ざまのふちを、弓の形にし、縦ぶちを矢の形にせられたりしさまの、興ありしなり。（二九六～二九七）

81 扇を高くつかひつついひしこそ、をかしかりしか。（三〇六）

82 唐の御車にて、いとたはやすく、御歩きなども、なかなか御身やすらかにて、（三〇七）

83 東三条殿の東の対に、帳を立てて、壁代をひき、わが御しつらひにいささかおとさせたまはず、しすゑきこえさせたまひ、（三〇九）

84 うるはしき法服、宮々よりも奉らせたまひ、殿よりは麻の御衣奉るなるをば、（三一一）

85 緋の御袙のあまたさぶらひけるを、これがあまた重ねて着たるなむうるさき、綿を一つに入れなして一つばかりを着たらばや、しかせよ、と（三一一）

86 大宮の、赤色の御扇さし隠して、御肩のほどなどは、少し見えさせたまひけり。（三二二）

87 御扇をたたきて笑はせたまふに、（三二七）

88 雪ことのほかにいたう降りしかば、御単の袖をひき出でて、御扇を高く持たせたまへるに、いと白く降りかかりたれば、あないみじ、とて、うち払はせたまへりし御もてなしは、いとめでたくおはしまししものかな。上の御衣は黒きに、御単衣は紅のはなやかなるあはひに、雪の色もてはやされて、えもいはずおはしまししものかな。（三三〇～三三一）

89 南円堂を建てて、丈六の不空羂索観音を据ゑたてまつりたまふ。（三四六）

90 下は紅薄物の御単衣襲にや、御表着よくも覚えはべらず。萩の織物の三重襲の御唐衣に、秋の野を縫物にし、絵にもかかれたるにやとぞ、目もおどろきて見たまへし。こと宮々のも、殿ばらの調じて奉らせたまへりけるとぞ、人申しし。大宮は、二重織物折り重ねられて侍りし。皇太后宮は、そうじ

て**唐装束**。督の殿のは、殿こそせさせたまへりしか。こと御方々のも、**絵かきなどせられたり**、と聞かせたまて、にはかに**薄押しなどせられたり**ければ、入道殿、御覧じて、よき呪師の装束かな、とて、笑ひまうさせたまひけり。（三六四〜三六五）

91 **阿弥陀堂の中尊**の御前につい居させたまひて、拝みまうさせたまひしに、（三六八）

92 **古今**に入りて侍り。（三七六）

93 **集**にも書きて侍るぞかし、（三七七）

94 しらせうといひし御鷹の、鳥をとりながら、**御輿の鳳**の上に飛びまゐりて居てさぶらひし、（三八〇）

95 **女の手**にて書きて侍りける、（三八七）

96 **御集**に侍るこそ、いみじうさぶらへ、（三八八）

97 この高名の琵琶ひき。相撲の節に**玄上**たまはりて、（三九五）

98 **冬の御扇を数にとりて**、（三九九）

99 **香なる御扇**をさし出させたまひて、（四〇三）

100 試楽の日、**掻練襲の御下襲に**、**黒半臂**たてまつりたりしは、めづらしくさぶらひしものかな。闕腋に人の着たまへりしを、いまだ見はべらざりしかば。（四〇八）

101 したり顔に、**扇**うちつかひつつ、（四一五）

102 延喜の御時に、**古今抄**せられし折、（四一九）

103 一品の宮の御裳着に、入道殿より、**玉を貫き、岩を立て、水を遣り、えもいはず調ぜさせたまへる裳・唐衣を**、（四二三）

蜻蛉日記

1　世の中に多かる古物語のはしなどを見れば、世に多かるそらごとだにあり、人にもあらぬ身の上まで書き日記して、めづらしきさまにもありなむ、（八九）

2　見れば、紙なども例のやうにもあらず、いたらぬところなしと聞きふるしたる手も、あらじとおぼゆるまで悪しければ、いとぞあやしき。（九〇）

3　例よりはひきつくろひて書きて、移ろひたる菊にさしたり。（一〇一）

4　女手に書きたまへり。男の手にてこそ苦しけれ、（一二五）

5　宮より薄、と言へば、見れば、長櫃といふものに、うるはしう掘り立てて、青き色紙に結びつけたり。（一二七〜一二八）

6　わが心ざしをば、仏をぞかかせたる。（一三四）

7　やがて服ぬぐに、鈍色のものども、扇まで祓などするほどに、（一三七）

8　ゆく人は二藍の小袿なり、とまるはただ薄物の赤朽葉を着たるを、脱ぎかへて別れぬ。（一三八）

9　屏風のうしろに、ほのかにともしたり。（一四三）

10　かりのこの見ゆるを、これ十づつ重ぬるわざをいかでせむとて、手まさぐりに生絹の糸を長う結びて、ひとつ結びてはゆひ、結びてはゆひして、引き立てたれば、いとよう重なりたり。なほあるよりはとて、九条殿の女御殿の御方に奉る。卯の花にぞつけたる。（一五一）

11　手はさながら、返りごとしたり。（一五三）

12　あるもの、手まさぐりに、かいくりをあみたてて、贄にして、木を作りたるをのこの、片足に楾つきたるに担はせて、もて出でたるを、取り寄せて、ある色紙の端を脛におしつけて、それに書きつけて、あの御方に奉る。かたこひや苦しかるらむ山賤のあふごなしとは見えぬものから、と聞こえたれば、海松の引干の短くおしきりたるを結ひ集めて、木の先に担ひかへさせて、細かりつるかたの足にも、ことの楾をも削りつけて、もとのよりも大きにて返したまへり。（一五五）

13　川渡りて行くに、柴垣し渡してある家どもを見るに、いづ

れならむ、かもの物語の家など思ひ行くに、いとぞあはれなる。（一六〇）

14 着なやしたる、ものの色もあらぬやうに見ゆ。薄色なる薄物の裳をひきかくれば、腰などちがひて、こがれたる朽葉に合ひたるここちも、いとをかしうおぼゆ。（一六二）

15 紅葉のいとをかしき枝に、雉、氷魚などをつけて、（一六五）

16 車のしりのかたに、花紅葉などやさしたりけむ、（一六六）

17 女房に賭物乞ひたれば、さるべき物やたちまちにおぼえざりけむ、わびざれに青き紙を柳の枝に結びつけたり。（一七一）

18 紙屋紙に書かせて、立文にて、削り木につけたり。（一八一）

19 浅縹なる紙に書きて、いと葉しげうつきたる枝に、立文にしてつけたり。（一八三）

20 いと二なき手して、薄鈍の紙にて、むろの枝につけたまへり。（一八三）

21 胡桃色の紙に書きて、色変はりたる松につけたり。（一八三）

（一八四）

22 左衛門督の、御屏風のことせらるるとて、えさるまじきたよりをはからひて、責めらるることあり。絵のところどころかきいだしたるなり。……人の家に、賀したるところあり。……旅ゆく人の、浜づらに馬とめて、千鳥の声聞くところあり。……粟田山より駒牽く、そのわたりなる人の家に引き入れて見るところあり。……人の家の前近き泉に、八月十五夜、月の影うつりたるを、女ども見るほどに、垣の外より大路に笛吹きてゆく人あり。……田舎人の家の前の浜づらに松原あり、鶴群れて遊ぶ。……網代のかたあるところあり。……浜辺に漁火ともし、釣舟などあるところあり。……女車、紅葉見けるついでに、また紅葉多かりける人の家に来たり。……これらが中に漁火と群鳥とはとまりにけり、（一八四〜一八六）

23 胡蝶楽舞ひて出で来たるに、黄なる単衣脱ぎてかづけたる人あり。折にあひたるここちす。（一八八）

24 つれづれなるままに、草どもつくろはせなどせしに、あまた若苗の生ひたりしを取り集めさせて、屋の軒にあてて植ゑ

させしが、いとをかしうはらみて、**水まかせなどせさせしかど、**色づける葉のなづみて立てるを見れば、いと悲しくて、（一九九）

25 東に風はいとのどかにて、霧たちわたり、川のあなたは**絵にかきたるやうに見えたり。**川づらに放ち馬どものあさりありくも、遙かに見えたり。（二〇七〜二〇八）

26 まづ**僧坊**におりゐて、見出だしたれば、前に**籬ゆひわたして、**また、**なにとも知らぬ草どもしげき中に、牡丹草どもいと情なげにて、花散りはてて立てる**を見るにも、（二二八）

27 **堂いと高くて立てり。**山めぐりて懐のやうなるに、木立いとしげくおもしろけれど、（二二九）

28 昔、わが身にあらむこととは夢に思はで、あはれに心すごきこととて、はた、高やかに、**絵にもかき、**ここちのあまりに言ひにも言ひて、（二三六）

29 **引きたる軟障なども放ち、立てたるものども、**みしみしと取り払ふに、（二五一）

30 このひとつ車にてものしつる人の**障子を隔ててあるに、**（二五三）

---

31 ここのあづかりしけるものの、まうけをしたれば、立てたるものの、このなめりと見るもの、**みくり簾、網代屏風、黒柿の骨に朽葉の帷子かけたる几帳どもも、**いとつきづきしきも、あはれとのみ見ゆ。（二五八）

32 飛鳥に御灯明奉りければ、ただ釘貫に車を引きかけて見れば、木立いとをかしきところなりけり。**庭清げに、井もいと飲ままほしければ、**むべ、宿りはすべし、と言ふらむと見えたり。（二六〇）

33 遠山をながめやれば、**紺青を塗りたるとかやいふやうにて、**霰降るらし、とも見えたり。（二六四）

34 起き出でて、**なよよかなる直衣、しをれよいほどなる掻練の袿一襲垂れながら、帯ゆるるかにて、**歩み出づるに、（二七四）

35 ただ**清げなる網代車**に、（二八四）

36 見る人も、あはれに、**昔物語のやうなれば、**みな泣きぬ。（二八六）

37 ただ**檳榔**一つに四人ばかり乗りて出でたり。（二九四）

38 いとにはかに、**桧皮の濃き色にてしたり。**いとあやしけれ

ば見ざりき。（二九六）

39 **菖蒲の根長きなど、**ここなる若き人騒げば、つれづれなるに、**取り寄せて、貫きなどす。**これ、かしこに、おなじほどなる人に奉れ、など言ひて、隠れ沼に生ひそめにけりあやめ草知る人なしに深き下根を、と書きて、中に結びつけて、大夫のまゐるにつけてものす。（二九九）

40 **白い紙**にものの先して書きたり。（三〇六）

41 われは、春の夜のつね、秋のつれづれ、いとあはれ深きながめをするよりは、残らむ人の思ひ出でにも見よとて、**絵をぞかく。**（三〇七）

42 わが染めたるともいはじ、**にほふばかりの桜襲の綾、文はこぼれぬばかりして、固文の表袴つやつやとして、**はるかに追ひちらして帰る（三一〇）

43 この車を見つけて、**ふと扇をさしかくして**わたりぬ。（三一二）

44 **山近う、河原片かけたるところに、水は心のほしきに入りたれば、いとあはれなる住まひ**とおぼゆ。（三一六）

45 **白う調じたる籠、梅の枝につけたる**に、（三一九）

---

46 **薄色の袿一襲**かづきたり。（三一九〜三二〇）

47 **文**取りて帰りたるを見れば、**紅の薄様一襲にて、紅梅につけたり。**（三二六）

48 例も清げなる人の、練りそしたる着て、**なよよかなる直衣、**太刀ひき佩き、例のごとなれど、**赤色の扇、**すこし乱れたるをもてまさぐりて、風はやきほどに、緌吹きあげられつつ立てるさま、**絵にかきたるやうなり。**（三二九）

49 助と物語しのびやかにして、笏に扇のうちあたる音ばかりときどきしてゐたり。（三三〇〜三三一）

50 **手もいと恥づかしげ**なりや。（三三五）

51 あやしう**わななきたる手**にて、（三三八）

52 **女絵をかしくかきたりける**がありければ、取りて懐に入れて持てきたり。見れば、**釣殿とおぼしき高欄におしかかりて、中島の松をまぼりたる女あり。**そこもとに、紙の端に書きて、かくおしつく。いかにせむ池の水なみ騒ぎては心のうちのまつにかからば。また、**やもめ住みしたる男の、文書きさして、頬杖つきて、もの思ふさましたるところ**に、ささがにのいづこともなくふく風はかくてあまたになりぞすらし

も、とものして、持て帰りおきけり。　（三三九〜三四〇）

53　**縑の雛衣**三つ縫ひたり。　（三四二）

54　**天下の木草を取り集めて、めづらかなる薬玉せむ**、など言ひて、そそくりゐたるほどに、　（三四四）

55　例よりも**ひきつくろひて、らうたげに書いたり。**（三四九）

56　その**文**の端に、**なほなほしき手**して、あらず、ここには、あらず、ここには、と重点がちにて返したりけむこそなほあれ。　（三五三〜三五四）

57　懐より**陸奥紙にてひきむすびたる文の、枯れたる薄にさしたるを**、取り出でたり。あやし、誰がぞ、と言へば、なほ御覧ぜよ、と言ふ。開けて、火影に見れば、心つきなき人の**手の筋**にいとよう似たり。　（三五四）

58　祭の日、いかがは見ざらむとて、出でたれば、北のつらに、なでふこともなき**檳榔毛**、後、口、うちおろして立てり。口のかた、**簾の下より、清げなる掻練に紫の織物重なりたる袖ぞさし出でためる。女車**なりけりと見るところに、　（三五六〜三五七）

59　**異手して**一葉ついたる枝につけたり。　（三六二）

60　**陸奥国に、をかしかりけるところどころを、絵にかきて、**持てのぼりて見せたまひければ、陸奥のちかの島にて見ましかばいかに**躑躅のをかしからまし**　（三六六〜三六七）

61　当帝の御五十日に、**亥の子の形**を作りたりけるに、　（三六八）

62　**ほととぎすの形**を作りて、　（三六九）

63　**日蔭の糸結びてとて**、給へりければ、　（三七二）

64　八講行はせたまひける捧げ物に、**蓮の数珠**まゐらせたまふとて、　（三七三）

65　駒競べの負けわざとおぼしくて、**銀の瓜破子**をして、院に奉らむとしたまふに、この笥にうたむ、とて、摂政殿より、歌聞こえさせたまへりければ、　（三七五）

66　**絵のところに、山里にながめたる女あり、ほととぎす鳴くに……法師の、舟に乗りたるところ、**　（三七六）

源氏物語

桐壺

1　唐土にも、かかる事の起こりにこそ、世も乱れあしかりけれと、やうやう、天の下にも、あぢきなう人のもてなやみぐさになりて、**楊貴妃の例**もひき出でつべくなりゆくに、（一・一七〜一八）

2　この皇子三つになりたまふ年、御袴着のこと、一の宮の奉りしに劣らず、**内蔵寮、納殿の物を尽くして**いみじうせさせたまふ。（一・二一）

3　このごろ、明け暮れ御覧ずる**長恨歌の御絵、亭子院の描かせたまひて、伊勢、貫之に詠ませたまへる、**（一・三三）

4　**亡き人の住み処尋ね出でたりけんしるしの釵**ならましかばと思ほすもいとかひなし。（一・三五）

5　**絵に描ける楊貴妃の容貌**は、**いみじき絵師といへども、筆限りありければいとにほひすくなし。**太液芙蓉、未央柳も、げにかよひたりし**容貌**を、**唐めいたるよそひはうるはしうこそありけめ、**なつかしうらうたげなりしを思し出づるに、（一・三五）

6　**白き大袿に**御衣一領、例のことなり。（一・四七）

7　結びつる心も深き**もとゆひに濃きむらさきの色しあせずは**（一・四七）

8　里の殿は、**修理職、内匠寮に宣旨下りて、**二なう改め造らせたまふ。**もとの木立、山のたたずまひおもしろき所なりけるを、池の心広くしなして、**めでたく造りののしる。（一・五〇）

帚木

1　なよびかにをかしきことはなくて、**交野の少将には、笑はれたまひけむかし。**（一・五三）

2　近き御厨子なる**いろいろの紙なる文ども**を引き出でて、（一・五五）

3　ただうはべばかりの情に**手走り書き、**（一・五六）

4　**白き御衣ども**のなよよかなるに、直衣ばかりをしどけなく着なしたまひて、紐などもうち捨てて添ひ臥したまへる御灯

影いとめでたく、　（一・六一）

5　文を書けど、おほどかに言選りをし、**墨つきほのかに**心もとなく思はせつつ、またさやかにも見てしがなとすべなく待たせ、　（一・六三）

6　童にはべりし時、女房などの**物語読みし**を聞きて、　（一・六六）

7　**木の道の匠**のよろづの物を心にまかせて作り出だすも、**臨時のもてあそび物**の、その物と跡も定まらぬは、そばつきさればみたるも、げにかうもしつべかりけりと、時につけつつさまを変へて、いまめかしきに目移りて、をかしきもあり。大事として、**まことにうるはしき人の調度の、飾りとする定まれるやうある物**を難なくし出づることなむ、なほ**まことの物の上手**はさまことに見え分かれはべる。　（一・六九）

8　また**絵所に上手多かれど、墨書きに選ばれて**、次次に、さらに劣りまさるけぢめふとしも見え分かれず。かかれど、**人の見及ばぬ蓬萊の山、荒海の怒れる魚のすがた、唐国のはげしき獣の形、目に見えぬ鬼の顔などのおどろおどろしく作りたる物は**、心にまかせてひときは目おどろかして、実には似ざらめど、さてありぬべし。**世の常の山のたたずまひ、水の流れ、目に近き人の家居ありさま、げにと見え、なつかしくやはらいだる形などを静かに描きまぜて、すくよかならぬ山のけしき、木深く世離れて畳みなし、け近き籬の内をば、その心しらひおきてなどをなむ、上手はいと勢ひことに、わろ者は及ばぬところ多かめる。**　（一・六九～七〇）

9　**手をかきたるにも**、深きことはなくて、ここかしこの**点長に走り書き**、そこはかとなく気色ばめるは、うち見るにかどかどしく気色だちたれど、**なほまことの筋をこまやかに書き得たるは、うはべの筆消えて見ゆれど**、いま一たびとり並べて見れば、**なほ実になむよりける。**　（一・七〇）

10　いときよげに**消息文にも仮名といふもの書きまぜず**、　（一・八六）

11　さるままには**真名を走り書きて**、さるまじきどちの女文に、なかば過ぎて書きすすめたる、あなうたて、この人のたをやかならましかばと見えたり。　（一・八九）

12　**水の心ばへなど**、さる方にをかしくしなしたり。**田舎家だつ柴垣して、前栽など心とめて植ゑたり。**　（一・九三）

13 灯ともしたる透影、**障子の上より**漏りたるに、（一・九四）

14 この**北の障子**のあなたに人のけはひするを、（一・九七）

15 女君は、ただこの**障子口筋違ひたるほどに**ぞ臥したるべき。（一・九八）

16 **几帳を障子口には立てて**、灯はほの暗きに見たまへば、（一・九八〜九九）

17 かき抱きて**障子のもと**出でたまふにぞ、求めつる中将だつ人来あひたる。（一・一〇〇）

18 **障子を引き立てて**、暁に御迎へにものせよ、とのたまへば、（一・一〇〇）

19 ことと明くなれば、**障子口まで**送りたまふ。（一・一〇四）

20 簀子の中のほどに立てたる小**障子の上**よりほのかに見えたまへる御ありさまを、身にしむばかり思へるすき心どもあめり。（一・一〇四）

21 **目も及ばぬ御書きざまも**霧りふたがりて、心得ぬ宿世うち添へりける身を思ひつづけて臥したまへり。（一・一〇七）

空蟬

1 この際に立てたる**屏風、端の方おし畳まれたるに、**（一・一一九）

2 **濃き綾の単襲**なめり、何にかあらむ上に着て、頭つき細やかに小さき人のものげなき姿ぞしたる、（一・一二〇）

3 **白き羅の単襲、二藍の小袿だつもの**ないがしろに着なして、**紅の腰ひき結へる際**まで胸あらはにばうぞくなるもてなしなり。（一・一二〇）

4 **この障子口**にまろは寝たらむ。（一・一二三）

5 灯明き方に**屏風をひろげて**、影ほのかなるに、（一・一二三）

6 **生絹なる単衣**をひとつ着てすべり出でにけり。（一・一二四）

7 かの脱ぎすべしたると見ゆる**薄衣**をとりて出でたまひぬ。（一・一二七）

8 さしはへたる御文にはあらで、**畳紙に手習のやうに書きすさびたまふ**。（一・一二九）

9 左右に苦しく思へど、**かの御手習とり出でたり**。（一・一三〇）

夕顔

1 **檜垣**といふもの新しうして、上は半部四五間ばかり上げわたして、**簾などもいと白う涼しげなるに**……**切懸だつ物**に、いと**青やかなる葛**の心地よげに這ひかかれるに、**白き花**ぞ、おのれひとり笑みの眉ひらけたる。……かの**白く咲けるをなむ、夕顔**と申しはべる。（一・一三五〜一三六）

2 さすがにされたる遣戸口に、**黄なる生絹の単袴**長く着なしたる童のをかしげなる出で来てうち招く。（一・一三六〜一三七）

3 **白き扇のいたうこがしたるを**、これに置きてまゐらせよ、枝も情なげなめる花を、とて取らせたれば、（一・一三七）

4 **ありつる扇御覧ずれば**、もて馴らしたる移り香いとしみ深うなつかしくて、**をかしうすさび書きたり**。（一・一三九）

5 **御畳紙**にいたう**あらぬさまに書きかへたまひて**、（一・一四一）

6 **なげの筆づかひにつけたる言の葉**、あやしくらうたげに目とまるべきふし加へなどして、（一・一四六）

7 **前栽の色色乱れたるを**、過ぎがてにやすらひたまへるさま、げにたぐひなし。（一・一四七）

8 紫苑色のをりにあひたる、**羅の裳**あざやかにひき結ひたる腰つき、たをやかになまめきたり。（一・一四七）

9 をかしげなる待童の姿好ましう、ことさらめきたる。**指貫の裾露けげに**、花の中にまじりて朝顔折りてまゐるほどなど、**絵に描かまほしげなり**。（一・一四八）

10 八月十五夜、隈なき月影、**隙多かる板屋**残りなく漏り来て、見ならひたまはぬ住まひのさまもめづらしきに、（一・一五五）

11 **白栲の衣**うつ砧の音も、かすかに、こなたかなた聞きわたされ、（一・一五六）

12 ほどなき庭に、**されたる呉竹**、前栽の露はなほかかる所も同じごときらめきたり。（一・一五七）

13 **白き袷、薄色のなよよかなるを重ねて**、はなやかならぬ姿いとらうたげにあえかなる心地して、（一・一五七）

14 いといたく荒れて、人目もなくはるばると見わたされて、**木立いと疎ましくもの古りたり**。**け近き草木などはことに見どころなく**、みな秋の野にて、**池も水草に埋もれたれば**、い

とけ疎げになりにける所かな。**別納の方にぞ曹司などして**人住むべかめれど、こなたは離れたり。（一・一六一）

15 灯はほのかにまたたきて、**母屋の際に立てたる屏風の上、**ここかしこのくまぐましくおぼえたまふに、（一・一六九）

16 灯とり背けて、右近は**屏風隔てて臥したり。**（一・一七八～一七九）

17 うちかはしたまへりしが、わが**御紅の御衣**の着られたりつるなど、（一・一八〇）

18 **七日七日に仏描かせても、**誰がためとか心の中にも思はん、（一・一八五）

19 **御前の前栽枯れ枯れに、**虫の音も鳴きかれて、**紅葉のやうやう色づくほど、絵に描きたるやうに**おもしろきを見わたして、（一・一八七）

20 **御手もうちわななかるるに、乱れ書きたまへる**いとどうつくしげなり。（一・一九〇）

21 **手はあしげなるを**紛らはし、さればみて書いたるさま品なし。（一・一九一）

22 **経、仏の飾り**までおろかならず、（一・一九二）

23 **こまやかにをかしきさまなる櫛、扇**多くして、（一・一九四）

若紫

1 高き所にて、ここかしこ、僧坊どもあらはに見おろさるる、ただこのつづら折の下に、**同じ小柴なれど、うるはしうしわたして、きよげなる屋、廊などつづけて、木立いとよしあるは、**何人の住むにか、と問ひたまへば、（一・二〇〇～二〇一）

2 **絵にいとよくも似たるかな。**（一・二〇二）

3 他の国などにはべる海山のありさまなどを御覧ぜさせてはべらば、**いかに御絵いみじうまさらせたまはむ、**（一・二〇二）

4 **白き衣、山吹などの萎えたる着て**走り来たる女子、（一・二〇六）

5 髪は**扇をひろげたるやうに**ゆらゆらとして、（一・二〇六）

6 げに、いと心ことによしありて**同じ木草をも植ゑなしたま**

へり。月もなきころなれば、**遣水に篝火ともし、灯籠などにもまゐりたり。**南面いときよげにしつらひたまへり。（一・二一一）

7 **阿弥陀仏ものしたまふ堂に、**することはべるころになむ。（一・二一四）

8 **外に立てわたしたる屛風**の中をすこしひき開けて、**扇を鳴らしたまへば、**（一・二一五）

9 聖徳太子の**百済より得たまへりける金剛子の数珠の玉の装束したる、**やがてその国より入れたる**箱の唐めいたるを、**透きたる袋に入れて、**五葉の枝につけて、紺瑠璃の壺**どもに御薬ども入れて、**藤桜などにつけて、**所につけたる御贈物ども捧げたてまつりたまふ。（一・二二一）

10 **扇はかなううち鳴らして、**豊浦の寺の西なるや、とうたふ。（一・二二三）

11 **雛遊びにも、絵描いたまふにも、源氏の君と作り出でて、**きよらなる衣着せかしづきたまふ。（一・二二四〜二二五）

12 **絵に描きたるものの姫君のやうに**しすゑられて、（一・二二六）

13 中に小さくひき結びて…とあり。**御手などはさるものにて、ただはかなうおしつつみたまへるさまも、**さだ過ぎたる御目どもには、目もあやに好ましう見ゆ。（一・二二八）

14 **かの御放ち書き**なむ、なほ見たまへまほしき、（一・二三〇）

15 ことさら幼く書きなしたまへるも、いみじうをかしげなれば、**やがて御手本に、**と人々聞こゆ。（一・二三八）

16 いざたまへよ。**をかしき絵**など多く、**雛遊び**などする所に、（一・二四五）

17 **をかしき絵**などをやりたまふ。（一・二四七）

18 御帳、**御屛風など、**あたりあたりしたてさせたまふ。（一・二五六）

19 明けゆくままに見わたせば、**御殿の造りざま、しつらひざまさらにもいはず、庭の砂子も玉を重ねたらむやうに見えて、**かかやく心地するに、（一・二五六）

20 **をかしき絵、遊び物ども**取りに遣はして見せたてまつり、（一・二五七）

21 **庭の木立、池の方などのぞきたまへば、霜枯れの前栽絵に**

かけるやうにおもしろくて、（一・二五八）

22 御屏風どもなど、いとをかしき絵を見つつ、慰めておはするもはかなしや。（一・二五八）

23 武蔵野といへばかこたれぬ、と紫の紙に書いたまへる、墨つきのいとことなるを取りて見ゐたまへり。（一・二五八）

24 いと若けれど、生い先見えてふくよかに書いたまへり。（一・二五九）

25 いまめかしき手本習はば、いとよう書いたまひてむと見たまふ。（一・二五九）

26 雛など、わざと屋ども作りつづけて、もろともに遊びつつ、（一・二五九）

末摘花

1 かやうの所にこそは、昔物語にもあはれなることどももありけれ（一・二六九）

2 二間の際なる障子手づからいと強く鎖して、（一・二八一）

3 紫の紙の年経にければ灰おくれ古めいたるに、手はさすがに文字強う、中さだの筋にて、上下ひとしく書いたまへり。（一・二八七）

4 御台、秘色やうの唐土のものなれど、（一・二九〇）

5 いと寒げなる女ばら、白き衣のいひしらず煤けたるに、きたなげなる褶ひき結ひつけたる腰つきかたくなしげなり。さすがに櫛おしたれてさしたる額つき、内教坊、内侍所のほどに、かかる者どものあるはやとをかし。（一・二九〇）

6 うちつぎて、あなかたはと見ゆるものは鼻なりけり。ふと目ぞとまる。普賢菩薩の乗物とおぼゆ。あさましう高うのびらかに、先の方すこし垂りて色づきたること、ことのほかにうたてあり。（一・二九二）

7 着たまへる物どもをさへ言ひたつるも、もの言ひさがなきやうなれど、昔物語にも人の御装束をこそまづ言ひためれ。（一・二九三）

8 聴色のわりなう上白みたる一かさね、なごりなう黒き袿かさねて、表着には黒貂の皮衣、いときよらにかうばしきを着たまへり。（一・二九三）

9 黒貂の皮ならぬ絹、綾、綿など、老人どもの着るべき物のたぐひ、かの翁のためまで上下思しやりて奉りたまふ。

（一・二九七）

10 陸奥国紙の厚肥えたるに、匂ひばかりは深う染めたまへり。（一・二九八〜二九九）

11 つつみに衣箱の重りかに古代なる、うち置きておし出でたり。（一・二九九）

12 今様色のえゆるすまじく艶なう古めきたる、直衣の裏表ひとしうこまやかなる、いとなほなほしうつまづまぞ見えたる。（一・三〇〇）

13 この文をひろげながら、端に手習すさびたまふを、側目に見れば、（一・三〇〇）

14 紅のひとはな衣薄くともひたすらくたす名をしたてずは（一・三〇〇）

15 白き紙に捨て書いたまへるしもぞ、なかなかをかしげなる。（一・三〇二）

16 かの御衣箱に、御料とて人の奉れる御衣一具、葡萄染の織物の御衣、また山吹かなにぞ、いろいろ見えて、（一・三〇二）

17 かれ、はた、紅のおもおもしかりしをや。（一・三〇二）

---

18 ありし箱の心葉をさながらなりけり。（一・三〇四）

19 興ある文つきてしるき表着ばかりぞあやしとは思ひける。（一・三〇四）

20 紅はかうなつかしきもありけりと見ゆるに、無文の桜の細長なよよかに着なして、（一・三〇五）

21 絵など描きて、色どりたまふ。（一・三〇五）

22 髪いと長き女を描きたまひて、鼻に紅をつけて見たまふに、絵に描きても見まうきさましたり。（一・三〇五〜三〇六）

23 平中がやうに色どり添へたまふな。赤からむはあへなむ、（一・三〇六）

紅葉賀

1 手本書きて習はせなどしつつ、（一・三一七）

2 晦日には脱がせたてまつりたまふを、また、親もなくて生ひ出でたまひしかば、まばゆき色にはあらで、紅、紫、山吹の地のかぎり織れる御小袿などを着たまへるさま、いみじういまめかしうをかしげなり。（一・三二〇）

3 いつしか**雛をしすゑて**そそきゐたまへる、**三尺の御厨子一具に品品しつらひすゑて**、また、**小さき屋ども作り集めて**奉りたまへるを、ところせきまで遊びひろげたまへり。（一・三二〇～三二一）

4 **雛の中の源氏の君**つくろひたてて、内裏に参らせなどしたまふ。（一・三二一）

5 御装束したまふに、**名高き御帯**、御手づから持たせて渡りたまひて、（一・三二三）

6 大殿油まゐりて、**絵どもなど御覧ずるに**、（一・三三二）

7 **かはほりのえならずゑがきたるを**さし隠して見かへりたるまみ、いたう見延べたれど、目皮らいたく黒み落ち入りて、いみじうはつれそそけたり。**似つかはしからぬ扇のさまかなと見たまひて、わが持たまへるにさしかへて見たまへば、赤き紙の映るばかり色深きに、木高き森のかたを塗りかへしたり**。片つ方に、**手はいとさだ過ぎたれど**、よしなからず、**森の下草老いぬれば、など書きすさびたるを**、（一・三三七）

8 **御障子より**のぞかせたまひけり。（一・三三八）

9 直衣ばかりを取りて、**屏風の背後に**入りたまひぬ。（一・三四一）

10 **引きたてたまへる屏風のもとに寄りて**、ごほごほと畳み寄せて、（一・三四一～三四二）

11 **帯は**、中将のなりけり。**わが御直衣よりは色深しと見たまふに**、端袖もなかりけり。（一・三四四～三四五）

12 この帯を得ざらましかばと思す。**その色の紙につつみて**、中絶えばかごとやおふとあやふさに**はなだの帯は**取りてだに見ず、とて遣りたまふ。（一・三四五）

花宴

1 **扇ばかりをしるしに取りかへて**出でたまひぬ。（一・三五八）

2 かのしるしの扇は、**桜の三重がさねにて、濃きかたに霞める月を描きて水にうつしたる心ばへ**、目馴れたれど、ゆゑなつかしうもてならしたり。（一・三六〇）

3 **桜の唐の綺の御直衣、葡萄染の下襲**、裾いと長く引きて、皆人は袍衣なるに、あざれたるおほきみ姿のなまめきたるにて、いつかれ入りたまへる御さま、げにいとことなり。

（一・三六四）

4 **扇を取られて**からきめを見る、 （一・三六五）

葵

1 御禊の日、上達部など数定まりて仕うまつりたまふわざなれど、おぼえことに容貌あるかぎり、**下襲の色、表袴の紋、馬、鞍までみなととのへたり、** （二・二〇～二一）

2 網代のすこし馴れたるが、下簾のさまなどよしばめるに、いたうひき入りて、**ほのかなる袖口、裳の裾、汗衫など、物の色いときよらにて、** （二・二二）

3 常よりも好みととのへたる車どもの、**我も我もと乗りこぼれたる下簾の隙間どもも、**さらぬ顔なれど、ほほ笑みつつ後目にとどめたまふもあり。 （二・二三～二四）

4 いとらうたげなる髪どもの末はなやかに削ぎわたして、**浮紋の表袴にかかれるほど**けざやかに見ゆ。 （二・二七）

5 **物に書きつけておはするさま、**らうらうじきものから若うをかしきを、めでたしと思す。 （二・二八）

6 **よろしき女車のいたう乗りこぼれたる**より、**扇をさし出でて人を招き寄せて、** （二・二九）

7 よしある**扇の端を折りて、**はかなしや**人のかざせるあふひゆゑ**神のゆるしの今日を待ちける、 （二・二九）

8 **かざしける心ぞあだに思ほゆる八十氏人になべてあふひを、**女はつらしと思ひきこえけり。**くやしくもかざしけるかな名のみして人だのめなる草葉ばかりを、**と聞こゆ。 （二・三〇）

9 **白き御衣に、**色あひいと華やかにて、御髪のいと長うこちたきをひき結ひてうち添へたるも、 （二・三九）

10 **鈍める御衣奉れるも、**夢の心地して、我先立たましかば、深くぞ染めたまはましと思すさへ、限りあれば**薄墨衣あさけれど**涙ぞ袖をふちとなしける、 （二・四八～四九）

11 **菊のけしきばめる枝に、濃き青鈍の紙なる文つけて、**さし置きて往にけり。いまめかしうも、とて見たまへば**御息所の御手なり。** （二・五一）

12 わざとある御返りなくは情けなくやとて、**紫の鈍める紙に、** （二・五二）

13 中将の君、**鈍色の直衣、指貫うすらかに更衣して、**いとを

をしうあざやかに心恥づかしきさまして参りたまへり。（二・五四）

14 西のつまの高欄におしかかりて**霜枯れの前栽**見たまふほどなりけり。（二・五四～五五）

15 これは、いますこし**濃やかなる夏の御直衣に、紅の艶やかなるひきかさねて**やつれたまへるしも、見ても飽かぬ心地ぞする。（二・五五）

16 **空の色したる唐の紙**に、わきてこの暮こそ袖は露けけれもの思ふ秋はあまたへぬれど、（二・五七）

17 **御手などの心とどめて書きたまへる**、常よりも見どころありて、（二・五七～五八）

18 **ほのかなる墨つきにて**思ひなし心にくし。（二・五八）

19 **ほどなき袙、人よりは黒う染めて、黒き汗衫、萱草の袴など着たるも**をかしき姿なり。（二・六〇）

20 うち見まはしたまふに、御几帳の背後、**障子のあなたなどの**開き通りたるなどに、女房三十人ばかりおしこりて、**濃き薄き鈍色どもを着つつ**、（二・六三）

21 御帳の前に御硯などうち散らして**手習ひ棄てたまへるを取りて**、目をおししぼりつつ見たまふを、（二・六四）

22 あはれなる古言ども、唐のも大和のも書きけがしつつ、**草にも真字にも**、さまざまめづらしきさまに書きまぜたまへり。**かしこの御手や**、と空を仰ぎてながめたまふ。（二・六五）

23 **無紋の表の御衣に鈍色の御下襲、纓巻きたまへるやつれ姿**、華やかなる御装ひよりもなまめかしさまさりたまへり。（二・六七）

24 **ひき結びたる文**御枕のもとにあり。……**と書きすさびたまへるやうなり**。（二・七一）

25 かならず今日奉るべきと思しける**御下襲は、色も織りざまも世の常ならず心ことなるを**、かひなくやはとて着かへたまふ。（二・七八）

賢木

1 **ものはかなげなる小柴垣を大垣にて、板屋どもあたりあたりいとかりそめなり。黒木の鳥居どもは、さすがに神神しう見わたされて**、わづらはしきけしきなるに、神官の者ども、

ここかしこにうちしはぶきて、おのがどちものうち言ひたるけはひなども、ほかにはさま変りて見ゆ。**火焼屋かすかに光りて、**人げ少なくしめじめとして、ここにもの思はしき人の、月日を隔てたまへらむほどを思しやるに、いといみじうあはれに心苦し。　（二・八五〜八六）

2　八省に立てつづけたる**出車どもの袖口、色あひも、目馴れぬさまに心にくきけしきなれば、**　（二・九四）

3　ことそぎて書きたまへるしも、**御手いとよしよししくなまめきたるに、**あはれなるけをすこし添へたまへらましかばと思す。　（二・九四〜九五）

4　**藤の御衣**にやつれたまへるにつけても、限りなくきよらに心苦しげなり。　（二・九八）

5　君は、塗籠の戸の細目に開きたるを、やをら押し開けて、**御屏風のはさまに**伝ひ入りたまひぬ。　（二・一〇九）

6　**戚夫人の見けむ目**のやうにはあらずとも、　（二・一一四）

7　髪はそれよりも短くて、**黒き衣などを着て、**夜居の僧のやうになりはべらむとすれば、　（二・一一五）

8　**陸奥国紙にうちとけ書きたまへる**さへぞめでたき。

9　御返り、**白き色紙に、**　（二・一一八）

10　**御手はいとをかしうのみなりまさるものかな、**と独りごちて、うつくしとほほ笑みたまふ。常に書きかはしたまへば、**わが御手にいとよく似て、**いますこしなまめかしう女しきところ書き添へたまへり。　（二・一一八）

11　**唐の浅緑の紙に、榊に木綿つけなど、**神神しうしなして参らせたまふ。　（二・一一九）

12　**御手こまやかにはあらねど、**らうらうじう、**草などをかしうなりにけり。**　（二・一二〇）

13　**六十巻といふ書**読みたまひ、おぼつかなき所どころ解かせなどしておはしますを、　（二・一二〇）

14　**唐の紙ども入れさせたまへる御厨子**あけさせたまひて、　（二・一二七）

15　十二月十余日ばかり、中宮の御八講なり。いみじう尊し。**日日に供養ぜさせたまふ御経よりはじめ、玉の軸、羅の表紙、帙簀の飾りも、**世になきさまにととのへさせたまへり。　（二・一二九）

16 **仏の御飾り、花机の覆ひなどまで、**まことの極楽思ひやらる。（二・一二九～一三〇）

17 さま変れる御住まひに、**御簾の端、御几帳も青鈍にて、**隙隙よりほの見えたる**薄鈍、梔子の袖口などなかなかなまめかしう、**奥ゆかしう思ひやられたまふ。（二・一三六）

18 殿にも、**文殿**あけさせたまひて、まだ開かぬ御厨子どもの、**めづらしき古集のゆゑなからぬ、**すこし選り出でさせたまひて、（二・一四〇）

19 **羅の直衣、単衣を着たまへるに、**透きたまへる肌つき、ましていみじう見ゆるを、（二・一四二）

20 **薄二藍なる帯**の御衣にまつはれて引き出でられたるを見つけたまひてあやしと思すに、**また畳紙の手習などしたる、**御几帳のもとに落ちたりけり。（二・一四五）

21 この**畳紙は右大将の御手なり。**（二・一四七）

花散里

1 二十日の月さし出づるほどに、いとど木高き影ども木暗く見えわたりて、近き**橘のかをり**なつかしく匂ひて、（二・一五六）

須磨

1 位なき人は、とて、**無紋の直衣、なかなかいとなつかしきを着たまひてうちやつれたまへる、**いとめでたし。（二・一七三）

2 例の、月入りはつるほど、よそへられて、あはれなり。**女君の濃き御衣に映りて、**げに濡るる顔なれば、（二・一七五）

3 泣く泣く**乱れ書きたまへる御手**いとをかしげなり。（二・一七八）

4 ひき連れて**葵かざしし**そのかみを思へばつらし賀茂のみづがき（二・一八一）

5 おはすべき所は、行平の中納言の藻塩たれつつわびける家居近きわたりなりけり。海づらはやや入りて、あはれにすごげなる山中なり。**垣のさま**よりはじめてめづらかに見たまふ。**茅屋ども、葦ふける廊めく屋**などをかしうしつらひなしたり。（二・一八七）

6　**縑の御直衣、指貫、さま変りたる心地するもいみじきに、**（二・一九〇）

7　言の葉、**筆づかひなどは、**人よりことになまめかしくいたり深う見えたり。（二・一九三）

8　うち置きうち置き書きたまへる、**白き唐の**紙四五枚ばかりを巻きつづけて、**墨つきなど見どころあり。**（二・一九四）

9　つれづれなるままに、**いろいろの紙を継ぎつつ手習をしたまひ、めづらしきさまなる唐の綾などにさまざまの絵どもを書きすさびたまへる、屏風の面どもなど、いとめでたく見どころあり。**人人の語りきこえし海山のありさまを、はるかに思しやりしを、**御目に近くては、げに及ばぬ磯のたたずまひ、二なく書き集めたまへり。このごろの上手にすめる千枝、常則などを召して作り絵仕うまつらせばや、**と心もとながりあへり。（二・二〇〇）

10　**前栽の花いろいろ咲き乱れ、**おもしろき夕暮に、（二・二〇〇）

11　**白き綾のなよよかなる、紫苑色などたてまつりて、こまやかなる御直衣、**帯しどけなくうち乱れたまへる御さまにて、

12　涙のこぼるるをかき払ひたまへる御手つき**黒き御数珠**に映えたまへるは、（二・二〇一）

13　須磨には、年かへりて日長くつれづれなるに、**植ゑし若木の桜ほのかに咲きそめて、**空のけしきうららかなるに、よろづのこと思し出でられて、うち泣きたまふをり多かり。（二・二一二）

14　**住まひたまへるさま、言はむ方なく唐めいたり。所のさま絵に描きたらむやうなるに、竹編める垣しわたして、石の階、松の柱、**おろそかなるものからめづらかにをかし。（二・二一三）

15　山がつめきて、**聴色の黄がちなるに、青鈍の狩衣、指貫、**うちやつれて、ことさらに田舎びもてなしたまへるしもいみじう、見るに笑まれてきよらなり。（二・二一三）

16　取り使ひたまへる調度どもかりそめにしなして、御座所もあらはに見入れらる。**碁、双六の盤、調度、弾棊の具など、田舎わざにしなして、**念誦の具、行ひ勤めたまひけりと見えたり。（二・二一三）

17 いとおろそかに、**軟障ばかりを引きめぐらして、**（二・二一七）

明石

1 入道の領じしめたる所どころ、海のつらにも山隠れにも、**時時につけて、興をさかすべき渚の苫屋、**行ひをして後の世のことを思ひすましつべき山水のつらに、**いかめしき堂**を建てて三昧を行ひ、この世の設けに、秋の田の実を刈り収め残りの齢積むべき**稲の倉町ども**など、をりをり所につけたる見どころありてし集めたり。（二・二三三～二三四）

2 所のさまをばさらにもいはず、作りなしたる心ばへ、**木立、立石、前栽などのありさま、えもいはぬ入江の水など、絵に描かば、心のいたり少なからん絵師は描き及ぶまじと見ゆ。**（二・二三四～二三五）

3 **高麗の胡桃色の紙に、**えならずひきつくろひて、（二・二四八）

4 いと恥づかしげなる御文のさまに、**さし出でむ手つきも**恥づかしうつつましう、（二・二四八）

5 **陸奥国紙に、**いたう古めきたれど、**書きざまよしばみたり。**（二・二四九）

6 この度は、**いといたうなよびたる薄様に、**いと**うつくしげに書きたまへり。**（二・二四九）

7 **浅からずしめたる紫の紙に、墨つき濃く薄く紛らはして、**思ふらん心のほどややよいかにまだ見ぬ人の聞きかなやまむ、**手のさま書きたるさまなど、**やむごとなき人にいたう劣るまじう上衆めきたり。（二・二五〇）

8 三昧堂近くて、鐘の声松風に響きあひてもの悲しう、**巌に生ひたる松の根ざしも心ばへあるさまなり。**前栽どもに虫の声を尽くしたり。（二・二五六）

9 **絵をさまざま描き集めて、思ふことどもを書きつけ、**返りごと聞くべきさまにしなしたまへり。（二・二六一）

10 同じやうに**絵を描き集めたまひつつ、**やがてわが御ありさま、**日記のやうに書きたまへり。**（二・二六一）

澪標

1 松原の深緑なるに、**花紅葉をこき散らしたると見ゆる袍衣**

の濃き薄き数知らず。六位の中にも**蔵人は青色しるく見えて、**かの賀茂の瑞垣恨みし右近将監も靫負になりて、ことごとしげなる随身具したる蔵人なり。良清も同じ佐にて、人よりことにもの思ひなき気色にて、**おどろおどろしき赤衣姿いときよげなり。**（二・三〇三）

2 若やかなる上達部、殿上人の我も我もと思ひいどみ、**馬、鞍などまで飾りをととのへ磨きたまへるは、**いみじき見物に田舎人も思へり。（二・三〇四）

3 河原の大臣の御例をまねびて、童随身を賜りたまひける、いとをかしげに装束き、角髪結ひて、**紫裾濃の元結なまめかしう、**丈姿ととのひうつくしげにて十人、（二・三〇四）

4 大殿腹の若君、限りなくかしづき立てて、**馬副、童のほどみなつくりあはせて、様変へて装束きわけたり。**（二・三〇四）

5 さる召しもやと例にならひて**懐に設けたる柄短き筆**など、御車とどむる所にて奉れり。（二・三〇六）

6 御几帳のほころびより見たまへば、心もとなきほどの灯影に、御髪いとをかしげにはなやかに削ぎて、倚りゐたまへ**る、絵に描きたらむさましていみじうあはれなり。**（二・三一二）

7 **空色の紙のくもらはしきに書いたまへり。**（二・三一五）

8 **鈍色の紙のいとかうばしう艶なるに、墨つきなど紛らはして、**消えがてにふるぞ悲しきかきくらしわが身それとも思ほえぬ世に。**つつましげなる書きざま、いとおほどかに、御手すぐれてはあらねど、らうたげにあてはかなる筋に見ゆ。**（二・三一五〜三一六）

蓬生

1 **御調度どもも、いと古代に馴れたるが昔様にてうるはしき**を、なま物のゆゑ知らむと思へる人、さるもの要じて、（二・三二八）

2 かかるままに、**浅茅は庭の面も見えず、しげき蓬は軒をあらそひて生ひのぼる。葎は西東の御門を閉ぢ籠めたるぞ頼もしけれど、崩れがちなるめぐりの垣を馬、牛などの踏みならしたる道にて、春夏になれば、放ち飼ふ総角の心さへぞめざましき。**（二・三二九）

3　八月、野分荒かりし年、**廊どもも倒れ伏し、下の屋どものはかなき板葺なりしなどは**骨のみわづかに残りて、立ちとまる下衆だになし。（二・三二九〜三三〇）

4　はかなき古歌、**物語などやうのすさびごと**にてこそ、つれづれをも紛らはし、（二・三三〇）

5　古りにたる御厨子あけて、**唐守、藐姑射の刀自、かぐや姫の物語の絵に描きたるをぞ**時時のまさぐりものにしたまふ。（二・三三一）

6　**うるはしき紙屋紙、陸奥国紙などのふくだめるに、**古言どもの目馴れたるなどはいとすさまじげなるを、せめてながめたまふをりをりは、引きひろげたまふ。（二・三三一）

7　**生ける浄土の飾り**に劣らずいかめしうおもしろきことどもの限りをなむしたまひつる。仏、菩薩の変化の身にこそものしたまふめれ。（二・三三七）

8　**わが御髪の落ちたりけるを取り集めて鬘にしたまへるが、**九尺余ばかりにていときよらなるを、（二・三四一）

9　**大きなる松に藤の咲きかかりて**月影になよびたる、風につきてさと匂ふがなつかしく、そこはかとなきかをりなり。橘にはかはりてをかしければさし出でたまへるに、**柳もいたうしだりて、築地もさはらねば乱れ伏したり。**（二・三四四）

10　**昔物語に、たふこぼちたる人もありける**を思しあはするに、（二・三五二）

11　下部どもなど遣はして、蓬払はせ、めぐりの見苦しきに**板垣といふもの**うち堅め繕はせたまふ。（二・三五三）

関屋

1　**車十ばかりぞ、袖口、物の色あひなども漏り出でて見えたる、**田舎びずよしありて、斎宮の御下り何ぞやうのをりの物見車思し出でらる。（二・三六〇）

2　関屋よりさとはづれ出でたる旅姿どもの、**いろいろの襖のつきづきしき縫物、括り染のさまも**さる方にをかしう見ゆ。（二・三六〇）

絵合

1　ただ御櫛の箱の片つ方を見たまふに、尽きせずこまかになまめきてめづらしきさまなり。**さし櫛の箱の心葉に、**

（二・三七〇）

2 **睦ましう思す修理宰相**をくはしく仕うまつるべくのたまひて、（二・三七二）

3 上はよろづのことにすぐれて**絵を興あるものに思したり。**（二・三七六）

4 殿上の若き人人も**このことまねぶをば、**御心とどめてをかしきものに思ほしたれば、（二・三七六）

5 **すぐれたる上手ども**を召し取りて、いみじくいましめて、**またなきさまなる絵ども**を、**二なき紙ども**に描き集めさせたまふ。（二・三七六）

6 **物語絵こそ心ばへ見えて見どころあるものなれ、**とて、おもしろく心ばへあるかぎりを選りつつ描かせたまふ。（二・三七六〜三七七）

7 **例の月次の絵も、見馴れぬさまに、言の葉を書きつづけて**御覧ぜさせたまふ。（二・三七七）

8 **古代の御絵ども**のはべる、まゐらせむ、と奏したまひて、**殿に古きも新しきも絵ども入りたる御厨子ども開かせたまひて、女君ともろともに、いまめかしきはそれそれと**選りととのへさせたまふ。**長恨歌、王昭君などやうなる絵は、**おもしろくあはれなれど、事の忌あるはこたみは奉らじと選りとどめたまふ。（二・三七七）

9 かの**旅の御日記の箱**をも取り出でさせたまひて、（二・三七七）

10 ひとりゐて嘆きしよりは**海人のすむかた**をかくてぞ見るべかりける、（二・三七八）

11 うきめ見しそのをりよりも今日はまた**過ぎにしかたにかへる涙か、**（二・三七八）

12 **かたはなるまじき一帖づつ、さすがに浦浦のありさまさやかに見えたるを**選りたまふついでにも、（二・三七八）

13 かう**絵ども集めらる**と聞きたまひて、権中納言いとど心を尽くして、**軸、表紙、紐の飾り**いよいよととのへたまふ。（二・三七九）

14 **物語絵はこまやかになつかしさまさるめる**を、梅壺の御方は、**いにしへの物語、名高くゆゑあるかぎり、弘徽殿は、そのころ世にめづらしくをかしきかぎりを選り描かせたまへれば、**うち見る目のいまめかしき華やかさは、いとこよなくま

されり。（二・三七九）

15 物語の出で来はじめの親なる竹取の翁に宇津保の俊蔭を合はせて争ふ。（二・三八〇）

16 かぐや姫のこの世の濁りにも穢れず、はるかに思ひのぼれる契りたかく、（二・三八〇）

17 かぐや姫ののぼりけむ雲居はげに及ばぬことなれば、誰も知りがたし。（二・三八〇）

18 阿部のおほしが千千の金を棄てて、火鼠の思ひ片時に消えたるもいとあへなし。（二・三八一）

19 車持の親王の、まことの蓬萊の深き心も知りながら、いつはりて玉の枝に瑕をつけたるをあやまちとなす。（二・三八一）

20 絵は巨勢相覧、手は紀貫之書けり。紙屋紙に唐の綺を陪して、赤紫の表紙、紫檀の軸、世の常のよそひなり。（二・三八一）

21 俊蔭は、はげしき波風におぼほれ、知らぬ国に放たれしかど、（二・三八一）

22 絵のさまも唐土と日本とをとり並べて、おもしろきことどもなほ並びなし、と言ふ。白き色紙、青き表紙、黄なる玉の軸なり。絵は常則、手は道風なれば、いまめかしうをかしげに、目も輝くまで見ゆ。（二・三八一）

23 次に、伊勢物語に正三位を合わせて、また定めやらず。（二・三八一）

24 世の常のあだごとのひきつくろひ飾れるにおされて、業平が名をや朽すべき、（二・三八二）

25 兵衛の大君の心高さは、げに棄てがたけれど（二・三八一）

26 在五中将の名をばえ朽さじ、（二・三八二）

27 かの須磨、明石の二巻は、思すところありてとりまぜさせたまへりけり。（二・三八三）

28 ただかくおもしろき紙絵をととのふることを天の下営みたり、（二・三八三）

29 梅壺に御絵ども奉らせたまへり。（二・三八三）

30 年の内の節会どものおもしろく興あるを、昔の上手どものとりどりに描けるに、延喜の御手づから事の心書かせたまへるに、またわが御世のことも描かせたまへる巻に、かの斎宮の下りたまひし日の大極殿の儀式、御心にしみて思しけれ

ば、描くべきやうくはしく仰せられて、公茂が仕うまつれるがいといみじきを奉らせたまへり。（二・三八三〜三八四）

31 艶に透きたる沈の箱に、同じき心葉のさまなどいといまめかし。（二・三八四）

32 縹の唐の紙につつみて参らせたまふ。（二・三八五）

33 左右の御絵ども参らせたまふ。（二・三八五）

34 左は紫檀の箱に蘇芳の華足、敷物には紫地の唐の錦、打敷は葡萄染の唐の綺なり。（二・三八五）

35 童六人、赤色に桜襲の汗衫、衵は紅に藤襲の織物なり。（二・三八五〜三八六）

36 右は沈の箱に浅香の下机、打敷は青地の高麗の錦、あしゆひの組、華足の心ばへなどいまめかし。（二・三八六）

37 童、青色に柳の汗衫、山吹襲の衵着たり、みな御前にかき立つ。上の女房前後と装束き分けたり。（二・三八六）

38 この判仕うまつりたまふ。いみじうげに描き尽くしたる絵どもあり、さらにえ定めやりたまはず。例の四季の絵も、いにしへの上手どものおもしろきことどもを選びつつ筆とどこほらず描きながしたるさま、たとへん方なしと見るに、紙絵は限りありて、山水のゆたかなる心ばへをえ見せ尽くさぬものなれば、ただ筆の飾り、人の心に作りたてられて、今のあさはかなるも昔の跡に辱なくにぎはしくあなおもしろと見ゆる筋はまさりて、多くの争ひども、今日はかたがたに興あることも多かり。（二・三八六〜三八七）

39 朝餉の御障子を開けて、中宮もおはしませば、（二・三八七）

40 左はなほ数ひとつある果てに、須磨の巻出で来たるに、中納言の御心騒ぎにけり。あなたにも心して、果ての巻は心ことにすぐれたるを選りおきたまへるに、かかるいみじきものの上手の、心の限り思ひ澄まして静かに描きたまへるは、たとふべき方なし。（二・三八七）

41 その世に、心苦し悲しと思ほししほどよりも、おはしけむありさま、御心に思ししことども、ただ今のやうに見え、所のさま、おぼつかなき浦浦磯の隠れなく描きあらはしたまへり。草の手に仮名の所どころに書きまぜて、まほのくはしき日記にはあらず、あはれなる歌などもまじれる、たぐひゆかし。（二・三八七〜三八八）

42　さまざまの**御絵の興**これにみな移りはてて、あはれにおもしろし。（二・三八八）

43　**絵描くことのみなむ**、あやしくはかなきものから、いかにしてかは心ゆくばかり描きてみるべきと思ふをりをりはべりしを、おぼえぬ山がつになりて、四方の海の深き心を見しに、さらに思ひよらぬ隈なくいたられにしかど、**筆のゆく限りありて、心よりは事ゆかずなむ**思うたまへられしを、ついでなくて御覧ぜさすべきならねば、かうすきずきしきやうなる、後の聞こえやあらむ、（二・三八九）

44　**筆とる道**と碁打つこととぞ、あやしう魂のほど見ゆるを、（二・三八九）

45　**絵はなほ筆のついでにすさびさせたまふあだ事とこそ思ひたまへしか**、いとかうまさなきまで、**いにしへの墨書きの上手ども跡をくらうなしつべかめる**は、かへりてけしからぬわざなり、（二・三九〇）

46　そのころのことには、**この絵のさだめ**をしたまふ。**かの浦浦の巻は**中宮にさぶらはせたまへ、と聞こえさせたまひければ、これがはじめ、また**残りの巻巻**ゆかしがらせたまへど、いまつぎつぎに、と聞こえさせたまふ。（二・三九一）

松風

1　東の院造りたてて、花散里と聞こえし、移ろはしたまふ。**西の対、渡殿などかけて、政所、家司など、あるべきさまにしおかせたまふ。東の対は、明石の御方と思しおきてたり。北の対はことに広く造らせたまひて**、かりにてもあはれと思して、行く末かけて契り頼めたまひし人人集ひ住むべきさまに、隔て隔てしつらはせたまへるしも、なつかしう見どころありてこまかなり。**寝殿は塞げたまはず**、時時渡りたまふ御住み所にして、さる方なる御しつらひどももしおかせたまへり。（二・三九七）

2　**造らせたまふ御堂は**、大覚寺の南に当たりて、**滝殿の心ばへ**など劣らずおもしろき寺なり。これは川づらに、えもいはぬ松蔭に、**何のいたはりもなく建てたる寝殿**のことそぎたるさまも、おのづから山里のあはれを見せたり。（二・四〇一）

3　嵯峨野の御堂にも、**飾りなき仏の御とぶらひすべければ**、二三日ははべりなん、（二・四〇九）

4 **東の渡殿の下より出づる水の心ばへ**繕はせたまふとて、い**となまめかしき袿姿**うちとけたまへるを、いとめでたううれしと見たてまつるに、（二・四一一〜四一二）

5 **堂の飾り、**仏の御具などめぐらし仰せらる。（二・四一三〜四一四）

6 **脱ぎかけたまふ色色、秋の錦を風の吹きおほふかと見ゆ。**（二・四二一）

薄雲

1 **白き衣どものなよよかなる**あまた着て、（二・四三二）

2 西面をことにしつらはせたまひて、**小さき御調度**どもうつくしげにととのへさせたまへり、（二・四三五）

3 **御しつらひ、雛遊びの心地して**をかしう見ゆ。（二・四三六）

4 常よりことにうち化粧じたまひて、**桜の御直衣**にえならぬ御衣ひき重ねて、（二・四三八）

5 常よりも**黒き御装ひにやつし**たまへる御容貌、（二・四五四）

6 **こまやかなる鈍色の御直衣姿にて、**（二・四五八）

7 **狭き垣根の内**なりとも、そのをりの心見知るばかり、**春の花の木をも植ゑわたし、秋の草をも掘り移して、いたづらなる野辺の虫をも住ませて、**人に御覧ぜさせむと思ひたまふるを、（二・四六二）

8 いと**木繁き中より、篝火どもの影の、遣水の蛍に見えまがふ**もをかし。（二・四六六）

朝顔

1 あなたの御前を見やりたまへば、**枯れ枯れなる前栽**の心ばへもことに見わたされて、（二・四七二）

2 **鈍色の御簾に黒き御几帳の透影**あはれに、（二・四七三）

3 枯れたる花どもの中に、**朝顔のこれかれに這ひまつはれて**あるかなきかに咲きて、にほひもことに変れるを折らせたまひて奉れたまふ。（二・四七五〜四七六）

4 **青鈍の紙のなよびかなる墨つき**はしもをかしく見ゆめり。**人の御ほど、書きざまなどにつくろはれつつ、**そのをりは罪なきことも、（二・四七七）

5 **鈍びたる御衣どもなれど、色あひ重なり好ましくなかなか見えて**、雪の光にいみじく艶なる御姿を見出だして、（二・四八〇）

6 御髪をかきやりつつ、いとほしと思したるさまも、**絵に描かまほしき**御あはひなり。（二・四八九）

7 **雪のいたう降り積もりたる上に**、今も散りつつ、**松と竹とのけぢめをかしう見ゆる**夕暮に、人の御容貌も光りまさりて見ゆ。時々につけても、人の心をうつすめる花紅葉の盛りよりも、**冬の夜の澄める月に雪の光りあひたる空こそ**、あやしう色なきものの身にしみて、この世の外のことまで思ひ流され、おもしろさもあはれさも残らぬをりなれ。（二・四九〇）

8 月は隈なくさし出でて、ひとつ色に見え渡されたるに、**しをれたる前栽のかげ**心苦しう、**遣水もいといたうむせびて、池の氷もえもいはずすごきに**、童べおろして雪まろばしせさせたまふ。（二・四九〇～四九一）

9 童べおろして**雪まろばしせさせたまふ。**をかしげなる姿、頭つきども月に映えて、大きやかに馴れたるが、**さまざまの衵乱れ着、帯しどけなき宿直姿なまめいたるに**、こよなうあまれる髪の末、白きにはましてもてはやしたるいとけざやかなり。（二・四九一）

10 小さきは、童げてよろこび走るに**扇なども落として**、うちとけ顔をかしげなり。（二・四九一）

少女

1 **紫の紙、立文すくよかにて**藤の花につけたまへり。（三・一七）

2 **浅葱にて殿上に還りたまふを**、大宮は飽かずあさましきこと思したるぞ、ことわりにいとほしかりける。（三・二一）

3 **浅葱をいとからしと思はれたるが**、心苦しうはべるなり、（三・二三）

4 **史記の難き巻々**、寮試受けんに、博士のかへさふべきふしぶしを引き出でて、ひとわたり読ませたてまつりたまふに、（三・二八）

5 **まだ片生ひなる手の、生ひ先うつくしきにて**、書きかはしたまへる文どもの、心をさなくて、おのづから落ち散るをりあるを、（三・三三）

6 限りなき帝の御いつきむすめも、おのづからあやまつ例、昔物語にもあめれど、（三・四四）

7 人しづまるほどに、中障子を引けど、例はことに鎖し固めなどもせぬを、つと鎖して、人の音もせず。いと心細くおぼえて、障子に寄りかかりてゐたまへるに、（三・四八）

8 ただこの屏風のうしろに尋ね来て嘆くなりけり。（三・五七）

9 くれなゐの涙にふかき袖の色をあさみどりとや言ひしをるべき（三・五七）

10 舞姫かしづきおろして、妻戸の間に屏風など立てて、かりそめのしつらひなるに、（三・六一）

11 浅葱の心やましければ、内裏へ参ることもせずものうがりたまふを、五節にことつけて、直衣などさま変れる色聴されて参りたまふ。（三・六二）

12 青摺の紙よくとりあへて、紛らはし書いたる濃墨、薄墨、草がちにうちまぜ乱れたるも、人のほどにつけてはをかしと御覧ず。（三・六三）

13 緑の薄様の好ましきかさねなるに、手はまだいと若けれど生ひ先見えていとをかしげに、（三・六五）

14 人人みな青色に、桜襲を着たまふ。（三・七一）

15 帝は赤色の御衣奉れり。召しありて太政大臣参りたまふ。同じ赤色を着たまへれば、いよいよ一つものとかかやきて見えまがはせたまふ。（三・七一）

16 もとありける池、山をも、便なき所なるをば崩しかへて、水のおもむき、山のおきてをあらためて、さまざまに、御方方の御願ひの心ばへを造らせたまへり。（三・七八）

17 南の東は山高く、春の花の木、数を尽くして植ゑ、池のさまおもしろくすぐれて、御前近き前栽、五葉、紅梅、桜、藤、山吹、岩躑躅などやうの春のもてあそびをわざとは植ゑで、秋の前栽をばむらむらほのかにまぜたり。中宮の御町をば、もとの山に、紅葉の色濃かるべき植木どもを植ゑ、泉の水遠くすまし、遣水の音まさるべき巌たて加え、滝落として、秋の野を遙かに作りたる、そのころにあひて、盛りに咲き乱れたり。嵯峨の大堰のわたりの野山むとくにけおされたる秋なり。北の東は、涼しげなる泉ありて、夏の蔭によれり。前近き前栽、呉竹、下風涼しかるべく、木高き森のやう

なる木ども木深くおもしろく、山里めきて、**卯花の垣根ことさらにしわたして、昔おぼゆる花橘、撫子、薔薇、くたになどやうの花のくさぐさを植ゑて、春秋の木草、その中にうちまぜたり。**東面は、分けて**馬場殿つくり、埒結ひて、五月の御遊び所にて、水のほとりに菖蒲植ゑしげらせて、むかひに御厩して、**世になき上馬どもをととのへ立てさせたまへり。西の町は、**北面築きわけて、御倉町なり。隔ての垣に松の木しげく、**雪をもてあそばんたよりによせたり。冬のはじめの朝霜むすぶべき**菊の籬、我は顔なる柞原、をさをさ名も知らぬ深山木どもの木深き**などを移し植ゑたり。（三・七八〜八〇）

18　**女房の曹司町ども、**あてあてのこまけぞ、おほかたのことよりもめでたかりける。（三・八〇）

19　この町町の中の隔てには、**塀ども廊などを、**とかく行き通はして、け近くをかしき間にしなしたまへり。（三・八一）

20　**御箱の蓋に、いろいろの花紅葉をこきまぜて、**こなたに奉らせたまへり。（三・八一）

21　大きやかなる童の、**濃き衵、紫苑の織物重ねて、赤朽葉の羅の汗衫、**いといたう馴れて、**廊、渡殿の反橋**を渡りて参る。（三・八一〜八二）

22　御返りは、この**御箱の蓋に苔敷き、巌などの心ばへして、五葉の枝に、**（三・八二）

玉鬘

1　**手など**きたなげなう書きて、**唐の色紙かうばしき香に入れしめつつ、**をかしく書きたりと思ひたる、（三・九五）

2　**仏の御中には、初瀬なむ、日本の中にはあらたなる験あらはしたまふと、**唐土にだに聞こえあむなり、（三・一〇四）

3　**軟障などひき隔てて**おはします。（三・一〇六）

4　**隣の軟障のもとに**寄り来て、（三・一〇六）

5　この**中隔てなる三条**を呼ばすれど、（三・一〇七）

6　**田舎びたる掻練に衣など着**て、いといたうふとりにけり。（三・一〇七）

7　け遠く隔てつる**屏風だつもの、**なごりなく押し開けて、（三・一〇八）

8　右近が局は、**仏の右の方に近き間にしたり。**（三・一一〇）

9 騒がしきにもよほされて、**仏拝みたてまつる。** （三・一一〇）

10 **大悲者には、**他事も申さじ。 （三・一一一）

11 **御匣殿などにも、**設けの物召し集めて、色あひ、しざまなどことなるをと選らせたまへれば、 （三・一二三）

12 **唐の紙のいとかうばしきを取り出でて**書かせたてまつる。 （三・一二四）

13 **手は、**はかなだちて、よろぼはしけれど、あてはかにて口惜しからねば、 （三・一二四〜一二五）

14 **織物どもの、我も我もと、手を尽くして織りつつ持て参れる、細長、小袿のいろいろさまざまなるを、**御覧ずるに、 （三・一三四）

15 **御匣殿に仕うまつれるも、こなたにせさせたまへるも、**みな取う出させたまへり。かかる筋、はた、いとすぐれて、**世になき色あひ、にほひを染めつけたまへば、** （三・一三四）

16 **ここかしこの擣殿**より参らせたる**擣物ども御覧じくらべて、濃き赤きなど、**さまざまを選らせたまひつつ、 （三・一三四）

---

17 **紅梅のいと紋浮きたる葡萄染の御小袿、今様色のいとすぐれたる**とはかの御料、**桜の細長に、艶やかなる掻練**とり添へては姫君の御料なり。**浅縹の海賦の織物、織りざまなまめきたれどにほひやかならぬに、いと濃き掻練具して**夏の御方に、**曇りなく赤きに、山吹の花の細長**は、かの西の対に奉れたまふを、上は見ぬやうにて思しあはす。 （三・一三五〜一三六）

18 かの末摘花の御料に、**柳の織物の、よしある唐草を乱れ織れるも、**いとなまめきたれば、人知れずほほ笑まれたまふ。**梅の折枝、蝶、鳥飛びちがひ、唐めいたる白き小袿**に**濃きが艶やかなる**重ねて、明石の御方に、思ひやり気高きを、上はめざましと見たまふ。空蟬の尼君に、**青鈍の織物、**いと心ばせあるを見つけたまひて、御料にある**梔子の御衣、聴色なる**添へたまひて、同じ日着たまふべき御消息聞こえめぐらしたまふ。 （三・一三六）

19 **山吹の袿の袖口いたくすすけたるを、**うつほにてうちかけたまへり。 （三・一三七）

20 **御文**には、**いとかうばしき陸奥国紙のすこし年経、厚きが**

黄ばみたるに、（三・一三七）

21 **御手の筋、**ことに奥よりにたり。（三・一三七）

22 **常陸の親王の書きおきたまへりける紙屋紙の草子**をこそ、見よとておこせたりしか、和歌の髄脳いとところせう、病避るべきところ多かりしかば、……むつかしくて返してき。（三・一三八～一三九）

初音

1 北の殿より**わざとがましくし集めたる鬚籠ども、破子など**奉れたまへり。えならぬ**五葉の枝にうつる鶯**も思ふ心あらんかし。（三・一四五）

2 **縹はげににほひ多からぬあはひにて、**（三・一四七）

3 **山吹**にもてはやしたまへる御容貌など、いとはなやかに、（三・一四八）

4 **唐の綺のことごとしき縁さしたる褥に**をかしげなる琴うちおき、（三・一四九）

5 **手習ども**の乱れうちとけたるも、**筋変り、ゆゑある書きざまなり。**ことごとしう**草がちなどにもざえがらず、**めやすく書きすましたり。（三・一四九～一五〇）

6 **白きに、**けざやかなる髪のかかりのすこしさはらかなるほどに薄らぎにけるも、（三・一五〇）

7 **仮名のよろづの草子**の学問心に入れたまはん人は、またその願ひに従ひ、（三・一五三）

8 **柳はげにこそすさまじかりけれと見ゆるも、**着なしたまへる人からなるべし。**光もなく黒き掻練のさゐさゐしく張りたる一襲、さる織物の袿**を着たまへる、いと寒げに心苦し。**襲の袿などは、**いかにしなしたるにかあらん。（三・一五三）

9 衣どももえ縫ひはべらでなん、**皮衣**をさへとられにし後寒くはべる、（三・一五四）

10 **皮衣**はいとよし、山伏の蓑代衣に譲りたまひてあへなむ、さてこのいたはりなき**白妙の衣は、七重にもなどか重ねたまはざらん、**（三・一五五）

11 **経、仏の飾り、**はかなくしたる閼伽の具なども、をかしげになまめかしく、（三・一五六）

12 **青鈍の几帳、**心ばへをかしきに、（三・一五六）

13 **青色の萎えばめるに、白襲の色あひ、何の飾りかは見ゆ**

る。かざしの綿は、にほひもなき物なれど、所からにやおもしろく、心ゆき命延ぶるほどなり。（三・一五九）

14　竹河うたひてかよれる姿、なつかしき声声の、絵にも描きとどめがたからんこそ口惜しけれ。（三・一五九）

15　いづれもいづれも劣らぬ袖口ども、こぼれ出でたるこちたさ、物の色あひなども、曙の空に春の錦たち出でにける霞の中かと見わたさる。（三・一五九）

胡蝶

1　山の木立、中島のわたり、色まさる苔のけしきなど、若き人人のはつかに心もとなく思ふべかめるに、唐めいたる船造らせたまひける、（三・一六五）

2　若き女房たちの、ものめでしぬべきを船にのせたまひて、南の池の、こなたにとほし通はしなさせたまへるを、小さき山を隔ての関に見せたれど、その山の崎より漕ぎまひて、東の釣殿に、こなたの若き人人集めさせたまふ。（三・一六六）

3　竜頭鷁首を、唐の装ひにことごとしうしつらひて、楫とりの棹さす童べ、みな角髪結ひて、唐土だたせて、さる大きなる池の中にさし出でたれば、（三・一六六）

4　中島の入江の岩蔭にさし寄せて見れば、はかなき石のたたずまひも、ただ絵に描いたらむやうなり。こなたかなた霞みあひたる梢ども、錦を引きわたせるに、御前の方ははるばると見やられて、色を増したる柳枝を垂れたる、花もえもいはぬ匂ひを散らしたり。他所には盛り過ぎたる桜も、今盛りにほほ笑み、廊を繞れる藤の色もこまやかにひらけゆきにけり。まして池の水に影をうつしたる山吹、岸よりこぼれていみじき盛りなり。水鳥どもの、つがひを離れず遊びつつ、細き枝どもをくひて飛びちがふ、鴛鴦の波の綾に文をまじへたるなど、物の絵様にも描き取らまほしきに、まことに斧の柄も朽いつべう思ひつつ日を暮らす。（三・一六六〜一六七）

5　春の上の御心ざしに、仏に花奉らせたまふ。鳥、蝶にさうぞき分けたる童べ八人、容貌などことにととのへさせたまひて、鳥には、銀の花瓶に桜をさし、蝶は、黄金の瓶に山吹を、同じき花の房いかめしう、世になきにほひを尽くさせたまへり。（三・一七一〜一七二）

6　鳥には桜の細長、蝶には山吹襲賜ふ。かねてしもとりあへ

たるやうなり。物の師どもは、白き一襲、腰差など次次に賜ふ。中将の君には、藤の細長添へて、女の装束かづけたまふ。（三・一七三）

7 唐の縹の紙の、いとなつかしうしみ深う匂へるを、いと細く小さく結びたるあり。これはいかなれば、かく結ぼほれたるにか、とてひきあけたまへり。（三・一七七）

8 手いとをかしうて、思ふとも君は知らじなわきかへり岩漏る水に色し見えねば、書きざまいまめかしうそぼれたり。（三・一七七）

9 撫子の細長に、このごろの花の色なる御小袿、あはひけ近ういまめきて、（三・一七八）

10 御前近き呉竹の、いと若やかに生ひたちて、うちなびくさまのなつかしきに、立ちとまりたまうて、（三・一八二）

11 雨のうち降りたるなごりの、いとものしめやかなる夕つ方、御前の若楓、柏木などの青やかに茂りあひたるが、何となく心地よげなる空を見出だしたまひて、（三・一八五）

12 手習などして、うちとけたまへりけるを、起き上がりたまひて、恥ぢらひたまへる顔の色あひいとをかし。（三・一八五）

13 白き紙の、うはべはおひらかに、すくすくしきに、いとめでたう書いたまへり。（三・一九〇）

14 御返り事聞こえざらむも、人目あやしければ、ふくよかなる陸奥国紙に、ただ、（三・一九〇）

蛍

1 えならぬ羅の帷子の隙より見入れたまへるに、（三・二〇一）

2 艶も色もこぼるばかりなる御衣に直衣はかなく重なれるあはひも、いづこに加はれるきよらにかあらむ、この世の人の染め出だしたると見えず、（三・二〇三）

3 宮より御文あり。白き薄様にて、御手はいとよしありて書きなしたまへり。（三・二〇四）

4 手をいますこしゆゑづけたらばと、宮は好ましき御心に、いささか飽かぬことと見たまひけむかし。（三・二〇四）

5 薬玉など、えならぬさまにて、所どころより多かり。（三・二〇五）

6　対の御方よりも、童べなど物見に渡り来て、廊の戸口に御**簾青やかに懸けわたして、いまめきたる裾濃の御几帳ども立てわたし、**童、下仕などさまよふ。**菖蒲襲の衵、二藍の羅の汗衫着たる童べぞ、**西の対のなめる、好ましく馴れたるかぎり四人、**下仕は楝の裾濃の裳、撫子の若葉の色したる唐衣、**今日の装ひどもなり。**こなたのは濃き単襲に、撫子襲の汗衫などおほどかにて、**おのおのいどみ顔なるもてなし、見どころあり。（三・二〇六）

7　御方々、**絵物語などのすさびにて**明かし暮らしたまふ。（三・二一〇）

8　西の対には、ましてめづらしくおぼえたまふことの筋なれば、**明け暮れ書き読みいとなみおはす。**（三・二一〇）

9　**住吉の姫君のさし当たりけむをりはさるものにて、今の世のおぼえもなほ心ことなめるに、主計頭がほとほとしかりけむなどぞ、**かの監がゆゆしさを思しなずらへたまふ。（三・二一〇）

10　かかる**世の古事ならでは、**げに何をか紛るることなきつれづれを慰めまし。（三・二一一）

11　**神代より世にあることを記しおきけるなり。日本紀などはただかたそばぞかし。**これらにこそ道道しくはしきことはあらめ。（三・二一二）

12　その人の上とて、ありのままに言ひ出づることこそなけれ、よきもあしきも、世に経る人のありさまの、見るにも飽かず聞くにもあまることを、後の世にも言ひ伝へさせまほしきふしぶしを、心に籠めがたくて言ひおきはじめたるなり。よきさまに言ふとては、よきことのかぎり選り出でて、人に従はむとては、またあしきさまのめづらしきことをとり集めたる、みなかたがたにつけたるこの世の外のことならずかし。他の朝廷のさへ、作りやうかはる、同じ大和の国のことなれば、昔今のに変るべし、深きこと浅きことのけぢめこそあらめ、ひたぶるにそらごとと言ひはてむも、事の心違ひてなむありける。仏のいとうるはしき心にて説きおきたまへる御法も、方便といふことありて、悟りなき者は、ここかしこ違ふ疑ひをおきつべくなん、方等経の中に多かれど、言ひもてゆけば、一つ旨にありて、菩提と煩悩との隔たりなむ、この、人のよきあしきばかりのことは変りける。よく言へば、

すべて何ごとも空しからずなりぬや、と、**物語をいとわざとのことにのたまひなしつ。** （三・二一二〜二一三）

13 さて**かかる古事**の中に、**まろがやうに実法なる痴者の物語**はありや。 （三・二一三）

14 いざ、**たぐひなき物語**にして、世に伝へさせん、と、さし寄りて聞こえたまへば、 （三・二一三）

15 紫の上も、姫君の御あつらへにことつけて、**物語は捨てがたく思したり。くまのの物語の絵にてあるを、いとよく描きたる絵かな、とて御覧ず。小さき女君の、何心もなくて昼寝したまへる所を、**昔のありさま思し出でて、女君は見たまふ。 （三・二一四）

16 姫君の御前にて、**この世馴れたる物語など**な読み聞かせたまひそ。 （三・二一五）

17 **うつほの藤原の君のむすめこそ、いと重りかにはかばかしき人にて、**過ちなかめれど、すくよかに言ひ出でたる、しわざも女しきところなかめるぞ、一やうなめる、（三・二一五）

18 **継母の腹きたなき昔物語も多かるを、**心見えに心づきなしと思せば、いみじく選りつつなむ、書きととのへさせ、**絵などにも描かせたまひける。** （三・二一六）

19 まだいはけたる**御雛遊び**などのけはひの見ゆれば、……**雛の殿の宮仕**いとよくしたまひて、 （三・二一七）

20 なほ**かの緑の袖**を見えなほしてしがな （三・二一七）

常夏

1 黄昏時のおぼおぼしきに、**同じ直衣どもなれば**、何ともわきまへられぬに、 （三・二二七）

2 御前に、**乱れがはしき前栽**なども植ゑさせたまはず、撫子**の色をととのへたる、唐の、大和の、籬いとなつかしく結ひなして、咲き乱れたる夕映え**いみじく見ゆ。 （三・二二八）

3 **羅の単衣を着たまひて**臥したまへるさま、暑かはしくは見えず、 （三・二三八）

4 いとうつくしげなる手つきして、**扇を持たまへりけるながら、** （三・二三八）

5 **扇を鳴らしたまへるに、**何心もなく見上げたまへるまみらうたげにて、 （三・二三九）

6 なほ妻戸の細目なるより、**障子の開きあひたるを**見入れた

まふ。（三・二四二〜二四三）

7　**青き色紙一重ねに、いと草がちに、怒れる手の、その筋とも見えず漂ひたる書きざまも、下長に、わりなくゆゑばめり。行のほど、端ざまに筋かひて、倒れぬべく見ゆるを、**うち笑みつつ見て、**さすがにいと細く小さく巻き結びて、撫子の花につけたり。**（三・二四九）

8　**草の文字**はえ見知らねばにやあらむ、本末なくも見ゆるかな、（三・二五〇）

篝火

1　**いと涼しげなる遣水のほとりに、けしきことに広ごり伏したる檀の木の下に、打松おどろおどろしからぬほどに置きて、**さし退きて点したれば、御前の方は、いと涼しくをかしきほどなる光に、女の御さま見るにかひあり。（三・二五七）

野分

1　中宮の御前に、**秋の花を植ゑさせたまへること、**常の年よりも見どころ多く、**色種を尽くして、よしある黒木、赤木の籬を結ひまぜつつ、**同じき花の枝ざし、姿、朝夕露の光も世の常ならず、玉かとかかやきて、**造りわたせる野辺の色を見るに、はた春の山も忘られて、**涼しうおもしろく、心もあくがるるやうなり。（三・二六三）

2　**東の渡殿の小障子の上より、**妻戸の開きたる隙を何心もなく見入れたまへるに、（三・二六四）

3　**御屏風も、**風のいたく吹きければ、押したたみ寄せたるに、（三・二六四〜二六五）

4　西の御方より、**内の御障子**ひき開けて渡りたまふ。（三・二六六）

5　**山の木どもも吹きなびかして、**枝ども多く折れ伏したり。**草むらはさらにも言はず、檜皮、瓦、所どころの立蔀、透垣などやうのもの乱りがはし。**（三・二七〇〜二七一）

6　童べ下ろさせたまひて、虫の籠どもに露かはせたまふなりけり。**紫苑、撫子、濃き薄き衵どもに、女郎花の汗衫などやうの、**時にあひたるさまにて、四五人連れて、ここかしこの草むらによりて、いろいろの籠どもを持ちてさまよひ、**撫子**などのいとあはれげなる枝ども取りもてまゐる。

（三・二七三〜二七四）

7　童べなど、をかしき衵姿うちとけて、**心とどめとりわき植ゑたまふ竜胆、朝顔**の**這ひまじれる籬**も、みな散り乱れたるを、とかく引き出で尋ぬるなるべし。（三・二七七）

8　**屏風などもみなたたみ寄せ**、物しどけなくしなしたるに、（三・二七七〜二七八）

9　いときよらなる**朽葉の羅、今様色の二なく擣ちたるなど**、ひき散らしたまへり。（三・二八一）

10　**御直衣花文綾を、このごろ摘み出したる花して、はかなく染め出でたまへる**、いとあらまほしき色したり。（三・二八二）

11　**雛の殿は**いかがおはすらむ、（三・二八二）

12　**扇の風だにまゐれば**、いみじきことに思いたるを、ほとほとしくこそ吹き乱りはべりしか。（三・二八二）

13　文書きたまふ。**紫の薄様**なりけり。（三・二八三）

14　**墨、心とどめて押し磨り、筆のさきうち見つつ、こまやかに書きやすらひたまへる**、いとよし。（三・二八三）

15　吹き乱りたる刈萱につけたまへれば、人人、**交野の少将は、紙の色にこそととのへはべりけれ**、と聞こゆ。（三・二八三）

16　**薄色の御衣に**、髪のまだ丈にははづれたる末のひき広げたるやうにて、（三・二八四）

行幸

1　**青色の袍衣、葡萄染の下襲を**、殿上人、五位六位まで着たり。（三・二九〇）

2　近衛の鷹飼どもは、まして**世に目馴れぬ摺衣**を乱れ着つつ、気色ことなり。（三・二九〇）

3　帝の、**赤色の御衣奉りて**うるはしう動きなき御かたはら目に、なずらひきこゆべき人なし。（三・二九一）

4　**白き色紙に**、いとうちとけたる御文、こまかに気色ばみてもあらぬが、をかしきを見たまうて、（三・二九四）

5　**葡萄染の御指貫、桜の下襲**、いと長う裾ひきて、ゆるゆるとことさらびたる御もてなし、あなきらきらしと見えたまへるに、六条殿は、**桜の唐の綺の御直衣、今様色の御衣ひき重ねて**、しどけなきおほきみ姿、いよいよたとへんものなし。

6 古代なる御文書きなれど、いたしや、この御手よ。昔は上手にものしたまひけるを、年にそへてあやしく老いゆくものにこそありけれ。いとからく御手震ひにけり、（三・三一二）

（三・三〇五）

7 中宮より白き御裳、唐衣、御装束、御髪上の具など、いと二なくて、（三・三一三）

8 御方方みな心心に、御装束、人人の料に、櫛、扇まで、とりどりにし出でたまへるありさま、劣りまさらず、（三・三一三）

9 青鈍の細長一襲、落栗とかや、何とかや、昔の人のめでたうしける袷の袴一具、紫のしらきり見ゆる霰地の御小袿と、よき衣箱に入れて、つつみいとうるはしうて奉れたまへり。（三・三一四）

10 御手は、昔だにありしを、いとわりなうしじかみ、彫り深う、強う、固う書きたまへり。（三・三一五）

藤袴

1 薄き鈍色の御衣、なつかしきほどにやつれて、例に変りたる色あひにしも、容貌はいとはなやかにもてはやされておはするを、御前なる人人はうち笑みて見たてまつるに、宰相中将、同じ色のいますこしこまやかなる直衣姿にて、纓巻きたまへる姿しも、またいとなまめかしくきよらにておはしたり。（三・三二九）

2 月限なくさし上がりて、空のけしきも艶なるに、いとあてやかにきよげなる容貌して、御直衣の姿、好ましく華やかにていとをかし。（三・三四二）

3 いとかしけたる下折れの霜も落とさず持て参れる、御使さへぞうちあひたるや。（三・三四四）

4 紙の色、墨つき、しめたる匂ひもさまざまなるを、（三・三四五）

真木柱

1 石山の仏をも、弁のおもとをも、並べて頂かまほしう思へど、（三・三四九）

2 白き薄様に、づしやかに書いたまへれど、ことにをかしきところもなし。手はいときよげなり。才賢くなどぞものした

まひける。（三・三六七）

3 **昔物語などを見るにも、**世の常の心ざし深き親だに、時に移ろひ人に従へば、おろかにのみこそはなりけれ。（三・三七二）

4 姫君、**檜皮色の紙の重ね、**ただいささかに書きて、柱の乾割れたるはさまに、**笄の先**して押し入れたまふ。（三・三七三）

5 **よき表の御衣、柳の下襲、青鈍の綺の指貫着たまひて**ひきつくろひたまへる、いとものものし。（三・三七七）

6 **手も幼けれど、**心ばへのあはれに恋しきままに、（三・三七八）

7 **この御局の袖口、おほかたのけはひいまめかしう、同じものの色あひ重なりなれど、**ものよりことにはなやかなり。（三・三八三）

8 **呉竹の籬**に、わざとなう咲きかかりたるにほひ、いとおもしろし。（三・三九四）

梅枝

1 **二条院の御倉**開けさせたまひて、**唐の物ども**取り渡させたまひて、御覧じくらぶるに、（三・四〇三）

2 **錦、綾なども、なほ古き物こそなつかしうこまやかにはありけれ、**とて、**近き御しつらひのものの覆ひ、敷物、褥などの端どもに、故院の御世のはじめつ方、高麗人の奉れりける綾、緋金錦どもなど、今の世の物に似ず、**なほさまざま御覧じ当てつつせさせたまひて、このたびの綾、羅などは人々に賜す。（三・四〇三〜四〇四）

3 御調度どもも、そこらのきよらを尽くしたまへる中にも、**香壺の御箱どものやう、壺の姿、火取の心ばへも目馴れぬさまに、いまめかしう、様変へさせたまへるに、**（三・四〇五）

4 **沈の箱に、瑠璃の坏二つ据ゑて、**大きにまろがしつつ入れたまへり。**心葉、紺瑠璃には五葉の枝、白きには梅を彫りて、**同じくひき結びたる糸のさまも、なよびかになまめかしうぞしたまへる。（三・四〇六）

5 **紅梅襲の唐の細長添へたる女の装束**かづけたまふ。**御返りもその色の紙にて、**御前の花を折らせてつけさせたまふ。（三・四〇六）

6　御調度どもも、もとあるよりもととのへて、御みづからも、物の下形、絵様などをも御覧じ入れつつ、すぐれたる道道の上手どもを召し集めて、こまかに磨きととのへさせたまふ。（三・四一四〜四一五）

7　草子の箱に入るべき草子どもの、やがて本にもしたまふべきを選らせたまふ。いにしへの上なき際の御手どもの、世に名を残したまへるたぐひのも、いと多くさぶらふ。（三・四一五）

8　よろづのこと、昔には劣りざまに、浅くなりゆく世の末なれど、仮名のみなん今の世はいと際なくなりたる。古き跡は、定まれるやうにはあれど、ひろき心ゆたかならず、一筋に通ひてなんありける。妙にをかしきことは、外よりてこそ書き出づる人人ありけれど、女手を心に入れて習ひし盛りに、こともなき手本多く集へたりし中に、中宮の母御息所の、心にも入れず走り書いたまへりし一行ばかり、わざとならぬを得て、際ことにおぼえしはや。（三・四一五）

9　宮の御手は、こまかにをかしげなれど、かどや後れたらん、（三・四一六）

10　故入道の宮の御手は、いとけしき深うなまめきたる筋はありしかど、弱きところありて、にほひぞ少なかりし。院の尚侍こそ今の世の上手におはすれど、あまりそぼれて癖ぞ添ひためる。さはありとも、かの君と、前斎院と、ここにとこそは書きたまはめ、（三・四一六）

11　にこやかなる方のなつかしさは、ことなるものを。真字のすすみたるほどに、仮名はしどけなき文字こそまじるめれ、とて、まだ書かぬ草子ども作り加へて、表紙、紐などいみじうせさせたまふ。（三・四一六〜四一七）

12　兵部卿宮、左衛門督などにものせん。みづから一具は書くべし。気色ばみいますがりとも、え書きならべじや、と、我ぼめをしたまふ。（三・四一七）

13　墨、筆ならびなく選り出でて、例の所どころに、ただならぬ御消息あれば、人人難きことに思して、返さひ申したまふもあれば、まめやかに聞こえたまふ。高麗の紙の薄様だちたるが、せめてなまめかしきを、このもの好みする若き人人試みん、とて、宰相中将、式部卿宮の兵衛督、内の大殿の頭中将などに、葦手、歌絵を、思ひ思ひに書け、とのたまへば、

みな心心にいどむべかめり。　（三・四一七）

14　古き言どもなど思ひすましたまひて、御心のゆくかぎり、**草のもただのも、女手も、いみじう書きつくしたまふ。**御前に人繁からず。女房二三人ばかり、墨などすらせたまひて、**ゆゑある古き集の歌など、**いかにぞやなど選り出でたまふに、口惜しからぬかぎりさぶらふ。御簾あげわたして、脇息の上に草子うち置き、端近くうち乱れて、筆のしりくはへて、思ひめぐらしたまへるさま、飽く世なくめでたし。**白き赤きなど、掲焉なる枚は、**筆とり直し、用意したまへるさまさへ、見知らむ人は、げにめでぬべき御ありさまなり。
（三・四一七～四一八）

15　**すぐれてしもあらぬ御手を、**ただ片かどに、**いといたう筆澄みたるけしきありて、**書きなしたまへり。（三・四一九）

16　歌もことさらめき、側みたる古言どもを選りて、**ただ三行ばかりに、文字少なに好ましくぞ書きたまへる。**　（三・四一九）

17　書きたまへる草子どもも、隠したまふべきならねば、取う出たまひて、かたみに御覧ず。**唐の紙のいとすくみたるに、草書きたまへる、**すぐれてめでたしと見たまふに、**高麗の紙の、膚こまかに和うなつかしきが、色などははなやかならで、なまめきたるに、おほどかなる女手の、うるはしう心とどめて書きたまへる、**たとふべき方なし。見たまふ人の涙さへ**水茎に流れそふ心地して、**飽く世あるまじきに、また**ここの紙屋の色紙の色あはひはなやかなるに、乱れたる草の歌を、筆にまかせて乱れ書きたまへる、**見どころ限りなし。
（三・四一九～四二〇）

18　左衛門督は、**ことごとしうかしこげなる筋をのみ好みて書きたれど、筆のおきて澄まぬ心地して、いたはり加へたるけしきなり。**　（三・四二〇）

19　**葦手の草子どもぞ、**心心にはかなうをかしき。宰相中将のは、**水の勢ひゆたかに書きなし、そそけたる葦の生ひざまなど、**難波の浦に通ひて、こなたかなたいきまじりて、いたう澄みたるところあり。またいといまめかしうひきかへて、**文字様、石などのたたずまひ、好み書きたまへる枚**もあめり。
（三・四二〇～四二一）

20　今日は、また、**手のことども**のたまひ暮らし、**さまざまの**

継紙の本ども選り出でさせたまへるついでに、御子の侍従して、宮にさぶらふ本ども取りに遣はす。**嵯峨帝の、古万葉集を選び書かせたまへる四巻、延喜帝の、古今和歌集を、唐の浅縹の紙を継ぎて、同じ色の濃き紋の綺の表紙、同じき玉の軸、緂の唐組の紐などなまめかしうて、巻ごとに御手の筋を変へつつ、**いみじう書き尽くさせたまへる、（三・四二一）

21　**唐の本などの**いとわざとがましき、**沈の箱**に入れて、いみじき高麗笛添へて奉れたまふ。（三・四二二）

22　またこのごろは、ただ**仮名の定め**をしたまひて、世の中に**手書くとおぼえたる**上中下の人人にも、さるべきものども思しはからひて、尋ねて書かせたまふ。（三・四二二）

23　わざと人のほど、品分かせたまひつつ、**草子、巻物みな書かせたてまつりたまふ。**（三・四二二）

24　よろづに**めづらかなる御宝物ども、他の朝廷までありがたげなる中に、この本ども**なん、ゆかしと心動きたまふ若人世に多かりける。**御絵**どもととのへさせたまふ中に、かの**須磨の日記**は、末にも伝へ知らせむと思せど、（三・四二二）

藤裏葉

1　四月朔日ごろ、**御前の藤の花、いとおもしろう咲き乱れて、**世の常の色ならず、ただに見過ぐさむこと惜しき盛りなるに、（三・四三四）

2　**直衣こそあまり濃くて軽びためれ。非参議のほど、何となき若人こそ、二藍はよけれ、**ひきつくろはんや、（三・四三五〜四三六）

3　七日の夕月夜、影ほのかなるに、**池の鏡のどかに澄みわたれり。**げに、まだほのかなる梢どものさうざうしきころなるに、**いたうけしきばみ横たはれる松の、木高きほどにはあらぬに、かかれる花のさま、**世の常ならずおもしろし。（三・四三九）

4　大臣は、**薄き御直衣、白き御衣の唐めきたるが、紋けざやかに艶艶と透きたるを奉りて、**なほ尽きせずあてになまめかしうおはします。宰相殿は、**すこし色深き御直衣に、丁子染めの焦がるるまで染める、白き綾のなつかしきを着たまへる、**ことさらめきて艶に見ゆ。（三・四四四）

5　なにとかや**今日のかざしよ**かつ見つつおぼめくまでもなり

にけるかな　（三・四四八）

6　いとうつくしげに**雛のやうなる**御ありさまを、夢の心地して見たてまつるにも、　（三・四五一）

7　**前栽**どもなど小さき木どもなりしも、いと繁き蔭となり、**一叢薄**も心にまかせて乱れたりける、つくろはせたまふ。**遣水の水草**も掻きあらためて、いと心ゆきたるけしきなり。　（三・四五六）

8　**ありつる御手習どもの**、散りたるを御覧じつけて、うちしほたれたまふ。　（三・四五七）

9　巳の刻に行幸ありて、まづ馬場殿に、左右の寮の御馬牽き並べて、左右の近衛立ち添ひたる作法、五月の節にあやめわかれず通ひたり。未下るほどに、南の寝殿に移りおはします。**道のほどの反橋、渡殿には錦を敷き**、あらはなるべき所には**軟障をひき**、いつくしうしなさせたまへり。**東の池に舟ども浮けて**、御厨子所の鵜飼の長、院の鵜飼を召し並べて、鵜をおろさせたまへり。小さき鮒ども食ひたり。わざとの御覧とはなけれど、過ぎさせたまふ道の興ばかりになん。**山の紅葉**いづ方も劣らねど、西の御前は心ことなるを、**中の廊の壁をくづし、中門を開きて**、霧の隔てなくて御覧ぜさせたまふ。　（三・四五八〜四五九）

10　夕風の吹き敷く紅葉のいろいろ濃き薄き、**錦を敷きたる渡殿の上**見えまがふ庭の面に、かたちをかしき童べの、やむごとなき家の子どもなどにて、**青き赤き白橡、蘇芳、葡萄染など**、常のごと、例の角髪に、額ばかりのけしきを見せて、短きものどもをほのかに舞ひつつ、　（三・四六一）

若菜上

1　院の内にやむごとなく思す**御宝物、御調度ども**をばさらにもいはず、はかなき**遊び物**まで、すこしゆゑあるかぎりをば、ただこの御方にと渡したてまつらせたまひて、　（四・一八〜一九）

2　御しつらひは、柏殿の西面に、御帳、御几帳よりはじめて、**ここの綾、錦はまぜさせたまはず、唐土の后の飾りを思しやりて**、うるはしくことごとしく、輝くばかり調へさせたまへり。　（四・四二）

3　帝、春宮をはじめたてまつりて、心苦しく聞こしめしつ

つ、**蔵人所、納殿の唐物ども**多く奉らせたまへり。（四・四二）

4 あえものけしうはあらじと譲りきこえたまへるほど、**げに面だたしき簪なれば、**（四・四三）

5 院の御前に、**浅香の懸盤に**御鉢など、昔にかはりてまゐるを、（四・五〇）

6 南の殿の西の放出に御座よそふ。**屏風、壁代よりはじめ、**新しく払ひしつらはれたり。（四・五五）

7 うるはしく**倚子**などは立てず、**御地敷四十枚、**御褥、脇息など、すべてその御具ども、いときよらにせさせたまへり。（四・五五）

8 **螺鈿の御厨子二具に、**御衣箱四つ据ゑて、夏冬の御装束、香壺、薬の箱、御硯、泔坏、掻上の箱などやうのもの、内々きよらを尽くしたまへり。（四・五五）

9 **御挿頭の台には、沈、紫檀を作り、めづらしき文目を尽くし、同じき金をも、色使ひなしたる、**心ばへありいまめかしく、尚侍の君、もののみやび深くかどめきたまへる人にて、目馴れぬさまにしなしたまへり。（四・五五～五六）

---

10 **沈の折敷四つして、**御若菜さまばかりまゐれり。（四・五七）

11 御前には、**沈の懸盤四つ、**御坏どもなつかしくいまめきたるほどにせられたり。（四・五八）

12 **この御琴は、宜陽殿の御物**にて、代々に第一の名ありし御琴を、（四・六〇）

13 御筆などひきつくろひて、**白き紙に、……梅につけたまへり。**（四・七一）

14 **白き御衣**どもを着たまひて、（四・七一）

15 **紅の薄様にあざやかにおし包まれたるを、胸つぶれて、御手のいと若きを、**しばし見せたてまつらであらばや、（四・七二）

16 **御手、**げにいと若く幼げなり。（四・七二）

17 **御手などの**いとめでたきを、院御覧じて、（四・七六）

18 辰巳の方の廂に据ゑたてまつりて、**御障子のしりは固めたれば、**（四・八〇～八一）

19 **手習などするにも、**おのづから、古言も、もの思はしき筋のみ書かるるを、（四・八八）

20 **うちとけたりつる御手習を、**硯の下にさし入れたまへれど、見つけたまひてひき返し見たまふ。**手などの、いとわざとも上手と見えで、らうらうじくうつくしげに書きたまへり。**（四・八九）

21 **絵などのこと、雛の棄てがたきさま、**若やかに聞こえたまへば、（四・九二）

22 神無月に、対の上、院の御賀に、**嵯峨野の御堂にて薬師仏**供養じたてまつりたまふ。（四・九二）

23 仏、経箱、**帙簀のととのへ、**まことの極楽思ひやらる。**最勝王経、金剛般若、寿命経など、**いとゆたけき御祈りなり。（四・九三）

24 寝殿の放出を例のしつらひて、**螺鈿の倚子立てたり。**殿の西の間に、御衣の机十二立てて、夏冬の御装ひ、御衾など例のごとく、**紫の綾の覆ひどもうるはしく見えわたりて、**内の心はあらはならず。御前に置物の机二つ、**唐の地の裾濃の覆ひしたり。挿頭の台は沈の華足、黄金の鳥、銀の枝にゐたる心ばへなど、**淑景舎の御あづかりにて、明石の御方のせさせたまへる、ゆゑ深く心ことなり。（四・九三〜九四）

---

25 うしろの**御屏風四帖**は、式部卿宮なむせさせたまひける、いみじく尽くして、**例の四季の絵なれど、めづらしき山水、潭など、**目馴れずおもしろし。北の壁にそへて、置物の御厨子二具立てて、御調度ども例のことなり。（四・九四）

26 **白きものどもを**品品かづきて、山際より池の堤過ぐるほどのよそ目は、千歳をかねてあそぶ鶴の毛衣に思ひまがへらる。（四・九六）

27 上達部の禄など、大饗になずらへて、親王たちにはことに女の装束、非参議の四位、廷臣たちなどただの殿上人には、**白き細長一襲、**腰差などまで次次に賜ふ。装束限りなくきよらを尽くして、**名高き帯、御佩刀など、**故前坊の御方ざまにて伝はりまゐりたるも、またあはれになむ。（四・九八）

28 **御屏風四帖に、内裏の御手書かせたまへる、唐の綾の薄緂に、下絵のさまなど**おろかならむやは。おもしろき**春秋の作り絵**などよりも、この**御屏風の墨つきの輝くさまは**目も及ばず、思ひなしさへめでたくなむありける。（四・一〇〇）

29 御贈物に、すぐれたる和琴一つ、好みたまふ高麗笛そへて、**紫檀の箱**一具に**唐の本**ども、**ここの草の本**など入れて御

車に追ひて奉れたまふ。（四・一〇一）

30 **御硯なる紙**に、（四・一〇八）

31 **白き御装束したまひて**、人の親めきて若宮をつと抱きゐたまへるさまいとをかし。（四・一〇九）

32 児うつくしみしたまふ御心にて、**天児など御手づから作り**そそくりおはするもいと若々し。（四・一一一）

33 **仮名文見たまふる**は目の暇いりて、（四・一一三）

34 **俗の方の書**を見はべしにも、また内教の心を尋ぬる中にも、（四・一一四）

35 かの社に立て集めたる願文どもを、大きなる**沈の文箱**に封じ籠めて奉りたまへり。（四・一一六）

36 この文の言葉、いとうたて強く憎げなるさまを、**陸奥国紙にて、年経にければ黄ばみ厚肥えたる五六枚**、**さすがに香にいと深くしみたる**に書きたまへり。（四・一二三～一二四）

37 院は、姫宮の御方におはしけるを、**中の御障子より**ふと渡りたまへれば、（四・一二四）

38 いとあやしき**梵字とかいふやうなる跡**にはべめれど、（四・一二七）

---

39 **寝殿の東面**、桐壺は若宮具したてまつりて参りたまひにしころなれば、こなた隠ろへたりけり、**遣水などの行きあひはれて、よしあるかかりのほど**を尋ねて立ち出づ。（四・一三七）

40 **ゆゑある庭の木立**のいたく霞みこめたるに、**色色紐ときわたる花の木ども、わづかなる萌木の蔭に**、かくはかなきことなれど、よきあしきけぢめあるをいどみつつ、（四・一三八）

41 **御階の間に当たれる桜の蔭によりて**、人人、花の上も忘れて心に入れたるを、**大殿も宮も隅の高欄に出でて**御覧ず。（四・一三九）

42 見る目は人よりけに若くをかしげにて、**桜の直衣のやや萎えたるに、指貫の裾つ方すこしふくみて、けしきばかり引き上げたまへり**。（四・一三九）

43 宮の御前の方を後目に見れば、例の、ことにをさまらぬけはひどもして、**色色こぼれ出でたる御簾のつまづま透影など、春の手向の幣袋に**やとおぼゆ。（四・一四〇）

44 几帳の際すこし入りたるほどに、**袿姿にて**立ちたまへる人あり。階より西の二の間の東のそばなれば、紛れどころもな

くあらはに見入れらる。**紅梅にやあらむ、濃き薄きすぎすぎにあまた重なりたるけぢめはなやかに、草子のつまのやうに見えて、桜の織物の細長**なるべし。（四・一四一）

若菜下

1 **山藍に摺れる竹の節は**松の緑に見えまがひ、**かざしの花のいろいろは**秋の草に異なるけぢめ分かれで何ごとにも目のみ紛ひいろふ。（四・一七一）

2 **にほひもなく黒き袍衣**に、**蘇芳襲の**、**葡萄染の袖**をにはかにひき綻ばしたるに、**紅深き衵の袂の**、うちしぐれたるにけしきばかり濡れたる、松原をば忘れて、紅葉の散るに思ひわたさる。（四・一七一～一七二）

3 入りたまひて、二の車にしのびて……**御畳紙に書きたまへり**。（四・一七二）

4 松原に、はるばると立てつづけたる御車どもの、**風にうちなびく下簾の隙々も**、**常磐の蔭に花の錦をひき加へたると見ゆるに**、**袍衣のいろいろけぢめおきて**、をかしき懸盤とりつづきて物まゐりわたすをぞ、下人などは、目につきてめでたしとは思へる。（四・一七五）

5 尼君の御前にも、**浅香の折敷に**、**青鈍の表をりて**、精進物をまゐるとて、（四・一七五）

6 童べは、容貌すぐれたる四人、**赤色に桜の汗衫**、**薄色の織物の衵**、**浮紋の表袴**、**紅の擣ちたる**、さまもてなしすぐれたるかぎりを召したり。女御の御方にも、御しつらひなどいとど改まれることの曇りなきに、おのおのいどましく尽くしたる装ひどもあざやかに、二なし。童は、**青色に蘇芳の汗衫**、**唐綾の表袴**、**衵は山吹なる唐の綺を**、同じさまにととのへたり。明石の御方のは、ことごとしからで、**紅梅二人**、**桜二人**、**青磁のかぎりにて**、**衵濃く薄く**、**擣目などえならで着せたまへり**。宮の御方にも、かく集ひたまふべく聞きたまひて、童べの姿ばかりは、ことにつくろはせたまへり。**青丹に**、**柳の汗衫**、**葡萄染の衵など**、ことに好ましくめづらしきさまにはあらねど、おほかたのけはひの、いかめしく気高きことさへいと並びなし。（四・一八五～一八六）

7 **廂の中の御障子を放ちて**、（四・一八六）

8 秘したまふ御琴ども、**うるはしき紺地の袋どもに入れたる**

取り出でて、（四・一八七）

9 桜の細長に、御髪は左右よりこぼれかかりて、柳の糸のさましたり。（四・一九一）

10 紅梅の御衣に、御髪のかかりはらはらときよらにて、（四・一九二）

11 紫の上は、葡萄染にやあらむ、色濃き小袿、薄蘇芳の細長に御髪のたまれるほど、こちたくゆるるかに、（四・一九二）

12 柳の織物の細長、萌黄にやあらむ、小袿着て、羅の裳のはかなげなるひきかけて、（四・一九三）

13 高麗の青地の錦の端さしたる褥に、まほにもゐで（四・一九三）

14 横笛の君には、こなたより、織物の細長に、袴などことごとしからぬさまに、けしきばかりにて、（四・二〇二）

15 対には、例のおはしまさぬ夜は、宵居したまひて、人人に物語など読ませて聞きたまふ。かく、世のたとひに言ひ集めたる昔語どもにも、あだなる男、色好み、二心ある人にかかづらひたる女、かやうなることを言ひ集めたるにも、つひによる方ありてこそあめれ、（四・二一二）

16 隅の間の屏風をひきひろげて、戸を押し開けたれば、（四・二二七）

17 くやしくぞつみをかしけるあふひ草神のゆるせるかざしならぬに（四・二三二）

18 もろかづら落葉をなににひろひけむ名は睦ましきかざしなれども（四・二三三）

19 不動尊の御本の誓ひあり、その日数をだにかけとどめたてまつりたまへ、と、頭よりまことに黒煙をたてて、いみじき心を起こして加持したてまつる。（四・二三四）

20 日ごとに法華経一部づつ供養ぜさせたまふ。（四・二四二）

21 昨日今日かくものおぼえたまふ隙にて、心ことに繕はれたる遣水、前栽の、うちつけに心地よげなるを見出だしたまひても、あはれに今まで経にけるを思ほす。池はいと涼しげにて、蓮の花の咲きわたれるに、葉はいと青やかにて、露きらきらと玉のやうに見えわたるを、（四・二四四～二四五）

22 昨夜のかはほりを落として、これは風ぬるくこそありけれ、とて、御扇置きたまひて、（四・二五〇）

23 御褥のすこしまよひたるつまより、浅緑の薄様なる文の押

しきたる端見ゆるを、何心もなく引き出でて御覧ずるに、男の手なり。紙の香などいと艶に、ことさらめきたる書きざまなり。二重ねにこまごまと書きたるを見たまふに、紛るべき方なくその人の手なりけりと見たまひつ。（四・二五〇）

24　さぶらふ人人の中に、かの中納言の手に似たる手して書きたるかとまで思しよれど、言葉づかひきらきらと紛ふべくもあらぬことどもあり。（四・二五三）

25　濃き青鈍の紙にて、樒にさしたまへる、例のことなれど、いたく過ぐしたる筆づかひ、なほ古りがたくをかしげなり。（四・二六三）

26　青鈍の一領をここにはせさせたまふ。（四・二六五）

27　作物所の人召して、忍びて、尼の御具どものさるべきはじめのたまはす。御褥、上蓆、屏風、几帳などのことも、いと忍びて、わざとがましくいそがせたまひけり。（四・二六五）

28　かの御賀の日は、赤き白橡に、葡萄染の下襲を着るべし、今日は、青色に蘇芳襲、楽人三十人、今日は白襲を着たる、辰巳の方の釣殿につづきたる廊を楽所にして、山の南の側より御前に出づるほど、仙遊霞といふもの遊びて、雪のただいささか散るに、春のとなり近く、梅のけしき見るかひありてほほ笑みたり。（四・二七九）

柏木

1　紙燭召して御返り見たまへば、御手もなほいとはかなげに、をかしきほどに書いたまひて、（四・二九六）

2　御返り、臥しながらうち休みつつ書いたまふ。言の葉のつづきもなう、あやしき鳥の跡のやうにて、（四・二九六）

3　うるはしき御法服ならず、墨染の御姿あらまほしうきよらなるも、うらやましく見たてまつりたまふ。（四・三〇四）

4　白き衣どもの、なつかしうなよよかなるをあまた重ねて、衾ひきかけて臥したまへり。（四・三一四）

5　すぎすぎ見ゆる鈍色ども、黄がちなる今様色など着たまひて、（四・三二一）

6　庭もやうやう青み出づる若草見えわたり、ここかしこの砂子薄き物の隠れの方に、蓬も所得顔なり。前栽に心入れてつくろひたまひしも、心にまかせて茂りあひ、一叢薄も頼もしげにひろごりて、虫の音添へむ秋思ひやらるるより、いとも

のあはれに露けくて、分け入りたまふ。伊予簾かけわたして、**鈍色の几帳の更衣したる**透影涼しげに見えて、よき童の**こまやかに鈍ばめる汗衫のつま、**頭つきなどほの見えたる、をかしけれど、なほ目おどろかるる色なりかし。（四・三三六〜三三七）

7 **御前の木立ども、思ふことなげなるけしきを**見たまふも、いとものあはれなり。**柏木と楓との、ものよりけに若やかなる色して枝さしかはしたるを、**いかなる契りにか、末あへる頼もしさよ、などのたまひて、（四・三三七）

8 **直衣姿いとあざやかにて、**丈だちものものしうそぞろかにぞ見えたまひける。（四・三三九〜三四〇）

横笛

1 御使には**青鈍の綾一襲**賜ふ。**書きかへたまへりける紙**の御几帳の側よりほの見ゆるをとりて見たまへば、**御手はいとはかなげにて、**（四・三四八）

2 **白き羅に唐の小紋の紅梅の御衣の裾、**いと長くしどけなげに引きやられて、（四・三四九）

3 うち荒れたる心地すれど、あてに気高く住みなしたまひて、**前栽の花ども、虫の音しげき野辺と乱れたる夕映えを**見わたしたまふ。（四・三五三）

4 **二藍の直衣のかぎりを着て、**いみじう白う光りうつくしきこと、皇子たちよりもこまかにをかしげにて、（四・三六四）

鈴虫

1 夏ごろ、蓮の花の盛りに、入道の姫宮の御持仏どもあらはしたまへる供養せさせたまふ。このたびは、大殿の君の御心ざしにて、御念誦堂の具ども、こまかにととのへさせたまへるを、やがてしつらはせたまふ。**幡のさまなど、なつかしう心ことなる唐の錦を選び縫はせたまへり。**紫の上ぞ、いそぎせさせたまひける。**花机の覆ひなどのをかしき目染もなつかしう、きよらなるにほひ、染めつけられたる心ばへ、目馴れぬさまなり。**夜の御帳の帷子を四面ながらあげて、**うしろの方に法華の曼荼羅掛けたてまつりて、銀の花瓶に高くことごとしき花の色をととのへて**奉れり。（四・三七三）

2 **阿弥陀仏、脇士の菩薩、おのおの白檀して造りたてまつり**

たる、こまかにうつくしげなり。閼伽の具は、例のきはやかに小さくて、青き、白き、紫の蓮をととのへて、荷葉の方を合はせたる名香、蜜をかくしほほろげて焚き匂はしたる、ひとつかをり匂ひあひていとなつかし。経は、六道の衆生のために六部書かせたまひて、みづからの御持経は、院ぞ御手づから書かせたまひける。（四・三七三～三七四）

3　さては阿弥陀経、唐の紙はもろくて、朝夕の御手ならしにもいかがとて、紙屋の人を召して、ことに仰せ言賜ひて心ことにきよらに漉かせたまへるに、この春のころほひより、御心とどめて急ぎ書かせたまへるかひありて、端を見たまふ人人、目も輝きまどひたまふ。罫かけたる金の筋よりも、墨つきの上に輝くさまなども、いとなむめづらかなりける。軸、表紙、箱のさまなどいへばさらなりかし。これはことに沈の華足の机に据ゑて、仏の御同じ帳台の上に飾られたまへり。（四・三七四～三七五）

4　北の御障子もとり放ちて御簾かけたり。（四・三七六）

5　香染なる御扇に書きつけたまへり。（四・三七六）

6　綾の装ひにて、袈裟の縫目まで、見知る人は世になべてならずとめでけりとや、（四・三七七）

7　御封のものども、国々の御庄、御牧などより奉る物ども、はかばかしきさまのは、みなかの三条宮の御倉に収めさせたまふ。またも建て添へさせたまひて、さまざまの御宝物ども、院の御処分に数もなく賜りたまへるなど、あなたざまの物はみなかの宮に運びわたし、こまかにいかめしうしおかせたまふ。（四・三七九）

8　秋ごろ、西の渡殿の前、中の塀の東の際を、おしなべて野に造らせたまへり。閼伽の棚などして、その方にしなさせたまへる御しつらひなど、いとなまめきたり。……この野に虫ども放たせたまひて、風すこし涼しくなりゆく夕暮に渡りたまひつつ、虫の音を聞きたまふやうにて……虫の音いとしげう乱るる夕かな、とて……げに声々聞こえたる中に、鈴虫のふり出でたるほど、はなやかにをかし。秋の虫の声いづれとなき中に松虫なんすぐれたるとて、中宮の、遥けき野辺を分けていとわざと尋ねとりつつ放たせたまへる、しるく鳴き伝ふるこそ少なかなれ。……心にまかせて、人聞かぬ奥山、遥けき野の松原に声惜しまぬも、いと隔て心ある虫になんあり

ける、**鈴虫は心やすく、いまめいたるこそらうたけれ**、などのたまへば、（四・三七九～三八二）

9　**直衣**にて軽らかなる御装ひどもなれば、**下襲**ばかり奉り加へて、（四・三八五）

夕霧

1　**はかなき小柴垣もゆゑあるさまにしなして、**かりそめなれどあてはかに住まひなしたまへり。**寝殿とおぼしき東の放出に修法の壇塗りて、北の廂におはすれば、西面に宮はおはします。**（四・三九八）

2　日入り方になりゆくに、空のけしきもあはれに霧りわたりて、山の蔭は小暗き心地するに、蜩鳴きしきりて、**垣ほに生ふる撫子のうちなびける色**をかしう見ゆ。**前の前栽の花どもは、心にまかせて乱れあひたるに、水の音いと涼しげにて、**山おろし心すごく、松の響き木深く聞こえわたされなどして、（四・四〇一～四〇二）

3　**北の御障子の外にゐざり出でさせたまふを、**いとようたどりて、ひきとどめたてまつりつ。御身は入りはてたまへれど、御衣の裾の残りて、**障子はあなたより鎖すべき方なかりければ、**引き閉てさして、水のやうにわななきおはす。（四・四〇五）

4　**障子をおさへたまへるは、いとものはかなき固めなれど、**引きも開けず、（四・四〇七）

5　しばしうち休みたまひて、御衣脱ぎかへたまふ。常に夏冬といときよらにしおきたまへれば、**香の御唐櫃より取う出て**奉りたまふ。（四・四一三）

6　よその人は漏り聞けども親に隠すたぐひこそは**昔の物語に**もあめれど、（四・四一四）

7　**障子は鎖してなむ**、と、よろづによろしきやうに聞こえなせど、（四・四一九～四二〇）

8　**御障子の固めばかりをなむ**、すこし事添へて、けざやかに聞こえさせつる。（四・四二一）

9　心地のかき乱りくるるやうにしたまふ目押ししぼりて、**あやしき鳥の跡のやうに書きたまふ。**（四・四二五）

10　かく**例にもあらぬ鳥の跡のやうなれば、**とみにも見解きたまはで、（四・四二七）

11　なほ**かの緑の袖のなごり**、侮らはしきにことつけて、もてなしたてまつらむと思ふやうあるにや。（四・四二九）

12　君達のあわて遊びあひて、**雛つくり**拾ひ据ゑて遊びたまふ、文読み**手習**など、さまざまにいとあわたたし、（四・四三〇）

13　**いと苦しげに言ふかひなく書き紛らはしたまへるさまにて**、おぼろけに思ひあまりてやは、かく書きたまうつらむ、（四・四三三）

14　山風にたへぬ**木々の梢**も、**蜂の葛葉**も心あわたたしうあらそひ散る紛れに、尊き読経の声かすかに、念仏などの声ばかりして、人のけはひいと少なう、木枯の吹き払ひたるに、鹿はただ**籬**のもとにたたずみつつ、**山田の引板**にも驚かず、色濃き稲どもの中にまじりてうちなくも愁へ顔なり。滝の声は、いとどもの思ふ人を驚かし顔に耳かしがましうとどろき響く。草むらの虫のみぞよりどころなげに鳴き弱りて、**枯れたる草**の下より**竜胆**のわれ独りのみ心長う這ひ出でて露けく見ゆるなど、みな**例**のころのことなれど、をりから所がらにや、いとたへがたきほどのもの悲しさなり。

15　なつかしきほどの**直衣**に、**色濃かなる御衣の擣目いとけうらに透きて**、（四・四四七〜四四八）

16　まばゆげにわざとなく**扇をさし隠したまへる**手つき、女こそかうはあらまほしけれ、それだにえあらぬを、と見たてまつる。（四・四四八〜四四九）

17　**鈍色の几帳を簾のつまよりすこし押し出でて**、裾をひきそばめつつゐたり。大和守の妹なれば、離れたてまつらぬうちに、幼くより生ほしたてたまうければ、**衣の色いと濃くて、橡の喪衣一襲、小袿着たり**。（四・四四九）

18　日たけてぞ持て参れる。**紫の濃かなる紙すくよかにて**、小少将ぞ、例の、聞こえたる。……かのありつる御文に、**手習すさびたまへる**を盗みたる、とて、中にひき破りて入れたり。（四・四五四〜四五五）

19　古言など、もの思はしげに書き乱りたまへる、**御手なども見どころあり**。（四・四五五）

20　御心づかひなど、あるべき作法めでたう、**壁代、御屏風、**御几帳、御座などまで思しよりつつ、（四・四六一〜四六二）

21 御佩刀に添へて、**経箱を添へたるが御かたはらも離れねば、恋しさのなぐさめがたき形見にて涙にくもる玉の箱かな。黒きもまだしあへさせたまはず、かの手馴らしたまへりし螺鈿の箱なりけり。**誦経にせさせたまひしを、形見にとどめたまへるなりけり。浦島の子が心地になん。（四・四六五）

22 塗籠も、ことにこまかなる物多うもあらで、**香の御唐櫃、御厨子などばかりあるは、**こなたかなたにかき寄せて、（四・四八〇）

23 東面は、**屏風を立てて、母屋の際に香染の御几帳など、**ことごとしきやうに見えぬもの、**沈の二階なんどやうのを立てて、**心ばへありてしつらひたり。（四・四八一〜四八二）

24 人人も、**あざやかならぬ色の、山吹、掻練、濃き衣、青鈍などを着かへさせ、薄色の裳、青朽葉などをとかく紛らはして、**御台はまゐる。（四・四八二）

御法

1 年ごろ、私の御願にて**書かせたてまつりたまひける法華経千部、**急ぎて供養じたまふ。（四・四九五）

2 **七僧の法服**など品々賜す。物の色、縫目よりはじめて、きよらなること限りなし。（四・四九五）

3 北の廂に、方方の御局どもは、**障子ばかりを隔てつつ**したり。（四・四九六）

4 大人になりたまひなば、ここに住みたまひて、**この対の前なる紅梅と桜とは、**花のをりをりに心とどめてもて遊びたまへ。（四・五〇三）

5 **薄墨、とのたまひしよりは、いますこしこまやかにて奉れり。**（四・五一六）

幻

1 女房なども、年ごろ経にけるは、**墨染の色こまやかにて**着つつ、（四・五二二）

2 二月になれば、**花の木どもの盛りになるも、まだしきも、梢をかしう霞みわたれるに、かの御形見の紅梅に鶯のはなやかに鳴き出でたれば、**立ち出でて御覧ず。（四・五二八）

3 外の花は、**一重散りて、八重咲く花桜盛り過ぎて、樺桜は開け、藤はおくれて色づきなどこそはすめるを、**そのおそく

とき花の心をよく分きて、いろいろを尽くし植ゑおきたまひしかば、時を忘れずにほひ満ちたるに、（四・五二九）

4 女房なども、**かの御形見の色変へぬもあり、例の色あひなるも、綾などはなやかにはあらず。みづからの御直衣も、色は世の常なれど、ことさらにやつして、無紋を奉れり。**（四・五三〇）

5 花の色もすさまじくのみ見なさるるを、**仏の御飾りにてこそ見るべかりけれ、**（四・五三一）

6 **対の前の山吹こそなほ世に見えぬ花のさまなれ。**房の大きさなどよ。品高くなどはおきてざりける花にやあらん、はなやかににぎははしき方はいとおもしろきものになんありける。植ゑし人なき春とも知らず顔にて常よりもにほひ重ねたるこそあはれにはべれ、（四・五三一～五三二）

7 **古りがたくよしある書きざまにも、**なまめざましきものに思したりしを、（四・五三六）

8 **紅の黄ばみたる気添ひたる袴、萱草色の単衣、いろ濃き鈍色に黒きなど、**うるはしからず重なりて、裳、唐衣も脱ぎすべしたりけるを、とかくひき掛けなどするに、**葵をかたはらに置きたりけるを**とりたまひて、（四・五三八）

9 かの、心ざしおかれたる**極楽の曼茶羅など、このたびなん供養ずべき。**（四・五四〇）

10 **池の蓮の盛りなる**を見たまふに、……蜩の声はなやかなるに、**御前の撫子の夕映え**を独りのみ見たまふは、げにぞかひなかりける。（四・五四二）

11 御正日には、上下の人人みな斎して、**かの曼茶羅など今日ぞ供養ぜさせたまふ。**例の宵の御行ひに、御手水まゐらする**中将の君の扇に、**君恋ふる涙は際もなきものを今日をば何の果てといふらん、**と書きつけたる**を取りて見たまひて、……と、書き添へたまふ。（四・五四四）

12 御叔父の頭中将、蔵人少将など**小忌にて、青摺の姿ども、**清げにめやすくて、（四・五四五）

13 かの須磨のころほひ、所どころより奉りたまひけるもある中に、**かの御手なるは、**ことに結ひあはせてぞありける。（四・五四六～五四七）

14 **ただ今のやうなる墨つきなど、**げに千年の形見にしつべかりけるを、（四・五四七）

15　いと、かからぬほどのことにてだに、**過ぎにし人の跡と見るはあはれなるを**、ましていとどかきくらし、それとも見分かれぬまで降りおつる御涙の**水茎に流れそふを**、（四・五四七）

16　**かきつめて見るもかひなし藻塩草**おなじ雲居の煙とをなれ、と書きつけて、みな焼かせたまひつ。（四・五四八）

匂兵部卿

1　**御前の前栽にも、春は梅の花園をながめたまひ、秋は世の人のめづる女郎花、小牡鹿の妻にすめる萩の露にもをさをさ御心移したまはず、老を忘るる菊に、おとろへゆく藤袴、ものげなきわれもかうなどは、いとすさまじき霜枯れのころほひまで思し棄てずなど**わざとめきて、香にめづる思ひをなん立てて好ましうおはしける。（五・二七〜二八）

紅梅

1　**七間の寝殿広くおほきに造りて、**南面に、大納言殿、大君、西に中の君、東に宮の御方と住ませたてまつりたまへり。（五・四〇）

2　この東のつまに、**軒近き紅梅**のいとおもしろく匂ひたるを見たまひて、御前の花、心ばへありて見ゆめり、兵部卿宮内裏におはすなり、一枝折りてまゐれ、（五・四七〜四八）

3　**紅の紙に若やぎ書きて、**この君の懐紙にとりまぜ、押したたみて出だしたてたまふを、（五・四九）

竹河

1　さばかり勢ひいかめしくおはせし大臣の御なごり、**内々の御宝物、**領じたまふ所どころなど、その方の衰へはなけれど、おほかたのありさまひきかへたるやうに殿の内しめやかになりゆく。（五・六〇）

2　御前近き**若木の梅**心もとなくつぼみて、鶯の初声もいとおほどかなるに、（五・六八）

3　**浅香の折敷二つばかりして、**くだもの、盃ばかりさし出でたまへり。（五・六九）

4　**小袿重なりたる細長**の人香なつかしう染みたるを、とりあへたるままにかづけたまふ。（五・七三）

5　**桜の細長、山吹などのをりにあひたる色あひのなつかしきほどに重なりたる**裾まで、（五・七五）

6　いま一ところは、**薄紅梅に、**御髪いろにて、柳の糸のやうにたをたをと見ゆ。（五・七五）

7　つくづくと見れば、**桜色の文目も**それと見分きつ。（五・七九）

8　かの御方の御前近く見やらるる**五葉に藤のいとおもしろく咲きかかりたるを、水のほとりの石に苔を蓆にて**ながめゐたまへり。（五・九二）

9　にほひもなく見苦しき**綿花もかざす人からに見分かれて、**さまも声もいとをかしくぞありける。（五・九七）

10　道のはてなる常陸帯の、と、**手習**にも、言ぐさにもするは、いかに思ふやうのあるにかありけん。（五・一〇六～一〇七）

橋姫

1　さすがに広くおもしろき宮の、**池、山などのけしきばかり**昔に変らでいといたう荒れまさるを、つれづれとながめたまふ。家司などもむねむねしき人もなかりければ、とり繕ふ人もなきままに、**草青やかに茂り、軒のしのぶぞ所得顔に青みわたれる。**（五・一二〇）

2　いとどしくさびしく、よりつかん方なきままに、**持仏の御飾り**ばかりをわざとせさせたまひて、明け暮れ行ひたまふ。（五・一二〇～一二一）

3　**直衣の萎えばめるを着たまひて、**しどけなき御さまいと恥づかしげなり。（五・一二三）

4　姫君、御硯をやをら引き寄せて、**手習のやうに書きまぜたまふを、**これに書きたまへ、硯には書きつけざなり、とて紙奉りたまへば、恥ぢらひて書きたまふ。（五・一二三）

5　**手は、**生ひ先見えて、まだよくもつづけたまはぬほどなり。（五・一二三）

6　高き人と聞こゆる中にも、あさましうあてにおほどかなる、女のやうにおはすれば、**古き世の御宝物、**祖父大臣の御処分、何やかやと尽きすまじかりけれど、行く方もなくはかなく失せはてて、**御調度**などばかりなん、わざとうるはしくて多かりける。（五・一二四）

7　仏の御隔てに、**障子ばかりを隔ててぞ**おはすべかめる。（五・一三三）

8　あなたの御前は**竹の透垣**しこめて、みな隔てことなるを、（五・一三九）

9　**扇**ならで、これしても月はまねきつべかりけり、とて、（五・一三九）

10　**昔物語などに語り伝へて**、若き女房などの読むをも聞くに、（五・一四〇）

11　懸想だちてもあらず、**白き色紙の厚肥えたるに、筆はひきつくろひ選りて、墨つき見どころありて**書きたまふ。（五・一五一）

12　かの御脱ぎ棄ての**艶にいみじき狩の御衣ども**、えならぬ**白き綾の御衣のなよなよといひ知らず匂へるを**うつし着て、（五・一五二）

13　**鎌の直衣、指貫縫はせて**、ことさらび着たまへり。（五・一五六）

14　まづ**この袋を見たまへば、唐の浮線綾を縫ひて**、上、といふ文字を上に書きたり。（五・一六四）

15　**いろいろの紙にて**、たまさかに通ひける御文の返り事、五つ六つぞある。さては、**かの御手にて**、病は重く限りになりにたるに、またほのかにも聞こえんこと難くなりぬるを、ゆかしう思ふことはそひにたり、御かたちも変りておはしますらんが、さまざま悲しきことを、**陸奥国紙五六枚に、つぶつぶとあやしき鳥の跡のやうに書きて**、（五・一六四）

16　古めきたる黴くささながら、**跡は消えず**、ただ今書きたらむにも違はぬ言の葉どもの、こまごまとさだかなるを見たまふに、（五・一六五）

椎本

1　**水にのぞきたる廊に造りおろしたる階の心ばへなど**、さる方にいとをかしうゆゑある宮なれば、人人心して舟より下りたまふ。ここは、また、さま異に、**山里びたる網代屏風などの**、ことさらにことそぎて、（五・一七三）

2　おもしろき**花の枝**を折らせたまひて、御供にさぶらふ上童のをかしきして奉りたまふ。山桜にほふあたりにたづねきておなじ**かざし**を折りてけるかな、（五・一七四〜一七五）

3 **かざし**をる花のたよりに山がつの垣根を過ぎぬ春の旅人、野をわきてしも、と、**いとをかしげにらうらうじく書きたまへり。** （五・一七五）

4 胸つぶれて、いかなるにかと思し嘆き、**御衣ども綿厚くて**急ぎせさせたまひて、奉れなどしたまふ。 （五・一八七〜一八八）

5 **黒き紙に、夜の墨つぎもたどたどしければ**、ひきつくろふところもなく、筆にまかせて、押し包みて出だしたまひつ。 （五・一九四）

6 **さきざき御覧ぜしにはあらぬ手の**、いますこしおとなびまさりて、**よしづきたる書きざまなどを**、いづれかいづれならむとうちも置かず御覧じつつ、 （五・一九五）

7 **なげの走り書いたまへる御筆づかひ言の葉も**、をかしきさまになまめきたまへる御けはひを、 （五・一九六）

8 **黒き几帳の透影の**いと心苦しげなるに、 （五・一九八）

9 色かはる浅茅を見ても**墨染にやつるる袖**を思ひこそやれ、と、独り言のやうにのたまへば、**色かはる袖をば**つゆのやどりにてわが身ぞさらにおきどころなき、 （五・一九八〜一九九）

---

10 **墨染ならぬ御火桶**、物の奥なる取り出でて、塵かき払ひなどするにつけても、 （五・二〇六）

11 塵いたう積もりて、**仏のみぞ花の飾り衰へず**、行ひたまひけりと見ゆる御床など取りやりてかき払ひたり。 （五・二一二）

12 花盛りのころ、宮、**かざしを思し出でて**、 （五・二一四）

13 こなたに通ふ**障子の端の方に**、掛金したる所に、穴のすこしあきたるを見おきたまへりければ、**外に立てたる屛風**をひきやりて見たまふ。 （五・二一六）

14 高きも短きも、几帳を二間の簾に押し寄せて、**この障子に対ひて開きたる障子より**、あなたに通らんとなりけり。 （五・二一七）

15 **濃き鈍色の単衣に萱草の袴のもてはやしたる**、なかなかさまかはりてはなやかなりと見ゆるは、着なしたまへる人からなめり。帯はかなげにしなして、数珠ひき隠して持たまへり。 （五・二一七）

16 あなたに**屛風もそへて**立ててはべりつ。 （五・二一八）

17 **黒き袷一襲、同じやうなる色あひを**着たまへれど、（五・二一八）

18 髪さはらかなるほどに落ちたるなるべし、末すこし細りて、色なりとかいふめる**翡翠だちていとをかしげに**、糸をよりかけたるやうなり。（五・二一八）

19 **紫の紙に書きたる経を**片手に持ちたまへる手つき、かれよりも細さまさりて、痩せ痩せなるべし。（五・二一八）

20 立ちたりつる君も、**障子口**にゐて、何ごとにかあらむ、こなたを見おこせて笑ひたる、いと愛敬づきたり。（五・二一九）

総角

1 ここには法服のこと、**経の飾り**、こまかなる御あつかひを、人の聞こゆるに従ひて営みたまふも（五・二二三）

2 **名香の糸ひき乱りて**、かくても経ぬる、など、うち語らひたまふほどなりけり。（五・二二三）

3 仏のおはする中の戸を開けて、御灯明の灯けざやかにかかげさせて、**簾に屏風をそへて**ぞおはする。（五・二三二）

4 **屏風をやをら押し開けて**入りたまひぬ。（五・二三四）

5 **ゆゆしき袖の色など**見あらはしたまふ心浅さに、（五・二三五）

6 **光見えつる方の障子を**押し開けたまひて、空のあはれなるをもろともに見たまふ。（五・二三七）

7 **障子口まで**送りたてまつりたまひて、（五・二三九）

8 中の宮、**組など**しはてたまひて、**心葉など**、えこそ思ひよりはべらね、と、せめて聞こえたまへば、暗くなりぬる紛れに起きたまひてもろともに結びなどしたまふ。（五・二四一～二四二）

9 月ごろ**黒くならはしたまへる御姿、薄鈍にて**、いとなまめかしくて、（五・二四二）

10 **昔物語にも**、心もてやは、とあることもかかることもあめる、うちとくまじき人の心にこそあめれ、（五・二四四）

11 **なよよかにをかしき御衣**、上にひき着せたてまつりたまひて、（五・二五〇）

12 **袿姿にて**、いと馴れ顔に几帳の帷子を引き上げて入りぬるを、（五・二五二）

13 あやしき壁の面に**屏風を立てたるうしろの**むつかしげなるにゐたまひぬ。（五・二五二）

14 秋のけしきも知らず顔に、**青き枝の**、**片枝いと濃くもみぢたるを**、おなじ枝を分きてそめける山姫にいづれか深き色ととはばや。さばかり恨みつる気色も、言少なにことそぎて、おしつつみたまへるを、（五・二五七）

15 紛るることなくあらまほしき御住まひに、**御前の前栽ほかのには似ず、同じき花の姿も、木草のなびきざまも**ことに見なされて、**遣水にすめる月の影さへ絵に描きたるやうなるに、**（五・二五九）

16 かの入りたまふべき道にはあらぬ**廂の障子をいとよく鎖して、**対面したまへり。（五・二六三）

17 **障子の中より**御袖をとらへて、引き寄せていみじく恨むれば、（五・二六四）

18 一夜の戸口に寄りて、**扇を鳴らしたまへば、**弁参りて導ききこゆ。（五・二六四）

19 この**障子の固めばかりいと強きも、**まことにもの清く推しはかりきこゆる人もはべらじ。（五・二六五）

---

20 **障子をも引き破りつべき**気色なれば、（五・二六六）

21 **昔物語などに、**ことさらにをこめきて作り出でたる物の譬にこそはなりぬべかめれ。（五・二六六）

22 **異様なる女車のさまして**隠ろへ入りたまふに、みな笑ひたまひて、（五・二六八〜二六九）

23 **紫苑色の細長一襲に三重襲の袴具して**賜ふ。（五・二七〇）

24 **濃き御衣の袖の**いといたく濡るれば、（五・二七一）

25 **陸奥国紙に追ひつぎ**書きたまひて、（五・二七四）

26 盛り過ぎたるさまどもに、**あざやかなる花の色色、似つかはしからぬをさし縫ひつつ、**（五・二八〇）

27 人憎く、け遠くはもて離れぬものから、**障子の固めも**いと強し、（五・二八八）

28 更衣など、はかばかしく誰かはあつかふらむなど思して、御帳の帷子、**壁代など、**（五・二九一）

29 **紅葉を葺きたる舟の飾りの錦と見ゆるに、**声声吹き出づる物の音ども、風につきておどろおどろしきまでおぼゆ。（五・二九三）

30 **紅葉を薄く濃くかざして、**海仙楽といふものを吹きて、お

のおの心ゆきたる気色なるに、（五・二九三）

31　この**古宮の梢は、**いとことにおもしろく、**常磐木に這ひかかれる蔦の色なども、**もの深げに見えて、遠目さへすごげなるを、（五・二九五～二九六）

32　男といふものは、そら言をこそいとよくすなれ、思はぬ人を思ふ顔にとりなす言の葉多かるものと、この人数ならぬ女ばらの、**昔物語に言ふを、**（五・二九八）

33　御前に人多くもさぶらはず、しめやかに、**御絵など御覧ずるほどなり。**（五・三〇三）

34　**御絵どものあまた散りたるを**見たまへば、**をかしげなる女絵どもの、恋する男の住まひなど描きまぜ、山里のをかしき家居など、**心心に世のありさま描きたるを、よそへらるること多くて、御目とまりたまへば、すこし聞こえたまひてかしこへ奉らむと思す。（五・三〇三～三〇四）

35　**在五が物語描きて、妹に琴教へたるところの、**人の結ばん、と言ひたるを見て、（五・三〇四）

36　**いかなる絵にかと思すに、**おし巻き寄せて、御前にさし入れたまへるを、（五・三〇四）

37　**白き御衣に、**髪は梳ることもしたまはでほど経ぬれど、迷ふ筋なくうちやられて、（五・三一一）

38　**山吹、薄色などはなやかなる色あひに、**御顔はことさらに染めにほはしたらむやうに、いとをかしくはなばなとして、（五・三一一）

39　東面のいますこしけ近き方に、**屛風など立てさせて**入りゐたまふ。（五・三一七）

40　**白き御衣どものなよびかなるに、**衾を押しやりて、**中に身もなき雛を**臥せたらむ心地して、（五・三二六）

41　限りあれば、**御衣の色の変らぬを、**かの御方の心寄せわきたりし人々の、いと黒く着かへたるをほの見たまふも、（五・三三一）

42　**くれなゐに**落つる涙もかひなきはかたみの色を染めぬなりけり。**聴色の氷とけぬかと見ゆるを、**いとど濡らしそへつつながめたまふさま、いとなまめかしうきよげなり。（五・三三一）

早蕨

1 **かいばみせし障子の穴**も思ひ出でらるれば、寄りて見たまへど、 （五・三五四）

2 **中の障子の口にて**対面したまへり。 （五・三五五）

3 **御前近き紅梅**の色も香もなつかしきに、鶯だに見過ぐしがたげにうち鳴きて渡るめれば、 （五・三五六）

4 見も知らぬさまに、**目も輝くやうなる殿造りの、**三つ葉四つ葉なる中に引き入れて、 （五・三六四）

宿木

1 **黒き御衣にやつれておはするさま、**いとどらうたげにあてなる気色まさりたまへり。 （五・三七五）

2 御前の**菊うつろひはてて盛りなるころ、**空のけしきのあはれにうちしぐるるにも、 （五・三七六）

3 折りたまへる花を、**扇にうち置きて見ゐたまへるに、**やうやう赤みもて行くもなかなか色のあはひをかしく見ゆれば、やをらさし入れて、 （五・三九四）

4 **継母の宮の御手なめりと見ゆれば、**いますこし心やすくて、うち置きたまへり。 （五・四一〇）

5 かかる道を、いかなれば浅からず人の思ふらんと、**昔物語などを見るにも、**人の上にても、あやしく聞き思ひしは、げにおろかなるまじきわざなりけり、 （五・四一二）

6 また小さき台二つに、**華足の皿どもいまめかしくせさせたまひて、**餅まゐらせたまへり。 （五・四一四）

7 四位六人は、女の装束に細長そへて、五位十人は、**三重襲の唐衣、裳の腰もみなけぢめあるべし。**六位四人は、**綾の細長、袴など、**かつは限りあることを飽かず思しければ、物の色、しざまなどをぞきよらを尽くしたまへりける。 （五・四一五～四一六）

8 よき若人ども三十人ばかり、童六人かたほなるなく、**装束なども、**例のうるはしきことは目馴れて思さるべかめれば、**ひき違へ、心得ぬまで好みそしたまへる。** （五・四二〇）

9 **陸奥国紙に、ひきつくろはずまめだち書きたまへるしも、**いとをかしげなり。 （五・四二二）

10 すくよかに、**白き色紙のこはごはしきにて**あり。 （五・四二三）

11　**丁子染の扇のもてならしたまへる移り香**などさへたとへん方なくめでたし。（五・四二三）

12　御しつらひなども、さばかり輝くばかり**高麗、唐土の錦、綾をたち重ねたる目うつしには、**世の常にうち馴れたる心地して、（五・四三六）

13　**君はなよよかなる薄色どもに、撫子の細長重ねて、**（五・四三六～四三七）

14　例の、たたむ月の**法事の料に、白きものどもやあらむ、**染めたるなどは、今はわざともしおかぬを急ぎてこそさせめ、とのたまへば、（五・四三九）

15　御匣殿などに問はせたまひて、**女の装束どももあまた領に、細長どもも、**ただあるに従ひて、ただなる絹、綾など取り具したまふ。（五・四三九）

16　わが御料にありける、**紅の擣目なべてならぬに、白き綾ども**など、あまた重ねたまへるに、（五・四三九）

17　下仕どもの、いたく萎えばみたりつる姿どもなどに、**白き袷などにて、掲焉ならぬぞ**なかなかめやすかりける。（五・四四〇）

18　かの山里のわたりに、わざと寺などはなくとも、**昔おぼゆる人形をも作り、絵にも描きとりて、**行ひはべらむとなん思うたまへなりにたる、（五・四四八）

19　**黄金求むる絵師もこそなど、**うしろめたくぞはべるや、（五・四四九）

20　**その工匠も絵師も、**いかでか心にはかなふべきわざならん。近き世に**花降らせたる工匠も**はべりけるを、さやうならむ変化の人もがな（五・四四九）

21　**人形のついでに、**いとあやしく、思ひよるまじきことをこそ思ひ出ではべれ、（五・四四九）

22　**人形の願ひばかりには、**などかは山里の本尊にも思ひはべらざらん。（五・四五一）

23　**変化の工匠求めたまふ**いとほしさにこそ、かくも、参れり。（五・四五一）

24　弁の尼召し出でたれば、**障子口に、青鈍の几帳さし出でて**（五・四五四）

25　**もののゆゑ知りたらん工匠**二三人を賜りて、（五・四五六）

26　木枯のたへがたきまで吹きとほしたるに、**残る梢もなく散**

り敷きたる紅葉を踏み分けける跡も見えぬを見わたして、とみにもえ出でたまはず。いとけしきある深山木にやどりたる蔦の色ぞまだ残りたる。（五・四六二）

27 枯れ枯れなる前栽の中に、尾花の、物よりことに手をさし出でて招くがをかしく見ゆるに、（五・四六五）

28 作物所、さるべき受領どもなど、とりどりに仕うまつることどもいと限りなし。（五・四七一）

29 あざやかなる御直衣、御下襲など奉り、ひきつくろひたまひて、下りて答の拝したまふ、御さまどももとりどりにいとめでたく、（五・四七一～四七二）

30 宮の御前にも浅香の折敷、高坏どもにて、粉熟まゐらせたまへり。（五・四七三）

31 世の常のなべてにはあらずと思し心ざして、沈、紫檀、銀、黄金など、道道の細工どもいと多く召しさぶらはせたまへば、我劣らじとさまざまのことどもをし出づめり。（五・四七七～四七八）

32 故六条院の御手づから書きたまひて、入道の宮に奉らせたまひし琴の譜二巻、五葉の枝につけたるを、大臣取りたまひて奏したまふ。（五・四八一）

33 宮の御方より、粉熟まゐらせたまへり。沈の折敷四つ、紫檀の高坏、藤の村濃の打敷に折枝縫ひたり。銀の様器、瑠璃の御盃、瓶子は紺瑠璃なり。（五・四八二）

34 廂の御車にて、廂なき糸毛三つ、黄金造り六つ、ただの檳榔毛二十、網代二つ、童、下仕八人づつさぶらふに、また、御迎への出車ども十二、本所の人人乗せてなんありける。御送りの上達部、殿上人、六位など、言ふ限りなききよらを尽くさせたまへり。（五・四八六）

35 簾もかけず、下ろし籠めたる中の二間に立て隔てたる障子の穴よりのぞきたまふ。（五・四八八）

36 御衣の鳴れば、脱ぎおきて、直衣、指貫のかぎりを着てぞおはする。（五・四八八）

37 扇をつとさし隠したれば、顔は見えぬほど心もとなくて、（五・四八九）

38 濃き袿に、撫子と思しき細長、若苗色の小袿着たり。（五・四九〇）

39 四尺の屏風を、この障子にそへて立てたるが上より見ゆる

穴なれば残るところなし。（五・四九〇）

40　装束のあらまほしく、鈍色、青鈍といへど、いときよらにぞあるや、（五・四九一）

41　蓬萊まで尋ねて、釵のかぎりを伝へて見たまひけん帝はなほいぶせかりけん、（五・四九四）

42　例召し出づる障子口に尼君呼びて、ありさまなど問ひたまふ。（五・四九四）

東屋

1　装束ありさまはえならずととのへつつ、腰折れたる歌合はせ、物語、庚申をし、（六・一九）

2　蒔絵、螺鈿のこまやかなる心ばへまさりて見ゆる物をば、この御方にとどり隠して、（六・二一）

3　さかしらに屏風ども持て来て、いぶせきまで立てあつめて、（六・三七）

4　そのきらきらしかるべきことも知らぬ心にはただ、あららかなる東絹どもを、押しまろがして投げ出でつ、（六・四〇～四一）

5　昔の人の御さまにあやしきまでおぼえたてまつりてぞあるや、かの人形求めたまふ人に見せたてまつらばやと、（六・五〇）

6　かの人形のたまひ出でて、（六・五二）

7　中のほどなる障子の細目に開きたるより見たまへば、障子のあなたに、一尺ばかりひき離けて屏風立てたり、（六・六〇）

8　帷子一重をうち懸けて、紫苑色のはなやかなるに、女郎花の織物と見ゆる重なりて、袖口さし出でたり。屏風の一枚畳まれたるより、心にもあらで見ゆるなめり。（六・六〇）

9　この廂に通ふ障子をいとみそかに押し開けたまひて、（六・六〇）

10　こなたの廊の中の壺前栽のいとをかしう色色に咲き乱れたるに、遣水のわたりの石高きほどいとをかしければ、端近く添ひ臥してながむるなりけり。（六・六〇）

11　開きたる障子をいますこし押し開けて、屏風のつまよりのぞきたまふに、（六・六〇）

12　衣の裾をとらへたまひて、こなたの障子は引きたてたまひ

て、屏風のはさまにゐたまひぬ。あやしと思ひて、**扇をさし隠して、**見かへりたるさまいとをかし。**扇を持たせながら**とらへたまひて、（六・六一）

13 乳母、人げの例ならぬをあやしと思ひて、あなたなる**屏風**を押し開けて来たり。（六・六一）

14 **高き棚厨子一具ばかり立て、屏風の袋に入れこめたる、**所どころに寄せかけ、何かのあらあらかなるさまにし放ちたり。（六・六二）

15 **通ふ道の障子**一間ばかりぞ開けたるを、（六・六二）

16 さりとも、**初瀬の観音**おはしませば、あはれと思ひきこえたまふらん。（六・六八）

17 **白き御衣一襲ばかりにて**おはする、細やかにをかしげなり。（六・七〇）

18 **こなたの障子のもとにて、**右近の君にもの聞こえさせん、と言へば、（六・七一）

19 **絵など取り出でさせて、右近に詞読ませて**見たまふに、（六・七二）

20 **絵はことに目もとどめたまはで、**（六・七三）

21 **白き綾のなつかしげなるに、今様色の擣目などもきよらなるを着て、**端の方に前栽見るとてゐたるは、（六・七九）

22 **網代屏風、**何かのあらあらしきなどは、かの御堂の僧坊の具にことさらになさせたまへり。（六・八五）

23 ふりはへ、さかしらめきて、心しらひのやうに思ひはべらんも、今さらに**伊賀たうめ**にやとつつましくてなん、と聞こゆ。（六・八七）

24 **飛騨の工匠も恨めしき隔てかな。**かかる物の外には、まだゐならはず、（六・九二）

25 **かの人形の願ひ**ものたまはで、（六・九二）

26 **薄物の細長を、**車の中にひき隔てたれば、（六・九四〜九五）

27 うちながめて**寄りゐたまへる袖の、重なりながら長やかに出でたりけるが、川霧に濡れて、御衣の紅なるに、御直衣の花のおどろおどろしう移りたるを、**（六・九五）

28 **女の御装束など、色色によくと思ひてし**重ねたれど、（六・九八）

29 **白き扇をまさぐりつつ**添い臥したるかたはらめ、いと隈な

う白うて、（六・一〇〇）

30　さるは、**扇の色も心おきつべき閨のいにしへをば知らねば、**ひとへにめできこゆるぞ、おくれたるなめるかし。（六・一〇一）

31　尼君の方よりくだものまゐれり。**箱の蓋に、紅葉、蔦など折り敷きて、ゆゑなからず取りまぜて、敷きたる紙に、ふつつかに書きたるもの、**隈なき月にふと見ゆれば、目とどめたまふほどに、くだもの急ぎにぞ見えける。（六・一〇一）

浮舟

1　昼つ方、小さき童、**緑の薄様なる包文のおほきやかなるに、小さき鬚籠を小松につけたる、**また、**すくすくしき立文とりそへて、**奥なく走り参る、（六・一〇九）

2　**この籠は、金をつくりて、色どりたる籠なりけり。松もいとよう似て作りたる枝ぞとよ、**と笑みて言ひつづくれば、（六・一一〇）

3　さば、見むよ。**女の文書きはいかがある、**とて開けたまへれば、**いと若やかなる手にて、**（六・一一〇）

4　御目たててこの立文を見たまへば、げに、**女の手にて、**（六・一一一）

5　若宮の御前にとて、**卯槌まゐらせたまふ。**（六・一一一）

6　**卯槌をかしう、**つれづれなりける人のしわざと見えたり。（六・一一一）

またぶりに、山橘作りて貫きそへたる枝に、（六・一一二）

7　宿直人ある方には寄らで、**葦垣**しこめたる西面をやをらすこしこぼちて入りぬ。（六・一一九）

8　**硯ひき寄せて、手習などしたまふ。**いとをかしげに書きすさび、**絵などを見どころ多く描きたまへれば、**若き心地には、思ひも移りぬべし。（六・一二二）

9　**いとをかしげなる男女もろともに添ひ臥したる絵を描きたまひて、**常にかくてあらばや、などのたまふも、涙落ちぬ。（六・一二二〜一二三）

10　まだいと荒々しきに、**網代屏風**など、御覧じも知らぬしつらひにて、風もことにさはらず、（六・一五一）

11　**なつかしきほどなる白きかぎりを五つばかり、袖口、裾のほどまでなまめかしく、**色色にあまた重ねたらんよりもをかしう着なしたり。（六・一五二）

12　あやしき硯召し出でて、**手習ひたまふ。**降りみだれみぎはにこほる雪よりも中空にてぞわれは消ぬべき、と書き消ちたり。（六・一五四）

13　今日は乱れたる髪すこし梳らせて、**濃き衣に紅梅の織物など、あはひをかしく着かへて**ゐたまへり。（六・一五五）

14　**筆にまかせて書き乱りたまへるしも、**見どころありをかしげなり。（六・一五七）

15　**白き色紙にて立文なり。御手も、こまかにをかしげならねど、書きざまゆゑゆゑしく見ゆ。**宮は、**いと多かるを小さく結びなしたまへる、**さまざまをかし。（六・一五九〜一六〇）

16　**手習に、**里の名をわが身に知れば山城の宇治のわたりぞいとど住みうき、（六・一六〇）

17　**宮の描きたまへりし絵を、**時時見て泣かれけり。（六・一六〇）

18　**絵師ども**なども、御随身どもの中にある、睦ましき殿人などを選りて、さすがにわざとなむせさせたまふ、と申すに、（六・一六二）

19　**紅の薄様にこまやかに書きたるべしと**見ゆ。（六・一七二）

20　この君は、**障子より出でたまふとて、**（六・一七二）

21　**紫の薄様にて桜につけたる文を、**西の妻戸に寄りて、女房にとらせはべりつる見たまへつけて、（六・一七三）

22　**赤き色紙のいときよらなる、**となむ申しはべりつる、（六・一七三）

23　つれづれなる月日を経て、**はかなくし集めたまへる手習などを**破りたまふなめりと思ふ。（六・一八五）

24　**さばかりめでたき御紙づかひ、**かたじけなき御言の葉を尽くさせたまへるを、（六・一八六）

25　**葦垣**の方を見るに、例ならず、あれは誰そ、といふ声々いざとげなり。（六・一八八）

26　**ありし絵**を取り出でて見て、**描きたまひし手つき、**顔のにほひなどの向かひきこえたらむやうにおぼゆれば、（六・一九二〜一九三）

27　**巻数持て来たるに書きつけて、**今宵はえ帰るまじ、と言へば、ものの枝に結ひつけておきつ。（六・一九六）

蜻蛉

1　**物語の姫君の人に盗まれたらむ朝のやうなれば**、くはしくも言ひつづけず。（六・二〇一）

2　いと**昔物語のあやしきものの事のたとひにか**、さやうなることも言ふなりしと思ひ出づ。（六・二〇九）

3　御叔父の服にて**薄鈍なるも**、（六・二一七～二一八）

4　**黒き衣ども着て**、ひきつくろひたる容貌もいときよげなり。**裳は、ただ今我より上なる人なきにうちたゆみて、色も変へざりければ、薄色なるを持たせて参る**。（六・二二七）

5　**かの巻数に書きつけたまへりし、母君の返り事など**を聞こゆ。（六・二二八）

6　かの君に奉らむと心ざして持たりける**よき斑犀の帯、太刀のをかしきなど袋に入れて**、車に乗るほど、（六・二四〇）

7　**白銀の壺に**黄金入れて賜へり。（六・二四三）

8　家の内になきものは少なく、**唐土、新羅の飾りをもしつべきに**、限りあれば、いとあやしかりけり。（六・二四四）

9　五日といふ朝座にはてて、**御堂の飾り取りさけ**、御しつらひ改むるに、**北の廂も障子ども放ちたりしかば**、（六・二四七）

10　馬道の方の**障子の細く開きたるより**、やをら見たまへば、（六・二四八）

11　唐衣も汗衫も着ず、みなうちとけたれば、御前とは見たまはぬに、**白き薄物の御衣着たまへる人の**、手に氷を持ちながら、かくあらそふをすこし笑みたまへる御顔、言はむ方なくうつくしげなり。（六・二四八）

12　御前なる人は、まことに土などの心地ぞするを、思ひしづめて見れば、**黄なる生絹の単衣、薄色なる裳着たる人の、扇うち使ひたるなど**、用意あらむはや、とふと見えて、（六・二四九）

13　北面に住みける下臈女房の、**この障子は、とみのことにて、開けながら下りにけるを**思ひ出でて、（六・二五〇）

14　ものの聞こえあらば、**誰か障子は開けたりしと**かならず出で来なん、（六・二五〇～二五一）

15　**単衣も袴も、生絹なめりと見えつる**人の御姿なれば、（六・二五一）

16　大弐に、**薄物の単衣の御衣縫ひてまゐれと**言へ、（六・二五二）

17　**御袴も昨日の同じく紅なり。**　（六・二五二）

18　**絵に描きて**恋しき人見る人はなくやはありける、　（六・二五二）

19　**丁子に深く染めたる薄物の単衣をこまやかなる直衣に着たまへる、**いとこのましげなり。　（六・二五三）

20　**絵をいと多く持たせて**参りたまへりける、　（六・二五四）

21　**御手などのいみじううつくしげなるを**見るにもいとうれしく、　（六・二五九）

22　**芹川の大将のとほ君の、女一の宮思ひかけたる秋の夕暮に、思ひわびて出でて行きたる絵をかしう描きたるを、**いとよく思ひ寄せらるかし。　（六・二五九）

23　唐衣は脱ぎすべし押しやり、**うちとけて手習しけるなるべし、**硯の蓋に据ゑて、　（六・二六七）

24　ただ**この障子にうしろしたる人に**見せたまへば、うちみじろきなどもせず、のどやかに、いととく、花といへば名こそあだなれ女郎花なべての露に乱れやはする、と**書きたる手、**ただかたそばなれどよしづきて、おほかためやすければ、誰ならむと見たまふ。　（六・二六八）

25　ありつる衣の音なひしるきけはひして、**母屋の御障子より通りて、**あなたに入るなり。　（六・二六九）

手習

1　いと若ううつくしげなる女の、**白き綾の衣一襲、紅の袴ぞ着たる、**　（六・二八六）

2　何か、**初瀬の観音**の賜へる人なり、とのたまへば、　（六・二九三）

3　**かくや姫を見つけたりけん竹取の翁**よりもめづらしき心地するに、　（六・三〇〇）

4　昔の山里よりは水の音もなごやかなり。**造りざまゆゑある所の、木立おもしろく、前栽などもをかしく、ゆゑを尽くしたり。**秋になりゆけば、空のけしきもあはれなるを、門田の稲刈るとて、所につけたるものまねびしつつ、若き女どもは歌うたひ興じあへり。**引板**ひき鳴らす音もをかし。　（六・三〇一）

5　かの夕霧の御息所のおはせし山里よりはいますこし入りて、**山に片かけたる家なれば、**松蔭しげく、風の音もいと心

細きに、（六・三〇一）

6 **手習に**、身を投げし涙の川のはやき瀬をしがらみかけて誰かとどめし。（六・三〇二）

7 住みつきたる人々は、ものきよげにをかしうしなして、**垣ほに植ゑたる撫子**もおもしろく、**女郎花**、**桔梗**など咲きはじめたるに、いろいろの**狩衣姿の男ども**の若きあまたして、君も同じ装束にて、南面に呼び据ゑたれば、うちながめてゐたり。（六・三〇五）

8 尼君、**障子口に几帳立てて**対面したまふ。（六・三〇五）

9 **白き単衣の**、**いと情なくあざやぎたるに**、**袴も檜皮色にならひたるにや**、**光も見えず黒きを着せたてまつりたれば**、（六・三〇七）

10 昔思ひ出でたる御まかなひの少将の尼なども、**袖口さま異なれども**をかし。（六・三一二）

11 この御返り書かせたまへ、……とそのかせば、いと**あやしき手**をば、いかでか、とて、さらに聞きたまはねば、（六・三一三）

12 九月になりて、この尼君、**初瀬に詣づ**。……かくあらぬ人ともおぼえたまはぬ慰めを得たれば、**観音の御験**うれしとて、返申しだちて詣でたまふなりけり。（六・三二三）

13 はかなくて世にふる川のうき瀬にはたづねもゆかじ二本の杉、と**手習**にまじりたるを、（六・三二四）

14 頭つきはいと白きに、**黒きものをかづきて**、この君の臥したまへるを、（六・三三〇）

15 例の、**手習にしたまへるを**包みて奉る。（六・三四二）

16 鈍色は手馴れにしことなれば、**小袿**、**袈裟などしたり**。（六・三四三）

17 **御法服**あたらしくしたまへ、とて、綾、羅、絹などいふもの、奉りおきたまふ。（六・三四八）

18 **薄鈍色の綾**、**中には萱草など澄みたる色**を着て、（六・三五〇〜三五一）

19 髪は**五重の扇を広げたるやうに**こちたき末つきなり。（六・三五一）

20 なほ数珠は近き几帳にうち懸けて、経に心を入れて読みたまへるさま、**絵にも描かまほし**。（六・三五一）

21 **障子の掛金のもとに**あきたる穴を教へて、紛るべき几帳な

ど引きやりたり。（六・三五一）

22　例の、**慰めの手習を**、行ひの隙にはしたまふ。（六・三五五）

23　裁ち縫ひなどするを、これ御覧じ入れよ、ものをいとうつくしうひねらせたまへば、とて、**小袿の単衣**奉るを、（六・三六〇）

24　**紅に桜の織物の袿重ねて**、御前には、かかるをこそ奉らすべけれ。**あさましき墨染なりや**、と言ふ人あり。（六・三六〇）

25　月ごとの八日は、かならず尊きわざせさせたまへば、**薬師仏に寄せたてまつるにもてなしたまへるたよりに**、中堂には、時時参りたまひけり。（六・三六八）

夢浮橋

1　**昔物語に、魂殿に置きたりけん人のたとひ**を思ひ出でて、（六・三七六）

2　同じ年のほどと見ゆる人の、かく容貌いとうるはしくきよらなるを見出でたてまつりて、**観音**の賜へるとよろこび思ひて、（六・三七七）

古今著聞集

1　**図画は愚性の好む所なり。**自ら一日一時の心を養ふ。（上・二七）

2　**風流の地勢に随ひ、**品物の天為に叶ふ、**悉く彩筆の写すべきを憶ふ。**これによつて或は伶客に伴ひて潜かに治世の雅音を楽しみ、或は**画工に誂へて略振古の勝概を呈す。**蓋し居ること暇景多かつしより以降、閑かに徂年に度るの故に、この両端を勘ふるに拠つて、その庶事を捜り索む。（上・二七）

3　敢へて**漢家経史**の中を窺はず、世風人俗の製有り。（上・二八）

4　**その鏡八寸、**頭に一の瑕有りと雖も、円規甚だ以て分明なり。（上・三四）

5　その時の公卿勅使、**行成卿**なり。**宸筆**の宣命はこの時はじまれり。（上・三四）

6　三年が中に**多宝塔一基を建てて、胎蔵界の五仏を安んじ、法華経千部を納めたてまつる。**これを東の御塔と名付く。（上・三八）

7　これによりて海浜を見ければ、**明珠一果**ありけり。かの御正体に違ふことなかりけり。（上・四三）

8　**宸筆**の宣命をとりおとしてたたれにけり。（上・四五）

9　**宇治の左府の御記**には、（上・五一）

10　御願文みづから御草ありて、**殿下**清書させさせ給ひける。希代の事にや。かの御願文ことに目出たかりければ、（上・五六）

11　袖より**白珠**おちたりけり。（上・六〇）

12　**百済の国より始めて金銅の釈迦像・経論・幡蓋等を奉りけり。**（上・六七）

13　釈迦牟尼如来の像・**弥勒の石像**を渡す。（上・六九）

14　**ぬるでの木をもて四天王の像を**きざみつくらしめて、（上・七〇）

15　金堂の**丈六の弥勒**の御身の中に**金銅一搩手半の孔雀明王の像一体**をこめたてまつらる。この像は行者の多年の本尊なり。（上・七一〜七二）

16　**一丈五尺の曼陀羅**を織りあらはして、一よ竹を軸にして捧

げ持ちて化尼と願主との中に懸けたてまつりて、（上・七三〜七四）

17 その曼陀羅の様、丹青色を交へて金玉の光をあらそふ。南の縁は一経教起の序分、北の縁は三昧正受の旨帰、下方は上中下品来迎の儀、中台は四十八願荘厳の地なり。これ観経一部の誠文、釈尊誠諦の金言なり。（上・七四）

18 そのはだへをねぶり給ふに、舌の跡、紫磨金色となりぬ。その仁をみれば、薬師如来の御身なり。（上・七七）

19 天皇みづから金字の心経を書かせ給ひて、弘法大師に供養せさせたてまつられけり。（上・七八）

20 爰に帝王自ら黄金を筆端に染め、紺紙を爪掌に擡げ、般若心経一巻を写し奉る。（上・七八）

21 五尺の千手観音を造りたてまつり、大般若二部一千二百巻、法華経一千部八千巻をみづから奉らる。（上・七九）

22 手に紫の袈裟一・紫の衣一をささげて、（上・八〇）

23 吏部王の記に曰く、（上・八五）

24 仁寿殿にて孔雀経の法を修せられけるに、（上・八七）

25 火雷天神、形を現じ給ひて、貞崇にのたまひけるは、

26 上の体、雷工の図に似たり。腰よりしもは、みな鮭のごとし。（上・八九）

27 手に独鈷をにぎりたり。金色錆びずして、きらめきたり。（上・八九）

28 随喜渇仰して泣く泣く二粒をとり、本尊の阿弥陀仏の眉間にこめたてまつりて、昼夜に瞻仰したてまつられけり。（上・九〇）

29 中堂に参りたりけるに、三尺の薬師如来をいだきたてまつると見て、（上・九八）

30 夢中に不動尊の仕者、形をあらはして見え給ひけり。たけ三四尺ばかりなる童子の、青衣の上に紫なるをぞ着給ひたりける。左手に剣ならびに索を持ち、右手に剣印をなす。（上・九八）

31 御影像を等身に図絵して、いまに勝林院に安置せられたるなり。（上・九九）

32 往生伝にはかくはなし。（上・一〇六）

33 白張に立烏帽子着たる男の、藁沓はきたるが、立文を持ち

て来たれり。尊恵、あれはいづくよりの人ぞ、と問ひければ、炎魔王宮よりの御使なり、請文候ふ、とて、**立文**を尊恵にとらせければ、（上・一〇七）

34 三井寺の公胤僧正、結縁のために四十九日の導師を望みて、**両界曼陀羅ならびに阿弥陀像を供養してけり。**（上・一一八）

35 **不動尊左脇に現じ給ひけるゆゑに**一人をして慈救の呪を誦せしめけり。（上・一二三）

36 年比もちたてまつりたりける**小字の法華経**を、（上・一二四）

37 准后の御夢に、**長谷の観音**より宝珠をたまはらせ給ふと御覧ぜられけるを、（上・一二六）

38 年来**大般若一筆書写**の志ありけれども、（上・一二六）

39 **法華経ならびに真経一巻づつ結縁せさせられたりけり。**その外別当の沙汰にても、みづから書かれたりけり。開結二経は、左佐経兼、右佐頼資結縁し侍りけり。尉以下は尊勝陀羅尼をぞ奉りける。（上・一二八）

40 書写上人みづから**如法如説に法華経書き給ひけるに、**（上・一三一）

41 昔は人の**装束もなえなえとしてぞありける。**（上・一三五）

42 昨日**公卿の装束**を御覧ぜしかば**以ての外に袖大きになりにたり。**かくては世の費えなるべし。（上・一三八）

43 人は**屏風**のやうなるべきなり。**屏風**はうるはしう引き延べつればたふるるなり。ひだをとりて立つれば、たふるる事なし。人のあまりにうるはしくなりぬれば、えたもたず。**屏風**のやうにひだある様なれど、実がうるはしきがたもつなり。（上・一三八）

44 雨の降りたりけるに**扇**をさしたりけり。晴日夕陽にむかひてこそさすことにて侍るに、おもひわかざりけるにや。（上・一四一）

45 およそ恒例・臨時の大小事、**西宮記・北山抄**をもてその亀鏡にそなへたり。（上・一四五）

46 その**失錯を扇にしるして**臥内にうちおかれたりけり。暦にしるさん為に、まづ**扇**には書きたりけるにや。その子息少将行経、その**扇**を取りて内裏へ参りたりけるを、少将降国朝臣参りあひて、我が**扇**にとりかへて見られければ、この失礼を

記したりける。（上・一四六）

47 **長大の垂髪にて皮の沓をはきたる**、木に登りて宮闕をうかがふ。一身をもて四の犯しをなせる、（上・一四七～一四八）

48 **紅の打衵**、御単をくりいだされけり。中納言の中将つたへとりて、御単をば敦久にたまひ、打衣をば盛雅に給ひけり。先規はあれども、時にのぞみて面目ゆゆしくぞ侍りける。（上・一四八）

49 **頭の中将忠季朝臣**、あまりにいみじがりて、**絵にかきて持たれたりける**とかや。中将は、**ゆゆしき絵かき**になん侍りける。（上・一五五）

50 入道殿下、**墨染の御衣はかまに笏ただしくして**、院の御下重の尻をたまはらせ給ひて、御腰にゆひて、**ももゆきはきてねらせ給ひたりける、目も心もおよばずめでたかりける。**（上・一五六）

51 **六位の青色の袍**を借りて着て白木の御倚子につきて、主上の御まねをぞしたりける。（上・一五七～一五八）

52 **経史**我が国に学びつたへたり。（上・一六〇）

53 天暦六年十月十八日、後の江相公の夢に、**白楽天**来たり給へりけり。相公悦びてあひたてまつりて、そのかたちを見れば、白衣を着給ひたり。面の色あかぐろにぞおはしましける。（上・一六〇）

---

54 **文集**第一の詩えらびて奉るべきよし、（上・一六一）

55 漢より魏に至るあひだ、文体三たび改まる、とこそ**文選**には侍るなれ。（上・一六九）

56 かの保胤が詞、**古今の序**のごとくは、さまざまなる体、いづれもすつまじきにこそ侍れ。（上・一六九）

57 **太公望**周文に遇ふ、等の句なり。（上・一七五）

58 **文選三十巻・四声の切韻**、暗誦の者あらば、すみやかに降頼ゐくだるべし、といひたりけるに、（上・一七五～一七六）

59 **論語疏**には、小年にて学ぶべしとこそ見えたれ。（上・一七七）

60 宋朝の商客劉文冲、東坡先生指掌図二帖・**五代記十帖・唐書九帖**、名籍をそへて、宇治の左府に奉りたりけり。（上・一七七）

61 **左伝・礼記・毛詩**を分ちたびて、（上・一七八）

62 おのおの**屏風**をへだてて候ひけり。（上・一七九）

63 毛詩・尚書・左伝・礼記の中に、十の事をしるしいだして奉りたりけるを、 (上・一七九)
64 毛詩に云はく、 (上・一八八)
65 橘直幹が民部の大輔をのぞみ申しける申文を、草をばみづから書きて、小野道風に清書せさせけり。 (上・一九四)
66 古今の序にいへるがごとく、 (上・一九五)
67 薄物の二藍がさねの汗衫きたる童四人、なでしこの洲浜かきて御前に参れり。その風流さまざまになん侍りける。……洲浜にたちたる鶴につけける、……瑠璃の壷に花さしたる台にあしでにて縫ひ侍りける、……右のなでしこのませに這ひかかりたる芋蔓の葉に書きつけ侍る、……洲浜のこころばにみづてにて、……七夕祭したりけるかたあり。洲浜のさきにみづてにて、……沈のいはほをたてて、黒方を土にて撫子うゑたるところに、 (上・一九八〜二〇〇)
68 笙をもちて殿上人にたまはせけり。雪にて管をつくり、たるひにて竹を作りたりけり。 (上・二〇四)
69 僧正、明障子ひきあけさせ給ひて、 (上・二〇五)
70 磬に八葉の蓮を中にて、孔雀の左右に立ちたるを文に鋳つけたりける見て、 (上・二〇六)
71 檀紙に書きて桜の枝に付けられたり。 (上・二〇八)
72 女房の中より硯蓋にくれなゐの薄様をしきて、雪をもりていだされたるに、和歌をつけたりける。 (上・二一一)
73 紙屋紙に立文たる文を、頭の中将家通朝臣のもとへもてきたりけり。ひらきて見れば、紅の薄様に歌を書きたり。 (上・二一二〜二一三)
74 紅の薄様に返しを書きてたまはせける。……もとのごとく、紙屋紙に立文て、 (上・二一三)
75 扇に書きつけられ侍りける、 (上・二一五)
76 和歌の曼陀羅を図絵して、過去七仏を書きたてまつり、また三十六人の名字を書きあらはせり。また、諸悪莫作、衆善奉行の文を銘に書かれたり。色紙形あり、義房公ぞ清書し給ひける。また件の曼陀羅は本寺の重宝にてあるべきを、 (上・二一六)
77 建長七年九月、外宮遷宮に予参向の時、この曼陀羅を請ひ出して、をがみたてまつりて、 (上・二一六)
78 檳榔毛の車を大宮おもてに引き出でて、やぶり焚きて後、

褐の水干にさよみの袴きて、　（上・二二〇）

79 **古今集**にいれる躬恒の歌に、　（上・二二三）

80 しかあれども、**古今**の歌たるによりて、　（上・二二三）

81 さて、かひがひしく**千載集**に入りにけり。　（上・二二五〜二二六）

82 **紅の薄様一重**に書きて御宝殿におしたりける夜、　（上・二三〇）

83 御前に**紅の薄様**に書きたる歌を見てこれをとりて参るほどに、　（上・二三〇）

84 **古今集の序**に書かれたるは、これらのたぐひにや侍らん。　（上・二三一）

85 修理の大夫顕季卿、六条東洞院の亭にて柿下大夫人丸供をおこなひけり。件の**人丸の影兼房朝臣の夢にもとづく、あたらしく図絵するなり。左の手に紙をとり、右の手に筆を握りて、とし六旬ばかりの人なり。**　（上・二三一）

86 当日、**影**の前に机を立てて、飯一坏、菓子、やうやうの魚鳥等をすゑたり。但し、物にてつくりて、実物にはあらず。**前の木工の頭俊頼朝臣**・加賀の守顕輔朝臣・前の兵衛の佐顕仲朝臣・大学の頭敦光朝臣・少納言宗兼・前の和泉の守道経・安芸の守為忠等なり。　（上・二三三）

87 侍人等**鸚鵡の盃**に小銚子をもちて簀子敷に候ひけり。　（上・二三三）

88 俊頼朝臣、座を立ちて**影**の前にすすむ。　（上・二三三）

89 件の讃、**白唐紙二枚**に書きたり。　（上・二三三）

90 **壮衰記**といふものには、三皇五帝の妃も、漢王・周公の妻もいまだこのおごりをなさずと書きたり。　（上・二三九）

91 かの女房**あかき袴**ばかりをきて、手に錫杖をもちて、　（上・二四四）

92 天暦の御時、**月次の御屏風**の歌に、**擣衣の所**に兼盛詠みて云はく、　（上・二四四）

93 貫之が延喜の御時、**同じ御屏風**に**駒迎への所**に、　（上・二四四）

94 **萩おりたる御直垂**をおしいだしてたまはせけり。　（上・二四七）

95 **獅子のかたをつくれりける茶碗の枕**を奉るとて、　（上・二五一）

96 敦頼、**衣冠に桜のあつぎぬ三をいだして**、鳩杖をつきて**久利皮の沓**をはきたり。清輔朝臣は布袴をぞ着たりける。（上・二五八）

97 かの清輔朝臣の伝へたる**人丸の影**は、讃岐の守兼房朝臣、ふかく和歌の道を好みて、人麿のかたちを知らざる事をかなしみけり。夢に人丸来て、われを恋ふるゆゑにかたちを現はせるよしを告げけり。兼房、画図にたへずして、後朝に**絵師**をめして教へてかかせけるに、夢に見しにたがはざりければ、悦びてその影をあがめてもたりけるを、白河院、この道御このみありて、**かの影**をめして勝光明院の宝蔵に納められにけり。（上・二六二）

98 少将降房、賀茂の祭の使つとめけるに、**車の風流**よく見えければ、（上・二六六）

99 わが持ち給ひたりける**扇**に一首の歌を書き給ひける。（上・二七二）

100 件の**扇**、**桧の骨ばかりは彫りて、そのほかは細骨にてなん侍りける**。（上・二七三）

101 後鳥羽院の御時、**木工の権の頭孝道朝臣**に御琵琶をつくらせられけるを、（上・二七七）

102 さて、**御自筆**に、**阿弥陀三尊を文字にあそばして**くだし給はせける、（上・二七九）

103 **雪の降りかかりたる松の枝を折りて御硯の蓋におきて、御製を紅の薄様に書かせおはしまして結びつけて、**（上・二八〇～二八一）

104 この御歌ども、**後撰**に入りたり。（上・二八二）

105 貞保親王の用ゐたりける笛・**螺鈿の箏**などをぞ奉り給ひける。件の箏、奇香あるよし、吏部王記し給ひたるとかや。（上・二九一）

106 高欄によりかかりて**扇**を拍子に打ちて、（上・二九三）

107 **花田の狩衣袴**をぞ着たりける。（上・二九三）

108 **扇**を拍子に打ちてこの曲を授けられにけり。（上・二九六）

109 法会の儀式・**堂の荘厳**、心こと葉もおよびがたし。（上・二九八）

110 蔵人盛長をして御琵琶牧馬をめしよせらる。即ち**錦の袋**に入れて持て参りたりけり。（上・三〇三）

111 然れども**紫檀の甲の琵琶**を、よくさむき時もひかれけれ

ば、（上・三〇四）

112 **花田のひとへ狩衣**に襖袴きて、引入烏帽子したる男、おくれじと馳せ来たるあり。（上・三〇五）

113 靴をぬがず、御前の簀子に候ひければ、主上、**紅の御衵**をたまはせけり。（上・三一二）

114 **嵯峨天皇**と**弘法大師**とつねに御手跡をあらそはせ給ひけり。（上・三四五）

115 その年その日、青龍寺においてこれを書す、**沙門空海**、と記せられたり。（上・三四六）

116 大内十二門の額、南面三門は**弘法大師**、西面三門は大内記**小野美材**、北面三門は但馬の守**橘逸勢**、おのおの勅をうけたまはりて、垂露の点をくだしけり。東面三門は**嵯峨天皇**書かせおはしましけるなり。実にや、**道風朝臣**、大師の書かせ給ひたる額を見て、難じていひける、（上・三四七）

117 やがて中風して手わななきて**手跡**も異様になりにけり。（上・三四七）

118 寛弘年中に、**行成卿**、美福門の額の字を修飾すべきよし、宣旨をかうぶりける時は、**弘法大師の尊像**の御前に香花の具をささげて、驚覚して祭文をよまれけり。（上・三四七〜三四八）

119 延喜の聖主、醍醐寺を御建立の時、**道風朝臣**に額書き進らすべきよし仰せられて、額二枚をたまはせけり。（上・三四九）

120 **四枚屏風**を一帖めし寄せさせ給ひて、これに物書きて給へ、と申されたりけるに、御硯引き寄せさせ給ひて、墨をしばしすらせ給ひて、中にも**小さかりける筆**をとらせ給ひて、（上・三五〇）

121 当寺の額は、**侍従の大納言行成**の書き給へるなり。（上・三五〇〜三五一）

122 今度閑院殿遷幸に、**年中行事の障子**を書くべきよし宣下せられたりしを、入道はこの所労のあひだかなはず。経朝朝臣は訴訟によりて関東に下向す。これによりて**古き障子**を用ゐらるべきよし、その沙汰ありけるを、（上・三五五）

123 **行成卿**いまだ殿上人の比、殿上にて扇合せと云ふ事ありけるに、人々珠玉をかざり、金銀をみがきて、我おとらじといとなみあへりけり。かの卿は**くろく塗りたる細骨に黄なる紙**

はりて、楽府の要文を真草にうちまぜて、ところどころ書きていだされたりけるを、（上・三五六）

124 かの卿の孫に、**帥の中納言伊房**とておはしけるも、いみじき手書なりけり。春日大明神の示現によりて、御経蔵といふ額を一枚書きて置き給ひたりければ、（上・三五七）

125 昔、**佐理の大弐**、任はててのぼられけるに、道にて伊予の三島明神の託宣ありて、かの社の額書かれたりけるも、めでたかりけり。（上・三五七）

126 **弘法大師**は筆を口にくはへ、左右の手に持ち、左右の足にはさみて、一同に真草の字を書かれけり。（上・三五八）

127 **漢書**の説は、近代よみ伝へたる人まれに侍るに、（上・三六九）

128 師能の弁、**漢書の文帝紀**置き失ひて、なげき思ひけるに、（上・三六九）

129 **宇治の左府の御記**に、頼長、初め母の賤しきを以て寵愛なし、而るに長ずるに及びて**九経**を誦習し、（上・三六九）

130 すべて父母につかうまつるべき道、委しく**孝経**に見えたり。（上・三七六）

---

131 顕紋紗の両面の水干に、**袖にむばらこきに雀のゐたるをぞ縫ひたりける。紫の裾濃の袴**をきたり。（上・三八八）

132 御室、御寝所を御覧じければ、**紅の薄様のかさなりたる**をひきやりて、歌を書きて、**御枕屏風**におしつけたりける。（上・三八九）

133 よくよく御覧じければ、**三河が手**なりけり。（上・三八九）

134 或る夜、雪のいたく降りたりけるに、**家より馬に乗りて参内しける道のありさま、雪のおもしろさなどを始めより絵にかきて**、六位をかたらひて、かの局へなげ入れさせたり。督の典侍、取り見て、あはれとや思ひけん、また**絵**にやめでけん、それよりあひにけり。（上・三九〇）

135 北は**生身二伝の釈尊、清涼寺におはします**。（上・三九八）

136 **を、といふ文字をただ一つ、墨ぐろに書きて、**（上・四〇三）

137 **漢武の李夫人にあひ、玄宗の楊貴妃を得たるためし**も、これにはまさり侍らじと、（上・四〇五）

138 **扇**のかなめを鳴らしてつかひければ、（上・四〇七）

139 **女郎花の織ひとへ**を、なまじひにうちかけられける。

140 経家、水干の袖くくりて、袴のそばたかくはさみて、烏帽子かけして庭におり立ちたるけしき、まづゆゆしくぞ見えける。 （上・四三八）

141 白水干に葛袴、黄なる衣をぞ着たりける。 （上・四四四）

142 南殿の賢聖の障子は、寛平の御時始めてかかれけるなり。 （上・四六四）

その名臣といふは、馬周・房玄齢・杜如晦・魏徴東より一・諸葛亮・蘧伯玉・張良・第五倫同二・管仲・鄧禹・子産・蕭何同三・伊尹・傅説・太公望・仲山甫同四・李勣・虞世南・杜預・張華西より四・羊祜・揚雄・陳寔・班固同三・桓栄・鄭玄・蘇武・倪寛同二・董仲舒・文翁・賈誼・叔孫通西より一等也。この人々の影をかかれける。 （下・二五～二六）

143 始めは色紙形に銘を書かれたりけり。されば道風朝臣の申文にも、七度けがせるよし載せたり。 （下・二六）

144 地形せばくて紫宸殿の間数をしじめられける時、賢臣の影も少々留められにけり。建長の造内裏の時、少々また用捨せられける。委しく尋ねて注すべし。大内にては、この障子をみなはなちおかれて、公事の時ばかりぞ立てられける。 （下・二六）

145 鬼の間の壁に白沢王をかかれたる事 （下・二七）

146 清涼殿の弘庇に衝立障子をたてて、昆明池を図せられたり。その裏に野をかきて、片方に屋形あり。また近衛司の鷹つかひたるをかけり。これは雑芸に侍る、嵯峨野に狩せし少将の心とぞ。 （下・二七）

147 萩の戸のまへなる布障子を荒海の障子と名付けて、手長・足長など書きたり。その北うらは宇治の網代をかけり。 （下・二七）

148 大かた清涼殿の唐絵にもみな書きならはせる事ども侍り。 （下・二七）

149 渡殿に跳ね馬・寄せ馬の障子を立てて、またおなじ渡殿の北の辺、朝餉の前に馬形の障子侍り。陣の座の上に李将軍が虎を射たる障子をよせかけ、校書殿には養由基が猿を射たる障子を寄せ立てたり。 （下・二八）

150 閑院に大内を移されて後、寄せ馬の障子ならびに李将軍・養由が障子など沙汰なかりけるを、 （下・二八）

151 この障子の絵本ども、鴨居殿の御倉にぞ侍るなる。建長の

造内裏のとき、**絵所の預前の加賀の権の守有房**、**絵本**を持たざりければ、取り出してかかせられけり。昔、**かの馬形の障子**を**金岡**が書きたりける、夜々はなれて萩の戸の萩をくひければ、勅定ありて、**その馬つなぎたるていにかきなされたりける時**、はなれずなりにけりと申し伝へ侍るは、まことなりける事にや。（下・二八）

152　その御所に、**金岡**筆をふるひて**絵**かける中に、**ことに勝れたる馬形**なん侍るなる。（下・二九）

153　件の**馬**の足に土つきてぬれぬれとある事、たびたびにおよびける時、人々あやしみて、この**馬**のしわざにやとて、壁にかきたるに、**馬**の目をほりくじりてけり。（下・二九）

154　花山法皇、書写上人の徳をたふとび給ふあまり、**絵師**を召し具して、かの山にのぼらせ給ひて、御対面の間に、**絵師**といふ事をばかくして上人の形をよく見せて、かくれて写させられけり。（下・二九）

155　聖の御顔にいささかあざのおはしけるを**絵師**見おとしてかかざりけるを、（下・三〇）

156　**件の影**、今にかの山の宝蔵にありとなん。（下・三〇）

157　**弘高**、**地獄変の屏風を書ける**に、**楼の上より桙をさしおろして人をさしたる鬼**をかきたりけるが、ことに魂入りて見えけるを、（下・三〇）

158　**布障子**の役などには、今は**弘高**をばめさるべからず。軽々なるべき事なり、**弘高**聞きて自愛しけり。（下・三〇〜三一）

159　この**弘高**は、**金岡**が曾孫、**公茂**が孫、**深江**が子なり。**公忠**公茂兄よりさきは、かきたる**絵**、生きたる物のごとし。（下・三一）

160　**弘高**は少年の時、出家したりけるが、後に還俗したるものなり。その罪をおそれて、みづから**千体の不動尊**を書きて供養しけるとなん。（下・三一）

161　帥の大臣に**屏風**を売る人ありけり。**公茂**・**弘高**などに見せられけり。**公茂**、**弘高**をまねきていひけるは、この**野筋**・この**松**、汝及ぶべからず。おそらくは**公忠**がかくところか、**弘高**、承伏しけり。**公茂**が云はく、**公忠**は**屏風**を書くとては、必ずその**屏風**のひらのすみごとにおのれが名を書きけり、こころみにはなちて見るに、案のごとく**公忠**が字ありけり。（下・三一〜三二）

162 衝立障子に松をかかせんとて、常則をめしければ、他行したりけり。さらばとて、公望をめしてかかせられにけり。後に常則をめして見せられければ、（下・三二）

163 常則をば大上手、公望をば小上手とぞ世には称しける。（下・三二）

164 為成、一日が中に宇治殿の扉の絵を書きたりけるを、宇治どの仰せられけるは、弘高は絵様をかきて、一夜なほよく案じてこそかきたりしか。（下・三二）

165 常則が書きたる獅子形を見ては、犬ほえにらみて、おどろきけるとなん。（下・三二〜三三）

166 成光、閑院の障子に鶏をかきたりけるを、（下・三三）

167 能通、絵師良親に屏風二百帖に絵かかせたりけり。その中、坤元録の屏風をば、良親相伝の本にてなん書き侍りける。（下・三三）

168 色紙形は四条大納言ぞかかれける。更にまた為成をして写されけり。正本は一の人の御相伝の物に侍るにこそ。また和漢抄の屏風には中間水をかき、上に唐絵をかき、下にやまと絵をかきたりけり。唐絵の屏風は、実範つたへたりけるを、成章に沽脚しにけるとぞ。（下・三三）

169 永承五年四月二十六日、麗景殿の女御に絵合せありけり。（下・三四）

170 歌林とかいふなるよりは、古万葉集までは心もおよばず。古今後撰こそ、（下・三四）

171 歌の心・よみ人を絵に書きて合せられけり。（下・三四）

172 女房二十人、十人づつをわかちて各絵かく人を伝々に尋ねてかかせけり。（下・三五）

173 左、なでしこかさね、右、藤かさねの衣をなんき侍りける。左、かねのすき箱に、こころばへして、かねのむすび袋に色々の玉を村濃につらぬきて、くくりにして、古今絵七帖、あたらしき歌絵のかねの草子一帖入れたり。表紙さまざまにかざりたり。打敷、瞿麦の浮線綾に卯の花を縫ひたりけり。数さしの金の州浜に、さしでのをかをつくりて、葉山に松おほくうゑたり。数には松をさしうつすべきなり。打敷、ふかみどりの浮線綾なり。右、かがみ海にかねの鶴うけたり。かねの透箱をうけに置きて、絵の草子六帖、あたらしき歌絵の草子一帖を入れ、表紙の絵さまざまなり。打敷、二藍

のざうがに、白き文を縫ひたり。数さしの金の州浜に金の鶴あまたたてり。千とせつもれるといふ心なるべし。数にはつるのうらづたひすべきなり。打敷、ふかみどりのざうがに縫物をしたり。（下・三五～三六）

174 かたがたの双紙とりて読み合するほどに、（下・三六）

175 げにこの絵どもおぼろげにては見さだめがたき事のさまなればとて、（下・三六）

176 玄象の撥面の絵は、消えて久しくなりにたれば、知れる人なし。（下・三七）

177 玄象が撥面の絵様は、馬上にて打珠のもの、要目に珠をさして舞ひたる姿なり。良道が撥面は件の絵を模してかかれたるとなん。（下・三七）

178 良道が撥面、当時その儀なし。もしかきあたらめられたるにや。当時の絵様は総角の童子竜に乗りて水瓶を持ちて、瓶より水を流したるを書きたるなり。（下・三七）

179 孝道朝臣、勅定によりて琵琶を造進しける時、仰せに、琵琶には作者の名を付くべし、とて、孝道をうつされたるなり。竜に乗りたる総角の童子にて侍るなり。（下・三七～三八）

180 鳥羽僧正は近き世にはならびなき絵書なり。法勝寺の金堂の扉の絵書きたる人なり。いつほどの事にか、供米の不法の事ありける時、絵にかかれける。辻風の吹きたるに、米の俵をおほく吹き上げたるが、塵灰のごとくに空にあがるを、大童子・法師原走り散りて、とりとどめんとしたるを、さまざまおもしろう筆をふるひてかかれたりけるを、誰がしたりけん、その絵を院御覧じて、（下・三八）

181 実の物は入り候はで、糟糠のみ入りてかろく候ふゆゑに、辻風に吹き上げられ候ふを、さりとてはとて小法師原が取りとどめんとし候ふが、をかしう候ふを書きて候、（下・三八～三九）

182 同じ僧正の許に、絵かく侍法師ありけり。あまりに好きならひければ、後ざまには僧正の筆をも恥ぢざりけり。（下・三九）

183 或る時、件の僧、人のいさかひして腰刀にて突き合ひたるを書きて、自愛してゐたりけるを、（下・三九）

184 かくほどの心ばせにては、絵かくべからず、といはれけれ

ば、この僧、かい畏りて、その事に候、これは**絵の故実**に候ふなり、といふを、僧正いはせもはてず、わ法師が**絵の故実**、片腹いたし、といはれけるをすこしも事とせず、さも候はず、**ふるき上手どものかきて候ふおそくづの絵**などを御覧も候へ、（下・四〇）

185 **年中行事を絵にかかれて、**（下・四一）

186 **絵**をかき直さるべきに、勅定に、これほどの人の自筆にて押紙したる、いかがはなちすてて**絵**を直す事あるべき、この事によりて、**この絵**すでに重宝となりたる、とて、（下・四一）

187 同じ御時、**絵難房**といふもの候ひけり。いかによく書きたる**絵**にも必ず難を見いだすものなりけり。或る時、**ふるき上手どもの書きたる絵本**の中に、**人の犬を引きたるに、犬すまひてゆかじとしたるてい**、まことにいきてはたらく様なり。また**男のかたぬぎて、たつぎふりかたげて大木を切りたる**あり。（下・四一）

188 法皇仰せらるる事もなくて、**絵**ををさめられにけり。（下・四二）

189 **伊予の入道**は、をさなくより**絵**をよく書き侍りけり。父うけぬ事になん思へりけり。無下に幼少の時、**父の家の中門の廊の壁に、かはらけのわれにて不動の立ち給へるを書きたりけるを、**（下・四二）

190 げにもよく**絵**見知りたる人なるべし。（下・四三）

191 東大寺供養の時、鎌倉の右大将上洛ありけるに、法皇より**宝蔵の御絵**どもを取り出されて、（下・四三）

192 後鳥羽院、御幸の供奉人ども誠にえらばせ給ひて、御あらましに、この定に御幸あらばや、とて、**信実朝臣**に仰せられて、**三巻の絹絵**にかかせられけり。**八条の左大臣・光明峰寺殿、左右の大臣にて供奉し給へり。**（下・四四）

193 さて、**撥面の絵**にかかれんとしける時、（下・四四〜四五）

194 源大納言通具卿、**絵様**候、とて奉りたりけり。**ひえ鳥の色したる鳥の、目・觜などおそろしげなるが、ふとみじかなる姿なるを書きて**進らせたりけり。御覧じて、これはなにに見えたるぞ、**ふるく書きたる本**のあるか、（下・四五）

195 天福元年の春の比、院・藻壁門院、方をわかちて**絵づくの貝おほひ**ありけり。（下・四六）

196 **源氏絵十巻たみたる料紙に書きて、色々の色紙に詞はかかれたりけり。能書**の聞えある人々ぞかかれたる、からの唐櫃になん入れられたりける。御妬みに院の御方御負ありて、**小衣の絵八巻、**また**さまざまの物語まぜて四季に書きて、一月を一巻に、十二巻にせられたりけり。料紙・こと葉、源氏の絵のごとし。**そのほか**雑絵二十余巻あたらしく書き出して**おなじ唐の櫃二合に入れられたりけり。あわせて三合なり。また**風流の絵**など、**小衣の絵**に入れて加へられたりけるとかや。御負けわざの日になりて、殿たち、女院の御方に参り給ひて、責め申されければ、**ふるき絵のいまいましげにやぶれたるを二三巻、**近習の殿上人の小童なりけるして進ぜられたりければ、様々にきらひ申されて、いと興ありけり。その後**秘蔵の絵ども**は出されけり。両方の**御絵ども**姫方へ参らせられけるが、失せさせおはしましてのち、四条院へ参りたりけり。（下・四六〜四七）

197 はかなき筆のすさみなれども、**絵**はのこりてこそ侍らめ。（下・四七）

198 **似絵**を御好みありけるに、**北面・下臈・御随身などの影を、左京の権の太夫信実朝臣をめしてかかせられけるに、**太夫の尉永親、その様をも知らで、**なへらかなる白襖**きてけり。（下・四七）

199 **絵師大輔法眼賢慶**が弟子に、なにがしとかやいふ法師ありけり。（下・四八）

200 **絵**もさかしく書けるものにて、**件の後家がありさま・ふるまひを、始めより書きあらはしてけり。ま男して会合したる所などさまざまにかきて、えもいはず色どりて詞付けて、**六波羅へ持ちて行きて奉行のものどもに見せければ、訴訟をことに執し申さんの心はなかりけれども、**絵**その興あるによりて、（下・四八）

201 つくりどもも少々あらためられけり。寝殿二棟の**障子**より、**つねの唐絵**は無念なりとて、**平等院の宝蔵の四季の御屏風**を、二条の前の関白殿、長者にておはしましけるに申されて、取り出してうつされにけり。人々の姿もみな**昔絵**にてぞ侍るなる。いと見所あり。**武徳殿の競馬**の所に見も知らぬ人の姿どもおほかり。嵯峨野の御幸に、**御輿の上に虎の皮をおほひたる**など、ふるき事どもをかかれたる、いと興あり。

（下・四九）

202 **近衛の大殿の御相伝の屏風ども**は、みな宝物にて侍るうへ、せんしたればとて、**四季の大和絵を一月を一帖に書きて**、 （下・四九）

203 **元日の節会は、豊楽院の儀をぞ書きて侍るなる。延喜の御時の月の宴、御溝水のながれ様など、ふるきにたがへずかかれたる**、 （下・五〇）

204 汗衫きたる童、**扇**をさして、片手に**蒔絵の手筥**の蓋に薄様敷きて雪をおほく盛りて、 （下・五一）

205 **濃き香の布狩衣、とりどころすこしあかみたる薄紫の指貫、濃き色の二衣**、単衣きて候ふ （下・五一～五二）

206 父の大納言、そのかみ**仏師**を召して仏を造らせてゐられたりける時、 （下・五八）

207 **銀の笙**をうちたまはりてけり。 （下・六五）

208 かの冠者、**あかとりぞめの水干**に**夏毛の行縢**をはきて、 （下・七四）

209 **元興寺といふ琵琶は左右なき名物なり。紫檀の甲**、ふと絃・ほそ絃あひかなひて、音勢もありて目出たき琵琶にてぞ侍りける。 （下・八〇）

210 南都に、或る人**五部の大乗経**を書きて、春日の宝前にて供養せんと思ひて、 （下・八二）

211 **ひをくくりの直垂袴**に、くくりたかくあげたり。 （下・八六）

212 **ひをくくりの直垂袴**などもありけり。 （下・八八）

213 舟の櫂ははしたなくおもき物にて候ふを、**扇**などを持たせおはしまして候ふやうに、御片手にとらせおはしまして、 （下・九二）

214 件の盗人に**白き水干袴に紅のきぬきせて**、 （下・九三）

215 **障子**の破れよりのぞきをりけるに、 （下・九六）

216 **しろき直垂**にひきいれ烏帽子したる男、下人両三人具して通るあり。 （下・一〇六）

217 藤大納言為家卿、**鳩の杖**をつくりておくるとて、 （下・一一七）

218 延喜の聖主崩御。十月十一日、醍醐寺の北山の陵にわたしたてまつりけるに、御硯、御書三巻、**黒染の筥一合**、 （下・一一八）

219 我が御身と失せにし人との中に、この児をおきて見給へる形を、車の物見の裏に絵に書きて　（下・一二一）

220 後京極殿、詩の十体を撰ばせ給ひけるに、　（下・一二二）

221 青き衣に袴をきて、三途をのがれざるよしを語る。　（下・一二三）

222 宇治の大臣、成佐が弟子どもに支配して、一日に三尺の地蔵菩薩の像を図絵し、法華経一部を書写して、（下・一二三）

223 京極殿にて曲水の宴をおこなはんとおぼしたちけり。巴字の潺湲をながし、住吉の松を引きうゑなどして、さまざまに御いとなみありけるに、　（下・一二八）

224 かねてその期を知りて酉の刻に端座合掌して終られにけり。本尊をも安置せざりけり。ただ今生身の仏、来迎し給はんずれば、本尊よしなし、とぞいはれける。　（下・一三二）

225 紅の衣五具ありけるを、せわりにふつときりて、寝殿十間になんいだされたりけり。　（下・一四一）

226 朽葉のかざみきたる童二人、ひとりは沈の折敷に玉の坏、銀の皿に金の橘一ふさをもられたるを持ちたりけり。　（下・一四一）

---

227 紅の薄様に書きて、おなじき色の薄様にてたてぶみて、　（下・一四七）

228 江帥のしるされたるは、宇治殿の御記に、　（下・一五一）

229 前生に法華経六万部をよみたてまつらんと願をおこして、　（下・一五五）

230 霊異記にも、熊野山及び金峰山に誦経の髑髏あるよし見えたり。　（下・一五五）

231 墨染の衣袴をぞき給ひたりける。　（下・一五九）

232 はなだのしろうらの狩衣に織物の指貫ふみくくみて、庭の桜をながめて、高欄によりゐたる気色、いと優にて、　（下・一六五〜一六六）

233 たけたかくおほきなる法師の、かきのかたびらばかりに袈裟かけたるが、　（下・一九八）

234 坊門院に、年比めしつかふ蒔絵師ありけり。　（下・二〇五）

235 蒔絵師がもとへかさねて、いかにかやうなる狼藉の言葉を申すぞ、ただいまのほどにたしかに参れ、と仰せられければ、蒔絵師、あわてふためきて参りたりけるに、

（下・二〇六）

236 **扇**ひらきつかひて、ゆゆしげにいひければ、（下・二〇八）

237 同じ御時、南都の僧六人に**風流棚**をめされたりけるに、（下・二〇九）

238 **香の直垂**のしほれたるきて、（下・二一〇）

239 **新古今**の清撰に入りたり。（下・二一八）

240 **仏師雲慶**が女、越前とて候ひけるに、（下・二一九）

241 はり衣のあざやかなるに、**長絹の五帖の袈裟のひたあたらしき**かけたる老僧、（下・二二五）

242 近比、無沙汰の**智了房**といふ者ありけり。**能書**にてなん侍りける。或る人、**古今**を書き写してとて、（下・二四〇）

243 その**古今**の料紙をみな用ゐて候ふなり、（下・二四〇）

244 **白き直垂**きたる男の、たけだち・ことがらさる体なるが奉行してありけるが、（下・二五〇）

245 面々にきらめきたりける中に、一人の侍、**薄色の白裏の狩衣**をきたりけるが、色を染め損じて、よにわろく見えけるを、（下・二五二）

246 **薄色の狩衣**きて候ひし悪しき男は誰にて侍るぞ、

（下・二五二）

247 かの**白氏文集**の凶宅の詩にいへるがごとく、（下・二六六）

248 大きなる人、**あかきくみ**をくびにかけて、**四季の御屏風**のうへより見えける。（下・二六八）

249 僧正、**柿のすり水干**をきて、（下・二六八）

250 **白き笏**をぞ持たりけり。（下・二七四）

251 **柿の衣袴**きたる法師のいとおそろしげなるが、いづくよりともなくいできたりて、（下・二八〇）

252 **しろき直垂**きたる法師一人、車のうしろにあゆみきけり。（下・二八二）

253 **しらあをの狩衣**をきたりけるに、血おほくながれつきたり。（下・二八三）

254 **明障子**の外にて聞きも知らぬ声にて、唯蓮房、と呼ぶ人あり。（下・二八七）

255 山伏、**明障子**をあけてきたれり。（下・二八九）

256 **明障子**のありけるをひきあけて、（下・二八九）

257 **しら装束**なる童子二人、ずはゑを持ちておはします。（下・二九〇）

258 大納言の夢に見給ふやう、年たけ、しらがしろき大童子の**木賊の狩衣**きたる一人、西向のつぼの柑子の木のもとにかしこまりてゐたり。（下・二九四）

259 **明障子**のやれより毛むくむくとおひたるほそかひなをさし入れて、助康がかほをなでくだしけり。（下・二九七）

260 **明障子**のかたにむかひて、かたまりに寝て待つほどに、（下・二九七）

261 **明障子**ひきはなちて広庇へいでぬ。**障子**を中に隔てて、うへに乗りゐにけり。軒とひとしう見えつれど、**障子**のしたになりては、むげにちひさし。（下・二九七）

262 **扇**を持ちて鬢を直し給ひければ、もとのごとくめでたくなんおはしけるとぞ。（下・三〇四）

263 **小野宮の記**に見えたり。（下・三〇五）

264 まかりいでざまに、**障子**のかみ辺にて、あはれ一の上や、と、たびごとに申しける、（下・三一五）

265 この大般若書きて、とて、料紙を一両巻おくりたりける返事に、なめみつる五つの色のあぢはひも**きはだの紙**ににがくなりぬる。（下・三二二）

---

266 まづ**銀の鉢の口一尺五六寸ばかりなる**に、水飯をうづだかに盛りて、おなじきかひをさして、（下・三一七）

267 それも**銀の鉢**に盛りて置きたり。（下・三一七）

268 高坏に**大きなる銀の器二つ**するゑて、（下・三一七）

269 また**四面の築地のうへには瞿麦をひしとうゑられたりければ**、花のさかりには色々さまざまにて、錦を山におほへるに似たり。（下・三二二）

270 **州浜の風流**さまざまなり。中に**銀の鶴**に**菊**の枝をくはへさせて、その葉に歌一首を書く。（下・三三三）

271 **風流**、左にはおとりたりけり。**銀の鶴**に**菊**をくはへさせて歌をかきたること、左におなじ。（下・三三三）

272 御**挿頭**の儲けあり。献ずべきよし申されけり。（下・三三五）

273 **作物所**、**画所**相分ちて、殿の西の小庭に前栽をうゑられけり。（下・三三六〜三三七）

274 規子内親王、野の宮にて御前のおもに、**薄・蘭・紫苑・草の香・女郎花・萩などをうゑさせ給ひて、松虫・鈴虫をはなたせ給ひけり。**（下・三三七）

275　或は山ざとのかきねに小牡鹿のたちより、あるは州浜の磯に葦鶴のおりゐるかたをつくりて、草をもうゑ、虫をも鳴かせたり。（下・三三七〜三三八）

276　江記に見えたり。（下・三四〇）

277　まづ御殿に油を供す。そののち左右の文台をたつ。たかさ四尺なりけり。（下・三四一）

278　州浜をつくりて銀の松をうゑたり。またおなじき鶴亀をすゑたり。沈香をもて巌石をつくりてたてたり。そのあひだに銀の遣り水をながして、その前に机をたてて、そのうへに書一巻を置く。象眼をもて紙として色紙形を模して、おのおの和歌五首を書く。銀をのべて表紙として、彩色青くみどりなり。琥珀を軸として銀をひもとす。州浜にうちしきあり。青き色のうすものをもて浪の文になずらふ。長き根五筋をわがねて松のうへに置き、州の辺に置けり。かずさしの州の上にも置けり。また薬玉五流れ、わがねて州のうへに置く。（下・三四一〜三四二）

279　次にかずさしの州浜をたつ。蔵人、これをかきて文台の東に置く。石たてて小松をうゑたり。（下・三四二）

280　次にまた蔵人、右方の文台をかきたつ。方二尺ばかりなるその上に大鼓台をたてて、その上に大鼓をたつ。その前に蝶舞の童六人をつくりたてて、その根の上におのおの和歌を書く。皆銀をもてつくれり。また薬玉・長き根をわがねて州浜の辺に置く。薬玉みな金銀にてつくれり。（下・三四二）

281　次に籌判の州浜をたつ。蔵人一人、これをかきて文台の西のかたに置く。州浜に竹台の体をつくりて竹をうゑて、かずさしの物とす。（下・三四二〜三四三）

282　風流ならびにかずさしの具はとどめられけり。然れども燈台など美麗にて、銀の皿をすゑたりけり。前栽五・長櫃、武者所おのおの二人かきて階の西にこれを置く。透長櫃に丹青をほどこして、作り花をもてかざりたりけり。（下・三四七）

283　おのおの錦の打敷あり。州浜のうへにませをゆひて、前栽をうゑたりけり。（下・三四七）

284　右方の歌、紅の薄様に書きたりけり。木工の助源明国は、扇にぞ書きたりける。（下・三四七）

285　中右記に見えたり。（下・三四八）

286　為範記に見えたり。（下・三四九）

287 しりさへよられたる**薄青のひとへ狩衣**きたる侍を一人具したり。（下・三五〇）

288 **くれなゐの薄様**に書きて遣はしける、（下・三五一）

289 おのおの鬼の間にて、やまと・からの物語して候ひける所へ、御前より**蒔きたる硯のふたに菊した絵にしたる檀紙をしきて、**菊の花を一枝入れて、（下・三五一）

290 内裏にて花合せありけり。人々めんめんに**風流をほどこして花奉りけるに、**（下・三五二）

291 **古今**の歌に、おなじ枝をわきて木のはの色づくは西こそ秋の初めなりけれと侍るを（下・三五四）

292 狐数百頭、**東大寺の大仏**を礼拝しけり。（下・三六一）

293 則ちさらに**三千部を書きたてまつりけり。**（下・三六七）

294 女おきわかれんとて、男の**扇**をこひていふやう、（下・三六八）

295 一つのきつね、**扇**をおもてにおほひて死にて臥したり。（下・三六八）

296 七日ごとに**法華経一部を書き、**供養して、とぶらひけり。（下・三六八）

---

297 この物語は**法花伝**にも見えたり。（下・三六九）

298 **御たけ一尺ばかりなる観音**現ぜさせ給ひて、（下・三七〇）

299 **むらごの糸にてかけたる虫の籠**をくだされたりければ、（下・三七二）

300 寝殿の巽にあたりて地台一面を置く。**五節の造り物**の台のごとし。款冬をむすびてうゑたり。その上に**銀の賢木**を栽ゑて、葉柯に用ゐて銀台をすゑたり。（下・三七五）

301 葉柯の南に**玉の鵯籠**を置く。その北に**銀の鵯**をいれて置く。（下・三七五）

302 その北に**錦の円座**を敷きて大鼓・鉦鼓をたつ。（下・三七五〜三七六）

303 **銀の鵯一羽**とりて兼ねて方屋の内に置く参進して葉柯につく。次に雅賢朝臣、まづ挿冠の花をぬきて**錦の円座**につく。（下・三七七〜三七八）

304 **錦の地鋪**を庭上に敷きて舞台に擬す。（下・三七八）

305 少将の内侍、**紅の薄様**に歌を書きて、（下・四一〇）

306 大臣また、女房にかはりて、**檀紙**に書きて、（下・四一〇）

307 **時にとりてすぐれたる物語をあつめて絵にかきとどめむが**

ためにと、（下・四一一）

308 白楽天・人丸・廉承武の画影をかけて、（下・四一二）

古本説話集

1　**三尺の阿弥陀ほとけ**にむかひまゐらせさせたまひて、法華経を、明け暮れ誦ませたまひけりと、（八三）

2　御輿の帷子より、**丹色の御扇**のつまをこそ、指し出ださせたまひたりけれ。（八五）

3　**御前の前栽、心にまかせて高く生ひ茂りたり。**つくろふ人もなきにや、と、あはれに見ゆ。**露は月の光に照らされてきらめきわたり、虫の声声、さまざまに聞ゆ。遣水の音、のどやかに流れたり。**（八六〜八七）

4　**住吉の姫君の物語の障子**、そこには立てられたる、（八八）

5　〔公任の大納言**屏風の歌**を遅く進らるる事　第二〕　今は昔、女院内裏へはじめて入らせおはしましけるに、**御屏風**どもをせさせたまひて、歌よみどもに詠ませさせたまひけるに、**四月、藤の花おもしろく咲きたりけるひら**を、四條大納言あたりて、詠みたまひけるに、（九〇）

6　**権大納言行成、御屏風**たまはりて、書くべきよし、なしたまひければ、（九〇）

7　むらさきの雲とぞみゆる**藤の花**いかなるやどのしるしなるらん（九二）

8　女も、月を眺めて、端に居たりけり。**前栽の露、きらきらと置きたるに、**（九八）

9　**御扇**に御文を入れて、御使ひのとらでまゐりにければ、とて、たまはす。**扇**をさし出だして、取りつ。（九八〜九九）

10　何事につけても、をかしうおはしますに、あはあはしきものに、思はれまゐらせたる、心憂くおぼゆと、**日記**に書きたり。（一〇〇）

11　つれづれにさぶらふに、**さりぬべき物語**やさぶらふ、と尋ね申させたまひければ、御草子ども取り出ださせたまひて、（一〇五）

12　**源氏**はつくりて、まゐらせたりけるとぞ。（一〇五）

13　空さえて花にまがひて散る雪に、と、**めでたく書きたり。**（一一〇）

14　今は昔、四條大納言、**前栽繕はせさせたまひけるに、心もなき者、撫子を引き捨てたるを、**見たまひて、（一一〇）

15 これ右大臣殿の**御文**、とて、さし入れたり。**香染めの紙**にて、 （一一一）

16 **四尺の屏風**におしかかりて、立てり。 （一一五）

17 なべてならず美しき人の、**紅の単襲**着たるを見るより、 （一一七）

18 大姫御前の、**紅**はたてまつりたる、と語りければ、 （一一七）

19 また**革篭**負ほせたる馬も百疋づつ、二人して進りたり。 （一一九～一二〇）

20 その**革篭**の物どもしてこそ、万の功徳も、何事もしたまひけれ。 （一二〇）

21 永縁僧正を請じて、さまざま物どもをたてまつるなかに、**紫の薄様**に包みたる物あり。 （一二〇）

22 長能は、**かげろふの日記**したる人のせうと、伝はりたる歌よみ。 （一二四）

23 〔**河原院**の事　第二十七〕　今は昔、**河原院**は、融の左大臣のつくりたりける家なり。**陸奥の、塩竈の形をつくりて、潮の水を汲みて湛へたり。さまざまをかしきことを尽して、**住みたまひける。 （一二七）

24 院失せさせたまひて後、住む人もなくて**荒れゆきけるを**、貫之、土左より上りて、まゐりて見けるに、あはれにおぼえければ、ひとりごちける、君なくて**煙絶えにし塩竈**の浦さびしくも見えわたるかな （一二九）

25 昔の**松の木の、対の西面に老いたるを**、そのころ、歌よみども集りて、安法君の房にて詠みける。古曾部の入道、年ふれば河原に**松は老いにけり**子の日しつべきねやのうへかな、里人の汲むだに今はなかるべし**岩井の清水くさおひにけり**、道済が歌、行く末のしるしばかりに残るべき**松さへいたく老いにけるかな**、なむとなむいひける。そののち、**いよいよ荒れまさりて、松の木もひととせの風に倒れにしかば**、あはれにこそ。 （一二九～一三〇）

26 **薄色の衣**のおもてを解きて、 （一四一）

27 **鏡の筥**を、女、持て歩きて売りけるを、参河の入道のもとに持て来りければ、**沃懸地に蒔きたる筥**なり。うちに**薄様を引き破りて、をかしげなる手にて書きたり**、 （一四一）

28 **薄色の衣の、いみじう香ばしき**を取らせたりければ、

29　今は昔、入道殿、京極殿の東に阿弥陀堂を建てて、その内（一四七）
に、**丈六阿弥陀仏を作り据ゑたてまつりて**、三月の一日に、
供養したまふ。（一五〇）
30　今は昔、山階寺焼けぬ。この寺の仏は、**丈六の釈迦仏**にお
はします。（一五七）
31　また供養の日の寅の刻に、**仏**わたりたまふに、（一五八）
32　喜びながら、**仏**わたりたまひぬ。（一五九）
33　**仏**わたりたまひて、天蓋を釣るに、**仏師定朝**がいはく、（一五九）
34　**大工吉忠**、中の間造る長にて、（一五九）
35　**仏師**を上に登せて、如何やうにか、その木は置かれたる、
と見すれば、**仏師**登りて見て、（一六〇）
36　〔貧女**観音**の加護を蒙る事　第四十八〕（一六一）
37　我がたのみたてまつりたる**観音**、助けたまへ、（一六一）
38　**小さやかなる紅き小袴**を持ちたりけるを、取らせてけり。（一六一）
39　持仏堂にて、**観音**持ちたてまつりたりけるを、（一六一）

40　この女に取らせし小袴、**仏**の御肩にうちかけておはします
に、（一六一）
41　持て来たりしものは、この**仏**の御しわざなりけり。（一六一）
42　**仏**の御まへに向きて、**観音**、助けたまへ、と、手をすりて
まどふに、（一六二〜一六三）
43　大きなる堂を建てて、**弥勒を作り据ゑたてまつりける**。（一六三）
44　この**牛**、悩ましげにおはしければ、失せたまひぬべきか、
とて、いよいよまゐりこむ。聖は、**御影像を描かせん**と、い
そぎけり。（一六三）
45　今は昔、丹後の国は北国にて、雪深く風険しくはべる山寺
に、**観音**験じたまふ。（一七二）
46　この寺の**観音**、憑みてこそは、かかる雪の下、山の中にも
臥せれ、（一七三）
47　年来、**仏**を憑みたてまつりて、この身いとかなし。日来、
観音に、心ざしを一にして、憑みたてまつるしるしに、今は
死にはべりなんず、同じき死にを、**仏**を憑みたてまつりたら

むばかりには、（一七三）

48 ここにこの法師、**観音**の賜びたるなむめり、と、食ひやせまし、と思へども、年来**仏**を憑みて行ふこと、やうやう年積りにたり。（一七三）

49 人人**仏**を見たてまつれば、左右の腿を新しく剖り取りたり。（一七五）

50 など、**仏**を損ひたまひけん、（一七五）

51 ありつる鹿は、**仏**の験じたまへるにこそありけれ、（一七五）

52 法師、泣く泣く**仏**の御前にまゐりて申す。もし**仏**のしたまへることならば、本の様にならせたまひね、（一七五）

53 **観音**の御験、これのみにおはしまさず。（一七六）

54 〔田舎人の女子**観音**の利生を蒙むる事　第五十四〕（一七六）

55 **親の作りまゐらせたる観音**のおはします御前にまゐりて、（一七六）

56 泣く泣く**観音**の御前にまゐりて、（一七七）

57 **色清らに、よき袴の新しき**、残して持たりけるを、（一八〇）

58 **仏**の御前に参りて、（一八一）

59 もとの家をば堂になして、**観音**に、えもいはず仕うまつり、また作りまゐらせなどして、（一八一）

60 **観音**、助けさせたまへ、とて、長谷に詣りて、御前に俯伏し伏して申しけるやう、（一八九）

61 **仏**の給はん物を食べて、**仏**を師と頼みたてまつりてさぶらふなり、（一九〇）

62 **観音**をかこち申す人にこそあめれ。（一九〇）

63 **観音**かこち申して、かくて候ふこと、いとあやしきことなり。（一九〇）

64 **仏**のたばからせたまふやうあらん、（一九一）

65 **仏**の賜びたる物に候へど、（一九一）

66 **観音**導かせたまふことなれば、（一九六）

67 **白くよき布**を三疋取り出でて、（一九六）

68 泣く泣く**観音**を恨みたてまつりて、（二〇二）

69 姫君、あはれみて、**藤袴**を調じて取らす。（二〇七）

70 真福田丸が**藤袴**、我ぞ縫ひし、片袴、（二〇七）

71 額に角生ひて、目一つ附きたる鬼の、**赤き犢鼻褌**したる鬼

の出で来て、　（二一〇）

72　〔和泉の国の国分寺の住持艶を**吉祥天女**に寄する事　第六十二〕今は昔、和泉の国、国分寺に、鐘撞き法師ありけり。鐘撞き行きけるに、**吉祥天**のおはしましけるを、　（二一一）

73　**吉祥天**をまさぐりたてまつるに、　（二一一）

74　もの仰せられつる**御顔**の、現のやうに面影に立ちて見えさせたまへば、　（二一二）

75　えもいはぬ女房の、**いろいろの衣**着て、裾取り、出で来たり。　（二一二）

76　**隠れ蓑の薬を作る。**その薬を作るやうは、宿り木を三寸に切りて、蔭に三百日干して、それをもちて作る。その法をならひて作りけるなり。その木を髻にたもちてすれば、**隠れ蓑**のやうに、形を隠すなり。　（二一六）

77　経仏のことなどして、**仏師**に物取らせんなど、するほどになりにけり。　（二二一）

78　**東大寺の仏**の御前に候ひて、　（二二二）

79　**小さやかなる厨子仏**を行ひ出でたりければ、そこに小さき堂を建てて、据ゑたてまつりて、　（二二二〜二二三）

80　**剣を編みつつ、衣に著たるごうなり。**　（二二八）

81　その夜、**東大寺の大仏**の御前に候ひて、　（二三〇）

82　この**仏**、仰せらるるやう、　（二三〇）

83　**たいといふものを、なべてのにも似ず、太き絲などして、厚厚と細かに強げにしたれば、**喜びて、取りて着たり。　（二三一）

84　**毘沙門を作りたてまつりて、**持したてまつる人は、かならず徳つかぬはなかりけり。　（二三二）

85　この**毘沙門**は、命蓮聖の、行ひ出でたてまつりたりけるとか。　（二三二）

86　**白き長櫃**を担はせて、縁に置きて帰りぬ。　（二三四）

87　〔**観音**の信女に替りて田を植ゑたまふ事　第六十七〕　（二三五）

88　年来、**一尺ばかりなる観音を作りたてまつりて、厨子に据ゑまゐらせて、**食ふ物の初穂をまゐらせつつ、**大悲観音**、助けたまへ、といふよりほかに、また申すこともなかりければ、厨子の前にうつぶし伏して、　（二三六〜二三七）

89　年来頼みまゐらせたる**仏**を捨てまゐらせては、いかがはま

からん。（二三七）

90 **仏**うち拝みまゐらせて、倚り伏したれば、（二三七）

91 **観音**のせさせたまへることなめり、と、嬉しくて寝たる夜の夢に見るやう。（二三八）

92 **仏**の御前に、額に手を当ててうつ伏し伏したり。（二三九）

93 厨子の戸を押し開けたれば、**仏**を見たてまつれば、腰より下は、泥に浸りて、御足も真黒にて、左右の御手に苗を攫みて、苦しげにて立たせたまへるに、悲しといふもおろかなり。（二三九）

94 その**観音**の植ゑさせたまひける田は、他所よりとく出で来めでたく、（二三九）

95 **毘沙門**の服をもちて、送りたまふなりけり。御顔をば外様に向けて、矛して、疾く行けとおぼしくて、突かせたまふと見て、急ぎて出でにけり。（二四一）

96 さても、**絵に画く僧正**までになりて、**小松僧正**とて、たのしき人にておはしけるなり。（二四一）

97 年三十ばかりの男の髭黒きが、**綾藺笠きたるが、ふしくろなる胡籙、革巻きたる弓持ちて、紺の襖着たるが、夏毛の行縢、白足袋穿きて**、葦毛の馬に乗りてなん来べき。それを観音と知りたてまつるべし、（二四二）

98 この寺の**仏**助けむとて、牛に化りたるなり、（二四五）

99 牛、御堂を三廻り廻りて、**仏**の方に向ひて、倚り臥しぬ。（二四六）

100 この三井寺の仏は、**弥勒**におはす。居丈は三尺なり。（二四八）

101 昔の**仏**は、堂も毀れ、**仏**も朽ち失せて、（二四八～二四九）

102 やうやう**仏の御像に刻みたてまつるあひだ**、（二四九）

103 **仏師かう上**にも、ねんごろに語らひて、造らせたまへる。（二四九）

104 二階に造りて、上の層から、**御顔**は見えたまへば、よろづの人、拝みたてまつる。やうやう造るに、材木なども、はかばかしくも出で来ず、**仏の御薄**も、押し果てられたまはぬに、（二四九～二五〇）

105 おほよそ、その寺の**仏**を、拝みたてまつらぬ人なし。（二五〇）

今昔物語集

天竺二

1 夫人夜寝給タル夢ニ、菩薩六牙ノ百象ニ乗テ虚空ノ中ヨリ来テ、夫人右ノ脇ヨリ身ノ中ニ入給ヌ。顕ハニ透徹テ**瑠璃ノ壷**ノ中ニ物ヲ入タルガ如也。（一・五）

2 其ノ樹ノ様ハ上ヨリ下マデ等シクシテ、葉シダリテ枝ニ垂敷ケリ。半ハ緑也、半ハ青シ。其ノ色ノ照耀ケル事、**孔雀ノ頚**ノ如シ。（一・六）

3 **宝冠ノ髻ノ中ノ明珠**ヲ抜テ車匿ニ与テ、（一・二〇）

4 太子樹神ノ手ヲ取テ河ヲ渡給ヌ。太子彼ノ麻米ヲ食給ヒ畢テ、**金ノ鉢**ヲ河ノ中ニ投入レテ菩提樹ニ向給ヒヌ。（一・二五）

5 此ク説給フ時ニ、大地六種ニ震動、地神、**七宝ノ瓶**ヲ以テ其ノ中ニ蓮花ヲ満テ、地ヨリ出シテ、魔王ニ云ク、（一・二八）

6 各手ニ**髑髏ノ器**ヲ取テ、菩薩ノ御前ニ来テ異ナル形共ヲ現ズ。（一・二九）

7 其ノ時ニ仙道王、微妙ノ財ヲ**金ノ箱**ニ盛リ満テ、書ヲ相具シテ、使ヲ以テ影勝王ノ許ニ送リ遣ル。（一・六五）

8 画像ヲ**金銀ノ箱**ニ納テ、書ヲ副テ仙道王ノ所ニ送リ遣ス。（一・六七）

9 其ノ時ニ、**仏立寄リ給テ、金色ノ御手**ヲ以テ翁ノ首ヲ撫テ宣ハク、（一・七七～七八）

10 而ル間、全ク三日不食シテ既ニ餓死シナムトスルニ、一塵ノ財ラ無シト云ドモ空キ倉許ハ有ルニ行キテ、塵許ノ物ヤ有アルト見レバ、**栴檀ノ升**ノ片角破レ残テ有ケリ。（一・八四）

11 其ノ後、忽**七宝ノ棺**ヲ作テ、大王ノ御身ニハ香湯ヲ塗テ錦ノ衣ヲ着セ奉リテ、棺ニ入レ奉レリ。（一・一〇三）

12 焼キ畢奉リツレバ舎利ヲ拾ヒ集メテ、**金ノ箱**ニ入レテ塔ヲ立テ置キ奉ケリトナム語リ伝ヘタルトヤ。（一・一〇四）

13 仏母ト別レ給テ、此ノ**宝ノ階**ヲ歩テ、若干ノ菩薩・声聞大衆ヲ引将テ下リ給フニ、梵天・帝釈・四大天王、皆左右ニ随ヘリ。（一・一〇六）

14 **仏紫磨黄金ノ御手ヲ以テ**此ヲ受テ、右ノ手ヲ以テ淹キ洗

テ、左ノ手ヲ以テ身ノ瘡ヲ摩デ給フニ、御手ニ随テ病ヒ皆癒エヌ。（一・一〇七）

15 亦過去ノ九十一劫ノ時、毘婆尸仏ノ涅槃ニ入給テ後、灯指大長者トシテ一ノ**泥ノ像**ヲ見ルニ、一ノ指落タリ。（一・一二六）

16 此ノ人此レヲ修治シテ、**金ノ薄ヲ買テ塔ニ**加タリキ。（一・一三九）

17 如此クシテ三重ノ門ヲ過テ**庭ノ中ニ至テ見ルニ、水銀ヲ以テ地ニ敷タリケレバ**、（一・一四八）

18 其ノ時ニ、長者ノ妻、国王ノ入給ヲ見テ、百二十重ノ**金銀ノ帳**ノ中ヨリ出デテ泣悌ス。（一・一四八）

19 夜ハ**光ル玉**ヲ懸テ灯ビヲ不為ズ、只自然ニ光リ有リ。（一・一四八）

20 然間、善光女見バ、蔵町ノ跡ト思シキ所ニ当テ、**金銀等ノ七宝**ノ埋レタル光リ土ノ内ニ耀ク。（一・一五二）

21 **七宝ヲ以テ塔ヲ立テ**、仏ノ舎利ヲ安置シ奉リキ。其ノ王ノ后、又我ガ**天冠ノ中ニ如意宝珠ヲ入レテ**、其ノ塔ニ納メ置キ、（一・一五三）

22 蜜ニ**七宝ヲ以テ馬ノ鞭三十二ヲ作**テ、各其ノ中ニ剣ヲ籠テ、怨ノ心ヲ不見セズシテ、彼ノ三十二人ニ与ヘヨ、（一・一七四）

23 商人家ニ返テ、**夜光ル玉**ノ目出タク明ク照スヲ持テ、彼ノ賢シ人ノ妻ノ許ニ行ヌ。（一・一八八）

24 今昔、天竺ニ天ヨリ一人ノ**天人降タリ**。**其ノ身金色**也。但シ、頭ハ猪ノ頭也。（一・一九二）

25 美那勧メニ随テ、**栴檀ヲ以テ堂ヲ造リツ**。（一・二〇〇）

26 仏空ニ其ノ心ヲ知リ給テ、諸ノ御弟子等ヲ引具シテ神通ニ乗ジテ来給テ、**金ノ床**ニ坐シ給ヘリ。（一・二〇〇）

27 生レ給フ時ニハ其ノ家及ビ門、皆蓮花ト成ヌ。**身ノ色ハ金色ニシテ**、天ノ童子ノ如ク也。**七宝ノ蓋**ヲ覆ヘリ。庭ノ中ニ十種ノ吉祥ヲ現ズ。（一・二〇九〜二一〇）

28 見レバ**七宝ノ宮殿**有リ。**金ノ木尻、銀ノ壁、瑠璃ノ瓦、摩尼珠ノ瓔珞、栴檀ノ柱**也。光ヲ放ツ浄土ノ如ク也。其内ニ**七宝ノ帳**ヲ立テテ無量ノ荘リ有リ。心モ不及ズ、目モ耀ク。亦、重々ノ微妙ノ宮殿共有リ。其ノ中ヨリ**玉ノ冠**ヲシ、百千ノ瓔珞ヲ垂タル厳シク気高キ人出来テ、迎ヘテ登セテ**七宝ノ**

床ノ上ニ居ツ。種々ノ樹有リ、皆**宝ノ瓔珞**ヲ懸タリ。大ナル池有リ、荘レル舟共有。百千ノ伎楽ヲ発ス。 （一・二二六〜二二七）

29 **七宝ヲバ以テ荘レル玉ノ箱**ノ中ニ微妙ナル錦ニ剣ヲ裹テ入タリ。 （一・二二七〜二二八）

30 諸ノ婦共、衣装ノ袖口ヲ調テ、**綾羅ノ錦**身ヲ纏フ。 （一・二三八）

31 大王・后ハ**玉ノ簾**ヲ巻上テ此ヲ見ル。 （一・二三八）

32 其ノ時ニ、天帝釈来テ、太子ニ一ノ**玉**ヲ授ケ給フ。 （一・二三九）

33 然レバ老婢、**扇**ヲ以テ面ニ覆フニ、仏其ノ前ニ在マシテ、**扇**ヲ鏡ノ如クニ成シテ障フル事無シ。 （一・二四九）

34 汝家ニ返テ、**錦ノ座**ヲ敷テ**金ノ鉢**ニ微妙ノ飲食ヲ入テ犬ニ向テ云ハム様ハ、 （一・二五三）

35 常ニハ**金銀ノ帳**ノ内ニシテ煎餅ヲ造テ、此ヲ愛シテ食トス。 （一・二五八）

36 瑠璃ノ女、**瑠璃ノ座**ニ居テ**瑠璃ノ**糸ヲ懸タリ、**瑠璃ノ衣**ヲ縫ヒ、車渠ノ女、**車渠ノ床**ニ居テ**車渠ノ**糸ヲ懸タリ、**車渠ノ衣**ヲ縫フ。最極ノ内ニハ、金ノ女、**金ノ床**ニ座シテ**金ノ**糸ヲ懸タリ、**金ノ衣**ヲ縫フ。 （一・二六一〜二六二）

37 其ノ**棺ノ四面ヲバ七宝ヲ以テ可荘厳シ**。 （一・二七八）

38 仏ノ遺言ニ依テ五百ノ張畳ヲ以テ身ニ纏ヒ奉テ、**金ノ棺**ニ隠シ奉テ、鉄棺ノ中ニ置キ奉レリ。 （一・二七九〜二八〇）

39 即**七宝ノ瓶**ニ香水ヲ盛リ満テ、亦須弥山ヨリ四ノ樹ヲ下セリ。 （一・二八四）

40 其ノ涙ヲ此ノ器ニ受ケ集メテ**金ノ盤**ニ置テ、羅漢誓テ云ク、 （一・三〇四）

41 我レ其ノ時ニ幼稚ナリシニ、指タリシ**金ノ簪**俄ニ失ニキ。 （一・三一一）

42 暫ク有テ、林ノ中ヨリ歩ミ出タルヲ見レバ、長ハ丈六、**頂ハ紺青ノ色**也。**身ノ色ハ金ノ色**也。 （一・三一三）

43 其ノ時ニ、天魔本ノ形チニ顕ハレヌ。頚ニ者ノ**骨共ヲ懸テ瓔珞ト為タリ**。 （一・三一三〜三一四）

44 仏ノ御上ニ**天蓋有リ、微妙ノ宝ヲ以テ荘厳リ**。 （一・三二五）

45 其ノ本ニ**金ノ床**ヲ立テテ、其ノ上ヘニ裸ナル女居タリ。

46 其ノ王、七重ノ宝塔ヲ起タリ。其ノ東ニ一里行テ、**半身ノ絵像ノ仏**御マス。（一・三二七）

47 同ジ仏師ノ許ニ行テ相ヒ語テ、**仏**ヲ令書ム。此ノ二人ノ女、共ニ貧シクシテ、其ノ料物極テ不足也。此ニ依テ**丈六ノ絵像**一補ヲ書タリ。（一・三三二）

48 其時仏師、二人ノ女ニ語テ云ク、**丹・金ハ極テ少シ**。**仏ハ、其ノ相好一モ闕給ヌレバ**、仏師モ施主モ共ニ地獄ニ堕ト云フ、（一・三三三）

49 其ノ寺ニ等身ノ仏御ス。此ノ寺ハ、此国ノ前天皇ノ御願也。**仏ノ御頭ニハ、眉間ニハ玉ヲ入タリ**。（一・三三四）

50 其ノ寺ノ最中ナル堂ニ**白檀ノ観自在菩薩ノ像**在マス。（一・三五七）

51 其中ニ**木像ノ弥勒在マス、金色**也。其長十丈余也。（一・三七七）

52 大河有リ。其ノ河上ニ**七宝ノ宮殿**有リ。（一・三八三）

53 今昔、天竺ニ一ノ国有リ。其ノ国ノ国王、世ニ並ビ無キ宝ナル**夜光ル玉**ヲ持給ヘリ。（一・三九八）

---

54 此ヲ云スベキ構ヘヲ謀カリ給ケル様、**高楼ヲ七宝ヲ以テ荘リ、玉ノ幡**ヲ懸ケ錦ヲ以テ地ニ敷キ、荘厳無量ニシテ、（一・三九八）

震旦

55 夜ニ至テ、**釈迦如来、丈六ノ姿ニ紫磨黄金ノ光ヲ放**、虚空ヨリ飛ビ来リ給テ、此ノ獄門ヲ踏ミ壊テ入給テ、利房ヲ取テ去給ヒヌ。（二・五）

56 道士ノ方ニハ玉ノ箱共ニ、立ル所ノ文共ヲ入レテ荘レル台ニ居へ並メタリ。亦、西ノ方**錦ノ幄**ヲ打テ、其ノ内ニ摩騰法師一人・大臣一人居タリ。其レニモ**瑠璃ノ壺**ニ仏舎利ヲ入レ奉レリ。亦、荘レル箱共、渡シ奉レル所ノ正教ヲ入レ奉レリ。僅ニ二三百巻許也。（二・九）

57 三蔵、**紺瑠璃ノ壺**ヲ机ノ上ニ置テ、花ヲ散シ香ヲ焼テ、祈リ申シ給フニ、七日過ヌ。（二・一五）

58 其ノ時ニ、国王、舎利ヲ**瑠璃ノ壺**ノ中ヨリ取出シテ銭砧ノ上ニ置テ、力有ル人ヲ撰テ鎚ヲ以テ令打ム。而ルニ砧・鎚共陥ムト云ヘドモ、舎利、塵許モ損ジ給フ事無シ。（二・一六）

59　今昔、天竺ニ、仏、母摩耶夫人ヲ教化セムガ為ニ忉利天ニ昇リ給テ、九十日ガ間在マシケル間ニ、優塡王、仏ヲ恋ヒ奉テ、**赤栴檀ノ木ヲ以テ毘首羯摩天ヲ以テ工トシテ造リ奉レル仏**在マス。而ル間、仏、九十日畢テ忉利天ヨリ閻浮提ニ下リ給フニ、**金・銀・水精ノ三ノ階**有リ。（二・一七）

60　其ノ**金色ノ天人**、**瑠璃ノ天人**ヲ指テ、我ニ語テ云ク、汝ヂ此レヲ知レリヤ否ヤ。此レ、**観自在菩薩**也、亦、**白銀ノ天人**ヲ指テ、此レハ**慈氏菩薩**也、ト。……金色ノ天人自ラ宣ク、我レハ此レ、**文殊**也、（二・二四）

61　其ノ後、震旦ノ開元七年ト云フ年、善無畏、天竺ヨリ**胎蔵界ノ曼陀羅ノ図**ヲ震旦ニ持来テ震旦ニ弘メ給フ。（二・二八）

62　去ヌル二月ノ十一日ヨリ後、城ノ東北三十里ノ内、雲霧ノ冥キ中ニ多ノ人有リ。長一丈余計、皆、**金ノ甲**ヲ着タリ。（二・三一）

63　汝ヂ不知ズヤ、我レハ、汝ガ兄ノ安道ガ心ヲ発シテ**尺迦如来ノ像**ヲ造リ奉レリキ、（二・三五）

64　開皇三年ト云フニ、法慶、**夾紵ノ釈迦ノ立像**ヲ造ル。高サ一丈六尺也。（二・三六）

65　池ノ西ノ岸ノ上ニ**金ノ仏像**在マス。高サ五寸也。即チ、漸ク大キニ成リ給テ、化シテ僧ト成リ給ヒヌ。**緑ノ袈裟**ヲ新ク清気ナルヲ着給ヘリ。（二・三八〜三九）

66　大安、即チ其ノ形ノ有様ヲ記スルニ、僧ノ背ヲ見ルニ、**紅ノ繒ヲ以テ袈裟**ヲ綴レリ。弘サ、方寸許也。甚ダ鮮ニ見ユ。（二・三九）

67　此ノ人、亦、身ニ工ノ能有テ、自作ニ**尺迦・阿弥陀二仏ノ像**ヲ造テ、供養シ奉レリ。（二・四二）

68　此ノ像ハ、此レ、天竺ノ鶏頭摩寺ノ、五通ノ菩薩ノ、神通ニ乗テ空ヲ飛テ、極楽世界ニ行テ、**阿弥陀仏**ノ容儀ヲ見奉テ、図絵シ奉レル像也、ト。（二・四四）

69　年来、阿弥陀仏ヲ念ジ奉テ、更ニ他ノ思ヒ無シ。**栴檀ヲ以テ三寸ノ阿弥陀ノ像**ヲ造ル。（二・四五）

70　偏ニ三途ニ沈メル衆生ノ苦ヲ救ハムガ為ニ、**丈六ノ阿弥陀仏ノ金色ノ像**ヲ造リ奉ル。（二・四八〜四九）

71　此ノ人、深ク極楽ヲ願フ心有テ、**阿弥陀仏ノ丈六ノ像**ヲ顕シ奉ラムト思フ。（二・五〇）

72　司馬ヲ惜テ令生返メムガ為ニ、一日ノ内ニ**薬師ノ像ヲ七体**

造リ奉テ、（二・五二）

73 見レバ高キ座有リ。**玉ノ冠**ノ神、並ビ坐セリ。（二・五三）

74 経ノ文ヲ深ク信ジテ**多宝仏塔ヲ造リ奉ル。高サ三尺許也。諸ノ檀香等ヲ以テ**造レリ。亦、**檀木ヲ以テ多宝仏ノ像**ヲ造テ、塔ニ安置シ奉ラムト為ル程ニ、自然数年ヲ経ヌ。（二・五八）

75 草ノ中ニシテ一ノ**檀木ノ塔**見付タリ。蓋ノ下ニ一ノ**鍮石ノ仏像**在ス。造リ奉レル体ヲ見ルニ、中国ニハ不似ズ、面皃胡国ニ似タリ。仏ノ御眼ニ銀ヲ以テ入レタリ。中ノ黒キ精ハ光リ清クシテ、日ノ光ノ如シ。（二・五九）

76 亦、此ノ仏像ノ函ノ中ニ**仏舎利百余粒**在マス。（二・五九）

77 即チ、此ノ**毘盧舎那ノ像**ヲ左右ノ精舎ニ安置シ給ヘリ。左ニハ黄金ヲ以テ彫鏤セリ。右ニハ白銀ヲ以テ造立セリ。高サ各二十丈也。（二・六一）

78 願ヲ発シテ**千仏ノ像**ヲ図絵シ奉ラムト為ルニ、纔ニ七仏ノ像許ヲ図絵シ奉テ、今九百九十三仏ノ威儀・手印ヲ不知ズ。（二・六二）

79 此女人、昔シ誓弘和尚ノ室ニシテ、**金剛界ノ大曼陀羅**潅頂壇場ヲ礼拝シタリキ。（二・六三）

80 王驚キ怪シム程、其ノ光明ノ中ニ百千ノ天衆有テ、**種々ノ天衣・諸ノ宝ヲ瓔珞ヲ以テ**、王及ビ此ノ比丘ニ施ス。（二・六六）

81 忽ニ**青衣ノ童子**、此ノ所ニ来テ、我レヲ兜率天宮ヘ引ク。（二・六八）

82 僧叡、夢ニ自カラ忽ニ極楽ノ東門ニ至ヌ。門ヲ入ラムト為ルニ、無量ノ天童子有テ、門外ニ立チ並テ、各、**宝ノ杖**ヲ持テ駈リ出シテ不入ズシテ、僧叡ニ語テ云ク、（二・七三〜七四）

83 亦、夢ニ一ノ人、**白銀ノ楼台**ニ乗テ来テ、道珍ニ語テ云ク、汝ヂ浄土ノ業既ニ満テリ。必ズ西方ニ可生シ、ト告グト見テ、夢覚ヌ。（二・七九）

84 則天皇后、此ノ事ヲ貴ビ給テ、**百尺ノ幡**二口、**四十尺ノ幡**四十九口、絹百疋、香華・灯明等ノ供具ヲ施シ給フ。皆、七宝ヲ以テ荘厳セリ。（二・八二〜八三）

85 我レ死シ時ニ、**赤キ衣ヲ着タル冥官**来テ文牒ヲ持テ我レヲ召ス、（二・九五）

86　武徳二年ト云フ年ノ潤三月ニ身ニ重キ病ヲ得タリ。二十余日ヲ経テ即チ忽ニ見ルニ、一人ノ人**青衣**ヲ着シ、麗シク花ヲ飾テ高楼ノ上ニ在テ、手ニ経巻ヲ取テ法蔵ニ告テ云ク、（二・一〇七）

87　其ノ後、**金剛般若経百部**ヲ書写シテ、心ヲ至シテ受持・読誦シテ廃ルル事無シ。（二・一〇七）

88　夢ニ一ノ神有リ。長大一丈余也。**金ノ甲**ヲ帯シ、利剣ヲ持テリ。甚ダ可怖シ。（二・一一三）

89　法花経ノ普賢品ヲ読誦スル時ニハ、**普賢菩薩、六牙ノ白象ニ乗ジテ**、光ヲ放テ其ノ所ニ現ジ給フ。（二・一一七）

90　我レ、昔シ読誦シ奉レリシ所ノ法花経、及ビ我ガ身ノ具タリシ**金ノ釵**五隻ヲ、此ノ壁ノ中ノ高キ所ニ隠シ置タリ。（二・一三七）

91　幽洲ノ北ノ山ニ、巌ヲ穿テ石ノ室トス。四ノ壁ヲ磨テ、其ノ面ニ経ノ文ヲ写ス。亦、**方ナル石ヲ磨テ**、**其ノ面ニ**、**更ニ経ノ文ヲ写シテ**、諸ノ室ノ内ニ納ム。（二・一六一）

92　亦、**黄ナル衣**一ヲ持テ、師弁ニ与テ云ク、汝ヂ、此レヲ着テ家ニ帰テ清カラム所ニ置ケ、ト教ヘテ後、可帰キ道ヲ教フ。（二・一六七）

93　**絵タル一ノ扇**有リ。此レ、君ノ母ノ存生ノ時、君ノ長大シ給ハム時奉レ、トテ納メ置キ給ヘル所也、（二・一八七）

94　其ノ母、前ノ夜ノ夢ニ、死ニシ娘、**青キ衣ヲ着テ白キ衣ヲ以テ頭ヲ裹テ**、髪ノ上ニ**玉ノ釵**一双ヲ差テ来タリ。（二・二〇七〜二〇八）

95　一人ノ童女有リ。年十三四許ナルベシ。**青キ裳**、**白キ衫**ヲ着タリ。（二・二一〇）

96　官ノ云ク、汝ヂ、他ノ命ヲ殺セル者也。当ニ罪ヲ可受シ、ト云フニ、忽ニ数十人ヲ見ル。皆**青キ衣**ヲ着テアリ。（二・二二九）

97　此ノ人、心ニ仏法ヲ不信ズ、常ニ僧尼ヲ不敬ズ。或ル時ニハ、**石ノ仏像**ヲ見付テハ　塼瓦ノ用トス。（二・二四五）

98　其ノ門ノ状、甚ダ大キニシテ、**重楼也**。**赤ク白シ**。門ヲ開ケル事、官城ノ門ノ如シ。（二・二四九）

99　庾抱、乗馬ニテ衣冠ノ姿也。甚ダ鮮也。二人ノ**青衣**着タル人、後ニ従ヘリ。（二・二五四）

100　而ル間、仁蒨、家ヲ出デテ県ニ行ク間、道ニシテ一人ノ人

ヲ見ル。此レ、器量シキ官人ニ似タリ。**冠ヲシテ赤キ表ノ衣**ヲ着タリ。吉キ馬ニ乗レリ。（二・二五六）

101 **玉ノ簪ハ**世ニ有ル物也。此レヲ奉タラムニ、我ガ君、実ト思シ不食ジ。（二・三〇七～三〇八）

102 卞和、尚不懲ズ、**玉ヲ**造テ天皇ニ奉タリケレバ、亦、他ノ玉造ヲ召テ見セ給テ、尚、此ハ様有ラム、ト思シ食テ瑩セ給ケレバ、世ニ並ビ無ク艶光ヲ放テ、不照ヌ所無ク照シケレバ、天皇喜ビ給テ、卞和ニ賞ヲ給テケリ。（二・三四八）

103 其ノ時ニ王ノ云ク、此ノ御祭ニ自ラ可参シ、ト。然レバ、国ノ内軒訇テ、**錦ヲ張リ、玉ノ瓔珞ヲ以テ荘レリ**。（二・三六二）

104 天女ト云フナル者ノ如クナル者ヲ、宮迦羅負テ指置テ出給ヒヌ。聖人見レバ、**金ノ玉・銀ノ**【欠字】、**色々ノ玉**ヲ以テ微妙ニ身ヲ荘レリ。**百千ノ瓔珞**ヲ係タリ。様々ノ錦ヲ着テ、種々ノ花ヲ造テ首ニ付ケ、衣ニ付ケタリ。諸ノ財ヲ尽クシテ身ヲ荘リト為リ。香シキ香、可譬キ方無シ。震旦ノ后ハ、必ズ其ノ匂三十六町ニ香シ。況ヤ、狭キ一ノ奄ノ内、可思遣シ。瓔珞ノ響、玉ノ音打合テ細ク鳴リ合ヘリ。髪ヲ上ゲテ**簪ニハ色々ノ瑠璃ヲ以テ蝶ヲ造リ、鳥ヲ造**テ、其ノ荘リ、言モ不及ズ。御灯明ノ光リニ諸ノ玉光リ合テ、其ノ人、光ヲ放ツガ如シ。**打扇**ヲ差隠シタリ。天人ノ降下レルガ如シ。（二・三六六～三六七）

105 其後、見レバ、青竜、海ノ中ヨリ出来レリ。**玉ヲ**瞰テ陸ヲ指テ来ル。（二・三七八）

106 亦、**百済国ヨリ弥勒ノ石像ヲ渡シ奉タリ**。（三・五）

107 舎利一粒ヲ得、**即チ瑠璃ノ壺ニ入テ塔ニ安置シテ**、礼奉ル。（三・五）

108 **汝ヂ忽ニ木ヲ取テ四天王ノ像ニ刻テ**、髪ノ上ニ指シ、鉾ノ崎ニ捧テ。（三・七）

109 去シ年ノ秋、**汝ガ国ノ太子、青竜ノ車ニ乗テ五百人ヲ随テ**、東ノ方ヨリ空ヲ踏テ来、古キ室ノ内ニ挟メル一巻ノ経ヲ取テ、雲ヲ去給ヒニキ、（三・九～一〇）

110 今ノ世ニ有ハ、前ニ妹子ガ持亘レリシ経也。**新羅ヨリ渡リ給ヘリシ釈迦ノ像ハ**、今ニ興福寺ノ東金堂ニ在マス。**百済国ヨリ渡リ給ヘリシ弥勒ノ石像ハ**、今、古京ノ元興寺ノ東ニ在ス。**太子ノ作リ給ヘル自筆ノ法華経ノ疏ハ**、今、鵤寺ニ有

リ。亦、太子御物ノ具等、其寺ニ有リ。　（三・一一）

111　我レ、閻羅王ノ使ニ被捕テ行シ間、**道ニ金ヲ以テ造レル宮殿有リ。**高ク広クシテ光リ耀ク事無限シ。　（三・一四）

112　**大和国ノ吉野ノ郡ノ現光寺ノ塔ノ杓形ニハ虚空蔵菩薩ヲ鋳付タリ、**　（三・二一～二二）

113　**彼ノ道慈ガ影像ハ、**大安寺金堂ノ東登廊ノ第二門ニ、**諸羅漢ヲ書加ヘテ有。**　（三・二二）

114　彼ノ国ノ天皇、玄昉ヲ貴ムデ、**三品ヲ授テ紫ノ袈裟ヲ令着タリケリ。**　（三・二三）

115　彼ノ玄昉ノ前ニ悪霊現ジタリ。**赤キ衣ヲ着テ冠シタル者来テ、**俄ニ玄昉ヲ摑取テ空ニ昇ヌ。　（三・二五）

116　天皇首ヲ【欠字】テ、**五筆和尚ト名ヅケテ、菩提子ノ念珠ヲ施シ給フ。**　（三・三四）

117　香炉ノ灰ノ中ニ仏ノ舎利出給ヘリ。是ヲ見テ、喜テ、此ノ舎利ヲ何ニ入テ行ヒ奉ラム、ト思ヒ煩フ間ニ、亦、**灰ノ中ニ金ノ華器出来レリ。**　（三・三六）

118　**仏ハ薬師仏ヲ造奉テ、**一切衆生ノ病ヲ令愈メム、ト思フ。　（三・三七）

119　亦、十歳ト云フニ、**毛詩・論語・漢書・文選等ノ俗書ヲ読ニ、**只一度披見テ、次ニ音ヲ挙テ誦シ上グ。是奇異也。　（三・四三）

120　我レハ此レ、**金色ノ不動明王也、**我レ法ヲ護ルガ故ニ、常ニ汝ガ身ニ随フ、　（三・四四）

121　禅林寺ト云フハ、天台大師ノ伝法ノ所也。**寺ノ丑寅ニ石ノ象ヲ安置セル堂有リ。**是ハ天台大師ノ行ジ給ケルヲ、**普賢ノ白象ニ乗テ来リ現ハレ給ケル所也。**　（三・四五）

122　今昔、聖武天皇、東大寺ヲ造給フ。**銅ヲ以テ居長【欠字】丈ノ盧舎那仏ノ像ヲ鋳サセ給ヘリ。**　（三・四七）

123　速ニ、夢ノ如クニ、**如意輪ノ像ヲ造リ居ヘテ、**金ノ事ヲ可祈申シ、　（三・四九）

124　今昔、元明天皇、奈良ノ都ノ飛鳥ノ郷ニ元興寺ヲ建立シ給フ。堂塔ヲ起給テ、**金堂ニハ【欠字】丈ノ弥勒ヲ安置シ給フ。**　（三・五一）

125　亦、天暦天皇ノ御代ニ、**丈六ノ釈迦ノ像ヲ造テ、**心ニ祈リ願ヒ給ヘル夜ノ暁ニ、　（三・五七）

126　高市ノ郡、【欠字】ト云フ所ニ寺ヲ起テ、**此ノ薬師ノ像ヲ**

安置給ヒツ。　（三・六〇）

127　**汝ヂ忽ニ木ヲ取テ四天王ノ像ヲ刻テ**、髪ノ上ニ指シ、鉾ノ
崎ニ捧ゲテ。　（三・六二）

128　天皇モ、**銅ヲ以テ丈六ノ釈迦ノ像ヲ**、百済国ヨリ来レル
【欠字】ト云フ人ヲ以テ令鋳給テ、　（三・六三）

129　蘇我ノ大臣ニ仰テ、池辺ノ直水田ト云フ人ヲ以テ**仏菩薩三**
体ノ像ヲ令造テ、豊浦寺ニ安置セリ。　（三・六七）

130　其後、高野ノ大師、**其寺ニ丈六ノ薬師ノ三尊ヲ**、**銅ヲ以テ**
鋳居ヘ奉リ給ヘリ。　（三・七〇）

131　堂塔・房舎ヲ其員造ル。**其中ニ高サ十六丈ノ大塔ヲ造テ**、
丈六ノ五仏ヲ安置シテ、御願トシテ名ヅケツ。金剛峰寺ト
ス。　（三・七一～七二）

132　**水精ノ御念珠ノ緒ノ朽ニケレバ御前ニ落散タルヲ**、拾ヒ集
メテ緒ヲ直ク挿テ、御手ニ懸奉テケリ。　（三・七二）

133　今昔、伝教大師、比叡山ヲ建立シテ、**根本中堂ニ自ラ薬師**
ノ像ヲ造リ安置奉レリ。　（三・七三）

134　然レバ、別、首楞厳院ヲ建立シテ、中堂ヲ建テ、**観音・不**
動尊・毘沙門ノ三尊ヲ安置奉レリ。亦、宋ヨリ多ノ仏舎利ヲ
持渡レリ。　（三・七五）

135　金堂ハ瓦ヲ以テ葺ケリ。二階ニシテ裳層ヲ造タリ。**其内ニ**
丈六ノ弥勒在マス。　（三・七七）

136　**彼ノ宋ニシテ伝ヘ得給ヘル所ノ大日如来ノ宝冠ハ**、于今彼
寺ニ有リトナム語リ伝ヘタルトヤ。　（三・七八）

137　実ニ翁有リ。聊畏ル気色無シ。**錦ノ帽子ヲシテ薄色ノ襴衫**
ヲ着タリ。形チ髪サビ気高シ。　（三・七九～八〇）

138　其明ル年ノ正月ニ、始メテ大ナル寺ヲ被起レテ、**丈六ノ弥**
勒ノ像ヲ安置シ奉ル。　（三・八〇）

139　亦、此寺ヲ被造ル間、地ヲ引クニ、**三尺計ノ少宝塔ヲ掘出**
タリケリ。　（三・八〇）

140　若シ此所ニ座セバ、山神等、我ガ命ヲ助ケ給ヘ。然ラバ、
此巌ノ喬ニ弥勒像ヲ刻ミ奉ラム、　（三・八二）

141　**我レ此ノ木ヲ以テ十一面観音ノ像ヲ造奉ラム**、（三・八四）

142　高子ノ命婦ハ女官ヲ雇ヒ、諸ノ上中下ノ人ヲ勧メテ、其力
ヲ令加メテ**金色ノ八尺ノ十一面四千手ノ観音ノ像ヲ造奉ル**。　（三・八九）

143　其体ヲ見ニ、二ノ山指出テ、中ヨリ谷ノ水流出タリ。**絵ニ**

書ケル蓬莱山ニ似タリ。（三・九〇）

144 然ル間ニ、**萱ノ中ニ白檀造毘沙門天ノ像立給ヘリ**。（三・九一）

145 其家ノ所ヲバ伽藍ヲ建テ、**如意輪観音ヲ安置シ奉レリ**。（三・九五）

146 大織冠此レヲ聞給テ、忽ニ家ノ内ニ堂ヲ起テテ、**維摩居士ノ像ヲ顕ハシテ**、維摩経ヲ令講メ給フ。（三・一〇五）

147 涅槃会ニ参レル道俗・男女、皆、**此ノ会ノ供花ノ唐花ヲ取テ冥途ノ験ニセム**、ト云ヘリ。（三・一一〇）

148 此ノ籬ヲ見給ヘバ、正シク鯖ノ入タリト見エツレドモ、**花厳経八十巻ニテ御マス**。（三・一一二）

149 行教、此レヲ聞テ、謹ムデ礼拝シテ奉リケルニ、忽ニ**行教ノ着タル衣ニ金色ノ三尊ノ御姿ニテ還リ付カセ御マシテナム御ケル**。（三・一一六）

150 堀テ見レバ、**薬師仏ノ木像ヲ堀出シ奉レリ**。（三・一一九）

151 因果ヲ不信ズシテ、常ニ諸ノ寺ニ行テ**窃ニ銅ノ仏ノ像ヲ伺ヒ求メテ**、此レヲ盗テ焼キ下シテ帯ニ造テ売テ世ヲ渡ル。（三・一二〇）

152 **此ノ大安寺ノ丈六ノ釈迦ノ像**ハ、昔ノ霊山ノ生身ノ釈迦ト相好一モ不替給ズト化人ノ示シ給フ所也。（三・一二五）

153 **大安寺ノ丈六ノ釈迦**、吉ク人ノ願ヒニ随ヒ給フ、（三・一二七）

154 平郡ノ山寺ニ住シテ、知識ヲ引テ四**【欠字】**ヲ**【欠字】**為ニ**【欠字】**仏ノ像ヲ写ス。其ノ中ニ**六道ヲ図シテ此レヲ供養ス**。（三・一二八）

155 蓼原堂ト云フ。**其ノ堂ニ薬師仏ノ木像在マス**。（三・一三一）

156 **此ノ寺ノ薬師仏**、本ヨリ霊験新タニ在セバ、示シ給フ所也ケリ。（三・一三三）

157 先ヅ**丈六ノ釈迦菩薩并ニ脇士ニ菩薩ノ像ヲ造テ**、北山階ノ家ニ堂ヲ建テ安置シ給ヘリ。（三・一三五〜一三六）

158 **【欠字】**年ト云フ年ノ**【欠字】**月**【欠字】**日建立ノ法成寺ニシテ、天皇ノ御祈ノ為ニ**百体ノ絵仏ノ丈六ノ像ヲ令書メ給テ**、（三・一三九）

159 其ノ中ニ、**高サ三丈ノ大日如来ノ像ヲ**飯室ノ**【欠字】**阿闍梨ヲ以テ令書テ、（三・一三九）

160 今昔、入道大相国、法成寺ヲ建立シ給テ後、其ノ内ノ東ニ西向ニ子午ノ堂ヲ造テ、**七仏薬師ヲ安置シ給テ**、（三・一四〇）

161 供養ノ後、此ノ経ヲ納メ奉ムガ為ニ、**遠近ニ白檀・紫檀ヲ求テ、此レヲ以テ経筥ヲ令造ム**。（三・一四九）

162 而ニ、筥ノ内ヲ見レバ、**法華経八巻在マス**。（三・一五一）

163 而ル間、沙弥願ヲ発シテ、法ノ如ク清浄ニシテ、**自ラ法花経一部ヲ書写シ奉ル**。（三・一五六）

164 **漆ヲ塗レル筥ヲ造テ**、其ノ中ニ入レ奉テ、外所ニ不安置ズシテ、住屋ノ内ニ清キ所ヲ儲テ置キ奉レリ。（三・一五六）

165 持テル所ノ物、**法花経一部**、小字ニシテ一巻書写セリ、**白銅ノ水瓶、縄床一足也**。（三・一五九）

166 持経者ノ房ニ行テ見レバ、**水浄キ谷迫ニ三間ノ萱屋ヲ造リ**。一間ハ昼ル居ル所ナメリ。地火炉ナド塗タリ。次ノ間ハ寝所ナメリ。薦ヲ懸ケ廻ラカシタリ。**次ノ間ハ普賢ヲ懸奉テ他ノ仏不在サズ**。行道ノ跡、板敷ニ窪ミタリ。（三・一七四）

167 **木蓮子ノ念珠ノ砕ク許蝶テ**、額ノ破ル許額ヲ突テ、七八度許突キ畢テ、臥シ丸ビ泣ク事無限シ。（三・一七五）

168 花山ノ法皇、両度御幸有リ。次ノ度ハ、**延源阿闍梨ト云フ極タル絵師ヲ具シ給テ、聖人ノ影像ヲ令写メ**、亦、聖人ノ最後ノ有様ヲ令記メ給ヒケリ。（三・一七五～一七六）

169 **身ニハ藤ノ衣ヲ着タリ**。遂ニ食ヲ離レヌ。永ク衣食ノ思ヲ断テ、永ク菩提心ヲ発ス。（三・二〇四）

170 其ノ時ニ、**青キ衣ヲ着タル童子来テ**、白キ物ヲ持テ僧ニ与ヘテ云ク、（三・二〇五）

171 其ノ所ニ尋ネ至テ、其ノ洞ヲ見レバ、**五色ノ苔ヲ以テ上ニ葺キ、扉トシ、隔トシ、板敷・敷物トセリ**。（三・二〇七）

172 我レ此ノ誡ヲ蒙テ、閻魔王ノ庁ヲ出デテ、人間ニ返ルニ、野山ヲ通テ見レバ、**七宝ノ塔有リ**。（三・二一二）

173 道栄夢ニ、本山西塔ノ宝幢院ノ前ノ庭ニ、**金ノ多宝ノ塔ヲ起タリ**。（三・二一四）

174 或ル貴所ニハ入テ、**金銀ノ器一具ヲ盗テ**、忽ニ薄堂ニ行テ双六ヲ打テ、此ノ金銀ノ器ヲ令見ム。（三・二一九）

175 亦、非違ノ別当ノ夢ニ、**普賢白象ニ乗テ光ヲ放テ**、飯ヲ鉢ニ入テ捧ゲ持テ、獄門ニ向テ立給ヘリ。（三・二二〇）

176 而間、衣服ヲ不求ズ、食物ヲ不願ズ、**破タル紙衣・荒キ布**

ノ衣ヲ着タリ。

177 夢ニ、極テ気高ク怖シ気ナル人四人有リ。**皆甲冑ヲ着シ天衣ヲ具セリ**。各手ニ鉾・剣等ヲ取レリ。（三・二二八）

178 夢ニ、**八ノ菩薩ヲ見ル。皆黄金ノ姿也。瓔珞荘厳ヲ見ル**ニ、心ノ及ブ所ニ非ズ。（三・二四七）

179 傍ニ**紫ノ衣ヲ着タル老僧有テ**、告テ云ク、（三・二四九）

180 其後、俄ニ衣鉢ヲ投棄テテ、**忽ニ阿弥陀仏ノ像ヲ図絵シ**、法花経ヲ書写シテ、智者ノ僧ヲ請ジテ供養シツ。（三・二五二）

181 只**道祖ノ神ノ形ヲ造タル有リ**。其ノ形旧ク朽テ多ノ年ヲ経タリト見ユ。男ノ形ノミ有テ、女ノ形ハ無シ。前ニ**板ニ書タル絵馬**有リ。足ノ所破レタリ。（三・二五二～二五三）

182 其ノ中ニ、**天冠ヲ戴ケル天人、瓔珞ヲ懸タル菩薩**、員不知ズ。（三・二五七）

183 亦、一ノ高キ堂ヲ見レバ、**仏在マシテ金色ノ光ヲ放テ照シ給フ**。（三・二六〇）

184 守ノ夢ニ、**斑ナル水旱袴**着タル男来テ、（三・二六一）

185 此ニ依テ、忽ニ**金泥ノ法花経ヲ書写シ、黄金ノ仏像ヲ造立シテ**、心ヲ至シテ供養ス。（三・二八四）

186 法隆寺ノ東ノ院ハ昔シ太子ノ住給ヒケル所也。**其ノ所太子ノ御物ノ具共置給ヘル中ニ、其ノ疏有リ**。其レハ太子ノ自ラノ御手ナレバ、外ニ取出ス事無シ。（三・三〇八）

187 暫ク有テ、**甲ノ袈裟ヲ着セル僧ドモ十人許**、香炉ヲ捧テ来テ、天王寺ノ僧共ヲ迎ヘ入ル。（三・三〇九）

188 安居ノ畢ノ比ニ成テ、転乗、夢ニ、**竜ノ冠シタル夜叉形人也、天衣・瓔珞ヲ以テ身ヲ荘テ**、手ニ金剛ヲ取リ、足ニ花蕊ヲ踏テ、眷属ニ被囲遶レテ来テ、（三・三一〇）

189 相知レル人共ニ、云フニ随テ、**法花経ヲゾ六十部許書奉タリケル**。（三・三一八）

190 然レバ、女王宮ノ門ヲ出ヅルト、三ノ人有リ。皆**黄ナル衣**ヲ着セリ。（三・三二三）

191 忽ニ絵師ヲ呼テ、夢ニ見ル所ノ**仏ノ掌ノ中ノ小浄土ノ相**ヲ令写メテ、（三・三四一）

192 極楽ノ迎ハ不見エズシテ、本意無ク**火ノ車**ヲ此ニ寄ス。（三・三七七）

193 今、弥陀如来我レヲ迎ヘ給ハムトシテ、其ノ使ニ貴キ僧一（三・三八一）

人・天童一人此ニ来レリ。**共ニ白キ衣ヲ着タリ。其ノ衣ノ上ニ絵有リ。花**ヲ重タルガ如シ。（三・三八九）

194 聊ニ房ノ具ナドノ有ケルヲ投ゲ棄テ、**両界ノ曼陀羅ヲ書奉リ、阿弥陀仏ノ像ヲ造リ奉リ**、法花経ヲ写シ奉テ、四恩法界ノ為ニ供養シツ。（三・三九二）

195 沐浴シテ浄キ衣ヲ着テ堂入テ、**阿弥陀仏ノ御手ニ五色ノ糸ヲ付テ**、其レヲ引ヘテ西ニ向テ念仏ヲ唱フ。（三・三九三）

196 境妙聖人**金ノ車**ニ乗リ、手ニ経ヲ捧テ、数ノ天童ニ被囲遶テ遥ニ行ク。（三・三九四）

197 多ノ僧皆香炉ヲ捧テ車ヲ囲遶シテ、此ノ死タル老母ノ家ニ至テ、嫗ヲ呼テ出テ、**天衣・宝冠ヲ着セテ**、此ノ車ニ乗セテ返リ行ナムト為ル時ニ、（三・四〇七～四〇八）

198 仏ハ漸ク寄リ来リ給フニ、**観音ハ紫金ノ台ヲ捧ゲ**、**勢至ハ蓋ヲ差**、**楽天ノ菩薩ハ一鶏婁ヲ前トシテ**微妙ノ音楽ヲ唱ヘテ、仏ニ随テ来ル。（三・四一一）

199 空微妙ノ音楽ノ音有テ、尋寂**蓮化ノ台**ニ居テ空ニ昇テ去ヌ、（三・四二五）

200 其ノ講ニ、毎日ニ**阿弥陀ノ絵像一軀・法花経一部・小阿弥陀経一巻**ヲ供養ス。（三・四三二）

201 極楽ニ往生セムト願フテ年来ヲ経ル間、尼**手ノ皮ヲ剝テ極楽浄土ノ相ヲ図シ奉ラム**ト思フ心懃也ケルニ、（三・四三六～四三七）

202 釈妙遂ニ老ニ臨テ、命終ラムト為ル時ニ、仏ニ向ヒ奉テ、**五色ノ糸ヲ仏ノ御手ニ懸テ**、其レヲ取テ、心ヲ至シテ念仏ヲ唱ヘテ、心不違ズシテ失ニケリ。（三・四四二）

203 而ル間、女**胎蔵界ノ曼陀羅**ノ御前ニ居テ、夫彦真ヲ呼テ語テ云ク、（三・四五六）

204 亦、願ヲ発シ所ノ**観音ノ像**ヲ造奉テ供養シテ、日夜ニ恭敬シ奉ル事無限シ。（三・四六九）

205 今ハ本朝ニ返ラム事望ミ絶タル事ナレバ、各父母・妻子ヲ恋ル程ニ、其ノ所ニシテ**観音ノ像**一軀ヲ見付奉タリ。（三・四七〇）

206 若シ虚実ヲ知ラムト思ハバ、**三井ノ観音ヲ可見奉シ**、（三・四七二～四七三）

207 今昔、丹波ノ国、桑田ノ郡ニ住ケル郡司、年来宿願有ルニ依テ、**観音ノ像**ヲ造奉ラムト思テ、（三・四七七）

208 居タル家ノ後ニ堂ヲ起テテ、此ノ娘助ケ給ハムト為ニ、**観音**ヲ安置シ奉ル。（三・四八三）

209 今昔、大和ノ国、敷下ノ郡ニ殖槻寺ト云フ寺ラ有リ。**等身ノ銅ノ正観音**ノ験ジ給フ所也。（三・四八九）

210 穂積寺ト云フ寺ニ**千手観音**在ス。（三・四九七）

211 今昔、奈良ノ京ニ下毛野寺ト云フ寺有リ。其ノ寺ノ金堂ノ**東ノ脇士ニ観音**在マス。（三・四九九）

212 今昔、和泉ノ国、和泉ノ郡ノ内ニ珍努ノ山寺ト云フ所有リ。其ノ山寺ニ**正観音ノ木像**在マス。（三・五〇〇）

213 今昔、大和ノ国、平郡ノ鵤ノ村ニ岡本寺ト云フ寺有リ。其ノ寺ニ**銅ノ観音ノ像**十二体在マス。（三・五〇一）

214 塗タル箱ヲ持来レリ。開クヲ見レバ、**金ノ餅**一ツ有リ。（三・五〇八）

215 共ニ願ヲ発シテ、**十一面観音ノ像**ヲ造ラムトシテ、栢ノ木ヲ伐テ、良藤ガ長等シク造テ、（三・五一三）

216 目ヲ塞テ思ヒ入テ有ル間ニ、忽ニ足ノ下ニ**金ノ榻**出来ヌ。（三・五二〇）

217 多ノ財物ヲ令持メテ、日本ニ送テ長谷ノ観音ニ奉ル。其ノ中ニ**大キナル鈴・鏡・金ノ簾**有リ。（三・五二〇～五二一）

218 年五十余許ニテ太リ宿徳気ナル法師ノ、**赤色ノ織物ノヒタタレ**、**紫ノ指貫ヲ着テ**、藁沓ヲ履テ、塗タル鞭ヲ持テ、早ル馬ニラ天ノ鞍置テ乗タリ。（三・五二二）

219 法師ハ前ニ台一双ニ**銀ノ器**共ニ物食散シテ、（三・五二五）

220 注シ許ニトテ、年来持タリケル**水精ノ念珠**ヲ阿闍梨ニ与ヘツ。（三・五三三）

221 弁宗**長谷ニ参テ**、**十一面観音ニ向ヒ奉テ**、観音ノ御手ニ縄ヲ繋テ、此ヲ引テ白シテ言ク、（三・五四一）

222 大柑子三ツヲ**馥シキ陸奥国紙**ニ裹テ車ヨリ取タレバ、（三・五四四）

223 其ノ寺ニ、**地蔵菩薩ノ像**在マス。（四・八）

224 其ノ後、其ノ里ノ人上中下、**地蔵菩薩**ヲ造リ絵テ、帰依シ奉ル事、恒例ノ事トシテ于今不絶ズ。（四・一一）

225 田ニ立テ検田スル間ニ見レバ、泥ノ中ニ、**一尺許ノ地蔵菩薩ノ像**、半ハ泥ノ中ニ入タリ、半ハ出デテ御マス。（四・一二）

226 而ルニ、堂ノ前ノ庭ノ中ニ、**等身ノ地蔵菩薩・毘沙門天**、

各本ノ堂ヲ出デテ立給ヘリ。（四・一四）

227 然レバ、遂ニ一ノ堂ヲ造テ、**等身ノ地蔵菩薩ノ像**ヲ造リ安置シテ、其ノ寺ノ名ヲ清水寺ト云フ。（四・一六）

228 彼ノ良門ハ**金泥ノ大般若経**一部ヲ書写供養セル者也。（四・一六）

229 其ノ後、仁康道心ヲ発シテ、忽ニ**大仏師康成**ガ家ニ行テ、相語テ、不日ニ**地蔵ノ半金色ノ像**造テ、開眼供養シツ。（四・二〇）

230 今昔、人有テ**阿弥陀仏**ヲ造奉ケル次ニ、**古キ地蔵菩薩ヲ改メ綵色シテ**、正法寺ト云フ寺ニ安置シ奉テケリ。（四・二二）

231 其ノ郡ノ内ノ人、多**地蔵菩薩**ヲ造リ奉テ、水銀掘ル時ハ殊ニ念ジ奉ケリトナム語リ伝ヘタルトヤ。（四・二四）

232 蔵海其ノ山ノ上ニ寺ヲ建タリ。名ヲバ地蔵寺ト云フ。堂ノ内ニ**等身ノ地蔵菩薩像**ヲ安置シ奉レリ。（四・二八）

233 公真、**三尺ノ綵色ノ地蔵菩薩ノ像**一体ヲ造テ、其ノ寺ノ内ニ安置シ奉テ、日夜ニ恭敬シ奉テ、怠ル事無シ。（四・三五〜三六）

234 即チ、**大仏師定朝ヲ語テ**、**等身ノ皆金色ノ地蔵菩薩ノ像**ヲ一体造リ奉リ、**色紙ノ法花経**一部ヲ書写シテ六波羅蜜寺ニシテ、大キニ法会ヲ行テ、供【欠字】養シ奉リツ。（四・三八）

235 其ノ後、惟高忽ニ三間四面ノ草堂ヲ造テ、**六地蔵ノ等身ノ綵色ノ像**ヲ造奉テ、其ノ堂ニ安置シテ、法会ヲ設テ開眼供養シツ。（四・四二）

236 此ノ寺ニ別当ナル僧有テ、仏師ヲ呼テ、宿願有ルニ依テ、**地蔵菩薩ノ像**ヲ令造シム。（四・四五）

237 其ノ後、忽ニ仏師ヲ語テ、**三尺ノ地蔵菩薩ノ像**一体ヲ造リ奉リ、（四・五〇）

238 衣ヲ脱テ仏師ニ与ヘテ、**一標手半ノ地蔵**ヲ造リ奉テケリ。（四・五一）

239 仏師ヲ請ジテ、**等身ノ地蔵菩薩**一体ヲ造リ奉テ、其ノ堂ニ安置シテ、常ニ香花・灯明ヲ奉テ、日夜ニ不怠ズ。（四・五五）

240 其ノ後、尼忽ニ仏師ヲ語テ、**三尺ノ地蔵菩薩ノ像**一体ヲ造リ奉レリ。（四・五七）

241 守忽ニ仏師ヲ呼テ、不日ニ**等身ノ地蔵菩薩ノ像**ヲ造リ奉テ、開眼供養シ奉リツ。（四・五九）

242 見レバ、**四尺ノ屏風**ノ清気ナル立タリ。**高麗端ノ畳**二三帖許敷タリ。（四・六〇）

243 形チ美麗ニ姿厳キ事並無シ。**紫苑色ノ綾ノ衣**ヲ着テ臥タリ。（四・六〇）

244 二階ニ**蒔絵ノ櫛ノ箱**、硯ノ箱置散シタリ。（四・六一）

245 其山寺ノ内ニ一本ノ柴生タリ。而ルニ、其ノ柴ノ皮ノ上ニ、忽ニ**弥勒菩薩ノ像**化生シ給フ。（四・六八）

246 其ノ寺ノ**弥勒菩薩ノ銅ノ像**ヲ盗取テ、破リ損ゼムト為ル也ケリ。（四・六九）

247 辛クシテ夜嗟ヌレバ、先ヅ我ガ抱キ奉レル仏ヲ見レバ、**毘沙門天ニ**テ在マス。（四・八一）

248 今昔、聖武天皇ノ御代ニ、和泉ノ国、和泉ノ郡ノ血淳上山寺ニ、**吉祥天女ノ摂像**在マス。（四・八七）

249 女王大キニ貪報ヲ恥ヂ悲ムデ、奈良ノ左京、服部ノ堂ニ詣テ、**吉祥天女ノ像**ニ向テ、泣々申シテ云ク、（四・八八）

250 其ノ山寺ニ、一ノ**執金剛神ノ摂像在**マス。（四・九四）

251 守、汝ヂ糸吉ク云タリ、現ニ然コソ可為カリケレ、ト云テ、忽**阿弥陀仏**ヲ令図絵メ奉ル。（四・一一九〜一二〇）

---

252 兼テ亦、**等身釈迦仏**ヲ造リ奉テ供養セムト、先ヅ罪ノ方ノ事共ノ怱ギニ、于今供養シ不奉ザリケルヲ、（四・一二〇）

253 而ル間、新発居タル**障紙**ヲ曳開テ見レバ、**金色ノ菩薩**、**金蓮華**ヲ捧テ、漸ク寄リ御ヌ。（四・一二二）

254 **錦ノ帽子**シタル者ノ、**斑ナル狩衣**ヲ着テ、**熊ノ行縢**ヲ着テ、**斑ナル猪ノ尻鞘シタル大刀**ヲ帯テ、鬼ノ様ナル鷹ヲ手ニ居テ、高ク鳴ル鈴ヲ鷹ニ付タリ。（四・一三四）

255 **鋳懸地ニ蒔タル硯**ノ様モ厳シク、墨付ナドモ世ニ不似ザリケレバ、此レヲゾ御調度ノ中ニハ止事無キ物ニ被為ケル。（四・一三七）

256 年四十許ナル男ノ鬚ゲ黒キガ、**綾藺笠**ヲ着テ、**節黒ナル大胡録**ヲ負テ、**革巻タル弓**ヲ持テ、**紺ノ水旱**ヲ着テ、**夏毛ノ行縢**、白【欠字】ヲ履テ、**黒造ノ大刀**ヲ帯テ、葦毛ノ馬ニ乗テ来ル人有ラバ、其レヲ必ズ観音ト知リ可奉シ、（四・一四七）

257 御堂参テ、翁ハ仏ノ御前ニ居テ、二三度許礼拝シテ、**木連子ノ念珠**ノ大キニ長キヲ、押攤テ居タルハ、（四・一五〇）

258 **住吉ノ姫君ノ物語リ書タル障紙**被立タル所也。（四・一六一）

259 京中ノ上中下ノ道俗男女首ベヲ傾ケテ、挙テ其ノ時ノ僧供ヲ儲テ、僧都ニ奉ケルニ、此ノ宮ニハ**銀ノ器**共ヲ故ニ打セテ、其ノ僧都ノ時ノ僧供ヲ奉リ給ケレバ、（四・一六五）

260 立出テ見レバ、**二三尺許リ有ル唐車ノ艶ズ微妙ク荘タル**ニ、乗リ給ヒタル人有リ。（四・一九八）

261 辰巳ヲ見レバ、様々ノ狩装束ノ姿共多クテ、船岳ニ子日シ、男女其レニ付タル歌ヲ読通シ、直姿共ニ**紫ノ指貫、紅梅ノ濃薄キ袿**ナド脱垂レテ、花ヲ尋ネ、鞠・小弓ナド遊ブ。（四・二〇一）

262 九月ノ十日比ノ程ナレバ、衣モ多モ不着ズ、**紫苑色ノ綾ノ衣**一重、濃キ袴ヲゾ着タリケル。（四・二四三）

263 其時ニ、観音**紫金台**ヲ捧テ、聖人ノ前ニ寄リ給フ。（四・二五二）

264 門ニ入テ見バ、王在。**黄金ノ座**ニ居給ヘリ。（四・二五九）

265 **仏菩薩ノ像**ヲ造ラムハ西方ノ極楽ニ生レム。（四・二六〇）

266 鬼、此ヲ聞テ、此女ヲ引テ、彼鵜足ノ郡ノ女ノ家ニ行テ、親リ其ノ女ニ向テ、**緋ノ嚢**ヨリ一尺許ノ鑿ヲ取出テ、此家ノ女ノ額ニ打立テ、召テ将去ヌ。（四・二六四）

---

267 公此レヲ見給フニ、本ノ僧ノ形ニハ非シテ、**皆観音ノ像也**。其時ニ僧掻消ツ様ニ失ヌ。（四・二六九）

268 此クテ九月ノ中ノ十日ノ程ニ、申時斗ニ、心弱ク思エケレバ、**枕上ニ阿弥陀仏ヲ安置シテ**、其ノ御手ニ五【欠字】ノ糸ヲ付奉テ、其レヲ引ヘテ、念仏ヲ唱フル事、四五十遍計シテ、寝入ルガ如クシテ絶入ヌ。（四・二七三）

269 **百ノ仏像、百ノ菩薩像、百ノ羅漢像**、皆微妙ク書立奉テ、懸並ベ奉タリ。様々ノ造花共瓶ニ差シタリ。（四・二九二）

270 京ニ上テ、帯造ヲ以テ、三腰ノ帯ヲ令造ツ。**巡方ノ一腰、丸鞆二腰**也。（四・三一三）

本朝

271 其レハ**其ノ御形、其ノ佐保殿ニ移シ置タル也**。（四・三二四）

272 家ノ後ノ方ヨリ**青鈍ノ狩衣袴着タル男**ノ年四十余計ナル、出来テ云ク、（四・三三一）

273 賤ノ下衆ノ家ナレドモ、故々シクシテ可咲。見レバ、**檜籧篨ヲ以テ天井ニシタリ。廻ニハ籧篨屏風ヲ立タリ。浄気ナル**

274 高麗端ノ畳三四帖許敷タリ。（四・三三一～三三二）
年十三四許有ル若キ女ノ、薄色ノ衣一重濃キ袴着タルガ、扇ヲ指隠シテ、片手ニ高坏ヲ取テ出来タリ。（四・三三二）

275 二月ノ中ノ十日ノ程ノ事ナレバ、前ナル梅ノ花、所々散テ、鶯木末哀ニ鳴ク。遣水ニ散落テ流ルルヲ見ルニ、極ク哀也。（四・三三四）

276 練色ノ衣ノ強ナルヲ着テ、髪ヲバキコメテ居ザリ乗ヌ。（四・三三五～三三六）

277 屛風ヲ押畳ミテ簾ヨリ手ヲ指入テ、（四・三四一）

278 歳三十計ノ男ノ鬘鬚ナルガ、無文ノ袴ニ紺ノ洗瀑ノ襖ニ、欵冬ノ衣ノ袪ト吉ク被曝タルヲ着テ、猪ノ逆頬尻鞘シタル太刀帯シテ、鹿ノ皮ノ沓履タル有リ、（四・三五二）

279 此ノ女麻ノ細畳ヲ織テ、夫ノ大領ニ着セタリケリ。其細畳直クシテ、微妙事并無シ。（四・三五九）

280 高陽親王、造人形立田中語第二。今昔、高陽親王ト申ス人御ケリ。此ハ【欠字】天皇ノ御子也。極タル物ノ上手ノ細工ニナム有ケル。（四・三八五）

281 高陽親王此ヲ構給ケル様、長ケ四尺計ナル童ノ左右ノ手ニ器ヲ捧テ立テル形ヲ造テ、此田ノ中ニ立テ、人其童ノ持タル器ニ水ヲ入ルレバ、盛受テハ即チ顔ニ流懸ル構ヲ造タリケレバ、此ヲ見ル人、水ヲ汲テ、此持タル器ニ入ルレバ、盛受テ顔ニ流懸流懸スレバ、此ヲ興ジテ聞継ツツ、京中ノ人市ヲ成シテ集テ、水ヲ器ニ入レテ、見興ジ喤ル事無限シ。如此為ル間ニ、其水自然ラ【欠字】テ、田ニ水多ク満ヌ。其時ニ童ヲ取隠シツ。亦、水乾キヌレバ、童ヲ取出シテ田ノ中ニ立テツ。（四・三八五～三八六）

282 此極キ構ヘ也。此モ御子ノ極タル物ノ上手、風流ノ至ル所也トゾ人讃ケルトナム語リ伝ヘタルトヤ。（四・三八六）

283 其御送物ニ得給タリケル女ノ装束ニ被副タリケル紅ノ打タル細長ヲ、心無カリケル前駆ノ取テ出ケルニ、（四・三八六）

284 百済川成飛弾工挑語第五。今昔、百済ノ川成ト云フ絵師有ケリ。世ニ並無キ者ニテ有ケル。滝殿ノ石モ此川成ガ立タル也ケリ。同キ御堂ノ壁ノ絵モ此ノ川成ガ書タル也。（四・三八八）

285 川成、現ニ然ル事也、ト云テ、畳紙ヲ取出テ、童ノ顔ノ限ヲ書テ下部ニ渡シテ、此ニ似タラム童ヲ可捕キ也。東西ノ市

ハ人集ル所也。其辺ニ行テ可伺キ也、ト云ヘバ、下部**其顔ノ形ヲ取テ**、即チ市ニ行ヌ。人極テ多カリト云ヘドモ、此ニ似タル童無シ。暫ク居テ、若ヤ、ト思フ程ニ、此ニ似タル童出来ヌ。**其形ヲ取出テ競ブルニ、露違タル所無シ。**

（四・三八八）

286 其比、**飛弾ノ工ト云フ工**有ケリ。**都遷ノ時ノ工也。**世ニ並無キ者也。**武楽院ハ其工ノ起タレバ**微妙ナルベシ。而ル間、**此工、彼ノ川成トナム各ノ態ヲ挑ニケル。飛弾ノ工、川成ニ云ク、我ガ家ニ一間四面ノ堂ヲナム起タル、**御シテ見給ヘ、亦、**壁ニ絵ナド書テ得サセ給ヘ、**トナム思フ、ト。

（四・三八八～三八九）

287 **実ニ可咲気ナル小サキ堂有リ。四面ニ戸皆開タリ。飛弾ノ工**、彼ノ堂ニ入テ、其内見給ヘ、ト云ヘバ、**川成延ニ上リテ南ノ戸ヨリ入ラムト為ルニ、其戸ハタト閉ヅ。驚テ廻テ西ノ戸ヨリ入ル。亦其ノ戸ハタト閉ヌ。亦南ノ戸ハ開ヌ。然レバ北ノ戸ヨリ入ルニハ其戸ハ閉テ、西ノ戸ハ開ヌ。亦東ノ戸ヨリ入ルニ、其戸ハ閉テ、北ノ戸ハ開ヌ。如此廻々ル数度入ラムト為ルニ、閉開ツ入ル事ヲ不得。**侘テ延ヨリ下ヌ。

（四・三八九）

---

288 云ニ随テ、**廊ノ有ル遣戸ヲ引開タレバ、大キナル人ノ黒ミ脹臭タル臥セリ。臭キ事鼻ニ入様也。**不思懸ニ此ル物ヲ見タレバ、音ヲ放テ愕テ去返ル。**川成、**内ニ居テ、此ノ音ヲ聞テ咲フ事無限リ。**飛弾ノ工、**怖シ、ト思テ土ニ立テルニ、**川成**其遣戸ヨリ顔ヲ差出テ、耶、己レ此ク有ケルハ、只来レ、ト云ケレバ、恐々ヅ寄テ見レバ、**障紙ノ有ルニ、早ウ、其死人ノ形ヲ書タル也ケリ。**堂ニ被謀タルガ妬キニ依テ此クシタル也ケリ。**二人ノ者態、**此ナム有ケル。（四・三八九～三九〇）

289 **金ノ御枕ヲ懸物ニテ**遊バシケルニ、 （四・三九〇）

290 **木ヲ以テ枕ニ造テ、金ノ薄ヲ押タル也ケリ。**（四・三九一）

291 **前ニ放出ノ広庇有ル板屋ノ平ミタルガ、前ノ庭ニ籬結テ、前栽ヲナム可有カシク殖テ、砂ナド蒔タリ。**賤小家ナレドモ故有テ住成シタリ。寛蓮放出ニ上テ見レバ、**伊与簾白クテ懸タリ。**秋ノ比ノ事ナレバ、**夏ノ几帳清気ニテ簾ニ重ネテ立タリ。**簾ノ許ニ巾鐍カシタル碁枰有リ。碁石ノ笥可咲気テ、枰ノ上ニ置タリ。其傍ニ円座一ツヲ置タリ。

（四・三九一～三九二）

292 年五十計ノ女ノ無下ノ下衆ニモ非ヌガ、**浅黄ナル張単賤ノ袴着テ**、顔ハ**青鈍ナル練衣**ニ水ヲ裹タル様ニテ、（四・三九四）

293 此典薬頭ニ**極ク装束仕タル女車ノ乗泛レタル**、入ル。（四・三九六）

294 内ニ角ノ間ノ人離レタル所ヲ、俄ニ掃浄メテ、**屏風立テ畳敷ナドシテ**、車ノ許ニ寄テ、【欠字】タル由ヲ云ヘバ、（四・三九六）

295 女、**扇ヲ差隠シテ**居リ下ヌ。（四・三九七）

296 車ノ内ナル**蒔絵櫛ノ筥**取テ持来ヌレバ、（四・三九七）

297 女童ハ櫛ノ筥ヲ裹テ隠シテ、**屏風ノ後ニ**屈居ヌ。（四・三九七）

298 夕暮方ニ女房、**宿直物ノ薄綿衣一ツ許ヲ着テ**、此ノ女ノ童ヲ具シテ逃ニケルヲ、（四・三九八）

299 久ク隠レテ**屏風ノ後ニ**何態為ルニカ有ラム、（四・三九九）

300 **屏風ノ後ヲ**見ニ、何シニカハ有ラム、女ノ童モ不見ヘ。**衣共着重タリシモ**、袴モ然乍ラ有リ。只**宿直物ニテ着タリシ薄綿ノ衣一ツ許ナム無キ**。（四・三九九）

---

301 居ヘタル物共ヲ取食テ、**其造置タル船・車・馬ナドニ乗テコソ**散々ニ返ツレ。（四・四一〇～四一一）

302 **鷹司殿ノ御屏風ノ色紙形ニ可被書キ詩ヲ**、其道ニ達セル博士共ニ仰セ給テ、詩ヲ作ケルニ、（四・四三七）

303 **延喜御屏風**伊勢御息所、読和歌語第三十一。今昔、**延喜天皇、御子ノ宮ノ御着袴ノ料ニ御屏風ヲ為サセ給テ、其ノ色紙形ニ可書キ故ニ、歌読共ニ、各和歌読テ奉レ、ト仰セ給ヒケレバ**、皆読テ奉タリケルヲ、**小野道風ト云手書ヲ以テ令書給ケレバ、春ノ帖ニ桜ノ花ノ栄タル所ニ、女車ノ山路行タル絵ヲ書タル所ニ当テ色紙形有リ**、其ヲ思シ食シ落シテ、歌読共ニモ不給リケレバ、**道風書キ持行クニ**、其ノ歌無ケレバ、（四・四四〇）

304 此御息所ハ、**極テ物ノ上手ニテ有ケル大和守藤原忠房ト云人ノ娘也**。（四・四四〇）

305 **庭ノ木立チ極テ木暗クテ、前栽極ク可咲ク殖タリ。庭ハ苔、砂青ミ渡タリ。三月許ノ事ナレバ、前の桜謐ク栄ヘ、寝殿ノ南面ニ帽額ノ簾所々破テ神サビタリ。**（四・四四一）

306 簾ヲ掻上テ見レバ、母屋ノ簾ハ下シタリ。**朽木形ノ几帳ノ**

清気ナル、三間許ニ副テ立タリ。西東三間許去テ、四尺ノ屏風ノ中馴タル立タリ。母屋ノ簾ニ副ヘテ、高麗端ノ畳ヲ敷テ、其ノ上ニ唐錦ノ茵敷タリ。板敷ノ被瑩タル事鏡ノ如シ。影残リ無ク移テ見ユ。屋ノ体旧クシテ神サビタリ。寄テ茵ノ喬ノ方ニ居タレバ、内ヨリ空薫ノ香氷ヤヤカニ馥シク、ホノボノ匂ヒ出ヅ。清気ナル女房ノ袖口共透タリ。額ツキ吉キニ三人計簾ヨリ透テ見ユ。簾ノ気色極ク故有リテ可咲シ。（四・四四一～四四二）

307 夕サリ若宮ノ御着袴ニ屏風シテ奉ルニ、色紙形ニ書カム料ニ、和歌読共ニ歌読セテ書セツルヲ、（四・四四二）

308 居タル簾ノ下ヨリ、絵可咲ク書タル扇ニ、盞ヲ居ヘテ、差出タル也ケリ。（四・四四二）

309 女房ヨセ来テ、蛮絵ニ蒔タル硯ノ筥ノ蓋ニ、清気ナル薄様ヲ敷テ、交菓子ヲ入レテ差出タリ。（四・四四二～四四三）

310 紫ノ薄様ニ歌ヲ書テ結ヒテ、同ジ色ノ薄様ニ裹テ、女ノ装束ヲ具シテ押出タリ。赤色ノ重ノ唐衣、地摺ノ裳、濃キ袴也。物ノ色極テ清ラニ微妙シ。（四・四四三）

311 道風ハ筆ヲ湿シ儲テ御前ニ候フ。（四・四四三）

---

312 先ヅ書様ニ微妙ジクテ、道風ガ書タル露不劣ラ、御息所此ク書タリ。チリチラズキカマホシキヲフルサトノハナミテカヘルヒトモアハナム。（四・四四四）

313 度々詠ジテ後ニナム道風書ケル。（四・四四四）

314 公任大納言、読屏風和歌語第三十三。今昔、一条院ノ天皇ノ御時ニ、上東門院始メテ内ニ参ラセ給ヒケルニ、御屏風ヲ新ク為サセ給テ、色紙ニ書カム料ニ、歌読共ニ仰セ給テ、歌読テ奉レ、ト有ケルニ、四月ニ藤ノ花ノ謐ク栄タル家ヲ絵ニ書タリケル帖ヲ、公任ノ大納言当テ読ミ給ケルガ、（四・四四六）

315 行成大納言ハ此ノ和歌ヲ可書キ人ニテ、疾ク参テ、御屏風ヲ給ハリテ、可書キ由申シ給ケレバ、（四・四四六）

316 ムラサキノクモトゾミユルフヂノ花イカナルヤドノシルシナルラム。（四・四四七）

317 関白殿ノ大饗行ハセ給ケル屏風ニ、山里ニ紅葉見ニ人ノ来タル所ヲ絵ニ書タルニ、此ナム読ケル、山里ノモミヂミニトカオモフラムチリハテテコソトフベカリケレ、（四・四四九）

318 此ノ中将、屏風ノ絵ニ山野ニ梅ノ花栄タル所ニ、女ノ只一

人有ル屋ノ糸幽ナル所ヲ、此ナム読ケル、ミル人モナキ山ザトノ花ノイロハ中々カゼゾオシムベラナル、（四・四五六）

319 此ノ中将、或所ニ大破子ト云物ヲシテ奉ケルニ、子日シタル所ニ此ク書付タリ、キミガヘム世々ノ子日ヲカゾフレバカニカクマツノオヒカハルマデ、（四・四五七～四五八）

320 此中将、屏風絵ニ遙ニ沖ニ出タル鉤船ヲ書タル所ヲ見テ、此ナム読ケル、イヅカタヲサシテユクランオボツカナハルカニミユルアマノツリブネ、ト。亦同ジ所ニ、霧ノ立隠シタルニ旅人ノ行タルヲ書タル所ヲ見テ、此ナム読ケル、アサボラケモミヂバカクス秋ギリノタタヌサキニゾミルベカリケル、ト。亦、此中将、人ノ、絵ヲ遣セテ、此御覧ゼヨ、ト云タルヲ、山郷ノ心細気ナル、水ナド流レテ、物思タル男ノ居タル所ヲ書タルヲ見、此ナム書付テ返シ遣ケル、ナガレクル水ニカゲミム人シレズモノオモフ人ノカホヤカハルト、絵ノ主、此ヲ見テ極クゾ讃ケルトナム語リ伝ヘタルトヤ。（四・四五九）

321 此ノ院ハ陸奥国ノ塩竈ノ様ヲ造テ、潮ノ水ヲ湛ヘ汲ミ入レタリケレバ、（四・四六六）

---

322 五寸許ナル押覆ヒナル張筥ノ、沃懸地ニ黄ニ蒔ルヲ、陸奥紙ノ馥キニ裹テ有リ。開テ見レバ、鏡ノ筥ノ内ニ、薄様ヲ引破テ、可咲気ナル手ヲ以テ此ク書タリ、（四・四六八）

323 一ツ着タリケル薄色ノ綾ノ衣ノ表ヲ解テ、（四・四六九）

324 表ニ奉タリケル紅ノ御衣一ツヲ取テ、打被サセ給ヒツレバ、（四・四七六）

325 綻ヲバ不縫シテ、陸奥紙ノ破ノ馥シキニ、文ヲ書テ、綻ノ許ニ結付テ有リ。（四・四八〇）

326 左門ノ府生掃守ノ在上ト云高名ノ絵師有リ。物ノ形ヲ写ス、少モ違フ事無カリケリ。其レヲ内裏ニ召テ、彼純友并ニ重太丸ガ二ノ頭、右近ノ馬場ニ有リ。速ニ其所ニ罷テ、彼ノ二ノ頭ノ形ヲ見テ、写テ可持参シ、ト。此レハ彼ノ頭ヲ公ケ御覧ゼムト思食ケルニ、内裏ニ可持入キニ非バ、此ク絵師ヲ遣ハシテ、其形ヲ写シテ御覧ゼムガ為也ケリ。然テ絵師、右近ノ馬場ニ行テ、其ノ形ヲ見テ写テ内裏ニ持参タリケレバ、公、殿上ニシテ此ヲ御覧ジケリ。頭ノ形ヲ写タルニ少モ違フ事無カリケリ。此ヲ写テ御覧ズル事ヲバ世人ナム承リ不申ケル。（四・四九四～四九五）

327 我ハ紺ノ襖ニ欸冬ノ衣ヲ着テ、夏毛ノ行縢ニ履、綾藺笠ヲ着テ、征箭三十許、上指雁胯二並指タル胡簶ヲ負テ、手太キ弓ノ革所々巻タルヲ持テ、打出ノ太刀帯テ、（四・五〇九）

328 大キナル葦毛ノ馬ニ乗テ、紺ノ襖ニ欸冬ノ衣着タル者ノ、綾藺笠ヲ着テ、夏毛行縢シタルナム、中ニ勝レテ主人ト見ヘ侍ツル、（四・五一〇）

329 袴垂ヲ召テ、綿厚キ衣一ツヲ給ヒテ、（四・五一六）

330 永衡、銀ノ冑ヲ着テ軍ニ有リ。（四・五三一）

331 長シキ男ノ浅黄上下着タル、不後ト走リ来テ、（五・三四）

332 此浅黄上下着タル男、只、我許ヘ、去来給ヘ、ト云テ引将行ニ、（五・三四）

333 此浅黄上下着タル者ヲ指テ云ヘバ、（五・三四〜三五）

334 我家ニ蚕ヲ養富テ絡懸ル糸ハ黒シ、節有テ弊シ。此糸ハ雪ノ如ク白シテ、光有テ微妙キ事無限。此世ニ類ヒナシ。（五・五三）

335 塗タル小桶ノ蓋覆ナル有。其ヲ取テ開テ見レバ、通天ノ犀ノ角ノ艶ズ微妙キ帯有。（五・五六）

336 我、年来宿願有テ、丈六ノ阿弥陀仏ヲナン始奉タリツルニ、其、陸奥ノ守ノ一ノ者ニテ下ルト聞シヨリ、押奉ラム金ハ、其ヲナン憑テ有ツルニ、（五・六三）

337 袴ノ腰ヨリ、【欠字】ノ玉ノ大キナル大豆許リ有ヲ、取出シテ取セタリケレバ、（五・六七）

338 玉ヲバ袴ノ腰ニ裹テ返ル程ニ、（五・六七）

339 袴ノ腰ヨリ玉ヲ取出テ取セタレバ、下衆唐人、玉ヲ受取テ、手ノ裏ニ入レテ打振テ見ママニ、（五・六七）

340 船頭、玉ヲ受取テ、打振テ見ママニ立走テ、内ヘ入ヌ。（五・六八）

341 水干一領ニ買タリケル玉ヲ十疋ニ売ンダニ高シト思ケルニ、若干ノ物ニ補シテ止ニキ。（五・六八）

342 薄綿ノ衣二ツ許、青鈍ノ指貫ノ裾壊レタルニ、同色ノ狩衣ノ肩少シ落タルヲ着テ、下ノ袴モ着ズ、（五・六九）

343 練色ノ衣ノ綿厚ヲ、三ツ引重テ打覆タレバ、（五・七二）

344 其ニ綿四五寸許有直垂有。本ノ薄ハ六借ク、亦何ノ有ニヤ、痒キ所来ニタレバ、皆脱棄テ、練色ノ衣三ガ上ニ、此直垂ヲ引着テ臥タル心地、未ダ不習ニ、（五・七三）

345 白キ布ノ襖ト云物着テ、中帯シテ、若ヤカニ穢気無キ下衆

女共ノ、**白ク新キ桶**ニ水ヲ入テ持来テ、（五・七四）

346　**大キナル土器**シテ、**銀ノ堤ノ斗納許ナル**三ツ四ツ許ニ汲入テ、持来タルニ、（五・七四）

347　皮子共置タル迫ニ、**裾濃ノ袴着タル男**打臥タリ。（五・七五）

348　年五十許ナル男ノ怖シ気ナルガ、水干装束シテ、**打出ノ大刀帯タリ**。（五・七六）

349　**綿厚キ宿直物ノ衣**持来テ打着セタリ。（五・七七）

350　**黒柿ノ机ノ清気ナル**二ツヲ立タリ。（五・七七）

351　一ツニハ、**文ノ綾**十疋、美八丈十疋、畳綿百両入タリ。今一ニハ、**白キ六丈ノ細布**十段、**紺ノ布**十段入タリ。底ニ立文有リ。披テ見レバ、**糸悪キ手ヲ以テ、仮名ニ此ク書タリ**。（五・七九）

352　**我ガ前ニ差タル刀間塞ニ貝ヲ摺タリケルニ**、箭ノ喬見タリケルニ、摺様ニ当テ返ヌル也ケリ。（五・九〇）

353　今昔、**川原ノ院**ハ融ノ左大臣造テ住給ケル家ナリ。**陸奥ノ国ノ塩竈ノ形ヲ造テ、潮ノ水ヲ汲入テ池ニ湛ヘタリケリ**。**様々ニ微妙ク可咲キ事ノ限ヲ造テ**住給ケルヲ、（五・九五）

354　其ノ穴ノ上ニ経ヲ結付奉タリケレドモ、尚招ケレバ、**仏ヲ懸奉タリケレドモ**、招ク事尚不止ザリケリ。（五・九六）

355　寝殿ノ前ヨリ**赤キ単衣**ノ飛テ、彼ノ戌亥ノ榎ノ木ノ方様ニ飛テ行テ、木ノ末ニナム登ケル。（五・九七）

356　東ノ方ニ竹ノ少シ生タリケル中ヨリ、**此ノ赤単**、例ノ様ニハヘ飛テ渡ケルヲ、（五・九七〜九八）

357　長三尺許ナル小翁ノ**浅黄上下着タルガ**可死気ナル、縛リ被付テ（五・九九）

358　此レハ**銅ノ器ノ精**也。（五・一〇〇）

359　五斗納許ナル**銅ノ堤**ヲ掘出タリ。（五・一〇〇）

360　亦**扇**有リ。**弁ノ手ヲ以、其ノ扇ニ事ノ次第共被書付タリ**。（五・一〇四）

361　門ニ、**赤キ表ノ衣ヲ着、冠シタル人ノ**極ク気高ク怖シ気ナル、指合タリ。（五・一〇六）

362　**薄色ノ衣ノ**【欠字】**ヨカナルニ、濃キ単、紅ノ袴長ヤカニテ**、口覆シテ、破無ク心苦気ナル眼見ニテ、女居タリ。（五・一一〇）

363　弟、**服黒クシテ**泣泣ク云居タリ。（五・一一二）

364 **青バミタル衣着タル女房ノ裾取タルガ**、只独リ立タリケレバ、（五・一二五）

365 **藍摺ノ水干袴着タル男ノ**、笠頚ニ懸タル、門ノ外ニ立テ臨ク。（五・一三三）

366 白井君、**銀提**入井被取語第二十七。（五・一四一）

367 **銀ノ鋺**ニテ有ケルヲ、取テ置テケリ。其ノ後ニ、**異銀ナド加ヘテ小ヤカナル提ニ打セテゾ**持タリケル。（五・一四一）

368 **御障子ノ被上タリケレバ**、御簾ノ内ヨリ御覧ジケルニ、（五・一四三）

369 中ノ橋隠ノ間ヲ上サセテ見レバ、**障子破懸リテ皆損ジタリ**。（五・一四七）

370 居長三尺許ノ女ノ、**檜皮色ノ衣ヲ着タリ**。（五・一四七）

371 **赤色ノ扇ヲ指隠タル**上ヨリ出タル額ツキ、白ク清気也。（五・一四八）

372 **扇ヲ去タルニ**、見レバ鼻鮮ニテ匂ヒ赤シ。（五・一四八）

373 **浅黄上下着タル翁ノ**平ニ【欠字】搔タル文挟ニ文ヲ指テ、目ノ上ニ捧テ、（五・一四八）

374 **濃キ打タル袙ニ、紫苑色ノ綾ノ袙重ネテ着タル女ノ童ノ**、前ニ行ク様体・頭ツキ、云ハム方無ク月影ニ【欠字】テ微妙シ。（五・一六二）

375 **絵書タル扇ヲ指隠シテ**、顔ヲ吉クモ不見セズ。（五・一六二〜一六三）

376 女、**扇ヲ以テ顔ニ指隠シテ**カカヤクヲ、（五・一六三）

377 艶ズ装ゾキタル女会タリ。**濃キ打タル上着ニ、紅梅・萌黄ナド重ネ着テ**、生メカシク歩ビタリ。（五・一八六）

378 下簾ヲ垂テ、此ノ三人ノ兵、**賤ノ紺ノ水干袴ナドヲ着乍ラ**乗ヌ。（五・一九〇）

379 烏帽子ヲ鼻ノ許ニ引入テ、**扇ヲ以テ顔ヲ塞テゾ**、摂津ノ守ノ一条ノ家ニハ返タリケル。（五・一九一）

380 紫野ニ御マシ着タレバ、**船岳ノ北面ニ、小松所々ニ群生タル中ニ、遣水ヲ遣リ、石ヲ立、砂ヲ敷テ、唐錦ノ平張ヲ立テ、簾ヲ懸、板敷ヲ敷キ、高欄ヲゾシテ、其ノ微妙キ事無限シ**。其レニ御マシテ、**其ノ廻ニ同錦ノ幕ヲ引廻カシタリ**。（五・一九二）

381 烏帽子キタル翁ノ、**丁染ノ狩衣袴ノ賤気ナルヲ着タル**、来テ座ニ着ヌ。（五・一九三）

382 **守本ヨリ物ノ上手ニテ、物ノ色共、打目・針目、皆糸ト目安ク調ヘ立テ奉ケルニ、**五節ノ所ニハ常寧殿ノ戌亥ノ角ヲゾシタリケルニ、**簾ノ色、几帳ノ帷、打出シタル女房ノ衣共、微妙ク縫重ネタリ。此コソ色弊カメレト見ユル無シ。**然レバ、**極カリケル物ノ上手ニコソ有ケリ、**ナソト、皆人讃ケル。 （五・一九五）

383 皆**屏風ノ後ニ集ヒ居タリ。** （五・一九六）

384 **殿共ノ立様・造様、宮々ノ御方ノ女官共ノ唐衣・襷襌着テ行キ、殿上人・蔵人ノ出シ袿ヲシ、織物ノ指貫ヲ着、様々ニ装ゾキテ通ルヲ、**此ノ五節所ノ内、集リ居テ、只此等ニ目ヲ付テ迫シラガヒテ、 （五・一九六）

385 **屏風ノ後ニ**逃隠ルル間、 （五・一九六）

386 此ノ尾張ノ五節所ハ、**物ノ色ナド微妙クシ立タル物カナ。**童・傅モ、今年ノ五節ニハ此レゾ勝レタル。 （五・一九六）

387 迷テ**屏風ノ後ニ**這入テ、**壁代ノ迫ニ**ワナナキ居タリ。 （五・二〇〇）

388 元輔ガ乗タル**荘馬大躓**シテ、 （五・二〇五）

389 **唐鞍**ハ糸盤也、物可恂クモ非ズ。 （五・二〇六）

---

390 **白装束シタル男共、**十余人許立並タリ。 （五・二〇九）

391 今十余疋許ノ馬ニ、**此ノ白装束シタル男共、**ハラハラト乗ヌ。 （五・二〇九）

392 此ノ**白装束ノ男共ノ**馬ニ乗タル、或ハ**ヒタ黒ナル田楽ヲ**腹ニ結付テ、 （五・二〇九）

393 **扇ヲ開キ仕ヒテ、**シタリ顔ニテ出来タリ。 （五・二一四）

394 狩衣ハ無クテ、**椎鈍ノ衣ヲ**畳テ遣セタリ。 （五・二一七）

395 **銀鍛治延正、**蒙花山院勘当語第十三。今昔、**銀ノ鍛治ニ【欠字】ノ延正ト云フ者有ケリ。** （五・二一八）

396 **鍛冶ノ徳ニ【欠字】**目ヲ見テ、物云ヒノ徳ニテ被免ル奴カナ、 （五・二一九）

397 **檜扇ヲ指テ隠シタリケルヲ**見テ、 （五・二二〇）

398 講師、**青色ノ織物ノ直垂ヲ着テ、柑子色ナル紬ノ帽子ヲシテ、【欠字】**ノ方ニ少居ザリ出、 （五・二二一）

399 **欄ノナヨヨカニ微妙キ裾ヨリ、青キ出シ袿ヲシタリ。**指貫モ、**青キ色ノ指貫ヲ着タリ。随身四人ニ皆青キ狩衣袴・袙ヲ着セタリ。**一人ニハ、**青ク綵タル折敷ニ、青瓷ノ盤ニ菹ヲ【欠字】テ盛テ居タル**ヲ捧セタリ。一人ニハ**青瓷ノ瓶ニ**酒ヲ

入レテ、青キ薄様ヲ以テ口ヲ裏テ持セタリ。（五・二三三〜二三四）

400 兼通ノ中将、我ガ身ヨリ始メテ、随身モ皆ヒタ青ナル装束ヲシテ、青キ食物ノ限ヲ持セテ参タレバ、（五・二三四）

401 大キナル銀ノ提ニ大キナル銀ノ匙ヲ立テ、重気ニ持テ前ニ居タリ。（五・二三六）

402 駿河ノ国ニナム、才賢ク弁ヘ有テ、手ナド吉ク書ク者ハ有、（五・二四一）

403 手ハ何ガ書クトテ、書セテ見レバ、手ノ書様微妙クハ無ケレドモ、筆軽クテ目代手ノ程ニテ有リ。（五・二四一）

404 手ナドヲ書キ、文ヲ読テ、（五・二四三）

405 大臣屋ノ前ニ、埒ヨリ東ニ、南北向様ニ、錦ノ平張ヲ卯酉ニ長ク立テ、同錦ノ縵ヲ引廻シテ、其ノ内ニ種合セノ物共ヲバ悉ク取置タリ。（五・二六三）

406 蔵人所ノ衆・滝口モ皆別レテ、庭ニ艶ヌ装束共ニテ左右ニ居ヌ。埒ヨリ西ニハ、其レモ南北ニ向様ニ、勝負ノ舞ノ料ニ錦ノ平張ヲ立テ、其ノ内ニ楽器ヲ儲ケ、舞人・楽人等各居タリ。（五・二六三）

---

407 員ヲ可差キ物ノ風流、財ヲ尽シテ金銀ヲ以テ荘レリ。（五・二六三）

408 左ノ競馬ノ装束ノ微妙キヲ着セテ、艶ヌ馬ニ微妙キ平文ノ移ヲ置テ、其レニ乗セテ、方屋ノ南ヨリ馬場ニ打出タリ。（五・二六三）

409 面形ヲ取去テハ人モゾ見知ル、ト思ケレバ、面形ヲシ乍ラ、申ノ時許ニ馳テ行ケレバ、（五・二六四）

410 比叡山無動寺義清阿闍梨嗚呼絵語第三十六。（五・二六五）

411 此ノ阿闍梨ハ、嗚呼絵ハ、筆付ハ【欠字】ニ書ケドモ、其レハ皆嗚呼絵ノ気色無シ。此ノ阿闍梨ノ書タルハ、筆墓無ク立タル様ナレドモ、只一筆ニ書タルニ、心地ノ艶ズ見ユル、可咲キ事無限シ。然レドモ、更ニ【欠字】ニテハ不書ズ。態ト紙継テ書スル人有レバ、只物一ツ許ヲゾ書ケル。亦、人書セケレバ、端ニ弓射タル人ノ形ヲ書テ、奥ノ畢ニ的ヲナム書タリケル。中ニハ、箭ノ行ク形ト思シクテ、墨ヲナム細ク引渡シタリケル。（五・二六六）

412 世ニ並無キ嗚呼絵ノ上手ト云フ名ヲ立テ、（五・二六六）

413 只、嗚呼絵書トノミナム知タリシ。（五・二六六）

414 **紺ノ水旱ニ白キ帷ヲ着テ**、**夏毛ノ行縢ノ星付キ白ク色赤キヲ履タリ**。**打出ノ大刀ヲ帯テ**、**節黒ノ胡録ノ**、雁胯二並・征箭四十許差タルヲ負タリ。**蠶簿ハ塗蠶簿ナルベシ**、**黒ク**【欠字】**メキテ見ユ**。**猪ノ片股ヲ履タリ**。（五・二六八〜二六九）

415 力弱気ニ**扇打仕ヒテ**、（五・二七六）

416 夫ノ傍ニ有ケル**紙障紙ノ不意ニ倒レテ**、夫ニ倒レ懸タリケレバ、（五・二八一〜二八二）

417 其ノ上ニハ、**障紙ノ倒レ懸タルゾ**、ト云フ時ニ、夫、起上リテ見ルニ、実ニ盗人モ無ケレバ、**障紙ノソゾロニ倒レ懸タリケル**也ケリ、ト思ヒ得テ、（五・二八二）

418 盗人ノ奴ノ、**障紙ヲ踏ミ懸ケテ**去ニケリ。（五・二八二）

419 上ノ判官【欠字】ト云ケル人、**冠ニテ青色ノ表ノ衣ヲ着テ**、調度負テ、其ノ中ニ有ケルニ、（五・二九〇）

420 糸清気ナル食物ヲ、**銀ノ器共ニ**為居ヘテ、（五・二九三）

421 夕暮方ニ、**墨キ水旱袴**ト、清気ナル弓・胡録、脛巾・藁沓ナドヲ取出シテ着セ拈メツ。（五・二九五）

422 北面ヨリ人遠ク来テ、**障紙ノ有ルヲ立テツ**。而ル間、思ヒ不懸ヌ方ナル**障紙ヲ引開レバ**、誰ガ此ハ開クルニカ有ラム、ト、思モ不敢デ見遣タルニ、**紅ノ衣ニ蘇芳染ノ水旱ノ重ネタル袖口ノ差出タレバ**、（五・三〇〇）

423 **糸清気ナル紙ニ申文ノ様ナル物ヲ**、人ヒト持来テ差置テ去ヌルヲ、何文ナラム、ト思テ、取テ披テ見レバ、**仮名交リニ此ク書タリ**。（五・三〇二）

424 糸長キ髪ト赤キ頭ト**紅ノ袴**ト、切々ニテゾ凍ノ中ニ有ケル。（五・三一三）

425 **鹿ノ角ヲ付タル杖ヲ**、**尻ニハ金ヲ朳ニシタルヲ突テ**、金鼓ヲ扣テ、万ノ所ニ阿弥陀仏ヲ勧メ行ケルニ、（五・三一四）

426 我ガ夫ノ着テ行ニシ**布衣ノ袖ニ色革ヲ縫合タリケル**ニ似タリ。（五・三一五）

427 袴ノ扶ヨリ、**白キ糸ノ頭ヲ紙シテ被裹タルニ三十許**、フタフタト落シタリ。（五・三三〇）

428 年三十許ナル男二人、**椎鈍色ノ水旱ニ裾濃ノ袴着タルガ**、（五・三三三）

429 **僧ノ鈍色ノ衣一ツ**ヲ借テ、女ノ童ハ**僧ノ紬ノ衣ヲ借着テ**、（五・三四二）

430 糸吉ク【欠字】ヒテ、**屏風・几帳ナド立**、**浄気ナル畳ナド**

敷テ、母屋ニ簾懸タリ。（五・三五八）

431 水銀商ハ、**浅黄ノ打衣ニ青黒ノ打狩袴ヲ着テ、練色ノ衣ノ綿原ラカナル三ツ許ヲ着テ、**菅笠ヲ着テ、草馬ニ乗テゾ有ケルガ、（五・三七九）

432 **隔ノ御障子ノ懸金**ヲ不懸デ来ニケル。（五・三九三〜三九四）

433 **障子ノ懸金**懸ル音ハ聞エツルニ、（五・三九四）

434 其ノ**障子ノ許ニ**行テ捜レバ、**障子ノ懸金**ハ有リ。（五・三九四）

435 物モ不思エデ**障子**ニ副立テルニ、（五・三九四）

436 髪ハ袙長ニ三寸許不足ヌ、**瞿麦重ノ薄物ノ袙、濃キ袴四度解無気ニ引キ上テ、香染ノ薄物ニ筥ヲ裹テ、赤キ色紙ニ絵書タル扇ヲ差隠シテ、**局ヨリ出テ行クゾ、極ク喜ク思エテ、（五・三九五）

437 平中、**其ノ筥**ヲ見レバ、**琴漆ヲ塗タリ。**（五・三九五）

438 其ノ人ナム、**色濃キ**【欠字】**練ヲ着タル。**（五・三九七）

439 起上テ見ケレバ、**傍ニ文有リ。**弟子ノ法師ノ一人副有ケルニ、**此ハ何ゾノ文ゾ**、問ヒケレバ、不知ヌ由ヲ答ケレバ、浄蔵、**文ヲ取テ披テ見ルニ、此ノ、我ガ忍ブ人ノ手ニテ有リ。**（五・四〇一）

440 土ニ穢テタ黒ナル、**袖モ無キ麻布ノ帷ノ膕本ナルヲ着タリ。**（五・四一〇）

441 **障子ヲ隔テ**彼方此方ニ、二人ノ女子ヲ置テゾ養ケル。（五・四一二）

442 雌燕ニハ頚ニ**赤キ糸**ヲ付テ放ツ。（五・四三一）

443 忽ニ**其ノ辺ニ所ヲ撰テ、宝殿ヲ造リテ微妙荘テ、大菩薩ヲ崇奉テ、**年来崇メ奉ケルニ、（五・四三八）

444 我等、速ニ**彼ノ新宮ニ行テ宝殿ヲ壊テ、御聖体ヲ取テ、本宮ニ安置シ可奉キ也、**ト云テ、（五・四三九）

445 狼ニ、尼ノ夜ル昼ル崇メ奉ル**新宮ノ宝殿ヲ皆壊チ棄テ、御正体ヲバ取テ本宮ニ将奉テ、護国寺ニ安置シ奉リツ。**然レバ、**其ノ御聖体于今護国寺ニ御マシテ、**霊験新タ也。（五・四三九〜四四〇）

446 **請僧ハ四色ヲ調テ、**百僧ヲ請ジタリ。（五・四四一）

447 唐・高麗ノ舞人・楽人等、**皆唐ノ装束ヲ用ヰル。**京中ノ上中下ノ人皆物ヲ加フ。**舞台・楽屋、僧ノ幄ナドシ皆微妙クシ**

立テ、大鼓ニツヲ荘リテ立タリ。（五・四四一）

448 **極楽寺ト云フ寺ニ木像ノ両界ノ像御マス、久ク其ノ諸尊ノ座位違テ有ケルニ、**（五・四四三）

449 **絵師巨勢広高、**出家還俗語第四。今昔、一条ノ院ノ御代ニ、**絵師巨勢ノ広高ト云フ者有ケリ。**（五・四四四）

450 法師ニテモ、**絵書カム事**ハ憚リ不有マジケレドモ、**内裏ノ絵所ニ召テ被仕ムニ、**便無カルベケレバ、速ニ可還俗シ、（五・四四四〜四四五）

451 其ノ所ニ新キ堂ナ有ケルニ籠リ居テ、人ニモ不会ズシテ、髪ヲ生シケル間、**堂ノ後ニ有ケル壁板ニ、徒也ケルママニ、地獄絵ヲナム書タリケル。其絵于今有リ。**万ノ人行テ、皆此ヲ見ル。微妙キ物ニテ有トナム云フ。**今ノ長楽寺ト云ハ、其ノ絵書タル堂也。広高、**其後俗ニテ久ク有テ、公ニ仕ケリ。**此ノ広高ガ書タル障紙ノ絵・屏風ノ絵ナド、可然キ所ニ有リ。**一ノ所ノ伝ハリノ物ニテ、**広高ガ書タル屏風ノ絵有リ。**（五・四四五）

452 行ク時ニハ、垂髪ニテ、栗毛ナル草馬ヲ乗物ニシテ、**表ノ袴・衵・襪ナドニハ布ヲナナムシタリケル。**（五・四四五）

453 南ニ、**近衛ノ御門面ニ唐門屋ヲ立テタリ。**（五・四四六）

454 **其ノ内ニ綾檜垣ヲ差廻シテ、其ノ内ニ、**小ヤカナル**五間四面ノ寝殿ヲ造テ、**其レニ高助ガ娘二人ヲ令住ム。**其ノ寝殿ヲ**【欠字】**タル事、帳ヲ立テ、冬ハ朽木形ノ几帳ノ帷ヲ懸ケ、夏ハ薄物ノ帷ヲ懸ク。前ニハ、唐草ノ蒔絵ノ唐櫛笥ノ具ヲ立タリ。**（五・四四六）

455 **女房ノ局共ニ屏風・几帳・畳ナド**【欠字】**タル事、宮原ノ有様ニ不劣ズ。時・折節ニ随テ、衣ハ調ヘ重ネテ着セ替ケリ。姫君達ノ装束ハタラ綾織ヲ撰ツツ織セ、物シヲ尋ネ語ヒテ染サセケレバ、綾織様・物ノ色、手ニ移ル許目モ曜キテゾ見エケル。**物食スルニハ、**各台一具ニ銀ノ器ドモニテナム備ヘケル。**（五・四四六）

456 我ガ娘ノ方ニ行ク時ニハ、**綾ノ襴ニ蒲萄染ノ織物ノ指貫ヲ着テ、紅ノ出シ衵ヲシテ、薫ヲ焼シメテ行ケリ。**妻ハ、**紬ノ襖ト云フ物**ヲ着タリケルヲ脱棄テ、**色々ニ縫重タル衣ヲ着テ**ゾ、娘ノ方ニハ行ケル。（五・四四七）

457 兼テ造リ儲タリケレバ、其ノ船ニ、高助、**蘭ナドシテ、様々ニ終夜物ノ具共打付テ、上ニハ錦ノ平張ヲ覆ヒ、喬ニハ**

帽額ノ簾ヲ懸テ、裾濃ノ几帳ノ帷ヲ重タリ。朱塗タル高欄ヲ造リ渡シテ、下ニハ紺ノ布ヲ引タリ。然テ暁ニ成ヌレバ、蔀上タル車ノ新キニ、娘共ヲ乗セテ、出シ車十両許乗リ紜レテ次キタリ。色々ニ装ソヘタル指貫姿ノ御前共十余人、前ニ火ヲ燃シ次キタリ。然シテ皆船ニ乗ヌレバ、簾ノ懸リタルママニ廻々ル、皆衣ヲ出シツ。衣ノ重ナリ・色共、可云尽クモ非ズ。光ヲ放ツ様也。蛮絵着タル童ノ髪結タル、二ツノ船ニ乗セテ、色取リタル棹ヲ以テ船ヲ差ス。池ノ南ニ平張ヲ打テ、其レニ御前共ヲ居タリ。 （五・四四八）

458 荘リ立タル大鼓・鉦鼓・舞台・絹屋ナドノ、照リ曜キ愕タタシク見ヱリモ、此ノ二ツノ船ノ荘タル様、出シ衣共ノ【欠字】欄ニ被打懸ツツ色々ニ重タルガ、水ニ影ノ移テ、世ニ不似ズ微妙ク見ユレバ、 （五・四四八）

459 浅黄上下着タル翁出来テ、上下ヲ見上見下シテ、高扇ヲ仕テ、其ノ札ノ許ニ立テ （五・四五〇）

460 【欠字】ヨカナル衣、厳気ナル生ノ袴ノ清気ナルナド有付テ、今取疏タルトモ不見エズ、 （五・四五三）

461 経ヲ読畢テ後、沈ノ念珠ノ琥珀ノ装束シタルヲ押攤テ、念ジ入テ （五・四五四）

462 此ノ小中将、薄色ノ衣共ニ紅ノ単衣ヲ着テ、女御殿ニ候ケル程ニ、 （五・四五五）

463 此ノ小中将ガ薄色ノ衣共ニ紅ノ単重テ着テ立テリケル形チ・有様・体一ツモ不替デ、 （五・四五五）

464 胡国ノ人ヲ絵ニ書タル姿シタル者ノ様ニ、赤キ物ノ【欠字】テ頭ヲ結タル一騎、打出。 （五・四六三）

465 烏帽子折テ結タル男共ノ、白キ水干袴着タル、百余人許出来タリ。 （五・四六五）

466 男ニモ非ズ童ニモ非ズ、頭ヲ白キ衣ヲ以テ結タリ。 （五・四七九）

467 愛宕寺ヲ造テ、其ノ寺ノ料ニ、鋳師ヲ以テ鐘ヲ鋳サセタリケルニ、鋳師ガ云ク、此ノ鐘ヲバ、搥ク人モ無クテ、十二時ニ鳴サムト為ル也。 （五・四八三）

468 而ル構ヘヲシタル也、ト云テ、鋳師ヲ返リ去ニケリ。 （五・四八四）

469 鋳師ノ云ケム様ニ、其ノ日掘出シタラマシカバ、搥ク人モ無クテ十二時ニ鳴ナマシ。 （五・四八四）

470 鳥辺野ニ行テ、**浄ゲナル高麗端ノ畳ヲ敷テ**、其レニ下居ケレバ、（五・五〇四）

471 **竹ヲ取テ、籠ヲ造テ**、要スル人ニ与ヘテ、（五・五〇八）

472 翁忽ニ豊ニ成ヌ。**居所ニ宮殿楼閣ヲ造テ**、其レニ住ミ、種々ノ財庫倉ニ充チ満テリ。（五・五〇八）

473 此レ、元明天皇ノ檜前ノ陵也。**石ノ鬼形共ヲ廻【欠字】池辺陵ノ墓様ニ立テ、微妙シ**。造レル石ナド外ニハ勝レタリ。（五・五一三）

狭衣物語

1　少年の春は惜しめどもとどまらぬものなりければ、三月の二十日あまりにもなりぬ。**御前の木立何となく青みわたりて木暗きなかに、中島の藤は、松にとのみ思はず咲きかかりて**、山ほととぎす待ち顔なるに、**池の水際の八重山吹は、井手のわたりにことならず**見渡さるる夕映えのをかしさを、ひとり見たまふも飽かねば、　（上・九）

2　源氏の宮の御方に持て参りたまへれば、御前には、中納言、中将などやうの人々候はせたまひて宮は**御手習ひ、絵などかきすさびて**添ひ臥させたまへるに、　（上・九）

3　**二条堀川のわたりを四町築き籠めて、三つに隔てて造りみがきたまへる玉の台に、**北の方三人をぞ住ませたてまつりたまへる。堀川二町には、やがて御ゆかり離れず故先帝の御妹、前の斎宮おはします。洞院には、ただ今の太政大臣と聞こえさする御女、一条院の后の宮の御妹、春宮の御叔母よ、世のおぼえ、うちうちの御有様もはなやかに頼もしげなり。坊門には、式部卿の宮と聞こえし御女ぞ、（上・一二〜一三）

4　まれまれ**一行も書き流したまふ水茎の流れ**をば、めづらしう置きがたきものに、かごとばかりの行くての一言葉をも、身にしみてをかしくいみじと心を尽くし、（上・一六〜一七）

5　**手**など書きたまふさまも、**いにしへの名高かりける人々の跡**は、千歳経れども変はらぬに、見あはせたまふに、人々、なほ時にしたがふわざにや、**今めかしうたをやかになまめかしううつくしきさまは、書きましたまへり**、とぞさだめられたまふめる。　（上・一七）

6　すべて何事も言ひ続くればなかなかなり。よろづめづらしく、例なき御有様、と、世の人の言ぐさに聞こえさすめれば、大殿などは、あまりゆゆしく、**天稚御子**の天下りたまへるにや、今日天の羽衣迎へきこえたまはむ、と、あやふく静心なき御心のうちどもなり。　（上・一八）

7　かの**よしかたが隠れ蓑を得たまはねども**、おのづから高きも賤しきも訪ねよりつつ、板田の橋は朽つれど、いとけ近き程にこそあらね、立ち聞き垣間見などかしこく御心にいれたるままに、おぼつかなきは少なけれど、この御かたち有様に

なづらふばかりのはありがたきわざにこそ、とおぼさるるままに、（上・一九）

8　大きなるも小さきも、端ごとに葺き騒ぐを、車よりすこしのぞきつつ見過ぎたまふに、**言ひ知らず小さくあやしき家どもにも、ただ一筋づつ置きわたすを、**何の人真似すらむ、とあはれに見たまひつつ、（上・二二）

9　**扇を笛に吹きたまへる**夕映えの御かたち、まことに光るやうなるを、半蔀に集まりて見たてまつり賞づる人々ありけり。（上・二二）

10　若き人は賞でまどひて、過ぎたまふもなほ飽かねば、**軒の菖蒲を一筋引き落として急ぎ書きて**はしたもののをかしげなるして、追ひて奉る。（上・二二）

11　心とき御随身そのわたりに硯もとめて奉りたるして、**畳紙にかたかんなにて、**見もわかで過ぎにけるかなおしなべて軒のあやめのひましなければ　（上・二三）

12　またの日は、ところどころに**御文**書きたまふ。**色々の紙の、色はだへなどえならぬ、**あまたとり散らして、墨こまやかに押し磨りつつ書きたまふ。**御手**は、げになどてかすこしもの知らむ人のいたづらに返さむ、と見ゆるに、御歌どもぞ、なべての人の口つきにてだにをかしとも見えぬは、あしう人のまねびためるにや。（上・二三〜二四）

13　**丁子に黒むまでそぎたる御単衣に紅の御袴着たまひて、**面杖つきて**池の菖蒲**の心地よげに茂りたるをながめ出でたまひて、音羽の山には、など口ずさみたまへる御声は、なほ類なし。（上・二五）

14　ありつる御返り、いづれもをかしきなかに、**宣耀殿のは御手も心ことにをかしげにて、**うきにのみ沈む水屑となりはてて今日はあやめのねだになかれず、とある気色など、向ひきこえたる心地して、らうたげにあはれ浅からねば、すこし涙ぐまれたまひぬ。（上・二五）

15　まだしきに暑さところせき年かな、何しに常に召すらむ、とつぶやきたまふを、母宮聞きたまひて、苦しくおぼえたまはば何かは参りたまふ、**団扇**などせさせてものしたまへかし、と、心苦しげに見やりたまふ。（上・二六）

16　**象眼の紅の単衣、同じ御直衣のいと濃きに、唐撫子の浮線綾の指貫**着たまへる様体、腰つき、指貫の裾までたをたを

と、あてになまめかしう着ないたまへり。物の色あひなど、なべての同じ物とも見えぬを、（上・二六〜二七）

17　げに、月の都の人もいかでかはおどろかざらむ、とおぼゆるに、楽の声々いとど近うなりて、紫の雲たなびきわたると見ゆるに、**びんづら結ひて言ひ知らずをかしげなる童の、装束うるはしくしたるかうばしきもの、**ふと降り来るままに、**糸遊か何ぞと見ゆる薄き衣を、**中将の君にうち掛けて袖を引きたまふに、我もいみじくもの心細くて、立ちとまるべき心地もせず、かうめでたき御有様のひき離れがたうて、笛を吹く吹くさそはれぬべき気色なるに、（上・三二）

18　このたびの御供に参るまじきよしを、言ひ知らずかなしくおもしろく文つくりて、笛を持ちながらすこし涙ぐみたまへる御顔は、天人のならびたまへるにもにほひ愛敬こよなくまさりて、めでたき御声して誦じたまへるに、**天稚御子**涙を流したまひて、かう何事にもこの世にすぐれたるにより誘ひつれど、ことわりにめでたうかなしき文の心ばへによりとどめつる口惜しさを作り交して、**雲の輿**寄せて乗りたまひぬる名残のにほひばかりとまりて、空の気色も変はりぬるを、（上・三三〜三四）

19　中将の君は、**御子**の御有様の面影に恋しくて、いみじくものあはれと思ひたるさまにて、空をつくづくとながめ入りたる気色、いとどこの世に心とどめずやなりなむ、と、あやふくうしろめたくおぼしめされて、（上・三四）

20　いでや、武蔵野の夜の衣ならましかば、げに替へまさりにもやおぼえまし、と、思ひぐまなき心地すれど、いたうかしこまりて、**紫の身のしろ衣**それならば乙女の袖にまさりこそせめ（上・三八〜三九）

21　ありつる**御子**の御かたちも面影に恋しく、口惜しうおぼえたまふ。（上・四〇）

22　上のいみじき御心ざしとおぼしめして賜はせつる御身のしろは、いとかたじけなく面立たしけれど、かひがひしく着まほしくもおぼされず、**紫のならましかば**、とおぼえて、色々にかさねては着じ人知れず思ひそめてし**夜はの狭衣**、とぞかへすがへす言はれたまふ。（上・四一）

23　東の渡殿の妻戸押しあけたまへれば、雨すこし降りける名残、菖蒲のしづくところせけれど、空は雨雲霽れわたりて、

ほのぼのと明けゆく山ぎは、春の曙ならねどをかしきに、**花橘に宿かりにや、ほととぎすほのかに鳴きわたる**。音にあらはれにけり、と聞きたまふ。　（上・四一）

24　おほやけにも**日記**の御唐櫃あけさせたまひて、**天稚御子**と作りかはしたまへる文ども書きおかせたまひけり。その夜候はざりける道の博士ども、高きもいやしきも、この御文を見て、涙を流しつつ賞でまどふをこのごろのことにはしたり。　（上・四三）

25　昼つかた、源氏の宮の御かたに参りたまへれば、**白き薄物の単衣**着たまひて、いと**赤き紙なる書**を見たまふ。御色は単衣よりも白う透きたまへるに、額の髪のゆらゆらとこぼれたまへる、裾はやがてうしろとひとしう引かれいきて、こちたうたたなはりたる裾のそぎ末、幾年を限りに生ひゆかむとすらむと、ところせげなるものから、たをたをとあてになまめかしう見えたまふ。　（上・四三）

26　いと暑きほどに、いかなる**御書御覧ずるぞ、と聞こえたまへば、斎院より絵ども賜はせたる**、とて、くまなき日の気色にはなばなとにほひみちたまへる御顔つきを、まばゆげにおぼして、すこしうち赤みてこの**御書**に紛らはしたまへる用意、気色、まみなど言ひつくすべうもあらずめでたう見えたまふに、涙さへ落ちぬべうおぼえたまふ紛らはしに、**この絵どもを見たまへば、在五中将の日記をいとめでたう書きたるなりけり**、と見るに、あひなうひとつ心なる心地して、目とどまる所々多かるに、　（上・四四）

27　**絵見はべらむ**、とて、人々近く参れば、宮は御心地例ならぬと紛らはして、**小さき御几帳**ひき直して臥させたまひぬれば、　（上・四六〜四七）

28　**装束しどけなげにて参りたまへり**。鬟のわたりもいたううちとけて、ないがしろなる御うちとけ姿の、**うるはしきよりも、なかなかまた、かくてこそ見たてまつるべかりけれ、と見えて**、見まほしうなつかしきさまのしたまへるを、例のうちゑまれて見たてまつりたまふ。　（上・四七〜四八）

29　母、乳母よりほかにあたりにも寄せず、際もなくこそかしづくなれ、**みづからくゆる宮腹の女**のやうにやあらむ、とて笑ひたまへば、　（上・四九）

30　**仲澄の侍従**がまねしたまへるなめりな、人もさぞ語りし、

大臣もかかればつれなきなめりと、今こそ思ひあはせらるれ、とまめやかにのたまはするを、人の問ふまでなりにけるよ、と、いとど苦しけれど、（上・五六）

31　二条大宮のほどにあひたる**女車**、牛のひきかへなどして、遠き所に帰ると見ゆるに、**物見**すこしあきたるより円頭のふと見ゆるは、この御車を見るなるべし。……**下簾**かけたまへるは、やむごとなき僧にこそはおはすらめ。……**女車**とぞ御覧ずらむ。ただ疾くやれ、と責めたまへば、（上・五七〜五九）

32　堀川といづくとかや、大納言と聞こゆる人のむかひに**竹多かる所**とぞおぼゆるを、さていかに、と言ふ気配いとらうたげに、（上・六二）

33　堀川のおもてに、**半蔀ながながとして、入る門いぶせく**、暑げなる所なりけり。（上・六二）

34　ひき起こしたまへれば、**衣などいとあざやかならぬ薄色のなよよかなるに**、髪はつやつやとかかりて、いとわりなう恥づかし、と思ひたる気色など、なべてのさまにはあらず、ただいとをかしき人ざまにぞありける。（上・六三〜六四）

35　**小さき御几帳**なども押しやられて、常よりもはればれしければ、宮は、いとはしたなし、とおぼせど、（上・七一）

36　御顔はいと赤くなりて、碁も打ちさして、碁盤にすこしかたぶきかかりて、**御扇**をわざとならず紛らはしたまへる御かたはらめ、御額つき、御髪のかかりなど、いま始めたることにはあらねど、うち見たてまつるごとに、なほ類あらじ、と見えたまふ御有様のうつくしさは、千夜を一夜にまもりきこゆとも、飽く世あるまじくおぼゆるにも、（上・七一〜七二）

37　**小さき几帳**に宮は紛れ入りたまひぬれば、すさまじくて、端つかたに人々と物語したまふに、**御前の木立こ暗く、暑かはしげなるなかに**、蟬のあやにくに鳴き出でたるを見出したまひて、声たてて鳴かぬばかりぞもの思ふ身は空蟬に劣りやはする、など口ずさびに言ひ紛らはして、蟬、黄葉に鳴いて、漢宮秋なり、と、忍びやかにうち誦じたまふ御声、めづらしげなき言なれど、若き人々はしみかへりめでたしと思ひたる、ことわりなり。（上・七四）

38　日の暮れゆくままに、**紐解きわたす花の色々をかしう見わたさるるに**、袖よりほかに置きわたす露もげにたまらぬにや

となが め出だして、とみにも立ちたまはず。**虫の声々、野もせの心地して、**かしがましきまで乱れあひたるを、我だに、ともどかしうおぼされけり。（上・七四～七五）

39　からうじて几帳立てて後、おのおの**衣の裾、袖口、童べの汗衫の裾などの、**乱りがはしくなりたるをつくろひ居て、ここかしこより**押し出でわたして、**やうやうのどまるにやとおぼゆるほどに、（上・八二）

40　なほただ、消え入り消え入り、**扇**などうち鳴らしつつ笑ひそぼるる気配ども、ものぐるほしければ、（上・八四）

41　あなまばゆの色好みや、とて、肩のわたりを**扇**していたく打つなれば、答には君なし、とてつむなるべし。（上・八四）

42　**香染に鈍色の単衣、紅の袴の黄ばみたるを着て、**昼寝したる、人々の騒ぐにおどろきて、あうなく起きあがりたるに、いとよく見あはせて、あさましきにや、とみにうち背きなどもせずあきれたる気配、顔はいとをかしげなり。（上・八六）

43　心細げなりつるは、いかなるにか、など、常よりもおぼつかなくゆかしきに、夜さりもえおはすまじきなれば、**こまかに御文をぞ書きたまふ。**……**返事**にはただ、渡らなむ水まさりなば飛鳥川あすは淵瀬となりにこそすれ、**筆づかひ文字やうなど、わざとよしとなけれど、なつかしうをかしきさまに見ゆるは、**思ひなしにや。（上・九七～九八）

44　げに、ゆくへなくは、**昔物語**などのやうに、ことさらびてやおぼさむ、まことにかくと聞こえばや、と思ふに、（上・一〇三）

45　**あざやかなる衣**持て来てうち着せ、櫛の笥やうのもの車に取り入れなどして、急ぎに急ぎて、遅し遅し、と押し出づるやうにすれば、（上・一〇四）

46　**皮篭**やうのものあけさせて、人々の得させたりつる**扇**、薫物などやうのもの取り出でて、（上・一〇九）

47　**女の装束の心ことなる**があるを、……げに、**なべてならぬ色あひ**にこそ侍るめれ、など賞でゐたり。（上・一〇九～一一〇）

48　この**御扇**持たまへりつるを、あたらしきよりはとて申し取りたる。（上・一一〇）

49　この**御扇**をさし寄せて、これ御覧ぜよや、いかにして**一文字**も見ばや、一文字も見ばやと、高きも短きも心をつくして

騒ぐ**御手**よ。（上・一一〇）

50　この**扇**を取りて見れば、ただ一夜持たまへりしなりけり。移り香のなつかしさは、うちかはしたまへりし匂ひもかはらで、**真名仮名**など書きまぜたまへるを見れば、渡る舟人かぢを絶え、など、かへすがへす書かれたるは、（上・一一一）

51　顔にあてて泣かるるさま、**絵**もみな落ちぬべし。かぢを絶え命も絶ゆと知らせばや涙の海にしづむ舟人、添へてける**扇**の風をしるべにてかへる波にや身をたぐへまし、など思ひつづけらるるも、（上・一一一～一一二）

52　心のつま、とか言ひふるしたる夕暮れの空霧りわたりて、ありか定めたる雲のたたずまひ、うらやましうながめやりたまへる西の山もとは、げに思ふことなき人だに、ものあはれなりぬべきに、**雁さへ雲居はるかに鳴き渡りつつ、涙の露も盛り過ぎたる萩の上に、玉と置きわたしつつ、**鳴き弱りたる虫の声々さへ、常よりもあはれなるに、御前近き**透垣のつらなる呉竹を吹き靡かしたる木枯しの音さへ**、身にしみて心細く聞こゆれば、簾をすこし巻きあげたまへるに、**木々の梢も色づきわたりて**、さと吹き入れたり。（上・一一八～一一九）

53　泣く泣く**単袴**ばかりを着て、髪掻い越しなどするに、ありし**御扇**の、枕がみにありけるが手にさはりたるも、心騒ぎせられて、まづ取りて見れば、涙にくもりてはかばかしうも見えず、**墨ばかりぞつやつやとして、ただ今書きたまへるさまなるに**、さしむかひたる面影さへふと思ひ出でらるるに、（上・一二二）

54　硯をせがいに取り出でて、この**御扇**にもの書かむとするに、目も霧りふたがり、手もわななきてとみにも書かれず。はやき瀬の底の藻くづとなりにきと**扇**の風よ吹きもつたへよ。えも書き果てず、（上・一二二）

55　やをら入りて灯をあふぎ消ちて、**障子口**まで寄りたまへど、宮も上にのぼりたまひて、夜も更けにければにや、人の音もせず、しめじめとして、琴の音ばかりぞ時々聞こゆる。（上・一三六）

56　**障子**より通りて、あまた立て重ねられたる御几帳どもにつたひつつ、**壁代**の中に入り立ちて見たまへば、こなたは宮たちの御方なるべし、帳の前に二所臥したまへり。（上・一三七）

57 さてもめづらかなりし夜のことどもかな、音に聞きし**天稚御子**とかや見てしかな。（上・一三七）

58 中務の宮の姫君に語りきこえさせしかば、そのままに描いたまへりし、**御子の御かたちは、絵にもうるはしくきよらなれば、似たりき、大将の御有様ぞ、筆及ぶべくもあらず**、とて、果ては破りたまひにき、など語れば、この三の宮にやと見えたまふ、少し起き上りて、その**絵**はなど見せぬ、心憂かりけり、など恨みたまふ気色、幼びてうつくしげに見えたまふ。**絵**は御覧ぜさせむとせしかど、散らさじ、とて隠したまひしかば、口惜しくてこそ、（上・一三七～一三八）

59 ただ**単衣の御衣**にまとはれたまへど、いたくほころびて、あえかにをかしげなる御身なり、肌つきなど、げにこれこそあるべきほどなれ、と、限りなき御有様もことわりにうつくしうおぼえたまふにも、（上・一四一）

60 **槙の戸**の思ひかけずやすかりしも、昨夜はうれしかりしに、物思ひ添へて立ち出づるは、恨めしき、までおぼされて、押したてたまふ。悔しくもあけてけるかな**槙の戸**をやすらひにこそあるべかりけれ、とまでおぼされけり。

（上・一四三～一四四）

61 姫宮の御後の方に、**懐紙のやうなるもの**の落ちたるを、あやしう、何ぞ、と取りて御覧ずれば、**白き色紙などいへどなべて見ゆるさまにはあらぬが**、少ししぼみて、しみ深く、移り香なども世の常の人とはおぼえぬを、（上・一四四）

62 御硯あけさせたまひて**文書**かせたまふなるべし。**よろしき紙や候ふ**、筆の下し賜はらむ、と申したまへば、御厨子あけさせたまひて、**唐の浅緑世の常ならぬ**を、硯に具して賜はすとて、（上・一四六）

63 ありつる**文**、懐より取り出でて取らせたまふ。あなかしこ、宮などの御覧ぜむに、取り出でたまふなよ、**ことごとしきさまに言ひなすなる手**も見おとさせたまはむ、いと恥づかしかりぬべし、かの御目一つには、**鳰といふ鳥の跡**も、むげに御覧ぜざらむは、あまりおぼつかなかりぬべければ、とのたまふを、（上・一四九～一五〇）

64 常よりも暑き昼つ方、御帳の帷少し結ひ上げて、床の上にて、**緋の御座**ばかりを敷きて、**紅の羅の単衣**、**生絹の御袴**ばかりを奉りて、腕を枕にて寝入らせたまへるに、

（上・一六一）

65 単衣の**御衣**の胸少しあきたるより、御乳の例ならず黒う見ゆるに、心騒ぎしながら目とどめさせたまへば、隠れなき御単衣にて、いとしるかりけり。（上・一六二）

66 さりとも、事の有様は、しるべ侍らむかし。**昔物語**にも、心幼き侍ひ人につけてこそかかることも侍りけれ。うち代り、誰も見たてまつらぬ折も侍らぬを、なほいつのひまにか、さることのおはしまさむ。（上・一六四）

67 いと心苦しげにて、暑さをもて扱ひたまへる気色なるも、いとうしろめたければ、**少し厚き御単衣など**にひき替へて、（上・一六五）

68 久しく御覧ぜざりつる古里に立ち出でさせたまへるに、いとど荒れまさりて、**もの旧りにける山の気色ももの恐ろしげにて、池の水も水草ゐて昔の影も留まらぬに、**蛙の声ばかり頼もしきしるべにて、言問ひまゐる人もなきままに、（上・一七〇）

69 さすがにもの心細くおぼさるるを、木の下はらふ風の音いとど身にしむようなるに、頭もたげて見出したまへれば、**色々に散りまがひて、木末あらはになりにけり。**吹きはらふ

四方の木枯し心あらば憂き名を隠す隈もあらせよ

（上・一七四）

70 参りて居たまふ有様、うち振舞ひたまふ用意などよりはじめ、例の、あなめでた、とのみ見えさせたまふに、うちにほひたる御薫りも、あやしきまで人には似ずぞ見えたまふ。**色々の紅葉襲の上に、紅の擣ちたるが、色もつやもなべてならず、こぼるばかりなるに、龍胆の二重織物の御指貫の、枝差、花のにほひ、ただ折りて見るやうに織り浮かされたる、**目も輝くばかり見ゆるは、かつは着なしたまへる人がらなるや。立田姫の人別きなどしたるにはあらじと見ゆる。（上・一七五〜一七六）

71 げに大空も思ふ心を見知るにや、俄に曇りてしぐるるに、木枯しの荒々しく吹きまよふにつけても、**色々の紅葉散りかかりつつ、**いたく濡れたまへば、**乱れたる扇の隠れなき**をさし隠して、（上・一七八）

72 さし歩みたまへる腰つき、指貫の裾などたをたをとなまめかしきに、風に吹き赤められたまへる面つきぞ、紅葉の錦に

もややたちまさりたるにほひにて、**冠の纓の、風にしたがひて吹きかけられたまへる**など、あまり人の心を乱るつまとなりたまへるも忌々しうや、と見えたまひけり。（上・一七九）

73　かの宮におはしたれば、御門などもわざとしたたむる人もなきにや、入りて見渡したまふに、**時分かぬ深山木どもの木暗くもの深き**を尋ね寄るにや、四方の嵐もほかよりはもの恐ろしげに吹き迷ひて、**雪もかきくらし降り積る庭の面は**、人目も草もかれはてて、同じ都のうちとも見えず、いとど心細さもまさるに、起きたる人の気配もせねば、わざともえおどろかしたまはで、**中門に続きたる廊の前に**つくづくとながめゐたまへり。（上・一九四）

74　**池に立ち居る鴛鴦の音なひも、同じ心におぼされて**、我ばかり思ひしもせじ冬の夜につがはぬ鴛鴦の浮寝なりとも、と言ふも、聞く人なければ、口惜しさに、（上・一九五）

75　ただ御帳の帷にまとはれて、探りやつけられむ、とおぼすに恐ろしくて、わたわたと震はれながら、近きほどの御気配に、いとどもよほさるるつらさにや、**薄き御衣一重は**、やがてしぼるばかりに濡れにけり。（上・一九八）

76　ただかうにて、**伏籠の少将**のやうになりなまほしけれど、かひなきものから、隠れゐて、いかに侘し、いみじとおぼすらむ、と推し量るも、（上・一九八）

77　源氏の宮の御方にも、常よりは疾く人々起きたる声して、よもすがら積りたる雪見るなるべし。たたずみたまふままに、渡殿の戸より見通したまへば、若き侍どものきたなげなき、**色々の狩衣、指貫**などきよげにて、五六人雪まろばしするを見るとて、宿直姿なる童べ、若き人々など出でゐたる姿ども、いづれとなくをかしげにて、（上・一九九〜二〇〇）

78　御前には起きさせたまひてにや、とゆかしければ、隅の間の**御障子**の細めにあきたるより、やをら見たてまつりたまへば、（上・二〇〇）

79　皇太后宮の御形見の色にやつれさせたまへるころにて、このごろの**枯野の色したる御衣どもの、濃く薄くすぎすぎなるに、同じ色の擣ちたる、われもかうの織物の重なりたるなど**、こと人の着たらばものすさまじかりぬべきを、春の花、秋の紅葉よりも、なかなかなまめかしう見ゆるは、人がらなめりかし。わざとひきもつくろはせたまはぬ寝くたれの御髪

のこぼれかかりたる肩のわたりなど、様ことに見えさせたまふ。（上・二〇〇〜二〇一）

80 **富士の山いと大きに作り立てて、煙立てたるは**、げにいとをかしう見やられたまふ。宮、いつまでか消えずもあらむ淡雪の煙は富士の山と見ゆとも（上・二〇一）

81 この渡殿の**御障子**より御覧じけるにこそあめれ、あさましげなる朝顔を、と侘びあひたり。（上・二〇二）

82 母宮もこの御方にて、御文御覧ず。御使はやがて宮の亮なりけり。**女房の袖口なべてならず**、出でゐつつもの言ふめり。（上・二〇二〜二〇三）

83 **御文は氷襲の唐の薄様**にて、**雪いたう積り、えもいはずしみこほりたる呉竹の枝**につけさせたまへり。大宮、**いとをかしき御文かな**、かやうの折は、御みづからも聞こえさせたまへかし、とのたまはするを、（上・二〇三）

84 大将の君、少々の人恥づかしげなる**御手**ぞかし、今日はまいて見所侍らむかし、とゆかしげにおぼしたれば、（上・二〇三）

85 **御文**も賜はせたれば、見たまふ。頼めつつ幾世経ぬらむ竹の葉に降る白雪の消えかへりつつ。硯の水もいたうこほりけると見えて、**筆涸れ**に書きなされたる、**文字様**などこそこまかにをかしげならねど、**筆の流れなどはいとあてに**、をかしき**御手**なりかし、と見たまふ。（上・二〇三〜二〇四）

86 御硯の筆を取りて、ありつる**御文の端に、手習したまふやうにて**、そよさらに頼むにもあらぬ小笹さへ末葉の雪の消えも果てぬよ、短き葦の節の間も、など書きすさみて見たまふにも、我ながらこよなく見所あるを、（上・二〇五）

87 うちたゆみて侍りしほどに、唐泊と申す所にて消え失せにし有様、海に落ち入りたるとなむ見たまへし、**扇**を取らせてなむ候ひしに、しかじかなむ汚して候ひし、（上・二〇八）

88 道季して、そのありけむ**扇**おこせよ、伝へよ、とありけむも、いとゆかしくなむ、とのたまはせたれば、すなはち持て参りて、これは長き世の形見と思うたまふれば、久しく賜はらむ、と申すを、（上・二一〇）

89 日も暮れぬるに、この**扇**の疾くゆかしければ、端つかたに出でて、急ぎ見たまふに、空いたうかすみわたりて、はかばかしくも見えず。げに洗ひける涙の気色しるく、あるかなき

かなるをたどり見たまへば、違ふ所なき**水茎の跡**は、やがてさし向ひたる心地して、今はとて落ち入りけむほどの有様など、ただ今見る心地して、悲しなども世の常なり。

（上・二一〇〜二一一）

90　かの**光源氏の、須磨の浦にしほたれ侘びたまひけむ住居**さへぞ、うらやましくおぼされける。

（上・二一一）

91　なげのあはれをかけむ人にてだに、この**御扇**を見たまはむは、浅かるべくもおぼさぬに、

（上・二一二）

92　つとめても、いつしかと見たまふに、顔に当てて泣き入りし涙の跡はいとしるく、**絵どもも洗はれ落ちたるを、**また我もいとど流し添へたまふ。涙川流るる跡はそれながらしがらみ留むる面影ぞなき、**など書きつけて、この扇は返したまはず。**

（上・二一二）

93　その夏ころより、帝、御心地例ならずおぼされて、いかで静かなるさまになりて、行ひをのどかにせばや、とおぼしめして、嵯峨野のわたりに、**いかめしき御堂など造らせたまへり。**

（上・二一七）

94　**嵯峨野をやがて御前の庭にて、大井川もほどなく見やらるるに、小倉の山の篠薄もほのかに見えて、**鹿の音と同じ心に泣きつくしたまひつつ行ひたまへるさま、げに後の世は頼もしげなり。

（上・二二三）

95　この御方にはのどのどとして、なべてならぬ人々五六人ばかり御前に近くて、廂の御座におはしまして、若き人々、童べなど、**池の舟に乗りて漕ぎ返り遊ぶを御覧ずるなりけり。**

（上・二二四）

96　琴を手まさぐりにしたまひつつ、空をつくづくとながめ入りたまへるに、きりふたがりて月もさやかならぬしも、いとどものあはれなるに、かの**天降りたまひし御子**の御かたち、気配、ふと思ひ出でられて、いみじう恋しきに、

（上・二二五）

97　掻き返さるる撥の音、おもしろう愛敬づきて、雲居はるかにひびきのぼる心地するを、**隠れ蓑の中納言**の二の舞にやならむ、とむつかしければ、撥ついさしたまへるを、人々も宮も飽かずおぼしめしたり。

（上・二二六）

98　殿の御夢にも、賀茂より、とて、禰宜とおぼしき人参りて、**榊にさしたる文**を源氏の宮の御方に参らするを、我あけ

て御覧ずれば、神代より標引きそめし榊葉を我よりほかに誰か折るべき、よし試みたまへ、さてはいと便なかりなむ、とたしかに書かれたりと見たまひて、（上・二二九）

99　もし**唐国の中将**のやうに、子持聖やまうけむとすらむ、と、我ながら稀々ひとり笑みせられたまひけり。（上・二三一）

100　いとかばかりの心地ながらは、過ぐすべきやうもなきに、我ながら慰めかねたまひて、**大津の皇子**の心のうちをさへぞおぼしやるに、秋の月はほどなくこそ慰めたまへれ、これは、御命の限りにさへ、生ける我が身、と言ひ顔なる行末は、なほ例なくぞ思ひこがれたまふ。（上・二三五）

101　物思ひのついでにはなほおぼし出でらるるにや、その**扇**を取り出でて見たまふも、げにぞ千年の形見なりけるも、なかなかのもよほしなり。（上・二三六）

102　女房なども、あるかぎり参り集ひたる、かたち、有様、**衣の色、擣目、重なりも、なべてならずめでたくて**群れゐたるは、いづれとなくあなめでたと見えて、（上・二三六）

103　御前に、**桜の織物の御衣どもの、表少しにほひて裏は色々に、うち重ねたる上に、紅の擣ちたる、桜萌黄の細長、山吹の二重織物の小袿などの**、ところせう、ものこはごはしげなるを、いかなるにか、たをたをとあてになまめかしく着なさせたまひて、（上・二三六～二三七）

104　またも見たてまつるまじき人のやうに、限りの心地したまひて、**あまた立ち重なりたる御几帳**に紛れ寄りて、御衣の裾を引きとめたまへり。（上・二三七～二三八）

105　今日やさはかけ離れぬる木綿襷などそのかみに別れざりけむ、とて、**扇**を持たせたまへる御手をとらへて泣きたまふさまいみじげなり。（上・二三八）

106　霜月の十余日なれば、紅葉も散りはてて、山も見所なく、雪かき暮し降りつつ、もの心細くて、いとど思ふこと積りぬべし。**吉野川の渡り舟、いとをかしきさまにてあまた候はせければ**、乗りたまひて流れ行くに、岩波高く寄せかくれど、水際は氷いたく閉ぢこめて、浅瀬は舟もえ行きやらず。棹さしわぶるを見たまひて、（上・二四七）

107　まうで着きたまへれば、**御前の松山の景色、谷の下水の流れなど、ただ石山とぞおぼゆる。**寺の堂僧、修行者どもの、

よろしきもいやしきほどのなども、あまた籠りたり。（上・二四九）

108　身をつづめて、とある御誓ひは違ふべきならねば、御明のいとほのかなるに、御前の暗がりたるに、**普賢の御光いとけざやかに見えたまひて**、ほどなく失せたまひぬる、尊く悲しともおろかなりや。（上・二五〇）

109　**紙衣のいと薄きに**、**麻袈裟**といふものを着てうちさらぼひたるほど、さすがにいとうとましげなるほどとは見えで、わりなく寒げにあはれげなり。（上・二五一）

110　あまた持たせたまへる法服どももことごとしきやうなれば、我が着たまひたる**白き御衣の**、**なつかしう着なしたまへる**、**移り香ところせきまで薫り満ちたるを**脱ぎたまひて、山颪もいと荒けなげなめるを、防ぎたまへ、とて賜はすれば、もの覚えて後、木の葉よりほかに身にも寄せ慣らひはべらねば、**かかるものは苔の衣に重ねさぶらはむも**、**いとかたじけなく侍るべし**、とて、さらに手もふれぬを、（上・二五四〜二五五）

111　み山の里のさびしさは、げに、さを鹿の跡よりほかの通ひ路もまれなりけるを、夜の程にいとど閉ぢ重ねてける氷のくさびは、足もいみじく堪へがたくて、歩みもやられたまはず。**底ひも知らず深き谷より生ひ出でたる木どもの、根の苔がちに、うちもの古りたる気色、枝さしなどうとましげなるに、**（下・九）

112　この日頃候ひける所も取り払ひて、**紙障子**に昨夜の御衣をなむ掛けて候ひつる。（下・一一）

113　**けざやかなりし仏**の御契りの面影恋しく思ひ出でられたまふにも、なほ、いかでこの世をさま悪しからぬさまにていとひ離れなむ、と、心のうちばかりはありしよりけにあくがれまさりて、（下・一三）

114　**池の玉藻と見なしたまひけん帝の思ひも**、なかなか目の前にいふかひなくて、忘れ草もやうやう繁さまさりけんを、これはさまざま夢うつつとも定めがたう、心をのみ動かしたまふ。（下・一四）

115　**白き唐の御衣どものなべてならぬに**、**同じさまなる紅のかさなりたる**、常のことぞかし。夕映えにや、なべてならずめでたく見ゆ。（下・一九）

116　硯ひき寄せて**手習ひ**などしたまふに、御殿油参るまで懐より も出でたまはで、灯近く取り寄せたてまつりたまふに、**やがて昼の空の気色より始めて、しつらひありさまなども違はで、我が一日ながめくらしたるさまなどを、思ふ所なく絵に書きたまひて、若宮の笛吹きたまひつるかたはらに、**ありつる御ひとりごとも書きつけたまひて、塵つもり古き枕をかたみとて見るもかなしき床のうへかな、とて、**泣きたまへる所もあり。**（下・二一〜二二）

117　**紅の衣どもあまたがうへに、桜の固紋なるを着たまへる御かたち、**はなばなときよげにて、見るかひある御もてなしありさまなり。（下・二八〜二九）

118　浅緑なる空の気色いといみじう霞みわたりたるに、**こぼれてにほふ御前の花桜、**常よりもおもしろう見渡さるるに、（下・三一）

119　**色々の衣どもに、濃き擣ちたる桜の小袿着たまへる**うしろで、いとをかしげなり。髪はすこし色にて、こちたうはあらず、さはらかなるさがりばなど、あてやかになまめかしきさまにて、小袿とひとしうぞ見ゆる。（下・三二）

120　からうじて母屋の柱のつらに居たまひぬれど、**扇**などゆくへも知りたまはず、ただうち臥したまへる髪のかかり、つらつきなど、すこし気近くては、いますこし目とどまらぬにしもあらず。（下・三三）

121　いたち笛吹く、猿かなづ、と弾きたまふを、母代いとおもしろうめでたう思ふに、え堪へず心も澄みたちて、末に待ち取りて、**扇**打ち鳴らして、いなごまろは拍子打つ、きりぎりすは、など、細目あけて首筋引き立てて、折れかへり折れかへり引くそば顔の御簾に透きて見ゆるは、（下・三五）

122　持ちたまへりける**扇**のうち置かれたるが**手習ひ**せられたるは、手づからのしわざにや、とゆかしうて、取り見たまへば、まだ**はかばかしうも続かぬ文字ども**の、いと幼なくあさましきさまなるは、なにと見解くべうもあらぬを、せちにまもれば、天地を袋に縫ひて、とあるは、母代が習はしきこえたる祝ひ言なめり、と見ゆるに、**絵に苗代し、新田打ちなどしたる所**に、母もなく、乳母もなくて、春の新田をうち返しうち返し、返す返すものをこそ思へ、とあめり。また、柳桜をより合はせ、失せざめれば、乱れぬめり、とあるは。歌に

や、とて、せちに読みつづくれど、ひとつにあまり、ふたつには足らぬを、あやしあやし、とおぼせば、さすがに**絵の心どもなめり**と見ゆるにぞ、さはわが詠み出でたまへるなりけり、三十一字とだに知りたまはで、なにしにかは**扇の絵の歌詠まむ**とはおぼしよるらむ、とをかしきに、書きざまさへうらうへ上下ひとしうて、ひとつに足らぬ歌をやがて**扇の隙もなく書きなされたる文字様、彫り深う分けおかれたるなど、**すべてかかるはまだ見ざりつるを、さま変はりてうちおきがたうぞおぼされける。 (下・三八〜三九)

123 **今様の手は、草がちに濃く薄き墨つき紛らはして、**うちよろぼひて侍りつる、これは、**つよき文字づかひ昔やうに侍る、**さは見知らせたまへりや、と言ふにぞ、え堪へでうち笑はせたまひぬる。 (下・三九)

124 かの、底の水くづ、と**書きつけたりし扇**見つけたまへりしに尽き果てぬとおぼされし涙も、残りある心地ぞしたまふや。 (下・四三)

125 おはし着きたれば、**門などもなくて、**ただ**釘貫といふもの**をぞしたりける。 (下・四四)

126 すこし離れたる所の、**紙障子**などばかりにて、あらあらしき**かりそめの居所**と見えたり。おまし敷きなど、経営し騒ぐ姿、見たまひしよりはすこし例の人に似たり。 (下・四四)

127 とみにも出でやられたまはぬに、ただこの**仏の御後の障子**のつらに、若き人々物語するを聞きたまへば、出でたまひぬと思ふなるべし、 (下・五一)

128 **ここらの宝を尽くして、**上のおぼしいそぐ幸ひを、心として焼き失なひ滅ぼしたまふにこそあんめれな、いまいくばくの日数を心もとなさに、受領男は急ぎしたまふぞや、 (下・五八)

129 **櫛の箱**なる鋏を取り出でて、髪搔い越して見たまふに、常よりもこのごろつくろはれてをかしげなるが、さすがに惜しうかなしけれど、**昔物語**にも憂きことあるには、さこそはしたりけれ、などほの聞きしも思ひ出でらるれば、泣く泣く、ここかしこしどけなく削ぎ落して泣きゐたまへるに、 (下・六一)

130 **文**はさすがにゆかしうやおぼさるらむ、取りて御覧ずれば、思ひやる我が魂や通ふらむ身はよそながら着たる濡衣、

とある**書きざま、手などはしも、げに親王たちなどの御あたりならでは、散らさむは口惜しかりぬべかめり**、と御覧ずるにも、（下・七一～七二）

131 かく嘆く嘆くも、はかなき世のもと雫のほどはおのづから過ぎなむ、とのみ思ひとりたまへるに、かく、**芹摘みし世の人**にも問はまほしき御心のうち、言ふかたなかりけり。（下・七八）

132 にはかにかき曇りて村雨のおどろおどろしきに、**柏木の木の下風**涼しく吹き入れたれば、御簾すこし上げて見出だしたまへるに、**楢柏**はげにいたく漏りわづらふも、目とどまりて、柏木の葉もりの神になどてわが雨もらさじと契らざりけむ（下・七八～七九）

133 いと暑かしげなりつる前栽どもの、雨に心地よげに思へるなかに、**大和撫子のしをれたる気色**、なかにもらうたげなるを、一枝折らせたまひて、嵯峨の院に参らせたまふ。恋ひわびて涙にぬるるふるさとの草葉にまじる大和撫子。（下・七九）

134 はかなき**御手習ひ**にこそは御心のうちをも見たてまつりあきらめはべりしかば、今はただ仏に向ひたてまつらせたまひてのみ暮させたまへば、世の中のよしなし物語も御前にて申す人も侍らず、など語るも、（下・八二）

135 あるまじきこと、とせちに払ふべき御仲の契りとは見たてまつらねど、**昔物語の姫君のやうに**、仲立ちの人の言ふに従ひてしぶしぶにゐざり出でさせたまふべきにもあらず。（下・八三）

136 御文書きたまふに、まだいと暗ければ、御簾をすこし巻き上げたまへるに、**御前近き透垣のつらなる荻の葉の、露にいたう乱れて折れかへりたるを、吹き越す木枯らしにははらはらと乱れ落つる露の白玉、げに、袖にはたまらぬ、とおぼされて**、とばかりながめ入りて、おしのごひつつえぞ書きもやりたまはぬ。こまやかなる端つかたに、このごろは聞かせたまふことも侍らむものを、などか、折れかへり起きふしわぶる**下萩の末越す風**を人のとへかし、（下・八四～八五）

137 この、末越す風、の気色は、過ぎにしそのころもかやうにこそは、と、すこし御目のとまらぬにしもあらで、**筆のついでのすさびに、この御文のかたはらに**、夢かとよ見しにも似

たるつらさかな憂きはためしもあらじと思ふに、起きふしわぶる、とあるかたはらに、下荻の露消えわびし夜な夜なもとふべきものと待たれやはせし、憂き身には秋もしらるる荻原や末越す風の音ならねども、など、**同じ上に書きけがしたまひて**、細やかに被りて、典侍の参りたるに、捨てよ、とて給はせたるを、（下・八七〜八八）

138 よろづに思ひ念じて、**装束など形のやうにして**御前に参りたまへるを、いとうれし、とおぼして、よろづにつくろひたてて出だしたてまつらせたまへど、（下・八九〜九〇）

139 いとほしかりつる御気色かな、男の御身もえ心にまかせたまはぬものなりけり、かうのみおぼしたらば、女宮の御為こそ心苦しけれ、**なにの物語ぞや**、かかることのあるよ、と言へば、それのみぞ多かる、**葦火たく屋の親の心こそにくけれ**、**少将もあまりなれども**、男親に従ひたるぞとよ、など言ふを、母宮聞きたまひて、**物語**にてだにさばかり心づきなきことを、今はさばかりになりぬる御有様を、いとかくせちに思ひ嘆かするも、人はいかに思ふらむ、などおぼしけり。

（下・九〇〜九一）

---

140 憂きはためしも、とありし**御手習**の心にかかりて思ひ出でられたまひて、枕の濡れぬるぞゆゆしきや。（下・九一）

141 雁のあまたつらねて鳴き渡るは、誰が玉梓を、とひとりごちて、**青苔の紙の色紙**、と誦じたまへる御声など、げに帝の御いもうとといふとも、世の常ならむは、飽かずおぼされむもことわりなる御さまなり。（下・九二）

142 **御前の花ども露に乱れあひたる**などを、人も疾く起きてつくろひなどするに、（下・九二〜九三）

143 院の御手づから引き開けさせたまひて、見るたびごと、**さもめでたうなりゆく手かな**、あやしうこの世の人とはおぼえずのみ、何事もねびゆくこそあまりゆゆしけれ、とめでさせたまひて、（下・九三）

144 まだ知らぬ暁露におきわびて八重たつ霧にまよひぬるかな、などやうに、ことなしびなるらむかし。院は、**めでたき書きざま**などを御覧ずるにも、（下・九五）

145 **筆紙などなべてならぬ**を御几帳のうちに差し入れたまひて、なほなほ、と聞こえさせたまへば、おぼしわびて、**ただ引き結びて置かせたまへるを、つつみて出ださせたまひぬ。**

(下・九六)

146 御使には、例のことなれば、**世の常ならぬ女の装束に細長など**にこそはあらめ。しがらみかくるさを鹿の心地して御前に参りたるもいとをかしくて、思ふさまなる御心どもなり。
(下・九六)

147 ひろげたまへるに、**ものも書かれざりける**。**古代の懸想文の返りごとは**、**伊勢がかかることをしける**、げになかなかならむよりはいとよしかし、と、これにてぞ思ひましきこえさせたまひける。されど、あな、おぼつかな、とてうち置きたまへるを、宮は、忌みもこそすれ、ことになきわざもしたまへけるかな、とて、ものしげにおぼしたり。
(下・九六〜九七)

148 ありし**天稚御子**におくれたまひけむ悔しさも、このごろぞ思ひ出でたまふ。ありしやうにてや試みまし、ともおぼえたまひけり。**普賢の御光**も忘れがたきを、いかでとてかの修行を人知れずおぼしけり。
(下・一〇一)

149 御髪のかかりたるほど、さはらかにきよらかにて、丈に三尺ばかりにや余りたまへらむと見ゆる、末など細らせたまへり。**香染の御衣どもに**、**青き濃き薄き**、**われもかうの織物**参りたるもいとどにほひなく、すさまじき心地したるにも、ありし雪の朝に、斎院の**枯野襲奉りし御寝くたれ姿**ぞ思ひ出でられたまふ。武蔵野の霜枯れに見しわれもかう秋しもおとるにほひなりけり、同じ色とも見えぬは口惜しきことかな、と、心のうちにおぼしつづくるにも、
(下・一〇二)

150 **扇**の側よりまれまれほのかに見おこせたまへる目じり、らうらうじげにわづらはし。
(下・一〇三)

151 幼なき人々の音のせし**障子**のもとに寄りたまひて、ほのかなる穴よりのぞきたまへば、八つ、九つ、十ばかりなる、またそれよりも幼なきなど、つぎつぎにていとあまたがなかに、**蘇芳の織物の細長**着て、髪は肩のほどよりも過ぎて、若宮の御ほどなるや、それならむ、と見ゆるに、もの言ひてうち笑みなどしたる口つきの愛敬、いとかをりうつくしけれど、
(下・一〇四)

152 抜き足に寄り来て、**障子**を放ちていささか開くるを、こなたより広く開けてさし出でたまへるに、ある限りあきれまどひて立てる気色どもいとをかし。
(下・一〇五)

153　もろともに添ひ臥したまひて、**雛**持ちたまへりや、恥ぢたまはでこなたに遊びたまはば、いみじく作りて奉りてむかし、若宮の多く持ちたまへる遊びものども、取りて奉らむ、などのたまひて、さまざま**をかしき絵**など書きちらしたまひて奉りたまへる。（下・一〇六〜一〇七）

154　たれか率てたてまつらむ、この子どもの騒がしうて、**御障子**を開けたる、（下・一〇八）

155　抱きたまひて声するかたの**障子**のもとに寄りたまひて、（下・一〇八）

156　さし出でたまへるさまのいとまばゆければ、**扇**をさし隠して居たるさまなどめやすなれば、（下・一〇九）

157　忘れがたみに、とありし御ひとり言を、宮の御乳母子の中将といふ人、**御障子**のつらにていとよく聞きけり。（下・一〇九）

158　若宮は、やがてそのつとめてぞ渡したてまつりたまひける。御供には乳母たち二人、女房二十人ぞ参りける。**紅ども**に**竜胆の表着**、**菊の唐衣**おし渡して着たり。御しつらひなどは、なべてならずめでたきことさらなりや。（下・一一五）

159　御前の御しつらひ有様などは思ひやるべし。立ち明しの昼よりも明きに、若宮の、**御直衣などあざやかにしたてられたまへる**、おとなしき御さまのゆゆしさを、誰も誰も涙を流して見たてまつるに、大将の御心のうちはいとどかきくらされたまふも忌々しく、せきわびたまひぬ。（下・一一六）

160　御前のかたを見やりたまへば、**小さき几帳**を引き寄せたまへれば、はかばかしくも見えねど、**御衣の袖口**などは隠れもなし。**蘇芳の御衣どものいと濃きよりうすくにほひたる上に、唐の浮線綾の白きやうなる、籬の菊の枝ざしより始め、移ろひたるにも色々に織り浮かされたるも**、例のことぞかし。されど、人がらには、げになべてならず、あなめでた、と見え、御髪の、肩のほどよりこぼれ出でたるも、さまことに見ゆるに、御衣の裾にもたまりゆきたる裾のそぎ末など、**絵にかきたるやうなるも**、かうしもなきを、よろづに口惜しき目うつりのいとどしきなめりかし。（下・一二一〜一二二）

161　御懐に寝たりける猫の起き出でて、はじざまに出づる、綱に引かれて、御几帳の帷の引き上げられたるより、見合はせたまふに、御顔いと赤うなりながら、わざと引き入りなども

したまはず、**御扇**に紛らはしてすこしかたぶきたまへる御髪ざし、御髪のかかりなどより始め、久しう見たてまつらざりつるけにや、なほさまことにめでたき御有様かな、と思ふに、　（下・一二二〜一二三）

162　紛らはしに**扇**をうち鳴らして、猫を、こちこち、とのたまふに、寄り来て、らうたげなる声にてうち鳴きつつなづさふ移り香も、身に添へまほしくなつかしければ、（下・一二三）

163　御前なる人々の、**絵など**かきちらしたる筆ども見ゆるを取りたまひて、紙のはしに、かつ見れどあるはあるにもあらぬ身を人の人とや思ひなすらむ、**手すさみのやうに片仮名に書きたまひて**、懐なる猫の首綱に結びつけて、人すこし立ちのきたるに、あな、いぎたなや、今は起きて参りね、と押し出でたまへれば、　（下・一二四〜一二五）

164　年の果てになりては、かの常盤のことの果てせさせたまひけり。御心ざしのしるしには、今は何事をかは、とおぼせば、**経**、**仏の御飾り**なべてならず、まことに日の中に仏道なりぬべきさまにおぼし掟てたり。　（下・一二五）

165　皆如金色徒阿鼻獄、といふわたりを心細げに読み流したまへる、……**仏**だに現はれたまへりし御声なれば、人はまして忍びがたかりけり。　（下・一二八）

166　心地など苦しうおぼえける折の手まさぐりにや、臥しながら書きたると見えて、下のかたに、**その文字ともはかばかしう見えぬさま**にて、なほ頼む常盤の森の真木柱忘れな果てそ朽ちはしぬとも、とあるにも、　（下・一二九）

167　年返りぬれば、今年は斎院渡らせたまふべしとて、本院造りみがかせたまふに、大宮わたりの賎が垣根まで、心ことにと思ひまうけて、同じ**板檜垣**などいへど、ほどほどにつけて用意加へたるは、げになさけこよなし。　（下・一三〇）

168　その日は、一条の大路渡りたまふべききはの、高き賎しき家々のうち、思ひいそぎたる**牛車**、**随身**、**小舎人**、**雑色の姿も**、**馬**、**鞍**、**雲珠**、**大口**、**馬副の装束飾り**を、いかで世にめづらしく、人にすぐれて、とおぼしいとなむをばさるものにて、さるべき宮々、また人数にすこしも我はと思ひたまふ所には、立ちあかる人々は、**物見たまふべき出し車の袖口**、**わらはべの姿**、**屐子**、**葵の飾り**をさへ、めづらしうと心をつくしたまふさまども、中の品のほどだに、一条の大路にさし出

づべき所もなくや、と聞こゆるに、（下・一三〇〜一三一）

169 この折にこそはもののきよらを尽くして、神さびにけるさまにはあらず、めづらしう人の見思ひつべからむさまに、とおぼし掟つれど、何事も限りあることとなれば、**白銀・黄金を打ち重ね、高麗・唐土の綿を裁ち重ぬとも**、目馴れぬやうはあるまじきぞ口惜しかりける。（下・一三一〜一三二）

170 世の人のいとことごとしう言ひ思ふらむしるしには、**出し車**の数など、例にはまさりたらむを見よかし、とて、やがて女房の候ふ限りを引き続くべうぞ、おぼし掟てける。やむごとなき人々十人ばかりは、女別当などの**同じ糸毛**にて、今四十人、わらは八人、乗るべき**車は、所々に透きとほりて隠れなうめでたうして**参らすべきよし、受領どものあたりて、我も我もと心を尽くしたる、げにいかにめでたかりけむ。
（下・一三一〜一三二）

171 かばかりいどみかはしてし出でたらむ**透車**に、なまよろしからむ頭つき、さまかたちにて乗りたらむは、**まばゆかりぬべきわざかな**と、今より大将殿の明け暮れ言ひはやしたまふに、（下・一三二）

172 さるべき人々の女どもの、心のままにかしづきたてて、親、兄などにだに絶え絶えに、さし向かふこともせず、帳のうち、母屋にだに**小さき帳**を身放たずなどならひたるは、ただ簾上げて昼中に一条の大路渡らむだに、いとわびしかりぬべきわざなるを、まして**扇など**さへ隠れなくのみしなされたれば、まめやかに泣きぬばかりなる気色どもぞ多かりける。
（下・一三二〜一三三）

173 今日、常よりことにことども疾くなりて、**出し車ども**寄せて乗せさせたまふ。わりなしと思ふ思ふゐざり出でたる人々のかたち有様、げに年ごろ三十余り具したらむをたづねさせたまへる験はこよなく見ゆれば、心ことに世に聞こゆる**透車の透き影**、心やすく御覧じわたす。（下・一三三）

174 **衣の色ぞことにめづらしからねど**、ながき世の例とおぼしめすにや、**松の深緑をいくつともなくうち重ねたる**、多さはこちたし。**同じ色の象眼の表着、藤の浮線綾の唐衣に、松にとのみも**、と縫ひ物にしたり。**裳は青き海賦の浮線綾に沈の岩立てて、黄金の砂に白銀の波寄せて、ひたれる松の深緑の心ばへをぞ縫ひ物にしたりける**。わらはは、**同じ色にて、上**

の袴、汗衫など、女房の裳、唐衣などの**同じ心にてぞありける。**（下・一三三～一三四）

175 なに色も、言ひ続けたるよりは、**染めがらきよげにあるぞかし。同じき綾織物、擣物などいへど、きよらはことの外に、**同じもののしわざとも見えず、とこそはあれば、かく書き続けたるよりは、見るはめでたくこそはありけめ、と思ひやるべし。（下・一三四）

176 **御車は、唐のが例よりは小さくて、**めづらしううつくしきさまこよなし。（下・一三四）

177 大将殿、帳のそばよりすこしのぞきたまへれば、**唐撫子の三重の織物に、同じ色の三重の小袿**着させたまひて、**釵子**させたまへる、元結に御額髪のうち添ひてなよなよと引かれゆきたるは、いとどもてはやされて、なまめかしうめでたう見えさせたまふにも、心惑ひはまづして、（下・一三五）

178 さるべき所々の浅敷の有様、**物見車の袖口**などまで、げにかねて聞きしにたがはず、目もかかやくことのみ多かり。（下・一三五～一三六）

179 **広うおもしろかりつる殿のうちの、池、山、木立の気色、**またば見るべきやうもなきぞかし、と、恋しうおぼし出でらるるに、御前に流れたるは、有栖川となむいふ、と聞かせたまふにも、おのれのみ流れやはせむ有栖川岩もるあるじ今は絶えせじ、など契り深く御覧じやりて、東面の母屋の中柱に寄りゐさせたまへる様体、御髪のかかりなどは、**絵にすこしかき似せても人に見せまほしき。**（下・一三七）

180 折しも、大将殿、上のおはします北の対の南の戸口より、隅の間の妻戸の御簾を引き上げて参らせたまへるに、**御障子**のあきたるより見通しまゐらせたまへる、なほいと忍びがたくて、榊をばいささか折りたまひて、すこしおよび参らせたまふ。（下・一三七）

181 **内裏の御文**つけさせたまへりければ、南の隅の間の戸口より。取り入るる袖口思ひやるべし。上、御覧ずれば、わが身にぞあふひはよそになりにける神のしるしに人はかざせど。**葵がさねの紙の、なべてならぬ色はだへなどさらなることなり。**（下・一三八）

182 **出し車**ども、今日春夏秋冬の花の色々、雲枯れの雪の下草までの数を尽くして、**十二月まで色を尽くさせたまへり。表**

着、裳、唐衣などまで、その色にしたがひつつ、高麗、唐土の錦を尽くし、瑠璃を展べ、白銀、黄金の置口をし、蒔絵、螺鈿をし、絵をかきなど、すべてまねび尽くすべきやうもなかりけり。この世の人の着るべきものにもあらずぞしなさせたまへりける。御輿の駕輿丁のなり姿まで、世の例にもまことに書き置かまほしげなり。（下・一三八〜一三九）

183 よろづは、さすがに、例ならむことはいかが、とおそろしさに、古き跡をたづねさせたまへば、おはしまし所の、ただかりそめに、**ものはかなき御屏風**などばかりをおはします御あたりにて、あらはなるに、（下・一四〇〜一四一）

184 **いと小さき葵を御髪に付けさせたまへる**、言ひ知らずうつくしう見えさせたまふに、例の過ぐしたがうて、御几帳などひきつくろひたまふままに、見るたびに心まどはす**かざし**かな名をだに今はかけじとぞ思ふ、とて、御衣の裾をただすこし引き動かしたまへれば、（下・一四一〜一四二）

185 よそにやは思ひなるべきもろかづら**おなじかざし**はかけもはなれず。桂に付けさせたまへり。（下・一四三）

186 かの、やすらひにこそ、と悔しがりたまひし**槙の戸**もつつましからず出で入りたまふも、あはれにおぼし出でらるる、（下・一四七）

187 御前のしつらひも夢路に惑ひたまひしおまし所も、変はらで、御几帳ばかり隔てて居たまへる**御衣の裾などのほのぼの見えたるも、あやしうなべてならず気高うなまめしき心地ぞしたまへる、**見るにも、思ひ出でらるること多くて、（下・一四七）

188 あくがるるわが魂もかへりなむ思ふあたりに結びとどめば、など、**手習ひ**に書きすさびて添ひ臥したまへるに、宮の中将参りたまへるに、**紫苑色の御衣**のなよよかなるに**草のかうの織物の指貫**ばかりを着たまひて、ものあはれとおぼしたる気色にながめ臥したまへるさまの、言ふかたなうめでたう見えたまふにも、（下・一五〇）

189 この御**手習ひ**を見るままに、魂のかよふあたりにあらずともむすびやせまししたがへのつま、と書きつけたれば、（下・一五〇）

190 中将の扇に、**秋の野をかきて風いたう吹かせたるに、本疎の小萩の露重げなるを、しがらみ伏する小牡鹿の気色もかし**

うかきなしたるを見たまひて、こゐの秋風は月のみつことしきりなり、と**書きたまへるはさま、ことに小さくて、**わがかたになびけよ秋の花すすき心を寄する風はなくとも、心にはしめ結ひおきし萩の枝をしがらみ伏する鹿や鳴くらむ、いつしか妹が、と**書きすさびたまひて、**さまざまの御才といへども目もおよばぬに、これは、すこしもの見知らむ女などの、目とどめぬはあらじかしと見えたり。　（下・一五二）

191　竹の中もたづねて世にしばしかけとどめさせむなども、おぼさぬなめりかし、と恨みたまへば、いで、その**翁**もこの定にては、いと無徳にこそは侍らめ、など言ふほどに、　（下・一五四）

192　うちつけなるさまにおぼすべけれど、かの聞こえし**竹取の翁、**なほ語らひたまひてむや、　（下・一五四）

193　返りごとはなくて、**竹取**にほのめかしはべりしかど、いとありがたげにこそ、中なるには思ひおとされたまへるにや、**扇**も散らしはべりしかど、吹きまがふ風のけしきも知らぬかな萩のしたなる陰の小草は　（下・一五四〜一五五）

194　九月には、嵯峨の院、**入道の宮の作らせたまへる法華の曼陀羅、供養せさせたまひて、**やがて八講行なはせたまふ。　（下・一五四〜一五五）

195　宵、暁の懺法などにも、声すぐれたるを選らせたまへれば、あはれに尊し。西方念仏の折は、**蓮の花の色々散り紛ひたるに、**名香のくゆりあひたるは、極楽もかくやとおしはからる。　（下・一五五）

196　このほどの有様、をかしきも尊きも、こまかならば、**夢のしるべ**のまねしたるになりぬべければ、皆洩らしつ。　（下・一五六）

197　果ての日は十三日なれば、月の光さへくまなくて、兜率天までいとやすく澄みのぼりたまひぬべかめり。嵯峨野の花、やうやう盛り過ぎて、**女郎花色変わり、尾花も袖も白みわたりつつ心細げにうち招きたるに、露は重げにきらきらと置きわたりたるは如意宝珠かと見えわたされたるに、**虫の声々さまざまにて懺法、阿弥陀経にうち添へたるは、迦陵頻伽の声にも劣らず尊くあはれに聞こゆ。　（下・一五六）

198　河露さへ麓をこめて道さまたげに立ちわたりたるに、**堰に**もりわづらふ水の音なひもいとどむせかへり、もののみかな

しければ、やがて**河の上に作りかけたる釣殿**に、つくづくとながめ入りたまひて、大井川ゐせきはさこそ年へぬれ忘れずながらかはりける世に　（下・一五六～一五七）

199　みそかに、宮のおはする御堂の妻戸放ちたまへ、仏の御前のゆかしきに、のぞかむ、とのたまへば、なにのゆかしきぞとよ、**不動尊**の恐ろしげなるに食はれむとや、とおどしたまふ気色、我が恐ろしとおぼしけると見ゆるぞ、いとをかしきや。　（下・一五七～一五八）

200　それはなほ、**不動尊**見つけたまひてむ、西の妻戸を放たせたまへ、さて、人にかうとなのたまひそ、と、おとなしう語らはれて入りたまひぬるも、　（下・一五八）

201　御格子もいまだ参らで、御灯のほのかなるかたに御几帳押しやりて、**障子**よりすこしのぞきて、脇息に押しかかりて、小倉の山も残りなき月の光をながめやりて、行なはせたまふ御姿、肩付きなど、人よりは細く、小さやかにて、　（下・一五八）

202　いつも、わざと召さぬ限りは、近う参る人もなければ、**御障子**のうしろに中納権の典侍のみぞ候ふに、　（下・一五九）

203　冠の影ふと見ゆるに、ものもおぼえさせたまはず、仏の**障子口**に入りて引きたてさせたまひぬるも、手のみわななかれて、とみにぞたてられぬ。　（下・一六〇）

204　かのありし寝覚の床に濡らし添へたまひし濡衣おぼし出でられて、今宵さへさだにあらば、やがてかくながら**伏籠の少将**のやうにもなりなむ、と、心惑ひも世の常ならぬに、　（下・一六〇）

205　御衣の裾も残りなう引き入れさせたまひてける御心の疾さも、限りなくうらめしうかなしきに、この**障子**も引き破りつべうおぼゆれど、胸のみ騒ぎてとみにぞ動かれぬ。　（下・一六〇）

206　かの思ひかけざりし**槙の戸**の心ばへよりうち始め、今宵まで思ひ嘆く心の中を、泣く泣くしめじめと言ひ続けたまへる、まねび尽くすべうもあらず、　（下・一六一）

207　うち身じろぎたまふ気色だになきは、あさましうおぼつかなきに思ひわびたまひて、**障子**をさぐりたまへば、掛けられにけり。いとどうらめしう心憂きに思ひわびて、畳紙をさし入れて**障子の掛金**をさぐりたまふに、離れぬるやうなれば、

ただすこしあけて、（下・一六三）

208　**袖濡らすといふ物語の承香殿の女御**も、あはれなる心ばへを見つけたまひたりければにや、ねにさはる、とも言ひ出でたまひけむ。（下・一六四）

209　例の、上達部、殿上人など参りつどひて、**御前の庭火**おどろおどろしうて、昼よりもさやかなり。（下・一七一）

210　**御几帳の帷ども、菊の二重織物の色々うつろひたる枝ざしも、まことに咲ける籬**と見えたるに、女房の**袖口どもは、紅葉襲の擣ちたるどもに、同じ色の二重織物の表着、竜胆の唐衣の、地は薄きに紋はいと濃く織り浮かされたる**、夜目おどろおどろしうきよらに見えたり。（下・一七一）

211　ふけゆくままに、雪折々降りつつ、木枯荒々しう吹きしきたる、**庭火**もいたうまよひて、吹きかけらるるを払ひわびつつ、煙の中よりにがみ出でたる主殿寮の者の顔ども、いとをかしう見やられたまふにも、（下・一七一～一七二）

212　大将の、明星、謡ひたまへる、**扇の音なひ**もなべてならずおもしろきを、神も耳とどめたまふらむかし、と聞こゆるに、うち添ふる声々ぞ心おくれたるやうなりける。（下・一七二）

213　**おほゐの物語**のやうならば、限りの道にもえ見捨てたまはじとこそおぼゆれ、とて、うち涙ぐみたまへるまみの、親ともおぼえたまはず若ううつくしげにて、（下・一七六）

214　わざとなう言ひ消たせたまへる、げに**薬師の法**行なはずとも、四十九日ありても生き返りぬべくぞおぼさるる。（下・一七八）

215　月出でにけれど、**嘆きのかげも外よりはこよなく枝ざししげければ**、心もとなげに所々より漏りたる影心苦しげなるに、はらはらと吹き払ふ木の下風の音なひなども、**例の所には似ず神さびもの心細げにて、心あらむ人々に見せまほしき御前の庭のけしきを**、いとどなべてならずながめ入りたまへる気色、言ひ知らずあはれげなり。（下・一七八～一七九）

216　あやしう、このごろ、夢の騒がしうも静かならざりつるは、かかることのあるべかりければなりけり。**法楽荘厳**のためとさへなりたまへるも、いとあまりにもあるかな、とて、空を仰ぎたまへる御気色などを見たまふにも、（下・一八一～一八二）

217 いかばかり思ひこがれしあまならでこのうき島を誰か離れむ、などおぼしつづけらるれど、**はかなかりし筆のすさび**も、見しやうに聞こえたまひし後はうしろめたうて、御心のうちよりも漏らしたまはざりけり。（下・一九五〜一九六）

218 御几帳も押しやりて見たまへば、**御経箱もあきたり。法華経なるべし、巻々あまた軸のもとまで巻き寄せられて**、御数珠は脇息にうち掛けられて、樒の香の香はなやかなるに、さまざまの移り香どもにはやされてあはれになつかしきにも、（下・二〇一）

219 **薄香なる御扇**のあるを、せちに及びて取り寄せたまへれば、なつかしき移り香ばかりは昔に変はらぬ心地するに、**はなやかならぬ下絵など**のさま変りたるは、なほいとあはれに、飽かずかなしくおぼされけり。（下・二〇二〜二〇三）

220 手に馴れし**扇**はそれと見えながら涙にくもる色ぞことなる、と**片仮名**に書きつけて、もとのやうに置きたまひつ。（下・二〇三）

221 **文**なども時々は通はせたまひけり。**御手などのなべてならぬにつけても**、いかならむ世に隔てなく見たてまつらむ、と、昔の友には、よそながらも思ひきこえかはさせたまへり。（下・二〇四）

222 空の色浅緑にてうらうらとのどかなるに、**野辺の霞は御垣の内まで包むめれど**、なほこぼれたるにほひ、ところせげなるに、**この対の御前なる桜のにほひえならぬかたはらに、榊の青やかにてもてはやしたるなど、ほかの木立には似ずさま変りて**、をかしく御覧ぜらるるにつけても、明け暮れ御覧じ馴れし**古里の八重桜**、いかならむ、とおぼしめしやりて、……時知らぬ榊の枝にをりかへてよそにも花を思ひやるかな、**榊の枝に付けさせたまへり**。（下・二〇四〜二〇五）

223 おぼしやるもしるく、**殿の桜**は、峰つづきもかうや、と見えて、**散るも盛りなるもさまざまめでたきを**、……榊葉になほをりかへよ桜花またそのかみの我が身と思はむ、**なべてならぬ枝にさしかへてぞ奉らせたまひける**。（下・二〇五〜二〇六）

224 ありつる**文**をさし出させたまへるを、取りて見たまふままに、**あなをかしげの御手や**、と、うち笑みつつ、うち返しうち返し見たまへる気色、おぼろけならむは恥づかしげなる

を、めでたしとおぼしたるさまぞなのめならぬ。
（下・二〇六）

225 げに思ひかけざりし御住居どもなりかし。**あまたの中に高き八重のをば、幼くより我がことと取りわかせたまひて**、静心なげにおぼし扱ふめりしを、いかにゆかしくおぼし出づらむ。
（下・二〇六〜二〇七）

226 大将殿参りたまへれば、この**文**見せたてまつりたまひて、ただ今**この御手ばかり書く人は誰かある**、式部卿の宮の上こそ名高くものせらるれど、**文字様のこまかにをかしげなるさまなどは、なほすぐれてこそ見ゆるは**、思ひなしにや、いかが、とささめきたまふに、まいて、何事も類なきものに思ひしめきこえたまへる御目には、めづらしく様ことにのみおぼえたまへば、うちも置かれずまもりたまへり。**今も昔もかばかりなるは難くや候ふらむ**、とばかり申させたまへど、
（下・二〇八）

227 大将殿はすぐれたる枝折らせて、斎院にもて参りたまへり。御前には琴の御琴弾き澄まいておはします。御几帳より琴の端ばかりさし出でて、**桜萌黄の三重の御衣どもに、紅の擣ちたる、樺桜の二重織物の小袿**など、重なりたる御袖ばかりぞ見ゆる。
（下・二〇九）

228 なかなか知らぬ人よりも恥づかしくおぼしめすに、御顔いと赤くなりて、**御扇**をさしやりて花を入れさせたまふとて少し傾かせたまへるに、
（下・二〇九〜二一〇）

229 ありつる女御殿の御返りの硯の上にうち置かれたるを、取りて見たまへど、いとどかく気近きほどの心のうちは、なほ、さらに紛れがたし。**文字様などわざと上衆めかしくはなけれど、墨つき、筆の流れも、あやしくなべてならずなまめかしき気色に書き流したまへる**、入道の宮の、**あくまでうつくしうらうたげなるものから、上衆めき、文字様などはすぐれたまへるものを**、と、まづぞ思ひ出でられたまふ。
（下・二一〇）

230 **斎宮の御手など、いづれかすぐれて侍らむ**、えこそ見定めはべらね、と申したまへば、いづれもをかしげにこそ見ゆめれ、とぞのたまはするにも、
（下・二一一）

231 鞠持たせて参りたるなりけり。花のために情おくれたることなれど、何となく心行きて、見どころあることなり、など

のたまひて、いづらいづら、とのたまへば、**色々の姿ども脱ぎこぼして、**足もとしたためつつあまたうち連れて歩み出でたり。（下・二一四）

232 御簾の中より**わざとなく所々漏り出でたる袖口ども、**例のことなれど、内裏わたりの好もしくおぼしたる御方々よりもなほ**こよなう心にくく故深く見え渡さるれば、**（下・二一四）

233 日暮れぬればみなのぼりぬるに、いつしかと**夕月夜さし出でて、木末どもいとおもしろう**見え渡されたり。
（下・二一六）

234 大将は、……ただ扇うち鳴らして、桜人謡ひたまふ御声のおもしろさにまさることなかりける。（下・二一六）

235 をかしきほどにしばし遊びて人々まかでたまふに、**織物の細長、小袿**などやうのものども賜はせけり。（下・二一六）

236 しばし押しとどめさせたまへるに、**築地所々崩れて花の木末どもおもしろう見入らるる所あり。**（下・二一七）

237 近くやり寄せて見たまへば、門は鎖してけり。風にしたがひて、**柳の糸起き臥し乱るるに、花の木末も見るままに残り少なげになるは、**いと見捨てがたきに、琵琶、箏の琴など弾きあはせてぞ遊ぶなるありさまも、ゆかしきわたりなれば、下りたまひて、崩れよりやをら入りて、琴の声するかたに、たづね寄りたまへり。（下・二一七）

238 **寝殿の南面の階隠の間、一間ばかりを上げて、**人はあるなるべし。近き透垣のつらに寄りて聞きたまへば、琵琶はただこの御簾のもとにて弾くなりけり。（下・二一八）

239 帳の前に脇息に押しかかりて経読む人、三十には足らぬほどにや、と見えて、いみじう気高う愛敬づき、見まほしきさまなど、ここら見つもる人になづらふべくもなし。**白き衣どもに、薄色などのいとあざやかにはあらぬを着て、**顔などもつくろひたるとは見えぬに、髪のかかり、色あひなどまことしくをかしげなるを、これや、さは、姫君ならむ、とおぼすべけれど、さすがに聞く年の程とは言ふべくもあらず。
（下・二一八〜二一九）

240 散る花にさのみ心をとどめてば春より後はいかが頼まむ、とあるは、昨夜の灯影なるべし。いとつつましげにかかへなどはせで、**ひとゆきに引きわたされたる筆の流れ、文字様など、これを上手とは言ふべきぞかし、と見えていとめでた**

し。何事も世にすぐれたる人の古めきにけるぞ、いと口惜しくおぼさるる。中将ほの見て、すかさせたまふにこそ侍りけれ、いと古めかしき宣旨書は、またむつからせたまひぬべかめり、と言ふも、いとしたり顔なり。　（下・二二七）

241　まだしきに五月雨がちにてものむつかしき昼つかた、大将殿、春宮の御方に参りたまへれば、**御手習**などせさせたまひて、**色々の紙なる文ども**とり散らされたり。（下・二三一）

242　**紫の紙のなべてならぬさましたる**、**結び目**などもただ今のと見ゆるを、ゆかしがりまうしたまへば、え惜しませたまはで、式部卿の宮の姫君に聞こえよ、と大宮ののたまひしかば、宣旨が教へつるままに書きてやりつる、とて賜はせたり。　（下・二三二）紙

243　のどかにも頼まざらなむ庭潦影見ゆべくもあらぬながめを、とかや。**所々ほのかなる墨つきたしかならねど**、母君のにいとよくおぼえて、思ひなしにや、**いま少し若やかにらうたげなる筋さへ添ひぬ**。　（下・二三二）

244　まだ**いと幼げなる御手なども**、なかなか心やすきかたにても、ことわりぞかし、とおぼすものから、かばかり見どころ多かるを、今まで見せたまはざりけるぞ恨めしき、これはいとをかしげに侍るものかな、**女の手本に取らせまほしう侍れど**、あはあはしきやうに侍り、とて、参らせたまひつ。　（下・二三二〜二三三）

245　かく参りたまふ折々は、さるべき**文ども**取り出でさせたまひつつ、返しどもなどのしどけなく習はしきこえたる所々直したまふ。**心得ずおぼしたる文字など**、こまかに言ひ知らせたてまつりなどしたまへば、　（下・二三四）

246　これはあやめたまふべきにもあらず、**女の一つ書き**なれば散らさじとて、とのたまふ。　（下・二三四〜二三五）

247　比べみよ浅間の山の煙にも誰か思ひの焦れまさると、さりとも類あらじとこそ思ひたまへらるるを、今日ばかりはなほ取り替へても賜はせよかし、とある、**御書きざまはしも、げに類なげなる**。　（下・二三七）

248　亀山の麓に、慈心寺などいふわたりに、故宮の**いかめしき寺建てたまひて**、ともすれば籠りつつ、不断の念仏など行ひたまふを、……**葛這ひかかる松陰の気色も**、久しう見たまはざりつるほどに、いとどさびしさまさりけり。

249　いと大きなる堂どもあまたありて、三昧勤め行ふ気色尊げにて、僧坊ども、あまた続きなどはせで、ここかしこ竹の林ばかり小暗うしなしつつ、ながき世のすみかと思ひたるも、目とまりて、あはれにうらやましくおぼさる。山よりわづかに落ちくる水を、おのおの竹の樋どもを蜘蛛手にまかせやりつつ待ち受けたるさまも、氷の楔固めたらむころほひは、いかが、と、心細げなるさま限りなし。　(下・二四三〜二四四)

250　居たまへる所と見ゆるは、寺よりは少し退きてぞありける。帯にせる細谷川の音さやかに流れて、同じき岩のたたずまひも心ある気色しるく、時折節の花紅葉の木どもも、数を尽くしたると見えて、見どころ多くぞしなされたりける。されど、浅茅が原もことに尋ぬる人もなかりけると見えて、心のままに色を尽くして乱れあひたる草、前栽どもに、露の白玉所得て、虫の音も外よりは耳のいとまなかりけり。軒をあらそふ八重葎も、げに人こそ見えね、秋の気色は疾く知られぬべかりけり。稲葉の風も耳近くは聞きならひたまはぬに、稲負鳥さへ音なふも、さまざまにさま変はりたる心地して、もの心細げなり。　(下・二四五)

251　ここには人ある気色もせで、九体の阿弥陀おはする御堂に、やがておはするなりけり。堂の飾りなど、極楽もかくや、と思ひやられて、いときららかに尊かりけるを、などて今まで見ざりつらむ、と口惜し。　(下・二四五〜二四六)

252　ことにしつらひもなくて、几帳ばかりある、引き寄せて臥したるは姫君ならむ、少し退きて人二人ばかりぞ居たる、と見ゆるほどに、　(下・二四六)

253　人出でたまひぬ、と聞きたまへば、渡りたまひなむとてやをら起きあがりて、児君を供にて障子よりこなたざまにゐざり出でたまふに、　(下・二五一)

254　障子も引きたてて、いま少し近う引き寄せたてまつりたまふに、　(下・二五一)

255　おとなしき人の気配にて、この障子を引きあけて、こは誰がものしたまふぞ、仏の御前とは知りたまはぬか、いと便なきわざかな、とて探り寄れば、うち笑ひたまひて、仏の導きたまへればこそは、かう願ひのままにはおもむきはべりぬれ、とて障子口の畳に、かりそめにぞ、寄り臥したまへりけ　(下・二五一〜二五二)

る。（下・二五二）

256 さらばこなたにこそ入らせたまはめ、あまりなめげに侍り、と聞こゆれば、**障子**よりこなたに女君を入れたてまつりたまひつ。（下・二五三）

257 **玉の緒の姫君**のやうなる屍の中にても、かの御有様に少しもおぼえたる玉の光だに通はば、袖に包みても見まほしくおぼし願ひつるに、かう音聞もものむつかしかるまじきわたりに、少しの慰めどころのありけるも、（下・二五五）

258 あなおぼつかなのわざや、**かはほりの宮**にや、なんどうち笑ひたまふ気配も、いと聞かまほしくめでたきを、（下・二五六）

259 **扇**を少し鳴らしたまへれば、参りたるに、夜のほど御心地はいかが、よもすがら念じ明かしはべりつるしるしは、さりともこよなう侍らむかし、とのたまへば、（下・二五六）

260 **籬の霧のいとど隙なくたち渡りて**、月影もなかなか曇らはしくなりぬれば、いとど立ち出でがたうおぼさるるに、道季御沓持てまゐりて、（下・二五九）

261 かういふいふも、**名残とまれる心地する日数の程は、日々に現れ出でたまふ経、仏などを**、かたみに見たてまつり慰みたまふを、その程も過ぎぬれば、**御しつらひなども例のやうに明らかにもてなさるるにつけても**、いま一返り悲しさの数添ふ心地したまひて、（下・二六六～二六七）

262 せちに恋しくおぼえたまふ夕暮に、もしもや慰む、と、うつくしう心ことに作り置きたてまつりたまひて、**常に向ひたまひつつ行ひたまひし十斎の仏たち**見たてまつりたまふにも、**薬師には、ただ御事をのみ申す**、と、常に言ひ知らせたまひしをおぼし出づるに、甘露、法薬の薬も今は何にすべき身にもあらぬを、（下・二六七）

263 夢さむる暁かたを待ちし間に四十九日にもやや過ぎにけり、などおぼしつづけらるる、日数もあさましくて、袖を顔に押しあてて泣きたまふ。いと**黒き御衣**にいとどもてはやされたる御頭つき、髪のかかりなども、**絵に描きとりて人に見せまほしかりけり**。（下・二六七～二六八）

264 山里の御すみかにもことに変はることなう、人目まれにてとがむる人もなし。**雪ばかり主顔に降り積みたる庭の面**、はるばると心細げなるを見渡したまふに、（下・二七一）

265　僧の出でつる妻戸に寄りて引きたまへば、かけざりけるにや、あきぬ。入りて見たまへば、ここにも**念誦堂いと尊くし置かれて**、行ひ勤めたまひける人の跡と見ゆ。（下・二七一〜二七二）

266　母屋の中の戸より通りて、帳のそばなる**屏風**よりのぞきたまへば、こなたぐらにてよく見ゆ。灯をつくづくとながめつつ添ひ臥したまへる、ふと見つけたるに、ただそれかとまで思ひ出でられさせたまふ。（下・二七二）

267　この御殿油明かかりけるかな、御格子に穴もあらむものを、とて、少しとりのけつれば、君も**小さき几帳**引き寄せて臥したまひぬめり。（下・二七二〜二七三）

268　鬼は臭うこそあんなれ、仏の御薫りもあらむ、と言へば、また、**隠れ蓑の中納言**やおはすらむ、など、口々たはぶれに言ひなせど、君はまことにもの恐ろしくて、顔ながらひき被きて臥したまへり。（下・二七三）

269　二十余日の月なれば、月もまだいと明かきに、**雪の光さへくまなくて**昼のやうなるに、男君、枕上なる几帳を押しのけて見出したまへれば、**いづれを梅と分くべくもあらず降りかかりたる枝ざしども**、かのありしゆきずりの木末にいとよく似たるも、思ひの外に目とまりし灯影おぼし出でられて、いみじくあはれなれば、（下・二七七）

270　几帳のほころびよりのぞけば、**紅の御衣どもの、綿少しふくらかなるに、薄色の固紋なる**など、重なりたる色あひなべてならずきよらかに見ゆるに、昨夜の雪に所々かへりしぼみたるさへ、ことさらにかくてこそ着め、と、なまめかしくめでたし。（下・二八〇）

271　**藤衣なれど、なべてならずきよらなるども**奉れたまへり。姫君にも、かうなむ文侍る、など聞こえさせて、いみじう泣き沈みたまへる、着替へさせたてまつりなどす。（下・二八六）

272　**三葉四葉に輝くやうなる殿造り**の、しつらひ有様よりはじめ、候ふ人々のなり、かたちなどの、おぼろけの人さし出づべくもあらずめでたければ、……大殿のおはしますかたよりは別に、**五間四面なる小寝殿、対、廊、渡殿**など、みなこの御方の女房曹司、侍、蔵人所などにせさせたまへるなるべし。（下・二八六〜二八七）

273 **庭の真砂の、白銀かと見えたるに、木草のたたずまひまでもなべてならず見ゆる枝ざしに、**吹きよる風の音なひもおもしろくいみじうて、**この世とはおぼえぬ松の木立有様を、**御門の外より見入れても、この中に明け暮れ候ふ人の、何事を思ふらむ、いかなるさまなる人、かかる有様すらむ、など思ひやられしを、身の上になりて見出したるは、身を変へたる心地のみぞする。（下・二八七）

274 **薄墨染**をば、やがて裁ち替ふまじくまうけさせたまひて、渡りたまへる折もすべて隠れつつ、さらに見えたてまつりたまはぬなりけり。（下・二九四）

275 かやうにて年もかへりぬれば、大将殿の御方には、女君の御姿などこそあらたまるしるしとてもはなやかならねど、殿の御方にもとより候ひし人々は、**衣の色ども春の錦**をたち重ねたり。（下・二九四〜二九五）

276 若宮ぞ、**小さき粥杖**をいとうつくしき御懐よりひき出でて打ちたてまつりたまへば、うち笑みたまひて、（下・二九五）

277 新しき年の忌々しさにや、いと黒きなどはなくて、**浅葱の濃き薄き**など、めづらしきさまにあまたうち重ねて、上にも**同じ色の無紋の織物**など重なりたるも、いとこはごはしく映えなかるべきを、あくまではなやかに、なをなをとにほひ多く着なしたまひて、**手習**して添ひ臥したまへる御後では、吹き寄らむ風の心もうしろめたう心苦しかりぬべうおぼさるれば、（下・二九六）

278 女君の、**真名や仮名や**さまざまうちとけて書いたまへる、**墨つき、文字様などの、まことしうすぐれてをかしげなるを、うち返しうち返し見たまふにも、**（下・二九七）

279 御硯に、**梅重ねの紙のなべてならぬ、重ねておし巻かれたる**があるを、取りて見たまへば、**皇后宮の文なり。**（下・二九七）

280 見しにも似たる、とありし**御手習**は、いとほしくかなしかりしものから、また、なべて世づかぬ心の癖ともおぼしやすらむと、思ふかたも慰められしを、（下・二九九）

281 御前にも御殿籠りたるなりけり。**二藍の薄物**をたてまつりて、ひき被かせたまへれば、御顔も身もつゆ隠れなきに、御髪は行方も知らずつやつやとたたなはりゆきて、額髪の少しかへりたる、分け目、かんざしなど、なかなか、いとかうこ

まかには久しう見たてまつりたまはざりつれば、めづらしくうれしくて、つくづくとまぼりきこえさせたまふに、
(下・三〇三)

282 今はかう軽々しき御歩きもいとあるまじきことなれば、さのみ明かさせたまはむも便なくて、出でさせたまふ御心、なほ**芹摘みし世の人**にも問はまほしくぞおぼされける。
(下・三一七)

283 まだ夜は深からむ、とおぼしつれど、明けにけるなるべし、道の程に、恋草積むべき料にや、と見ゆる**力車**どもも、あまたやりつづけつつ行き違ふ。
(下・三一七)

284 送りおかれたまひつらむ御有様、あはれにゆかしうおぼしやらるれば、やがて渡らせたまへり。**雛をし据ゑたるやうに**、小さくうつくしげにて居たまへるを、御覧じつけたる、まづかきくらさるる心地せさせたまふ。
(下・三二一)

285 恥づかしくおぼしやらせたまへど、今は人づてに聞こえさせたまはむもあるまじきことなれば、あはれ添ふ秋の月影袖ならでおほかたにのみながめやはする、**とばかりほのかなり**。
(下・三二四)

286 **御使に菊の二重織物の袿賜はせたるを**、被きながら参りたる頭つきなど、月に映えてうつくしきに、めづらしき御移り香さへなべてならぬにほひにうち薫りたるぞ、いとど恋しくおぼえさせたまひて、
(下・三二四)

287 **墨染にやつれたまへりし御有様**だに、御手洗川の影にも並びきこえさせたまひぬべくありがたかりしを、**紅葉の錦に裁ち替へて**参りたまへれば、いまひとしほの見どころもまさりたまへるに、
(下・三二七)

288 おほかたの殿上人などの、心々にしつつ、あまた参らせし**扇**をばさるものにて、みづからの御料などは、我が御心とどめさせたまひつつ奉らせたまひしをのみ持たせたまひしかば、**おほやけしき絵所などにての粗々しきにはあらで、さるべき蔵人どもうけたまはりて**。日ごとに変はるべき女房の料どもなど、さまざまにせさせたまふ様**心ことに**、**めでたしなども世の常ならぬさまにしたてさせたまひて**、名を惜しみ人頼めなる**あふぎ**かな**手かくばかりの**契りならぬに、と、御料なるは、別なる包み紙に書きつけさせたまひても、
(下・三三〇〜三三一)

289 **扇どもの目も及ばぬを、あまりおほやけしからぬものどもかな、と賞でさせたまふに**、また別に心ことなるは、御前のと見ゆるに、書きつけられたることども御覧じつけたれど、……**御手**をのみ、めづらしからむ人のやうに、袖のいとまなく押し拭ひつつ賞で居させたまへり。（下・三三一）

290 **あふぎ**てふ名をさへ今は惜しみつつ変はらば風のつらくやあらまし、とあるを御覧じても、例の、心をのみぞ尽くさせたまふ。（下・三三二）

291 祭の日、近衛府の使のしたてて参るをも、うらやましく見送らせたまひて、ひき連れて今日は**かざししあふひ**さへ思ひもかけぬ標の外かな、（下・三三二）

292 これにはかならず劣りはべりなむかし、とて、うちそばみて書きたまふ手つきなど、女宮にぞせまほしき。ことわりも知らぬ涙やいかならむ我よりほかの人を思はば、と書きたまへる**御手のうつくしさを**、ことわりぞかし、誰に似たまひてか、何事もなのめに、と、御心にもことわられたまふに、（下・三三六）

293 七日過ぐるままに行幸あり。久しく見たてまつらぬことを嘆く人、高きもくだれるもあまたありて、この程に、と立ちこみたる物見車ども、徒歩人ども、こちたきまで多かり。久しく御覧ぜざりつる賤の庵ども、もしはまた、たまさかに立ち寄りたまひし妹がすみかの**槇の戸**ども、あはれに過ぎがたく見入れさせたまふに、（下・三三七）

294 あながちに物好みする人のみ多くなりて、上達部、殿上人などの**馬鞍の飾り**も、舎人、馬添のなりかたちなども、世にめづらしきさまにも、と、誰も営みたまへれば、見どころはこよなきを、いかなる人か見ぬはあらむ。（下・三三九〜三四〇）

295 十月上の十日は、平野の行幸なりけり。このたびは紅葉盛りにて、柞原をかしう分け入らせたまふに、山はみな紅なるを見渡させたまふにも、忍びつつも御覧ぜぬ所々は少なかりしかば、北山のあたり法音寺、**袖ぬらす宰相**の通ひたまひし所などはをかしかりしもおぼし出でらるるに、（下・三四二）

296 斎院のわたりの**紅葉もいみじう盛りにて、色々の錦をひき散らしたるやうに見え渡されたるに**、峰の嵐荒々しく時々吹きわたして、**散り紛ひたるなど、絵に描かまほしき**を、……

神垣の杉の木末にあらねども**紅葉の色もしるく見えけり**、と御覧ずるにも、かひなし。（下・三四二）

297 かかる御いそぎをも聞きはなたせたまはず、**心ことなる御装束、扇、薫物などやうのものをぞ**、御心ざしのしるしことにて奉らせたまひける。（下・三四五）

298 立ち返り下は騒げどいにしへの野中の水は水草居にけり、いかに契りし、など、**手習**に書きすさびさせたまへるに、近く寄らせたまへば、**墨を黒う引きつけて**、御座の下にさし入れさせたまふを、（下・三五一）

299 見とがむべき**御筆のすさび**にはあらざめれど、思ふ我が心には、何事かはと、心ときめきして、書きて侍るぞ、とて見せたてまつらせたまふものから、（下・三五一）

300 桐壷を、**女宮の御しつらひのやうに**、**めでたくきよらにせさせたまひて**、女房など、かたち、心すぐれたる限り、あまた候はせたまひてぞ、おはしまさせたまひける。（下・三五五）

301 常盤の尼君は、失せにしぞかし。心地限りにおぼえける折、**いと小さくをかしげなる小唐櫃**を取り出でて、これ、あなかしこ、おろかにしたまはで、忍びて宮に御覧ぜさせたまへ、御産衣、**昔の人の描きすさびたまへりし絵ども**などの、破り捨てむが惜しかりしどもを、取り置きたりしなり。（下・三五八）

302 しかじかのものこそ候へ、と申し出でたるを、**絵をなむいみじく描きたまひし**、なんど、さきざきも聞かせたまひて、あれをだに御形見に見ばや、などおぼし願ひつれば、いみじうゆかしとおぼしたるもことわりなれば、御几帳近く引き寄せなどして、取り出でたり。（下・三五九）

303 我も忍ばれず、悲しきこと多く、**見どころある絵どももゆかしければ**、かたはしづつ広ぐるほどに、（下・三六〇）

304 ありつる小唐櫃引き寄せさせたまひて、これや**昔の跡**ならむ、見れば悲し、とかや、**光源氏ののたまひけるものを**、とはのたまはすれど、御覧ずるに、**みづから描き集めたまへる絵どももなりけり**。（下・三六一〜三六二）

305 世になべての人のすることとも見えず、**ありがたかりける筆の立ちど**は、いづれも見どころありてめでたきなかにも、我が世にありけることども、月日たしかに記しつつ**日記**し

て、さるべき所々は**絵に描きたまへり。**　（下・三六二）

306　**みづからの有様、御かたちなども、違ふことなくて、**うち忍びつつ立ち寄りたまひし**夜な夜なの月の光、風の音なひ、宵暁の空の気色なども、**我が心にをかしくもあはれにも目とまり、心をしめたまひける折々を、書きあらはしたまへる。よろづよりも、かの、心にもあらず筑紫へくだりたまひけるほどの有様は、目のみ霧りふたがりて、はかばかしくだにもえ御覧じやらず。**歌どもは、扇に書かれたりしなど、同じことなればとどめつ。**　（下・三六二〜三六三）

307　尼になりたまひにけるにも、言ひ契りたまひしことども、まづ思ひ出でられたまひて、**いみじう泣きたまへるところに、**後れじと契らざりせば今はとて背くも何か悲しからまし、失せたまはむとてのほど近くてなるべし、ながらへてあらば逢ふ世を待つべきに命は尽きぬ人は問ひ来ず、消えはてて煙は空にかすむとも雲の気色を我と知らじな、とあるを御覧じ出づるままに、さくりもよよと乱れがはしき涙の気色を、　（下・三六四〜三六五）

308　御覧ぜむたびごとに、なかなか涙のもよほしともなりぬべく、また、かの人の絆にもいとどかかりぬべきものにて侍るめるを、**この一巻ばかりは、涼しき道のしるべにもなしはべらむ、**今は、とてもかくてもかひなきことを、過ぎぬるかたのこと、なおぼしものせさせたまひそ、など聞こえ慰めさせたまひて、**この絵一つを取らせたまひて**渡らせたまひぬるを、　（下・三六五〜三六六）

309　上は一所起き臥し御覧ずるに、**海、山、波、風の気色よりはじめて、女の仕業とも見えず、描きすましたる筆の流れ、**引き籠めてやみなむは口惜しう、をかしさもあはれさも、ものの見知らむ人に見せまほしきを、　（下・三六六）

310　**過ぎにけるかた**を見るだに悲しきに**絵に描きとめて**別れぬるかな、などおぼしめせど、ありし**扇**ばかりを残させたまひて、みなこまごまとなして、**経の紙に加へて漉かせたまひて、金泥の涅槃経、御みづから書かせたまひけり。**かの常盤をばやがて寺になさせたまひて、この御料の功徳は、そこにてぞ月日に添へて作り重ねさせたまひける。　（下・三六七）

311　うちはへ御斎も御散飯ばかりとらせたまひつつ、風の斎ひばかりにて、**阿弥陀仏**に向ひきこえさせたまひて、ただ、疾

く迎へさせたまへ、と念じ入らせたまへるに、この十日余日となりては、をさをさえ起き居させたまはずならせたまひにたるにぞ、誰も見たてまつり騒ぎける。 （下・三六七）

312 暮れぬれば、帰らせたまひなむとて、入道の宮のおはします中隔ての**障子口**に寄らせたまひて、**御扇**を少し鳴らさせたまへれば、中納言の典侍聞きつけて参りたるも、昔の心地せさせたまひて、いとどものあはれなり。 （下・三七〇）

313 **御前の花、盛りに咲き乱れて、**夕露重たげにて紐解きわたしたる色々、いづれともなく見置き難きなかにも、**女郎花の、**人の見ることや苦しからむ、**霧の絶え間わりなげなる気色にて立ち隠れたるは、**なほ、いと過ぎがたくおぼしめさる。立ち返り折らで過ぎ憂き女郎花なほやすらはむ霧の紛れに、 （下・三七三）

讃岐典侍日記

1　なぐさむや、と思ひいづることども書きつづくれば、**筆のたちども見えずきりふたがりて**、すずりの水に涙落ちそひて、**水くきのあとも流れあふここちして**、涙ぞいとどまさるやうに、書きなどせんにまぎれなどやするとて書きたることなれど、姨捨山になぐさめかねられて、たへがたくぞ。（三七二）

2　ほどさへたへがたく暑きころにて、**御障子**とふさせたまへるとにつめられて、寄りそひまゐらせて、ねいらせたまへる御顔をまもらへまゐらせて、泣くよりほかのことぞなき。（三七七）

3　せめて苦しくおぼゆるに、かくしてこころみん、やすまりやする、とおほせられて、御まくらがみなる**しるしのはこ**を御胸のうへに置かせたまひたれば、（三七八）

4　もの参らせよ、とあれば、**小さき御盤**にただつゆばかり、起きあがらせたまへるを見まゐらすれば、（三八〇）

5　みな人々、うちやすめとて、おりぬ。されど、もしめすこともや、と思へば、**御障子**のもとにさぶらふ。（三八二）

6　しばしばかりありて、**御扇うちならして**、めす。それ取りて、とおほせらるべきことありければ。めして、なほ、**障子たててよ**、とおほせらる。（三八二）

7　**御障子たてて、御扇ならさせたまへ**、と申させたまひければ、**御障子**あくこと、無期になりぬ。（三八二〜三八三）

8　おまへに、**金まりに氷の多らかにいりたる**を御覧じて、あれ見れば、ここちのさはやかにおぼゆる、氷の大きならん、ひさげにいれて、人ども集めて、食はせて見ん、とおほせらるれば、女房たち、みなたちのきぬ。（三八三）

9　やがて御まくらがみ近くめして、祈らせさせたまふ。三井寺の人々は**千手経**をたもちたれば、それをぞいとたふとく読まるる。御悩消除して、寿命長からん、と、ゆるるかに誦せらるる聞くぞ、頼もしきここちする。（三八六）

10　ただ、典侍ばかりはさぶらへ、とおほせらるる、とて、三位殿おはして、殿たち、みな**障子のとにいでさせたまひぬ**。（三八九）

11　なげしのきはに、**四尺の御几帳**たてられたり。御まくらがみに大殿油近く参らせて、あかあかとあり。（三八九）

12　殿たち参らせたまうて、今は、法印めしいれよ、とて、二間なる**磬**など参らせて、戒のさたせさせたまふ。（三九〇）

13　しばしばかりありて、すこしいだされたるを聞けば、**方便品の、比丘偈に**かかるほどの長行をぞ読まるる。つくづくと聞かせたまうて、衆中之糟糠仏威徳故去といふ所より御声うちつけさせたまひて、つゆばかりがほどとどこほる所なく、いういうと読ませたまふ、御声、たふとさ、阿闍梨の御声おしけたれて聞こゆ。阿闍梨も、とりわきてそこをしも読みきかせまゐらせらるる、**あけくれ、一二の巻をうかめさせたまふ、**と聞きおきたまへることなればなめり。（三九二）

14　殿、御顔にあてて、仏を念ぜさせたまへ、**書かせたまふと聞きまゐらせし御筆の大般若は**、いづこにかおはしますぞ、それをよく念じまゐらさせたまへ、と申したまへば、

（三九四〜三九五）

15　僧正、今はと見はててたてまつりて、やをらたちて、御かたはらの**御障子**を、しのびやかにひきあけていでたまふに、

（三九八）

16　左衛門の督・源中納言・大臣殿の権中納言・中将の御乳母子の君たち、十余人、女房のさぶらふかぎり、声をととのへて、せめておぼゆるままに、**御障子をなゐなどのやうにかはかはとひきならして、**泣きあひたるおびたたしさ、ものおぢせん人は、聞くべくもなし。（三九八）

17　山の座主、今ぞ参りて、僧正のいでたまひぬる**障子**ひきあけたまへば、（三九九）

18　**御障子**よりなげいれらるるものを、何ぞと見れば、わがつぼねに置きたる**二藍の唐衣**かづきたるものなげいれて、人のゐるを見れば、藤三位殿のかくと聞きて参りたまへるなりけり。（三九九）

19　大臣殿、参らせたまひて、うち見まゐらせて、いかにおぼしとくにか、持ちたまへる**扇のほねを**、**たたみながらはらはらとうちすりて、**泣きていでたまひぬ、と思ふほどに、

（四〇〇）

20　大臣殿、また参りて、**御ぞ、今はぬぎかへさせまゐらせて、御たたみ、今は薄くなさん、**と、えもいひやりたまはず

のたまうて、御単衣取りよせたまうて、ひきかづけまゐらせなどせられぬ。（四〇一）

21 大弐の三位のつぼね、**かべ**をひとつへだてたる、泣くけはひどもして、昼の声どものやうに泣きあひたるなかに、（四〇四）

22 ただ今**神璽・宝剣**のわたらせたまふとて、ののしりさぶらふぞ、昼の御座の御物の具のわたり、御帳のひき・御かがみなど取りいでさぶらふ、御帳こほつおとなりけり、といふに、かなしさぞたへがたき。（四〇六）

23 いかなるついでを取りいでん。さすがに、われとそぎすてんも、**昔物語にも**、かやうにしたる人をば、人も、うとましの心や、などこそいふめれ、わが心にも、げにさおぼゆることなれば、さすがにまめやかにも思ひたたず。（四〇八）

24 昔のみこひしくて、うち見ん人は、よしとやはあらん、など思ひつづくるに、そでのひまなくぬるれば、かわくまもなき**墨染めのたもと**かなあはれ昔のかたみと思ふに（四〇九〜四一〇）

25 院宣にて、摂政殿のうけたまはりにてさぶらふ。堀河院の**御素服**、たまはりたらば、とくぬぐべきなり、と宣旨くだりぬ、とくぬがせたまへ、といひにおこせたり。（四一一）

26 ほのぼのと明けはなるるほどに、**かはら屋どものむね**、かすみわたりてあるを見るに、昔うちへ参りしに過ぎざまに見えしほどなど、思ひいでられて、つくづくとながむるに、（四一五）

27 北の門より、長びつに、**ちはや着たるものども**、**蘇芳のこきうたるくはうこくのいだしぎぬいれて**、持てつづきたる、べちにおもしろく見ゆべきことならねど、所がらにや、めでたし。（四一五）

28 南のかたを見れば、例の**やたがらす・見もしらぬものども・おほがしらなど立てわたしたる**見るも、夢のここちぞする。かやうのことは**世継など見るにも**、**そのこと書かれたる所は**、**いかにぞやおぼえて**、ひきこそかへされしか、うつつにけざけざと見るここち、ただおしはかるべし。（四一五〜四一六）

29 日高くなるほどに、行幸なりぬ、とてののしりあひたり。殿ばら・里人など、**玉の冠し**、**あるは**、**錦のうちかけ**、近衛

府など、**よろひとかやいふもの、着たりしこそ**、見もならはず、**もろこしのかたかきたる障子**の昼の御座に立ちたる、見るここちこそ、あはれに。（四一六）

30　かくて、ことなりぬ、おそしおそし、とて、衛門の佐、いとおびたたしげに、**毘沙門などをみるここちして**、われにもあらぬここちしながらのぼりしこそ、われながら目くれておぼえしか。（四一六～四一七）

31　すべりいでて参らする、昔にたがはず。**御台のいと黒らかなる**、御器なくてかはらけにてあるぞ、見ならはぬここちする。（四一九）

32　明けぬれば、みな人々起きなどして見れば、**おまへの御簾いとおびたたしげなるあしとかいふもの、かけられたり。へりはにび色なり。御障子の御几帳、おなじ色の御几帳の手白きなり。**御けづりぐしの大床子もなし。かかるをりにはなきにや、をさなくおはしませばか、とぞ。（四二〇）

33　うちうつぶしてゐたれば、**御障子**のとにゐたる人たちに、あれは、たそ、と問はせたまふ御声、聞こゆ。それ、といらふるなめり。**御障子**のうちに近やかについゐて、いつよりさぶらはせたまふぞ、（四二〇～四二一）

34　かやうにて、はえなきついたちにて、過ぎぬ。**人たちのきぬの色ども、思ひ思ひにうすらぎたり。**（四二二）

35　つれづれのなぐさめに、**法華経に花奉りたまふに**、とて、いとなみあはれたるぞ、いとあはれに見ゆる。（四二二）

36　二月になりて、わたくしの忌日にわたりあひたり。講きく。**障子**のもとにて見れば、ひととせの正月に、修正おこなふとて、うちにさぶらひしを、むかへにおこせられたりしかば、おもしろき所なるに、われと具しておはしませ、とて、大夫の典侍や内侍など、具しておはしたりしに、この**障子**のもとにゐるおとなひを聞きて、おはしましにけりな、たれたれ具して、といへば、（四二二～四二三）

37　三月になりぬれば、例の、月に参りたれば、**堀河院の花、いとおもしろし。**兼方、後三条院におくれまゐらせて、いにしへに色もかはらず咲きにけり花こそものは思はざりけれ、とよみけん、げにとおぼえて、**花はまことに色もかはらぬけしきなり。**（四二四）

38　**昔の清涼殿をば御堂になさせたまひて**、七月までは、よひ

あかつきの例時たえず、**二十人の蔵人町・左近の陣など、僧坊になりたり。**内裏にてありし所ども、さびしげなる、見るにも、うせさせたまへりけん院のうちの、ひきかへ、かいすみさびしげなるを御覧じて、かげだにもとまらざりける雲のうへを玉のうてなとたれかいひけん、とよませたまひけん、げにとぞおぼゆる。 （四二四）

39 宮の御かたに、**三十講をおこなはせたまふとて、法華経を日に一品づつ講ぜさせたまふ。**それ聞きに三位殿の参らせたまふに具して参りて、講などはてて、おまへ近く三位殿をめせば、さぶらはる。 （四二四〜四二五）

40 潅仏の日になりぬれば、われもわれもと取りいだされたり。ことはじまりぬれば、昼の御座のおまへの御簾おろして、人人いでて見る。殿をはじめまゐらせて、**広廂の高欄に、例の作法たがはず、下襲のしりうちかけつつ、**上達部たち、ゐなみたり。 （四二六）

41 おまへ、御几帳のかみより御覧ぜんとおぼしめす。御たけのたらねば、いだかれて御覧ずる、あはれなり。**おとなにおはしますには、引直衣にて、**念誦してこそ、御帳のまへにおはしまししか。 （四二六〜四二七）

42 五月四日、夕つかたになりぬれば、さうぶふきいとなみあひたるを見れば、こぞのけふ、何ごと思ひけん、**さうぶのこし、**朝餉のつぼにかきたてて、殿ごとに、人々のぼりて、ひまなくふきしこそ、美豆野のあやめも今はつきぬらん、と見えしか。 （四二七）

43 やうやう十日あまりになりぬれば、**最勝講、**いとなみあひまゐらせて、と聞きしかは、はてての十日あまりばかりのつれづれ物語には、その日の論議をいひいだし、いみじさなどさたせさせたまひし、思ひいでらる。 （四二八）

44 ただ参らせたまへ、**扇ひきなど、人々にせさせん、**などありし、**御扇どもまうけて、**待ちまゐらさせたまふに、とあれば、この人たちに具して参りぬ、 （四二八）

45 **扇ひき**こよひは、さは、とおほせられしかば、……まづ、ひけ、とおほせられしかば、ひきしに、うつくしと見しをえひきあてで、なかにわろかりしをひきあてたりしを、うへに投げおきしかば、 （四二八〜四二九）

46 またの日、出雲といふ女房のよみて、**北おもてのつぼのす**

すきに結びつく、今はとてわかるる秋の夕ぐれは尾花がするゑもつゆけかりけり、とよみたりつれ、と聞くも、あはれなり。（四三〇）

47 よろづはてぬれば、二十五日、世の中の諒闇、ぬぎあはる。おまへのしつらひ、日ごろ**おびたたしげなりつる御簾・几帳のかたびら・御障子など、取りはらはれて**、日ごろは夜の御殿の御帳もなかりつれど、ありしやうにたてられなどして、ただいにしへの御しつらひにて、たがふことなくめでたくなりにたり。（四三〇～四三一）

48 殿をはじめて、殿上人・蔵人、**装束かへ、纓おろし**、女房たちの姿、**われもわれもと、いろいろとつくしあはれたるさまぞ**、ただおりけんここちしてぞ、なみゐられたる。六月ごろにひきかへてめづらしきここちする。**釵子・元結は、白かりつる、例のやうにむら濃になされんとて**、いとなみあはれたり。（四三一）

49 殿、うるはしくさうぞきて参らせたまうて、とく参らせたまへ、とめせば、参りたれば、おまへ、もろともにさうぞくせさせまゐらせたまふ。うつくしげにしたてられ、**引直衣におはします。御しりつくりまゐらするにも、昔、まづ思ひいでらる。**（四三一）

50 参りて見るに、清涼殿・仁寿殿、いにしへにかはらず。台**盤所・昆明池の御障子**今見れば、見し人にあひたるここちす。（四三七）

51 **御溝水の流れになみたてるいろいろの花ども**、いとめでたきなかにも、**萩の色こき、咲きみだれて、あしたの露玉をつらぬき**、ゆふべの風なびくけしき、ことに見ゆ。（四三七）

52 御経教へさせたまふとて、**読みし経を、よくしたためて、取らせん**、とおほせられて、御おこなひのついでに二間にて、たちておはしまして、したためさせたまひて、（四三八～四三九）

53 われいだきて、**障子の絵見せよ**、とおほせらるれば、よろづさむるここちすれど、**朝餉の御障子の絵**、御覧ぜさせありくに、夜の御殿のかべに、あけくれ目なれておぼえん、とおぼしたりし楽を書きて、おしつけさせたまへりし笛の譜の、おされたるあとの、かべにあるを、見つけたるぞ、あはれなる。（四三九）

54 内の大臣殿、朝餉の御簾まきあげて、なげしのうへに、殿、さぶらはせたまふ。縁に、左衛門の佐、**いとあからかなる袍着て**、ことおきてて。（四四〇）

55 御かたがたに御ふみ奉らせたまふとて、おまへにさぶらひしかば、**日かげをもろともにつくりて、結びゐさせたまひたりしこと**など、上の御つぼねにて、昔思ひいでられて、（四四一～四四二）

56 わらはのぼらんずる**長橋**、例のことなれば、**うちつくり参りてつくるを**、承香殿のきざはしより、清涼殿の丑寅のすみなるなかはしとのつままでわたすさま、昔ながらなり、（四四二）

57 いつも雪をめでたしと思ふなかに、ことにめでたかりしかば、あやしのしづがやだに、それにつけて見所こそはあるに、まいて、**玉・鏡とみがかれたるももしきのうちにて**、もろともに御覧ぜし有様など、**絵かく身ならましかば**、**つゆたがへずかきて、人にも見せまほしかりしかど**、（四四二～四四三）

58 まことに、降りつもりたりしさま、こずゐあらん所は、**いづれを梅とわきがたげなりし**。仁寿殿のまへなる**竹の台**、**をれぬと見ゆるまでたわみたり**。おまへの**火たき屋**も、うづもれたるさまして、今もかきくらし降るさま、こちたげなり。滝口の本所のまへの透垣などに降りおきたる、見所あるここちして、（四四三）

59 五節のをり着たりし、**黄なるより紅までにほひたりし紅葉どもに、葡萄染の唐衣とかや着たりし**、わが着たるものの色あひ、雪のにほひにけざけざとこそめでたきに、とみにもえ参らせたまはで、御覧ぜしに、（四四三）

60 皇后宮の御かた、常よりは心ことに、細殿の几帳などにも、**織物の三重の几帳に菊を結びなどして**、**そで口、菊・紅葉、いろいろにこぼしいだされたりしかば**、（四四四）

61 をとしも、上の御つぼねに、人々のきぬどものなかによしと御覧ぜんを、上臈・下臈ともいはず、それかれをいださん、**わざといだしたるとはなくて、はづれてゐあひたるやうにせよ**、とて、御手づから人たちひきすゑて、一の間には、いだせ、とおほせられしかば、**みな人のそで口もりうたんなるに、わが唐衣の赤色にてさへありしかば**、ひとりまじりた

らんがけしきおぼえて、これこそ、見ぐるしくや、と申ししかば、遠くては、何か見えん、あへなん、その人といふ、書きつけてもなし、よも見えじ、あながちにせんとおぼしめしたりしことなれば、とがなきやうにいひなさせたまひて、すべて黒戸のかたはらにつづきたる、小はじとみより御覧じて、**あのそで、いますこしさしいだせ、これ、すこしひきいれよ**、など、もて興ぜさせたまひし有様、いかでか思ひいでざるべきぞ、などおぼえて、目とどめらるれ。（四四五）

62　**かみつかひうつくしげなるふみ**、これ、参らせん、うちに持ちて参りてさぶらひつれば、いでさせたまひにければ、こち参りさぶらひつるなり、とて、さしいれたり。（四四八）

63　御神楽の夜になりぬれば、ことのさま、内侍所の御神楽にたがふことなし。これは、いますこし今めかしく見ゆる。みな人たち、**小忌の姿にて、赤ひもかけ、日かげの糸など、なまめかしく見ゆるに、かざしの花の有様見る**、臨時祭見るここちする。（四四九）

64　**使ひのかざしの花ささせたまひたる**、見るに、さまかはりて、めでたき。（四四九）

65　みな人々、緑肩にかけてたつに、殿は、人にはいまひときはまさしまゐらせて、御下襲・うち御ぞ、肩にいたさせたまひたるを見まゐらすれば、三笠の山にさしいづるもち月の、世々をへてすみのぼるらんやうに、見ゆ。御としのほどなど、まことに、さかりなる桜の花の咲きととのほりたらんを見るここちす。**御よそほひ、転輪聖王かくや、とおぼえさせたまふ**。（四五一）

66　周防の内侍のもとへ、代々おぼえて、げにと思ひあはせらるらんとて、いひやる。めづらしき**豊のあかりの日かげ**にもなれにし雲のうへぞこひしき。（四五二）

67　香隆寺に参るとて、見れば、**木々のこずゑももみぢにけり**。ほかのよりは、色ふかく見ゆれば、いにしへをこふる涙のそむればや**紅葉の色もことに見ゆらん**。御墓に参りたるに、**尾花のうらしろくなりて、まねきたちて見ゆるが**、所がら、さかりなるよりも、かかるしもあはれなり。（四五四）

更級日記

1　あづま路の道のはてよりも、なほ奥つかたに生ひ出でたる人、いかばかりかはあやしかりけむを、いかに思ひはじめけることにか、**世の中に物語といふもののあんなるを、いかで見ばやと思ひつつ**、つれづれなるひるま、よひゐなどに、姉、継母などやうの人々の、**その物語、かの物語、光源氏のあるやうなど、ところどころ語るを聞くに**、いとどゆかしさまされど、わが思ふままに、そらにいかでかおぼえ語らむ。（二八三）

2　いみじく心もとなきままに、**等身に薬師仏を造りて**、手洗ひなどして、人まにみそかに入りつつ、京にとくあげたまひて、**物語の多くさぶらふなる、あるかぎり見せたまへ**、と、身をすてて額をつき祈り申すほどに、（二八三）

3　年ごろあそび馴れつる所を、あらはにこほちちらして、立ちさわぎて、日の入りぎはの、いとすごく霧りわたりたるに、車にのるとて、うち見やりたれば、**人まには参りつつ額をつきし薬師仏の立ちたまへるを**、見すてたてまつる悲しくて、人知れずうち泣かれぬ。（二八四）

4　かどでしたる所は、**めぐりなどもなくて、かりそめのかや屋の、蔀などもなし**。簾かけ、幕などひきたり。（二八四）

5　皆人は、**かりそめの仮屋などいへど、風すくまじく、ひきわたしなどしたるに**、これはをとこなども添はねば、いと手はなちに、あらあらしげにて、**苫といふものを一重うちふきたれば**、月残りなくさし入りたるに、**紅の衣上に着て**、うちなやみて臥したる月かげ、さやうの人にはこよなくすぎて、いと白く清げにて、（二八六）

6　蘆荻のみ高く生ひて、馬に乗りて弓もたる末見えぬまで、高く生ひしげりて、中をわけゆくに、たけしばといふ寺あり。はるかに、ははさうなどいふ所の、**らうの跡の礎などあり**。（二八七）

7　この家を**内裏のごとく造りて**、住ませたてまつりける家を、宮など失せたまひにければ、寺になしたるを、たけしば寺といふなり。（二九〇）

8　野山蘆荻の中をわくるよりほかのことなくて、武蔵と相模

との中にゐて、あすだ川といふ、**在五中将の、いざこと問はむ、とよみけるわたりなり。中将の集にはすみだ川とあり。**（二九〇）

9　にしとみといふ所の山、**絵よくかきたらむ屏風をたてならべたらむやうなり。**かたつ方は海、浜のさまも、よせかへる浪のけしきも、いみじうおもしろし。（二九一）

10　もろこしが原といふ所も、砂子のいみじう白きを二三日行く。夏は**やまと撫子の、こくうすく錦をひけるやうになむ咲きたる。**これは秋の末なれば見えぬ、といふに、なほ所々はうちこぼれつつ、あはれげに咲きわたれり。（二九一）

11　足柄山といふは、四五日かねておそろしげに暗がりわたれり。……麓に宿りたるに、月もなく暗き夜の、闇にまどふやうなるに、遊女三人、いづくよりともなくいで来たり。五十ばかりなる一人、二十ばかりなる、十四五なるとあり。庵の前に**からかさ**をささせてすゑたり。（二九一）

12　富士の山はこの国なり。わが生ひ出でし国にては西面に見えし山なり。その山のさま、いと世に見えぬさまなり。**さまことなる山の姿の、紺青をぬりたるやうなるに、雪の消ゆる世もなくつもりたれば、色こき衣に、白き衵着たらむやうに見えて、**山のいただきの少し平らぎたるより、けぶりは立ちのぼる。夕暮は火の燃えたつも見ゆ。（二九三）

13　一年ごろ、物にまかりたりしに、いと暑かりしかば、この水のつらに休みつつ見れば、川上の方より黄なるもの流れ来て、物につきてとどまりたるを見れば、**反故なり。とりあげて見れば、黄なる紙に、丹して濃くうるはしく書かれたり。**あやしくて見れば、来年なるべき国どもを、除目のごと、みな書きて、この国来年あくべきにも、守なして、又そへて二人をなしたり。（二九四）

14　**浜名の橋、下りし時は黒木をわたしたりし、**このたびは、あとだに見えねば舟にて渡る。入江にわたりし橋なり。（二九五）

15　外の海は、いといみじくあしく浪たかくて、入江のいたづらなる洲どもに、こと物もなく松原のしげれる中より、**浪のよせかへるも、いろいろの玉のやうに見え、**まことに松の末より浪はこゆるやうに見えて、いみじくおもしろし。（二九五）

16 それよりかみは、ゐのはなといふ坂の、えもいはずわびしきを上りぬれば、三河の国の高師の浜といふ。**八橋は名のみして、橋のかたもなく、**なにの見どころもなし。（二九五）

17 関近くなりて、山づらにかりそめなる**きりかけ**といふものしたる上より、**丈六の仏の、いまだ荒造りにおはするが、顔ばかり見やられたり。**あはれに人はなれて、いづこともなくておはする仏かなとうち見やりて過ぎぬ。（二九七〜二九八）

18 ひろびろとあれたる所の、過ぎ来つる山々にも劣らず、**大きにおそろしげなるみやま木どものやうにて、**都のうちとも見えぬ所のさまなり。（二九八）

19 いつしかと思ひしことなれば、**物語もとめて見せよ、物語もとめて見せよ、**と、母をせむれば、三条の宮に、親族なる人の、衛門の命婦とてさぶらひける、尋ねて、文やりたれば、めづらしがりてよろこびて、御前のをおろしたるとて、**わざとめでたき冊子ども、**硯の箱のふたに入れておこせたり。うれしくいみじくて、夜昼これを見るよりうちはじめ、またまたも見まほしきに、ありもつかぬ都のほとりに、**誰かは物語もとめ見する人のあらむ。**（二九八〜二九九）

---

20 **梅の木の、つま近くて、いと大きなるを、**これが花の咲かむをりは来むよ、といひおきてわたりぬるを、……花もみな咲きぬれど、音もせず。（二九九）

21 その春、世の中いみじうさわがしうて、松里のわたりの月かげあはれに見し乳母も、三月ついたちになくなりぬ。せむかたなく思ひ歎くに、**物語のゆかしさもおぼえずなりぬ。**いみじく泣きくらして見いだしたれば、夕日のいとはなやかにさしたるに、**桜の花のこりなく散りみだる。**（三〇〇）

22 また聞けば、**侍従の大納言の御むすめ**なくなりたまひぬなり。殿の中将のおぼし歎くなるさま、わがものの悲しきをりなれば、いみじくあはれなりと聞く。のぼりつきたりし時、**これ手本にせよ、とて、この姫君の御手をとらせたりしを、**さよふけてねざめざりせば、など書きて、とりべ山たにに煙のもえ立たばはかなく見えしわれと知らなむ、と、**いひ知らずをかしげに、めでたく書きたまへるを見て、**いとど涙をそへまさる。（三〇〇〜三〇一）

23 かくのみ思ひくんじたるを、心もなぐさめむと、心苦しがりて、母、**物語などもとめて見せたまふに、**げにおのづから

なぐさみゆく。**紫のゆかりを見て**、つづきの見まほしくおぼゆれど、人かたらひなどもえせず。（三〇一）

24　いみじく心もとなく、ゆかしくおぼゆるままに、**この源氏の物語、一の巻よりしてみな見せたまへ**、と心のうちにいのる。親の太秦にこもりたまへるにも、ことごとなくこのことを申して、出でむままに**この物語見はてむと思へど見えず**。（三〇一）

25　何をかたてまつらむ、まめまめしき物は、まさなかりなむ、ゆかしくしたまふなる物をたてまつらむ、とて、**源氏の五十余巻、ひつに入りながら、在中将、とほぎみ、せり河、しらら、あさうづなどいふ物語ども、一ふくろとり入れて**、得てかへるここちのうれしさぞいみじきや。はしるはしるわづかに見つつ、心も得ず心もとなく思ふ**源氏を、一の巻よりして、人もまじらず、几帳のうちにうちふしてひき出でつつ見るここち**、后の位も何にかはせむ。（三〇一〜三〇二）

26　夢にいと清げなる僧の、**黄なる地の袈裟着たるが来て**、法華経五の巻をとく習へ、といふと見れど、人にも語らず、習はむとも思ひかけず。**物語のことをのみ心にしめて**、われはこのごろわろきぞかし。さかりにならば、かたちもかぎりなくよく、髪もいみじく長くなりなむ。**光の源氏の夕顔、宇治の大将の浮舟の女君のやうにこそあらめ**と思ひける心、まづいとはかなくあさまし。（三〇二〜三〇三）

27　五月ついたちごろ、**つま近き花橘の、いと白く散りたるをながめて**、時ならずふる雪かとぞながめまし花たちばなの薫らざりせば。（三〇三）

28　足柄といひし山の麓に、暗がりわたりたりし木のやうに、茂れる所なれば、**十月ばかりの紅葉、四方の山辺よりもけにいみじくおもしろく、錦をひけるやうなるに**、（三〇三）

29　**物語のことを**、昼は日ぐらし思ひつづけ、夜も目のさめたるかぎりは、これをのみ心にかけたるに、夢に見ゆるやう、このごろ皇太后宮の一品の宮の御料に、**六角堂に遣水をなむつくる**、といふ人あるを、そはいかに、と問へば、天照御神を念じませ、といふと見て、人にも語らず、なにとも思はでやみぬる、いといふかひなし。（三〇三〜三〇四）

30　三月つごもりがた、つちいみに人のもとにわたりたるに、**桜さかりにおもしろく、今まで散らぬもあり**。（三〇四）

31　同じをりなくなりたまひし**侍従の大納言の御むすめの手を見つつ**、すずろにあはれなるに、五月ばかり、夜ふくるまで**物語をよみて起きゐたれば**、来つらむ方も見えぬに、猫のいとなごうないたるを、おどろきて見れば、いみじうをかしげなる猫あり。（三〇四～三〇五）

32　世の中に**長恨歌といふふみを**、**物語に書きてあるところあんなりと聞くに**、いみじくゆかしけれど、えいひよらぬに、さるべきたよりを尋ねて、七月七日いひやる。（三〇六）

33　ひろびろともの深き、み山のやうにはありながら、**花紅葉のをりは、四方の山辺も何ならぬを見ならひたるに**、たとしへなくせばき所の、**庭のほどもなく、木などもなきに**、いと心うきに、向ひなる所に、**梅、紅梅など咲きみだれて**、風につけて、かかへ来るにつけても、住みなれしふるさとかぎりなく思ひ出でらる。（三〇八～三〇九）

34　形見にとまりたるをさなき人々を左右に臥せたるに、**あれたる板屋のひまより月のもり来て**、ちごの顔にあたりたるが、いとゆゆしくおぼゆれば、袖をうちおほひて、いま一人をもかきよせて、思ふぞいみじきや。（三〇九）

35　親族なる人のもとより、昔の人の、かならずもとめておこせよ、とありしかばもとめしに、その折はえ見出でずなりにしを、今しも人のおこせたるが、あはれに悲しきこと、とて、**かばねたづぬる宮といふ物語**をおこせたり。まことにぞあはれなるや。（三〇九）

36　**かばねたづぬる宮**おこせたりし人、住みなれぬ野辺の笹原あとはかもなくなくいかにたづねわびけむ。（三一一）

37　念仏する僧の暁にぬかづく音のたふとく聞こゆれば、戸をおしあけたれば、ほのぼのと明けゆく山ぎは、**こぐらき梢ども霧りわたりて**、花紅葉の盛りよりも、なにとなく茂りわたれる空のけしき、曇らはしくをかしきに、**ほととぎすさへ、いと近き梢にあまたたび鳴いたり**。（三一三）

38　十月つごもりがたに、あからさまに来てみれば、**こぐらう茂れりし木の葉ども残りなく散りみだれて**、いみじくあはれげに見えわたりて、**ここちよげにささらぎ流れし水も、木の葉にうづもれて、あとばかり見ゆ**。（三一五～三一六）

39　旅なる所に来て、月のころ、**竹のもと近くて**、風の音に目のみさめて、うちとけて寝られぬころ、**竹の葉のそよぐよご**

とに寝ざめしてなにともなきにものぞ悲しき。（三一六）

40　からうじて思ひよることは、いみじくやむごとなく、かたち有様、**物語にある光源氏などのやうにおはせむ人を、年に一たびにても通はしたてまつりて、浮舟の女君のやうに、山里にかくしすゑられて**、花、紅葉、月、雪をながめて、いと心ぼそげにて、めでたからむ御文などを、時々待ち見などこそせめ、とばかり思ひつづけ、あらましごとにもおぼえけり。（三一七）

41　冬になりて、日ぐらし雨ふりくらいたる夜、雲かへる風はげしううち吹きて、空はれて月いみじうあかうなりて、**軒近き荻のいみじく風に吹かれて、砕けまどふがいとあはれにて**、秋をいかに思ひいづらむ冬深み嵐にまどふをぎの枯葉は。（三二一）

42　うちまどろみ入りたるに、御帳のかたのいぬふせぎのうちに、**青き織物の衣をきて、錦を頭にもかづき、足にもはいたる僧の、別当とおぼしきが**より来て、ゆくさきのあはれならむも知らず、さもよしなし事をのみ、と、うちむつかりて、御帳のうちに入りぬと見ても、うちおどろきても、かくなむ見えつるとも語らず、心にも思ひとどめでまかでぬ。（三二二～三二三）

43　母、**一尺の鏡を鋳させて**、えゐて参らぬかはりにとて、僧を出だし立てて初瀬に詣でさすめり。三日さぶらひて、この人のあべからむさま、夢に見せたまへ、などいひて、詣でさするなめり。（三二三）

44　いみじうぬかづきおこなひて、寝たりしかば、御帳の方より、**いみじうけだかう清げにおはする女の、うるはしくさうぞきたまへるが**、奉りし鏡をひきさげて、この鏡には、文やそひたりし、と問ひたまへば、（三二三～三二四）

45　いまかたつ方にうつれる影を見せたまへば、**御簾ども青やかに、几帳おし出でたるしたより、いろいろの衣こぼれ出で、梅桜咲きたるに**、鶯、木づたひ鳴きたるを見せて、これを見るはうれしな、とのたまふとなむ見えし、と語るなり。（三二四）

46　まづ一夜参る。**菊の濃くうすき八つばかりに、濃き掻練を上に着たり**。さこそ**物語にのみ心を入れて**、それを見るよりほかに、行き通ふ類、親族などだにことになく、こだいの親

どものかげばかりにて、月をも花をも見るよるほかのことはなきならひに、立ち出づるほどのここち、あれかにもあらず、うつつともおぼえで、暁にはまかでぬ。（三二八）

47 夢に見るやう、清水の礼堂にゐたれば、別当とおぼしき人出で来て、そこは前の生に、この御寺の僧にてなむありし。**仏師にて、仏をいと多く造りたてまつりし功徳によりて、**ありし素姓まさりて人と生れたるなり。この御堂の東におはする**丈六の仏は、そこの造りたりしなり。箔をおしさしてなくなりにしぞ、**と。あないみじ、さは、あれに箔おしたてまつらむ、といへば、なくなりにしかば、**こと人箔おしたてまつりて、こと人供養もしてし、**と見てのち、（三三〇）

48 宮の御仏名に、召しあればその夜ばかりと思ひて参りぬ。**白き衣どもに、濃き掻練をみな着て、**四十余人ばかり出でゐたり。（三三〇〜三三一）

49 雪うちちりつつ、いみじくはげしく、さえ凍る暁がたの月の、ほのかに**濃き掻練の袖にうつれるも、**げに濡るる顔なり。（三三一）

50 その後はなにとなくまぎらはしきに、**物語のこともうちたえ忘られて、**ものまめやかなるさまに、心もなりはててぞ、などて、多くの年月を、いたづらにて臥し起きしに、おこなひをも物詣をもせざりけむ。このあらましごととても、思ひしことどもは、この世にあんべかりけることどもなりや。**光源氏ばかりの人は、この世におはしけりやは。薫の大将の宇治にかくしすゑたまふべきもなき世なり。**あなものぐるほし。（三三二）

51 御前に臥して聞けば、**池の鳥どもの、夜もすがら、こゑごゑ羽ぶきさわぐ音のするに**目もさめて、わがごとぞ水のうきねにあかしつつ上毛の霜をはらひわぶなる、とひとりごちたるを、（三三五）

52 関寺のいかめしう造られたるを見るにも、そのをり**荒造りの御顔ばかり見られしをり思ひ出でられて、**年月の過ぎにけるもいとあはれなり。（三四三）

53 むごにえ渡らで、つくづくと見るに、**紫の物語に宇治の宮のむすめどものことあるを、**いかなる所なれば、そこにしも住ませたるならむとゆかしく思ひし所ぞかし。げにをかしき所かなと思ひつつ、からうじて渡りて、殿の御領所の宇治殿

を入りて見るにも、**浮舟の女君の、かかる所にやありけむなど**、まづ思ひ出でらる。（三四五～三四六）

54　十月ばかりに詣づるに、道のほど山のけしき、このころは、いみじうぞまさるものなりける。**山の端、錦をひろげたるやうなり。たぎりて流れゆく水、水晶をちらすやうにわきかへるなど**、いづれにもすぐれたり。（三四九）

55　高浜といふ所にとどまりたる夜、いと暗きに、夜いたうふけて、舟の楫の音聞こゆ。問ふなれば、遊女の来たるなりけり。人々興じて、舟にさしつけさせたり。遠き火の光に、**単衣の袖長やかに、扇さしかくして**、歌うたひたる、いとあはれに見ゆ。（三五四）

56　またの日、山の端に日のかかるほど、住吉の浦を過ぐ。空も一つに霧りわたれる、松のこずゑも、海のおもても、浪のよせくる渚のほども、**絵にかきても及ぶべき方なうおもしろし。**いかにいひなににたとへて語らまし秋のゆふべの住吉のうら。（三五四～三五五）

57　二十七日に下るに、をとこなるはそひて下る。**紅のうちたるに、萩の襖、紫苑の織物の指貫着て**、太刀はきて、しりにたちて歩み出づるを、それも**織物のあをにびいろの指貫、狩衣着て**、廊のほどにて馬に乗りぬ。（三五七）

58　二十三日、はかなく雲けぶりになす夜、こぞの秋、いみじくしたてかしづかれて、うちそひて下りしを見やりしを、**いと黒き衣の上に、ゆゆしげなる物を着て**、車の供に、泣く泣く歩み出でてゆくを、（三五八）

59　昔より、**よしなき物語**、歌のことをのみ心にしめて、夜昼思ひて、おこなひをせましかば、いとかかる夢の世をば見ずもやあらまし。（三五九）

60　天喜三年十月十三日の夜の夢に、ゐたる所の家のつまの庭に、**阿弥陀仏**立ちたまへり。さだかには見えたまはず、霧ひとへ隔たれるやうに、すきて見えたまふを、せめて絶え間に見たてまつれば、**蓮華の座の、土をあがりたる高さ三四尺、仏の御たけ六尺ばかりにて、金色に光り輝きたまひて、御手かたつ方をばひろげたるやうに、いまかたつ方には印を作りたまひたるを**、こと人の目には、見つけたてまつらず、われ一人見たてまつるに、さすがにいみじくけおそろしければ、簾のもと近くよりてもえ見たてまつらねば、仏、さは、この

たびはかへりて、後に迎へに来む、とのたまふ声、わが耳一つに聞こえて、人はえ聞きつけずと見るに、うちおどろきたれば十四日なり。　（三五九〜三六〇）

61　ふるさとに一人、いみじう心ぼそく悲しくて、ながめあかしわびて、久しうおとづれぬ人に、**しげりゆくよもぎが露にそぼちつつ**人にとはれぬ音をのみぞ泣く、尼なる人なり。**世のつねの宿のよもぎ**を思ひやれそむきはてたる**庭の草むら**。　（三六一〜三六二）

三宝絵

1 たとひ**百千万億の宝塔**を立て、**八万四千の法蔵**を移し、妙なる宝を貧しき人に分かち施し、（上・三五）

2 **玉の簾**、**錦の帳**はもとの御住ひながら、（上・三七）

3 **伊賀のたをめ**、**土佐のおとど**、**いまめきの中将**、**ながゐの侍従**など云へるは、男女などに寄せつつ花や蝶やと云へれば、罪の根、言葉の林につゆの御心もとどまらじ。（上・三八）

4 むかし竜樹菩薩の禅陁迦王ををしへたる偈に云はく、もし**絵**にかけるを見ても、人の云はむを聞きても、あるいは経と書とにしたがひてみづから悟り念へ、と云へり。（上・三八）

5 これによりて**あまたの貴きことを絵にかかせ**、また経と書との文を加へそへて奉らしむ。（上・三九）

6 六度集経、智度論等に見えたり。**絵**あり。（上・五二）

7 智度論に見えたり。**絵**あり。（上・五六）

8 大論に見えたり。**絵**あり。（上・六一）

---

9 太子王に申す、われ聞く、海の中に**如意珠**あなり。試みに行きて求めむ、と。王驚きて答ふ、国はこれなむぢが国なり。宝はみななむぢが宝なり。（上・六四）

10 翁の云はく、**銀の沙の浜**に来にけり。遙かに見よ、辰巳の方に**銀の山**見ゆ、と。そこを指して行け、と云ふ。到りてまた遙かに行きて、**金の沙の浜**あり。（上・六七）

11 王の左の耳の中の**玉**を乞はむがために来れるなり、と云へば、龍王の云はく、七日ここにとどまりてわが供養を受けたまへ。その後にたてまつらむ、と云ふ。太子七日を過して**玉**をえつ。（上・六九）

12 ときにもろもろの竜、宮に集まりて嘆きて云はく、**玉**は海の内の重き**宝**、身の上の貴き厳りなり。なほ取り返してよかるべし、と定む。海の神人になりて太子の前に来て云はく、聴く、君世にまれなる**玉**をえたりと。（上・六九）

13 太子悔い歎きて誓ひて云はく、なむぢもし**玉**を返さずばこの海を汲み干さむ、と云ふ。（上・七〇）

14 太子宮に帰りて月の十五日の朝に香を焼き、幡を懸けて**玉**を幢の上に置きて、香炉を取りて**玉**を拝みて云はく、われ衆

生のために苦しび忍びて**玉**をえたり。（上・七一）

15 六度集経、報恩経等に見えたり。**絵**あり。（上・七一）

16 智度論に見えたり。**絵**あり。（上・七四）

17 大論に見えたり。**絵**あり。（上・七七）

18 もしたまたまこれを殺して皮を剝ぎて王に奉りたらば、わが家は悦びありて、孫の世々まで財に豊かにならむ、と云ひて、にはかに鬚髪を剃りて**黒き衣**を着て、かの山に行きて木の下にゐたり。（上・八四）

19 賊の王謀り事をなして鹿の皮を着、杖をつきたる貧しき者八人を造りて、太子のもとに遣りてこの象を乞はしむ。太子の思はく、これは王の重き財なり。失ひてばかならず罪を負ひなむ、と云ふに、従ひてなほ乞えば、また思はく、もしこの人の願を満てずばわれ本の誓ひ違ひなむ、と思ひて、**金の鞍**を置きて与へつ。（上・一一〇〜一一一）

20 賊の国の王かの乞ひ取りし白き象に鞍を荘り置けり。**宝**をもちて造れり。また**金の鉢**に**銀の粟**を盛り、**鉄の鉢**に**銀の粟**を盛りて、（上・一二九）

21 この白象を返し送り、**金の粟**を副へたてまつる。（上・一二九）

---

22 釈尊隠れたまへれども教法はとどまりたれば、薬をとどめて薬師の別れぬるに同じ。誰か煩悩の病を除かざらむ。**玉**を繋けて友の去りぬるに同じ。（上・一四七）

23 唐の貞観三年に**玄奘三蔵**の天竺に行きめぐりし時に鶏足山の古き道には竹茂りて人も通はず。（上・一四八）

24 魔竭陁国に往きて菩提樹院を見れば**むかしの国王の造れる観音の像あり。（身は）みな地の底に入りて肩より上わづかに出でたり**。仏法失せをはらむに、この像入りはてたまふべしと云ひけり。（上・一四九）

25 かの貞観よりこのかた三百六十余年を距つれば、天竺を思ひやるに**観音の像**入りやはてたまひぬらむ。（上・一四九）

26 八年の冬新羅国より仏像を献れり。太子申したまふ、**西国の聖釈迦牟尼仏の像**なり、と。（上・一五四）

27 また百済国より**弥勒の石の像**を持て度れり。ときに大臣蘇我馬子の宿禰この像を請けて家の東に寺を造りて据ゑたてまつりて敬ふ。（上・一五五）

28 太子の宣はく、塔はこれ仏舎利の器物なり。釈迦如来の舎

利自然に来りなむ、と。大臣これを聞きて祈るに斎の飯の上に仏舎利一つをえたり。**瑠璃の壷**に入れて塔に置きて拝む。（上・一五五）

29　軍の政の人秦川勝に示して宣はく、**ぬるでの木を採りて四天王の像を刻み造りて**おのおの髻の上に挟み、鉾のさきに持げて願ひて云はく、われらをして戦に勝たしめたまひたらば、**四天王の像を**あらはして堂塔を建てむ、と。（上・一五九）

30　太子また舎人迹見赤梼に仰せて**四天王**を祈りて矢を放たしむ。（上・一六〇）

31　高麗の恵慈法師の云はく、太子三昧定に入りたまへり。驚かしたてまつることなかれ、と云ふ。八日と云ふに出でたまへり。玉の机の上に**一巻の経**あり。恵慈法師を召して語らひたまはく、われ前の身に衡山にありし時、持てりし実の経はこれなり。去りにし年妹子が持て来れりし経はわが弟子の経なり。三人の老僧の納めたる所を知らずして、異経を取りて送りしかばわが魂を遣りて取らせるなり、と宣ふ。去年の経と見合はするに、かれにはなき字一つあり。この度の経も一巻に書けり。**黄なる紙に玉の軸を入れたり。**（上・一六三）

32　後の年に小野妹子また唐に渡りて衡山に行きたれば、前の僧一人残りて語らひて云はく、去る年の秋、なむぢが国の太子、本はこの山の念禅師、青竜の車に乗りて五百の人を身に随へて東より空を踏みて来りて旧室の中にさし挟み置ける**一巻の経**を取りて雲を凌ぎて帰り去りにき、と云ふ。（上・一六三〜一六四）

33　太子馬より下りたまひて語らひたまふ。**紫の御袍**を脱ぎたまひてこの人に覆ひたまひて、（上・一六六〜一六七）

34　**新羅より献れりし釈迦仏の像**は今に山階寺の東の堂に据ゑたてまつれり。**百済国の石の像**今の古京の元興寺の東の堂に置きたてまつれり。（上・一六八）

35　閻羅王の使われを召して行くに道のままに見れば**金の宮殿**を飾り造れる所あり。（上・一七九）

36　おのづからに智りあり。物いふことは妙にして、聡明なり。七歳より前に**法華経八巻**、**花厳経八十巻**をみなそらに誦む。（上・一八三）

37　その後、宝亀八年のほど肥前国佐賀郡の大領、佐賀の君と

いふ人安居会を設けて、大安寺の僧戒明大法師、筑紫国の師にてあるを請じて、**八十巻の花厳経**を講ずるに、（上・一八五）

38 聖武天皇の御世に山城国相楽郡に願を発せる人あり。姓名はいまだ詳かならず。四恩を報いむがために法花経を書きたてまつれり。この経納れたてまつらむとて筥を作らむと思ふ。白檀紫檀を求む。諸楽京より訪ひえたり。銭百貫して買ひ取りつ。**細工**を雇ひすべて筥を作り出さしめたるに、経は長く、筥は短うして納れたてまつるにたらず。（上・一九九）

39 またわが打たれむ罪を免れしめむがために、三人が名を呼ひて**金剛般若経百巻**を読ませ奉れ。（上・二一四）

40 わが師の年来読みたてまつりたまふ法華一乗われを助けたまへ。師に恥みせたまふな、と念ず。俗櫃を開けて見るほどに、**法華経八巻**あり。（上・二二二）

41 今は後世を導かむと思ふに、堂のうちに仏います。仏のみ前に経います。**見れば法華経なり**。**われら八人して八巻の経をえたり**。因縁ありといふべし。（上・二三四）

---

42 あるいは大乗を誦してあまねく衣のうらに**玉**をかけ、（下・八）

43 帝釈の玉の鏡に照し、**閻王の金の札**に注すべし。（下・一四～一五）

44 これによりて、公**大極殿をかざり**、七日夜を限りて、昼は最勝王経を講じ、夜は吉祥の悔過を行はしめたまふ。（下・一七）

45 香呂の灰の中に仏の舎利をえたり。納れむ器を願ひたまふに、灰の中より**金の花の器**をえたり。（下・一九）

46 延暦二十四年に帰り来り。八幡の御前にして法華経を講ずるに、秀倉の中より**紫の袈裟**を施して、法を聞きつる恩を報いたり。（下・一九）

47 像法の時を救ひたまへ、とて手づから**中堂の薬師如来の像を作り**、（下・二〇）

48 **造り花をいそぎ**、名香を焼き、**仏の御前をかざり**、人のいたつきを入るること、常の時の行ひに異り。（下・三五）

49 行ひのひまひまに**法花経百部**を読まむ。明けむ年には新しく百部を書き置きて、後々の年には長くその経を読ましめ

て、二日の大会を行はむ、といひてにはかにまた加へ行ふ。（下・四五）

50　むかし小さき童牛を飼ひき。あまたの相師ども見て、この童今七日ありてかならず死ぬべし、とさだむ。この後にもろもろの童戯れに砂をあつめて高く積みて、仏の塔を造るぞ、といふ。この牛飼ふ童もその中に交じりて戯れに**砂の塔を造りつ**。高さ一搩手なり。これによりてたちまちに七年の命を延べつ。（下・四八〜四九）

51　辟支仏教へ知らせて云はく、なむたち**砂の塔を造れるに**、高さ一搩手なるは後の世に鉄輪王となりて一天下に王とあらむ。（下・四九）

52　もし人疑ひなき心を発して、法のごとくに塔を造らむこと一つの指の節ばかりもせば、功徳はかりなし、と宣ひて、**泥塔**造るべきことを説きたまふ。（下・四九）

53　また法華経にも、乃至童子の戯れに砂をあつめて仏の塔となししはみなすでに仏になりにき、と宣へり。まさに知るべし、**石の塔**も功徳重かるべし。（下・四九）

54　帝いよいよ信み尊びたまひて、堂を造り、仏を顕はしたまひつ。帝左の方の大指を切りて**石の箱**に入れて、燈爐の地の下に埋み置きたまふ。（下・五二）

55　**第五巻の日に捧物を高雄の山の花の枝につけて**、讃歎を清滝河の波の声に合せり。（下・五七）

56　花厳経の中に説けるところの**善財童子の所々にして五十余人の善知識に逢ひつつ、もろもろの妙なる法を聞きしかたちを造れり。丈七八寸ばかりなり。**（下・五九〜六〇）

57　また**善財童子の善知識のかたち**を造りおきて供養することを知るべし。（下・六二）

58　一たび舎利を拝むに罪を滅し、天に生まる。**宝の器物**を造りて納れよ。**宝の塔**を立てて置け、と宣へり。（下・七四）

59　天智天皇の世に、**丈六の釈迦を造りをへて**、心に祈りをなしたまへる夜の暁に、二人の天女来りてこの像を拝みたてまつる。妙なる花を供養して敬ひ讃めたてまつることやや久し。帝に語らひたてまつりて云はく、**この像は霊山の真の仏といささかも違はず。**（下・七八）

60　文武天皇の世に塔を建てたまふ。**古き釈迦**のごとく、**丈六の仏**を作らむと思す。願を発して、**よき工**をえしめたまへ、

と祈りたまふ夜の夢に、一人の僧来りて申す。前の年この仏を作りしはこれ化人なれば、重ねて来るべきにあらず。よき工といへども、なほ刀の傷あり。**画師**といへども、丹色の誤りなきにあらず。ただ大きならむ鏡を**仏**の前に懸けて影を写して拝みたまへ。造るにもあらず、画くにもあらずして、三身具はるべし。形を見るは応身なり。影を浮かぶるは報身なり。空しきを覚るは法身なり。功徳勝れたることこれには過ぎじ、と見たまふ。覚め驚きて悦びたまふ。夢のごとくに一つの大きなる鏡を**仏**の前にかけ、五百僧を堂の中に請じて、大きに供養を儲けたり。　（下・七九）

61　元明天皇の代、和銅三年に堂を移し、**仏を移して奈良の京に作れり**。　（下・八〇）

62　ここに沙弥徳道といふ者あり。このことを聞きて思はく、この木かならず験あらむ。十一面観音に作りたてまつらむ、と思ひて、養老四年に今の長谷寺の峯に移しつ。徳道力なくしてとく造りがたし。悲しび歎きて七八年があひだ、この木に向ひて礼拝威力、自然造仏といひて額をつく。飯高の天皇慮らざるに恩をたれ、房前の大臣みづから力を加ふ。**神亀四年に造り終へたてまつれり**。**高さ二丈六尺なり**。徳道が夢に神ありて北の峯を指していはく、かしこの土の下に大きなる巌あり。顕はしてこの**観音**を立てたてまつれ、といふとみる。覚めて後に掘ればあり。広さ長さ等しく八尺なり。　（下・九三）

63　**大仏**顕はれたまふ日、堂塔出で来りぬるに、この国もと金なくして塗り荘るにあたはず。金の峯の蔵王に祈り申さしめたまふ。いま法界衆生のために寺を建て、**仏を造れるに**、わが国金なくしてこの願なりがたし。伝に聞く、この山に金ありと。願はくは分ちたまへ、と祈るに、　（下・一〇〇）

64　近江の国志賀郡の河の辺にむかし翁の居て釣せし石あり。その上に**如意輪観音**を造り据ゑて祈り行はしめたまへ、とあり。すなはち尋ね求むるに、今の石山の所をえたり。**観音を造りて祈るに**、陸奥の国よりはじめて金出できたる由を申したてまつれり。　（下・一〇〇～一〇一）

65　この月には千花会を行ふ。多くの蓮の花をもちて、**仏**に供養し奉るなり。　（下・一〇二）

66　宣旨に云はく、真言の重き道いまだこの国に伝はらず。阿

闍梨これを伝へたまへり。国の師とするに堪へたり。勅使を給ひて事を行はしめ、**画師を撰びて仏を写さしめたまひき。**

（下・一二三～一二四）

67　胎蔵界、金剛界を年を隔てつつ互ひに行ふ。進止道俗といふ四人、入るべき人の次第を整ふ。門前灑水といふ四人、門前にして入るべき人の頂に水をそそぐ。道俗加持といふ四人、水そそがれぬる人を加持す。覆面引入と云ふ二人、**赤き衣を**もちて面を包みて、手を取りて壇の前に引き入る。授与蜜花といふ四人、花を授けて**曼陁羅に写せる仏**の位を打たしめたてまつる。

（下・一二五）

68　**維摩詰の形**を顕はして、維摩経をよめばすなはち止みぬ、といふ。これによりて大臣家の中に堂を建てて、**その像を顕はし**、その経を講ぜしむ。

（下・一二七）

69　伝教大師ふかく大師の恩を思ひて延暦（十）七年の十一月に、はじめて七大寺名僧十人を請じて、比叡の山のせばき室にしてはじめて十講を行へり。十日講終りてその明くる朝二十四日大師供を行ふ。**霊応図を堂の中にかけて供養す。**

（下・一三九）

70　静安律師思はく、仏名経をかき、**一万三千仏を写して、公に奉らむ**、と思ふ。

（下・一四一）

71　その弟子元興寺の僧賢護、先師の志をとげむと思ひて、**一万三千の仏を七十二鋪かきて公に奉れり。**内裏の料をば図書寮に置きて、その外は官々、国々に分ちたまへり。

（下・一四二）

篁物語

1　文のてといふものを取らせたりけるを、見れば、**かくひち**して、一首をなん、書きたりける。（二五）

2　かう教ふる中に、**かくひち**して、かやう、初の書は、ひがごとつかうまつるらん。（二六）

3　君は、綾のかい練りの単がさね、**唐のうすものの桜色の細長**着て、**花染めの綾の細長**をりてぞ、着たりける。（二七）

4　あだに散る花橘のにほひには**緑の衣**の香こそまさらめ（三二）

5　**橡の、やれ困じたる着て**、しりゐたる沓はきて、ふくめる、文のちち取りて、来にけり。（三五）

6　この君、**皮の帯**を取りて、引きとめ給へば、とまりたまひにけり。（三五）

竹取物語

1　日暮るるほどに、例の集まりぬ。あるいは笛を吹き、あるいは歌をうたひ、あるいは声歌をし、あるいは嘯を吹き、**扇**を鳴らしなどするに、（五七）

2　かぐや姫、石作の皇子には、**仏の御石の鉢**といふ物あり、それを取りて賜へ、といふ。くらもちの皇子には、東の海に蓬萊といふ山あるなり、それに**銀を根とし**、**金を茎とし**、**白き玉を実として立てる木**あり、それ一枝折りて賜はらむ、といふ。いま一人には、**唐土にある火鼠の皮衣**を賜へ。大伴の大納言には、**龍の頸に五色に光る玉**あり、それを取りて賜へ、石上の中納言には、**燕の持たる子安の貝**取りて賜へ、といふ。（五七〜五八）

3　今日なむ、天竺に**石の鉢**取りにまかる、と聞かせて、三年ばかり、**大和の国十市の郡にある山寺に賓頭盧の前なる鉢の、ひた黒に墨つきたるを取りて**、**錦の袋に入れて**、**作り花の枝につけて**、かぐや姫の家に持て来て、見せければ、

4　かぐや姫の家には、**玉の枝**取りになむまかる、といはせ（五九）
て、（六〇）

5　その時、**一の宝なりける鍛冶工匠六人**を召しとりて、たはやすく人寄り来まじき家を作りて、竈を三重にしこめて、**工匠ら**を入れたまひつつ、皇子も同じ所に籠りたまひて、領らせたまひたるかぎり十六所をかみに、蔵をあげて、**玉の枝**を作りたまふ。（六一）

6　**玉の枝**をば長櫃に入れて、物おほひて持ちて参る。（六一）

7　命を捨ててかの**玉の枝**持ちて来たるとて、かぐや姫に見せたてまつりたまへ、といへば、翁持ちて入りたり。この**玉の枝**に、文ぞつけたりける。いたづらに身はなしつとも**玉の枝**を手折らでさらに帰らざらまし。（六二）

8　この皇子に申したまひし**蓬萊の玉の枝**を、一つの所あやまたず持ておはしませり。（六二）

9　この国に見えぬ**玉の枝**なり。（六三）

10　天人のよそほひしたる女、山の中よりいで来て、**銀の金鋺**を持ちて、水を汲み歩く。（六五）

11　その山のそばひらをめぐれば、世の中になき花の木ども立てり。**金・銀・瑠璃色の水**、山より流れいでたり。それには、**色々の玉の橋**わたせり。そのあたりに**照り輝く木ども**立てり。（六五）

12　**内匠寮の工匠、あやべの内麻呂**申さく、**玉の木**を作り仕うまつりしこと、五穀を断ちて、千余日に力をつくしたること、すくなからず。（六六〜六七）

13　たけとりの翁、**この工匠ら**が申すことは何事ぞとかたぶきをり。（六七）

14　皇子の君、千日、**いやしき工匠ら**と、もろともに、同じ所に隠れゐたまひて、かしこき**玉の枝**を作らせたまひて、（六七）

15　かぐや姫の心ゆきはてて、ありつる歌の返し、まことかと聞きて見つれば言の葉をかざれる**玉の枝**にぞありける、といひて、**玉の枝**も返しつ。（六八）

16　かの愁訴せし**工匠**をば、かぐや姫呼びすゑて、嬉しき人どもなり、といひて、禄いと多く取らせたまふ。**工匠ら**いみじくよろこびて、（六九）

17　その年来たりける**唐船**の王けいといふ人のもとに文を書きて、**火鼠の皮**といふなる物、買ひておこせよ、とて、（七〇）

18　**火鼠の皮衣**、この国になき物なり。（七〇）

19　かの**唐船**来けり。（七一）

20　**火鼠の皮衣**、からうじて人をいだして求めて奉る。（七一）

21　**この皮衣入れたる箱を見れば、くさぐさのうるはしき瑠璃を色へて作れり。皮衣を見れば、金青の色なり。毛の末には、金の光し輝きたり**。**宝**と見え、うるはしきこと、ならぶべき物なし。（七二）

22　皮衣を見て、いはく、**うるはしき皮**なめり、わきてまことの皮ならむとも知らず。たけとり、答へていはく、とまれかくまれ、まづ請じ入れたてまつらむ、**世の中に見えぬ皮衣**のさまなれば、（七三）

23　阿倍の大臣、**火鼠の皮衣**持ていまして、かぐや姫にすみたまふとな。（七四）

24　龍の頸に、**五色の光ある玉**あなり。それを取りて奉りたらむ人には、願はむことをかなへむ、とのたまふ。男ども、仰せのことをうけたまはりて申さく、仰せのことは、いとも尊

し、ただし、**この玉**、たはやすくえ取らじを、いはんや、**龍の頸に玉**はいかが取らむ、と申しあへり。……**龍の頸の玉**取りにとて、いだし立てたまふ。……**龍の頸の玉**とり得ずは帰り来な、とのたまへば、（七五〜七六）

25 **うるはしき屋**を作りたまひて、**漆を塗り、蒔絵して壁したまひて、屋の上には糸を染めて色々に葺かせて、内々のしつらひにはいふべくもあらぬ綾織物に絵をかきて、間毎に張りたり。**（七七）

26 大伴の大納言殿の人や、船に乗りて、龍殺して、**そが頸の玉**とれるとや聞く、と、問はするに、船人、答へていはく、あやしき言かな、と笑ひて、さるわざする船もなし、と答ふるに、をぢなきことする船人にもあるかな、え知らで、かくいふと思して、わが弓の力は、龍あらば、ふと射殺して、**頸の玉**は取りてむ、（七七〜七八）

27 **龍の頸の玉**をえ取らざりしかばなむ、殿へもえ参らざりし、**玉**の取り難かりしことを知りたまへればなむ、勘当あらじとて参りつる、と申す。大納言起きゐて、のたまはく、汝ら、よく持て来ずなりぬ、龍は鳴る雷の類にこそありけれ、**それが玉**を取らむとて、そこらの人々の害せられむとしけり、まして、龍を捕へたらましかば、また、こともなく我は害せられなまし、よく捕へずなりにけり、かぐや姫てふ大盗人の奴が人を殺さむとするなりけり、家のあたりだにいまは通らじ、男どもも、な歩きそ、とて、家にすこし残りたりける物どもは、**龍の玉**を取らぬ者どもに賜びつ。（八〇〜八一）

28 **糸を葺かせ作りし屋**は、鳶・烏の、巣に、みな食ひ持ていにけり。世界の人のいひけるは、大伴の大納言は、**龍の頸の玉**や取りておはしたる、いな、さもあらず、御眼二つに、**李のやうなる玉**をぞ添へていましたる、といひければ、（八一〜八二）

29 **燕の持たる子安貝**を取らむ料なり、とのたまふ。（八二）

30 **子安の貝**取りたるか、と問はせたまふ。燕も、人のあまたのぼりゐたるに怖ぢて巣にものぼり来ず。かかる由の返りごとを申したれば、聞きたまひて、いかがすべき、と思しわづらふに、かの寮の官人くらつまろと申す翁申すやう、**子安貝**取らむと思しめさば、たばかりまうさむ、とて、御前に参りたれば、中納言、額を合せて向ひたまへり。くらつまろが申

すやう、この**燕の子安貝**は悪しくたばかりて取らせたまふなり。（八三）

31 ふと**子安貝**を取らせたまはむなむ、よかるべき、と申す。（八四）

32 そのをり、**子安貝**は取らせたまへ、と申す。（八四）

33 **子安貝**を、ふと握り持たれば、（八六）

34 立てる人どもは、装束のきよらなること物にも似ず、**飛ぶ車一つ具したり。羅蓋さしたり。**（一〇二）

35 屋の上に**飛ぶ車**を寄せて、（一〇三）

堤中納言物語

花桜折る少将

1　小家などに例おとなふものも聞こえず、**くまなき月に、所所の花の木どもも、ひとへにまがひぬべくかすみたり。**いますこし、過ぎてみつるところよりもおもしろく、過がたき心ちして、そなたへとゆきもやられず**花桜**にほふこかげに旅だたれつつ、とうち誦じて、（四）

2　**築地のくづれより、**白きものの、いたくしはぶきつついづめり。**あはれげに荒れ、人けなき所なれば、**ここかしこのぞけど、とがむる人なし。（四）

3　よきほどなる童の、やうだひをかしげなる、いたう萎へすぎて、**宿直姿なる、蘇芳にやあらむ、つややかなる衵に、うちすきたる髪のすそ、小袿にはえてなまめかし。**（五）

4　月のあかきかたに、**扇**をさしかくして、月と花とを、と口ずさみて、花のかたへあゆみくるに、おどろかさまほしけれど、しばしみれば、（五）

5　日さしあがるほどに起き給て、よべの所に**文**書き給ふ。いみじう深う侍りつるも、ことはりなるべき御気色に、いで侍りぬるは、つらさもいかばかり、など、**青き薄様に、柳つけて、**さらざりしいにしへよりも青柳のいとどぞけさは思ひみだるる、とてやり給へり。（六）

6　夕方、殿にまうで給て、暮れゆくほどの空、いたうかすみこめて、**花のいとをもしろく散りみだるる夕ばへを、**御簾まきあげてながめいで給つる御かたち、いはむかたなく光りみちて、花のにほひも、むげにけをさるる心ちぞする。（七）

7　いづれ、この、**桜多くて荒れたるやど（りを）ばいかでかみし、**われに聞かせよ、とのたまへば、（八）

このつゐで

1　夜べより殿にさぶらひしほどに、やがて御つかひになむ、東の対の紅梅の下にうづませ給し薫物、今日のつれづれに心みさせ給とてなん、とて、**えならぬ枝に、白銀の壺二つけ給へり。**（一二）

2　すこしさしのぞかせ給て、御帳のそばの御座に、かたはら

ふさせ給へり。**紅梅の織物の御衣に、たたなはりたる御髪の、すそ斗みえたるに、**これかれ、そこはかとなき物語しのびやかにして、しばし候給。（一二）

3　子だにかくあくがれいでば薫物のひとりやいとど思ひこがれむ、と、しのびやかにいふを、**屏風**のうしろに聞きて、いみじうあはれにおぼえければ、児もかへして、そのままになんゐられにしと。（一三〜一四）

4　去年の秋の比ばかりに、清水にこもりて侍しに、かたはらに、**屏風ばかりをものはかなげにたてたる局**の、にほひいとをかしう、人ずくなるけはひして、をりをりうち泣くけはひなどしつつおこなふを、（一四）

5　あすいでなむとての夕つ方、風いとあららかにふきて、**木の葉ほろほろと滝のかたざまにくづれ、色こき紅葉など、局の前にはひまなく散りしきたるを、**この中へだての**屏風**のつらによりて、ここにもながめ侍りしかば、（一四）

6　**ものはかなき障子の紙の穴かまへいでて、のぞき侍しかば、**簾に几帳そへて、きよげなる法師二三人ばかりすへて、いみじくをかしげなりし人、几帳のつらにそひふして、このいたる法師ちかくよびて、ものいふ。（一五〜一六）

7　いますこしわかやかなる人の、十四五ばかりにやとぞみゆる、髪たけに四五寸ばかりあまりてみゆる、**薄色のこまやかなる一襲、掻練などひきかさねて、**顔に袖をおしあてて、いみじう泣く。おととなるべしとぞおしはかられ侍し。又若き人人二三人ばかり、**薄色の裳ひきかけつついたるも、**いみじうせきあえぬけしきなり。（一六）

8　乳母だつ人などはなきにやと、あはれにおぼえ侍りて、**扇のつまにいと小さく、**おぼつかなうき世そむくはたれとだに知らずながらもぬるる袖哉、と書きて、おさなき人の侍してやりて侍りしかば、（一六）

虫めづる姫君

1　この姫君の事を聞きて、さりとも、是にはをぢなん、とて、**帯のはしのいとおかしげなるに、くちなはのかたをいみじく似せて、うごくべきさまなどしつけて、いろこだちたる懸袋にいれて、結びつけたる文をみれば、**はうはうも君があたりにしたがはん長き心のかぎりなき身は、とあるを、なに

心なく御前にもて参りて、袋など、あくるだにあやしくおもたきかな、とてひきあけたれば、**くちなは、首をもたげたり。**（二四）

2　人人、つくりたると聞きて、けしからぬわざしける人かな、といひにくみ、返事せずは、おぼつかなかりなん、とて、**いとこはく、すくよかなる紙に書き給。仮名はまだ書き給はざりければ、片仮名に、**契りあらばよき極楽にゆきあはんまつ我にくし虫の姿は、福地の園に、とある。右馬の佐み給て、**いとめづらかに、さまことなる文かな、**と思ひて、（二五～二六）

3　かしらへ衣着あげて、髪もさがりば清げにはあれど、けづりつくろはねばにや、しぶげにみゆるを、眉いと黒く、はなばなとあざやかに、すずしげにみえたり。口つきも愛敬づきて、清げなれど、歯黒めつけねば、いと世づかず。化粧したらば、清げにはありぬべし、心うくもある哉、とおぼゆ。かくまでやつしたれど、みにくくなどはあらで、いとさまことに、あざやかにけたかく、はれやかなるさまぞあたらしき。**練色の綾の袿ひとかさね、はたをりめの小袿ひとかさね、しろき袴を、このみて着給へり。**（二六～二七）

4　この虫を、いとよくみんと思て、さしいでて、あなめでたや、日にあぶらるるが苦しければ、こなたざまにくるなりけり、これを一も落さで追いおこせよ、童べ、との給へば、つき落せば、はらはらと落つ。**白き扇の、墨黒に真名の手習したる**をさしいでて、これに拾ひ入よ、との給へば、童べとりいづる。（二七）

5　右馬の佐、ただ帰らんは、いとさうざうし、みけりとだに知らせん、とて、**畳紙に草の汁して、**かは虫の毛ぶかきさまをみつるよりとりもちてのみまもるべき哉、とて、**扇してう**ちたたき給へば、童べいできたり。これ奉れ、とて、とらすれば、（二九）

ほどほどの懸想

1　祭のころは、なべていまめかしうみゆるにやあらむ、**あやしき小家の半蔀も、葵などかざして心ちよげ也。童べの衵、袴きよげにて、さまざまの物忌どもつけ、**化粧して、我も劣らじといどみたるけしきどもにて、ゆきちがふはおかしくみ

ゆるを、（三一）

2　あまたみゆる中にいづくのにかあらん、**薄色きたる**、髪は丈ばかりある、かしらつき、やうだい、なにもいとをかしげなるを、（三二）

3　頭の中将の御小舎人童、思ふさまなりとて、**いみじうなりたる梅の枝に、葵をかざしてとらすとて**、梅が枝にふかくぞたのむをしなべて**かざすあふひ**のねもみてしがな、といへば、しめのなかのあふひにかかる木綿葛くれどねながきものとしらなん、と、をしはなちていらふもされたり。（三二〜三三）

4　さらば、そのしるべして伝へさせよ、とて**文とらすれば**、あはかなの御懸想かな、といひて、もていきてとらすれば、あやしの事や、といひて、もてのぼりて、しかしかの人、とてみす。**手もきよげなり。**（三五）

5　すこしいまめかしき人にや、ひとすぢに思ひもよらぬ青柳は風につけつつさぞみだるらむ、**今やうの手の、かどあるに書きみだりたれば**、をかしと思ふにや、まもらへていたるを、（三五）

逢坂越えぬ権中納言

1　**五月まちつけたる花橘の香も、むかしの人こひしう、秋のゆふべにも劣らぬ風にうちにほひたるは、をかしうもあはれにも思ひ知らるるを**、山ほととぎすも里なれて語らふに、三日月のかげほのかなるは、をりからしのびがたくて、例の宮わたりにおとなはまほしうおぼさるれど、（三八）

2　又の日、あやめもひきすぎぬれど、名残にや、**さうぶの紙あまたひきかさねて**、きのふこそひきわびにしかあやめ草ふかきこひぢにをりたちしまに、と聞こえ給へれど、例のかひなさをおぼしなげくほどに、はかなく五月もすぎぬ。（四四〜四五）

貝あはせ

1　おかしからむところの、あきたらんもがな、といひてあゆみゆくに、**木立おかしき家に**、琴の声ほのかに聞ゆるに、いみじううれしくなりてめぐる。**門のわきなど、くづれやあるとみけれど、いみじく築地などまたきに**、中中わびしく、い

かなる人のかくひきいたるならんと、わりなくゆかしけれど、（五〇）

2　いとこのましげなる童べ四五人ばかり走りちがひ、小舎人童、男など、**おかしげなる小破子やうのものをささげ、をかしき文、袖の上にうちをきて**、出で入る家あり。（五〇〜五一）

3　なにわざするならんとゆかしくて、人目みはかりて、やをらはいいりて、いみじくしげき薄の中にたてるに、八九ばかりなる女子の、いとをかしげなる、**薄色の袙、紅梅などみだれ着たる、小さき貝を瑠璃の壺にいれて**、あなたより走るさまの、あはたたしげなるを、をかしとみ給うに、（五一）

4　この姫君と上との御方の姫君と、**貝合**させ給はんとて、月比いみじくあつめさせ給ふに、あなたの御かたは、大輔の君、侍従の君と、**貝合**せさせ給はんとて、いみじくもとめさせ給なり。（五一〜五二）

5　さらば帰り給ふなよ、かくれつくりて据ゑ奉らむ、人のおきぬさきに、いざ給へ、とて、西の妻戸に、**屏風**をしたたみよせたるところに据へおくを、（五二）

6　母屋の簾にそへたる几帳のつまうちあげて、さしいでたる人、わづかに十三ばかりにやとみえて、額髪のかかりたるほどよりはじめて、この世のものともみえずうつくしきに、**萩襲の織物の袿、紫苑色など、をしかさねたる**、つらつゑをつきて、いとものなげかしげなる。（五三）

7　なに事ならむと、心ぐるしとみれば、十ばかりなる男に、**朽葉の狩衣、二藍の指貫、しどけなく着たる**、同じやうなる童に、**硯の箱よりはみ劣りなる紫檀の箱の、いとをかしげなるに、えならぬ貝どもをいれて**、もてよる。（五三）

8　はじめの君よりは少しおとなびてやとみゆる人、**山吹、紅梅、薄朽葉、あはひよからず、着ふくだみて**、髪いとうつくしげにて、たけに少したらぬなるべし。こよなくおくれたるとみゆ。（五四）

9　**えならぬ州浜のみまばかりなるを、うつほにつくりて、いみじき小箱をすへて、いろいろの貝をいみじく多くいれて、上には白銀、黄金の、はまぐり、うつせ貝などを、ひまなく蒔かせて、手はいと小さくて、**白波に心をよせてたちよらばかひなきならぬ心よせなむ、とて、ひきむすびつけて、例の

随身にもたせて、まだあかつきに、門のわたりをたたずめば、昨日の子しもはしる。（五六〜五七）

10　ふところよりおかしき**小箱**をとらせて、たがともなくて、さしおかせてき給へよ、さて、今日のありさまのみせ給へよ、さらばまたまたも、といへば、いみじくよろこびて、（五七）

11　**州浜**、南の高欄におかせてはいいりぬ。やをらみ通し給へば、ただ同じほどなる若き人ども、廿人ばかりさうぞきて、格子あげそそくめり。この**州浜**をみつけて、あやしく、たがしたるぞ、たがしたるぞ、といへば、さるべき人こそなけれ、思ひえつ、この、きのふの仏のし給へるなめり。（五七）

思はぬ方にとまりする少将

1　**昔物語などにぞ、かやうの事は聞ゆるを、**いとありがたきまで、あはれに浅からぬ御契りのほど見へし御ことを、つくづくと思ひつづくれば、年のつもりけるほども、あはれに思ひ知られけむ。（六〇）

2　大納言の姫君ふたりものし給し、誠に**物語に書きつけたるありさまに劣るまじく、**何事につけても生いいで給しに、故大納言も母上も、打つづきかくれ給にしかば、いと心ぼそき古里に、ながめすごし給しかど、（六〇）

3　など**手ならひ**になれにし心成らん、などやうに、打なげかれて、やうやう更行ば、只うたたねに、御帳のまへに打ふし給にけり。（六二）

4　初瀬へ参りたりつる程の事など語り給に、有つる**御手習ひ**のあるをみ給て、ときはなる軒のしのぶを知らずしてかれ行秋のけしきとや思ふ、と書きそへてみせ奉り給へば、いとはづかしうて、御顔引いれ給へるさま、いとらうたく子めきたり。（六二）

5　例の、人のままなる御心にて、**薄色のなよよかなるが、いとしみふかうなつかしき程なるを、**いとど心くるしげにしませて、乗り給ぬ。（六五〜六六）

はなだの女御

1　かの前栽どもをみ給へ、**池のはちすの露は玉とぞみゆる、**

といへば、（七二）

2　**松にこき単、紫苑色の袿、薄色の裳**ひきかけたるは、ある人の局にてみし人なめり。童の大きなる、小さきなど、縁にいたる、みなみし心ちす。（七二）

3　女郎花の御方、いたく暑くこそあれ、とて**扇**を使ふ。（七八）

4　心に思事、歌など書つつ**手ならひ**にしたりけるを、また人のとりて書うつしたれば、あやしくも有哉。これらつくりたるさまもおぼえず、よしなきもののさまを、そら事にもあらず。世の中に、**そら物がたり**多かれば、誠ともや思はざるらむ。これ思こそねたけれ。（八一）

はいずみ

1　げにいと**小さく、あばれたる家なり。**みるよりかなしくて、うちたたけば、（九一）

よしなしごと

1　唐土、新羅に住む人、さては常世の国にある人、わが国には、やまがつ、**しなつくの恋麿**などや、かかることばは聞こゆべき。それだにも。**すだれ編みの翁**は、かしたいしの娘に名立ち、いやしき中にも、心のをいさきはんべりけるになん。それにも劣りたりける心かな、とはおぼすとも、わりなきことの侍てなん。（九六）

2　**十余間の檜皮屋一。廊、寝殿、大炊殿、車宿もよう侍れど**、遠き程は所せかるべし。ただ腰にゆひつけてまかる斗の料に、屋形一。（九八）

3　**畳などや侍。錦端、高麗端、繧繝、紫端の畳。**それ侍らずは、**布べりさしたらんやれ畳**にてまれ、貸し給へ。（九八）

4　**屏風もよう侍。唐絵、大和絵、布屏風にても、唐土のこがねを縁にみがきたるにもあれ、新羅の玉を釘に打ちたるにまれ**、これらなくは、**網代屏風**のやれたるにも貸し給へ。（九九）

5　いよ手箱、**筑紫皮籠**もほしく侍。せめては、**浦嶋の子が皮籠**にまれ、**そでの皮袋**にまれ、貸し給へ。（九九）

堤中納言物語（はなだの女御／はいずみ／よしなしごと）

土佐日記

1 船には紅濃く、よき衣着ず。（二九）

2 言の心を、男文字にさまを書き出だして、（三四）

3 この泊の浜には、くさぐさのうるわしき貝、石など多かり。（四四）

4 渚の院といふところを見つつ行く。その院、昔を思ひやりてみれば、おもしろかりけるところなり。しりへなる岡には、松の木どもあり。中の庭には、梅の花咲けり。ここに、人々のいはく、これ、昔、名高く聞こえたるところなり、故惟喬親王の御供に、故在原業平中将の、（五〇〜五一）

5 山崎の小櫃の絵も、曲りの大路の方も変はらざりけり。（五三）

とりかへばや物語

1　若君はあさましう物恥ぢをのみし給ひて、女房などにだに、すこし御前とをきには見え給事もなく、父の殿をもうとく恥づかしくのみおぼして、やうやう御文習はしさるべき事どもなど教へきこへ給へど、おぼしもかけず、ただいと恥づかしとのみおぼして、御丁のうちにのみうづもれ入りつつ、**絵かき、雛遊び・貝おほひなどし給を、**（一〇七）

2　御髪は丈に七八寸ばかりあまりたれば、花薄の穂に出たる秋のけしきおぼえて、裾つきのなよなよとなびきかかりつつ、**物語に扇を広げたるなど、こちたく言ひたるほどにはあらで、**これこそなつかしかりけれ、**いにしへのかぐや姫**も、けぢかくめでたき方はかくしもやあらざりけん、と見給ふにつけては、目もくれつつ、近くより給て、（一〇九～一一〇）

3　十二におはすれど、かたなりにをくれたる所もなく、人柄のそびやかにてなまめかしきさまぞ、限りなきや。**桜の御衣のなよよかなる六ばかりに、葡萄染めの織物の袿、あはひにぎはしからぬを着なし給へる、**人柄にもてはやされて、袖口・裾の褄までおかしげ也。（一一〇）

4　若君の御方をのぞき給へば、うちかしこまりて、笛はさし置きつ。**桜・山吹など、これはいろいろなるに、萌黄の織物の狩衣、葡萄染めの織物の指貫着て、**顔はいとふくらかに、色あはひいみじうきよらにて、まみらうらうじう、いづことなくあざやかににほひ満ちて、愛敬は指貫の裾までこぼれ落ちたるやうなり。（一一一）

5　御髪もこれは長さこそ劣りたれ、**裾などは扇をひろげたらんやうにて、**丈にすこしはづれたるほどにこぼれかかれる様態・頭つきなど、見るごとに笑まれながらぞ、心の中はかきくらさるるや。（一一一）

6　**御文書かせたてまつり給。**何事もおぼし分かず、男どもの中にも好もしくのみ聞きならひ給へれば、懸想の方にこそはとて、これやさは入りてしげきは道ならん山口しるくまどはるるかな、**と書き給へる、えもいはずめでたき見ものなり。**御年のほどをおぼすに、いかでかかりけんと、をかしくもあはれにも涙ぐまれ給。（一一九）

7 九月十五日、月いと明かきに、御遊びにさぶらひて、御宿直なる夜、梅壺の女御のまうのぼり給を、わざとゆかしくはあらねど、藤壺へ通る塀のわたりに立ち隠れて見れば、更けぬる月のくまなく澄めるに、火取り持たる童の、**濃き衵に、薄物の汗衫なめり、**透きとをりたるに、髪いとおかしくかかりて歩み出でたり。女房もみな**打ちたる衣に、薄物の唐衣脱ぎかけたる、**ただ今の空おぼえておかしく見ゆるに、 （一二二）

8 この声を聞き、惑ひ尋ね来て見れば、**織物の直衣、指貫に紅のつやこぼるるばかりなるを脱ぎかけて、**いとささやかに見ゆれど、若くおかしげにて、月影に光るばかりめでたく見えて、 （一二三）

9 昼なども、やがて上の御局にさぶらひ給て、**手習ひ・絵かき・琴弾き**など、起き臥しもろともに見たてまつるに、よろづつつましく、恥づかしきものと埋もれしほどのつれづれよりは、何事もまぎるる心地し給。 （一二七～一二八）

10 その年の五節に、中院の行幸ありければ、みな人人**小忌にて参る中に、**宰相中将・権中納言の**青摺、いとどいみじう見ゆ。**宰相は、いとそそろかに雄雄しくあざやかなるさまして、なまめかしうよしあり、色めきたるけしきいとおかしう見ゆ。中納言は、はなばなと見れども見れども飽くまじうにほはしく、こぼるるばかりの愛行、似る物なきに、（一二八）

11 **御しつらひは、紅梅の織物の御丁、御几丁は三重なるに、**女房などは、**梅の五重をひとへうち重ねつつ、紅梅の織物の唐衣、萌黄の三重の色あひも、**世になくつくして、数もなくなみさぶらふに、中納言**紫の織物の指貫、紅の色深くつやこぼるるばかりなるを出だして、**あざやかについ居給へるかたちの、常よりもはなばなと、あたりこぼるる愛行、見まほしくなつかしげなること、いとたぐひなきを、（一三一～一三二）

12 御丁の内をさしのぞき給へれば、**紅梅のうへ薄くにほひたる御衣どもに、濃き搔練、桜の織物の御小袿、紅梅襲の御扇**をもてまぎらはし給へる御かたち、中納言の顔のにほひをうつし取りたらんほどに、見分きがたきまでかよひ給へれど、これはいま少しあてにかほり、なまめきたる所やこよなくおかしからん。御髪は、つやつやとまよふ筋なく、ゆるるかにかかりて、丈に二尺ばかりあまり給へる末つきの、**白き御衣**

にけざやかにもてはやされたるなど、いづくともなく**絵にかきたるほどなるを、**　（一三二）

13　見捨ててたち帰るべき心地もせず。うつし心もなくなりにければ、さば、今宵入りなんと思ふに、夜更くれば人人はとかく寄り臥し、あるは**庭に下りて花のかげに遊びなどして、**御前には人もなきに、琴の上に傾きかかりて、つくづくと月をながめて、　（一三四～一三五）

14　その御住処なん、むげに世捨て離れたる**聖の御住処**とは見えながら、**水の流れ岩のたたずまひも、都にはすべて目馴れぬさまにて、**物思ひも慰め、かつは心行きぬべき御住居なる、と語り出たるを、　（一五四）

15　**浮線綾の、所所秋の草をつくして縫ひたる指貫に、尾花色の象嵌の襖に、紅の打ちたる脱ぎかけて、**光を放ちはなばなとめでたく、ただ今極楽の迎へありて雲の輿寄せたりとも、なをとどまりて見まほしき御有様なり。　（一五七）

16　この世にまだもて伝へざりける文ども開げて見せ給に、……題出だして文作らせ給に、おもしろくかなしき事、唐土よりもて伝へたる文どもにまさりて作り出で、**書き出で給へる手のさま筆の先らめづらかに、**いみじき人をも見るかな、変じ出でたる人にこそあめれとおぼし驚きて、うちうなづき給ふしぶしあれば、めづらしう見給。　（一六〇）

17　この御方は、少し奥にひき入りて、**小さやかなる寝殿の、いとことさらに事そぎたるしも見所あり。**心とどめてもてあそび給へる人の御住処と見ゆ。内外しめじめと人気もせず、水に映れる月ばかりぞさやかなる。　（一六二）

18　**白き単襲ばかり、なよよかなる御姿いとほそやかに、**ものより抜け出でたるさまして、頭つき髪のかかり、なべてならず、うちやられたるほど、袿にもいと多くあまれるなるべし。ゆへ深くもてまぎらはし給へる側目、いとくまなく白くうつくしげにて、言はん方なくけだかくきよらにものし給けり。　（一六五）

19　出で給とて、宮にも、**麻の御衣・法服・御宿直物などまで、**まことに峰の松風音にのみ聞き給ばかり、あららかに奉り給。上下もさぶらふ人人、姫君たちの御料、**紅の掻練に織物の袿など、世になき色あひに仕立て、**さらぬ絹綾などいふ物多く奉り給。**御扇など、なべてならぬさまなるを、**さらに

あまりこちたく、　（一六七）

20　**女君の御袖口・裾の褄まで、あてになまめかしくたをたをとして、**御髪のひまなくかかり、袿の裾にながれゆきたる末つき、**絵にかくとも世の常なりや。**きはもなくうつくしげなるさま、見ても飽かぬ心地ぞすべきを、　（一七〇〜一七一）

21　いと暗くはあらぬ火影に、いとささやかに細うおかしげなる人の色はくまなく白きに、**白き衣共にうづもれて、**頭に菊の上おぼえて綿ひき散らされたり。こちたく長き髪をひき結ひてうちやりたるなど、かくてこそまことにおかしう見まほしけれと思ふに、大方はかほり満ち、いみじうなつかしげ也。　（一七四〜一七五）

22　さしのぞき給へれば、起きかへる人は丁より外に出でたるべし。いたく騒ぎて、**扇・畳紙**など落としたなり。女君、いみじとおぼし入りて、隠さんの御心もなきに、やをら寄りて、**扇の枕上に**落ちたるを火のもとに寄りて見れば、**赤き紙に竹に雪の降りたるなど描きたるが塗骨に張りたるに、裏の方に心ばへある事ども手習ひすさびたる、**その人のなりけり。　（一七五〜一七六）

23　涼しき方に、昼のおまし敷きてうち休みて、**団扇**せさせて物語などするに、中納言の、**紅の生絹の袴に白き生絹の単衣着て、**うちとけたるかたちの、暑きにいとど色はにほひまさりて、常よりもはなばなとめでたきをはじめ、手つき身なり、袴の腰ひき結はれてけざやかに透きたる腰つき、色の白きなど、雪をまろがしたらんやうに、白うめでたくをかしげなるさまの、似る物なくうつくしきを、　（一八一）

24　うけひき返事せざらんも、わが身いとあやしかるべければ、**例のすくすくしううち書きて、**人ごとに死ぬる死ぬると聞きつつも長きは君が命とぞ見る、と、**ことさらに書きたる筆のたちど・書きざま、目もをよばずぞ、**今朝はいとど見なさるるや。　（一八五）

25　ま近き**柴垣**のもとに立ち隠れて見たれば、うち時雨つつ、曇り暮らしたる夕べの空のけしきあはれなるを、簾巻き上げて、**紅に薄色の唐綾かさねて、**ながめ出でたる夕映の常よりもくまなくはなばなと見えて、つらづえつきたる腕つきなども、物をみがきたるやうにて、涙をしのごひて、時雨する夕べの空のけしきにも劣らず濡るるわが袂かな、いく世しもあ

らじわが身に、と、独りごちつつながめたるはしも、**絵に描くとも筆及ぶべくもあらず。**（一九一～一九二）

26　年ごろは、例の男の御有様と見るを、かくて見奉るは、**いみじきものの姫君よりもけになん覚ゆるを、**もとの御有様もさにこそはあめるを、今は忍びて女ざまにて籠り居給ね。（一九三）

27　この**御文**を殿もさすがにゆかしうおぼしてまづひき開けて見給て、……**御手などこそ、いとかうは人の書き出でぬわざを、と、**うちかへし見給つつ、御返、あはれと見給ふばかり、と、そそのかし給に、いとど心地もをくしぬべき心地し給ふや。憂き事にかばかりいとふわが身だに消えもやらでぞ今日まではふる、**いとおかしげに書き給へるを、**（一九四）

28　正月には、**御車・下簾・榻などまで新しう清らに、随身などまで色を整へ、装束どもを給はせたり。**御みづから、はたさらなり。**上の御衣・下襲の打ち目まで、氷解けたる池の面のごとかかやきたる、**もてなしも用意もいとど心を添へて、まづ殿に参り給て、殿・上拝し奉給。御かたちの光るばかり見ゆる事、今年は常よりもいといみじと見奉給て、言忌みもえしあへ給はず。（二〇二）

29　その年の三月一日ごろ、花盛り常よりもことなる年なるに、**南殿の桜の花御覧じはやさせ給。**（二〇三）

30　御喜びの事など書きて、**紫の雲の衣**のうれしさに有し契りや思ひかへつる（二〇五）

31　**えもいはぬ紫の紙に、墨薄くあるかなきかの書きざま、**たがふべくもあらず。目の前のうれしさをぞ思ふらん、など、言ひやりたりける返事なるべし。上に着る小夜の衣の袖よりも人知れぬをばただにやは聞く、とぞ書きたる。見るに猶まばゆければ、**あまり薄墨にて、何とこそ見えね、**誰がぞよ、と、言ひまぎらはしてさしやりたれば、あまえて、何事かある、とぞ問ふ。いさ、たどたどしくして、え見えず、とてやみぬ。（二〇六～二〇七）

32　夏に改めたる御しつらひも、人よりことに涼しげなるに、**藤襲の御衣に、青朽葉の織物の小袿着給へる、**身もなく御衣がちになよなよとあてになまめかしく、かほりうつくしげ也。姫君の、**ものして作りたらんやうにて、**やうやうをさへ立つほどなるがうつくしきも、目のみとどまりて、（二一二）

33 宣耀殿に参り給へれば、御前に人多くもさぶらはで、**御前の庭のなでしこつくろはせて御覧ずとて、三尺の御木丁**ばかりを引き寄せておはします。（二一五）

34 **藤の織物の御几丁、なでしこの御衣、青朽葉の小袿奉りて、**御几丁よりほのぼのと見ゆる御有様、世になくめでたきを、（二一六）

35 中納言は、いつしか**網代車にやつれ乗りて**北の陣におはしたりければ、忍び出づる心地、夢のやうにおぼされながら、車に乗り給ひて宇治へおはする道すがらも、こはいかにしつる我身ぞとかきくらさるるに、（二一七）

36 幼くより手ならし給し横笛ばかりぞ、吹き別れなんかなしさ、いづれの思ひにも劣らぬ心地して、身に添へ給ひけるを、物の心細きままに、吹き増し給へる音、さらにいふかぎりなし。中納言、**扇うち鳴らして、**豊浦の寺、とうたひおはす。（二一七）

37 おかしき所かなとおぼして、**小柴垣**のもとに立ち寄り給へれば、簾巻き上げたるを、人こそありけれとおどろかれて、やをら見れば、前に**水くも手に流れて、絵にかきたるやうに、**よきほどに簾巻き上げて、**あざやかなる木丁のかたびらうちかけて、**十四五ばかりなる童のいと清げなる、**二藍の単衣に紅の袴**あざやかに踏みやりて、帯ゆるらかにうちして**団**扇すめる。几丁に透きたる人も、見入るれば、**紅の織単衣に同じ生絹の単衣袴なるべし。**いと悩ましげにてながめ出でて臥したる色あひ、はなばなと光るやうにほひて、額髪のこぼれかかりたるなど**絵にかきたるやうにて、**いといみじく愛敬づきうつくしきかたちの見まほしきが、霊霊じうものよりけにねたげなるまみ、見しやうなる人かなと見るに、大将におぼえたりけり。（二三四〜二三五）

38 忍びかね、もしさてもおはせば、我をもあやしと見知りやし給らんとおぼゆるに、見えばやと思ひて**小柴垣**のもとまで歩み出でたるを、（二三五）

39 かの所の七日の夜**扇**見つけたりし事など、いとにほひやかにの給出でて、かたみにおかしくもあはれにもおぼす。（二四四）

40 **紅の単襲に、をみなめしの表着、萩の小袿、**いたく面やせ給へりしが、このごろなをり給へるままに、いとどはなばな

とにほひを散らしたるさまして、御髪もつやつやと影映るやうにかかりて、丈に少しはづれたる〔末の、ふさふさと物を引ひろげたる〕やうにかかりたる裾つき、さがりば、八尺の髪よりもけにいみじくぞ見ゆる。（二五七～二五八）

41　琴笛の音、**書き給手など**、さばかりの人の、ものぐるをしくうつし心なきやうにて籠り居給へるなれば、たどたどしからず、ただ同じ声に吹き鳴らし弾き鳴らし給へるさま、異人とあへて分くべくもあらず。**手などは、まして書き似せんとまねび給ふに、つゆたがふ所もなし。**（二六三）

42　今はとて思ひ捨てつと見えしより有にもあらず消えつつぞ経る、**あてにおかしげなる**を、残りゆかしく心とまりて、督の君に見せ奉り給へば、かたち有様はいとおかしげにこそありしかど、**手もそぞろに見馴れたりしほど**あはれに思ひ出でられて、（二七六）

43　**此御文のかたはらに**、心から浮かべる舟をうらみつつ身を宇治川に日をも経しかな、とばかり**書きつけ給へる、ことに目もあやなり。**（二八二）

44　明けぬるにぞ、大将の忍びて奉れとて侍し**御文**、ひき出で給へる。おぼえなき心地すれど、ひきあけ給へれば、**内侍の督の君の御手なりけり。**（二八五）

45　御丁の後にやをら立ち隠れて御覧ずれば、宮の御前は、**白き御衣のあつごへたるを御髪ごめにひきかづきてぞ**大殿籠りたる。督の君は少しひきさがりて、**薄色ども八つばかり、上織物なめり、少しおぼえたる袷の衣、袖口長やかに引き出でて、**口覆ひして添ひ臥し給へる、いみじううつくしの人やとふと見えて、愛行はあたりにも散りて、ただ大将の御顔二つにうつしたるやうなれど、（二九二～二九三）

46　**白き薄様にをし包みたる文**の、いまだむすぼほれながら宮の御かたはらにあるを、（二九三）

47　大将殿は、年返らんままに、吉野山の女君迎へきこえんとおぼして、二条堀川のわたりを**三町築きこめて、三葉四葉に造りみがき給**、いとめでたし。（三〇三）

48　**大きやかに結びたる文**を御ふところより引き出でさせ給て、ただ大方なるやうにて、内侍の督に聞えん事を殿のゆるされありし後、何となくて今までになりにけるを、今日よき日なれば奉て、やがて御返り見せ給へ。（三〇九）

49　異人の言はんやうにもの給はするかな、**さすがに明け暮れ御覧じ馴れにし手も**、かしこき御目にはあやしと御覧じとがめらるる事もあらんと、つつましきはさる物にて、（三一〇）

50　大将殿・女君とは、ひとつ御車にておはします。**出車十、童・下仕**へまでひき続き、かばかりの草の庵より出給御有様ども、いといかめしういきほひことにて、さるべき殿上人、五位六位などまでいと多く仕うまつれり。女房も、縁にふれつつ、目やすき人人尋ね出でつつぞさぶらはせける。中の君の御車は少しひきさがりて、**出車三ばかりして**、これもさるべき人、御前などあまたして、ねび人どもはこの御方のあかれにてぞ忍び参りける。（三一五～三一六）

51　奈良の京に中宿りして、又の日ぞ二条殿には渡らせ給へる。**此殿は、三町を築きこめて、中築地をして、三方に分けて造りみがき給へる**、中の寝殿に渡らせ給べき。洞院おもてに、右の大臣の君しのびやかなるさまにて迎へきこえんとおぼしたり。堀川おもてには、内侍の督の殿のまかで給はん料、春宮の御方などもおはしますべし。（三一六）

52　左衛門がりこまごまと文書き給ふ。月ごろのおぼつかなさもみづから聞こえまほしきを、それへいと忍びて**女車のさまにて参らん**、それが便なかりぬべくは、いと心やすく女もなき所なるを、これへにてもものし給へ、とあるを、……うれしくて、**しるからぬ車**つかはして待ち給ふ。（三一九～三二〇）

53　いづれとなき中に、此絶え絶えなる琴の音は、すべてこの世の事とは聞えぬに、いみじうおくゆかしうて、たち返り、**中門の南の塀の外に薄などの多く生いたる中に**、やをら立ち入りて見給へば、寝殿の南と東との格子二間ばかり上がりたる内に弾くなるべし。（三二九）

54　いとうれしくて見給へば、**白き単衣のなへほころびがちなるに、何の裳にか、けしきばかりひきかけて**、にくからぬ若人なるべし、内なりつる人人二人ばかり、縁に出でて居ぬめり。（三三〇）

55　月もくまなく澄みのぼるままに、心を澄まし掻きたて給へる琵琶の音、すべてこの世の事とも聞えず。**なにがしの大将の笛の音にめでており下りけん天つ乙女**も耳とどめつべかめるに、（三三一～三三二）

56　大将の御笛の音、さらなる事なればいと限りなし。左衛門の督箏の琴、宰相の中将笙の笛、弁の少将篳篥、蔵人の兵衛の佐扇うち鳴らし、席田うたふ声いとよし。ことことしからぬ御遊びなれど、なかなかなまめかしうおもしろきに、

（三三四〜三三五）

浜松中納言物語

1 そのありさまども、**唐国といふ物語にゑにしるしたる**同じ事なり。（一五四）

2 **昔のわうかくしやうのゐけるかうそう**に、中納言のおはしまし所、心ことに玉をみがき、かかやくばかりにしつらひてすゑたてまつる。（一五四～一五五）

3 いにしへ、かうやうけんに住みける**はくかんこそは**、我世にたぐひなきかたちの名をとどめたるも、（一五五）

4 所のさま、ほかよりもいみじくめでたく、**水の色、石のたたずまひ、庭の面、梢のけしきもいみじう面白し**。（一五六）

5 おはしますところは、きやうのひはだの色もせず、紺青を塗りかへしたるやうに、ただ**おほかたの調度は赤きに、朱塗りたるさまにて、錦の縁さしたる御簾**ども、かけわたし飾れたるに、**巽の方に、大きなる山より滝高く落ちたるを、わきかへり待ちうけたる岩のたたずまひ、よのつねならず。たぎりて流れいでたる水の辺に、色色うつろひわたれるきくの花の、いとおもしろき**をもてあそばるるなるべし。（一五八～一五九）

6 いみじうしやうぞきたる女房、うるはしく髪あげ、**裙帯領巾**などして、いろいろ**うちは**をさし隠しつつ、錦を敷けるえんに、十余人ばかりならび居たり。**上手の書きたりし唐絵**にたがはず。上げたる御簾のほどに、**むらさきのからの末濃の御几丁**うちあげて、**唐組のひぼ、長やかにうるはしき**をおしやりて、琴ひき給也。（一五九）

7 うるはしくて**かんざし**して、髪上げられたるも、（一五九）

8 **うちは**さし出で、ただまち取るほど、我世の人にことならず。（一六〇）

9 **楊貴妃といふ昔のためし**ひき出でぬべかりけるを、（一六二）

10 **錦の帳**のうちに、いつとなく沈み臥し給へるむすめの君、**玉のかんざし**あざやかにて、みすのもと近く、いとよく笑みて見出でて居給へり。（一七二）

11 女房五十人ばかりいみじう装束きて、髪あげ**うちは**さしつつ、柱ごとに火ともし渡してなみ居たり。むすめの君は、帳

のかたびらすこし捲き上げて、**うちは**を手まさぐりにして、見出でて臥したり。（一七四）

12　**菩提寺といふ寺におはします仏**、いみじう験じ給ふといふに、まうで給ひて、（一七五）

13　昔この所に住みける**わうしゆ**といふ人の、月のあかかりける夜、船に乗りつつ遊びし文作りける所に、（一七六）

14　**この水のはたに、松の木さくらなどあるしたに、いみじう老いたる人の、まつはなそたなる、えぼうしして、かなつゑつきて、花を見あげつつ、月のあかきをながめて立てるさま、絵に書けるやうにかうさびをかしきに、**鬢づら結ひたる童の、**うちは**もちたる、うしろのかたに立てり。（一七七）

15　水のほとりに、**錦のひらばり**うち渡して、あぐらどもを立てすゑて、文つくり遊び**龍頭鷁首の船**つけて、（一八六）

16　七月七日に、内裏に、**西王母**、**東方朔などいひける人**の、今日は行き合ひけるほうかでんといふ所にて、（一八七）

17　后の御方の妻戸おしあけて、**かんざしうるはしく、例の絵に書きたるやうなる人々**、さし出でて見おくるに、（一九一）

18　おはします側の方の御簾少し捲き上げて、**すはうの裾濃のざうがんの几帳**ひとへうちあげて、柱がくれにそばみて、うるはしく清らかに装束き、**裙帯領巾**などしたる人の、言ひしらずめでたき、（一九八）

19　**扇**をうちならしつつ、あなたふとうち出で給へる声のおもしろさは、さまざまのものの音を、調べあはせて聞かんよりもまさりて聞ゆるに、琴おし寄せ給へれば、**うちは**をおきて、柱にかくろへたれど、（一九九）

20　**うつぼの物語**の、**内侍の督**の弾きけんなむ風はし風の音も、かうはあらずやありけんと思ひやらるるに、（二〇〇）

21　**沈の文箱**の、**すこし大きなる**をさし出で給ままに、（二一〇）

22　**からの薄紫の紙に書ける文字のつくり筆のさきら**、**いとかしこくおもしろき**奥のかたに、（二一三）

23　ふかき夜の月、浮雲だになびかず澄めるに、**遙かにひろき池の中島に作りかけたる楼台**に、三四五の君、ことども掻きあはせて、月をながむるほどなり。（二一三～二一四）

24　**中島の汀よりよこたはれおひ出でて**、**楼台の上にさしおほひたる紅葉の**、**きてもまことに夜の錦かと見えたるに**、

25　おもしろき池のこゑ、紅葉の影にて、いとうるはしくしやうぞき、髪上げてゐたる、月かげともいづれともなく、**絵にかきたるやう**なり。（二一四）

26　色色にこきまぜたる上に、**うつし色なるおり物**をきたり。（二一四）

27　裾つきのをばなのするゐのやうにて、色くまなく白きに、こぼれかかれるひたひ髪のたえまたえま、**かんざし**など、ここそわろけれ、と、目だつところなくをかし。（二二九～二三〇）

28　**手も子めかしうをかしげなるを、**（二三〇）

29　**障子**に几帳そへて女をいだしたり。かやうにことごとしう、ものへだつばかりはちぎり聞えざりしを、こよなく思されにけるこそ、中中心憂けれ、とうらみ給つつ、**障子**よりこなたへ引き寄せ給へり。（二三六）

30　**中障子**のもとに、宰相の君を召し出でて逢ひ給へり。（二三八～二三九）

31　**中の障子**をとほりて、ゆくりなう入りおはしましたるに、（二四三）

（二四七）

32　花のにほひにも立ちまさりて、あざやかに気高う、愛敬づき給へりし人のかたみは、ゐだけにあらんかし、ゆらゆらとそぎかけられて、**いつへの扇**などをひろげたらん心ちして、（二四七）

33　**鈍色、香染など、あまたかさねて**うちやつれ給へる、色色に装束きたらんよりも、なまめかしきさまかはり、ほけつきたふとげになりて、（二四八）

34　御返事には、月のゆく雲井をさして思ひしもながめしほどのあはればかりぞ、**手もいみじう清げに書きなれて見所あるに、**（二五二）

35　姫君三になり給ければ、御袴着に寝殿にうつしたてまつり給。西面に仏をしするゐたてまつり給て、その**御かざり**、目もかかやくばかりしつくし給つつ、中に御居所は、北南をしてて、いみじうけうらにしつらひつつ、東面に姫君の御方は、**薄色のおりものの御き丁、おなじおり物のみき丁**立てわたして、**ことさらちひさき御てうども**にてひな遊びのやうにしつらひて、（二五三）

36　今ゆくすゑもおなじ蓮のうへに、と、いふ限りなき御契り

をつくし給つつ、仏の御日には、月ごとに経仏供養せさせ給ふ。ふげんかう、あみだの念仏など、かかる方の御いとなみもろともにし給て、まことにこれこそ**めうしやうごん**の御契りなんめれ、と、かうてしもめでたくあらまほしきを、（二五四）

37 后の事づけ給し文箱を取り出でたれば、**取る手もうつるばかりなる、沈の文箱の大きやかなる**を、やをらあけて見れば、**唐の色紙をあまたつぎて、**（二五八）

38 とかく見めぐらせば、**峰にかたかけて、松原のしたに、ささやかなる寝殿だつものこそ、北の対にや、一あれど**、いみじう荒れまどひて人こゑもせず。（二七三）

39 **朽木形のき丁**の帷子、年経にけるをしそへつつ、（二七六）

40 聖にも、**麻の装束**など、弟子にもしもほふしの品までも、野山の麓までくばらせ給。（二七七）

41 御心なぐさめに、**人の見るなる絵物語**などだに、かかる奥山には、いづこのかは見えむ。（二八四）

42 四月十日余日の程に、御衣がへとおぼしくて、四尺の御き丁二よろひ、三尺の一よろひ、**青朽葉**三尺四尺二よろひばかり、**くれなゐの打ちたるに、ふぢ襲の御衣ども、おなじ色の織物ども、撫子のおりものの袿かさねて**、尼上の御料には、**鈍色の御衣に、丁子染のうすものの袿、ざうがんの御袴**など、いみじうきよらに、ふたつにうるはしうつつみて、さぶらふ人人の料には、綾衣、**くれなゐ**こまごまと取り具して、簾畳さへ添へ給て、衣箱にいろいろの薫物ども入れ具して、**ちひさやかなる香の唐櫃**一具に、**色紙薄様**、よき墨筆どもなど入れて、上に、**おもしろくかかれたる絵物語**など入れまぜて、（二八五～二八六）

43 この**絵物語**は、宮こだにくらしがたきつれづれのなぐさめと、引きならされ侍を、（二八六）

44 **つれづれなぐさむべき絵物語**を、ふりはへ思より給へる御心のほどを、あさはかにあらず、なべてならざりける御心なりやと、あさからず思ひしられ給へるを、（二八七）

45 **絵物語**をぞ、まことにくれがたうながめわび侍に、うれしげに思ひて侍、（二八七）

46 **いみじうをかしき書きざま**など見るにつけても、（二九〇）

47 あけて入れつれば、戸口のほどによりて、**扇**をならしたれ

ば、（二九一）

48 例の**薄鈍の御衣**ども、何となき御衣のすそまでにも、見所おほく着なされて、（二九五）

49 心ちよげにうちわらひ給に、面さと赤みてうつぶしたるに、こぼれかかる髪のかかり、**かんざし**などのいとをかしげなるを、（二九八）

50 釣殿に御堂つくりはてたれば、仏みなうつしたてまつり給て、蓮の花ざかりに供養ありて、これより八講おこなはせたてまつり給御心まうけ、よのつねならず。**たふの作られたるさま、仏の御かざり、この世のものともおぼえず**、目もおよばず。（三〇五）

51 **底清くはらひなされたる池のおもて、緑深う霞みわたりたるに、蓮の花のいろいろ開けわたりたるほど、まことに極楽の八功徳池の池もかうこそあらめと思ひやられて**、すずしくいみじきに、（三〇五）

52 **経仏のかざり**、よのつねなるまじうおぼしいとなみたるさま、いみじからん后の位もなににかはせん。（三〇五）

53 かうやうけんといふところに住み給し后、第三の大臣のむすめ、かたち限りなき名とりて、**楊貴妃**などのやうに、時めきおぼされながら、一の后をはじめ、あまたの御方方にそねみうれへられて、（三一〇～三一一）

54 かのくにには、女すぐれたるなるべし。**楊貴妃、王昭君、李夫人**などいひて、あがりての世にもあまたありけり。**上陽宮にながめたる女**も、眼は芙蓉に似たり、胸は玉に似たりと誉めたり。（三一二）

55 昔かうやうけんに侍りけん**はんがく**といひ侍りける人などこそ、名を伝へ侍り。隣りなる女、これを思かけて、三歳まで見侍りけるを、**はんがく**はえ知らず侍りける。（三一二）

56 いみじき**楊貴み王せん君**なども、ただうるはしうさぶらひけるなんめり。（三一二）

57 一の大臣の五の君の事なほ奏し出でて、かたちはいと名をながすばかりにはさぶらはざりしかども、なべての人に比ぶれば、いとをかしげにて、**手書き文作り**、まこととしき才の、いといみじうすぐれて、（三一三～三一四）

58 よしのの御庄の司ども、御まうけなどして、このたびは、水のながれも石のたたずまひも、いとようつくろひないたれ

ば、見所まさりて、**絵に書いたるやうなるに、**（三一九）

59 **阿弥陀仏**の御前に、いとよわげにけふそくにかかりて、ひとへに念仏をし給。（三三二）

60 木丁をかき上げて見給へば、**白き衣どもに蘇芳なめり、なよらかなる着て、**衣のかぎり見えて臥し給へるかたはらに、かみぞいとこちたくたたなはりたる、（三三五）

61 顔くまなう白うをかしげに、ここもとぞ少しおくれたりけれと見ゆる所なう、あざあざとうつくしげに、わけめ、**かんざし**、ひたひのきはなどにいたるまでめでたきを、あさましうあはれとまぼるに涙さらにとどまらず。（三三六）

62 かたはらにたたなはりたる髪、掻き出で給へれば、いただきよりすゑまで、つゆおくれたる筋なく、まことにきんの漆なんどのやうに、かげ見ゆばかり艶艶として、七八尺ばかりうちやられたる末は、**五重の扇をひろげたらんやうに、**（三三八）

63 **いと黒き墨染**にやつれて、もてなしよしばむ事もなくて、袖に顔をおし当ててそばみ給へるが、（三四八）

64 御髪をかきいで給へれば、いただきより末まで、迷ふ筋といふものなく、艶艶と繰りかかりて、うちぎの裾にひとしき程などあるすゑの、**五重の扇などをひろげたらんやうなる、**あさましきまで有がたくめでたく、（三四八）

65 **山吹くれなゐの御衣に、薄紫の唐綾の指貫、白き堅紋のおりものの狩衣、**雪うち払ひつつさしあゆみ出で給へる、御かたちのたぐひなくめでたきを、（三五〇）

66 何事につけても、**大井の物語**のやうに、共に楽の声を待ちつけけんとのみ契りかはし給さま、心深くあはれなり。（三五三）

67 **青鈍の紙**に、経るままに悲しさまさる吉野山うき世いとふと誰たづねけん、**墨つき筆のながれ、まことしう上衆めきてうつくしき**を、かたちはさこそ前の世の功徳のむくいならめ、さる、ひたぶるに世を棄て給へりしうへの御かげにて、いとかう**手**をさへ書きすぐり給ひけんと、あさましきまでうちおきがたく見給。（三五六）

68 **扇**に顔ばかりをまぎらはして、あるにもあらず、ゐざりおり給さま言ふ限りなし。（三六〇）

69 さるべきものの隈に立ち隠れて見給へば、母上、**白き御衣**

八ばかり、紅の黒むまで清らなる、うちとけ安らかなる御もてなしも、いみじう花やかににほひ多く、若うきよらげにて、（三六七）

70　宮の御方は**紅梅どもにその色のおり物、梅の小袿**、見そめし春の夕暮よりは、いとこよなうおとなび給けり。（三六七）

71　我が御方の、大将の余り法気づきてもてなし給ふとむつかり申給て、殊更にして着せたてまつり給へる、**香染の御衣八ばかり、色濃き鈍色の無紋のおりものの小袿**着給へる、（三六七）

72　これを又よのつねに、八尺の御ぐしを掻き垂れて、**色色の御衣をたち重ねつつ**、昔ながらの御ありさまにひきつくろひたらんは、この頃今を盛りに、いとどいかに光を放つ心ちして、目もあやにかかやかまし、（三六七〜三六八）

73　**鈍色、青鈍など、御しつらひ鮮かにつくろひたれど**、はえばえしからず。（三六九）

74　君は丁のうちに、**三尺の木丁**引き寄せて隠れ給へるに、**鈍色ばかりに、上に白き御袿かさねて**、御ぐしの、こちたう**扇**などをひろげたらんやうに、**にぶ色の袿**にけざけざと見えたる、**絵に書きたるやうに**めでたければ、（三六九〜三七〇）

75　木丁おしやり給へれば、さまよきほどに**扇に**紛はして、少しそばみ給へる、今日は常よりもひきつくろひ給へるに、いとど目もおよばずをかしげに、ほどのいとささやかにらうたげなるに、かかれる髪の**かんざし**よりして、言ふ限りなう清げにかをるばかりに、にほひのいみじううつくしげなるほど、**おほえの皇子のむすめの王女**の、秋の月によそへられけんは、かうこそありけめ、（三七〇）

76　さばかりはげしき奥山の中より、いかでかかる人生ひ出でけん、と、**竹の中より見つけたりけんかぐや姫**よりも、これはなほめづらしう有がたき心ちして、（三七〇）

77　うべこそは急ぎ立ちけれ床の浦の波のよるべはなかりけりやは、**文字様**など、わざとをかしげならねど、**書きざま墨つきなど、書き馴れ、見所あるさま**ぞをかしきや。これぞ聞ゆる宮の御文よ。かかる**御書きざま**に、いみじき言の葉を尽し給は、（三七七）

78　この明くる朝より、千日のしやうじ始め給ひて、**法華経万部**読みたてまつらんとおぼして、（三八一）

79　しなのがふみにて、あさましうめづらかなる事の侍るに、物も覚え侍らず。みづからなんくはしくは聞えさすべき事、とあり。**書たるさま、筆のたちども知らぬやうなるに、**

（三九一）

80　かたはらに添ひ臥して、心とどめて高うよむときは、**手**などをならひさして、ききとどめしけしきのいみじうめでたかりし俤のはなるる世なくて、

（三九四）

81　此人のありさまをつてにてもきき、夢にてもみては、いみじからん**しやうの岩やの聖**なりとも、いかでか乱ざらん。

（三九五）

82　猶おぼつかなさに、とりつかひ給しものどもなどをあけてみ給へば、**絵**かき、手ならひなどし給より外の、けしきばみたる物もみえず、

（四〇〇）

83　この手ならひをかへすがへす涙をはらひつつ見給へば、こち渡り給てのち、**御手**をさりげなくてならひ給ければ、いとようにる物から、うつくしげなる所をさへぞ書そへ給へる。

（四〇一）

84　髪はただひきかづきたれど、つゆばかりまよひたるすぢなく、水などをながしたらんやうにて、裾などは**扇をひろげたらんやうに**こちたう、まだ見しらぬさまにて、めでたき事かぎりなし。

（四〇六）

85　一の大臣の第五のむすめ、うちにまゐらせて后にたてんとする程に、この世にもあらぬ人こそこひしけれ**玉のかんざし**なにかはせん、髪をそぎ、衣を染て、ふかき山に入りぬ、とあるを見るに、

（四四〇）

平中物語

1　又、この男、おほかたなるものから、ときどき、おかしきことは言ひけり。それに、**桜のいみじうおもしろきを折りて**、男の言ひやる。（六二）

2　又、女、**桜の花のおもしろきに**、つけて、まさぐらばおかしかるべき物にぞあるわが世久しくうつらずもがな（六三）

3　又、この男の家には、前栽好みて造りければ、おもしろき菊など、いとあまたぞ、植ゑたりける。間をうかがひて、月のいとあかきに、女ども集まり来て、前栽どもなど見て、花のなかに、いと高きにぞ、つけて言ひける。行きがてにむべしも人はすだきけり花は花なる宿にぞありける、とてぞ、みな帰りける。さりければ、この男、もし、来て、取りもや、する、とて、**花の中に、立ててぞ。わが宿の花は植ゑしに心あれば守る人なみ人となすにて、とぞ、書きて、立てりける。**（七四）

本朝神仙伝

1 **銀の台、金の闕、錦の帳、繡せる屏、**仙の楽は風に随ひ、綺へたる饌は日に弥る。（三三六）

2 その母を引きて、**鉄の鉢**に乗せて、海に浮びて去りぬ。（三三九）

3 日漸くに晩れむと欲て、**金色の三尺の千手観音**有して、夕陽の前、池水の上に現じたまへり。（三四三）

4 **即ち十一面観音の聖容、**幻の如くにして、頂の上に現じたまへり。（三四五）

5 此の山、黄金をもちて地に敷きたるは、慈尊の出世を待たむがために、**金剛蔵王**これを守りたまへるなり。（三四七）

6 大師さらに懺悔の法を行ふこと七日、**降三世、**炉壇に顕はれて曰へらく、（三五四）

7 **大師兼ねて草書の法を善くしたまへり。昔、左右の手足と口と、筆を乗り書を成したまへり。**故に唐の朝は五筆和尚と謂へり。**帝都の南面の三つの門、並びに応天門の額は、大師の書きたまひしところなり。その応天門の額、応字の上の点は、故に落したまへり。**額を上げし後、遙かに筆を投げて書きたまひたりけり。**朱雀門の額**にも、また精霊あり。**小野道風**難じて曰へらく、米雀門と謂ふべし、といへりしに、夢に人あり、来りて**弘法大師**の使なりと称し、その首を踏めり。**道風**仰ぎ見れば、履の鼻雲に入りて、その人を見ざりけり。**陰陽寮の額は三度書きたり。**（三五五）

8 **木工寮の額**は、寮の頭に門を造れり。額を打ちて日有り。陰陽寮の官をして、額を**大師**に請はしめしに、使のひと、期を違へて、**大師**に謁ゆること能はず。依りて祈り念じて曰へらく、**大師**は大権の人なり。五筆の勢を借りて、便ち拙き掌を下して、書かむ、といへり。**殆と大師の自らに書きたまへるが如くなりき。また文筆に善くして、多く遺文を作りたまへり。**ここに**性霊集七巻**有り。（三五六）

9 **唐の朝より如意宝珠を齎らしたまひてより以来、**我が朝にして、此の**珠**の在るところは、恵果の後身に并せて、彼の宗の深く秘するところなり。（三五六〜三五七）

10 **大師**の心行は、多く**遺告廿二章**に見れにたれば、重ねて論

ふべからず。（三五七）

11 会昌の天子の仏法を破滅するに逢へり。大師この喪乱に逢ひて、還りて**多くの仏像**・経論を得たまひぬ。（三六二）

12 **両界の儀形を作りて**、仏の許したまふや否やを祈れりしに、夢に日を射中てつ、（三六二）

13 黄昏に忽ちに**青衣**の童子ありて、来りて一物を授けて食はしむ。（三六七）

14 〔**白箸**を売る翁の事　第廿三〕**白箸**を売る翁は、洛陽の人なり。年幾許なるかを知らず。市の門に住みて、常に**白箸**を売りて、日ごとに飡ふことに供したりけり。（三七一）

15 都の良香は洛陽の人なり。文章は当世に冠絶せり。早に儒業を遂げ、**緋の衫**を行ね、著作に居れり。（三七二）

16 **筆を染め文を作り、点を加へず**。（三七三）

17 昔、**大学の柱に書して**云へらく、天の下の狂人、都の言道、といへり。（三七三）

18 **鴻臚館贈答詩**に云へらく、自ら都の良香尽きざることあり、といへり。（三七三）

19 浄蔵、帰路を尋ねしに、僧は**銅の瓶**を喚びて送らしむ。**瓶**は空を凌ぎて行きしかば、浄蔵随ひて路に達れり。（三七九）

20 **青衫**改まらずして、遂に他の官に遷らず、（三八六）

21 **銅の瓶**の飛び来りて、大井の水を酌む。（三九〇）

22 昔、金峯山にして、深き禅定に入り、**金剛蔵王**并びに管丞相の霊に見ひしこと、別記に見えたり。（三九二）

枕草子

1　白馬見るとて、里人は車きよげにしたてて見にゆく。中御門のとじきみひきすぐる程、かしら一所にゆるぎあひ、**さしぐし**もおち、用意せねばをれなどしてわらふも、またをかし。（四）

2　おもしろく咲たる**桜をながくをりて、**おほきなる**かめにさしたる**こそをかしけれ。（七）

3　**桜の直衣に出袿して、**まらうとにもあれ、御せうとの君たちにても、そこちかくゐて物などうちいひたる、いとをかし。（七）

4　四月。祭の比いとをかし。上達部殿上人も、**袍のこきうすきばかりのけぢめにて、白襲どもおなじさまに**すずしげにをかし。（七）

5　祭ちかく成て、**青朽葉、二藍の物ども**押しまきて細櫃のふたにいれ、紙などにけしきばかりおしつつみて、いきちがひもてありくこそをかしけれ。**裾濃、群濃、巻染など**も、つねよりはをかしくみゆ。（七）

6　蔵人思ひしめたる人の、ふとしもえならぬが、その日**あを色きたる**こそ、やがてぬがせでもあらばやと覚ゆれ。**綾ならぬ**はわろき。（八）

7　大進生昌が家に宮の出でさせ給ふに、**東の門は四足**になして、それより御輿はいらせ給ふ。（九）

8　北の門より女房の車どもも又陣のゐねば入なんと思ひて、かしらつきわろき人も、いたうもつくろはず、よせておるべき物と思ひあなづりたるに、**檳榔毛の車**などは、門ちひさければさばかりえいらねば、例の筵道しきておるるに、いとにくくはらだたしけれども、いかがはせん。（九）

9　などその**門はた、せばくは作て**住給ひける、といへば、わらひて、家の程身の程にあはせて侍るなり、といらふ。されど、**門のかぎりをたかう作る人**もありけるは、といへば、あなおそろし、とおどろきて、それは于定国が事にこそ侍るなれ、（一〇）

10　東の対の西の廂、北かけてあるに、北の**障子**に懸金もなかりけるを、それも尋ず。（一一）

11 **障子**を五寸ばかりあけていふなりけり。（一一）

12 門のことをこそ聞えつれ、**障子**あけ給へとやは聞えつる、といへば、（一一）

13 姫宮の御かたのわらはべの装束つかうまつるべきよし仰せらるるに、この**衵のうはおそひは、何の色に**かつかうまつらすべき、と申を、又わらふも理り也。（一二）

14 姫宮のおまへの物は、れいのやうにてはにくげにさぶらはん、**ちうせい折敷に、ちうせい高坏**などこそよく侍らめ、と申を、さてこそは、うはおそひきたらむわらはもまゐりよからめ、といふを、（一二）

15 あはれ、いみじうゆるぎありきつる物を、三月三日、頭弁の**柳かつらせさせ、桃の花をかざしにささせ、桜こしにさし**などしてありかせ給しをり、かかるめ見んとは思はざりけん、などあはれがる。（一四）

16 今の内裏の東をば北の陣といふ。なしの木の、はるかにたかきを、いく尋あらむ、などいふ。権中将、もとよりうちきりて、定澄僧都の**えだあふぎ**にせばや、との給ひしを、（一八）

17 出ぬる後に、など、その**えだあふぎ**をばもたせ給はぬ、といへば、物わすれせぬ、とわらひ給。（一八）

18 市は　たつの市。さとの市。つば市。大和にあまたある中に、長谷にまうづる人のかならずそこにとまるは、**観音の縁**のあるにやと、心ことなり。（一九）

19 たちは　**たまつくり**。（二一）

20 清涼殿のうしとらのすみの、北のへだてなる**御障子は、荒海のかた、いきたる物どものおそろしげなる、手長、足長などをぞかきたる。**上の御つぼねの戸をおしあけたれば、つねにめに見ゆるを、にくみなどしてわらふ。（二一）

21 高欄のもとに**あをき瓶のおほきなるをすゑて、桜の**いみじうおもしろき、**枝の五尺ばかりなるを、いと多くさしたれば**、高欄の外まで咲こぼれたるひるつかた、（二一～二二）

22 大納言殿、**桜の直衣**のすこしなよらかなるに、**こきむらさきの固紋の指貫、しろき御衣ども、うへにはこき綾のいとあざやかなるをいだして**、まゐり給へるに、（二二）

23 御簾のうちに、女房、**桜の唐衣**ども、くつろかにぬぎたれて、**藤、山吹などいろいろこのましうて**、あまた小半蔀の御

簾よりも**おしいでたる程**、日の御座のかたには、御膳まゐるあしおとたかし。（二二）

24　**しろき色紙**おしたたみて、これにただいまおぼえん古き事、一つづつ書け、と仰せらるる。（二三）

25　円融院の御時に、**草子に歌一つかけ**、と殿上人に仰せられければ、いみじう書きにくう、すまひ申す人々ありけるに、さらにただ、**手のあしさよさ**、歌の折にあはざらむもしらじ、と仰せらるれば、侘てみな書きける中に、（二三〜二四）

26　**例いとよく書く人も**、あぢきなう、みなつつまれて、**書きけがしなどしたるあり**。（二四）

27　**古今の草子**をおまへにおかせ給て、歌どものもとを仰られて、これがすゑいかに、ととはせ給に、（二四）

28　中にも**古今**あまた書きうつしなどする人は、みなもおぼえぬべきことぞかし。（二五）

29　ひとつには**御手**をならひ給へ、つぎには琴の御ことを、人よりことにひきまさらんとおぼせ、さては**古今の歌廿巻**を、みなうかべさせ給を御学問にはせさせ給へ、となん聞え給ひける、（二五）

30　**古今**をもてわたらせ給ひて御木丁をひきへだてさせ給ければ、女御、例ならずあやし、とおぼしけるに、**御草子**をひろげさせ給て……いかで猶すこしひがこと見つけてをやまん、とねたきまでにおぼしめしけるに、**十巻**にもなりぬ。……**下十巻**を、明日にならばことをぞ見給ひあはするとて、今日さだめてんと、大殿油まゐりて、夜ふくるまでよませ給ひける。されどつひに負け聞えさせ給はず成にけり。……我は**三巻四巻**だにえはてじ、と仰らる。（二五〜二六）

31　すさまじき物　ひるほゆる犬。春の網代。三四月の**紅梅の衣**。牛しにたる牛飼。ちごなくなりたる産屋。火おこさぬ炭櫃、地火炉。博士のうちつづき女児むませたる。方違へにいきたるに、あるじせぬ所。まいて節分などは、いとすさまじ。（二八）

32　**人の国よりおこせたるふみの**、**物なき**。京のをもさこそ思らめ、されどそれはゆかしきことどもをも、書きあつめ、世にある事などをも聞けば、いとよし。**人のもとにわざときよげに書きてやりつるふみの**、返事いまはもて来ぬらんかし、あやしうおそき、と待つほどに、**ありつる文**、**立文をもむす**

びたるをも、いときたなげにとりなし、ふくだめて、うへに引きたりつる墨などきえて、おはしまさざりけり、もしは、御物忌とてとりいれず、といひてもて帰たる、いと侘しくすさまじ。（二八〜二九）

33 物のをりの**扇**いみじと思て、心ありとしりたる人にとらせたるに、其日に成て**思はずなる絵など書きて**えたる。（三一）

34 はかなき**薬玉卯槌**などもてありく物などにも、猶かならずとらすべし。思かけぬ事にえたるをば、いとかひありと思ふべし。（三一〜三二）

35 さやうのものは、人のもとにきて、ゐんとする所をまづ**扇してこなたかなたあふぎちらして、**塵はきすて、ゐもさだまらずひろめきて、**狩衣のまへ、まきいれてもゐるべし。**（三四）

36 **伊予簾**などかけたるに、うちかづきてさらさらとならしたるも、いとにくし。**帽額の簾**は、ましてこはしのうちおかるるおといとしるし。（三五）

37 あしうあくれば、**障子**なども、こほめかしうほとめくこそしるけれ。（三五）

38 心ときめきする物　雀の子がひ。ちごあそばする所のまへわたる。よきたき物たきて、ひとりふしたる。**唐鏡**のすこしくらき見たる。（三七）

39 かしらあらひ、化粧じて、**かうばしうしみたる衣**などきたる。（三七）

40 すぎにしかた恋しき物　**かれたる葵。雛あそびの調度。二藍葡萄染などのさいで**の、おしへされて**草子**の中などにありける、見つけたる。折から哀なりし人の文、雨などふりつれづれなる日さがし出たる。**去年のかはほり。**（三七）

41 心ゆく物　**よく書いたる女絵の、ことばをかしうつづけておほかる。**物見のかへさに、のりこぼれて、をのこどもいと多く、牛よくやるものの車はしらせたる。**しろくきよげなる陸奥紙にいといとほそう書くべくはあらぬ筆してふみ書きたる。うるはしき糸のねりたる、**あはせぐりたる。（三八）

42 **檳榔毛**はのどかにやりたる。いそぎたるはわろく見ゆ。**網代**ははしらせたる。人の門の前などよりわたりたるを、ふと見やる程もなく過て、ともの人ばかりはしるを、誰ならんと思ふこそをかしけれ。ゆるゆると久しくゆくは、いとわろ

し。（三九）

43 夏などのいとあつきにも、**かたびらいとあざやかにて、薄二藍青鈍の指貫**など、ふみちらしてゐためり。**烏帽子に物忌つけたるは、**さるべき日なれど、功徳のかたにはさはらずと見えんとにや。（四〇）

44 ひさしうあはざりつる人のまうであひたる、めづらしがりて、ゐより物いひ、うなづき、をかしきことなど語りいでて、扇ひろうひろげて口にあててわらひ、**よく装束したる数珠**かいまさぐり、手まさぐりにし、こなたかなたうち見やりなどして、（四〇）

45 前駆すこし追はする車とどめておるる人、**蟬の羽よりも軽げなる直衣、指貫、生絹のひとへなどきたるも、狩衣のすがたなるも、**さやうにて、わかうほそやかなる三四人ばかり、侍のもの又、さばかりして入れば、初ゐたる人々もすこしうちみじろぎくつろい、高座のもとちかき柱もとにすゑつれば、かすかに数珠おしもみなどしてききゐたるを、講師も、はえばえしく覚ゆるなるべし、（四一）

46 菩提といふ寺に、結縁の八講せしにまうでたるに、人のもとより、とく帰給ね、いとさうざうし、といひたれば、**蓮のはなびらに、**もとめてもかかる蓮の露をおきて憂世に又はかへる物かは、**とかきてやりつ。**（四二）

47 **二藍の指貫直衣あさぎのかたびら**をぞすかし給へる。すこしおとなび給へるは、**青鈍の指貫、しろき袴**もいと涼しげ也。（四三）

48 すこし日たくる程に、三位中将とは関白殿をぞ聞えし、**香の薄物の二藍の御直衣、二藍の織物の指貫、こき蘇枋のしたの御袴に、はりたるしろきひとへの、いみじうあざやかなる**を着給てあゆみ入り給へる、さばかりかろび涼しげなる御中に、暑かはしげなるべけれど、いとめでたしとぞ見え給ふ。（四四）

49 **ほほ塗骨など、骨はかはれど、ただあかき紙を、おしなべてうちつかひ持たまへるは、**撫子のいみじう咲たるにぞいとよくにたる。（四四）

50 義懐の中納言の御さま、常よりもまさりておはするぞかぎりなきや。**色あひのはなばなと、いみじうにほひ、あざやかなるに、いづれともなき中の帷子を、これはまことにすべて**

ただ直衣ひとつを着たるやうにて、つねに車どものかたを見おこせつつ、ものなどいひかけ給ふ。をかしと見ぬ人はなかりけん。（四四）

51　返事ききたるにや、すこしあゆみくる程に、扇をさしいで、よびかへせば、歌などの文字いひあやまりてばかりや、かうはよびかへさん、ひさしかりつる程おのづからあるべきことは、なほすべきもあらじ物を、とぞおぼえたる。（四五）

52　車はかい消つやうにうせにけり。下簾など、ただ今日はじめたりと見えて、こきひとへがさねに、二藍の織物、蘇枋の薄物のうはぎなど、しりにも摺りたる裳、やがてひろげながらうちかけなどして、なに人ならん、何かはまた、かたほならんことよりは、げにときこえて、中〳〵いとよしとぞおぼゆる。（四六）

53　其初より、やがてはつる日まで立たる車の有けるに、人よりくとも見えず、すべてただ浅ましう、絵などのやうにて過しければ、ありがたく、めでたく、心にくく、いかなる人ならん、いかでしらんととひ尋けるを聞給て、藤大納言などは、何かめでたからん、いとにくくゆゆしき物にこそあなれ、との給けるこそ、をかしかりしか。（四七）

54　いとつややかなる板の端ちかう、あざやかなるたたみ一ひら打しきて、三尺の木丁、おくのかたにおしやりたるぞあぢきなき。端にこそたつべけれ。おくのうしろめたからんよ。（四八）

55　人はいでにけるなるべし、うす色の、うらいとこくて、うへはすこしかへりたる、ならずは、こき綾のつややかなるがいとなえぬを、かしらごめに引着てぞねたる。香染のひとへ、もしは、黄生絹のひとへ、紅のひとへ袴のこしのいとながやかに、きぬの下よりひかれ着たるも、まだとけながらなめり。そばのかたに、髪のうちたたなはりてゆるらかなる程、ながさおしはかられたるに、（四八）

56　またいづこよりにかあらん、朝ぼらけにいみじう霧みちたるに、二藍の指貫に、あるかなきかの色したる香染の狩衣、しろき生絹に紅のとほすにこそはあらめ、つややかなるが、霧にいたうしめりたるをぬぎたれて、鬢のすこしふくだみたれば、烏帽子のおし入れたるけしきも、しどけなくみゆ。（四八～四九）

57 枕がみのかたに**朴に紫の紙はりたる扇**、ひろごりながらあるは、**陸奥紙の畳紙のほそやかなるが、花か紅か、すこしにほひたるも**、木丁のもとにちりほひたり。（四九）

58 枕がみなる**扇**、わが持たるして、およびてかきよするが、あまりちかうよりたるにやと、心ときめきしてひきぞいらるる。（五〇）

59 いでぬる人もいつの程にかとみえて、**萩の、露ながらおし折たるに、付てあれど**、えさしいでず。**香の紙の、いみじうしめたるにほひ**、いとをかし。（五〇）

60 四月のつごもり五月のついたちの比ほひ、**橘の葉のこく青きに、花のいとしろうさきたるが**、雨うちふりたるつとめてなどは、よになう心あるさまにをかし。**花のなかより、こがねの玉かと見えて**、いみじうあざやかに見えたるなど、朝露にぬれたる、あさぼらけの桜におとらず。郭公のよすがとさへ思へばにや、猶さらにいふべうもあらず。（五一）

61 **梨の花**、よにすさまじきものにて、ちかうもてなさず、**はかなき文つけなどだにせず**、愛敬おくれたる人の顔などを見ては、たとひにいふも、げに、葉の色よりはじめてあいなく見ゆるを、**唐土には限なき物にて文にもつくる**、猶さりとも様あらんと、せめて見れば、花びらのはしにをかしき匂ひこそ、心もとなうつきためれ。**楊貴妃の、帝の御使にあひて、なきける皃ににせて**、梨花一枝春雨をおびたり、などいひたるは、朧気ならじと思ふに、猶いみじうめでたきことは、たぐひあらじと覚えたり。（五一）

62 **さるさはの池は、うねべの身なげたる**を聞こしめして、行幸などありけんこそ、いみじうめでたけれ。ねくたれ髪を、と人丸がよみけん程など思ふに、いふもおろか也。（五三）

63 空の気色、曇りわたりたるに、中宮などには、**縫殿より御薬玉とて、色々の糸を組みさげて参らせたれば**、御帳たてたるが母屋の柱に左右につけたり。九月九日の**菊を、あやしき生絹の衣につつみて参らせたる**を、おなじ柱にゆひつけて月比ある、**薬玉**にときかへてぞすつめる。又、**薬玉**は菊の折まであるべきにやあらん。されど、それはみな糸をひき取て物ゆひなどして、しばしもなし。（五三〜五四）

64 御節供まゐり、わかき人々菖蒲のこしさし、物忌つけなどして、**さまざまの唐衣、汗衫などに、をかしきをり枝どもな**

がき根に群濃の組してむすびつけたるなど、めづらしういふべきことならね、いとをかし。（五四）

65 **紫紙に楝の花、あをき紙に菖蒲の葉、ほそくまきてゆひ、**又、**しろき紙を根してひきゆひたる**も、をかし。いと**ながき根を、文の中にいれ**などしたるを見る心ちども、えんなり。（五四）

66 **ひの木、**またけぢかからぬ物なれど、**三葉四葉の殿づくり**もをかし。五月に雨の声をまなぶらんも哀なり。（五六）

67 **白樫**といふ物は、まいて深山木の中にもいとけどほくて、**三位二位のうへの衣そむる折ばかりこそ、**葉をだに人の見るめれば、をかしきことめでたき事にとりいづべくもあらねど、（五六～五七）

68 姿なけれど、**棕櫚の木、唐めきてわるき家のものとは見えず。**（五七）

69 あてなるもの　**うす色にしらかさねの汗衫。**かりのこ。**削り氷にあまづらいれて、あたらしき金椀**にいれたる。**水晶の数珠。**藤の花。梅の花に雪のふりかかりたる。いみじううつくしきちごの、いちごなどくひたる。（六〇）

70 夏虫、いとをかしうらうたげ也。火ちかうとりよせて、**物語**など見るに、**草子**のうへなどにとびありく、いとをかし。（六一）

71 七月ばかりに風いたうふきて、雨などさわがしき日、大かたいとすずしければ、**扇**もうちわすれたるに、**汗の香すこしかかへたる綿衣のうすきを、**いとよくひき着てひるねしたるこそ、をかしけれ。（六二）

72 にげなき物　下衆の家に雪のふりたる。又、月のさし入たるも、くちをし。月のあかきに**屋形なき車**のあひたる。又、**さる車にあめ牛かけたる。**（六二）

73 **下衆の、紅の袴きたる。**このごろはそれのみぞあめる。靫負の佐の夜行すがた。狩衣すがたもいとあやしげなり。**人におぢらるるうへの衣はおどろおどろし。**たちさまよふも見つけてあなづらはし。嫌疑の物やある、ととがむ。入りゐて**空だきものにしみたる木丁**にうちかけたる袴など、いみじうたづきなし。（六二～六三）

74 をのこは、又、随身こそあめれ。いみじう美々しうてをかしき君達も、随身なきはいとしらじらし。弁などは、いとを

かしき司に思ひたれど、**下襲のしりみじかくて、**随身のなきぞいとわろきや。（六四）

75　三月つごもりがたは、**冬の直衣の着にくきにやあらん、うへの衣がちにてぞ**殿上の宿直姿もある。（六七）

76　つとめて、日さしいづるまで、式部のおもとと小廂にねたるに、おくの遣戸をあけさせ給て、上の御前、宮の御前、出させ給へば、起きもあらずまどふを、いみじくわらはせ給。**唐衣をただ汗衫のうへにうち着て、**宿直物もなにも、うづもれながらある、うへにおはしまして、陣より出入物ども御覧ず。（六七）

77　よき家、中門あけて、**檳榔毛の車**しろくきよげなるに、**蘇枋の下簾、**にほひいときよらにて、榻に打かけたるこそめでたけれ。五位六位などの、**下襲のしりはさみて、笏のいとしろきに、扇うちおきなど**いきちがひ、又、装束し壷胡籙負ひたる随身の出入したる、いとつきづきし。（七二〜七三）

78　暁にかへらん人は、装束《さうぞく》などいみじううるはしう**烏帽子の緒、元結かためずもありなん**とこそおぼゆれ。……　ついゐて、**烏帽子の緒、きと強げにゆひいれて、**かいすうるおとして、**扇、**畳紙など、よべ枕がみにおきしかど、おのづからひかれ散りにけるをもとむるに、くらければ、いかでかは見えん、いづらいづらとたたきわたし見いでて、**扇ふたふたとつ**かひ、懐紙さしいれて、まかりなん、とばかりこそいふらめ。（七四〜七五）

79　草は　菖蒲。菰。**葵、いとをかし。神代よりして、さるかざしと成けん、**いみじうめでたし。もののさまもいとをかし。（七六）

80　**かたばみ、綾の紋**にてあるも、こと物よりはをかし。（七六）

81　集は　**古万葉。古今。**（七九）

82　ありがたきもの　舅にほめらるる婿。又、姑に思はるる嫁の君。毛のよくぬくる**銀の毛抜。**（八二〜八三）

83　**物語、集**など書きうつすに、本に墨つけぬ。よき**草子**などはいみじう心して書けど、かならずこそきたなげになるめれ。（八三）

84　内のつぼね、細殿、いみじうをかし。上の蔀あげたれば、風いみじう吹入れて、夏もいみじう涼し。冬は、雪あられな

どの、風にたぐひて降り入たるも、いとをかし。せばくて、わらはべなどののぼりぬるぞあしけれども、**屏風**のうちにかくしすゑたれば、こと所のつぼねのやうに、声たかくえ笑ひなどもせでいとよし。（八三）

85 **几丁の帷子いとあざやかに、裾のつま、すこしうちかさなりて**見えたるに、**直衣のうしろにほころびたえすきたる**君達、六位の蔵人の、**青色など着て**、うけばりて遣戸のもとなどにそばよせてはえ立たで、塀のかたにうしろおして、袖うちあはせて立ちたるこそ、をかしけれ。（八四）

86 又、**指貫いと濃う、直衣あざやかにて、色々のきぬどもこぼしいでたる人の**、簾をおし入れて、なかばいりたるやうなるも、外より見るはいとをかしからんを、きよげなる硯引きよせて文かき、もしは、鏡こひて鬢なほしなどしたるは、すべてをかし。（八四〜八五）

87 **三尺の木丁をたてたるに、帽額のしも、ただすこしぞある**、外にたてる人とうちにゐたる人と物いふが、顔のもとにいとよくあたりたるこそをかしけれ。丈の高く、短からん人などや、いかがあらん。猶尋常の人はさのみあらん。（八五）

88 職の御曹司におはしますころ、**木立などの、遙に物ふり、屋のさまもたかう、けどほけれど**、すずろにをかしうおぼゆ。母屋は鬼ありとて、南へ隔ていだして、南の廂に御几帳たてて、又廂に女房はさぶらふ。（八六）

89 心ちよげなる物　**卯杖の法師**。御神楽の人長。**神楽の振幡とか持たる物**。（八七）

90 御仏名のまたの日、**地獄絵の御屏風**とりわたして、宮に御覧ぜさせ奉らせ給。ゆゆしういみじき事かぎりなし。是見よ、是見よ、と仰せらるれど、さらに見侍らで、ゆゆしさに、こへやにかくれ伏しぬ。（八八）

91 いかなる**文**ならん、とおもへど、たゞいまいそぎ見るべきにもあらねば……そのありつる**御文**を給はりて来、となんおほせらるる、とくとく、といふが、**いをの物語**なりや、とて見れば、**青き薄様にいときよげに書き給へり**。（八九〜九〇）

92 蘭省花時錦帳下、と書きて、末はいかにいかに、とあるを、いかにかはすべからん。御前おはしまさば御覧ぜさすべきを、これが末を知り顔に、**たどたどしき真名かきたらんも、いと見ぐるし**、と思まはすほどもなくせめまどはせば、

ただその奥に炭櫃にきえ炭のあるして、草の庵りをたれかたづねん、と書きつけてとらせつれど又返事もいはず。（九〇）

93 上笑せ給て、語り聞えさせ給ひて、をのこどもみな扇にかきつけてなん持たる、など仰らるるにこそ、あさましうなにの言はせけるにかとおぼえしか。（九三）

94 桜の綾の直衣の、いみじう花々と、裏のつやなどえもいはずきよらなるに、葡萄染のいとこき指貫、藤の折枝おどろおどろしく織りみだりて、紅の色うちめなど、かがやくばかりぞ見ゆる。白き、うす色など下にあまたかさなりたり。せばき縁に、かたつかたは下ながら、すこし簾のもとちかうよりゐ給へるぞ、まことに絵にかき物語のめでたき事にいひたる、これにこそは、とぞ見えたる。（九四〜九五）

95 御前の梅は、西は白く東は紅梅にて、すこしおちがたになりたれど、猶をかしきに、うらうらと日のけしきのどかにて、人に見せまほし。（九五）

96 いとさだすぎふるぶるしき人の、髪などもわがにはあらねばにや所々わななきちりぼひて、おほかた色ことなる比なれば、あるかなきかなる薄鈍、あはひも見えぬきはきぬなどばかりあまたあれど、露のはえも見えぬに、おはしまさねば裳もきず袿すがたにてゐたるこそ、物そこなひにて口惜しけれ。（九五）

97 御前に人々いと多く、殿上人などさぶらひて、物語のよきあしき、にくき所なんどをぞ、定めいひそしる。涼、仲忠などがこと、御まへにも、おとりまさりたるほどなどおほせられける。まづ、これはいかに、とくことわれ、仲忠が童生ひのあやしさを、せちに仰せらるるぞ、などいへば、なにか、琴なども天人のおるばかり弾きいで、いとわるき人なり、御門の御むすめやは得たる、といへば、仲忠が方人ども所をえて、さればよ、などいふに、（九六）

98 この事どもよりは、ひる斉信がまゐりたりつるを見ましかば、いかにめでまどはまし、とこそおぼえつれ、と仰せらるるに、さて、まことに、常よりもあらまほしうこそ、などいふ。まづその事をこそは啓せんと思ひてまゐりつるに、物語のことにまぎれて、とて、ありつる事共きこえさすれば、（九六〜九七）

99 西の京といふ所の、あはれなりつる事、もろともに見る人

のあらましかばとなんおぼえつる。**垣なども皆ふりて、苔おひてなん**、などかたりつれば、宰相の君の、瓦に松はありつるや、といらへたるに、いみじうめでて、西の方、都門を去れる事、幾多の地ぞ、と口ずさみつる事など、かしがましきまでいひしこそをかしかりしか。　（九七）

100　返事はかかで、**和布を一寸ばかり紙につつみて**やりつ。
（九九）

101　御まへにも、なかなるをとめ、とは御覧じおはしましけんとなん思たまへし、ときこえさせたれば、たちかへり、いみじく思へるなる**仲忠**がおもてぶせなる事はいかで啓したるぞ。ただこよひのうちに、よろづの事をすててまゐれ。さらずはいみじうにくませ給はん、となん仰せ事あれば、
（一〇一）

102　職の御曹司におはします比、西の廂に**不断の御読経あるに、仏などかけたてまつり**、僧どものゐたるこそさらなるなれ。　（一〇二）

103　あやしき物の声にて、猶かの御仏供おろし侍なん、といへば、いかでか、まだきには、といふなるを、なにのいふにかあらんとてたち出て見るに、なま老いたる女法師の、いみじう**すすけたる衣**をきて、さるざまにていふなりけり。
（一〇二）

104　その衣一とらせてとくやりてよ、と仰せらるれば、これ給はするぞ、**衣すすけためり、しろくて着よ**、とて投げとらせたれば、ふしをがみて、肩にうちおきては舞ふものか、まことににくくて、みな入にしのち、ならひたるにやあらん、つねに見えしらがひありく。やがて常陸介とつけたり。**衣もしろめず**おなじすすけにてあれば、いづちやりてけんなどにくむ。　（一〇三）

105　師走の十よ日の程に、雪いみじうふりたるを、女官どもなどして、縁にいとおほくおくを、おなじくは、**庭にまことの山をつくらせ侍らん**とて、さぶらひめして仰せ事にていへば、あつまりてつくる。主殿の官人の、御きよめに参りたるなども、みなよりて、いとたかうつくりなす。　（一〇四）

106　五日のほどに雨ふれど、消ゆべきやうもなし。すこしたけぞおとりもてゆく。**白山の観音**これ消えさせ給な、などいのるも物くるほし。　（一〇五）

107 局へいととく下るれば侍の長なるもの、柚の葉のごとくなる宿直衣の袖の上に、あをき紙の松につけたるをおきて、わななき出たり。それはいづこのぞ、ととへば、斎院より、といふに、ふとめでたうおぼえて、とりて参りぬ。（一〇七）

108 御文あけさせたまへれば、五寸ばかりなる卯槌ふたつを、卯杖のさまに、頭などをつつみて、山橘、ひかげ、山すげなどうつくしげにかざりて、御文はなし。ただなるやうあらんやは、とて御覧ずれば、卯杖の頭つつみたる、ちひさき紙に、山とよむをのの響をたづぬればいはひのつえのおとにぞありける、御返かかせ給ふほどもいとめでたし。斎院には、是より聞えさせ給ふも、御返も、猶心ことにかきけがしおほう、御ようい見えたり。（一〇七～一〇八）

109 御使に、しろき織物のひとへ、蘇枋なるは梅なめりかし。雪のふりしきたるにかづきてまゐるもをかしう見ゆ。（一〇八）

110 木守といふものの、築土の程に廂さして居たるを、縁のもと近くよびよせて、（一〇九）

111 身はなげつ、とて、蓋のかぎり持てきたりけん法師のやうに、すなはち持て来しがあさましかりしこと、物の蓋に小山作りて白き紙に歌いみじう書きてまゐらせんとせし事、など啓すれば、いみじく笑はせ給。（一一一）

112 めでたき物　唐錦、かざり太刀、作り仏のもくゑ、色あひふかく花房ながく咲きたる藤の花、松にかかりたる。六位の蔵人。いみじき君達なれど、えしも着給はぬ綾織物を、心にまかせてきたる、青色すがたなどのいとめでたきなり。（一一二～一一三）

113 御むすめ后にておはします、又まだしくても、姫君などきこゆるに、御書の使とてまゐりたれば、御文とり入るるよりはじめ、褥さし出る袖口など、明暮見し物ともおぼえず、下襲のしりひきちらして、衛府なるはいますこしをかしく見ゆ。（一一三）

114 なれつかうまつる三年四年ばかりを、なりあしく、ものの色よろしくて、まじはらんはいふかひなき事なり。（一一四）

115 法師の才ある、はた、すべていふべくもあらず。后のひるの行啓。一の人の御ありき、春日詣。葡萄染の織物。すべてなにもなにも紫なる物はめでたくこそあれ。花も糸も紙も。

庭に雪のあつくふりしきたる。一の人。紫の花の中には、杜若ぞすこしにくき。六位の宿直姿のをかしきも、紫のゆゑなり。（一一四）

116 なまめかしき物　細やかにきよげなる君達の直衣姿。をかしげなる童女の、うへの袴などわざとはあらで、ほころびがちなる汗衫ばかりきて、卯槌、薬玉などながくつけて、高欄のもとなどに、扇さしかくしてゐたる。薄様の草子。柳のもえ出たるに、青き薄様にかきたる文つけたる。三重がさねの扇。五重はあまりあつくなりて、もとなどにくげなり。
（一一五）

117 いとあたらしからず、いたう物ふりぬ、桧皮葺の屋に、ながき菖蒲をうるはしう葺きわたしたる。（一一五）

118 あをやかなる簾の下より木帳の朽木形いとつややかにて、紐のふきなびかされたる、いとをかし。しろき組のほそき。帽額あざやかなる簾の外、高欄にいとをかしげなる猫の、あかき頚綱にしろき札つきて、はかりの緒、組のながきなどつけて、ひき歩くも、をかしうなまめきたり。（一一五）

119 五月の節のあやめの蔵人。菖蒲のかづら、赤紐の色にはあらぬを、領巾裙帯などして、薬玉、みこたち上達部の立ちなみ給へるにたてまつれる、いみじうなまめかし。取て腰にひきつけつつ、舞踏し拝し給も、いとめでたし。（一一五）

120 紫の紙をつつみ文にて、房ながき藤につけたる。
（一一五～一一六）

121 辰の日の夜、青摺の唐衣、汗衫を皆きせさせ給へり。女房にだに、かねてさもしらせず、殿上にはましていみじうかくして、皆装束したちて、くらうなりにたるほどに持てきて着、赤紐をかしうむすびさげて、いみじう瑩じたるしろき衣、型木のかたは絵にかきたり。織物の唐衣どものうへに着たるは、誠に珍しき中に、わらはははまいてすこしなまめきたり。下仕までいでゐたるに、殿上人上達部おどろき興じて、小忌の女房とつけて、小忌の君達は外にゐて物などいふ。
（一一六）

122 小兵衛といふが赤紐のとけたるを、是むすばばや、といへば、実方の中将、よりてつくろふに、ただならず。足引の山井の水は氷れるをいかなるひものとくるなるらん、といひかく。（一一七）

123 うは氷あはにむすべるひもなれば**かざす日影**にゆるぶばかりを　（一一七）

124 **細太刀に平緒つけて、**きよげなるをのこの持てわたるもなまめかし。　（一一八）

125 内は、五節の比こそ、すずろに、ただ、なべて見ゆる人もをかしうおぼゆれ。殿司などの、**色々のさいで**を、ものいみのやうにて、**釵子につけたる**なども、めづらしう見ゆ。宣耀殿の反橋に、**元結のむら濃いとけざやかにて**いでゐたるも、さまざまにつけてをかしうのみぞある。　（一一九）

126 **山藍、ひかげなど、柳筥に入て、**かうぶりしたるをとこなど持てありくなど、いとをかしう見ゆ。殿上人の直衣ぬぎたれて、**扇**やなにやと拍子にして、つかさまさりと、しきなみぞたつ、といふ歌をうたひ、局どもの前渡る、　（一一九）

127 行事の蔵人の、**掻練襲**、ものよりことにきよらに見ゆ。　（一一九）

128 **無名といふ琵琶の御琴**を、上の持てわたらせたまへるに、見などしてかきならしなどすといへば、弾くにはあらで、緒などを手まさぐりにして、これが名よ、いかにとか、と聞えさするに、ただいとはかなく、名もなし、との給はせたるは、猶いとめでたしとこそおぼえしか。　（一二〇）

129 上の御まへに、**いなかへじといふ御笛**のさぶらふ名なり。　（一二一）

130 御前にさぶらふ物は、**御琴も御笛も、皆めづらしき名つきてぞある。**玄上、牧馬、井手、渭橋、無名など。又和琴なども、朽目、塩竃、二貫などぞきこゆる、水竜、小水竜、宇陀の法師、釘打、葉二、なにくれなど、おほく聞きしかど忘れにけり。**宜陽殿の一の棚に、**といふことぐさは、頭の中将こそし給しか。　（一二一）

131 琵琶の御琴をたたざまに持たせ給へり。**紅の御衣どもの、いふも世のつねなる袿、又はりたるども**などを、あまた奉りて、**いとくろうつややかなる琵琶**に、御袖を打かけて、とらへさせ給へるだにめでたきに、そばより御ひたひの程の、いみじうしろう、めでたく、けざやかにて、はつれさせたまへるは、たとふべき方ぞなきや。　（一二二）

132 綾などならばこそ、裏を見ざらん人もげにとなほさめ、**無紋の御衣なれば、なにをしるしにてか、**なほす人たれもあら

ん、まだ縫ひたまはぬ人になほさせよ、　（一二三）

133 **面白き萩薄などを植て見るほどに**、長櫃持たるもの、鋤などひきさげて、只ほりにほりていぬるこそ、わびしうねたけれ。よろしき人などの有時は、さもせぬ物を。いみじう制すれど、只すこし、など打いひていぬる、いふかひなくねたし。　（一二四）

134 あさましきもの　**刺櫛**すりてみがく程に、物につきさへてをりたる心ち。　（一二五）

135 男も女も、法師も、宮づかへ所などより、同じやうなる人もろともに寺へまうで物へもいくに、**このましうこぼれいで、よういよく、いはばけしからず、あまり見ぐるしともみつべくぞあるに**、さるべき人の、馬にても車にても、ゆきあひ見ずなりぬる、いと口惜。　（一二六）

136 かくいふ所は、明順の朝臣の家なりける。そこもいざ見ん、といひて、車よせて下りぬ。田舎だち、ことそぎて、**馬のかたかきたる障子、網代屏風、三稜草の簾など、殊更にむかしの事を移したり。屋のさまもはかなだち、廊めきて、端ぢかにあさはかなれど**、をかしきに、げにぞかしがましと思ふばかりになきあひたる時鳥の声を、口をしう御前にきこしめさせず、さばかりしたひつる人々を、と思ふ。　（一二八）

137 **唐絵にかきたる懸盤**して、ものくはせたるを、見入るる人もなければ、家のあるじ、いとひなびたり。かかる所に来ぬる人は、ようせずは、あるじ逃げぬばかりなど、せめいだしてこそまゐるべけれ、むげにかくては、その人ならず、などいひて、取はやし、　（一二八〜一二九）

138 卯の花のいみじう咲きたるをりて、**車の簾、かたはらなどにさしあまりて**、おそひ、むねなどに、ながき枝を葺たるやうにさしたれば、只卯花の垣ねを牛にかけたるぞと見ゆる。供なるをのこども、いみじう笑ひつつ、ここまだし、ここまだし、とさしあへり。　（一二九）

139 雨まことふりぬ。などか、こと御門御門のやうにもあらず、**土御門しもかうべもなくしそめけん**と、今日こそいとにくけれ、などいひて、　（一三〇）

140 いひあはせなどする程に、藤侍従、**ありつる花につけて、卯花の薄様にかきたり。**　（一三一）

141 中納言まゐり給て、**御扇**たてまつらせたまふに、隆家こそ

いみじき骨はえて侍れ、それを張らせてまゐらせんとするに、おぼろけの紙はえ張るまじければ、もとめ侍なり、と申給。いかやうにかある、ととひ聞えさせたまへば、すべていみじう侍り、更に**まだ見ぬ骨**のさまなり、となむ人々申す、まことにかばかりのはみえざりつ、と言たかくの給へば、さては**扇のにはあらで、海月のなり**、と聞ゆれば、これは隆家が言にしてん、とて笑ひ給。　（一三六）

142 御返いできぬれば、あなおそろし、まかり逃ぐ、といひて出ぬるを、いみじう**真名も仮名もあしう書く**を、人わらひなどする、かくしてなんある、といふもをかし。　（一三八）

143 **作物所**の別当する比、たがもとにやりたりけるにかあらん、**物の絵様**やるとて、これがやうにつかうまつるべし、とかきたる**真名の様、文字の、よにしらずあやしきを見つけて**、これがままにつかうまつらば、ことやうにこそあるべけれ、とて、殿上にやりたれば、人々とりて見ていみじう笑ひけるに、おほきにはらだちてこそにくみしか。　（一三八）

144 つとめていととく御格子まゐり渡して、宮は御曹司の南に、**四尺の屏風**、西東に御座しきて、北むきにたてて、御たたみ御褥ばかりおきて、御火桶まゐれり。**御屏風の南**、御帳の前に、女房いとおほくさぶらふ。　（一三九）

145 其はしらと**屏風**とのもとによりて、わがうしろよりみそかに見よ、いとをかしげなる君ぞ、との給はするに、うれしく、ゆかしさまさりて、いつしかと思ふ。（一三九～一四〇）

146 **紅梅の固紋、浮紋の御衣**ども、**紅のうちたる御衣三重**がうへに、只ひきかさねてたてまつりたる、**紅梅には濃ききぬこそをかしけれ**、え着ぬこそ口惜しけれ、今は紅梅のは着でもありぬべしかし、されど、萌黄などのにくければ、紅にあはぬか、などの給はすれど、ただいとぞめでたく見えさせ給。**たてまつる御衣の色ごとに、やがて御かたちの匂ひあはせ給ぞ**、猶ことよき人もかうやはおはしますらん、とゆかしき。　（一四〇）

147 さてゐざり入らせ給ぬれば、やがて**御屏風**にそひつきてのぞくを、あしかめり、うしろめたきわざかな、と聞えごつ人々もをかし。**障子**のいとひろうあきたれば、いとよく見ゆ。　（一四〇）

148 **上はしろき御衣ども、紅のはりたる二つばかり、女房の裳**

なめり、ひきかけて、おくによりて、東むきにおはすれば、只御衣などぞみゆる。淑景舎は、北に少しよりて南むきにおはす。**紅梅いとあまた、濃く薄くて、上に濃き綾の御衣、すこしあかき小袿、蘇枋の織物、萌黄のわかやかなる、固紋の御衣**奉りて、**扇**をつとさしかくし給へる、いみじう、げにめでたくうつくしと見え給。殿は**薄色の御直衣、萌黄の織物の指貫、紅の御衣ども、御紐さして、**廂の柱にうしろをあてて、こなたむきにおはします。めでたき御有様を打ゑみつつ、例のたはぶれごとせさせ給。淑景舎の、いとうつくしげに、**絵にかいたるやうにて**居させ給へるに、宮は、いとやすらかに、今すこしおとなびさせ給へる、御けしきの**紅の御衣**にひかりあはせ給へる、猶たぐひはいかでか、と見えさせ給。（一四〇〜一四一）

149 御手水まゐる。かの御かたのは、宣耀殿、貞観殿を通りて、童女二人、下仕四人して、持てまゐるめり。**唐廂のこなたの廊**にぞ、女房六人ばかりさぶらふ。（一四一）

150 **桜の汗衫、萌黄、紅梅**など、いみじう、汗衫ながくひきて取つぎまゐらする、いとなまめきをかし。（一四一）

151 **織物の唐衣どもこぼれいでて、**相尹の馬の頭のむすめ少将、北野宰相のむすめ宰相の君などぞちかうはある。（一四一）

152 こなたの御手水は番の采女の、**青裾濃の裳、唐衣、裙帯、領巾**などして、おもていとしろくて、下などとりつぎまゐるほど、これはた、**おほやけしう唐めきてをかし。**（一四一〜一四二）

153 御膳のをりになりて、みぐしあげまゐりて、蔵人ども、御まかなひの髪あげてまゐらする程は、へだてたりつる**御屏風**もおしあけつれば、かいま見の人、隠蓑とられたる心ちして、あかず侘しければ、御簾と木帳との中にて、はしらの外よりぞ見たてまつる。（一四二）

154 **きぬの裾、裳などは、御簾の外に皆おし出されたれば、**殿、はしのかたより御覧じ出して、あれはたそや、かの御簾の間より見ゆるは、ととがめさせたまふに、（一四二）

155 宮の御かたより、**萌黄の織物の小袿袴、**おし出たれば、三位の中将かづけ給。頸くるしげにおもうて持ちてたちぬ。（一四三）

156 日の入程におきさせ給て、山の井の大納言めし入て、御袿まゐらせ給て、かへらせ給。**桜の御直衣に紅の御衣の夕ばえ**なども、かしこければとどめつ。山の井の大納言は、いりたたぬ御せうとにては、いとよくおはするぞかし。匂ひやかなるかたは、此大納言にもまさり給へる物を。かく世の人は、せちにいひおとしきこゆるこそ、いとほしけれ。（一四四）

157 はるかなるもの　**半臂の緒ひねる**。みちの国へいく人、逢坂こゆるほど。生れたるちごの、おとなになるほど。（一四七）

158 物いとよくするあたりにて、**下重の色、うへの衣なども、人よりもよくて着たるをば**、これをこと人にきせばや、などいふに、（一四七）

159 頭つき給はぬかぎりは、殿上の台盤には人もつかず。それに、豆一もりをやをらとりて、**小障子**のうしろにてくひければ、ひきあらはして笑ふ事かぎりなし。（一四九）

160 見ぐるしきもの　衣のせぬひ、かたよせて着たる。又のけ頚したる。例ならぬ人の前に、子おひていできたる物。法師陰陽師の、**紙冠**して祓したる。色くろうにくげなる女の、**鬘**したると、鬚がちにかじけやせやせなるをとこ、夏、昼寝したるこそ、いと見ぐるしけれ。（一四九）

161 やせ色くろき人の、**生絹のひとへ**着たる、いと見ぐるしかし。（一五〇）

162 卯月のつごもりがたに初瀬にまうでて、淀のわたりといふものをせしかば、**船に車をかきすゑて**いくに、菖蒲、菰などの、末みじかく見えしを、とらせたればいとながかりけり。**菰つみたる船**のありくこそ、いみじうをかしかりしか。高瀬の淀に、とは、是をよみけるなめり、と見えて。（一五一）

163 三日かへりしに、雨のすこしふりしほど、**菖蒲かるとて、笠のいとちひさき着つつ、脛いと高きをのこ、わらはなど**のあるも、**屏風の絵に似ていとをかし**。（一五一〜一五二）

164 **絵にかきおとりする物　なでしこ。菖蒲。桜。物語にめでたしといひたるをとこ女のかたち**。かきまさりするもの**松の木。秋の野。山里。山道**。（一五二）

165 右衛門佐宣孝といひたる人は、あぢきなき事也、ただきよき衣をきてまうでんに、なでう事かあらん、必よもあやしうてまうでよと、御嶽さらにの給はじ、とて、三月つごもり

に、**紫のいとこき指貫、白き襖、山吹のいみじうおどろおど**ろしきなどきて、隆光が、主殿助なるには、**青色の襖、紅の衣、すりもどろかしたる水干といふ袴**をきせて、打つづきまうでたりけるを、　（一五三）

166 男も女も、若くきよげなるが、**いとくろき衣きたるこそ哀なれ**。九月つごもり、十月一日の程に、只あるかなきかに聞きつけたるきりぎりすの声。庭鳥の、子いだきてふしたる。**秋ふかき庭の浅茅に、露の、色々の玉のやうにておきたる。**　（一五四）

167 清水などにまうでて、局する程、**くれはし**のもとに、車ひきよせてたてたるに、　（一五四）

168 御局して侍り、はや、といへば、沓ども持てきておろす。衣うへざまに引返しなどしたるもある。**裳、唐衣などことごとしく装束きたるもあり。**深履、半靴などはきて、廊の程沓すり入るは、内わたりめきて、又をかし。　（一五五）

169 御みあかしの常灯にはあらで、うちに、又人のたてまつれるが、おそろしきまで燃えたるに、**仏のきらきらと見えたまへるは**、いみじうたふときに、手ごとに文どもをささげて、礼盤にかひろぎ誓ふも、さばかりゆすりみちたれば、　（一五六）

170 しかじかの人こもり給へり、などいひきかせて去ぬるすなはち、火をけ、くだ物など、持てつづけて、半挿に手水いれて、**手もなき盥**などあり。　（一五六）

171 **きよげなるたて文**持たせたるをとこなどの、誦経の物打おきて、堂童子などよぶ声、山びこひびきあひて、きらきらしうきこゆ。鐘の声、ひびきまさりて、いづこのならんとおもふ程に、やんごとなき所の名うちいひて、御産たひらかに、などげんげんしげに申たるなど、　（一五七）

172 小法師ばらの、持ちありくべうもあらぬ、**おに屏風のたかき**を、いとよく進退して、畳などをうちおくと見れば、只局に局たてて、犬防に簾さらさらと打かくる、いみじうしつきたり。やすげなり。　（一五八）

173 又よるなどは籠らで、人々しき人の、**青鈍の指貫の、綿入りたる白き衣**どももあまた着て、こどもなめりと見ゆる若き男の、をかしげなる、装束きたるわらはべなどして、侍などやうの物ども、あまたかしこまり、囲繞したるもをかし。かり

そめに**屏風**ばかりをたてて、額などすこしつくめり。 （一五九）

174 二月つごもり、三月一日、花ざかりにこもりたるも、をかし。きよげなるわかきをとこどもの、主と見ゆる二三人、**桜の襖**、**柳**など、いとをかしうて、くくりあげたる指貫の裾も、あてやかにぞ見なさるる。つきづきしきをのこに、**装束をかしうしたる餌袋**いだかせて、小舎人童ども、**紅梅**、**萌黄の狩衣**、**色々の衣**、**おし摺りもどろかしたる袴**などきせたり。花などをらせて、侍めきてほそやかなる物など具して、**金鼓**うつこそ、をかしけれ。 （一五九）

175 侘しげに見ゆるもの　六七月の午未の時ばかりに、**きたなげなる車にえせ牛かけて**、ゆるがしいく物。雨ふらぬ日、**張筵したる車**。いと寒きをり、暑き程などに、げす女のなりあしきが、子おひたる。老いたるかたゐ。**ちひさき板屋の**、**くろうきたなげなる**が、雨にぬれたる。 （一六一）

176 あつげなるもの　随身の長の狩衣。**衲の袈裟**。出居の少将。いみじうこえたる人の、髪おほかる。六七月の修法の、日中の時おこなふ阿闍梨。 （一六一～一六二）

---

177 無徳なるもの　**潮干の潟にをる大船**。おほきなる木の、風に吹きたふされて、根をささげてよこたはれふせる。 （一六三）

178 宣旨の御使にて、斉信の宰相中将の御桟敷へ参り給しこそ、いとをかしう見えしか。ただ随身四人、**いみじう装束きたる馬副の**、**ほそく**、**しろく**、**したてたる**ばかりして、二条の大路の、ひろく清げなるに、めでたき馬を打はやめて、急ぎまゐりて、すこし遠くよりおりて、そばの御簾の前にさぶらひ給しなど、いとをかし。 （一六五）

179 戸口ちかき人々、**色々の袖口**して、御簾ひきあげたるに、権大納言の、御沓とりてはかせたてまつり給。いと物々しく、清げに、よそほしげに、**下襲のしりながくひき**、所せくてさぶらひ給。あなめでた、大納言ばかりに沓とらせ奉り給よ、と見ゆ。 （一六五～一六六）

180 山の井の大納言、その御つぎつぎのさならぬ人々、**くろき物をひきちらしたるやうに**、藤壷の塀のもとより、登花殿の前まで居なみたるに、ほそやかに、なまめかしうて、御佩刀などひきつくろはせ給ひ、やすらはせ給に、 （一六六）

181 九月ばかり、夜ひと夜ふりあかしつる雨の、けさはやみて、朝日いとけざやかにさし出たるに、**前栽の露は、こぼるばかりぬれかかりたるも、いとをかし。透垣の羅紋**、軒のうへなどは、かいたる蜘蛛の巣の、こぼれのこりたるに、雨のかかりたるが、白き玉をつらぬきたるやうなるこそ、いみじう哀にをかしけれ。すこし日たけぬれば、**萩などのいとおもげなるに、露のおつるに**、枝打うごきて、人も手ふれぬに、ふと上ざまへあがりたるも、いみじうをかし。（一六七）

182 二月、官の司に定考といふことすなる、なにごとにかあらむ。**孔子などかけたてまつりて**、することなるべし。聡明とて、上にも宮にも、あやしきもののかたなど、かはらけにもりてまゐらす。（一六八）

183 **頭弁**の御もとより、主殿寮、**絵などやうなる物を、白き色紙につつみて、梅のはなの、いみじうさきたるにつけて**、持てきたり。**絵**にやあらんと、いそぎとり入れてみれば、餅餤といふ物を、二つならべてつつみたるなりけり。そへたる**立文**には、**解文**のやうにて、進上、餅餤一包、依例進上如件、別当少納言殿、とて、月日かきて、任那成行、とて、奥に、このをのこは、みづからまゐらむとするを、昼は、かたちわろしとて、まゐらぬなめり、と、**いみじうをかしげにかい給へり**。（一六九）

184 御前にまゐりて御らんぜさすれば、**めでたくもかきたるかな**、をかしくしたり、など、ほめさせ給て、**解文**はとらせ給つ。（一六九）

185 返ごとを、**いみじうあかき薄様**に、みづから持てまうでこぬしもべは、いと冷淡なり、となむみゆめる、とて、**めでたき紅梅につけて**、たてまつりたる（一七〇）

186 などて官えはじめたる**六位の笏に**、職の御曹司の辰巳のすみの、**築土の板はせしぞ**、さらば西東のをもせよかし、などいふことをいひいでて、（一七一）

187 つとめて、**蔵人所の紙屋紙**ひきかさねて、けふはのこりおほかる心ちなんする、夜をとほして、むかし物語もきこえあかさん、とせしを、庭鳥の声にもよほされてなん、と、**いみじう言おほくかき給へる、いとめでたし**。御返に、いと夜ふかく侍ける鳥の声は、**孟嘗君**のにや、ときこえたれば、たちかへり、**孟嘗君**の庭鳥は、函谷関をひらきて三千の客、わづ

かにされり、とあれども、これは逢坂の関也、とあれば、夜をこめて鳥のそらねははかるとも世にあふさかの関はゆるさじ、心かしこき関もり侍り、ときこゆ。又たちかへり、あふさかは人こえやすき関なれば鳥なかぬにもあけて待とか、と**ありし文どもを**、はじめのは僧都の君、**いみじう額をさへつきて、とり給てき。**のちのちのは、御前に。

（一七四～一七五）

188 円融院の御はてのとし、みな人、御服ぬぎなどして、あはれなる事を、公よりはじめて、院の御ことなど思いづるに、雨のいたうふる日、藤三位の局に、蓑虫のやうなるわらはの、**おほきなる、しろき木に立文をつけて**、これたてまつらせん、といひければ、いづこよりぞ、けふあすは物忌なれば、蔀もまゐらぬぞ、とて、下はたてたる蔀よりとり入れて、さなんとは聞かせ給へれど、物忌なればみずとて、上についさしておきたるを、つとめて、手あらひて、いで、その昨日の巻数、とてこひいでて、ふしをがみてあけたれば、**胡桃色といふ色紙のあつこえたるを**、あやしと思てあけもていけば、**法師のいみじげなる手にて**、これをだにかたみと思ふに宮こにははがへやしつる**しひ柴の袖**、とかいたり。

（一七八）

189 宮ぞいとつれなく御らんじて、**藤大納言の手のさまにはあらざめり**、法師のにこそあめれ、むかしの鬼のしわざとこそおぼゆれ、など、いとまめやかにの給はすれば、さは、こはたがしわざにか、すきずきしき心ある上達部、僧綱などは、たれかはある、それにや、かれにや、など、おぼめきゆかしがり申給に、上の、このわたりにみえし色紙にこそ、いとよくにたれ、とうちほほゑませ給て、いま一つ御厨子のもとなりけるをとりて、さし給はせたれば、

（一七九）

190 つれづれなぐさむもの　碁、双六、**物語**。三つ四つのちごの、物をかしういふ。まだいとちひさきちごの、物語し、たかへなどいふわざしたる。くだもの。をとこなどの、うちさるがひ、物よくいふがきたるを、物忌なれど入れつかし。

（一八一）

191 とり所なきもの　かたちにくさげに、心あしき人。みそひめのぬりたる。これ、いみじうよろづの人のにくむなる物とて、いまとどむべきにあらず。又あと火の火箸といふ事、な

どてか、世になきことならねど、この**草子**を人のみるべき物と思はざりしかば、あやしきことも、にくき事も、ただ思ふことをかかむと思ひしなり。（一八一）

192 公卿殿上人かはりがはり盃とりて、はてには**屋久貝といふ物して飲みて起つ**（一八二）

193 承香殿のまへのほどに、笛ふきたて、拍子うちてあそぶを、とくいでこなん、とまつに、有度浜うたひて、**竹の籬**のもとにあゆみいでて、御琴うちたるほど、ただいかにせんとぞおぼゆるや。（一八三）

194 このたびは、やがて竹のうしろより舞ひいでたるさまどもは、いみじうこそあれ。**掻練のつや、下襲などの乱れあひて**、こなたかなたに、わたりなどしたる、いでさらに、いへばよのつねなり。（一八三）

195 賀茂の臨時の祭は、還立の御神楽などにこそ、なぐさめらるれ。**庭火の煙の、ほそくのぼりたるに**、神楽の笛の、おもしろく、わななきふきすまされてのぼるに、歌の声もいとあはれに、いみじうおもしろし。さむく冴えこほりて、**うちたる衣**もつめたう、**扇**持ちたる手も、ひゆともおぼえず。才の男めして、声ひきたる人長の、ここちよげさこそいみじけれ。（一八四）

196 さとなる時は、ただわたるを見るがあかねば、御社までいきてみるをりもあり。**おほいなる木どものもとに**、車をたてたれば、**松の煙**のたなびきて、火のかげに、**半臂の緒、衣のつやも、ひるよりはこよなうまさりてぞ見ゆる。**橋の板をふみならして、声あはせて、舞ふほども、いとをかしきに、**水のながるるおと**、笛のこゑなどあひたるは、まことに神もめでたしとおぼすらむかし。（一八四）

197 けふ宮にまゐりたりつれば、いみじうものこそあはれなりつれ。**女房の装束、裳、唐衣、をりにあひ**、たゆまでさぶらふかな。御簾のそばのあきたりつるより見入れつれば、八九人ばかり、**朽葉の唐衣、薄色の裳に、紫苑、萩など、をかしうて**ゐなみたりつるかな。（一八六）

198 あはれなりつる所のさまかな、対の前にうゑられたりける**牡丹**などの、をかしき事、などの給。（一八六）

199 心ぼそくてうちながむるほどに、長女、**文**を持てきたり。御前より、宰相の君して、しのびて給はせたりつる、といひ

て、ここにてさへひきしのぶるも、あまりなり。人づての仰せ書きにはあらぬなめりと、胸つぶれてとくあけたれば、**紙には物もかかせ給はず。山吹の花びら、ただ一重をつつませ給へり。**それに、いはでおもふぞ、とかかせ給へる、いみじうひごろの絶間なげかれつる、みななぐさめてうれしきに、（一八七）

200 正月十よ日のほど、空いとくろう曇り、あつくみえながら、さすがに日はけざやかにさしいでたるに、えせものの家の、**荒畠といふ物**の、土うるはしうもなほからぬ、**桃の木の若だちて**、いとしもとがちにさし出でたる、かたつかたはいと青く、いまかたつかたは濃くつややかにて蘇枋の色なるが、日かげにみえたるを、（一九〇〜一九一）

201 又髪をかしげなるわらはの、**袙どももほころびがちにて、袴なえたれど、よき袿きたる**三四人きて、**卯槌の木**のよからむ、きりておろせ、御前にもめす、などいひて、おろしたれば、奪ひしらがひとりて、さしあふぎて、我におほく、などいひたるこそ、をかしけれ。（一九一）

202 **黒袴きたるをのこ**の、走りきてこふに、まて、などいへば、木のもとをひきゆるがすに、あやふがりて、猿のやうに、かいつきてをめくもをかし。（一九一）

203 きよげなるをのこの、双六を日ひと日うちて、猶あかぬにや、みじかき灯台に火をともして、いとあかうかかげて、敵の、賽をせめこひて、とみにも入れねば、筒を盤のうへにたてて待つに、狩衣の頸の、顔にかかれば、片手しておしいれて、**強からぬ烏帽子**ふりやりつつ、賽いみじく呪ふとも、うちはづしてんや、と、心もとなげにうちまもりたるこそ、ほこりかにみゆれ。（一九一〜一九二）

204 きよしとみゆる物　かはらけ。**あたらしきかなまり。たたみにさすこも。**水を物に入るる透き影。（一九三）

205 いやしげなる物　式部の丞の笏。くろき髪の筋わろき。**布屏風のあたらしき。**古りくろみたるは、さるいふかひなき物にて、中々なにとも見えず。**あたらしうしたて、桜の花おほく咲かせて、胡紛、朱砂などいろどりたる絵どもかきたる。遣戸厨子。**法師の太りたる。まことの**出雲筵の畳。**（一九三）

206 うつくしき物　**瓜にかきたるちごの顔。**雀の子の、ねずなきするにをどりくる。（一九四）

207　**雛の調度**。蓮の浮葉のいとちひさきを、池よりとりあげたる。葵のいとちひさき。なにもなにもちひさき物はみなうつくし。いみじうしろく肥えたるちごの、二つばかりなるが、**二藍のうすものなど、衣ながにて、襷ゆひたるが**、はひ出でたるも、又、**みじかきが袖がちなる**きてありくも、みなうつくし。……雁のこ。**瑠璃の壷**。（一九五）

208　むつかしげなる物　**縫物の裏**。鼠の子の、毛もまだ生ひぬを、巣の中よりまろばし出でたる。**裏まだつけぬ裘の縫目**。猫の耳の中。ことにきよげならぬ所のくらき。（一九七）

209　えせものの所うるをり　正月の大根。行幸のをりのひめまうち君。御即位の御門司。六月十二月のつごもりの、節折の蔵人。季の御読経の威儀師。**赤袈裟きて僧の名どもをよみあげたる、いときらきらし**。季の御読経、御仏名などの、御装束の所の衆。春日祭の近衛舎人ども。元三の薬子。**卯杖の法師**。御前の試の夜の御髪上。節会の御まかなひの采女。（一九八）

210　**手よくかき**、歌よくよみて、もののをりごとにも、まづとり出でらるる、うらやまし。よき人の御前に、女房いとあまたさぶらふに、心にくき所へつかはす仰せがきなどを、たれもいと**鳥の跡**にしもなどかはあらむ、されど下などにあるを、わざとめして、御硯とりおろしてかかせさせ給も、うらやまし。（二〇〇）

211　上達部などの、また、はじめてまゐらむ、と申さする人のむすめなどには、心ことに、**紙よりはじめてつくろはせ給へる**を、あつまりて、たはぶれにもねたがりいふめり。（二〇〇～二〇一）

212　とくゆかしき物　**巻染、むら濃、くくり物など染めたる**。人の子うみたるに、男女、とく聞かまほし。よき人さら也、えせ物、下衆のきはだに猶ゆかし。除目のつとめて。かならず、しる人のさるべき、なきをりも、猶きかまほし。（二〇一）

213　遠き所より**おもふ人の文をえて、かたく封じたる続飯などあくるほど**、いと心もとなし。物見におそくいでて、事なりにけり、**しろきしもと**など見つけたるに、ちかくやり寄するほど、わびしう下りてもいぬべき心ちこそすれ。（二〇一～二〇二）

214 官の司の朝所にわたらせ給へり。そのよさり、あつくわりなき闇にて、なにともおぼえず、せばくおぼつかなくてあかしつ。つとめて見れば、**屋のさまいと平にみじかく、瓦葺にて唐めきさまことなり**。例のやうに**格子などもなく**、めぐりて**御簾ばかりをぞかけたる**。（二〇三〜二〇四）

215 女房、庭におりなどしてあそぶ。**前栽に萱草といふ草を、籬ゆひて**、いとおほくうゑたりける。花のきはやかに、ふさなりて咲きたる、**むべむべしき所の前栽にはいとよし**。（二〇四）

216 鼓のおとも例のには似ずぞきこゆるを、ゆかしがりて、わかき人々廿人ばかり、そなたにいきて、**階よりたかき屋にのぼりたるを**、これより見あぐれば、あるかぎり**薄鈍の裳、唐衣、おなじ色の単襲、紅の袴**どもを着てのぼりたるは、いと天人などこそえいふまじけれど、空よりおりたるにや、とぞ見ゆる。おなじわかきなれど、おしあげたる人は、えまじらで、うらやましげにみあげたるもいとをかし。（二〇四）

217 **屋のいとふるくて瓦葺**なればにやあらむ、あつさの世にしらねば、御簾の外にぞ夜も出で来ふしたる。（二〇五）

218 内の御物忌なる日、右近の将監みつなにとかやいふ物して、**畳紙にかきておこせたるを**、みれば、参ぜむとするを、けふあすの御物忌にてなん。三十の期におよばずはいかが、といひたれば、返事に、その期はすぎ給にたらん。朱買臣が妻を教へけん年にはしも、とかきてやりたりしを、又ねたがりて、上の御前にも奏しければ、（二〇九〜二一〇）

219 むかしおぼえて不用なる物　**繧繝縁の畳**の、ふしいできたる。**唐絵の屏風**の、くろみ面そこなはれたる。**絵師**の目くらき。**七八尺の鬘**のあかくなりたる。**葡萄染の織物**、はひかへりたる。色好みの老いくづほれたる。おもしろき家の、**木立**やけうせたる。**池**などはさながらあれど、**浮草水草**などしげりて。（二一一〜二一二）

220 たのもしげなき物　心みじかく人わすれがちなる婿の、つねに夜がれする。そらごとする人の、さすがに、人のことなしがほにて大事うけたる。風はやきに**帆かけたる舟**。七八十ばかりなる人の、心ちあしうて日ごろになりたる。（二一二）

221 かうぶりえて、なにの権守、大夫などいふ人の、**板屋など**の**せばき家**持たりて、又**小桧垣**などいふものあたらしくし

て、**車宿に車ひきたて、**まへ近く**一尺ばかりなる木**生ほして、牛つなぎて、草など飼はするこそ、いとにくけれ。**庭いときよげにはき、紫革して伊予簾かけわたし、布障子はらせて、**住まひたる。よるは、門つよくさせ、など、ことおこなひたる、いみじうおひさきなう、心づきなし。（二一五～二一六）

222 女ひとりすむ所は、いたくあばれて**築土なども全からず、池などある所も水草ゐ、庭なども蓬にしげり**などこそせねども、ところどころ**砂子の中より青き草**うち見え、さびしげなるこそあはれなれ。ものかしこげに、なだらかに修理して、門いたくかため、きはぎはしきは、いとうたてこそおぼゆれ。（二一六～二一七）

223 村上の前帝の御時に、**雪のいみじうふりたりけるを、様器にもらせ給て、梅の花をさして、月のいとあかきに、**これに歌よめ。いかがいふべき、と兵衛の蔵人に給はせたりければ、雪月花の時、と奏したりけるをこそ、いみじうめでさせ給けれ。歌などよむはよの常なり、かくをりにあひたる事なんいひがたき、とぞおほせられける。（二二一）

---

224 御形の宣旨の、上に、**五寸ばかりなる殿上わらはの、いとをかしげなるをつくりて、みづら結ひ、装束などうるはしくして、**なかに名かきてたてまつらせ給ひけるを、ともあきらの大君、とかいたりけるを、いみじうこそ興ぜさせ給けれ。（二二二）

225 宮にはじめてまゐりたるこそ、物のはづかしきことのかずしらず、涙もおちぬべければ、夜々まゐりて、**三尺のみき丁**のうしろにさぶらふに、**絵**などとりいでて見せさせ給を、手にてもえさし出づまじう、わりなし。これはとあり、かかり、それが、かれが、などの給はす。（二二二）

226 ゐざりかくるるやおそき、とあげちらしたるに、雪ふりにけり。**登花殿のおまへは、立蔀ちかくてせばし。**雪いとをかし。……**火焼屋**の上にふりつみたるも、めづらしうをかし。（二二三～二二四）

227 御前ちかくは例の炭櫃に火こちたくおこして、それにはわざと人もゐず、上臈、御まかなひにさぶらひ給けるままに、ちかうゐ給へり。**沈の御火をけの梨絵したる**におはします。（二二四）

228 次の間に、**長炭櫃にひまなくゐたる人々、唐衣こきたれたるほどなど、**馴れやすらかなるを見るも、いとうらやまし。（二二四）

229 あう寄りて、三四人、さしつどひて、**絵**など見るもあめり。（二二四）

230 大納言殿のまゐり給へるなりけり。**御直衣、指貫の紫のいろ、雪にはえていみじうをかし。**柱もとにゐ給て、昨日今日、物忌に侍つれど、雪のいたくふり侍つれば、おぼつかなさになん、と申たまふ。道もなしとおもひつるに、いかで、とぞ御いらへある。うち笑ひ給て、あはれともや御覧ずるとて、などの給御ありさまども、これよりなにごとかはまさらん。**物語に、いみじう口にまかせていひたるに違はざめり**とおぼゆ。（二二五）

231 宮は**しろき御衣どもに、紅の唐綾をぞ上にたてまつりたる。**御髪のかからせ給へるなど、**絵にかきたるをこそかかることは見しに、**うつつにはまだしらぬを、夢の心ちぞする。（二二五）

232 行幸などみるをり**車**のかたにいささかも見おこせ給へば、**下簾ひきふたぎて、透影もやと扇をさしかくすに、**猶いとわが心ながらもおほけなく、いかでたち出でしにかと、汗あえていみじきには、なにごとをかはいらへも聞えむ。かしこき蔭とささげたる**扇**をさへとり給へるに、ふりかくべき髪のおぼえさへあやしからんとおもふに、すべてさるけしきもこそは見ゆらめ、とくたち給なむと思へど、**扇**を手まさぐりにして、**絵の事、たがかかせたるぞ、**などの給て、とみにもたまはねば、袖をおしあててうつぶしゐたるも、唐衣にしろいものうつりて、まだらならむかし。（二二六）

233 これみ給へ、これは**たが手ぞ、**ときこえさせ給を、たまはりて見侍らむ、と申たまふを、猶ここへ、との給はす。人をとらへてたて侍らぬなり、との給もいといまめかしく、身のほどにあはず、かたはらいたし。**人の草仮名かきたる草子**などとり出でて御覧ず。たれがにかあらむ、かれに見せさせたまへ、それぞ**よにある人の手**はみな見しりて侍らん、など、ただいらへさせんと、あやしきことどもをの給。（二二六～二二七）

234 ひと所だにあるに、又前駆うちおはせて、**おなじ直衣の人**

まゐり給て、これはいますこしはなやぎ、猿楽言などし給を、笑ひ興じ、我も、なにがしがとあること、など、殿上人のうへなど申給をきくは、猶、変化のもの天人などのおりきたるにやとおぼえしを、　（二二七）

235　**浅緑なる薄様に、艶なる文**を、これ、とてきたる、あけてみれば、いかにしていかにしらましいつはりを空にただすの神なかりせば、となん、御けしきは、とあるに、めでたくもくちをしうも思みだるるにも、なほよべの人ぞねたくにくまほしき。　（二二八）

236　八月ばかりに、**しろき単衣**なよらかなるに、袴よきほどにて、**紫苑の衣**の、いとあでやかなるをひきかけて、胸をいみじう病めば、ともだちの女房など、かずかずきつつとぶらひ、外のかたにも、若やかなる君達あまたきて、いといとほしきわざかな、例もかうやなやみ給、など、ことなしびにいふもあり。心かけたる人は、まことにいとほしと思なげきたるこそ、をかしけれ。　（二三二）

237　すきずきしくて人かずみる人の、よるはいづくにかありつらん、暁に返て、やがておきたる、ねぶたげなるけしきなれど、硯とりよせて、墨こまやかにおしすりて、ことなしびに、**筆にまかせてなどはあらず、心とどめてかく、**まひろげすがたもをかしうみゆ。　（二三三）

238　**しろき衣どものうへに、山吹、紅**などぞきたる。**しろき単衣**の、いたうしぼみたるを、うちまもりつつかきはてて、まへなる人にもとらせず、わざとだちて、小舎人童、つきづきしき随身など、ちかう呼びよせて、ささめきとらせて、　（二三三）

239　いみじう暑きひる中に、いかなるわざをせんと、**扇**の風もぬるし、氷水に手をひたしもてさわぐほどに、**こちたう赤き薄様を、唐撫子の、いみじう咲きたるにむすびつけて、**とり入れたるこそ、書きつらんほどの暑さ、心ざしのほど、あさからずおしはかられて、かつ使つるだにあかずおぼゆる**扇**も、うちおかれぬれ。　（二三四）

240　南ならずは東の廂の板の、かげ見ゆばかりなるに、**あざやかなる畳**をうちおきて、**三尺のき丁の帷子**、いとすずしげに見えたるをおしやれば、ながれて、思ふほどよりもすぎてたてるに、**しろき生絹の単衣、紅の袴、宿直物には、こき衣の**

いたうは萎えぬを、すこしひきかけてふしたり。

（二三四～二三五）

241 なに事をいひても、そのことさせんとす、いはんとす、なにとせんとす、といふ、と、文字を失ひて、ただ、いはむずる、里へいでんずる、などいへば、やがていとわろし。まいて、**文に書いてはいふべきにもあらず**。**物語などこそ、あしう書きなしつれば**、いふかひなく、作り人さへいとほしけれ。ひてつ車に、といひし人もありき。求む、といふことを、みとむ、なんどは、みないふめり。

（二三七）

242 八九月ばかりに、雨にまじりて吹きたる風、いとあはれなり。雨のあし、横様にさわがしう吹きたるに、夏とほしたる**綿衣**のかかりたるを、**生絹の単衣**かさねて着たるもいとをかし。この生絹だにいと所せく、あつかはしくとり捨てまほしかりしに、いつのほどにかくなりぬるにか、とおもふもをかし。

（二三八）

243 九月つごもり、十月のころ、空うちくもりて、風のいとさわがしく吹きて、**黄なる葉どもの、ほろほろとこぼれ落つる**、いとあはれなり。**桜の葉、椋の葉**こそ、いととくは落つれ。十月ばかりに、**木立おほかる所の庭**はいとめでたし。

（二三八）

244 野分のまたの日こそ、いみじうあはれにをかしけれ。立部、透垣などの乱れたるに、**前栽どもいと心くるしげなり**。**大きなる木**どもも倒れ、枝など吹きをられたるが、**萩、女郎花**などのうへによころばひふせる、いと思はずなり。格子のつぼなどに、木の葉を、ことさらにしたらんやうに、こまごまと吹入れたるこそ、荒かりつる風のしわざとはおぼえね。

（二三八～二三九）

245 いと**濃き衣**のうはぐもりたるに、**黄朽葉の織物、薄物などの小袿**きて、まことしうきよげなる人の、夜は風のさわぎに寝られざりければ、ひさしう寝おきたるままに、母屋よりすこしゐざり出でたる、髪は風に吹きまよはされて、すこしうちふくだみたるが、肩にかかれるほど、まことにめでたし。

（二三九）

246 十七八ばかりやあらん、ちひさうはあらねど、わざと大人とはみえぬが、**生絹の単衣の、いみじうほころび絶え、はなもかへりぬれなどしたる、薄色の宿直物**をきて、髪いろに、

こまごまとうるはしう、すゑもをばなのやうにて、たけばかりなりければ、衣の裾にかくれて、袴のそばそばより見ゆるに、（二三九）

247 心にくき物　ものへだてて聞くに、女房とはおぼえぬ手の、しのびやかにをかしげに聞えたるに、こたへ若やかにして、うちそよめきてまゐるけはひ。もののうしろ、**障子**などへだてて聞くに、御物まゐるほどにや、箸、匙などとりまぜて鳴りたる、をかし。（二四〇）

248 よう**打ちたる衣**のうへに、さわがしうはあらで、髪のふりやられたる。長さおしはからる。いみじうしつらひたる所の、大殿油はまゐらで、炭櫃などにいとおほくおこしたる火の光ばかり照りみちたるに、**御丁の紐などの、つややかにうち見えたる**、いとめでたし。**御簾の帽額総角などにあげたる鉤の、きはやかなるも**、けざやかにみゆ。**よく調じたる火桶**の、はひの際きよげにておこしたる火に、**内にかきたる絵などの見えたる**、いとをかし。箸の、いときはやかにつやめきて、すぢかひ立てるもいとをかし。（二四〇）

249 内の局などに、うちとくまじき人のあれば、……**みじかき丁**ひきよせて、いと昼はさしもむかはぬ人なれば、**き丁**のかたにそひふして、うちかたぶきたる頭つきの、よさあしさはかくれざめり。**直衣、指貫など、き丁にうちかけたり。六位の蔵人の青色もあへなん、緑衫はしも**、あとの方にかいわぐみて、暁にも、えさぐりつけでまどはせこそせめ。夏も冬も、き丁の片つかたにうちかけて人のふしたるを、奥のかたよりやをらのぞいたるもいとをかし。（二四二）

250 ことにきらきらしからぬ男の、たかきみじかき、あまたつれだちたるよりも、すこし**のりならしたる車の、いとつややかなるに**、牛飼童なりいとつきづきしうて、牛のいたうはやりたるを、童はおくるるやうに綱ひかれて遣る。ほそやかなる男の、**裾濃だちたる袴、二藍かなにぞ、かみはいかにもいかにも、掻練、山吹など着たる**が、沓のいとつややかなる、筒のもとちかう走りたるは、中々心にくくみゆ。（二四三）

251 寺は壷坂。笠置。法輪。**霊山は釈迦仏の御すみか**なるがあはれなるなり。石山。粉河。志賀。（二四四）

252 経は　**法花経**さらなり。**普賢十願。千手経。随求経。金剛般若。薬師経。仁王経の下巻。**（二四五）

253 仏は　如意輪。千手。すべて六観音。薬師仏。尺迦仏。弥勒。地蔵。文殊。不動尊。普賢。（二四五）

254 文は　文集。文選、新賦。史記、五帝本紀。願文。表。博士の申文。（二四五）

255 物語は　住吉。宇津保、殿うつり。国譲はにくし。埋れ木。月まつ女。梅壺の大将。道心すすむる。松が枝。こまの物語は、古蝙蝠さがしいでて、持ていきしがをかしきなり。ものうらやみの中将。宰相に子うませて、かたみの衣など乞ひたるぞにくき。交野の少将。（二四五～二四六）

256 笛は　横笛、いみじうをかし。……暁などに、忘れて、をかしげなる、枕のもとにありける見つけたるも、猶をかし。人の取りにおこせたるを、おしつつみてやるも、立文のやうにみえたり。（二四七～二四八）

257 賀茂の臨時の祭、空のくもり、寒げなるに、雪すこしうちちりて、挿頭の花、青摺などにかかりたる、えもいはずをかし。太刀の鞘のきはやかに、黒うまだらにて、ひろう見えたるに、半臂の緒の、瑩じたるやうにかかりたる、地摺の袴のなかより、氷かとおどろくばかりなる打目など、すべていとめでたし。（二四九）

258 いますこしおほくわたらせまほしきに、使はかならずよき人ならず、受領などなるは、目もとまらずにくげなるも、藤の花にかくれたるほどはをかし。猶すぎぬるかたを見おくるに、陪従の品おくれたる、柳に挿頭の山吹わりなく見ゆれど、泥障いとたかううちならして、神のやしろのゆふだすき、とうたひたるは、いとをかし。（二四九）

259 ただその日は菖蒲うちふき、よのつねのありさまだにめでたきをも、殿のありさま、所々の御桟敷どもに菖蒲ふきわたし、よろづの人ども菖蒲鬘して、あやめの蔵人、かたちよきかぎり選りて、いだされて、薬玉たまはすれば、拝して腰につけなどしけんほど、いかなりけむ。（二五〇）

260 行幸はめでたきものの、君達車などの、このましうのりこぼれて、上下走らせなどするがなきぞくちをしき。さやうなる車の、おしわけてたちなどするこそ、心ときめきはすれ。（二五〇）

261 祭の還さいとをかし。昨日はよろづのことうるはしくて、一条の大路のひろうきよげなるに、日のかげもあつく、車に

さし入りたるもまばゆければ、**扇**してかくしゐなほり、ひさしく待つもくるしく、汗などもあえしを、今日はいとといそぎいでて、雲林院知足院などのもとにたてる**車ども**、**葵かつらどももうちなびきてみゆる**。　（二五一）

262　いつしかと待つに、御社のかたより、**赤衣**うちきたるものどもなどの、つれだちてくるを、いかにぞ、ことなりぬや、といへば、まだ無期、などいらへ、御輿など持てかへる。　（二五一）

263　**扇**よりはじめ、**青朽葉どものいとをかしうみゆるに**、所の衆の、**青色に白襲を**、**けしきばかりひきかけたるは**、卯の花の垣根ちかうおぼえて、時鳥もかげにかくれぬべくぞ見ゆるかし。昨日は**車一つにあまたのりて**、**二藍のおなじ指貫**、**あるは狩衣などみだれて**、簾ときおろし、ものぐるほしきまで見えし君達の、斎院の垣下にとて、**日の装束うるはしうして**、今日は一人づつさうざうしく乗りたるしりに、をかしげなる殿上童乗せたるもをかし。　（二五一〜二五二）

264　我も我もと、あやうくおそろしきまで先にたたんといそぐを、かくないそぎそ、と、**扇**をさしいでて制するに、聞きもいれねば、わりなきに、　（二五二）

265　内侍の車などのいとさわがしければ、ことかたの道よりかへれば、まことの山里めきてあはれなるに、**うつぎ垣根**といふものの、いとあらあらしくおどろおどろしげに、さし出でたる枝どもなどおほかるに、花はまだよくもひらけはてず、つぼみたるがちに見ゆるを、**をらせて車のこなたかなたにさしたるも**、かつらなどのしぼみたるがくちをしきに、をかしうおぼゆ。　（二五三）

266　左右にある垣にあるものの枝などの、**車の屋形などにさし入るを**、いそぎてとらへてをらんとするほどに、ふとすぎてはづれたるこそ、いとくちをしけれ。蓬の、車におしひしがれたりけるが、**輪のまはりたるに**、**ちかううちかかへたるも**をかし。　（二五三〜二五四）

267　いみじう暑きころ、夕涼みといふほど、物のさまなどもおぼめかしきに、**男車**の、前駆おふはいふべきにもあらず、ただの人も**後の簾あげて**、二人も一人ものりて、はしらせゆくこそ涼しげなれ。まして、琵琶かい調べ、笛のおとなどきこえたるは、過ぎていぬるもくちをし。さやうなるに、**牛のし**

りがいの香の、猶あやしうかぎしらぬものなれど、をかしきこそ物ぐるほしけれ。いとくらう闇なるに、さきにともしたる松の煙の香の、車のうちにかかへたるもをかし。（二五四）

268 五月四日の夕つかた、青き草おほくいとうるはしく切りて、左右になひて、**赤衣きたる男**のゆくこそをかしけれ。（二五五）

269 賀茂へまゐる道に、田植うとて、女の、あたらしき**折敷のやうなるものを笠にきて**、いとおほう立ちて、歌をうたふ。をれ伏すやうに、また、なにごとするともみえで、うしろざまにゆく。いかなるにかあらむ、をかしとみゆるほどに、時鳥をいとなめう歌ふ、聞くにぞ心うき。ほととぎす、おれ、かやつよ、おれなきてこそ、我は田植うれ、と歌ふを聞くも、いかなる人か、いたくななきそ、とはいひけん。**仲忠が童生ひいひおとす人**と、時鳥鶯におとるといふ人こそ、いとつらうにくけれ。（二五五）

270 九月廿日あまりのほど、長谷にまうでて、いと**はかなき家**にとまりたりしに、いとくるしくてただ寝に寝いりぬ。夜ふけて、**月の窓よりもりたりし**に、人のふしたりしどもが衣の上に、しろうて映りなどしたりしこそ、いみじうあはれとおぼえしか。さやうなるをりぞ、人歌よむかし。（二五六）

271 月のいとあかきに、川をわたれば、牛のあゆむままに、**水晶などのわれたるやうに**、水のちりたるこそをかしけれ。（二五七）

272 おほきにてよき物 **家**。餌袋。法師。くだ物。牛。**松の木**。硯の墨。男の目の細きは女びたり。又金椀のやうならんもおそろし。**火桶**。酸漿。山吹の花。桜のはなびら。（二五八）

273 みじかくてありぬべき物 とみの物ぬふ糸。下衆女の髪。人のむすめの声。**灯台**。（二五八）

274 人の家につきづきしき物 **肱をりたる廊**。円座。**三尺のき丁**。おほきやかなる童女。よきはしたもの。侍の曹司。折敷。懸盤。中の盤。おはらき。**衝立障子**。かき板。**装束よくしたる餌袋**。**唐傘**。**棚厨子**。提子。銚子。（二五八〜二五九）

275 ものへいく路に、きよげなる男の、細やかなるが、**立文**もちていそぎいくこそ、いづちならんと見ゆれ。又きよげなる童べなどの、**袙どもの、いとあざやかなるにはあらで**、なえ

ばみたるに、屐子のつややかなるが、歯に土おほくつきたるをはきて、**白き紙におほきに包みたる物**、もしは、**箱の蓋に草子ども**などいれて、持ていくこそ、いみじうよびよせて見まほしけれ。（二五九）

276 よろづのことよりも、**わびしげなる車に、装束わるくて物見る人**、いともどかし。説経などはいとよし。罪うしなふことなれば。それだになほ、あながちなるさまにては見ぐるしきに、まして祭などは見でありぬべし。**下簾なくて、白き単衣の袖などうちたれて**あめりかし。ただその日の料とおもひて、**車の簾もしたてて**、いとくちをしうはあらじと出でたるに、まさる車など見つけては、なにしにとおぼゆるものを、まいていかばかりなる心にてさてみるらん。（二五九〜二六〇）

277 上より**御文**もてきて、返事ただいま、と仰せられたり。なにごとにか、とてみれば、**大傘のかたをかきて、人は見えず、ただ手のかぎりをとらへさせて**、下に、山の端あけしあしたより、とかかせ給へり。（二六二）

278 かかる空事のいでくる、苦しけれどをかしくて、**異紙に、雨をいみじう降らせて**下に、ならぬ名のたちにけるかな、さてや濡衣にはなり侍らむ、と啓したれば、右近の内侍などにかたらせ給て、笑はせ給けり。（二六二）

279 三条の宮におはしますころ、五日の菖蒲の輿など持てまゐり、**薬玉**まゐらせなどす。若き人々御匣殿など、**薬玉**して姫宮、若宮につけたてまつらせ給。いとをかしき**薬玉**どもほかよりまゐらせたるに、青ざしといふ物を持てきたるを、**青き薄様を、艶なる硯の蓋にしきて**、これ、籬越しにさぶらふ、とてまゐらせたれば、みな人の花や蝶やといそぐ日もわが心をばきみぞしりける、**この紙の端をひきやらせ給てかかせ給へる**、いとめでたし。（二六二〜二六三）

280 御乳母の大夫の命婦、日向へくだるに、給はする扇どもの中に、かたつかたは、**日いとうららかにさしたる田舎の館**などおほくして、いまかたつかたは、**京のさるべき所にて雨いみじうふりたるに**、あかねさす日にむかひても思いでよ都ははれぬながめすらんと、**御手にてかかせ給へる**、いみじうあはれなり。さる君を見おきたてまつりてこそ、えゆくまじけれ。（二六三）

281 清水にこもりたりしに、わざと御使して給はせたりし**唐の紙の赤みたるに、草にて、**山ちかき入相のかねの声ごとにこふるこころの数はしるらん、ものを、こよなの長居や、とぞかかせ給へる。紙などのなめげならぬも、とりわすれたる旅にて、**紫なる蓮のはなびらにかきてまゐらす。**（二六四）

282 中将なりける人の、いみじう時の人にて、心などもかしこかりけるが、七十ちかき親二人を持たるに、かう四十をだに制することに、まいておそろしとおぢさわぐに、いみじく孝なる人にて、とほき所に住ませじ、一日に一度みではえあるまじとて、みそかに、**家のうちの土をほりて、その内に屋をたてて、**籠めすゑて、いきつつ見る。（二六五）

283 **七曲にわだかまりたる玉**の、中とほりて左右に口あきたるがちひさきをたてまつりて、これに緒とほして給はらん、この国にみなし侍事なり、とてたてまつりたるに、（二六七）

284 さて、その人の神になりたるにやあらん、その神の御もとにまうでたりける人に、夜あらはれての給へりける。**七曲にまがれる玉**の緒をぬきてありとほしとはしらずやあるらん、との給へりける、と人の語りし。（二六八）

---

285 **一条の院をば今内裏**とぞいふ。おはします殿は**清涼殿**にて、その北なる殿におはします。西東は**渡殿**にて、わたらせ給ひまうのぼらせ給みちにて、まへは壷なれば、**前栽うゑ籬ゆひていとをかし。**（二六八）

286 雪たかうふりて、いまも猶ふるに、五位も四位も、色うるはしう若やかなるが、**上の衣の色いときよらにて、革の帯のかたつきたるを、宿直姿にひきはこえて、紫の指貫も雪に冴え映えて、濃さまさりたるをきて、衵の、紅ならずはおどろおどろしき山吹を出だして、唐傘をさしたるに、**風のいたうふきて、横ざまに雪をふきかくれば、すこし傾けてあゆみくるに、ふかき沓、半靴などの、はばきまで雪のいと白うかかりたるこそ、をかしけれ。（二七〇）

287 細殿の遣戸を、いととうおしあけたれば、御湯殿に、馬道より下りてくる殿上人、なえたる直衣、指貫の、いみじうほころびたれば、**色々の衣どものこぼれいでたるを、**おし入れなどして、北の陣ざまにあゆみゆくに、あきたる戸の前を過ぐとて、纓をひきこして、顔にふたぎていぬるもをかし。（二七一）

288　ふるものは　雪。霰。霙はにくけれど、しろき雪のまじりてふる、をかし。雪は、**桧皮葺いとめでたし**。すこし消えがたになりたるほど。まだいと多うもふらぬが**瓦の目ごとに入りて、黒う丸に見えたる、いとをかし**。時雨、霰は、**板屋**。霜も、**板屋**。庭。　（二七一〜二七二）

289　ないがしろなる物　女官どもの髪上姿。**唐絵の革の帯のうしろ**。聖のふるまひ。　（二七三〜二七四）

290　ただすぎにすぐる物　**帆かけたる舟**。人のよはひ。春、夏、秋、冬。　（二七五）

291　**文こと葉なめき人こそ、いとにくけれ**。世をなのめに書きながしたること葉の、にくきこそ。　（二七五）

292　六月に、人の八講し給所に、人々あつまりて聞きしに、蔵人になれる婿の、**れうの上の袴、黒半臂など、いみじうあざやかにて**、忘れにし人の**車の鴟の尾といふ物に、半臂の緒をひきかけつばかりにてゐたりしを**、いかに見るらんと、車の人々も、しりたるかぎりはいとほしがりしを、こと人々も、つれなくゐたりし物かな、など、のちにもいひき。（二七八）

293　かたちいとよく、心もをかしき人の、**手もようかき**、歌もあはれによみて、うらみおこせなどするを、返ごとはさかしらにうちするものから、よりつかず、らうたげにうちなげきてゐたるを、見すてていきなどするは、あさましう、おほやけ腹たちて、見証の心ちも心うくみゆべけれど、身の上には、つゆ心ぐるしさを思ひしらぬよ。　（二八〇）

294　人の顔に、とりわきてよしと見ゆる所は、度ごとに見れども、あなをかし、めづらし、とこそおぼゆれ。**絵など、あまた度みれば目もたたずかし**。ちかうたてたる**屏風の絵**などは、いとめでたけれども、見も入れられず。人のかたちはをかしうこそあれ。　（二八二）

295　十月十よ日の、月のいとあかきにありきて見んとて、女房十五六人ばかり、みな**濃き衣**をうへにきて、ひきかへしつつありしに、中納言の君の、**紅のはりたるをきて、頸より髪をかきこし給へりしが**、あたらしきそとばに、いとよくも似たりしかな。**雛のすけとぞ、若き人々つけたりし**。後にたちて笑ふもしらずかし。　（二八三）

296　職の御曹司の西面にすみしころ、大殿の新中将、宿直にてものなどいひしに、そばにある人の、此中将に**扇の絵**の事い

へ、とささめけば、いまかの君のたち給ひなんにを、といとみそかにいひ入るるを、その人だにえ聞きつけで、(二八四)

297 うれしき物　**まだ見ぬ物語**の一をみて、いみじうゆかしとのみおもふが、のこり見出でたる。さて、心おとりするやうもありかし。(二八五)

298 思ふ人の、人にほめられ、やむごとなきひとなどの、くちをしからぬものにおぼしの給。もののをり、もしは、人といひかはしたる歌の聞えて、**打聞などに書きいれらるる。**(二八五)

299 **陸奥紙、ただのも、よき得たる。**はづかしき人の、歌の本末とひたるに、ふとおぼえたる、我ながらうれし。(二八六)

300 もののをりに、**衣うたせにやりて、**いかならんとおもふに、きよらにて得たる。**刺櫛すらせたるに、**をかしげなるも又うれし。(二八六)

301 世中のはらだたしう、むつかしう、かたときあるべき心ちもせで、ただいづちもいづちも行きもしなばやとおもふに、**ただの紙の、いと白うきよげなるに、よき筆、白き色紙、陸奥紙**などえつれば、こよなうなぐさみて、さはれ、かくてしばしも生きてありぬべかんめり、となんおぼゆる。又、**高麗縁のむしろ、青うこまやかに厚きが、縁の紋いとあざやかに、黒う白う見えたる**をひきひろげて見れば、なにか、猶この世はさらにさらにえ思ひすつまじと、命さへをしくなんなる、(二八七)

302 さてのち、ほどへて、心から思乱るる事ありて、里にある比、**めでたき紙二十をつつみて**給はせたり。仰せごとには、とくまゐれ、などの給はせて、これは、聞しめしおきたることのありしかばなむ、わろかめれば**寿命経もえ書くまじげにこそ、**とおほせられたる、いみじうをかし。(二八八)

303 台盤所の雑仕ぞ御使には来たる。**青き綾の単衣**とらせなどして、まことに、**この紙を草子につくり**など、もてさわぐに、むつかしきこともまぎるる心ちして、をかしと心のうちにもおぼゆ。(二八八)

304 二日ばかりありて、**赤衣きたるをとこ、畳**を持てきて、これ、といふ。あれはたそ、あらはなり、などものはしたなくいへば、さしおきていぬ。いづこよりぞ、と問はすれど、まかりにけり、とて、とりいれたれば、ことさらに、**御座とい**

ふ畳のさまにて、高麗などいときよらなり。心のうちには、さにやあらんなんど思へど、猶おぼつかなさに、人々いだしてもとむれど、うせにけり。　（二八八〜二八九）

305 二月一日のほどに、二条の宮へいでさせ給。ねぶたくなりにしかばなに事も見いれず。つとめて、日のうららかにさし出でたるほどにおきたれば、**白うあたらしうをかしげにつくりたるに、**御簾よりはじめて、昨日かけたるなめり、**御しつらひ、獅子、狛犬など、**いつのほどにか入りゐけんとぞをかしき。**桜の一丈ばかりにて、いみじう咲きたるやうにて、御階のもとにあれば、**いととく咲きにけるかな、梅こそただいまはさかりなれ、とみゆるは、**つくりたるなりけり。**すべて花のにほひなど、つゆまことにおとらず。いかにうるさかりけん。雨ふらばしぼみなんかしとおもふぞくちをしき。**小家**などいふものおほかりける所を、いまつくらせ給へれば、**木立**など見所ある事もなし。ただ宮のさまぞけぢかうをかしげなる。　（二九〇）

306 殿わたらせ給へり。**青鈍の固紋の御指貫、桜の御直衣に、紅の御衣みつばかりを、ただ御直衣にひきかさねてぞ奉りたる。**御前よりはじめて、**紅梅の濃き薄き織り物、固紋、無紋**などを、あるかぎりきたれば、ただひかりみちて見ゆ。**唐衣は、萌黄、柳、紅梅などもあり。**　（二九一）

307 御文御覧ずる。**御返、紅梅の薄様**にかかせ給が、**御衣のおなじ色ににほひ通ひたる、**猶かくしもおしはかりまゐらする人はなくやあらん、とぞくちをしき。今日のはことさらにとて、殿の御かたより禄はいださせ給。女の装束に**紅梅の細長**そへたり。　（二九二）

308 君などいみじく化粧じ給て、**紅梅の御衣**ども、劣らじとき給へるに、三の御前は、御匣殿、中姫君よりもおほきに見え給て、上など聞えむにぞよかめる。　（二九二）

309 さしつどひて、かの日の装束、**扇**などのことをいひあへるもあり。　（二九三）

310 **御前の桜、露に色はまさらで、**日などにあたりて、しぼみわろくなるだにくちをしきに、雨の、夜ふりたるつとめて、いみじく無徳なり。　（二九三）

311 南の院の北面にさしのぞきたれば、高坏どもに**火**をともして、二人、三人、三四人、さべきどち**屏風**ひきへだてたるも

あり。き丁などへだてなどもしたり。（二九八）

312 などかいままでまゐり給はざりつる。扇持たせて求めきこゆる人ありつ、とつぐ。（二九八〜二九九）

313 西の対の唐廂にさしよせてなん乗るべきとて、渡殿へあるかぎりいくほど、まだうひうひしきほどなる今参りなどは、つつましげなるに、（二九九）

314 車の左右に大納言、三位中将、二所して簾うちあげ、下簾ひきあげてのせ給。……みな乗りはてぬれば、ひきいでて、二条の大路に、榻にかけてもの見る車のやうに、立て並べたる、いとをかし。人もさ見たらんかしと心ときめきせらる。（二九九〜三〇〇）

315 御車ごめに十五、四つは尼の車、一の御車は唐車なり。それにつづきてぞ尼の車、後口より水晶の数珠、薄墨の裳、袈裟、衣、いといみじくて、簾はあげず、下簾も薄色の、裾すこし濃き、つぎに女房の十、桜の唐衣、薄色の裳、濃き衣、香染、薄色の表着ども、いみじうなまめかし。日はいとうららかなれど、空はみどりにかすみわたれるほどに、女房の装束のにほひあひて、いみじき織物、色々の唐衣などよりも、なまめかしうをかしきことかぎりなし。（三〇〇〜三〇一）

316 からうじて采女八人、馬に乗せてひきいづ。青裾濃の裳、裙帯、領巾などの、風にふきやられたる、いとをかし。豊前といふ采女は、典薬頭重雅がしる人なりけり。葡萄染の織物の、指貫をきたれば、重雅は、色ゆるされにけり、など山の井の大納言笑ひ給。（三〇一）

317 朝日のはなばなとさしあがるほどに、水葱の花、いときはやかにかがやきて、御輿の帷子のいろつやなどの、きよらささへぞいみじき。御綱はりていでさせ給。御輿の帷子のうちゆるぎたるほど、まことに、頭の毛など人のいふ、さらにそらごとならず。（三〇一）

318 うちに入りぬれば、色々の錦のあげばりに、御簾いと青くかけわたし、屏幔どもひきたるなど、すべてすべてさらに此世とおぼえず。（三〇二）

319 御桟敷にさしよせたれば、またこの殿ばらたち給て、とう下りよ、との給。乗りつる所だにありつるを、いますこしあかう顕証なるに、つくろひそへたりつる髪も唐衣の中にてふくだみ、あやしうなりたらん、色の黒さ赤ささへ見えわかれ

ぬべきほどなるが、いとわびしければ、ふともえ下りず、（三〇二）

320 まだ御裳、**唐の御衣**奉りながらおはしますぞいみじき。**紅の御衣**ども、よろしからんやは。中に**唐綾の柳の御衣、葡萄染の五重襲の織物**に、**赤色の唐の御衣、地摺の唐の薄物に象眼かさねたる御裳**など奉りて、ものの色などはさらになべてのに似るべきやうもなし。（三〇三）

321 **御額あげさせたまへりける御釵子**に、わけ目の御髪の、いささか寄りてしるくみえさせ給さへぞ、聞えんかたなき。（三〇四）

322 入らせ給て見たてまつらせ給に、みな御裳、御唐衣、御匣殿までにき給へり。殿の上は、裳のうへに小袿をぞき給へる。**絵にかいたるやうなる御さまどもかな**。いま一まえは、今日は人々しかめるは、と申給。（三〇五）

323 **赤色に桜の五重の衣**を御覧じて、法服の、一つたらざりつるを、にはかにまどひしつるに、これをこそかり申べかりけれ。さらずはもし又、さやうの物をとりしめられたるか、との給はするに、（三〇五～三〇六）

324 僧都の君、**赤色の薄物の御衣、紫の御袈裟、いとうすき薄色の御衣ども、指貫**など着給て、頭つきの青くうつくしげに、**地蔵菩薩**のやうにて、女房にまじりありき給も、いとをかし。（三〇六）

325 大納言殿の御桟敷より松君ゐてたてまつる。**葡萄染の織物の直衣、濃き綾のうちたる、紅梅の織物**など着給へり。御ともに、例の四位五位いとおほかり。（三〇六）

326 ことはじまりて、**一切経を蓮の花の赤き一花づつに入て**、僧俗、上達部、殿上人、地下、六位なにくれまでもてつづきたる、いみじうたふとし。（三〇六）

327 たふときこと　**九条の錫杖**。念仏の回向。（三〇八）

328 **指貫**は　**紫の濃き**。**萌黄**。夏は**二藍**。いと暑きころ、**夏虫の色**したるもすずしげなり。（三〇九）

329 **狩衣**は　**香染の薄き**。**白きふくさ**。**赤いろ**。**松の葉いろ**。**青葉**。**桜**。**柳**。又**青き藤**。（三〇九）

330 男は**なにの色の衣をも着たれ、単衣は白き**。日の装束の、**紅の単衣の袙**など、かりそめにきたるはよし。されど、なほ白きを。黄ばみたる単衣などきたる人は、いみじう心づきな

し。**練色の衣ども**などきたれど、**猶単衣は白うてこそ。**　（三〇九）

331 **下襲**は　冬は**躑躅。桜。掻練襲。蘇枋襲。**夏は**二藍。白襲。**　（三一〇）

332 **扇の骨**は　朴。色は赤き、紫、みどり。　（三一〇）

333 **桧扇は　無紋。唐絵。**　（三一〇）

334 神は　松の尾。八幡。この国の帝にておはしましけんこそめでたけれ。行幸などに**な木の花の御輿**に奉るなど、いとめでたし。大原野。春日いとめでたくおはします。　（三一〇）

335 屋は　**まろ屋。東屋。**　（三一一）

336 **こまの物語**は、なにばかりをかしきこともなく、こと葉もふるめき、見どころおほからぬも、月にむかしを思いでて、**虫ばみたる蝙蝠**とり出て、もとみしこまに、といひてたづねたるがあはれなるなり。　（三一六）

337 **交野の少将**もどきたる**落窪の少将**などはをかし。よべ一昨日の夜もありしかばこそ、それもをかしけれ。足あらひたるぞにくき。きたなかりけん。風などのふき、あらあらしき夜来たるは、たのもしくてうれしうもありなん。　（三一六）

338 雪こそめでたけれ。わすれめや、などひとりごちて、しのびたることはさらなり、いとさあらぬ所も、**直衣などはさらにもいはず、表のきぬ、蔵人の青色などの**、いとひややかに濡れたらんは、いみじうをかしかべし。**緑衫なりとも**、雪にだに濡れなばにくかるまじ。昔の蔵人は、夜など人のもとにも、ただ青色をきて、雨に濡れてもしぼりなどしけるとか。今は昼だにきざめり。ただ緑衫のみうちかづきてこそあめれ。　（三一六〜三一七）

339 月のいみじうあかき夜、**紙の又いみじう赤き**に、ただ、あらずとも、と書きたるを、廂にさしいりたる月にあてて、ひとの見しこそをかしかりしか。雨ふらんをりは、さはありなむや。　（三一七）

340 今朝はさしも見えざりつる空の、いと暗うかきくもりて、雪のかきくらし降るに、いと心ぼそく見いだすほどもなく白うつもりて、猶いみじうふるに、随身めきてほそやかなる男の、傘さして、そばのかたなる塀の戸より入りて、**文**をさし入れたるこそをかしけれ。いと**白き陸奥紙、白き色紙のむすびたる**、上にひきわたしける墨のふと氷りにければ、**末薄**に

なりたるを、あけたれば、いと細くまきてむすびたる、巻目はこまごまとくぼみたるに、**墨のいと黒う、うすく、くだりせばに、裏表かきみだりたる**を、うちかへしひさしう見るこそ、なにごとならんと、よそにて見やりたるもをかしけれ。まいて、うちほほゑむ所はいとゆかしけれど、とほうゐたるは、**黒き文字**などばかりぞ、さなめりとおぼゆるかし。　（三一八〜三一九）

341　きらきらしき物　大将、御前駆おひたる。**孔雀経**の御読経、御修法。**五大尊**のも。御斎会。蔵人の式部の丞の、白馬の日大場練りたる。その日、靫負の佐の**摺衣**破らする。尊星王の御修法。季の御読経。**熾盛光**の御読経。　（三一九）

342　**坤元禄の御屏風**こそ、をかしうおぼゆれ。**漢書の屏風**は、ををしくぞきこえたる。**月次の御屏風**もをかし。　（三二〇）

343　三月ばかり物忌しにとて、かりそめなる所に、人の家にいきたれば、木どもなどのはかばかしからぬ中に、**柳といひて、例のやうになまめかしうはあらず、ひろく見えてにくげなるを**、あらぬものなめりといへど、かかるもありなどいふに、　（三二一）

344　仰せごとのあれば、いとうれしくてみる。**浅緑の紙に、宰相の君、いとをかしげに書い給へり**。いかにして過ぎにしかたを過しけんくらしわづらふ昨日けふかな、となん。私には、今日しも千年の心ちするに、暁にはとく、とあり。　（三二二）

345　日ごろふりつる雪の、今日はやみて、風などいたうふきつれば、垂氷いみじうしたり。地などこそむらむら白き所がちなれ、**屋のうへはただおしなべて白きに**、あやしき賎の屋も雪にみな面がくしして、有明の月のくまなきに、いみじうをかし。**銀などをふきたるやう**なるに、**水晶の滝**、などいはましやうにて、長く短く、ことさらにかけわたしたると見えて、いふにもあまりてめでたきに、　（三二三〜三二四）

346　**下簾もかけぬ車**の、簾をいとたかうあげたれば、奥までさし入りたる月に、**薄色**、**白き**、**紅梅など**、**七つ八つばかりきたるうへに**、**濃き衣のいとあざやかなる**、艶など月にはえてをかしうみゆるかたはらに、**葡萄染の固紋の指貫**、**白き衣**どもあまた、山吹、紅など着こぼして、**直衣のいと白き紐をときたれば、ぬぎ垂れられていみじうこぼれ出でたり**。指貫の

かたつかたは、軾のもとにふみいだしたるなど、道に人あひたらば、をかしと見つべし。（三二四）

347 船のみち。日のいとうららかなるに、海の面の、いみじうのどかに、**浅みどりの打ちたるをひきわたしたるやう**にて、いささか恐ろしきけしきもなきに、（三二六）

348 **屋形**といふ物のかたにて押す。されど奥なるはたのもし。端にて立てるものこそ、目くるる心ちすれ。**早緒とつけて、櫓とかにすげたるものの、弱げさよ。**かれが絶えば、なににかならん。ふと落ちいりなんを。それだに太くなどもあらず。（三二七）

349 **わが乗りたるはきよげにつくり、妻戸あけ格子あげ**などして、さ水とひとしうをりげになどあらねば、**ただ家のちひさきにてあり。小船**を見やるこそいみじけれ。とほきはまことに笹の葉をつくりて、うち散らしたるにこそ、いとようにたれ。泊りたる所にて、**船**ごとに灯したる火は、又いとをかしう見ゆ。（三二七）

350 **はし舟**とつけて、いみじうちひさきに乗りて漕ぎありく。つとめてなど、いとあはれなり。あとの白浪は、まことにこそ消えもていけ。（三二七）

351 又、**業平の中将**のもとに、母の皇女の、いよいよみまく、との給へる、いみじうあはれにをかし。ひきあけてみたりけんこそ思やらるれ。（三二九）

352 をかしと思歌を、**草子などに書きて**をきたるに、いふかひなき下衆の、うちうたひたるこそ、いと心うけれ。（三三〇）

353 左右の衛門の尉を判官といふ名つけて、いみじうおそろしう、かしこきものに思ひたるこそ。夜行し、細殿などに入りふしたる、いと見ぐるしかし。**布の白袴**、き丁にうちかけ、うへの衣の、長くところせきをわがねかけたる、いとつきなし。太刀のしりに、ひきかけなどしてたちさまよふは、されどよし。**青色をただつねに着たらば、いかにをかしからん。**見し有明ぞ、とたれいひけん。（三三〇〜三三一）

354 大納言殿まゐり給て、文のことなど奏し給に、例の、夜いたくふけぬれば、御前なる人々一人二人づつうせて、**御屏風**み木丁のうしろなどにみなかくれふしぬれば、只ひとり、ねぶたきを念じてさぶらふに、丑四つ、と奏すなり。（三三一）

355 夜中ばかりに、廊にいでて人よべば、下るるか、いでおく

らん、との給へば、裳、唐衣は**屛風**にうちかけていくに、月のいみじうあかく、**御直衣のいと白うみゆるに**、指貫を長うふみしだきて、袖をひかへて、たふるな、といひて、（三三二）

356 みまくさをもやすばかりの春の日に夜殿さへなど残らざるらん、とかきて、これをとらせ給へ、とて投げやりたれば、笑ひののしりて、このおはする人の、家やけたなりとて、いとほしがりてたまふなり、とてとらせたれば、ひろげてうちみて、これはなにの**御短冊**にか侍らん、ものいくらばかりにか、といへば、ただよめかし、といふ。（三三三）

357 男は、女親なくなりて、男親のひとりある。いみじうおもへど、心わづらはしき北の方出できてのちは、内にもいれたてず、装束などは乳母又故上の御人どもなどしてせさす。西東の対のほどに、まらうとゐなどをかし。**屛風**、**障子の絵**も見どころありてすまひたり。（三三四）

358 夜まさりする物　**濃き掻練の艶**。**むしりたる綿**。女は額はれたるが髪うるはしき。琴の声。かたち悪き人の、けはひよき。時鳥。滝の音。（三三六）

---

359 日かげにおとる物　**紫の織物**。藤の花。すべてその類はみなおとる。紅は月夜にぞ悪き。（三三六～三三七）

360 下の心かまへてわろくてきよげにみゆる物　**唐絵の屛風**。**石灰の壁**。盛物。**桧皮葺の屋の上**。川尻の遊女。（三三七）

361 **女の表着は**　**薄色**。**葡萄染**。**萌黄**。**桜**。**紅梅**。**すべて薄色の類**。（三三八）

362 **唐衣は**　**赤色**。**藤**。夏は**二藍**。秋は**枯野**。（三三八）

363 **裳は**　**大海**。（三三八）

364 **汗衫は**　春は**躑躅**。**桜**。夏は**青朽葉**。**朽葉**。（三三八）

365 **織物は**　**紫**。**白き**。**紅梅**もよけれど、見ざめこよなし。（三三九）

366 **綾の紋は**　**葵**。**かたばみ**。**あられ地**。（三三九）

367 **薄様**、**色紙は**　白き。紫。赤き。刈安染。青きもよし。（三三九）

368 **硯の箱は**　重ねの**蒔絵**に**雲鳥の紋**。（三三九）

369 **筆は**　冬毛。使ふも、みめもよし。兎の毛。（三三九）

370 **墨は**　**丸なる**。（三四〇）

371 **貝は**　うつせ貝。蛤。いみじうちひさき梅の花貝。

372 櫛の箱は　蛮絵いとよし。（三四〇）

373 鏡は　八寸五分。（三四〇）

374 蒔絵は　唐草。（三四一）

375 火桶は　赤色。青色。白きに作り絵もよし。（三四一）

376 畳は　高麗縁。又黄なる地の縁。（三四一）

377 檳榔毛は　のどかにやりたる。網代は　走らせ来る。（三四一）

378 松の木立たかき所の、東南の格子あげわたしたれば、すずしげにすきて見ゆる母屋に、四尺のき丁たてて、そのまへに円座おきて、四十ばかりの僧の、いときよげなる、墨染の衣、薄ものの袈裟、あざやかに装束きて、香染の扇をつかひ、せめて陀羅尼をよみゐたり。（三四一～三四二）

379 物の怪にいたうなやめば、移すべき人とて、おほきやかなる童の、生絹の単衣、あざやかなる袴長うきなして、ゐざりいでて、横ざまにたてたるき丁のつらにゐたれば、外ざまにひねり向きて、いとあざやかなる独鈷をとらせて、うち拝みてよむ陀羅尼もたふとし。（三四二）

380 単衣どもいときよげに、薄色の裳など、なえかかりてはあらず、きよげなり。（三四二～三四三）

381 荒れたる家の蓬ふかく、葎はひたる庭に、月の、くまなくあかく澄みのぼりて見ゆる。又さやうの荒れたる板間よりもりくる月。荒うはあらぬ風のおと。（三四四）

382 池ある所の五月長雨のころこそいとあはれなれ。菖蒲、菰など生ひこりて、水もみどりなるに、庭も一つ色に見えわたりて、曇りたる空をつくづくとながめくらしたるは、いみじうこそあはれなれ。いつも、すべて、池ある所はあはれにをかし。冬も氷りしたる朝などは、いふべきにもあらず、わざとつくろひたるよりも、うちすてて水草がちに荒れ、青みたる絶え間絶え間より、月かげばかりは白々とうつりて見えたるなどよ。すべて、月かげは、いかなる所にてもあはれなり。（三四五）

383 いみじき心おこしてまゐりしに、川のおとなどのおそろしう、呉階をのぼるほどなど、おぼろけならず困じて、いつしか仏の御前をとく見たてまつらん、とおもふに、白衣きたる法師、蓑虫などのやうなる物どもあつまりて、立ち居、額づ

きなどして、つゆばかり所もおかぬけしきなるは、まことにこそねたくおぼえて、（三四五～三四六）

384　この**草子**、目に見え心に思ふ事を、人やは見んとする、とおもひて、つれづれなる里居のほどに、書きあつめたるを、あいなう、人のためにびんなきいひ過しもしつべき所々もあれば、よう隠しおきたりと思しを、心よりほかにこそ漏り出でにけれ。宮の御前に、内の大臣の奉りたまへりけるを、これになにを書かまし、上の御前には、**史記といふ文**をなん書かせ給へる、などのたまはせしを、枕にこそは侍らめ、と申しかば、さは、得てよ、とてたまはせたりしを、あやしきを、こよやなにやと、**つきせずおほかる紙を書きつくさんとせしに**、いと物おぼえぬ事ぞおほかるや。（三四八）

385　左中将、まだ伊勢の守ときこえし時、里におはしたりしに、端のかたなりし畳をさし出でしものは、この**草子**乗りて出でにけり。惑ひ取りいれしかど、やがて持ておはして、いと久しくありてぞかへりたりし。それよりありきそめたるなり、とぞ本に。（三四九）

紫式部日記

1 秋のけはひ入りたつままに、**土御門殿のありさま、いはむかたなくをかし。池のわたりのこずゑども、遣水のほとりのくさむら、おのがじし色づきわたりつつ、**おほかたの空もえんなるに、もてはやされて、不断の御読経の声々、あはれまさりけり。（一六一）

2 法住寺の座主は馬場の大殿、浄土寺の僧都は文殿などに、うちつれたる浄衣姿にて、**ゆゑゆゑしき唐橋どもを渡りつつ、**木の間を分けてかへり入るほども、はるかに見やらるるここちして、あはれなり。（一六二）

3 **橋の南なるをみなへしのいみじうさかりなるを、**一枝折らせたまひて、几帳の上よりさしのぞかせたまへる御さまの、いとはづかしげなるに、（一六三）

4 殿の三位の君、簾のつま引きあげて、ゐたまふ。年のほどよりは、いとおとなしく心にくきさまして、人はなほ、心ばへこそ難きものなめれ、など、世の物語しめじめとしておはするけはひ、をさなしと人のあなづりきこゆるこそ悪しけれと、はづかしげに見ゆ。うちとけぬほどにて、おほかる野辺に、とうち誦じて、立ちたまひにしさまこそ、**物語にほめたる男のここちしはべりしか。**（一六三〜一六四）

5 播磨の守、碁の負わざしける日、あからさまにまかでて、のちにぞ**御盤のさま**など見たまへしかば、**華足などゆゑゆゑしくして、洲浜のほとりの水にかきまぜたり。**紀の国のしらの浜にひろふてふこの石こそはいはほともなれ。**扇ども、**をかしきを、そのころは人々持たり。（一六四）

6 上よりおるる途に、弁の宰相の君の戸口をさしのぞきたれば、昼寝したまへるほどなりけり。**萩・紫苑、いろいろの衣に、濃きがうちめ心ことなるを上に着て、**顔はひき入れて、硯の筥にまくらして、臥したまへる額つき、いとらうたげになまめかし。**絵にかきたるものの姫君のここちすれば、**口おほひを引きやりて、**物語の女のここちもしたまへるかな、**といふに、見あけて、もの狂ほしの御さまや、寝たる人を心なくおどろかすものか、とて、すこし起きあがりたまへる顔の、うち赤みたまへるなど、こまかにをかしうこそはべりし

か。（一六五〜一六六）

7　その夜さり、御前にまゐりたれば、月をかしきほどにて、はしに、**御簾の下より、裳のすそなどほころびいづるほどほどに、**小少将の君、大納言の君など、さぶらひたまふ。（一六七）

8**御前の有様のをかしさ、蔦の色の心もとなきなど、**口ぐちきこえさするに、（一六七）

9　十日の、まだほのぼのとするに、**御しつらひかはる。白き御帳にうつらせたまふ。**殿よりはじめたてまつりて、君達、四位五位ども、たちさわぎて、御帳のかたびらかけ、御座どももてちがふほど、いとさわがし。（一六七〜一六八）

10　御帳のひむがしおもては、うちの女房まゐりつどひてさぶらふ。西には、御物のけうつりたる人々、**御屛風一よろひを引きつぼね、**つぼねぐちには几帳を立てつつ、験者あづかりあづかりののしりゐたり。（一六八）

11　南には、やむごとなき僧正・僧都かさなりゐて、**不動尊の生きたまへるかたちをも、呼びいであらはしつべう、**たのみみ、うらみみ、声みなかれわたりにたる、いといみじう聞こゆ。（一六八）

12　**北の御障子**と御帳とのはさま、いとせばきほどに、四十余人ぞ、後に数ふればゐたりける。いささか身じろきもせられず、気あがりて、ものぞおぼえぬや。（一六八〜一六九）

13　十一日の暁も、**北の御障子、**二間はなちて、廂にうつらせたまふ。御簾などもえかけあへねば、御几帳をおしかさねておはします。（一六九）

14　人の局々には、大きやかなる袋・包ども持てちがひ、**唐衣のぬひ物、裳ひきむすび、螺鈿、ぬひ物、けしからぬまでして、**ひきかくし、**扇**を持てこぬかな、など、いひかはしつつ、けさうじつくろふ。（一七三）

15　御湯殿は酉の刻とか。火ともして、宮のしもべ、**みどりの衣の上に白き当色着て、**御湯まゐる。その**桶すゑたる台など、みな白きおほひしたり。**（一七五）

16　みづし二人。清子の命婦、播磨、とりつぎて、うめつつ、女房二人、大木工、馬、くみわたして、御ほとぎ十六にあまればいる。**うすものの表着、かとりの裳、唐衣、釵子さして、白き元結したり。**頭つきはえて、をかしく見ゆ。御湯殿

は宰相の君、御迎へ湯、大納言の君、**湯巻すがたどもの、例ならずさまことに、をかしげなり。**　（一七五〜一七六）

17　宮は、殿いだきたてまつりたまひて、**御佩刀**小少将の君、**虎の頭**宮の内侍とりて、御さきにまゐる。**唐衣は松の実の紋、裳は海浦を織りて、大海の摺目にかたどれり。腰はうすもの、唐草をぬひたり。**少将の君は、**秋の草むら、蝶、鳥などを、白銀してつくりかかやかしたり。**織物はかぎりありて、人の心にしくべいやうのなければ、**腰ばかりを例にたがへるなめり。**　（一七六）

18　殿の君達ふたところ、源少将など、うちまきをなげののしり、われたかううちならさむと、あらそひさわぐ。浄土寺の僧都、護身にさぶらひたまふ。かしらにも目にもあたるべければ、**扇をささげて、**若き人に笑はる。　（一七六）

19　**文読む博士、**蔵人の弁広業、高欄のもとに立ちて、**史記の一巻を読む。**　（一七六）

20　夜さりの御湯殿とても、さまばかりしきりてまゐる。儀式同じ。**御文の博士**ばかりや変りけむ。伊勢の守致時の博士とか。例の**孝経**なるべし。また、挙周は、**史記文帝の巻**をぞ読むなりし。七日のほど、かはるがはる。　（一七六〜一七七）

21　**よろづのもののくもりなく白き御前に、**人のやうだい、色あひなどさへ、けちえんにあらはれたるを見わたすに、**よき墨絵に、髪どもをおほしたるやうに見ゆ。**　（一七七）

22　ひむがしの対の局より、まうのぼる人々を見れば、**色ゆるされたるは、織物の唐衣、おなじ袿どももなれば、**なかなかうるはしくて、心々も見えず。ゆるされぬ人も、すこしおとなびたるは、かたはらいたかるべきことはとて、ただえならぬ**三重五重の袿に、表着は織物、無紋の唐衣すくよかにして、かさねには綾うすものをしたる人もあり。**（一七七〜一七八）

23　**扇など、**みめには、おどろおどろしくかかやかさで、よしなからぬさまにしたり。**心ばへある本文うち書きなどして、**いひあはせたるやうなるも、心々と思ひしかども、よはひのほど同じまちのは、をかしと見かはしたり。　（一七八）

24　**裳、唐衣のぬひものをばさることにて、袖口におきぐちをし、裳の縫目に白銀の糸を伏せ、くみのやうにし、箔をかざりて、綾の紋にすゑ、扇どものさまなどは、ただ、雪深き山を月のあかきに見わたしたるここちしつつ、**きらきらと、そ

こはかと見わたされず、鏡をかけたるやうなり。（一七八）

25 御産養つかうまつる。右衛門の督は御前のこと、沈の懸盤、白銀の御皿など、くはしくは見ず。源中納言、藤宰相は、御衣、御襁褓、衣筥の折立、入帷子、包、覆、下机など、おなじことの、おなじ白さなれど、しざま、人の心々見えつつしつくしたり。（一七八〜一七九）

26 ひむがしの対の、西の廂は、上達部の座、北を上にて、二行に、南の廂に、殿上人の座は西を上なり。白き綾の御屏風どもを、身屋の御簾にそへて、外ざまに立てわたしたり。（一七九）

27 五日の夜は、殿の御産養。十五日の月くもりなくおもしろきに、池のみぎは近う、かがり火どもを木の下にともしつつ、屯食ども立てわたす。……殿守が立ちわたれるけはひもおこたらず、昼のやうなるに、ここかしこの岩のかくれ、木のもとごとに、うち群れつつをる上達部の随身などやうの者どもさへ、（一七九）

28 おものまゐるとて、女房八人、ひとつ色にさうぞきて、髪あげ、白き元結して、白き御盤もてつづきまゐる。こよひの御まかなひは宮の内侍、いとものものしく、あざやかなるやうだいに、元結ばえしたる髪のさがりば、つねよりもあらまほしきさまして、扇にはづれたるかたはらめなど、いときよげにはべりしかな。（一八〇）

29 威儀のおものは釆女どもまゐる。戸口のかたに、御湯殿のへだての御屏風にかさねて、また南むきに立てて、白き御厨子一よろひにまゐりすゑたり。（一八一）

30 闈司などやうのものにやあらむ、おろそかにさうぞきけさうじつつ、おどろのかんざし、おほやけおほやけしきさまして、寝殿のひむがしの廊、渡殿の戸口まで、ひまもなくおしこみてゐたれば、人もえ通りかよはず。（一八一）

31 火影に、きらきらと見えわたる中にも、大式部のおもとの裳、唐衣、小塩山の小松原をぬひたるさま、いとをかし。大式部は陸奥の守の妻、殿の宣旨よ。大輔の命婦は、唐衣は手もふれず、裳を白銀の泥して、いとあざやかに大海に摺りたるこそ、けちえんならぬものから、めやすけれ。弁の内侍の、裳に白銀の州浜、鶴をたてたるしざま、めづらし。裳のぬひものも、松が枝のよはひをあらそはせたる心ばへ、かど

かどし。少将のおもとの、これらには劣りなる**白銀の箔**を、人々つきしろふ。（一八一〜一八二）

32　その夜の御前の有様の、いと人に見せまほしければ、夜居の僧のさぶらふ**御屏風**をおしあけて、この世には、かうめでたきこと、またえ見たまはじ、と、いひはべりしかば、あなかしこ、あなかしこ、と、本尊をばおきて、手をおしすりてぞよろこびはべりし。（一八二）

33　またの夜、月いとおもしろく、ころさへをかしきに、若き人は舟にのりて遊ぶ。**色々なるをりよりも、おなじさまにさうぞきたる、やうだい、髪のほど、くもりなく見ゆ。**（一八三）

34　**いと白き庭**に、月の光りあひたる、やうだいかたちもをかしきやうなる。（一八四）

35　七日の夜は、おほやけの御産養。蔵人の少将を御つかひにて、もののかずかず書きたる文、**柳筥**に入れてまゐれり。（一八四）

36　すこしうちなやみ、おもやせて、おほとのごもれる御有様、つねよりもあえかに、若くうつくしげなり。**小さき燈炉**を御帳のうちにかけたれば、くまもなきに、いとどしき御色あひの、そこひもしらずきよらなるに、（一八五）

37　御乳付つかうまつりし橘の三位の贈りもの、例の**女の装束に、織物の細長そへて、白銀の衣筥、包なども、やがて白きにや。**またつつみたるものそへてなどぞ聞きはべりし。くはしくは見はべらず。（一八五〜一八六）

38　九日の夜は、春宮の権の大夫つかうまつりたまふ。**白き御厨子**ひとよろひに、まゐりすゑたり。儀式いとさまことにいまめかし。**白銀の御衣筥、海浦をうちいでて、蓬莱など例のことなれど、**いまめかしうこまかにをかしきを、とりはなちては、まねびつくすべきにもあらぬこそわろけれ。（一八六）

39　こよひは**おもて朽木がたの几帳、**例のさまにて、人々は、**濃きうちものを上に着たり。**めづらしくて、心にくくなまめいて見ゆ。**すきたる唐衣どもに、つやつやとおしわたして見えたる。**（一八六）

40　行幸近くなりぬとて、殿のうちを、いよいよつくりみがかせたまふ。**よにおもしろき菊の根を、たづねつつ掘りてまゐる。色色うつろひたるも、黄なるが見どころあるも、さまざ**

まに植ゑたてたるも、朝霧の絶え間に見わたしたるは、げに老もしぞきぬべきここちするに、　（一八八）

41 暗うなりたるに、たちかへり、**いたうかすめたる濃染紙に、**雲間なくながむる空もかきくらしいかにしのぶる時雨なるらむ。　（一八九）

42 その日、**あたらしく造られたる船ども、**さし寄せさせて御覧ず。**龍頭鷁首の生けるかたち思ひやられて、あざやかにうるはし。**　（一八九）

43 扇のいとなほなほしきを、また人にいひたる、持て来なむと待ちゐたるに、鼓の音を聞きつけて、急ぎまゐるさまあしき。　（一九〇）

44 南の柱もとより、すだれをすこしひきあげて、内侍二人出づ。その日の髪あげうるはしき姿、**唐絵をかしげにかきたるやうなり。**左衛門の内侍、**御佩刀**とる。**青いろの無紋の唐衣、裾濃の裳、領布、裙帯は浮線綾を櫨緂に染めたり。表着は菊の五重、掻練はくれなゐ、**姿つき、もてなし、いささかはづれて見ゆるかたはらめ、はなやかにきよげなり。弁の内**侍はしるしの御筥。くれなゐに葡萄染の織物の袿、裳、唐衣は、さきの同じごと。**いとささやかにをかしげなる人の、つつましげに、すこしつつみたるぞ、心ぐるしう見えける。**扇**よりはじめて、好みましたりと見ゆ。**領布は棟緂。**夢のやうにもこよひのだつほど、よそほひ、むかし天降りけむをとめごの姿も、かくやありけむとまでおぼゆ。　（一九一）

45 御簾の中を見わたせば、色ゆるされたる人々は、例の**青いろ赤いろの唐衣に、地摺の裳、表着は、おしわたして蘇芳の織物なり。**ただ馬の中将ぞ**葡萄染を着てはべりし。打物どもは、濃き薄き紅葉をこきまぜたるやうにて、なかなる衣ども、例の、くちなしの濃き薄き、紫苑色、うら青き菊を、もしは三重など、**心々なり。綾ゆるされぬは、例のおとなおとなしきは、**無紋の青いろ、もしは蘇芳など、みな五重にて、かさねどもはみな綾なり。大海の摺裳の、水の色はなやかに、**あざあざとして、**腰どもは固紋を**ぞおほくはしたる。**袿は菊の三重五重にて、織物はせず。**わかき人は、**菊の五重の唐衣を**心々にしたり。**上は白く、青きが上をば蘇芳、ひとへは青きもあり。上うす蘇芳、つぎつぎ濃き蘇芳、中に白きまぜたるも、**すべて、しざまをかしきのみぞ、かどかどしく見

ゆる。いひしらずめづらしく、**おどろおどろしき扇ども見ゆ。**（一九二）

46 うちとけたるをりこそ、まほならぬかたちもうちまじりて見えわかれけれ、心をつくしてつくろひけさうじ、劣らじとしたてたる、**女絵のをかしきにいとよう似て**、年のほどのおとなび、いとわかきけぢめ、髪のすこしおとろへたるけしき、まださかりのこちたきが、わきまへばかり見わたさる。さては、**扇より**かみの額つきぞ、あやしく人のかたちをしなじなしくも下りても、もてなすところなんめる。（一九三）

47 おものまゐるとて、筑前、左京、ひともとの髪あげて、内侍のいで入るすみの柱もとより出づ。これはよろしき天女なり。左京は、**青いろに柳の無紋の唐衣**、筑前は**菊の五重の唐衣、裳は例の摺裳なり。**御まかなひ橘の三位、**青いろの唐衣、唐綾の黄なる菊の袿ぞ、表着なんめる。**ひともとあげたり。（一九三）

48 宰相の君はこなたに帰りて、いと顕証に、はしたなきここちしつる、と、げにおもてうちあかみてゐたまへる顔、こまかにをかしげなり。**衣の色も、人よりけに着はやしたまへり。**（一九四）

49 万歳楽、太平楽、賀殿などいふ舞ども、長慶子を退出音声にあそびて、**山のさきの道を舞ふほど**、遠くなりゆくままに、笛のねも、鼓のおとも、松風も、**木深く吹きあはせていとおもしろし。いとよくはられたる遣水の、ここちゆきたるけしきして、池の水波たちさわぎ、そぞろ寒きに、**（一九四〜一九五）

50 御五十日は霜月のついたちの日。例の、人人のしたててまうのぼりつどひたる御前の有様、**絵にかきたる物合の所にぞ、いとよう似てはべりし。**（一九八〜一九九）

51 御帳のひむがしの御座のきはに、御几帳を奥の**御障子**より廂の柱まで、ひまもあらせず立てきりて、南おもてに御前のものはまゐりすゑたり。西によりて、大宮のおもの、**例の沈の折敷、何くれの台**なりけむかし。（一九九）

52 御まかなひ宰相の君讃岐、とりつぐ女房も、**釵子、元結などしたり。**若宮の御まかなひは大納言の君、ひむがしによりてまゐりすゑたり。**小さき御台、御皿ども、御箸の台、洲浜なども、ひひな遊びの具と見ゆ。**（一九九）

53 こよひ、少輔の乳母、**色ゆるさる。ただしきさまうちしたり。**宮いだきたてまつれり。御帳のうちにて、殿のうへいだきうつしたてまつりたまひて、ゐざりいでさせたまへる火影の御さま、けはひことにめでたし。**赤いろの唐の御衣、地摺の御裳、**うるはしくさうぞきたまへるも、かたじけなくもあはれに見ゆ。大宮は**葡萄染の五重の御衣、蘇芳の御小袿たてまつれり。**（一九九～二〇〇）

54 右の大臣よりて、御几帳のほころび引きたちみだれたまふ。さだすぎたりとつきしろふも知らず、**扇をとり、**たはぶれごとのはしたなきも多かり。（二〇一）

55 左衛門の督、あなかしこ、このわたりに、**わかむらさきやさぶらふ、**と、うかがひたまふ。**源氏にかかるべき人も見えたまはぬに、かのうへは、まいていかでものしたまはむ**と、聞きゐたり。（二〇一～二〇二）

56 御前には、**御冊子つくりいとなませたまふとて、**明けたてば、まづむかひさぶらひて、**いろいろの紙選りととのへて、物語の本どもそへつつ、**ところどころにふみ書きくばる。かつは綴ぢあつめしたたむるを役にて、明かし暮らす。なぞのこもちか、つめたきに、かかるわざはせさせたまふ、と、聞こえたまふものから、**よき薄様ども、**筆、墨など、持てまゐりたまひつつ、御硯をさへ持てまゐりたまへれば、とらせたまへるを、惜しみののしりて、もののくにて、むかひさぶらひて、かかるわざしいづ、とさいなむ。されど、よきつぎ、墨、筆など、たまはせたり。（二〇四～二〇五）

57 局に、**物語の本どもとりにやりて隠しおきたるを、**御前にあるほどに、やをらおはしまいて、あさらせたまひて、みな内侍の督の殿に、奉りたまひてけり。よろしう書きかへたりしは、みなひきうしなひて、心もとなき名をぞとりはべりけむかし。（二〇五）

58 **御前の池に、水鳥どもの日々におほくなりゆくを見つつ、**入らせたまはぬさきに雪降らなむ、この御前の有様、いかにをかしからむと思ふに、あからさまにまかでたるほど、二日ばかりありてしも雪は降るものか。**見どころもなきふるさとの木立を見るにも、**ものむつかしう思ひみだれて、（二〇五）

59 **はかなき物語などにつけて、**うち語らふ人、おなじ心なるは、あはれに書きかはし、すこしけどほきたよりどもをたづ

ねてもいひけるを、ただこれをさまざまにあへしらひ、そぞろごとにつれづれをばなぐさめつつ、（二〇六）

60　こころみに、**物語をとりて見れど**、見しやうにもおぼえず、あさましく、あはれなりし人の語らひしあたりも、われをいかにおもなく心浅きものと思ひおとすらむと、おしはかるに、それさへいとはづかしくて、えおとづれやらず。（二〇六）

61　かへし、うちはらふ友なきころのねざめにはつがひし鴛鴦ぞよはに恋しき、**書きざまなどさへいとをかしきを**、まほにもおはする人かなと見る。（二〇七〜二〇八）

62　御輿には、宮の宣旨乗る。**糸毛の御車に**、殿のうへ、少輔の乳母若宮いだきたてまつりて乗る。大納言、宰相の君、**黄金造りに**、つぎの車に小少将、宮の内侍、つぎに馬の中将と乗りたるを、（二〇八〜二〇九）

63　なほ、かかる有様のうきことを語らひつつ、**すくみたる衣どもおしやり**、**厚ごえたる着かさねて**、火取に火をかき入れて、身も冷えにけるものの、はしたなさをいふに、（二〇九）

64　よべの御おくりもの、けさぞこまかに御覧ずる。御髪の筥のうちの具ども、いひつくし見やらむかたもなし。手筥一よろひ、かたつかたには、**白き色紙つくりたる御冊子ども、古今、後撰集、拾遺抄、その部どもは五帖につくりつつ、侍従の中納言、延幹と、おのおの冊子ひとつに四巻をあてつつ、書かせたまへり。表紙は羅、紐おなじ唐の組**、かけごの上に入れたり。下には**能宣、元輔やうの、いにしへいまの歌よみどもの家々の集書きたり。延幹と近澄の君と書きたるは、さるものにて**、これはただ、け近うもてつかはせたまふべき、見知らぬものどもにしなさせたまへる、いまめかしうさまことなり。（二一〇〜二一一）

65　右の宰相の中将の、五節に**かづら**申されたる、つかはすついでに、筥一よろひに薫物入れて、**心葉、梅の枝をして**、いどみきこえたり。（二一一）

66　業遠の朝臣のかしづき、**錦の唐衣**、闇の夜にも、ものにまぎれず、めづらしう見ゆ。きぬがちに、みじろきもたをやかならずぞ見ゆる。（二一二）

67　はてに、**藤宰相**の、思ひなしにいまめかしく心ことなり。かしづき十人あり。又廂の御簾おろして、**こぼれいでたる衣**

の褄ども、したりがほに思へるさまどもよりは、**見どころまさりて**、火影に見えわたさる。（二一二〜二一三）

68　寅の日のあした、殿上人まゐる。つねのことなれど、月ごろにさとびにけるにや、若人たちの、めづらしと思へるけしきなり。さるは、**摺れるころも**も見えずかし。（二一三）

69　このごろの君達は、ただ、五節所のをかしきことを語る。**簾のはし、帽額さへ、心々にかはりて**、いでゐたる頭つき、もてなすけはひなどさへ、さらにかよはず、さまざまになむある、と、聞きにくく語る。（二一四）

70　ただかくくもりなき昼中に、**扇もはかばかしくも持たせず**、そこらの君達の立ちまじりたるに、さてもありぬべき身のほど、心もちゐといひながら、人に劣らじとあらそふここちも、いかに臆すらむと、あいなくかたはらいたきぞ、かたくなしきや。（二一五）

71　丹波の守の童の、**青い白橡の汗衫**、をかしと思ひたるに、藤宰相の童は、**赤いろを着せて**、下仕への**唐衣に青いろをおしかへし着たる**、ねたげなり。童のかたちも、火取はいとまほには見えず。宰相の中将は、童いとそびやかに、髪どもををかし。なれすぎたる火取をぞ、いかにぞや、人のいひし。みな**濃き衵に、表着は心々なり。汗衫は五重なる中に、尾張はただ葡萄染を着せたり**。なかなかゆゑゆゑしく心あるさまして、ものの色あひ、つやなど、いとすぐれたり。（二一五〜二一六）

72　下仕への中にいと顔すぐれたる、**扇とるとて**六位の蔵人どもよるに、心と投げやりたるこそ、やさしきものから、あまり女にはあらぬかと見ゆれ。（二一六）

73　しのぶと思ふらむを、あらはさむの心にて、御前に**扇どもあまたさぶらふなかに、蓬萊つくりたるをしも選りたる**、心ばへあるべし、見知りけむやは。筥のふたにひろげて、**日蔭をまろめて、そらいたる櫛ども**、白きもの、いみじくつまづまを結ひそへたり。すこしさだすぎたまひにたるわたりにて、**櫛のそりざまなむなほなほしき**、と、君達のたまへば、**今様のさまあしきまでつまもあはせたるそらしざまして**、黒方をおしまろがして、ふつつかにしりさき切りて、**白き紙一かさねに、立文にしたり**。（二一七）

74　御前には、おなじくはをかしきさまにしなして、**扇なども**

あまたこそ、と、のたまはすれど、おどろおどろしからむも、事のさまにあはざるべし。（二一八）

75　ありし筥のふたに、**白銀の冊子筥**をするゐたり。鏡おし入れて、**沈の櫛**、**白銀の笄**など、使の君の鬢かかせたまふべきけしきをしたり。**筥のふたに葦手にうきいでたるは、日蔭の返りごとなめり。**文字ふたつ落ちて、あやしうことの心たがひてもあるかなと見えしは、かの大臣の、宮よりと心得たまひて、かうことごとしくしなしたまへるなりけりとぞ聞きはべりし。（二一九〜二二〇）

76　使の君の**藤かざして**、いとものものしくおとなびたまへるを、内蔵の命婦は、舞人には目も見やらず、うちまもりうちまもりぞ泣きける。（二二〇）

77　内匠の蔵人は長押の下にゐて、あてきが**縫ふものの**、**かさねひねりをしへなど**、つくづくとしゐたるに、御前のかたにいみじくののしる。（二二一〜二二二）

78　**納殿にある御衣をとり出でさせて**、この人々にたまふ。朔日の装束はとらざりければ、さりげもなくてあれど、はだか姿は忘られず、おそろしきものから、をかしうともいはず。

79　ことしの御まかなひは大納言の君。さうぞく、一日の日は**紅、葡萄染、唐衣は赤いろ、地摺の裳**。二日、**紅梅の織物、掻練は濃き、青いろの唐衣、色摺の裳**。三日は**唐綾の桜がさね、唐衣は蘇芳の織物。掻練は濃きを着る日は紅はなかに、紅を着る日は濃きをなかになど、例のことなり。萌黄、蘇芳、山吹の濃き薄き、紅梅、薄色など、つねの色々をひとたびに六つばかりと、表着とぞ**、いとさまよきほどにさぶらふ。（二二三〜二二四）

80　宰相の君の**御佩刀**とりて、殿のいだきたてまつらせたまへるにつづきて、まうのぼりたまふ。**紅の三重五重、三重五重とまぜつつ、おなじ色のうちたる七重に、ひとへを縫ひかさね、かさねまぜつつ、上におなじ色の固紋の五重、袿、葡萄染の浮紋のかたぎの紋を織りたる、縫ひざまさへかどかどし。三重がさねの裳、赤いろの唐衣、ひしの紋を織りて、しざまもいと唐めいたり。**いとをかしげに髪などもつねよりつくろひまして、やうだいもてなし、らうらうしくをかし。（二二四）

81　五節の弁といふ人はべり。平中納言の、むすめにしてかしづくと聞きはべりし人。**絵にかいたる顔して**、額いたうはれたる人の、まじりいたうひきて、顔もここはやと見ゆるところなく、いと白う、手つき腕つきいとをかしげに、髪は、見はじめはべりし春は、丈に一尺ばかり余りて、こちたくおほかりげなりしが、あさましう分けたるやうに落ちて、すそもさすがにほめられず、長さはすこし余りてはべるめり。
（二二九）

82　和泉式部といふ人こそ、おもしろう書きかはしける。されど、和泉はけしからぬかたこそあれ。**うちとけて文はしり書きたるに**、そのかたの才ある人、はかない言葉の、にほひも見えはべるめり。
（二三七）

83　清少納言こそ、したり顔にいみじうはべりける人。さばかりさかしだち、**真名書きちらしてはべるほども**、よく見れば、まだいとたらぬこと多かり。かく、人にことならむと思ひこのめる人は、かならず見劣りし、行くすゑうたてのみはべれば、
（二三八）

84　**大きなる厨子一よろひ**に、ひまもなく積みてはべるもの、ひとつにはふる歌、**物語のえもいはず虫の巣になりにたる**、むつかしくはひちれば、あけて見る人もはべらず、片つかたに、書ども、わざと置き重ねし人もはべらずなりにし後、手ふるる人もことになし。それらを、つれづれせめてあまりぬるとき、一つ二つひきいでて見はべるを、女房あつまりて、おまへはかくおはすれば、御さいはひはすくなきなり、**なでふ女が真名書は読む**、むかしは経よむをだに人は制しき、と、しりうごちいふを聞きはべるにも、物忌みける人の、行くすゑいのち長かめるよしども、見えぬためしなりと、いはまほしくはべれど、思ひくまなきやうなり。ことはたさもあり。
（二三九～二四〇）

85　ほけしれたる人にいとどなりはててはべれば、かうは推しはからざりき、いと艶に恥づかしく、人見えにくげに、そばそばしきさまして、**物語このみ**、よしめき、歌がちに、人を人とも思はず、ねたげに見おとさむものとなむ、みな人々いひ思ひつつにくみしを、見るには、あやしきまでおいらかに、こと人かとなむおぼゆる、とぞ、みないひはべるに、
（二四一）

86 うちのうへの、**源氏の物語人に読ませたまひつつ聞こしめしけるに**、この人は**日本紀をこそ読みたまふべけれ**、まことに才あるべし、と、のたまはせけるを、ふと推しはかりに、いみじうなむ才がある、と、殿上人などにいひちらして、**日本紀の御局**とぞつけたりける、いとをかしくぞはべる。
（二四四）

87 やうやう人のいふも聞きとめて後、**一といふ文字をだに書きわたしはべらず**、いとてづつに、あさましくはべり。読みし書などいひけむもの、目にもとどめずなりてはべりしに、
（二四四～二四五）

88 はづかしさに、**御屛風の上に書きたることを**だに読まぬ顔をしはべりしを、宮の、御前にて、**文集のところどころ読ませたまひなどして**、さるさまのこと知ろしめさまほしげにおぼいたりしかば、いとしのびて、人のさぶらはぬもののひまひまに、をととしの夏ごろより、**楽府といふ書二巻をぞ**、しどけなながら教へたてきこえさせてはべる、隠しはべり。宮もしのびさせたまひしかど、殿もうちもけしきを知らせたまひて、**御書どもをめでたう書かせたまひてぞ**、殿はたてまつらせたまふ。
（二四五）

89 いかに、いまは言忌しはべらじ。人、といふともかくいふとも、ただ**阿弥陀仏**にたゆみなく、経をならひはべらむ。
（二四六）

90 このごろ**反古もみな破り焼きうしなひ、ひひなどの屋づくりに、この春しはべりにし後**、人の文もはべらず、紙にはわざと書かじと思ひはべるぞ、いとやつれたる。ことわろきかたにははべらず、ことさらによ。御覧じては疾うたまはらむ。
（二四七）

91 十一日の暁、御堂へわたらせたまふ。御車には殿のうへ、人々は舟にのりてさし渡りけり。それにはおくれて、ようさりまゐる。教化おこなふところ、山、寺の作法うつして大懺悔す。**しらいたうなど多う絵にかいて**、興じあそびたまふ。
（二四八）

92 事はてて、殿上人舟にのりて、みな漕ぎつづきてあそぶ。御堂のひむがしのつま、北向きにおしあけたる戸のまへ、**池につくりおろしたる階の高欄をおさへて**、宮の大夫はゐたまへり。
（二四八）

93　**源氏の物語**、御前にあるを、殿の御覧じて、例のすずろごとども出できたるついでに、梅のしたに敷かれたる紙にかかせたまへる。すきものと名にし立てれば見る人の折らで過ぐるはあらじとぞ思ふ。（二四九）

94　ことしの朔日、御まかなひ宰相の君、例の**ものの色あひなどことに、いとをかし**。蔵人は、内匠・兵庫つかうまつる。髪あげたるかたちなどこそ、御まかなひはいとことに見えたまへ、わりなしや。（二五一）

95　かの君は、**桜の織物の袿、赤いろの唐衣、例の摺裳着たまへり。紅梅に萌黄、柳の唐衣、裳の摺目などいまめかしければ**、とりもかへつべくぞ若やかなる。（二五四）

96　宮は例の**紅の御衣、紅梅、萌黄、柳、山吹の御衣、うへには葡萄染の織物の御衣、柳の上白の御小袿、紋も色もめづらしくいまめかしき**、たてまつれり。（二五四）

97　中務の乳母、宮いだきたてまつりて、御帳のはざまより南ざまにゐてたてまつる。こまかにそばそばしくなどはあらぬかたちの、ただゆるらかに、ものものしきさまうちして、さるかたに人をしへつべく、かどかどしきけはひぞしたる。**葡萄染の織物の袿、無紋の青いろに、桜の唐衣きたり。**（二五四〜二五五）

98　その日の人の装束、いづれとなく尽したるを、**袖ぐちのあはひわろう重ねたる人しも**、御前のものとり入るとて、そこらの上達部、殿上人に、さしいでてまぼられつることとぞ、のちに宰相の君など、口をしがりたまふめりし。さるは、あしくもはべらざりき。**ただあはひのさめたるなり。**（二五五）

99　小大輔は、**紅一かさね、上に紅梅の濃き薄き五つを重ねたり。唐衣、桜**。源式部は、**濃きに、また紅梅の綾ぞ着てはべるめりし。織物ならぬをわろしとにや**。（二五五）

100　宮の人々は、若人は長押のしも、ひむがしの廂の南の**障子はなちて**、御簾かけたるに、上臈はゐたり。（二五六）

大和物語

1 **鬢籠をあまたせさせたまうて、としこにいろいろに染めさせたまひけり。敷物の織物ども、いろいろに染め、縫り、組**み、なにかとみなあづけてせさせたまひけり。（二七一）

2 男のもとに、**わがかたを絵にかきて、女の燃えたるかたをかきて、煙をいとおほくくゆらせて、**かくなむ書きたりける。（三〇七）

3 ちかくだにえ寄らで、**四尺の屏風に寄りかかりて立てりて**いひける、（三一〇）

4 うまのはなむけに、**めとりくくりの狩衣・袿・幣など**やりたりける。（三一四）

5 **扇もたるべかりける**を、さわがしうてなむ忘れにける。ひとつたまへ、といひやりたまへりける。よしある女なりければ、よくておこせてむと思ひたまひけるに、**色などもいと清らなる扇の、香などもいとかうばしくておこせたる。**（三二九）

6 色ゆるされたまひける。さりければ、**大臣いと清らに蘇芳がさねなど着たまひて、**（三三四）

7 男のもとより、**ももしきの袂のかずは見しかどもわきて思ひの色ぞこひしき、**といへりけるは、武蔵の守のむすめになむありける。それなむ**いとこきかいねり着たりける。**それをと思ふなりけり。（三三九）

8 かくて**扇をおとしたまへりけるを**とりて見れば、知らぬ女の手にてかく書けり。忘らるる身はわれからのあやまちになしてだにこそ君を恨みね、と書けりけるを見て、そのかたはらに書きつけて奉りける。ゆゆしくもおもほゆるかな人ごとにうとまれにける世にこそありけれ、となむ。（三四七）

9 ある御曹司より、**こき袿ひとかさね着たる女の、いと清げなる、**いで来て、いみじう泣きけり。（三六五）

10 かの承香殿の前の**松に雪の降りかかりけるを折りて、**かくなむ聞えたてまつりける。来ぬ人をまつの葉にふる白雪の消えこそかへれあはぬ思ひに、とてなむ、（三七〇）

11 **かかることどものむかしありけるを、絵にみな書きて、**故后の宮に人の奉りたりければ、これがうへを、みな人々この

人にかはりてよみける。（三八五）

12 綾どもをおほくつかはしたりければ、**雲鳥の紋の綾をや染むべき**、と聞えたりしを、（四〇九）

13 在中将のもとに、**人のかざりちまきおこせたりける返しに**、かくいひやりける。（四一三）

14 小野小町といふ人、正月に清水にまうでにけり。行ひなどして聞くに、**あやしうたふとき法師の声にて読経し陀羅尼読む**。（四二二）

15 左衛門の陣に、**宿直所なりける屏風・**畳などもていきて、（四三〇）

16 打出の浜に、**世のつねならずめでたき仮屋ども**を作りて、菊の花のおもしろきを植ゑて御まうけをつかうまつれりけり。（四三一）

17 人ありとも見えぬ御簾のうちより、**薄色の衣**、**濃き衣**、うへに着て、たけだちいとよきほどなる人の、髪、たけばかりならむと見ゆるが、（四三二）

18 はしには梅の花のさかりなるを折りて、その花びらに、**いとをかしげなる女の手にて**、かく書けり。（四三三）

夜の寝覚

1 いとめでたくきよらに、**髪あげうるはしき、唐絵の様したる人**、琵琶を持て来て、（四一）

2 軒近き**透垣のもとにしげれる荻**のもとに伝ひ寄りて見たまへば、**池、遣水の流れ、庭の砂子などのをかしげなる**に、……向ひざまにて、**紅か二藍かの程なめり**、いと白く透きたる好ましげなる人、（五二）

3 **筆にまかせて**書き流されたるは、見どころあり。（六三）

4 **萩重ねの紙**に、もるからに浅さぞ見ゆるなかなかにいはでをやみね岩がきの水。墨うすく、ほのかに粉らはして。あてやかに書かれたり、と、見たまひて、（六三）

5 **色々の単衣襲、裳、唐衣**、秋の野花を折りつくして、（六三）

6 御髪は、……丈に五六尺ばかり余りたまへる末の、**五重扇を広げたらむやうに**、（八三）

7 **仏あらはしたてまつりて**御祈りすべきよし、（八五）

8 **菊の色々を、濃く薄く、こちたくこきまぜて、濃き掻練に、蘇芳の織物の袿、青色の無紋の唐衣**にて、よきほどにゐざり出でたる様体、頭つき、物より抜け出でたるさまして、髪のかかり、かんざし、いとあてやかになまめきて、**扇さしかざしたる袖口**、もてなしたるさま、あくまでなつかしくたをやかなれど、……**扇をすこし引きやり**たまへば、（八七〜八八）

9 **御帳、御几帳、みな紅梅の織物にて**、女房も、その色々おのおの数知らず重ね着て、**表着もおのおの同じ色の織物なる、五重襲の唐衣、萌黄の三重の裳、童、掻練の袙に、紅梅の織物の五重の汗衫、萌黄の織物の上の袴**、思ふことなく心地よげにもてなすも、ことわりなり。（一〇三〜一〇四）

10 女房たち、童の、色どももととのはず、**紅梅、梅、柳、桜、山吹、薄色、蘇芳、紅などをうちまぜて、一色づつ、裳、唐衣ところどころをかしう仕立てて**、あまた参りたれど、（一〇四）

11 **紅の御衣八つばかり**、かげ見ゆばかりなるうへに、**桜の五重なる御衣、萌黄の小袿**、ものよりことに気高く、あてに、

きよげに、御髪、色なるかたによりて、こまごまとさはらかにきよらにて、袿の裾にゆるゆるとおはす。（一〇五）

12 **紅梅の八つばかり、萌黄の小袿、袖口、裾の褄まで、**たをたをとなまめかしく着なしたまひて、（一〇五）

13 **うつくしげなる書きざまを、**ひとり見るぞ口惜しかりける。（一一〇）

14 簾のうちに御座まゐりて、**障子押しあけて、**几帳添へて、まほならず、はた隠れて対面したり。（一一三）

15 日々に**仏あらはして**供養したてまつるべきことのたまひて、（一一八）

16 **物語**にこそかかる事はあれ、夢のやうなることをも聞くかな、（一二〇）

17 **陸奥紙七八枚ばかりに、**尽きもせず尽して、さすがにまた、ひき返し、この御文御覧ぜさせて、御心地のひまに、御返りかならずとりてたまへ、さらば、昨夜の恨みもすこし解けなむ、と、こまごまと書きたまひて、**中に白き紙の、世のつねならぬさましたる**に、心殊にひきつくろひて、書きもやられず涙浮けつつ、（一二八）

18 あはれも忍ぶべくもあらぬ**御書きざま、**言の葉かな、（一三〇）

19 人あまた**中障子のもとに**うちそよめく音すれど、（一三二）

20 **中の障子も、**上の渡りたまふをりならでは、つとかけ固めて、（一三三）

21 **桜なる御衣どものうへに、蘇芳の濃く薄き重ねて、**いとつややかなる御衾を押しやりて、雛を作り臥せたらむやうに、御衣の限り、身もなくて見えたるに、（一三七）

22 女房、童、はなばなと化粧じて、あまたところどころにうち群れつつ、碁、双六打つもあり、**絵、物語かきなどするもあり、**花をもてあそび、歌を詠み、文を書くもあり、（一四〇）

23 御髪は……つやつやとめでたく、**裾は扇を広げたらむやうにて**臥したまひつるが、（一五六）

24 大納言殿の上に**あさはかなる帯、**太刀やうのものどもは書き分ちて、（一七〇～一七一）

25 **藤の衣六ばかりに、紅の打ちたる、青朽葉の織物の袿、撫子の唐衣、薄色の裳、宿直物に白き唐綾の袿五、**女房二人、

童一人、下仕、はしたものきよげなるなど、目やすきほどにしたてて、渡したまふ。少将の君は御送りに参る。**唐撫子の衣五ばかり、藤の織物の袿、若楓の唐衣、裳は同じ薄色、扇なども心あるさまなり。**（一七八～一七九）

26 **白銀の箱**に入れてたてまつりたまへれば、（一八七）

27 うつるばかり**赤き紙に、撫子を折りてつつみて、**（一九三）

28 **御堂は別に建てて、中に渡殿して、いと小さくをかしげなる寝殿を建てられたり。**そこにぞ、つねはおはする。**御堂につづきたる大きなる廊を、**つづきてあるに、移ろひたまひて、この寝殿に迎へたてまつらむと、（二〇七）

29 **菊の御衣どもの色々なるうへに、いと薄き蘇芳の、めでたくきよらなるを着まぜ**たまへるに、（二二一～二二二）

30 **局**など、心とどめて、をかしきやうに、みなしなさせたまふ。**はかなき木草のもとをも、水の流れをも、もてあそばせつつ、**つれづれをも、心をも、慰めさすばかりにと、御行ひをもうちやすめつつ、下り立ち、見どころありてしなさせたまふ。（二二五～二二六）

31 かの御目とまるばかりと乱れ書きて、うへは**いとすくよかなる立文にて、**（二二八）

32 **白き御衣どもあまた、**なかなか色々ならむよりもをかしく、なつかしげに**着なし**たまひて、ながめ暮したまふ。（二三〇～二三一）

33 いとささやかに、様体をかしげなる人の、**白き衣どものうへに、濃き掻練着て、あざやかなる裳ひき掛けて、**（二三九）

34 都には消えにし雪、ところどころむら消え残りて、今もうち散りつつ、まだ旧年の心地するに、**端近き梅ばかり**春を知らせ顔に開けわたりて、**池のほとりの水の流れ、石のたたずまひ**など、世かはりてめづらしきに、……**桜、梅の御衣どものうへに、紅梅の固織物の小袿着たまひて、萌黄だちたる帯を、**はかなげにうち掛けて、行ひしたまひけるなめりと見ゆるを、恥かしとおぼして、数珠などひき隠して、もて紛らはしたまへるさまの、なほめづらかなる光添ひたまへる心地して、あさましきまでうつくしげなるを見るに、（二四一～二四二）

35 御髪は……六尺ばかりなる末つき、**扇を広げたるやうなり。**（二四四）

36　めでたき女房、童、人に劣らじといどみつくろひて、ところどころ群れ居たる、**わらはげたる雛あつかひ**などするに、姫君は、紅梅の薄きを六つばかりに、**梅の五重の御衣、やがて枝織りつけられたる萌黄の五重なる、雛をつくり据ゑたらむやうに、**（二五五）

37　御硯の蓋に、小さき松どもうち置きつつ、**青き唐の薄様に御文書きたまひけるを、……まことにいみじく書きなりて、**これを、いみじき帝の御返しせさせたまはむにも、ただかうながら、恥あるべうもあらず。**上手めき、うつくしげなるさまを、**……我ひき包みて、松の枝につけてたてまつりたまふを、（二五五〜二五七）

38　見けるままに言忌もせずうちつづけたる言葉、**筆づかひ、なほうつくしう、**今はじめたらむ心地ぞするや。（二五八）

39　**人々の装束の色あはひ、かさなり、薫物のにほひ、扇さし隠したるなど、**すべて世に類なきさまに、したてられたり。（二六一）

40　まさこ君、**紅梅に、葡萄染の織物の指貫、青色の裾長う引きて、**角髪結ひて、取り出でたまへるもてなし、有様、すべていはけたるところなく、なまめき、目もあやなるに、うつくしさを、人は、あさましきまであはれに、まもりたまふ。（二六六）

41　御使の禄、女の装束、**紅梅の織物の細長添へらるる、**世のつねの事なり。（二六七）

42　**御装束一くだり、裳、唐衣添へて、**心殊なる薫物、**白銀の箱にうるはしく包みて、**（二六九）

43　**御文を、**上おはしますほどにて、**いとしもつくろはぬ書きざまも、**世にめづらしくはべる人かな、と、置きがたう御覧ずるに、（二七三）

44　上より、この昼つかた、**長恨歌の絵**たまはせたりつるを、まづ、見てこそは、とてまゐらせざりつる。齢を思へば、昔ありけむ塚屋に籠りては、うとましき齢になりゆけど、かやうの物のゆかしくおぼえはべりし、（二七七）

45　いとまばゆげに**扇さし隠して、扇よりはづれて見えたる影の、さやかにすぐれたる、**言ふもおろかなり。**桜襲を、例の様の同じ色にはあらで、樺桜の、裏一重いと濃きよろしき、いと薄き青きが、また、濃く薄く水色なるを下に重ねて、中**

に、花桜の、濃く、よきほどに、いと薄きと、みな三重にて、五重づつ三襲に重ねて、紅の打ちたる葡萄染の織物、五重の袿に、柳の、やがてその枝を二重紋に織り浮べたる、五重の小袿なめり、夜目にはなにとも見えず、薄様をよく重ねたらむやうに見えて、唐の綾の地摺の裳を、気色ばかりひき掛けたるは、すべて、ここは、かしこはとも、すこし世のつねならむが、見ゆべきなり。　（二七七～二七八）

46　絵に心をば入れたれど、なほ扇を放たぬ用意、ゆるぶべくもあらず。たをたをと、なつかしくなまめきたるさまなど、長恨歌の后の、高殿より通ひたりけむかたちも、うるはしうきよげにこそありけめ、……宮も絵をば御覧じ捨てて、……扇をひき直して、それに、いとよう紛らはし隠れて、いたうも見入れずなりぬれば、……この御絵は、内侍督に見せはべりてを、とて、ゐざり出でたまふ後で、髪の、ひまなうこりあひて、裳の裾にゆるゆるとひかれたるさまなど、絵にかかむに、筆およびなむやとぞ見ゆる。　（二七八～二八〇）

47　手うち書いたるさま、見る目に劣らざめり。　（二八二）

48　なよなよとことさらび、艶なる御衣のにほひばかりうち薫りて、いとやをら屏風押しあけて入らせたまふを、　（二九三～二九四）

49　ただ扇ばかりを形見に取らせたまひて、許させたまふほど、　（三〇九）

50　打ちたる御衣をうへに着たまひたるに、ひまなくかかれる髪のつやも、ひとへに輝きあひたる、御頭つき、様体、扇さし隠したまへるさまなど、ただかきまぜのよろしきだに、色濃き打目には、もてはやさるる月影はをかしう見ゆるを、まいて、あまりゆゆしく、この世のものとぞ見えぬや。　（三〇九～三一〇）

51　桜の唐の御衣七八ばかりがうへに、同じ綾の紅のうつるばかりなるが、打ちたるに見分かぬまでつやつやとあるを着たまひて、　（三七二）

52　柳の御衣七八ばかりに、紅梅の固紋の織物を着たまへる、さし並びたまへる目移しこそ、あな、こよな、と見ゆれど、とり放ちて見むは、いとあてに気高く、ものきよげなる御かたち、もてなし、用意いと静かに、心にくきさまは、　（三七二～三七三）

53 **御文の書きざま、**まことは、かばかり見どころ限りなう、かたじけなき言の葉尽させたまへる。（三七九）

54 **白き唐の色紙に、**よろづはただ押し込めて、年ごろの慣ひ残りなきほどのおぼつかなさ、すこしうち書きて、（三八一）

55 **扇さし隠して、**様ようゐざりおりたまへるを、（三九六）

56 **藤の濃き薄き御衣、青朽葉の御小袿を着たまひたる、はなやかならぬ御衣のあはひ**なれど、着たまひたる人がら、こだかき岸よりえならぬ五葉にかかりて咲きこぼれたる朝ぼらけの藤を、折りて見る心地して、**うちひかれたる裾、袖口まで、今から心にくく、**なまめきたる気色したまひて、いささか、いはけ、あふなきことまじらず、よいおとなのやうに、用意あくまでありて、御かたちのいみじうにほひやかに、うつくしげなるさまは、唐撫子の咲ける盛りを見むよりもけなるに、御髪は、筋も見えぬまでつやつやとこぼれかかり、末は海松房とたとふれば、いと情なきやうなり。糸をよりかけて、末を押し切りて結びつけたらむやうに、なよなよとかかりたるほどなど、**絵にかかまほしきを、**知らぬ人と見むだに、いみじうめでたう、あはれなりぬべき御様なるを、

57 **扇をわざとならずもて紛らはして、**（三九九〜四〇〇）

58 **蘇芳の織物の御衣、青朽葉の小袿着たまひて、**御髪はゆらゆらとして、肩の程にて、いとあてに、かをりをかしげなる御顔つき、（四〇一〜四〇二）

59 **雛の事、絵物語のをかしきなど、**いと若やかにきこえ出でたまふを、……**絵かき雛遊びし、手習などして、**遊び暮し明いたまふよりほかの事は、みな紛れたまふ御心のうちなるを、（四〇四）

60 昼は御帳のうちに、二所、**絵かき、雛つくりなどして、**見せたてまつりたまふ。（四一〇〜四一一）

61 いみじくも書きならせたまふ**御手**かな。御前の御手に劣らせたまふまじかめり、（四三〇）

62 **山をも野をもひろびろとしめ入れて、建て添へられたる寝殿、廊どもなど、**いとあまた、いかめしう造り広げたまひてしかば、昔にもみな様変りて、新しう建てられたる寝殿に、御しつらひはせられたれば、（四三六）

63 ことごとしき女の装束にはあらで、まことに色はうつるば

かりなる**紅の織物の単衣襲に、棟襲の五重の織物の袿に、撫子の織物の小袿重ねて**、押し出でたるにほひは、雲のうへにも通りぬばかり薫りみち、なにの色あひも、いかなる龍田姫の染め出でたる花の錦ぞと、目もおどろかる。（四四四）

64 **御屏風押しあけて**、こち、ときこえたまへば、いとつつましげにゐざり出でたまへり。**女郎花の織物の単衣襲、萩の小袿着たまひて**、いたく恥ぢらひたまひたれど、かかやかしくなどはあらで、いとのどかに**扇を紛らはしたまひたる御もてなし**、有様をはじめ、類なくうつくしげにぞおはしけるや。（四九二）

65 いみじくかひあり、いみじとおぼする**昔物語などの心地して**、（四九五）

66 例の、**白き紙に**、言葉多くもあらず、いとかかれば、とばかり、書かせたまひたるを、（四九九）

67 御心ばへ、気配の気高さ、**手うち書きたまへるさま**は飽かぬことなく、（五〇四）

68 姫君は、**萩の御衣ども、同じ打ちたるを上に着たまへる**、いささか、片生ひのなりあはぬほどともなく、いみじくはなやかに、にほはしく見えたまふ。若君は、**紫苑の御衣、龍胆の織物の指貫にて**、花の中におりて、童べとまじりて歩きたまふは、かばかり類なしと見えたまふ姫君の御様にけぢめ異ならず、あてに、にほひやかに、なまめかしく見えたまふ御かたち、様体、女にていと見まほしく、小姫君、**女郎花なる御衣を着たまへる**、御髪はゆらゆらと、翡翠とはこれをいふにやと見えて、背中、中の程うち過ぎ、いみじくあてに、をかしげにて、……**絵にかかまほしく**、うつくしき御様どもにて並び居たまへるも、（五〇六）

69 御簾のうちの用意、わざと女房漏り出でなどせねど、あまた御簾の際に居たるべしなど、気配聞えたるほど、いとなべてならず、**織物の御衣ども、小袿、濃く薄く打ちたる色、にほひは、似る物なくて**、御簾のうちより押し出されたるを、権大納言、新中納言、その御子ども、寄りて取りたまひて、品々被けらるる、（五一九～五二〇）

70 姫君の御贈物に、いと**もの深くこめおきたまへりける唐の琴など**、（五二三）

71 えもいはぬ**白き紙に包みて、白銀の五葉の枝につけられた**

り。（五四八）

72 **筆に任せて書きてうち置きたまへる墨つき、筆の流れ**、なほめづらかに、臥しながら書き出でたるとは見えぬも、（五五〇）

73 宮は、さかしく起き居て、**筆うちつくろひてぞ書き出でつらむ**、とぞ、御覧じつべかめる。すこしは、かたほに書きなしたまはで、（五五〇〜五五一）

74 御髪は、**白き御衣どもの厚肥えたる**に埋もれて、（五五二）

75 **青鈍の紙**に、（五五九）

76 **紅の単衣の御衣の色いと濃きに**もてはやされて、いと白き御色は雪などをまろがしたらむやうにくまなきに、御額髪は、糸を縒りかけたるやうにこぼれかかり、袖の上にゆるゆると引かれ出でたるさま、（五六〇）

77 月影にいとなまめかしくて、岩の上に寄り居たまへる、**絵にかきたらむやう**に見ゆるも、あぢきなやと、目にもとまらず。（五六三）

執筆者一覧

池田忍（いけだ　しのぶ）日本美術史／学習院大学大学院博士後期課程単位修得の上退学。千葉大学文学部助教授。著書に『日本絵画の女性像―ジェンダー美術史の視点から』（筑摩書房、一九九八年）、主な論文に「絵画言説の位相―『源氏物語』を中心に」（『史論』五四、二〇〇一年）、「王権と美術―絵巻の時代を考える」（『日本の時代史8　京・鎌倉の王権』吉川弘文館、二〇〇三年）。

伊東祐子（いとう　ゆうこ）日本文学／学習院大学大学院博士後期課程修了。文学博士。都留文科大学非常勤講師。著書に『藤の衣物語絵巻（遊女物語絵巻）影印・翻刻・研究』（笠間書院、一九九六年）、主な論文に「物語文学史再考―『絵物語』をめぐって」（『中古文学』第六四号、一九九九年十一月）、「〈天稚彦草子〉の二系統の本文をめぐって―絵巻系から冊子系へ」（『国語と国文学』第八一巻第三号、二〇〇四年三月）。

稲本万里子（いなもと　まりこ）日本美術史／東京芸術大学大学院修士課程修了。東京芸術大学美術学部助手を経て、現在恵泉女学園大学人文学部助教授。主な論文に「「源氏物語絵巻」の景観―絵合・松風段の復原的考察」（『源氏研究』8、二〇〇三年四月）、「描かれた出産―「彦火々出見尊絵巻」の制作意図を読み解く」（『生育儀礼の歴史と文化―子どもとジェンダー』森話社、二〇〇三年）。

千野香織（ちの　かおり　一九五二―二〇〇一）日本美術史／東京大学大学院博士課程単位修得の上退学。東京国立博物館研究員を経て学習院大学教授。主な著書に『10―13世紀の美術―王朝美の世界』（〈岩波　日本美術の流れ3〉岩波書店、一九九三年）、『美術とジェンダー―非対称の視線』（ブリュッケ、共編著、一九九七年）、『フィクションとしての絵画』（ぺりかん社、共編著、一九九一年）。

中尾真樹（なかお　まさき）日本文学／学習院大学大学院博士課程修了。文学博士。台湾大学・輔仁大学（台湾）兼任助理教授。主な著書に『本朝文粋の研究　校本篇・漢字索引篇（上・下）』（勉誠出版、一九九九年）。

成原有貴（なりはら　ゆき）日本美術史／学習院大学大学院博士後期課程単位修得の上退学。学習院大学・宝仙学園短期大学非常勤講師。主な論文に「阿字義絵の詞書編者と絵をめぐる新知見」（『仏教芸術』二一一号、一九九三年十一月）、「平家納経見返絵に関する一考察」（『仏教芸術』二一七号、一九九四年十一月）。

堀内祐子（ほりうち　ゆうこ）日本美術史／学習院大学大学院博士後期課程単位修得の上退学。非常勤講師。主な論文に「物語の絵画化―『源氏物語絵巻』における絵画化の方法」（『秋山光和博士古稀記念　美術史論文集』便利堂、一九八九年）、「『白描絵入源氏物語冊子』（所謂『浮舟帖』）に関する一考察」（『大和文華』七九号、一九八八年二月）。

吉岡曠（よしおか　ひろし　一九三〇―二〇〇一）日本文学／学習院大学大学院修士課程修了。学習院大学名誉教授。主著に、『源氏物語論』（笠間書院、一九七二年）、『源氏物語の本文批判』（笠間書院、一九九四年）、『源氏物語の語り手―内発的文学史の試み』（笠間書院、一九九六年）、『作者のいる風景』（笠間書院、二〇〇二年）。

あとがき

本書は、平安時代の文学作品の中に残された美術に関する言説を考察することを目的とした「平安時代文学美術研究会」における成果をまとめたものである。(発足当初の名称は「平安時代絵画文学研究会」であった。)その当時、学習院大学日本語・日本文学科教授吉岡曠先生、同哲学科助教授千野香織先生が中心になって、同日本語・日本文学科教授木村正中先生、および三先生の教えを受けた日本文学の伊東祐子、日本美術史の池田忍と堀内祐子が参加しての研究会であった。

研究会が立ち上がった頃、三人の先生方は、学内および学会で重責を担われ、またご自身の研究においても集中してとり組んでいらしたので、このプロジェクトに専心することは心ならずもかなわない状況であった。また、平安時代の現存する文学作品のすべてを対象とする研究は、必ずしも順調には進まなかった。視覚的なイメージや美的に作られたモノについての記述は、物語や日記、説話、和歌など文学作品ごとの傾向や特色が大きく異なり、どのような基準でその記述を拾い上げ、収集・分類するのが良いか、その方法をめぐって試行錯誤が続いた。そして、当初は、絵画に関する記述が中心になるのではないかという漠然とした予想をもって取り組んだが、実際の作業を進めるうちに、その範囲にはおさまりきらない多様な視覚的イメージやモノが登場し、平安時代の主として貴族層が美的なモノとかかわりながら生活を営んでいる、あるいは文学が、そのように美的な生活を描き出していることを確認するにいたった。

途中で、成原有貴(美術史)、中尾真樹(文学)、稲本万里子(美術史)が加わった。また、吉岡先生の長年のご友人であられる鶴見大学日本文学科教授(現名誉教授)池田利夫先生、池田先生のもとで学ばれた今野鈴代さん、三上啓子さんに、研究会での討議に加わっていただいた。試行錯誤を繰り返してもなお、未熟な点も少なくはない本書ではあるが、平安時代の美術を考える上で、また、美術と文学のさまざまなかかわりを考えるに際して、その契機となれば望外の喜びである。

十年の歳月を経て、ようやく本書をまとめ、刊行する運びとなったが、この完成を待たず、研究会の代表として編集作業を進

めてくださっていた吉岡曠先生が平成十三年の十二月二十九日に、そして千野香織先生が三十一日にお亡くなりになった。また、その後、力になってくださっていた木村正中先生が、平成十五年二月十一日に他界された。三人の先生方の深い学恩に感謝申し上げ、本書の完成をご報告したい。また、先生方の温かいお人柄を慕いつつ、心よりご冥福をお祈りいたします。

この本を上梓するまでの間には、多くの方々の援助と励ましをいただいた。まず、吉岡先生のもとで学ばれ、現在はフリーの編集者として活躍されている鈴木重親氏には、当初より、的確なアドバイスと惜しみない協力をいただいた。本文の入力作業には、学習院大学大学院を修了された志賀万有美さん、遠藤真知さん、高橋美果さん、簑輪満美さん、船﨑薫さんにお世話になった。三原まきはさんには、進行管理に協力いただき、木村先生のあとを受けて『宇津保物語』の前半部の資料収集作業にたずさわっていただいた。中尾真樹さんには、コンピュータを用いての編集作業を経て、索引の実現に貢献していただいた。加藤千鶴さんには、索引の整理と確認という煩瑣な作業に協力いただいた。

笠間書院社長の池田つや子氏には、本書の出版を快くお引き受けいただき、編集長の橋本孝氏、担当の重光徹氏には、細やかな心遣いとともに、困難に直面した私たちを辛抱強く励ましていただいた。

最後になるが、本研究は、昭和会館による研究助成を受けることによって始まり、本書の刊行にあたっても多大な援助をいただいた。さまざまな事情があるとはいえ、遅々として進まなかった私たちの仕事を寛大にも見守ってくださった昭和会館の皆様に、衷心より御礼を申し上げます。

平成十七年七月

平安時代文学美術研究会

伊東祐子

池田　忍

本書は【本文編】【索引編】の2冊セットです。

平安時代文学美術語彙集成【本文編】

2005年11月10日　初版第1刷発行
2006年5月30日　第2刷発行

編　者　平安時代文学美術研究会©

発行者　池田つや子

装　画　平松礼二

装　幀　恩田麒麟

発行所　有限会社　笠間書院

〒101-0064　東京都千代田区猿楽町2-2-5
Tel.03-3295-1331 Fax.03-3294-0996
振替 00110-1-56002

NDC分類　913.361

ISBN4-305-70298-3 C3591

壮光舎印刷／渡辺製本

【本文紙は中性紙を使用しています】

乱丁・落丁本はお取りかえいたします。
出版目録は上記住所までご請求ください。

e-mail info@kasamashoin.co.jp